문학과 수사학

저자 오형엽(吳瀅燁, Oh Hyung-Yup)은 고려대학교 영문학과를 졸업하고 동대학원 국문학과에서 석사와 박사학위를 받았다. 1994년『현대시』 신인상을 받고, 1996년『서울신문』 신춘문예에 당선되어 평론 활동을 시작했다. 2002년 제3회 젊은 평론가상, 2013년 제24회 김달진문학상 등을 수상했다. 현재『현대시』 편집위원으로 활동하며, 고려대학교 국문학과 교수로 재직하고 있다. 주요 저작으로 연구서『한국 근대시와 시론의 구조적 연구』,『현대시의 지형과 맥락』,『현대문학의 구조와 계보』,『한국 모더니즘 시의 반복과 변주』, 평론집『신체와 문체』,『주름과 기억』,『환상과 실재』, 역서『이성의 수사학』 등이 있다.

문학과 수사학

초판 1쇄 발행 2011년 8월 30일
초판 2쇄 발행 2012년 3월 5일
초판 3쇄 발행 2018년 2월 25일
지은이 오형엽 **펴낸이** 박성모 **펴낸곳** 소명출판 **출판등록** 제13-522호
주소 서울시 서초구 서초동 1621-18 란빌딩 1층
전화 02-585-7840 **팩스** 02-585-7848 **전자우편** somyong@korea.com **홈페이지** www.somyong.co.kr

값 28,000원

ISBN 978-89-5626-610-4 93810

문학과 수사학

Literature and Rhetoric

오형엽

소명출판

| 책머리에 |

이 책을 내게 된 최초의 계기는 필자가 2001년에 번역 출간한 『이성의 수사학』(제임스 크로스화이트, 1996; 고려대 출판부, 2001)에 있다. 『이성의 수사학』의 번역 작업은 당시 필자에게 수사학 전반에 대해 관심을 가지고 공부하도록 자극했을 뿐만 아니라, 문채의 수사학에 대한 기존의 관심에 논증의 수사학을 결합시켜 통합적 수사학을 지향해야 한다는 문제의식을 심어 주었다.

이 책을 지배하는 하나의 관점은 바로 문채의 수사학과 논증의 수사학을 결합시켜 통합적 수사학을 지향한다는 문제의식과 관련된다. 20세기 중반 이후 서구의 현대 수사학은 크게 문채의 수사학과 논증의 수사학이라는 서로 분열된 수사학의 양상을 보여준다. 표현의 형식적이고 문체론적인 방식을 다루는 문채의 수사학과 논증하는 방식 혹은 설득하는 기술로 정의되는 논증의 수사학은 서로 소통하기 힘들어 보일 정도로 양분되어 왔다. 따라서 분열된 수사학의 간격을 메우고 수사학의 전체성을 복원하는 것이 요청되며, 이런 차원의 통합적 수사학의 관점을 문학 연구나 비평에 활용하는 것이 과제로 대두되고 있다.

이와 관련하여 필자의 현대문학 연구 및 비평의 기본적인 관점은 작품 자체를 존중하고 그 내부에서 텍스트의 비밀을 밝혀내려는 내재비평의 관점이라고 말할 수 있다. 이것은 작품 자체만을 탐구한다는 것을 의미하기보다는 작품을 통해서만 작품 외적인 요소들에 대한 탐구로 나아갈 수 있다는 것을 의미한다. 다시 말해, 텍스트 내부의 구성 요소인 운율과 비유와 어조, 구성과 문체 등을 면밀히 정독함으로써만 작품이 작가와 사회 및 역사의 차원과 만나고 엇갈리는 교차점을 발견할 수 있다는 의미이다. 텍스트에 대한 정밀한 내재적 분석과 해석을 통해서만 평가에 도달할 수 있고, 사회 역사적 맥락이나 정신분석적 맥락과도 연결될 수 있다는 것이다. 이러한 필자의 연구 및 비평의 기본 관점은 수사학의 영역에서 문채의 수사학을 토대로 논증의 수사학을 결합시키는 통합적 수사학의 기획과도 연관성을 가진다고 볼 수 있을 것이다.

이 책을 내게 된 두 번째 계기는 필자가 2004년에 발표한 논문 「시학과 수사학」(『어문논집』 제49집, 민족어문학회, 2004)에 있다. 이 논문은 앞서 밝힌 문제의식을 가지고 시학(문학이론)과 수사학의 관련성을 야콥슨, 토도로프 등의 구조 시학 및 이를 비판하는 폴드만, 슈라이퍼 등의 관점을 통해 고찰하고, 프로이트와 라캉을 중심으로 체계화된 정신분석적 시학이 들뢰즈·가타리의 언표 및 기호 체제 이론으로 전개되는 양상을 통해 살펴보려 했다. 그리고 카임 페렐만·루시 올브레이츠-티테카, 제임스 크로스화이트 등의 논증 행위 이론이 전개하고 있는 신수사학적 시학의 관점을 통해 정리하고자 했다. 수사학적 시학의 가능성을 전반적으로 검토하려 한 이 논문은 이후 발표한 논문인 「구조 시학과 수사학」, 「정신분석 비평과 수사학」, 「분열분석 비평과 수사학」, 「정신분석 비평과 분열분석 비평」, 「현대문학비평과 논증의 수사학」 등의 모태가 되었다. 이 논문들은 「시학과 수사학」의 각 장에서 개괄적으로 살핀 구조 시학, 정신분석적 시학, 분열분석적 시학, 신수사학적 시학 등을 좀 더 체계적이고 상세히 고찰한 것으로서, 그 각각의 시학적 정립에 활용된 수사학적 관점을 이론적으로 점검함으로써 최근 새롭게 전개되는 수사학의 성과와 더불어 한국 현대문학 연구 및 비평에 기여할 수 있는 참조 틀을 마련하고자 했다.

이 일련의 논문들을 작성하면서 필자가 염두에 둔 것은 언어학, 해석학, 의사소통 이론, 논증 행위 이론, 철학, 정신분석학, 분열분석학 등과 수사학 및 문학이론이 서로를 가로지르며 형성하는 공통점과 차이점이다. 즉 다양한 학문 분야들이 상호 만나고 겹치고 교차하는 영역을 고찰하는 학제 간(interdisciplinary) 연구를 시도한 것이다. 예를 들면, 「구조시학과 수사학」은 언어학, 구조주의 이론, 수사학, 문학이론 간의 학제 간 연구이고, 「정신분석 비평과 수사학」은 정신분석학, 언어학, 수사학, 문학이론 간의 학제 간 연구이며, 「현대문학비평과 논증의 수사학」은 화용론적 언어학, 의사소통 이론, 논증 행위 이론, 수사학, 문학이론 간의 학제 간 연구라고 말할 수 있을 것이다. 따라서 이 책을 지배하는 또 하나의 관점은 다양한 학문 분야들이 상호 만나고 겹치고 교차하는 영역을 고찰하는 학제 간 연구와 관련된다.

이상에서 밝힌 두 가지 관점을 토대로 작성한, 「시학과 수사학」에서 「현대문학비평과 논증의 수사학」에 이르는 6편의 논문을 묶어 제1부 '시학과 수사학'을 구성했다. 그리고 이러한 수사학적 시학을 근거로 문학비평과 수사학의 관련성을 발터 벤야민, 멜랑콜리, 바울 담론, 가라타니 고진 등의 중요한 비평적 사례들을 중심으로 고찰했다. 그래서 「발터 벤야민의 언어철학」, 「발터 벤야민의 문예이론」, 「멜랑콜리의 문학비평적 가능성」, 「바울 담론의 문학비평적 가능성」, 「가라타니 고진 비평의 비판적 검토」 등 5편의 논문을 묶어 제2부 '문학비평과 수사학'을 구성했다. 제1부가 문학이론의 차원에서 수사학과의 관련성을 고찰하는 일반 이론의 특성을 가진다면, 제2부는 문학비평의 차원에서 수사학과의 관련성을 고찰하는 개별 주제의 구체적 연구에 해당한다고 말할 수 있다. 그런데 한편으로 제2부도 크게 보면 한국 현대문학 연구 및 비평을 심층적으로 진행할 수 있는 기초를 마련하기 위해 각각의 영역에서 문학비평의 기본 전제 및 실제의 양상을 고찰하는 이론적 탐구에 해당한다.

제3부는 '시학과 수사학' 및 '문학비평과 수사학'을 살피는 과정에서 하나의 중요한 탐구 영역으로 부각된 은유론과 수사학의 관련성을 고찰했다. 은유는 고대 수사학의 아리스토텔레스 이후 고전주의 수사학의 키케로와 롱기누스와 퀸틸리아누스, 16세기의 라무스, 18세기 말의 뒤마르세, 19세기 초의 퐁타니에 등을 거쳐 수많은 분석의 대상이 되어 왔다. 은유론은 20세기에 들어와서도 I.A. 리처즈 · 막스 블랙 · 먼로 비어즐리 · 콜린 터베인 · 필립 휠라이트 등의 현대 의미론에서 새로운 관점으로 전개된다. 이와 더불어 현대 수사학에서 은유의 지평은 야콥슨의 구조 시학적 은유 / 환유론, 라캉의 정신분석적 은유 / 환유론, 리쾨르의 해석학적 은유론, 니체－하이데거－데리다로 이어지는 해체론적 은유론, 조지 레이코프 · 마크 존슨의 인지 언어학적 은유론, 로티로 대표되는 신실용주의적 은유론 등으로 복잡하고 다양하게 전개되고 있다. 이 중 이 책은 아리스토텔레스와 리쾨르의 은유론을 비교한 「고전적 은유론과 해석학적 은유론」, 조지 레이코프와 마크 존슨의 은유론을 분석한 「인지 언어학적 은유론과 수사학」을 묶어 제3부 '은유론과 수사학'을 구성했다.

이 책을 낸 이후에 필자는 각각의 세부 영역에서 좀 더 각론적이고 정밀한 이론적 고찰을 진행하면서, 이 이론적 고찰을 작품 분석과 연결시키는 텍스트 적용의 단계로 이동하려고 한다. 현대문학 연구 및 비평에서 이론적 탐구는 텍스트 분석 및 해명 작업과 긴밀히 연계될 때 더 의미 있는 작업이 될 수 있다고 생각하기 때문이다. 돌아보면, 이 책을 내게 된 최초의 계기였던 2001년 이후 지금까지 10년의 시간이 흘렀다. 10년 동안 암중모색하면서 꾸준히 진행해온 작업을 정리하면서 자부심보다도 자괴감이 앞선다. 여러 가지 이유가 있겠지만, 무엇보다도 이 책의 빈곤하고 결핍된 문장들이 필자의 부족한 능력과 게으른 천성을 독자들에게 확인시켜 줄 것이기 때문이다. 부끄러움을 무릅쓰고 실패와 좌절로 점철된 연구의 결과를 이렇게라도 선보일 수 있는 것은 가르침을 베풀어주신 여러 선생님들의 은혜 덕분이다. 모교의 은사님들과 학계 및 문단의 선생님들께 감사드린다. 이 책을 계기로 반성과 성찰을 거듭하며 암중모색을 다시 시작하고자 한다. 동학들의 질정을 부탁드린다.

2011년 6월 15일

오형엽

| 차례 |

제2부 문학비평과 수사학

제3부 은유론과 수사학

제1부

시학과 수사학

제1장
시학과 수사학
수사학적 시학의 가능성

1. 머리말

전통 수사학은 '주어진 주제에서 설득력을 발휘하는 작업' 또는 '잘 말하는 기술' 등으로 정의되어 왔다. 수사학의 분야는 '착상(inventio)—배열(dispositio)—표현(elocutio)—암기(memoria)—발표(actio-pronuntiatio)'라는 다섯 부분으로 이루어져 있다.[1] 이 수사학의 다섯 분야는 연설이 행해지기까지의 과정이다. '착상'은 말의 내용을 믿게 만드는 참이거나 참

---

1 지금까지 이것은 주로 '논거발견술—논거배열술—표현술—기억술—연기술' 등으로 번역되어 왔는데, 이는 수사학을 '말하는 기술'이라는 차원으로만 국한시킬 소지가 있다. 우리는 수사학을 단순한 기술이 아닌 언어 행위의 기저에서 작용하는 제반 원리 및 텍스트 분석방법론으로 간주하기 때문에, '착상—배열—표현—암기—발표'로 번역하는 것이 바람직하다고 본다.

같은 논거를 찾아내는 방식이고, '배열'은 논거를 연설 전체에서 효과적으로 배열하는 방식을 말한다. '표현'은 찾아내어 순서가 잡힌 논거들에 언어의 옷을 입히는 방식으로서, 이 분야만을 따로 떼어 문체론이라 하기도 한다. '암기'는 착상해서 배열한 것에 옷을 입힌 다음 머리 속에 붙잡아두는 방식이며, '발표'는 암기해둔 내용에 걸맞게 목소리와 몸짓, 그리고 표정을 연출하는 방식이다.

수사학이 여러 학문의 내용이나 방법을 포함하고 있다는 사실은 이 다섯 분야들에서도 나타난다. 예를 들면, 착상은 논리학의 영역을 끌어들여 다듬은 것이고, 배열은 역사 서술의 기법을 빌려온 것이며, 표현은 시학(문학이론)의 기법들을 끌어들인 것이고, 암기와 발표는 희곡론의 내용을 차용한 것이다. 따라서 수사학은 여러 학문의 내용이나 방법을 끌어들이는 강력한 흡인력을 갖고 있으며, 일부에서는 이런 현상이 더욱 가속화되어 미래의 종합 학문으로 발돋움할 것으로 예견하기도 한다.[2]

이 다섯 분야 중에서 수사학과 문학이 만나는 구심점이 되는 것은 세 번째 분야인 '표현'이다. '표현'은 착상하여 배열된 내용에 적절한 말과 문장을 부여하는 방식이라는 점에서 주로 '담론의 형식'에 해당한다. 따라서 '표현'은 담론의 형식들을 다루는 분야인 문체론이나 시학과 밀접하게 연관되어 있다. 수사학이 문학비평의 첫 번째 도구가 될 수 있었던 것은 바로 '표현'을 구성하고 있는 주 개념인 '문체(文體, style)'와 '문채(文彩, figure)'를 통해서였다.

수사학은 '문체의 종류'로서 단순체, 보통체, 숭고체를 제시하고, '문체 원칙'으로 정확성(puritas), 명확성(perspicuitas), 적절성(aptum), 장식성(ornatus)을 제시해 왔다. 그런데 문체 원칙 중 '장식성'이라는 원칙을 어

---

2 양태종, 『수사학 이야기』, 동아대 출판부, 2000, 142면.

떻게 해석하는가에 따라 문체에 대한 두 가지 대립적인 관점이 생기게 된다. 기능적 관점과 미학적 관점이 그것인데, 전자는 우리가 흔히 경멸적인 어조로 '장식적'이라고 말하는 허식이나 잉여의 의미로 '장식성'을 이해한다. 그래서 이 경우는 '명확성'을 문체의 첫 번째 기준으로 삼는다. 반면에 후자는 장식성을 표현하고자 하는 사상과의 적합성이라는 뜻으로 이해한다. 이 경우 '장식성'은 다른 원칙들보다 우선시 되는데, 왜냐하면 어떤 표현이 다른 원칙들에 어긋나도 그 원인이 미학성에 있다면 이를 보장해주기 때문이다.

'문채'는 비유적 의미로 사용되며, 말과 문장들의 외적 형태, 즉 우리가 어떤 표현을 지각할 수 있게 하는 외적 표지들을 뜻한다. 문채가 비유적 의미로 사용된다는 것은 일탈로서의 문채 개념을 낳는다. 즉 문채는 규범적 표현으로부터 멀어지고 벗어나는 표현이라는 것이다. 규범에 속하는 언어로부터 일탈하는 방식을 통해 그것에 색깔, 빛, 생기를 불어넣는 기능을 문채가 담당한다. 문채는 '말의 문채'와 '사유의 문채'로 구분되고, 다시 말의 문채는 '형태상의 문채'와 '구문상의 문채'로 구분된다. 형태상의 문채는 말의 형태 변화와 관련하여 음성적이고 형태론적인 변형의 여러 방식들(운율이나 리듬, 각운이나 파생 등)을 포함하며, 구문상의 문채는 통사론적 구문과 관련되는 여러 방식들(전치법, 반복법 등)을 포함한다. 문채의 대상이 말의 의미일 때 '의미상의 문채' 혹은 '전의(轉義, trope)'라고 부른다. 전의는 한 단어에 정확히 그 단어의 고유한 의미가 아닌 의미를 취하게 하는 문채로서, 문채의 하위 개념이다. 따라서 우리는 '문체>문채>전의'와 같은 위계질서를 그려 볼 수 있다.[3]

수사학의 다섯 과정 중 '표현'에 해당하는 '문체', '문채', '전의'는 시대

3 박성창, 「문채의 정의 및 특성」, 『수사학과 현대 프랑스 문화이론』, 서울대 출판부, 2002, 18~20면 참고.

에 따라 가변적이고 다양하게 분류되어 왔다. 퀸틸리아누스(Quintilianus)의 '4대 변화 범주'를 기본으로 '문체의 범주'를 나누면, 첨가, 삭제, 교환, 대체의 언어 조작을 근간으로 한다. 이에 따르면 어떤 표현은 조작을 통해 그 길이가 늘어나거나 줄거나, 또는 표현의 부분이 서로 자리를 옮기거나, 아니면 어떤 부분이 낯선 것으로 갈음된다. 이를 문채와 관련하여 다시 분류하면 늘림채(彩), 줄임채, 옮김채, 갈음채라고 부를 수 있다. 이 분류에 의하면 의미상의 문채 혹은 전의는 갈음채에 해당한다. 원래 표현이 다른 표현으로 갈음됨으로써 그 뜻이 전이되는 갈음채는 우언법, 제유법, 환유법, 은유법, 반어법 등이 있는데, 이 중 은유, 환유, 제유가 가장 대표적인 전의에 해당한다고 볼 수 있다.[4]

이는 '줄어드는 수사학'의 경향과 관련되는데, 제라르 주네트(Gerard Genette)는 고대 수사학의 여러 범주가 현대에 들어오면서 은유와 환유로, 더 나아가서는 은유를 중심을 줄어들었다고 말한다. 그는 은유가 점점 유추의 장 전체를 포함하려는 경향이 있다고 지적하면서, 그 이유로 이미지가 유사에 의한 문채뿐만 아니라 모든 종류의 문채를 가리키는 것으로 오용된 점과, 상징이라는 용어가 유연(有緣)적·기호론적 관계라면 어디에나 적용되기 때문에 부당한 지위를 부여받고 있다고 말한다. 그리고 그는 야콥슨이 유추/근접의 고전적 대립을 계열체와 통합체, 등가 관계와 연속 관계 간의 언어학적 대립들로 대담하게 동화(同化)한 점을 비판한다.[5]

사실 문체의 개념이 낭만주의 미학의 도래와 더불어 중요한 개념적 변형을 거치고, 이어서 19세기 말에서 20세기 초에 이른바 문체론(stylis-

---

4 양태종, 앞의 책, 147면.
5 제라르 주네트, 김경란 역, 「줄어드는 수사학」, 『수사학』(김현 편), 문학과지성사, 1985, 117~143면 참고.

tique)의 등장으로 또 다른 이론적 탐색의 대상이 된 것과 비례하여, 문채(figure)나 전의(trope)는 구조주의나 언어학적 방법론의 집중적인 세례를 받은 신수사학의 조명하에 그 이론적 지위가 격상된 개념이라고 할 수 있다. 이러한 '문채의 수사학'은 전통 수사학에서 이루어진 문채 연구를 새롭게 혁신하여 보다 견고한 토대를 부여하는 것을 주된 과제로 삼는다.[6] 그러나 주네트가 비판한 것처럼 은유, 환유, 제유에 대한 급증하는 관심은 수사학을 수사적 과정의 세 번째 단계인 '표현'으로 축소시켜 사고하는 관습을 낳고 있으며, 일반화의 오류를 포함하여 여러 문제점을 노출하는 것도 사실이다. 고대 수사학에서 '표현'은 결코 그 자체로서, 즉 다른 부분들과 독립된 개별적 실체로서 존재하지 않았음을 유념해야 할 필요가 있다.

이 글은 이러한 문제의식을 기초로 수사학과 시학의 관련성을 몇 가지 관점에서 검토하여 '수사학적 시학의 가능성'을 점검하는 차원에서 진행된다. 수사학과 시학의 관련성은 야콥슨에서 토도르프와 주네트에 이르는 구조주의 문학이론 및 언어학의 영역, 그리고 프로이트에서 라캉에 이르는 정신분석학의 영역에서 '은유'와 '환유'라는 개념을 중심으로 논의되어 왔다. 따라서 이 글은 수사학과 관련된 시학으로서 야콥슨, 토도로프 등의 구조 시학과 이를 비판하는 폴드만, 슈라이퍼 등의 관점을 고찰하고, 프로이트와 라캉을 중심으로 체계화된 정신분석적 시학이 들뢰즈・가타리의 언표 및 기호 체제 이론으로 전개되는 양상을 살펴보려 한다. 그리고 카임 페렐만・루시 올브레이츠-티테카, 제임스 크로스화이트의 논증 행위 이론이 전개하고 있는 신수사학의 관점을 정리하면서 신수사학적 시학의 가능성을 점검하고자 한다.

---

6 박성창, 앞의 글, 13면.

2. 구조 시학

러시아 형식주의 이래로 일상어와 문학어의 대립이 문학성의 문제를 규정하는 시학(문학이론)에 있어 중요한 문제로 대두되었다. 야콥슨(Roman Jakobson)은 문학 연구의 대상을 문학이 아니라 문학성, 즉 주어진 작품을 문학작품으로 만드는 그 무엇이라고 정의한다. 작품 자체, 즉 문학 텍스트를 하나의 내재적 체계로 간주하고 그 구성 요소의 형성 원리와 법칙을 규명하는 것이다. 그런데 야콥슨이 제시한 이 시학의 개념을 발전시킨 토도로프(Tzvetan Todorov)는, '시학'을 '해석'과 '과학' 사이의 대칭 관계를 깨뜨리는 것으로 파악한다. 그는 문학 텍스트 자체를 그것만으로 끝나는, 앎의 대상으로 보는 태도를 해석이라고 칭하고, 개개의 텍스트를 어떤 추상적인 구조의 발현이라고 생각하는 태도를 과학이라고 칭한다. 그리하여 토도로프는 시학의 개념을 다음과 같이 정의하고 있다.

> 시학(詩學)은 개별적인 작품의 해석과는 반대로 의미를 규정하려고 하지 않고, 각각의 작품의 탄생을 주재(主宰)하는 일반적인 법칙을 알아냄을 목적으로 한다. 그러나 또한 심리학, 사회학 등과 같은 과학과도 반대로 그 법칙을 문학 자체 안에서 찾으려고 한다. 따라서 시학은 문학에 대한 '추상적'이며 동시에 '내적'인 접근인 것이다.[7]

토도로프는 시학이 해석과 과학 사이에서 상보적인 관계를 유지하면

---

7 츠베탕 토도로프, 곽광수 역, 『구조 시학』, 문학과지성사, 1977, 19면.

서 끊임없이 왕복운동을 함으로써 형성된다고 말한다. 이 역동적 방법론은 텍스트 자체를 동적 체계, 즉 폐쇄된 조직이 아닌 개방된 체계로 보는 관점을 전제로 하는 것이다.

언어는 통상적으로 외연(denotation)과 내포(connotation)의 두 의미로 분류된다. 외연은 일반적이고 객관적이며 사전적인 의미인데, 이것은 고정되고 인정된 기존의 의미이다. 비유적으로 말하여, 랑그(langue)에 해당한다. 그러나 문학의 언어는 이 추상적이고 한정된 랑그를 재료로 하여 예술가가 창조적으로 무한히 부려 쓴 파롤(parole)이다. 이것은 예술가가 특수하고 새로운 의미를 부여한 언어인데, 따라서 내포로서의 문학적 언어는 개인적 언어이다. 시인은 예술적 효과를 창조하려는 의도와 관련하여 낱말을 엄밀히 선택하고 이것을 긴밀하게 배치함으로써 세부와 세부, 세부와 전체 간의 유기적 관계를 맺도록 한다. 언어의 선택과 배열은 언어 기호의 형성 과정이다.

구조주의 문학이론에 결정적인 영향을 끼친 소쉬르(F. de Saussure)의 언어학은 언어를 자의적이고 변별적인 기호 체계로 간주하며, 기호를 랑그와 파롤, 기표와 기의라는 이항 체계로 이해한다. 공시적인 방법으로 언어 체계를 하나의 구조로 인식하는 소쉬르는 그것을 계열적 관계와 통합적 관계로 나눈다. 계열적 관계는 유사성을 기준으로 선택을 통해 이동하는 수직적 관계로서, 시간적 질서를 따르지 않고 서로 교환될 수 있다. 통합적 관계는 인접성을 기준으로 결합에 의해 이동하는 수평적 관계로서, 시간적 질서를 따르고 서로 교환될 수 없다.[8]

야콥슨은 체계로서의 언어는 통합적 관계와 계열적 관계에 지배된다는 소쉬르의 언어학에 토대를 두고, 언어의 시적 기능에 대한 일반 이

---

8 소쉬르, 최승언 역, 『일반 언어학 강의』, 민음사, 1997 참고.

론을 「언어학과 시학」을 통해 제시한다. 이 논문에서 야콥슨은 언어적 교통을 가능케 하는 여섯 가지 요소로 발신자・수신자・문맥・접촉・코드・메시지 등을 들고, 이에 상응하는 여섯 가지 언어적 기능을 제시한다. 이 중 언어의 시적 기능은 메시지를 지향할 때 나타나는데, 메시지를 지향하는 언어란 언술의 내용이 아니라 말하는 행위를 중시하는 태도를 말한다. 결국 야콥슨은 언어적 교통-언어적 기능-시적 기능의 순서를 밟아, 시적 기능을 첫째로 메시지, 곧 언술 행위 자체를 지향하는 것, 둘째로 지시적 기능을 모호하게 하는 것, 셋째로 모든 언어학적 수준에서 이에 대응되는 구조를 잠재적으로 지향하는 것으로 요약한다.[9]

소쉬르의 언어학에 토대를 두고 언어의 시적 기능을 해명한 야콥슨은, 수사학의 용어를 빌려와 언어의 선택을 '은유'로, 언어의 배열을 '환유'로 기술한다. 야콥슨은 언어 형성의 가장 근본적인 원리와 관련하여 이 두 가지 수사학을 설명하는데, 은유가 유사성을 바탕으로 한 언어의 결합으로서 시의 기본 수사학이 되는 것이라면, 환유는 인접성을 바탕으로 한 언어의 결합으로 산문의 기본 수사학이라고 정의하고 있다. 시적 기능은 언어의 선택 양식과 배열 양식의 양면에 의존해서 등가성을 만들어내는 언어의 한 기능이다. 야콥슨은 이를 "시적 기능은 등가성의 원리를 선택의 축에서 배열의 축으로 투사한다"라고 표현한다. 선택의 유사성이 배열의 인접성에 중첩되는 것이다. 그래서 야콥슨은 계속해서 "인접성에 유사성이 중첩되는 시에서는 환유는 모두가 다수는 은유적이며, 은유는 모두 환유적이다"와 같이 말할 수 있게 된다. 이런 시적 기능에 의해서 시는 상징적이고 복합적이고 다의적 본질, 즉 모호성의

9 로만 야콥슨, 신문수 역, 「언어학과 시학」, 『문학 속의 언어학』, 문학과지성사, 1989, 50~91면 참고.

본질을 띠게 된다.

그러나 한편으로 유사성과 인접성을 중첩시키는 시적 기능의 이론은 결코 새로운 것이 아니다. 전이, 즉 '옮겨 놓기'를 은유의 한 양식으로 분류한 아리스토텔레스의 은유론에서 이미 이런 시적 기능을 발견할 수 있기 때문이다. 옮겨 놓기는 시적인 것의 본질로서 아무리 강조해도 지나치지 않다. 또 하나 주목되는 것은 야콥슨이 시에는 은유 원리가 우세하고 산문에서는 환유 원리가 우세하다고 하면서 선택과 배열을 장르 구분의 기준으로 삼은 점이다. 그러나 산문처럼 행위를 서술하는 시에는 언어 선택보다 언어 배열이, 즉 은유보다 환유가 더 우세할 수 있다. 사건은 시간 순서에 따라 서술되거나 인과 관계로 서술되므로, 이야기를 가진 서술시에서 언어 배열, 즉 환유 원리가 지배소가 되는 것은 당연하다고 할 수 있다. 그러므로 야콥슨이 은유 원리와 환유 원리를 운문과 산문의 장르 구분으로까지 확장한 것은 서정시를 설명하는 하나의 관점일 뿐, 현대시를 설명하는 보편적인 도식이 될 수는 없다.

따라서 수사학과 철학의 경계를 해체하고자 하는 새로운 수사학의 경향으로 볼 때, 야콥슨의 시=은유, 산문=환유라는 도식은 비판받을 수밖에 없다. 가령 폴드만(Paul de Man)은 야콥슨을 비롯한 형식주의의 이론에 대해 근대 낭만주의의 비평적 접근을 계승한 것이라고 비판하면서, 은유 중심의 낭만주의 수사학을 해체하고 환유에 대한 새로운 시각을 제시한다. 폴드만은 전체적으로 낭만주의 이데올로기를 비판하면서 은유와 상징 대신 언어의 알레고리적 본성을 밝히는데 주력한다. 그는 프루스트의 『잃어버린 시간을 찾아서』에 나타나는 마르셀의 독서 장면에서 내부의 몽상에 주목하고, 그것은 통합적인 은유 대신에 외부의 물질성과 언어의 우연성에 근거한 환유에 의존하지 않을 수 없다고 주장한다.[10] 슈라이퍼(R. Schleifer)는 야콥슨의 수사학 논의를 모더니즘

시대의 환유적 변화에 대한 제유적 반응으로 평가하고, 기호의 물질성이라는 측면에서 환유를 정의한다. 야콥슨의 이항 대립에 기초한 은유와 환유 논의는 미학주의를 구현한 것이며 신비적 방법으로 의미를 회복하고자 하는 시도라는 것이다. 담론의 물질적 토대에 관심을 가지는 슈라이퍼는, 유럽에서 휴머니티의 척도가 지배하던 시대를 제유의 시대로 보고, 모더니즘의 시대를 환유의 시대로 간주한다. 슈라이퍼에 의하면 물질성이란 모든 담론에서 의사소통을 위해 필요한 물질적인 기표를 말하는데, 따라서 그는 환유를 언어 기호의 물질성을 적극 구현한 현대적 수사로서 옹호한다.[11]

폴드만과 슈라이퍼의 이론은 후기구조주의나 해체주의의 입장을 받아들이면서 은유 중심의 수사학을 근본적으로 해체하는 것을 중심 내용으로 하고 있다. 폴드만은 은유와 환유의 이항 대립을 해체하면서 언어의 알레고리적 본성을 통해 환유를 강조하고, 슈라이퍼는 모든 수사법을 제유와 환유로 유형화하면서 언어 기호의 물질성이 구현된 수사를 환유에서 찾는다. 의미들 사이의 내적 유사성에 의해 동일성을 지향하는 은유와 달리 환유는 우연성에 근거하여 기호의 물질성을 드러내는 수사이다. 그러나 은유와 환유의 이항 대립에 기초하여 모든 언어 양식과 문학 장르까지 이분법적으로 구분한 야콥슨의 오류 못지않게, 폴드만과 슈라이퍼의 이론은 언어 기호의 물질성에 기초한 환유에 과도한 의미를 부여함으로써 해체주의가 맞이하고 있는 회의적 국면을 재현하고 있는 것으로 보인다. 이러한 이유로 우리는 프로이트와 라캉을 중심으로 체계화된 정신분석적 시학이 들뢰즈・가타리의 언표 및 기호 체제 이론으로 전개되는 양상과, 카임 페렐만・루시 올브레이츠

10 Paul de Man, *Allegories of Reading*, Yale University Press, 1979, pp.13～14 참고.

11 R. Schleifer, *Rhetoric and Death*, University of Illinois Press, 1990, pp.13～14 참고.

—티테카 및 제임스 크로스화이트의 논증 행위 이론이 제시하고 있는 신수사학적 관점을 중요한 참조 사항으로 고찰할 필요성을 가진다.

3. 정신분석 및 분열분석적 시학

야콥슨이 시학의 정립과 관련하여 시도한 은유와 환유라는 수사학적 관점의 연구는 프로이트(Sigmund Freud)에서 라깡(Jacques Lacan)으로 이어지는 정신분석학에서 새로운 차원으로 전개되었다. 김인환은 형식주의 비평은 문학 과학이 성립될 수 있음을 구체적으로 증명한 점에서 공로가 있지만, 언어학이 문학비평의 기초 과학이라는 한계를 넘어 문학비평을 한 부분으로 포섭하는 유일한 과학으로 확장되는 현상에 의심을 품지 않을 수 없다고 문제를 제기하면서 다음과 같이 피력한다.

> 만일 정신분석으로 언어학을 수정하고, 언어학으로 정신분석을 수정하여 이루어지는 정신분석의 언어학이 있다면 그러한 이론 체계는 문학비평의 기초 과학이 될 수 있으리라는 가정이다. 그러한 가능성이 개개의 문학 현상에 모두 적용되는 것은 아니라 할지라도 작품 분석과 정신분석의 유사점은 예로부터 지적되어 왔다.[12]

김인환이 문학 비평의 기초 과학으로 제기하고 있는 '정신분석적 언

---

12 김인환, 「언어와 욕망」, 『비평의 원리』, 나남, 1994, 256면.

어학'은 프로이트와 라캉의 이론적 통찰을 검토하면서 은유와 환유라는 수사학적 용어를 중심으로 무의식의 의미 작용을 기호 표현과 기호 내용의 관계를 통해 규명하는 작업이다. 프로이트와 라캉의 수사학적 사유를 정리하면서 이러한 정신분석적 언어학의 의미를 살펴보기로 한다.

프로이트에 의하면, 잠재적 꿈 사고가 외현적 꿈 내용으로 드러나는 과정인 꿈 작업의 두 가지 기능은 '압축'과 '전위'이다. '압축'은 꿈 사고에 여러 번 나타나는 요소들을 선택하여 새로운 통합체를 형성하거나, 공통점을 가진 여러 잠재 요소가 하나의 단일 요소로 용해되어 형성되는 경우이고, '전위'는 꿈 사고의 여러 요소 중 어느 하나만이 부당하게 확대되어 발현되거나, 잠재적 요소가 고유의 구성 요소에 의해서가 아니라 관계없는 것 혹은 암시에 의해 대체되는 것이다. 이 두 꿈 작업은 검열에 의한 왜곡의 결과로서, 무의식을 억압하고 있는 저항을 감소시켜 잠을 지속하고자 하는 힘과 억압된 본능을 충족하려는 소망 성취의 힘 사이의 타협의 결과로 이해된다. 또 하나 꿈 작업의 중요한 기능은 '전도'인데, 그것은 의미를 역전시키거나 반대어에 의해 대체되는 것이다.

라캉은 프로이트가 설명한 '압축'과 '전위'를 '은유'와 '환유'라는 수사학적 용어로 번역한다. 이로써 라캉은 꿈 작업이 심리적 논리학의 과정이 아니라 언어적 과정임을 말하려 했다. 야콥슨의 실어증 연구를 참조한 라캉은 '은유'를 '다른 단어를 위한 단어', 즉 대체를 통한 의미 효과로 이해한다. 억압된 기표와 그 대체물 사이의 긴장으로부터 은유의 불꽃이 튀어나오는 것이다. 그리고 라깡은 '환유'를 '단어에서 단어로', 즉 새로운 의미를 산출하지 않으면서 이미 존재하는 것을 병렬하고 지시하는 구조로 이해한다. 즉 환유는 부분으로 전체를 대신하거나 결과로 원인을 설명하는 것을 포함하여, 한 기표에서 다른 기표로 미끄러지는 무의식의 특징을 나타내는 방식이다.

라캉이 사용하는 은유와 환유가 야콥슨의 그것과 다른 차원은 어디에 있는가? "라캉은 은유의 구조를 해명할 때에 '무의식 속의 의미'라는 개념을 강조하고 유사성에는 거의 관심을 보이지 않았다. 프로이트도 나타난 꿈의 세부와 숨겨진 꿈의 세부를 연관 지을 수 있는 유사성은 존재하지 않는다고 말하였다"[13]라는 김인환의 지적은 이 질문에 대한 중요한 대답을 제공한다. 즉 무의식의 언술도 근본적으로 의식의 언술과 동일한 규칙에 의존하여 조직되지만, 무의식의 언술은 의식의 언술과 같은 합리적 현상이 아니라는 것이다. 무의식은 '내가 말한다'라고 할 수 없는 곳에서 말하며, 무의식의 의미 작용에서 기호 표현과 기호 내용의 거리는 의식적 주체가 헤아릴 수 없을 만큼 멀리 떨어져 있는 것이다. 따라서 무의식의 의미 작용에서 기호 표현과 기호 내용은 의미 작용에 저항하는 선으로 분리되어 있는 별개의 질서들이며, 이러한 저항선의 완강함 때문에 치료자와 환자는 긴 우회로를 거쳐 나아가지 않을 수 없다. 그러나 무의식의 언술에는 끊임없이 미끄러져 새어나가는 의미 작용을 멈추게 하는 어떤 신비로운 고정점이 있기 때문에, 기호 표현과 기호 내용을 부분적으로 연결시켜 주는 것이다.[14]

그러면 무의식의 의미 작용에서 은유와 환유는 어떤 역할을 하는가? 라캉에 의하면, "욕망은 환유이고 증상은 은유다." 한편으로 영원히 채울 수 없는 결여를 환기하면서, 다른 한편으로는 기호 연쇄를 따라 만족을 추구하는 욕망은 '결여의 환유'이다. 증상은 정신적 외상 체험과 신체 기관의 상호작용이다. 새로운 기호 표현이 나타나서 원래의 기호 표현을 억압한다는 점에서 증상은 하나의 은유이다. 증상에서 나타난

13 김인환, 「문학과 정신분석」, 『문학의 새로운 이해』, 문학과지성사, 1996, 218면.
14 김인환, 「언어와 욕망」, 앞의 책, 267~268면 참고.

기호 표현은 숨겨진 기호 표현과의 관계 안에서만 분석될 수 있다. 그러한 관계가 밝혀지지 않는다면 증상은 언제나 신비로 남는다. 환자가 자유 연상을 통하여 나타난 기호 표현과 숨겨진 기호 표현의 관계를 확립하기만 하면, 증상은 쉽사리 소멸한다.[15]

이처럼 라캉의 정신분석이 지닌 수사학적 개념은 무의식적 언술이 지닌 비합리성과, 그 무의식의 의미 작용에 존재하는 기호 표현과 기호 내용 사이의 완강한 거리를 직시하고, 긴 우회로를 따라 증상에 나타난 기호 표현과 숨겨진 기호 표현의 관계를 분석한다는 점에서 문학 비평, 혹은 시학의 중요한 지표를 제공한다. 문학 혹은 시의 창작은 의식적 언술과 무의식적 언술이 중층적으로 결합되어 표현되는 것이며, 따라서 작품은 작가의 욕망이 발현된 증상이라고 볼 수 있기 때문이다. 우리는 정신분석적 시학이 지닌 수사학적 개념을 활용하여 작품에 드러난 표현 및 문체라는 증상을 그 기호 표현과 숨겨진 기호 표현과의 관계를 통해 분석함으로써 끊임없이 미끄러지는 욕망의 환유 고리 속에서 신비로운 고정점을 발견할 수 있게 된다.

한편 김인환은 "자본주의의 한가운데서 자본주의의 한복판을 뚫고 넘어서서 질문하는 방법을 우리는 정신분석에서 배워야 한다"[16]고 말하며, 정신분석적 비평을 개인적 무의식 및 욕망에 대한 분석의 차원을 넘어서 자본주의를 분석하고 그것을 넘어서는 질문의 방식으로까지 전개시키고 있다.

> 언어는 정보를 전달하는 도구가 아니다. 언어의 기능은 힘의 행사에 있다. 사랑의 고백이나 전쟁의 선포는 바로 힘의 행사이다. 그러한 담론을 발

15 위의 글, 271~272면 참고.
16 김인환, 「문학과 정신분석」, 앞의 책, 226면.

화하는 주체는 개인이 아니라 사회적인 힘이다. 방송 · 강의 · 유세 등의 모든 담론은 정보의 전달이 아니라 힘의 행사를 목적으로 삼는다. 들뢰즈와 가타리는 사회적 힘의 행사를 "발화의 집합적 배치"라고 하였다. 발화의 집합적 배치를 구성하는 소단위 부분들은 다방면으로 예측할 수 없이 연결되고 침투되고 혼합되고 포섭된다. 그것은 여러 방향으로 뻗어나가는 무정형의 뿌리(rhizome)이다. 개인의 발화는 발화의 집합적 배치와 뗄 수 없이 얽혀 있으므로, 발화의 주체는 개인이 아니고 모든 발화는 자유 간접 화법이다.[17]

김인환은 인물 형태를 파괴하고 무의식의 분자적 부분 단위들의 작동을 연구하는 정신분석을 성욕의 물리학이고 욕망의 경제학이며 일종의 미시사회학으로 간주한다. 여기서 김인환의 정신분석적 비평은 프로이트와 라캉의 이론과 더불어 들뢰즈(Gilles Deleuze)와 가타리(Félis Guattari)의 이론까지도 흡수하며 전개되고 있다. 언어와 노동의 변증법 및 문학 생산의 변증법이 욕망의 정치 경제학으로까지 나아가는 과정에서 들뢰즈와 가타리의 언어철학 및 '기호 체제' 이론은 하나의 참조사항으로 고려될 수 있다.

들뢰즈 · 가타리는 『천 개의 고원』[18]에서 기존의 언어철학들을 비판하면서 자신들의 언어철학을 제시하고 있다. 들뢰즈 · 가타리는 언어활동의 기초 단위를 '언표'로 보고, 언표의 기초 단위를 '명령어'로 본다. 즉 들뢰즈 · 가타리는 언어를 기본적으로 타인으로 하여금 어떤 행동을 하도록 요구하는 것으로 보는 것이다. 들뢰즈 · 가타리에 의하면, 언어란 사물에 대한 '정보'를 얻거나 주체들 사이의 '소통'을 위한 것이 아니

---

17 위의 글, 233면.

18 질 들뢰즈 · 펠릭스 가타리, 김재인 역, 『천 개의 고원』, 새물결, 2001.

다. 왜냐하면 대부분의 언어는 간접 담론의 형태를 띠며, 주체는 명료한 동일성을 띤 존재가 아니라 무수한 목소리들의 혼합이기 때문이다. 결국 들뢰즈·가타리는 언어의 본질을 '정보'와 '기표화'에서 찾는 입장과, '소통'과 '주체화'에서 찾는 입장을 비판함으로써 화용론(話用論)으로 나아가는 길을 여는 것으로 보인다.

들뢰즈·가타리는 기호를 배치(agencement)와 관련시켜 이해하고자 한다. 배치는 층(strate)의 구조인데, 층들은 항구적인 것이 아니라 늘 '층화 작용'을 겪는다. 언어나 행위를 추상화시키지 않고 그 전체에서 파악하면서 들뢰즈·가타리는 '잉여성'이라는 개념을 도입한다. 어떤 부분을 자족적인 것으로 추상화할 때 항상 그 바깥에는 무엇인가가 남아 있으며, 더 중요하게는 그 남아 있는 것과 추상한 것 사이에는 내적 관계가 존재한다는 것이다. 잉여성은 '주파수'와 '공명'이라는 두 형태를 갖는다. 주파수는 기표화와 연관되고, 공명은 주체화와 연관된다. 매끈하게 정리된 기표화와 정확히 합치하는 주체화는 그 아래에 먼저 존재하는 장(場), 즉 잉여성으로부터 걸러지고 규격화되어 성립한다. 정보가 걸러지고 규격화될 때 기표화가 성립하며, 소통이 걸러지고 규격화될 때 주체화가 성립한다. 기표화와 주체화의 체계가 결정되어 있는 경우를 들뢰즈·가타리는 '기호 체제(régime de signes)'라고 부른다. 들뢰즈와 가타리가 말하는 기호 체제는 기호들이 일정한 정식화(定式化)를 통해서 하나의 체제를 형성할 때 성립한다. 들뢰즈·가타리는 또한 이를 '기호계(semiotique)'라고도 부른다. 기호계에는 미개사회에서 전형적으로 나타나는 전(前)기표적 기호계, 고·중세 시대에 전형적으로 나타나는 군주적 기호계, 유목민에게서 전형적으로 나타나는 대항(對抗)기표적 기호계, 그리고 이 세 기표 체제와 특별히 구분되는 탈(脫)기표적 기호계가 있다.

들뢰즈·가타리는 '정보'와 '소통'으로서의 언어 개념을 비판하고 '배치'를 사유하고자 하며, 언어를 자족적으로 다루려는 입장을 비판하고 기계적 배치와 언표적 배치를 함께 사유하고자 한다. 그리고 이들은 언어를 등질성, 보편성, 항상성에서 사유하려는 '과학적' 입장을 비판하고 언어를 다질성, 특이성, 연속적 변이의 측면에서 사유하고자 한다. 언표 행위의 고정된 집합적 배치는 간접 화법, 특히 자유 간접 화법의 형태를 띤다. 이것은 글쓰기에서의 문체(style)와도 관련된다. 문체는 심리학적 창조물이 아니라 언표 행위의 배치인데, 왜냐하면 그것은 저자라는 중심에서 나오는 산물이기보다는 언표장에서의 저자의 운동이 그려내는 흔적들과 기억들의 산물이기 때문이다. 전형을 벗어나는 표현은 탈영토화의 꼭지점을 구성하며 특이성의 운동을 내포하므로, 이 점에서 특이성은 다질성 및 창조성과 통하는 것으로 간주될 수 있다.

들뢰즈·가타리에 의하면, 언어의 문제는 권력 혹은 정치의 문제와 연결된다. 다수어는 권력을 내포하고 있으며, 이로부터 탈주하려는 소수어는 역량을 내포하고 있다. 소수문학은 전통을 파열시키고 이탈시키며, 문학의 역량을 최대한 확장한다. 다수어는 연속적 변이를 거슬러 고착화된 언어를 구성하려 하고, 소수어는 연속적 변이의 선을 따라 계속 생성한다. 연속적 변이를 겪는 실제 언어는 모두 소수어이며, 다수어는 소수어의 장(場) 위에서 구획되어 형성된다. 소수적인 것은 포함이나 동일성을 위해 미리 주어진 척도나 규범을 가지고 있지 않다. 소수어의 기준은 수나 양이 아니라 '생성'이다. 그것은 '되기'로 표현될 수 있는데, 여성-되기, 소수-되기, 동물-되기 등의 '생성' 혹은 '되기'는 동일자를 무너뜨리는 타자성이다. 소수어는 이질적이고 변이에 개방적이며, 동일성을 표현하기보다 동일성을 창조하는 수단으로 볼 수 있다. 결국 들뢰즈·가타리에게 언어는 명령어이고, 잉여성의 풍요로운 장이며, 또 연속적 변이를 겪는 정치적 장이기도 하다.

들뢰즈 · 가타리는 예술의 특성을 '감응(affects)'과 '지각(percepts)'을 창조하는 것으로 본다. 예술은 카오스와 견해라는 양 극 사이를 왕래한다. 예술은 카오스로부터 무한한 가변성의 무기를 취하여 견해와 투쟁하는 한편, 카오스에 대항하여 그것의 가변성을 '재편된 카오스'의 다양성으로 구성해낸다.[19] 들뢰즈 · 가타리는 강도와 감응에 대한 문학적 접근법을 사유할 수 있는 방법들을 제안한다. 이들은 기호들이 재현적이고 표현적이기 이전에 '강도적(intensive)'이라고 말하고, '자유 간접 화법'과 '부정사'를 통해 비인칭적이고 지각—불가능한 강도의 투자를 발견할 수 있다고 본다.[20] 문학에서 '자유 간접 화법'은 3인칭 화법을 사용하지만 기술된 등장인물들이 받아들일 만한 공통된 혹은 진부한 스타일로 발화된다. 그래서 발화하는 것은 저자도 등장인물도 아니게 된다. 작가와 등장인물간의 경계가 결정되지 않으며, 따라서 누가 발화하고 있는지 확신할 수 없다. '부정사'도 화자와 언어 사이의 관계를 복잡하게 만든다. '자유 간접 화법'의 말하는 방식이 등장인물들에서 기원하지 않는 방식을 보여준다면, 부정사 또한 주체 없이 발화하고 있다. '자유 간접 화법'과 '부정사'가 언어를 발화 주체로부터 해방시키면, 우리는 언어 그 자체의 흐름, 즉 언어의 의미와 무의미의 생산, 언어의 잠재적이고 창조적인 역량을 볼 수 있게 된다. 이처럼 명제들로부터 언어를 유동화하는 것이 들뢰즈 · 가타리에게 있어서 의미의 사건이다. 의미는 잠재적이고 동시에 비물체적인 것이자, 물체들의 현실성을 넘어서는 역량이다. 결국 들뢰즈 · 가타리는 자유 간접 화법과 부정사를 통해 문학과 예술이 창조하는 감응과 강도를 진단함으로써 의미의 긍정적인

---

19 질 들뢰즈 · 펠릭스 가타리, 이정임 · 윤정임 역, 『철학이란 무엇인가』, 현대미학사, 1995, 233~314면 참고.

20 클레어 콜브룩, 백민정 역, 『질 들뢰즈』, 태학사, 2004, 176~185면 참고.

차원이 존재함을 강조하는 것이다.

4. 신수사학적 시학

최근 우리 학계나 비평계의 수사학적 관심은 은유, 환유, 제유를 중심을 전개되고 있는 듯하다. 이러한 연구가 중요한 성과를 얻고 있음을 확인할 때, 이 성과를 더욱 강화하고 확대하기 위해서 필요한 작업은 무엇일까? 그 구체적인 방법으로 두 가지를 생각할 수 있다. 하나는 주네트가 「줄어드는 수사학」을 마무리하면서 강조하고 있는 일반적 수사학, 혹은 옛날의 수사학으로 돌아가서, 그 오래된 지혜를 되살리는 것이다. 또 하나는 신수사학이 전개되는 경향이 반드시 '표현'의 영역, 즉 문체 · 문채 · 전의의 영역에만 국한되는 것이 아니라는 사실을 확인하고, 그 새로운 지혜를 배우는 것이다. 그런데 이 오래된 지혜나 새로운 지혜는 어느 하나의 지점에서 만난다.

지금까지 수사학은 문학적 표현과 해석을 위한 도구의 하나로 간주되어 왔다. 그래서 시학과 관련된 수사학 연구는 문학에 사용된 기법으로서의 수사학을 어떻게 설명할 수 있는가에 초점이 맞추어져 있었던 것이 사실이다. 그러나 최근 활발하게 전개되고 있는 수사학에 대한 새로운 관점들은 '의사소통 행위', 즉 '언어 행위'의 가장 큰 특징으로 수사성에 주목했으며, 이것을 통해 텍스트를 이해하고 분석하는 중요한 방법을 찾게 되었다. 최근 수사학은 근대 세계에서의 담론의 새로운 조건들을 일컫는 '수사성'의 이해를 바탕으로 수사학의 영역 확장을 꾀하고 있다. 오늘날 수사학은 첫째, 단순히 언어의 장식적, 도구적 기능을 의미하는 것이 아니라 텍스트가 가지는 설득과 호소를 비롯한 의사소통의 행위, 다시 말해 언어 행위를 이론과 실천의 결합으로 간주하며, 둘째, 단독으로 연구될 수 없고 언어학적, 사회학적, 정신분석적, 인식적, 의사소통적, 미디어적, 혹은 문학적 수사학으로 연구될 수 있다.[21] 이러한 관점을 기초로 카임 페렐만・루시 올브레히츠-티테카, 제임스 크로스화이트의 논증 행위 이론이 전개하고 있는 수사학적 관점을 개략적으로 살펴보고자 한다.

1958년에 출간된 카임 페렐만(Chaïm Perelman)과 루시 올브레히츠-티테카(Lucie Olbrechts-Tyteca)의 공저 『신수사학-논증 행위 이론』은 현대 수사학 이론에서 형이상학에 대한 반응이자 대안으로서 하나의 중요한 사건으로 간주될 수 있다. 『신수사학』에서 페렐만과 티테카는 지난 3세기 동안 서구 철학에 흔적을 남겨온 데카르트에 기인하는 이성 및 추론의 개념과 단절을 이룰 것이라고 언급하고, 새로운 메타철학을 발전시키는 수단으로서 수사학이나 의사소통 이론을 전개한다. 페렐만과 티테카의 신수사학이 규명하려는 중요한 특징을 정리하면 다음과 같다. 첫째, 추론의 척도는 영원히 현존하는 사물들의 본질, 혹은 시간을 초월하는 논리적인 기준이 아니며, 자명함은 이성 및 참된 지식의 주요한 특징이 아니다. 따라서 모든 논증 행위의 목표는 다른 사람의 지지를 얻는 것이기 때문에, 청중에 기초하여 전개된다. 논증의 장점은 그것에 동의할 수 있는 청중의 특성을 아는 것을 통해 결정되므로, 수사학은 합리성 수용 이론을 요구한다. 둘째, 청중의 지지는 언제나 정도의 문제이기 때문에, 논증 행위는 다양한 청중에 따라 다양한 정도로

21 John Bender・Dabid E. Wellberry, *The End of Rhetoric*, Standford University Press, 1990, p.38 참고.

성공하거나 실패하는 것으로 이해되어야 한다. 이것은 어떤 주장이나 담론을 평가할 때 참/거짓의 판단 기준을 포기한다는 것을 의미한다. 논증에는 더 나은 논증과 덜 나은 논증이 있을 뿐이며, 주장에는 더 설득력이 있는 논증과 설득력이 떨어지는 논증이 있을 뿐이다. 셋째, 이성은 본질적으로 윤리적인 동기를 갖는 하나의 실천이다. 논증 행위의 핵심적인 지침이 되는 원칙은 정의(justice)에 대한 사고인데, 이것은 재화의 분배, 자유와 권리의 보호 등과 관련하여 다양한 주장이 어떻게 화해를 이룰 수 있는지를 결정하는 방법으로 간주된다. 논증 행위는 사회적으로 존재하는 다양한 주장들을 공정하고 정당한 방식으로 화해시키려는 시도인 것이다.[22]

페렐만과 티테카의 작업이 지닌 의의는 전통적인 형이상학 이후의 대안으로 메타철학으로서의 수사학의 위상을 정립하는 데 있다. 청중을 고려하는 논증 행위를 통해 차이를 존중하면서 합의에 이르는 의사소통의 가능성을 열어놓음으로써 현대 철학과 수사학이 도외시하는 사회적 비평을 가능케 하는 것이다. 수사학의 측면에서 이들의 작업은 은유, 환유, 제유라는 '표현'의 측면으로 축소되어온 관심을 화자–청자–청중이라는 의사소통의 관계망으로 확장하고, 그 복잡하고 다양한 맥락을 검토하면서 논증 행위의 윤리적 측면까지 고려한다는 점에서 주목을 요한다.

제임스 크로스화이트(James Crosswhite)는 페렐만과 티테카의 작업을 수용하면서 소위 '신수사학'의 존재 방식과 근거를 근본적으로 제시한다. 그는 새로운 수사학의 의미와 위상을 다양한 측면에서 종합적으로, 그리고 정치하게 서술하고 있다. 그의 주된 목적은 논증 행위의 이론을

22 제임스 크로스화이트, 졸역, 『이성의 수사학』, 고려대 출판부, 2001, 31~33면 참고.

재구성하여 이성을 긍정하는 것이다. 최근의 포스트모던적 비판에 맞서 이성과 논증적 합리성을 옹호하려는 이 시도는, 그러나 특이하게도 철학적 전통에 대한 포스트모던적 비판을 수용하면서 시작된다. 전통 철학이 지닌 동일성의 사유와 포스트모더니즘이 지닌 차이의 사유로부터 동시에 비판적 거리를 유지하면서 논리학이 아니라 수사학, 형이상학적 기준이 아니라 실용주의적 관점에서 논증 행위의 이론을 재구성하면서 자신의 수사학을 '이성의 수사학'이라고 부른다.

크로스화이트는 이성의 수사학이 등장하게 된 철학적 상황을 기술한다. 하이데거와 데리다에 대한 개괄적인 논의를 통해 현대 철학의 상황을 묘사하고, 수사학적 이론이 현대 철학에 대한 일종의 응답이자 성취라는 것을 보여준다. 지식을 통해 주체와 객체 사이의 간극을 메우는 방식은 데카르트에 의해 방법(method)이라는 용어로 중요하게 취급되어 왔다. 이러한 전통에서 방법은 근본적으로 언어의 문제와 독립적인 것으로 간주되며, 방법의 문제는 언어의 불명료함을 순화하는 것, 즉 그것을 분명하게 하는 것이다. 이러한 보편적 특성에 대한 탐색은 근대적 사유의 중심 주제이다. 데카르트의 사유에 근거한 근대적 방법에 대한 체계적인 대응은 하이데거의 『존재와 시간』에서 이루어진다. 하이데거는 세계에 대한 철학 이전의 경험에서 출발하여 그 경험을 자명한 존재론으로 간주하는 관점보다는 그것 자체의 관점에서 검토함으로써, 근대 철학의 존재론적 묘사를 피하자고 제안한다. 그는 근대성의 주체/객체 존재론을 무력화하기 위해 철학 이전의 경험 속에서 자신을 드러내는 존재를 '세계-내-존재(In-der-Welt-Sein)'라 부른다. 하이데거가 '세계'라고 말할 때, 그것이 의미하는 것은 거미줄처럼 서로 얽혀있는 실체들의 전체적인 망(網)이다. 실체들 사이의 이러한 연관을 하이데거는 '지시 연관' 혹은 '의미 작용'이라고 부르는데, 이러한 지시 연관 속에서 언어가 발생한다. 따라서 언어는 하나의 사물이 아니라 그 자체가 세계의 열어 밝힘이고, 실체들의 드러남이며, 현존재가 존재하는 하나의 방식이다.[23] 언어를 이렇게 이해할 때, 우리는 더 이상 언어를 '일치', '반영', '매개'로서가 아니라 세계-내-존재의 분명한 '발화'로 간주할 수 있다. 따라서 지식은 더 이상 독립적으로 이해 가능한 자기 충족적인 존재자들에 대한 것으로 이해될 수 없고, 언어는 더 이상 그러한 지식의 '전달'이나 '표현'으로 이해될 수 없다.[24]

크로스화이트는 하이데거의 철학적 연구가 수사학을 메타철학으로 이해하는 길을 예비하고 있지만, 수사학적 메타철학은 하이데거의 사유가 지닌 몇 가지 한계를 밝혀준다고 주장한다. 그리고 하이데거 이후의 사유로서 해체주의(deconstruction)를 주목하고 데리다의 이론과 대면함으로써, 이성의 수사학과 해체주의가 가진 공통점과 차이점을 규명한다. 크로스화이트에 의하면, 철학적 이성의 수사학과 해체주의가 공유하는 가장 중요한 공통점은 기표와 기의 사이의 절대적인 형이상학적 구분을 거부한다는 점이다. 해체주의도 철학적 수사학 이론도 이성 및 이해 가능성의 근거를 무한한 논리적 사고에 두지 않는다. 철학적 수사학과 해체주의 사이의 차이는 첫째, 수사학은 때때로 행위자(agent)

---

23 위의 책, 10~14면 참고.

24 언어에 대한 이와 유사한 이해는 비트겐슈타인의 『철학적 탐구』에서도 나타난다. 『논리 철학 논고』로 대표되는 초기의 논리 실증주의적 이론과 사상을 스스로 해체한 비트겐슈타인은, 후기 사상에서 '언어게임'이란 개념을 제시하고 '실천'을 중시한다. 비트겐슈타인의 언어철학은 다음과 같이 요약될 수 있다. 첫째, 실천 개념은 언어적 실천과 행동적, 혹은 생활적 실천이 교차하는 지점에서 이루어진다. 둘째, 진리는 실천, 즉 특정한 언어게임 내부에서 진리 효과에 의해 정당화되는 지식이므로, 이러한 진리 개념은 주관과 대상의 일치, 대상과 개념의 일치라는 근대적 진리 개념을 벗어난다. 다시 말하면 주체와 세계는 각각 자명한 존재로 정립되어 있는 것이 아니라, 주체와 세계의 관계망에서 그 교호작용이 실천(언어적 / 비언어적)에 의해 이루어진다는 것이다. 죠지 핏처, 박영식 역, 『비트겐슈타인의 철학』, 서광사, 1987, 259~309면 참고.

및 의도(intention)라는 개념에 의존하는데, 해체주의는 이러한 개념들을 말소하려 한다. 둘째, 텍스트 허물기 혹은 기생적 실천으로서 해체가 하나의 의심의 실천인데 반해, 이성의 수사학은 차이를 존중하는 의사소통 행위를 통해 사회적 합의를 지향한다는 점이다.

크로스화이트는 데리다가 주장한 글쓰기의 특징인 '반복 가능성(iterability)'에 대해 의문을 제기한다. '반복 가능성'은 글쓰기가 그 내부의 횡단적 맥락성에서 어떤 근원적인 현전에 대한 수정이 아니라 현전에 대한 침입이자 현전의 죽음을 생산하며, 또한 원초적인 의도나 의미를 고정시키는 전체적인 맥락의 죽음을 낳는다는 의미를 가진다. 글쓰기가 그 자신을 끊임없이 초월하며 또한 어딘가 다른 곳에서 언젠가 다른 때에 의미가 있게 될 것을 암묵적으로 주장하고 있기 때문에, 의미는 끊임없이 지연된다. 크로스화이트는 데리다가 의식이나 현존의 의사소통적 지평과 단절해야 한다는 주장에 대해 비판한다. 수사학은 의사소통을 행위로 이해하며, 따라서 화행 이론(speech-act theory)과 관련된다. 언어 행위나 논증 행위에서 주장을 한다는 것은 누군가에 대하여 행위를 취하는 것이며, 누군가로 하여금 특정한 방식으로 세계를 경험하도록 이끄는 것이다. 이때 '의도' 혹은 '의미'가 무엇인지는, 즉 주장하는 바가 무엇이고 누구에게 주장하는가는 의사소통 과정에서 형태를 갖추게 된다. 즉 크로스화이트는 데리다가 언어 행위자의 부재에 대하여 과장하고 있다고 비판하는 것이다. 수사학 이론은 우리가 언어 행위를 하기 전에 상당히 많은 부분이 이미 결정되어 있다는 것을 인정하지만, 사물에 대한 수사학적 관점에서 인간의 행위가 없이는 글쓰기가 없다는 점을 또한 주장한다.

크로스화이트의 두 번째 문제 제기는 해체주의의 근본적이고 집요한 회의주의에 대해서 이루어진다. 데리다는 「징후, 사건, 맥락」에서 『말과 행위』에서 보여준 오스틴(J.L. Austin)의 이론이 의사소통의 성공에 집중하는데 지나친 관심을 갖는다고 지적한다. 즉 오스틴의 초점은 담화 행위에서 부정적인 것에 대한 체계적인 배제, 즉 실패의 배제라는 것이다. 데리다는 오히려 실패의 가능성이 언어 행위의 구조가 갖는 근본적인 특징이라고 주장한다. 이러한 회의주의적 입장은 오스틴의 '일상성(the ordinary)'의 개념에 대한 부정에서 강하게 나타난다. 오스틴의 일상성 개념이야말로 의사소통이 대체로 성공적으로 경험되는 맥락에 대한 개념이기 때문이다. 이에 대한 크로스화이트의 대답은 의사소통이 실패가 없는 완벽한 성공은 아니지만 그럼에도 불구하고 하나의 성공이라는 것이다. 의사소통 행위를 어느 정도 성공적인 것이라고 생각할 가능성은 바람직한 가능성일 뿐만 아니라, 이것이 없이는 의사소통 행위를 진행시키기가 매우 어려워질 가능성이라는 것이다.[25]

제임스 크로스화이트는 주장하기, 질문하기, 갈등에 의미를 부여하는 독특한 논증 행위의 이론을 재구성한다. 그는 하버마스(J. Habermas)의 '타당성 주장(validity claims)',[26] 레비나스(E. Levinas)의 '근접성', '말해진 것(the said)'에 의해 폐쇄된 '말하기(the saying)'의 회복,[27] 스탠리 카벨(S. Cavell)의 '승인(acknowledgement)'[28] 등이 지닌 윤리적 현실성을 수용하여

---

25 제임스 크로스화이트, 앞의 책, 16~24면 참고.

26 위르겐 하버마스는 담화 행위가 함축적인 타당성 주장을 하는 것으로 이해되지 않는다면 본질적으로 이해될 수 없다고 믿는다. 그는 네 가지 다른 종류의 타당성 주장, 즉 성실성(sincerity), 진실성(truth), 정당성(rightness), 명료성(intelligibility)을 제시하며, 다양한 종류의 담화 행위, 즉 표현, 진술, 평가를 구별하는 하나의 방식으로서 그들의 구분을 강조한다.

27 레비나스의 사유는 존재론보다 윤리학에 우선권을 둔다. 그는 존재와 인식을 저도 모르게 영향을 받는 것, 즉 타인에 대한 '근접성'으로부터 유래하는 것으로 본다. 그리고 '근접성'을 타자에 대한 나의 책임감의 어떤 양식, 어떤 질문에도 선행하는 응답, '말해진 것' 이전의 '말하기'로 이해한다. 이는 질문하는 행위 그 자체에 질문하는 동기가 있다는 생각과 관련되며, '말하기'를 이웃에 대해 응답하는 책임감의 양식, 즉 자신과 연루된 사람들에 대하여 책임을 맡는 일이라고 생각하는 것이다.

'주장하기'의 이론을 펼친다. 그는 주장을 담화 행위와 그 동기에 연결되는 것으로 이해하고, 나아가 담화 행위를 그것들이 주장으로 드러나게 하는 윤리적, 사회적, 역사적인 맥락이 깔려있는 것으로 간주한다. 주장하는 행위의 윤리적 측면에 주목하는 크로스화이트의 문제의식은 질문자의 역할 및 윤리적 측면을 조명하여 그것을 의사소통 행위로 이해하는 '질문하기' 이론으로 연결된다. 그리고 그는 논증적 추론에서 두드러지는 '갈등'을 그 당사자들, 초점, 강도, 수준, 수단, 목적 등의 다양한 차원으로 설명하면서, 갈등이 이성과 논증의 정신이요 생명이라는 주장을 전개한다. 또한 크로스화이트는 '청중', '오류', '이데올로기'를 중심으로 논증 행위를 평가하고 그 타당성을 평가하는 수사학적 방법을 시도한다. 특정 청중과 보편 청중 및 비확정적 보편 청중의 개념을 통해 합리성 이론의 수용에 나타나는 주된 특성을 서술하고, 실용주의적인 논증 행위의 수사학 이론이 오류 이론에 어떻게 기여하는지 보여준다. 그리고 논증의 평가로부터 한 걸음 물러나 논증 행위 자체에 대한 평가로서, 논증 행위의 이론과 실천에 수반되는 이데올로기적 측면 및 성차(gender)의 쟁점에 대해 질문하고 대답한다.

이처럼 제임스 크로스화이트가 제안하는 이성의 수사학은 포스트모던 이론이 묘사하는 차이에 의존하면서 그것을 현실주의적이고 윤리적인 틀 안에서 자리매김함으로써, 현대 철학 및 글쓰기 교육이 봉착하고 있는 위기로부터 벗어나 희망을 발견하려는 시도를 보여준다. 오스틴,

---

28 스탠리 카벨의 '승인'으로서의 지식은 자신을 위한 책임감의 양식이고, 다른 사람과의 관계의 자백이며 인식이다. 그래서 지식은 실천적인 용어이며 윤리적인 용어이다. 카벨은 셰익스피어에 대한 비평에서 코딜리어를 '부인'한 리어왕의 광기(『리어왕』)와, 허마이오니와 아들을 '부인'한 레온테스의 의심(『겨울 이야기』)이 아이와 부인을 '승인'하는 데 실패하고, 그 결과 자신을 아버지나 남편으로 '승인'한 데 실패하는 데서 오는 회의주의의 경우를 보여준다고 설명한다.

비트겐슈타인의 화행론 및 페렐만·티테카의 의사소통 행위 이론을 수용하면서 논증 행위 이론을 재구성하는 크로스화이트의 메타철학적 수사학은, 차이로부터 발생하는 갈등을 비폭력적으로 해결하는 가능성을 강화하고, 공준이 무너지고 있는 사회적·문화적 현실 속에서 사회 비평의 가능성을 옹호하며, 고등 교육의 목적에 대한 신뢰할 만한 설명을 제시한다. 이 점에서 메타철학적 수사학은 문학비평이나 시학이 그 윤리성과 사회성을 재사유하는 데 도움을 줄 수 있다. 또한 주장하기, 질문하기 등의 논증 행위 이론으로 화자-청자-청중을 의사소통적 맥락에서 이해하는 관점은, 문체나 문채의 관점에서 작품에 대한 정밀한 분석을 수행하는 내재비평의 방식에, 작가-독자-사회를 의사소통의 맥락 속에서 그 관계망을 폭넓게 고려하는 외재비평의 방식을 결부시키는 데 하나의 의미 있는 관점을 제공한다. 그리고 갈등을 이용하여 학습과 탐구를 수행하고, 오류, 이데올로기, 성차 등의 문제를 수사학적 방법으로 사유하는 논증 행위의 이론은 현대문학 연구 및 비평이 대면하고 있는 새로운 문제 영역을 해결하는 데에도 중요한 시사점을 제공하고 있다.

5. 맺음말

이 글은 현대문학 연구 및 비평을 더욱 심층적으로 진행할 수 있는 기초를 마련하기 위해 수사학과 시학의 관련성을 몇 가지 관점에서 고찰했다. 시학의 체계화에 활용된 기존의 수사학적 관점을 다시 점검하고, 최근 새롭게 전개되고 있는 수사학의 성과를 살펴봄으로써 수사학적 시학 및 비평 방법의 가능성을 점검하고자 했다. 수사학과 시학의 관련성은 야콥슨에서 토도로프와 주네트에 이르는 구조주의 문학이론 및 언어학의 영역, 그리고 프로이트에서 라캉에 이르는 정신분석학의 영역에서 '은유'와 '환유'라는 개념을 중심으로 논의되어 왔다. 최근 우리 학계나 비평계의 수사학적 관심도 은유, 환유, 제유를 중심을 전개되고 있는 듯하다. 이러한 연구 성과를 존중하면서 그것을 강화하고 보충하기 위해서 '착상-배열-표현-암기-발표'의 과정을 포괄하는 고대 수사학의 오래된 지혜를 되살리는 것과, 의사소통 행위, 혹은 논증 행위 이론의 영역에서 수사성을 다루는 신수사학의 새로운 지혜를 배우는 것이 요청된다. 최근 수사학은 '수사성'의 이해를 바탕으로 텍스트가 가지는 설득과 호소를 비롯한 의사소통의 행위를 이론과 실천의 결합으로 간주하며, 언어학적, 사회학적, 정신분석적, 인식적, 의사소통적, 미디어적, 혹은 문학적 수사학으로 연구되고 있다. 이러한 문제의식을 기초로 이 글은 야콥슨, 토도로프 등의 구조 시학과 이를 비판하는 폴드만, 슈라이퍼 등의 관점을 고찰하고, 프로이트와 라캉을 중심으로 체계화된 정신분석적 시학이 들뢰즈·가타리의 언표 및 기호 체제 이론으로 전개되는 양상을 살펴보았다. 그리고 신수사학의 한 동향으로서 페렐만·티테카, 제임스 크로스화이트의 메타철학적 논증 행위 이론이 전개하고 있는 수사학적 관점을 정리했다.

문학 연구나 비평의 기초 과학으로 간주되는 '정신분석적 언어학'은 프로이트와 라캉의 이론적 통찰을 검토하면서 은유와 환유라는 수사학적 용어를 중심으로 무의식의 의미 작용을 기호 표현과 기호 내용의 관계를 통해 규명한다. 이 '정신분석적 시학'은 정신분석을 성욕의 물리학이고 욕망의 경제학이며 일종의 미시사회학으로 간주하는 차원에서,

프로이트와 라캉의 이론과 더불어 들뢰즈·가타리의 이론까지도 흡수하며 전개된다. 언어와 노동의 변증법과 문학 생산의 변증법이 욕망의 정치 경제학으로까지 나아가는 과정에서 들뢰즈·가타리의 언어철학 및 기호 체제 이론은 하나의 참조 사항으로 고려될 수 있다. 언표 행위의 고정된 집합적 배치는 간접 화법, 특히 자유 간접 화법의 형태를 띤다고 보는 들뢰즈·가타리의 사유는, 글쓰기에서의 문체(style)를 심리학적 창조물이 아니라 언표 행위의 배치로 이해한다. 이는 현대문학 연구나 비평에 있어서 끊임없이 새로운 잉여성의 형식들을 개발해 온 작품들의 문체를 탈영토화의 운동과 그것이 내포하는 특이성, 다질성, 창조성의 관점에서 고찰하는 데 하나의 참고가 될 수 있다. 언표의 기초 단위를 명령어로 보고, 언어를 철저하게 언어 바깥의 복잡한 현실 속에 배치하고 사유한다는 점에서 이들의 언어철학은 일종의 화행론(話行論)이라고 볼 수 있다. 이런 차원에서 들뢰즈·가타리의 언어철학은 오스틴, 비트겐슈타인의 화행론 및 페렐만·티테카, 제임스 크로스화이트의 논증 행위 이론과 공통점을 보여준다.

제임스 크로스화이트는 오스틴, 비트겐슈타인의 화행론 및 페렐만·티테카의 의사소통 행위 이론을 수용하면서 논증 행위 이론을 재구성하는 메타철학적 수사학을 전개한다. 이 신수사학적 방식은 차이로부터 발생하는 갈등을 비폭력적으로 해결하는 가능성을 강화하고, 사회 비평의 가능성을 옹호하며, 고등 교육의 목적에 대한 신뢰할 만한 설명을 제시한다는 점에서, 문학비평이나 시학이 윤리성과 사회성을 확보하는 데 도움을 줄 수 있다. 또한 주장하기, 질문하기 등의 논증 행위 이론으로 화자-청자-청중을 의사소통적 맥락에서 이해하는 관점은, 문체나 문채의 관점에서 작품에 대한 정밀한 분석을 수행하는 내재비평의 방식에 작가-독자-사회를 의사소통의 맥락 속에서 그 관계망을 폭넓게 고려하는 외재비평의 방식을 결부시키는 데 하나의 중요한 관점을 제공한다. 그리고 갈등을 이용하여 학습과 탐구를 수행하고, 오류, 이데올로기, 성차 등의 문제를 수사학적 방법으로 사유하는 논증 행위의 이론은 현대문학 연구 및 비평이 대면하고 있는 새로운 문제 영역을 해결하는 데에도 중요한 시사점을 제공하고 있다.

제2장

구조 시학과 수사학

1. 머리말

지금까지 수사학은 문학적 표현을 위한 도구의 하나로 간주되어 왔다. 르네상스 이후의 고전 수사학이 그러했고, 현대 수사학의 흐름 중 문채의 수사학도 이런 범주에서 크게 벗어나지 않았다. 현대문학이론의 기초를 마련한 형식주의·구조주의 비평 및 신비평의 경우에도, 시학(문학이론)과 관련된 수사학 연구는 문학에 사용된 기법으로서의 수사학을 어떻게 설명하는가에 초점이 맞추어져 있었던 것이 사실이다. 시학과 수사학의 관련성 연구는 형식주의 비평과 구조주의 비평을 중심으로 한 연구에서 야콥슨, 바르트, 토도로프, 주네트 등에 의해 이루어져 왔고, 최근 후기구조주의 및 해체주의 비평의 영향 하에 폴드만, 슈라이퍼 등에 의해 전통적인 관점을 비판하는 방향으로 전개되고 있다. 한편 프로이트와 라캉을 중심으로 하는 정신분석학에서는 꿈 혹은 무의식의 분석에 있어서 수사학과 관련된 개념의 활용이 시도되어 왔다.

한국 현대문학에 대한 수사학적 연구는 문학이론 및 실제비평 양면에서 간헐적으로 진행되어 왔지만, 그것은 주로 다른 테마나 다른 방식의 연구에 종속되는 부수적인 측면으로만 취급되어 왔다. 최근 들어 수사학에 대한 관심이 고조되면서 한국 현대문학에 있어서 수사학적 연구의 관점이 활용되는 추세가 있으나, 주로 기존의 이론적 논의를 수용하거나 되풀이하는 수준에 머물고 있는 것으로 보인다.

이런 관점에서 최근 활발하게 전개되고 있는 수사학에 대한 새로운 관점을 주목할 필요가 있다. 이것은 의사소통 행위, 즉 언어 행위의 가장 큰 특징으로 수사성에 주목했으며, 이것을 통해 텍스트를 이해하고 분석하는 중요한 방법을 찾게 되었다. 최근 새롭게 대두된 수사학 이론이 보여준 가장 큰 장점 중의 하나는 수사학이 단순한 하나의 도구 이상이며, 문학작품을 세밀하고 깊이 있게 해석할 수 있는 언어학적 근거를 제공해 주고 있는 점이다. 최근 수사학은 근대 세계에서의 담론의 새로운 조건들을 일컫는 '수사성'의 이해를 바탕으로 수사학의 영역 확장을 꾀하고 있다. 오늘날 수사학은 더 이상 도구적인 의사소통의 특수화된 기술을 다루지 않고 인간 경험과 행동의 일반적인 조건을 다루며, 단독으로 연구되지 않고 언어학적, 사회학적, 정신분석적, 인식적, 의사소통적, 미디어적, 혹은 문학적 수사학으로 연구되고 있다.[1]

이런 전제하에서 이 글은 한국 현대문학 연구 및 비평을 심층적으로

1 John Bender · Dabid E. Wellberry, *The End of Rhetoric*, Stanford University Press, 1990, p. 38 참고.

진행할 수 있는 토대를 마련하기 위해 구조 시학을 수사학적으로 재검토해 보고자 한다. 형식주의 및 구조주의에 해당하는 시학으로는 슈클로프스키, 티니아노프, 야콥슨, 바르트, 토도로프, 주네트, 프로프, 그레마스 등의 이론을 들 수 있다. 특히 이 글은 바르트, 토도로프, 주네트 등의 구조 시학을 중심으로 그 수사학적 특성을 고찰하는 방식으로 전개하려 한다. 그리하여 이 글은 구조 시학을 중심으로 그 시학적 정립에 활용된 수사학적 관점을 점검함으로써, 최근 새롭게 전개되고 있는 수사학의 성과를 활용하여 한국 현대문학 연구 및 비평에 기여하고자 하는 것이다.

2. 바르트–기호학적 구조 분석

롤랑 바르트(Roland Barthes)는 프랑스에서 '기호학' 이론을 최초로 정리한 학자로서, 소쉬르의 언어학을 토대로 프로이트 이후의 정신분석학, 레비-스트로스의 구조인류학, 미셸 푸코의 철학이론에 도움을 받아 이야기를 중심으로 한 문학의 일반 이론, 즉 문학과학을 정립하고자 했다. 1964년에 발표한 「기호학 요강」에서 그는 소쉬르, 야콥슨, 예름슬레우, 마르티네 등으로부터 빌려온 개념들을 활용하여 '기호학'의 개요를 작성한다. 이것은 크게 네 항목으로 정리할 수 있는데, ① 랑그와 파롤, ② 시니피에와 시니피앙, ③ 체계와 통합체, ④ 외연과 의미 함축이 그것이다.

첫 번째 쌍인 '랑그와 파롤'은 소쉬르의 기본 개념으로서 야콥슨이 말한 '약호(code) / 전언(message)'의 형태로 재등장한다. 두 번째 쌍인 '시니피에와 시니피앙'은 소쉬르에 따르면 기호를 이루는 구성소이다. 바르트는 여기에 마르티네가 강조한 '이중 분절'의 원칙을 도입하는데, 이것을 의미 단위와 변별적 단위로 구분한다. 우리는 시니피앙을 표현의 층위에, 시니피에를 내용의 층위에 재결합시킬 수 있는데, 예름슬레우에 의하면 층위들 각각은 형식과 본질을 가지고 있다. 예를 들어, 표현의 형식이란 통사 규칙에 해당하며, 표현의 본질은 음소에 해당한다. 한편 내용의 형식은 시니피에를 조직하며, 내용의 본질은 정감적, 이념적인 측면, 즉 시니피에의 의미와 관계된다. 세 번째 쌍인 '체계와 통합체'는 언어의 두 축에 해당한다. '체계'는 오늘날 '계열체'라고 불리는 연상 작용의 축이고, '통합체'는 기호들의 조합으로서 언어에서 선적이고 순서를 바꿀 수 없는 것이다. 이것은 야콥슨이 말한 유사성과 인접성, 즉 '은유'와 '환유'에 해당한다. 네 번째 쌍인 '외연과 의미 함축'은 예름슬레우에 의하면, 표현 / 내용의 체계 전체가 두 번째 표현 내지 시니피앙으로 기능한다는 사실을 가정한다. 이때 첫 번째 체계가 '외연의 층위'이며, 두 번째 체계가 '의미 함축의 층위'이다. 문학은 의미 함축의 한 예이며, 기호학자가 자료체를 선택한 후에 내부로부터 공격해야할 텍스트 중 하나이다.[2]

롤랑 바르트가 말하는 '기호학(semiologie)'은 소쉬르가 '기호들의 일반과학'이라고 정의했던 의미를 상기시키면서 인간의 의사전달 수단으로 사용하는 모든 것들을 지칭하고 있다. 의사전달의 수단은 언어 이외에도 표정, 몸짓, 옷차림, 혈연관계, 사회적 제도 등 무수히 많다. 하지만 바르트는 언어를 가장 근본적인 것으로 간주하고, 언어학의 방법론을

2 장-이브 타디에, 김정란 · 이재형 · 윤학로 역, 『20세기 문학비평』, 문예출판사, 1995, 281~282면 참고.

이야기의 분석에 사용하고자 한다. 바르트는 「이야기의 구조적 분석 입문」(1966)에서 이야기를 담고 있는 텍스트를 세 가지 층위로 구분하여 분석할 것을 제안하는데, 이것은 첫째, 기능 단위의 층위, 둘째, 행위 단위의 층위, 셋째, 서술의 층위이다.

우선, 바르트는 기능의 층위를 크게 '배열적 계층'과 '통합적 계층'으로 나눈다. 그리고 그는 배열적 층위를 '기능 단위'라고 부르고, 통합적 계층을 '징조 단위'라고 부른다. 징조 단위는 이야기 줄거리의 이해에 필요하기는 하지만 줄거리의 중심을 이루는 것은 아니다. 이 분류에 의하면, 민간설화는 대단히 기능적이고, 심리소설은 대단히 징조적이라는 분석이 가능해진다. 이어서 바르트는 '기능적 계층'의 하위분류로서 '주 기능 단위' 혹은 '핵 단위'와 '촉매 기능 단위'를 설정한다. '주 기능 단위'는 하나의 이야기를 구성하고 있는 여러 매듭을 가리키고, '촉매 기능 단위'는 주 기능 단위들 사이에서 보조적 역할을 맡는 부분을 의미한다. 예를 들어, "전화벨이 울렸다"와 "제임스 본드는 전화기를 들었다"는 이야기의 두 매듭을 가리키는 주 기능 단위인 반면, "전화벨이 울렸다" 다음에 "제임스 본드는 책상 쪽으로 가서 피우던 담배를 재떨이에 놓았다"라는 문장이 온다면, 이는 촉매 단위가 되는 것이다. 한편 바르트는 '징조적 계층'의 하위분류로서 순수한 의미의 '징조 단위'와 '정보 단위'를 설정한다. '순수 징조 단위'는 성격, 감정, 분위기와 관련된 것이고, '정보 단위'는 사건, 인물, 혹은 작품 전체를 시간과 공간 속에 위치시키는 데 사용된다. 예를 들면, "제임스 본드가 사무실에서 당직을 서고 있는데, 열린 창문 사이로 구름이 흐르고 그 틈으로 달이 보인다"라는 문장이 소나기가 쏟아질 것 같은 한여름밤을 간접적으로 나타내는 '순수 징조 단위'로서 추측을 필요로 하는 것이라면, '주인공의 나이'처럼 주어진 것은 '정보 단위'에 해당한다.

바르트는 이와 같은 기능 단위들이 작은 무리를 형성한 것을 '시퀀스(séquence)'라고 부른다. '시퀀스'는 '핵단위들'의 논리적인 연속이다. 따라서 이야기는 수많은 시퀀스들이 기와 모양으로 엇물려 결합되어 있는 것이다. 여기서 각 시퀀스에 이름을 붙일 수 있는데, 가령 어떤 작중인물이 다른 작중인물을 만나는 경우, 이것을 '만남'의 시퀀스라고 부를 수 있다. 이 '만남의 시퀀스'를 '거시 시퀀스'라고 부른다면, 이 시퀀스는 다시 '접근', '말을 검', '인사', '자리에 앉음' 등의 '미시 시퀀스' 로 분류될 수 있다.

다음으로 이야기의 구조적 분석에서 문제가 되는 것은 '행위의 단위'이다. '행위의 단위'는 필연적으로 인물과 관련되는데, 이때 인물은 '작중인물'로서 자신에게 부여된 시퀀스의 '행위자', 즉 주체라고 볼 수 있다. 구조적 단위로서의 인물은 그 행위와 관련을 맺고 있다. 그러므로 행위의 층위에서 인물은 '주체 / 대상', '발신자 / 수신자', '협조자 / 반대자'와 같은 대응 항의 관계를 유지하게 된다. 바르트는 이러한 행위자를 인칭의 범주 속에 포함시킴으로써 언어학적 접근 방식을 도입하고자 한다. 그러나 이러한 행위의 문법적 범주들은 담화가 구현되는 차원과의 관계를 통해서만 정의될 수 있으므로, 행위 층위의 인물이 의미를 갖는 것은 서술의 층위에 통합되었을 때이다.

따라서 바르트는 '기능의 층위' 및 '행위의 층위'와 관계를 맺는 제3의 층위로서 '서술의 층위'를 설정한다. 서술의 층위에서 전제가 되는 것은 거기에 반드시 '발신자'와 '수신자'가 있다는 사실이다. 야콥슨은 의사소통의 구성 요소를 발신자와 수신자를 근간으로 하고 그 사이에 전언, 관련 상황, 접촉, 약호 체계를 설정한 바 있다. 이것을 기능적 측면으로 살펴보면, 감정 표시 기능(발신자), 능동적 기능(수신자), 시적 기능(전언), 지시 기능(관련 상황), 친교 기능(접촉), 메타언어적 기능(약호 체계)으로 설명될 수 있다.[3] 여기서 바르트는 능동적 기능을 독자의 기호에 해당한다고 말하면서, 감정 표시적 기능을 수행하는 발신자를 기존의 개념과는 다르게 규정한다. 바르트에 의하면, 화자나 작중인물은 종이에 쓰인 인물이므로 육체를 가진 작가와는 구별되어야 한다. 따라서 화자의 기호들은 이야기에 내재하는 것이 되어 기호학적 분석의 대상이 된다. 이야기에 있어서도 이야기 특유의 어떤 상황, 즉 이야기가 완성된 의례 준칙들의 집합에 따르는 것이다. 이처럼 이야기는 다층적 체계를 갖고 있기 때문에, 이 체계의 분석을 통해 이야기의 의미를 인식할 수 있게 된다.[4]

이처럼 담화를 기호학적 구조 분석의 방법으로 탐구한 바르트는 '기술', 즉 '글쓰기'의 문제를 천착한다. 바르트는 『기술의 영도(零度)』(1953), 『기호학의 제요소』에서 언어의 성격과 그 객관적 연구방법론을 제시하고, 이 기호학적 방법론을 대중문화에 적용하여 『신화론』, 『모드의 체계』를 서술한다. 『신화론』(1957)은 텔레비전, 라디오, 신문 등 대중매체의 분석을 통해 기호학적 해석을 시도한 것이고, 『모드의 체계』(1966)는 의상을 분석하여 그 의미 체계를 기호학적으로 규명한 것이다. 바르트는 모든 문화적 양상을 체계를 가진 텍스트로 간주하고 그 기표와 기의 사이의 관계망을 기호학적 방법으로 탐구하는 것이다. 이러한 대중문화에 대한 관심을 문학작품으로 전개시킨 바르트는, 『라신론』(1963)에서 정신분석학의 도움을 받아 라신에 대한 새로운 해석을 도출하고, 『S / Z』(1970)에서 발자크의 단편소설 「사라진느」를 정치하게 분석한다. 이러한 그의 관심은 『텍스트의 즐거움』(1973)에 이르러 인간과 기호 사이

3 로만 야콥슨, 신문수 역, 「언어학과 시학」, 『문학 속의 언어학』, 문학과지성사, 1989, 54~61면 참고.

4 김치수 편, 『구조주의와 문학비평』, 기린원, 1989, 84~86면 참고.

의 관계를 깊이 천착하게 된다. 바르트는 문화의 모든 측면들의 약호화를 강조함으로써, 소설의 구조로부터 그것이 환기시키는 다양한 지적 구조들로 이동해간다. 그는 행위들의 약호, 해석학적 약호, 문화적 약호들, 함축적 약호들, 상징적 분야 등 다섯 개의 주된 약호들을 설정하는데, 이 약호들은 텍스트의 계기적 측면과 의미적 측면을 모두 포함한다. 즉 텍스트의 부분들이 상호 간 관계를 맺는 방법과 그것들이 외부세계와 관계를 맺는 방법을 아우르는 것이다.

3. 토도로프—이야기의 문법

야콥슨은 문학 연구의 대상을 문학이 아니라 문학성, 즉 주어진 작품을 문학작품으로 만드는 그 무엇이라고 정의한다. 작품 자체, 즉 문학 텍스트를 하나의 내재적 체계로 간주하고 그 구성 요소의 형성 원리와 법칙을 규명하는 것이다. 토도로프(Tzvetan Todorov)는 야콥슨이 제시한 시학의 개념을 발전시켜 '시학'을 '해석'과 '과학' 사이의 대칭 관계를 깨뜨리는 것으로 파악한다. 그는 문학 텍스트 자체를 그것만으로 끝나는, 앎의 대상으로 보는 태도를 해석이라고 칭하고, 개개의 텍스트를 어떤 추상적인 구조의 발현이라고 생각하는 태도를 과학이라고 칭한다. 그리하여 토도로프는 시학의 개념을 다음과 같이 정의한다.

> 시학(詩學)은 개별적인 작품의 해석과는 반대로 의미를 규정하려고 하지 않고, 각각의 작품의 탄생을 주재(主宰)하는 일반적인 법칙을 알아냄을 목

적으로 한다. 그러나 또한 심리학, 사회학 등과 같은 과학과도 반대로 그 법칙을 문학 자체 안에서 찾으려고 한다. 따라서 시학은 문학에 대한 '추상적'이며 동시에 '내적'인 접근인 것이다.[5]

토도로프의 이러한 진술은 시학이 해석과 과학 사이에서 상보적인 관계를 유지하면서 끊임없이 왕복운동을 함으로써 형성되는 것임을 말해준다. 이 역동적 방법론은 텍스트 자체를 동적 체계, 즉 폐쇄된 조직이 아닌 개방된 체계로 보는 관점을 전제로 하는 것이다.

롤랑 바르트가 언어학과 문학 연구의 중간적 영역으로서 기호학 이론을 전개한다면, 토도로프는 문학 연구로서 문학과학을 정립하고자 노력함으로써 바르트의 이론에 실제 분석비평을 제시하여 뒷받침하고 있다. 토도로프는 1966년 바르트의 지도를 받아 『문학과 의미』로 문학박사 학위를 받고, 1968년 『구조주의란 무엇인가』에서 『구조 시학』편을 집필하는 한편 프로프의 이론적 도움을 받아 1973년 『환상문학 서설』을 발표하고, 1977년에는 『산문의 시학』을 발표한다. 이 작업들의 공통점은 문학작품을 그 '기술'의 수준에서 객관적으로 파악하여 작품 내재적 요소에 대한 과학적 해석을 시도하는 것이다.

1965년에 러시아 형식주의자들의 저서를 『문학의 이론』이라는 제목으로 번역 출간한 토도로프는, 한동안 야콥슨을 비롯한 러시아 형식주의의 시학에 영향을 받았다. 그는 이 관점을 발전시켜 '이야기의 시학'을 구성하는 데 있어서 구조주의 언어학을 전범으로 삼는다. 그는 문학 이론가의 최우선 과제는 기술적인 장치를 만드는 일이라고 생각하고, 이 작업의 성과를 『산문의 시학』(1971)으로 출간한다. 토도로프는 바르

5 츠베탕 토도르프, 곽광수 역, 『구조 시학』, 문학과지성사, 1977, 19면.

트가 '문학의 과학'이라고 부른 작업을 '시학'을 통해 시도한다. 그런데 시학 자체는 개별 작품을 구체적으로 취급하지 않는다는 비판을 받을 수 있으므로, 그는 시학과 관계하면서 개별 작품 자체에 관심을 갖는 활동을 '독서'라고 칭한다. '독서'는 문학작품을 체계로서 연구하여 그 구성 요소들 간의 관계를 명료하게 하려 노력한다. 토도로프는 독서의 절차를 '포개기'와 '형상화'로 설명하는데, 이는 텍스트 사이의 관계를 찾아내어 분석하는 방법들이다. 토도로프의 이야기 분석은 고유 명사, 동사, 형용사 등과 같은 담화를 구성하는 요소와 놀랄만한 유사성을 보여준다. 이야기 구성소 간의 관계는 따라서 통사론의 모델을 따라 구성될 수 있다. 이러한 성찰의 근간에는 문학이 언어의 출발점이자 종착점으로 사용된다는 사실이 자리잡고 있다.

이처럼 토도로프의 관심은 '문학적 이야기'의 카테고리를 정하는 작업으로부터 출발한다. 이 작업은 처음부터 작품 자체를 연구하는 것이 아니라, 그 작품을 가능케 한 문학 담화의 잠재적 성질들을 연구하는 것이다. 그러나 문학 담화에 도달하기 위해서는 문학 담화를 구체적인 작품들 속에서 파악해야 한다. 이와 같은 작업을 위해 토도로프는 '뜻'과 '해석'이라는 두 전제를 제시한다. '뜻'은 작품의 어떤 요소가 지닌 기능을 말하는데, 이것은 하나의 요소가 다른 요소들이나 작품 전체와 어떤 연관을 맺을 수 있는지 밝혀준다. 반면에 '해석'은 비평가의 개성이나 이념적 태도나 시대에 따라 달라질 수 있다. 이처럼 작품을 구성하고 있는 요소에 대해 '뜻'과 '해석'으로 구분하는 관점은 작품 자체에도 적용할 수 있다. 작품 자체를 하나의 존재로 본다면, 이 존재를 의미화의 상태로 바꾸기 위해서 '줄거리'와 '담화'로 구분하는 관점이 필요하게 된다. 전자에서는 이야기된 사건이 중요한 반면에 후자에서는 화자가 그 사건을 우리에게 알게 하는 방법이 중요하다. '줄거리'가 사건의 시간적 배열과 관련된다면, '담화'는 비시간적 배열로 그 사건을 알게 하는 방법이다. 따라서 러시아 형식주의에서 말하는 '우화'의 개념이 전자와 상응한다면, '주제'의 개념은 후자와 상응한다고 볼 수 있다.

결국 문학 텍스트의 분석은 크게 ① 줄거리로서의 이야기, ② 담화로서의 이야기로 구분되는데, ①은 다시 '행위의 논리'와 '인물들 간의 관계'로 나누어 분석될 수 있고, ②는 '이야기의 시제(時制)'와 '이야기의 상(相)'과 '이야기의 법(法)'으로 나누어 분석될 수 있다. 여기서 우리는 담화로서의 이야기 분석이 '이야기의 문법'에 해당하는 것임을 알 수 있다. 토도로프는 시제, 상, 법을 통해 이야기를 담화의 차원으로 간주하고 그것이 지닌 문법을 고찰함으로써 문학의 과학에 도달하고자 하는 것이다.[6]

토도로프는 문학 연구를 작품의 의미에 대한 명명이 아니라 문학적 담론에 내재하는 구조에서 찾는 점에서 시학적 관점을 견지한다. 그에 의하면, 시학이 기술하는 구조는 체계로서의 문학적 담론의 세 양상과 관련되는데, 그것은 의미론, 통사론, 언표론이다. 문학 기호학은 의미 작용과 상징화를 구분하고, 기표와 기의 사이의 의미 작용을 탐구한다. 담론의 통사적 양상은 논리적, 시간적, 공간적 관계에 관여하며 주제적 구조를 지탱하는 최소 단위로 나타난다. 담론의 언표적 양상은 정보의 특성화에 관여하며 세분하면, ① 양식(mode), ② 시간의 재현, ③ 전망적 비전, ④ 목소리 등으로 나타난다. 토도로프는 '과학적 시학'과 '투사' 및 '주석'의 비평을 구분한다. '투사'라는 용어는 전기적, 사회학적, 정신분석적, 현상학적 비평이 종종 작가의 생애, 심리적 현실, 사회적 조건, 작가의 정신 같은 비문학적 요소를 문학 텍스트에 투사하기 때문에 붙여

---

6 김치수 편, 앞의 책, 17~19면 참고.

진 것이다. '투사'를 보완한 것이 '주석'인데, 투사가 텍스트를 통과해 넘어가려 한다면, 주석은 그 안에 남아 있기를 주장한다. 주석의 가장 친숙한 형태는 해설이나 자세한 독서의 경우이다. 그는 또한 언어 지향적 '시학'과 '독서'를 구분한다. 시학은 개별적 텍스트의 체계를 기술하는 일반 원리를 규명하는 것인데 반해, 독서는 특수한 텍스트와의 개별적 만남으로 한 텍스트의 요소가 다른 요소들과 맺는 관계를 특수한 용법으로 파악한다. 따라서 독서는 텍스트의 명백한 질서를 파괴하고 언어적 특성과 비유법을 무시할 수도 있다는 것이다. 여기서 우리는 문학적 상수를 찾는 토도로프의 시학이 담론의 언어적 상수를 찾는 수사학의 작업과 상통하고 있음을 확인하게 된다.

4. 주네트-담화의 언어학

제라르 주네트(Gerard Genette)는『문채』Ⅰ·Ⅱ를 통해 새로운 시학의 대표자 중 한 사람으로 인정받았다. 그의 시학은 고대의 시학 혹은 수사학이 주로 관심을 기울이는 형식과 장르를 연구하기보다는 담화의 여러 가능태를 탐구하는 데 주력하기 때문에, 새로운 시학 혹은 수사학이라 부를 만하다. 신수사학을 대표하는 주네트는 고대 수사학과 다른 현대 수사학의 코드로 현대문학의 의미 체계를 설명하는 것이 필요하다고 말한다. 주네트가 말하는 신수사학은 시학과 문학비평 같은 학문들을 포괄하는 것이다. 따라서 주네트의 신수사학은 문학의 문학성을 따지는 이른바 시학의 기획과 밀접하게 연결되어 있으며, 이는 언어학의 도움을 받아 이루어진다.

주네트는 음악비평이나 미술비평과 구별되는 문학비평의 특징을 언어로 언어를 이야기하는 데서 찾는다. 이 점에서 주네트는 롤랑 바르트가 말한 '담화에 대한 담화'와 동일한 계열의 태도를 가지고 있다. 그는 비평활동을 세 가지 기능으로 분류하는데, 첫째, 당대 작품을 독자에게 평가해주는 비평의 기능, 둘째, 연구 대상으로서 문학작품을 다루는 학문적 기능, 셋째, 문학작품의 문학성을 규명하는 문학적 기능이 그것이다. 첫째는 '현상 분석'으로서 현장 비평에 해당하고, 둘째는 '단계론'으로서 문학사 연구에 해당하며, 셋째는 '원리론'으로서 문학이론 혹은 시학의 차원에 해당한다고 볼 수 있다. 주네트는 세 번째 기능만을 '문학적'인 것으로 규정함으로써 구조주의적 문학비평의 목표를 선명히 드러내고 있다.

주네트는 조립자와 기사를 구분하며, 조립자의 도구들이 제한되어 있다는 관점에서 비평가의 위치를 조립자의 위치와 유사한 것으로 간주한다. 여기서 주네트는 비평가와 작가를 구분하는데, 비평가의 재료는 제한되어 있는 데 반해, 작가의 재료는 제한되어 있지 않다는 데 주목한다. 작가는 개념들을 사용하여 작업하고 비평가는 기호를 사용하여 작업한다. 작가는 세계를 탐구하는 데 반해, 비평가는 기호의 세계를 탐구하는 것이다. 주네트는 문학비평에 있어서 작품의 언어학적 측면에 관심을 기울인다. 구조주의 비평은 약호의 내재적 분석을 통해 전언을 이끌어내는 작업이지 작품 외부에 있는 의미를 작품에 적용시키는 것이 아니다. 따라서 구조주의 비평은 형식 체계와 의미 체계 사이의 관계를 밝힘으로써 문학 텍스트의 구조를 탐구하는 것이다.

따라서 야콥슨이 「언어학과 시학」에서 보여준 것처럼, 구조주의 시학은 약호와 전언 사이의 관계를 분석한다. 이로 인해 문학 연구는 기호학의 차원으로 전개되고, 문장의 영역을 벗어나 담화의 대단위 연구에 이르게 된다. 여기서 문학 연구가 이야기나 묘사나 다른 형식들을 연구하게 되면, 그것은 곧 '담화의 언어학'을 가능케 하여 '초언어학'을 구성하게 되는데, 주네트는 이를 '새로운 수사학'이라고 말한다.[7]

제라르 주네트는 『문채』 Ⅲ(1972)을 출간하면서 명실공히 시학의 대표자로 자리 잡게 된다. '이야기의 담화'라는 부제를 달고 있는 『문채』 Ⅲ은 개별적인 사항에서 보편적인 사항을 추론해가는 귀납적 방법을 보여준다. '이야기학'이라고 부를 수 있는 이 방법론을 통해 주네트는 이야기를 '스토리 / 이야기 / 서술'로 구분하는 삼분법을 시도한다. '스토리'는 이야기의 내용을, '이야기'는 이야기의 시니피앙이나 텍스트 자체를 가리키고, '서술'은 생산적인 이야기 행위를 의미한다. 토도로프 이후로 이야기의 문제들은 시제, 상, 법의 세 가지 범주로 분류되었는데, 주네트는 이 관점을 더 세밀히 탐색해 나간다. 주네트는 이야기의 시간적 순서와 이야기 내 사건들의 배치 사이의 관계, 사건의 허구적인 지속 기간과 독서 기간 사이의 관계와 더불어 빈도, 반복의 관계 등을 분석하면서 '시제'를 고찰한다. 그리고 화자와 관계된 문제들, 즉 시제, 1차 이야기냐 2차 이야기냐, 1인칭을 사용했느냐 3인칭으로 기술했느냐 등의 문제를 중심으로 '상'을 고찰하고, 거리와 관점의 문제, 장면과 묘사의 문제를 포함하는 이야기의 퍼스펙티브 문제를 중심으로 '법'을 고찰한다.

주네트는 『이야기의 새로운 담론』(1983)에서 이 문제들을 비판적으로 재구성한다. 그는 시제, 상, 법의 부분에서 논쟁의 여지가 있는 문제를 집중적으로 고찰하고, 여기에 '이야기 상황', '피화자', '작가나 독자

7 위의 책, 144~146면 참고.

의 연루'를 덧붙인다. '이야기 상황'과 관련하여 주네트가 보여준 작업을 수용하고 있는 최신 이론은 아마 슈탄젤의 『서사 이론』(1979)일 것이다.[8] 슈탄젤은 이야기 상황을 인칭, 관점, 법에 따라 작가 서술, 주변적 서술, 1인칭 서술, 내적 독백, 내적 초점의 서술, 자유 간접 화법의 여섯 가지로 나눈다. 다음으로 주네트는 '피화자'를 이야기의 수신자를 가리키는 말로, 이야기 안에 있을 수도, 이야기 밖에 있을 수도 있는 개념으로 사용한다. 한편 '내포 작가'는 작가에 관해 텍스트가 준 정보 일체를 의미하고, '내포 독자'는 실재 작가의 머릿속에 있는 존재로서 '가능한 독자'를 가리킨다.

이처럼 주네트의 문학 연구는 문학의 문학성을 따지는 이른바 시학의 기획과 밀접하게 연결되어 있으며, 현대 수사학의 코드로 현대문학의 의미 체계를 설명한다. 문학의 역사는 체계의 역사이며, 체계의 역사는 문학의 기능의 역사가 된다. 내재비평의 특성을 가지고 진정한 문학성의 발견에 도달하려는 주네트의 문학 연구는 오늘날 기호학 이론과 더불어 문학적 구조의 탐구에 큰 기여를 하고 있다.

5. 맺음말

이 글은 한국 현대문학을 심층적으로 연구할 수 있는 토대를 마련하기 위해 구조 시학을 수사학적으로 재검토했다. 롤랑 바르트, 츠베탕 토

8 F. K. 슈탄젤, 김정신 역, 『소설의 이론』, 문학과비평사, 1988.

도로프, 제라르 주네트 등의 구조주의 시학을 중심으로 그 시학적 정립에 활용된 수사학적 관점을 점검함으로써, 최근 새롭게 전개되고 있는 수사학의 성과와 더불어 한국 현대문학의 탐구에 기여하고자 했다.

롤랑 바르트는 프랑스에서 '기호학(semiologie)' 이론을 최초로 정리한 학자로서, 이야기를 중심으로 한 문학의 일반 이론, 즉 문학과학을 정립하고자 했다. 그는 이야기를 담고 있는 텍스트를 기능 단위, 행위 단위, 서술이라는 세 가지 층위로 구분하여 분석할 것을 제안한다. '기능 단위'들이 작은 무리를 형성한 것을 '시퀀스'라고 부른다. '행위의 단위'는 필연적으로 인물과 관련되는데, 이때 인물은 '작중인물'로서 자신에게 부여된 시퀀스의 '행위자', 즉 주체라고 볼 수 있다. '서술의 층위'에서 전제가 되는 것은 거기에 반드시 '발신자'와 '수신자'가 있다는 사실이다. 바르트에 의하면, 화자나 작중인물은 종이에 쓰인 인물이므로 육체를 가진 작가와는 구별되어야 한다. 따라서 화자의 기호들은 이야기에 내재하는 것이 되어 기호학적 분석의 대상이 된다. 이야기는 다층적 체계를 갖고 있기 때문에, 이 체계의 분석을 통해 이야기의 의미를 인식할 수 있게 된다. 이처럼 담화를 기호학적 구조 분석의 방법으로 탐구한 바르트는 '기술', 즉 '글쓰기'의 문제를 천착한다.

토도로프는 야콥슨이 제시한 시학의 개념을 발전시켜 '시학'을 '해석'과 '과학' 사이의 대칭 관계를 깨뜨리는 것으로 파악한다. 문학작품을 그 '기술'의 수준에서 객관적으로 파악하여 작품 내재적 요소에 대한 과학적 해석을 시도하는 것이다. 한동안 야콥슨을 비롯한 러시아 형식주의의 시학에 영향을 받은 토도로프는 '이야기의 시학'을 구성하는 데 있어서 구조주의 언어학을 전범으로 삼는다. 그의 관심은 '문학적 이야기'의 카테고리를 정하는 작업으로부터 출발한다. 이와 같은 작업을 위해 토도로프는 '뜻'과 '해석'이라는 두 전제를 제시한다. 작품 자체를 하나의 존재로 본다면, 이 존재를 의미화의 상태로 바꾸기 위해서 '줄거리'와 '담화'로 구분하는 관점이 필요하게 된다. 결국 문학 텍스트의 분석은 크게 ① 줄거리로서의 이야기, ② 담화로서의 이야기로 구분되는데, ①은 다시 '행위의 논리'와 '인물들 간의 관계'로 나누어 분석될 수 있고, ②는 '이야기의 시제(時制)'와 '이야기의 상(相)'과 '이야기의 법(法)'으로 나누어 분석될 수 있다. 여기서 우리는 담화로서의 이야기 분석이 '이야기의 문법'에 해당하는 것임을 알 수 있다. 토도로프는 시제, 상, 법을 통해 이야기를 담화의 차원으로 간주하고 그것이 지닌 문법을 고찰함으로써 문학의 과학에 도달하고자 하는 것이다. 토도로프는 '과학적 시학'과 '투사' 및 '주석'의 비평을 구분하고, 언어 지향적 '시학'과 '독서'를 구분한다. 문학적 상수를 찾는 토도로프의 시학은 담론의 언어적 상수를 찾는 수사학의 작업과 상통한다.

주네트는 고대 수사학과 다른 현대 수사학의 코드로 현대문학의 의미 체계를 설명하는 것이 필요하다고 말한다. 주네트의 신수사학은 문학의 문학성을 따지는 이른바 시학의 기획과 밀접하게 연결되어 있으며, 이는 언어학의 도움을 받아 이루어진다. 구조주의 비평은 약호의 내재적 분석을 통해 전언을 이끌어내는 작업이지 작품 외부에 있는 의미를 작품에 적용시키는 것이 아니다. 따라서 구조주의 비평은 형식 체계와 의미 체계 사이의 관계를 밝힘으로써 문학 텍스트의 구조를 탐구하는 것이다. 따라서 구조주의 시학은 약호와 전언 사이의 관계를 분석한다. 이로 인해 문학 연구는 기호학의 차원으로 전개되고, 문장의 영역을 벗어나 담화의 대단위 연구에 이르게 된다. 여기서 문학 연구가 이야기나 묘사나 다른 형식들을 연구하게 되면, 그것은 곧 '담화의 언어학'을 가능케 하여 '초언어학'을 구성하게 되는데, 주네트는 이를 '새로운 수사학'이라고 말한다. '이야기학'이라고 부를 수 있는 이 방법론을 통해 주네트는 이야기를 '스토리 / 이야기 / 서술'로 구분하는 삼분법을 시도한다. 그리고 시제, 상, 법의 문제를 집중적으로 다루면서 '이야기 상황', '피화자', '작가나 독자의 연루', '내포 작가', '내포 독자'의 문제를 규명한다. 이처럼 주네트의 문학 연구는 문학의 문학성을 따지는 이른바 시학의 기획과 밀접하게 연결되어 있으며, 현대 수사학의 코드로 현대문학의 의미 체계를 설명한다.

제3장

정신분석 비평과 수사학

은유와 환유를 중심으로

1. 머리말

'시학'이란 문학의 구성 원리를 규명하는 일반 이론을 의미한다. 러시아 형식주의 이래로 문학성을 탐구하는 시학이 문학 연구에 있어서 중요한 문제로 대두되었다. 문학 텍스트를 개방된 동적 체계로 간주하고 그 비밀의 건축을 형성하는 문학적 장치들을 규명하는 형식주의 비평에 의해 문학 연구의 엄밀성이 획득된다. 형식주의 및 구조주의 문학이론에 결정적인 영향을 끼친 것은 소쉬르(F. de Saussure)의 구조 언어학[1]

1 소쉬르는 언어를 자의적이고 변별적인 기호 체계로 간주하며, 기호를 랑그와 파롤, 기표와 기의라는 이항 체계로 이해한다. 공시적인 방법으로 언어 체계를 하나의 구조로 인식하는 소쉬르는 그것을 계열적 관계와 통합적 관계로 나눈다. 계열적 관계는

과 야콥슨의 언어의 시적 기능에 대한 일반 이론[2]이다. 결국 형식주의 및 구조주의 문학이론은 시학의 준거를 언어학 이론으로부터 얻어내고 있다.

그러나 김인환은 문학성에 대한 연구가 언어의 문제로 집중됨으로써 언어학이 문학비평의 기초 과학이라는 한계를 넘어 유일한 과학으로 확장되는 현상에 의심을 품는다. 그리고 이에 대한 대안으로 '정신분석의 언어학'에 의미를 부여한다.

> 만일 정신분석으로 언어학을 수정하고, 언어학으로 정신분석을 수정하여 이루어지는 정신분석의 언어학이 있다면 그러한 이론 체계는 문학비평의 기초 과학이 될 수 있으리라는 가정이다. 그러한 가능성이 개개의 문학 현상에 모두 적용되는 것은 아니라 할지라도 작품 분석과 정신분석의 유사점은 예로부터 지적되어 왔다.[3]

김인환이 문학비평의 기초 과학으로 제시하는 "정신분석의 언어학"은 '정신분석'과 '언어학'이 지닌 공통점과 차이점을 참조하면서 상호 침

유사성을 기준으로 선택을 통해 이동하는 수직적 관계로서, 시간적 질서를 따르지 않고 서로 교환될 수 있다. 통합적 관계는 인접성을 기준으로 결합에 의해 이동하는 수평적 관계로서, 시간적 질서를 따르고 서로 교환될 수 없다(소쉬르, 최승언 역, 『일반 언어학 강의』, 민음사, 1997 참고).

2 야콥슨은 언어적 교통을 가능케 하는 여섯 가지 요소로 발신자・수신자・문맥・접촉・코드・메시지 등을 들고, 그에 상응하는 여섯 가지 언어적 기능을 제시한다. 이 중 언어의 시적 기능은 메시지를 지향할 때 나타나는데, 메시지를 지향하는 언어란 언술의 내용이 아니라 말하는 행위를 중시하는 태도를 말한다. 결국 야콥슨은 언어적 교통−언어적 기능−시적 기능의 순서를 밟아, 시적 기능을 첫째로 메시지, 곧 언술 행위 자체를 지향하는 것, 둘째로 지시적 기능을 모호하게 하는 것, 셋째로 모든 언어학적 수준에서 이에 대응되는 구조를 잠재적으로 지향하는 것으로 요약한다(로만 야콥슨, 신문수 역, 「언어학과 시학」, 『문학 속의 언어학』, 문학과지성사, 1989, 50~91면 참고).

3 김인환, 「언어와 욕망」, 『비평의 원리』, 나남, 1994, 256면.

투시키는 과정을 의미한다. 이 과정은 프로이트와 라캉의 이론적 통찰을 검토하면서 무의식의 의미 작용을 기표와 기의의 관계를 통해 규명하는 작업이다. 이러한 관점은 소쉬르와 야콥슨으로 대표되는 언어학적 시학의 공로를 인정하면서도 문학 연구의 정밀성에 근접하는 방법으로 정신분석적 시학에 중요한 의미를 부여하는 것이다. 이를 토대로 우리는 정신분석적 시학의 가능성을 확인하기 위해 '정신분석'과 '언어학'이 지닌 공통점과 차이점을 재사유할 필요를 느낀다.

따라서 이 글은 '정신분석'과 '언어학'이 지닌 공통점과 차이점을 분별하고 상호 참조하기 위해 '은유'와 '환유'라는 수사학적 개념에 초점을 맞추고자 한다. 언어학과 시학과 정신분석을 연결시키는 고리로서 '은유'와 '환유'에 주목하는 것은 새로운 관점이 아니다. 이 글이 관심을 갖는 것은 '은유'와 '환유'라는 개념이 언어학과 시학과 정신분석의 세 영역을 가로지르며 형성하는 공통점과 차이점이다. 이를 위해 이 글은 은유와 환유 개념을 중심으로 야콥슨, 프로이트, 라캉의 관점을 비교 분석하고, 이 두 개념의 관련성을 고찰하는 순서로 논의를 진행하려 한다. 은유와 환유가 각 영역에서 함축하는 의미 맥락을 살피는 동시에 그 사이의 균열과 비약을 고찰함으로써 정신분석적 시학의 가능성을 검토하고자 하는 것이다.[4]

---

4 이 글은 정신분석 비평과 수사학의 관련성을 탐색하는 일반 이론의 성격을 지닌다. 그리고 이 글의 연구 범위는 정신분석 비평을 정립하기 위해 그 가능성을 검토하는 기초 작업에 해당한다. 이후 이 글의 문제의식을 보충하고 체계적으로 발전시키기 위해서 첫째, 정신분석 비평의 제반 특성을 종합적으로 고려한 문학비평의 모형을 탐구하는 작업과, 둘째, 이 비평적 모형을 실제 작품 분석 및 해석에 적용하여 그 효과를 점검하는 작업을 진행하고자 한다.

2. 야콥슨—은유와 환유

야콥슨(Roman Jakobson)은 「언어학과 시학」에서 언어의 시적 기능을 언어 행위의 두 가지 근본적인 배열 방식을 통해 해명한다.

> 시적 기능에 대한 경험적인 언어학적 기준은 무엇일까? 특히 한 편의 시 작품에 내재하는 필수불가결한 자질은 무엇일까? 이 질문에 대한 해답을 위해서는 언어 행위에 이용되는 두 가지 근본적인 배열 방식, 즉 선택(selection)과 결합(combination)을 상기하지 않으면 안된다. (…중략…) 이렇게 선택된 두 낱말이 발화의 고리에서 결합되는 것이다. 이때 선택의 근간은 등가성, 유사성과 상이성, 동의어와 반의어 따위에 있고, 결합, 곧 배열(sequence)의 구성을 이루는 밑바탕은 인접성이다. 시적 기능은 등가의 원리를 선택의 축에서 결합의 축으로 투사한다. 다시 말하여 등가성이 배열의 구성 요소로 승격된다.[5]

야콥슨은 언어 행위의 두 가지 근본적 배열 방식을 선택과 결합으로 간주한다. 여기서 선택의 근간은 "등가성, 유사성과 상이성, 동의어와 반의어 따위"이고, 결합의 근간은 "인접성"이다. 선택은 유사성을 바탕으로 단어들 사이에 연상이 만들어지면 한 단어가 다른 단어로 대체될 수 있는 것을 말하고, 결합은 각 언어 단위가 보다 복잡한 단위 속에서 자신의 문맥을 찾아내어 연결하는 관계성을 말한다. 이것은 체계로서의 언어는 통합적 관계와 계열적 관계에 지배된다는 소쉬르 언어학의

5 로만 야콥슨, 앞의 글, 61면.

토대를 그대로 이어받은 것이다. 야콥슨은 이 선택과 결합의 원리를 이용하여 "시적 기능은 등가의 원리를 선택의 축에서 결합의 축으로 투사한다"라고 정의한다. 시적 기능은 언어의 선택 양식과 배열 양식의 양면에 의존해서 등가성을 만들어내는 언어의 한 기능이라는 것이다. 야콥슨의 이 정의는 선택의 유사성이 배열의 인접성에 중첩되는 것으로서, 시적 기능에 있어서 등가성 혹은 유사성의 원리를 우위에 두는 사고를 보여준다. 그리고 야콥슨은 유사성에 근거한 선택 관계의 표현을 '은유', 인접성에 근거한 결합 관계의 표현을 '환유'라고 말한다.

> 시에서는 음운적 배열뿐만 아니라 의미 단위의 배열도 똑같이 등가성을 형성하려는 경향을 보인다. 유사성이 인접성 위에 중첩될 때, 시는 철두철미하게 상징적, 복합적, 다의적 본질을 표출하는데, 괴테의 "무상한 모든 것은 비유에 불과하다"는 말은 이를 적절히 암시한 것이다. 좀 더 전문적으로 말한다면 모든 배열은 직유이다. 인접성에 유사성이 중첩되는 시에서는 환유는 모두가 다소는 은유적이며 은유는 모두 환유적 색깔을 갖는다.[6]

언어의 시적 기능에 있어서 등가성의 원리를 우위에 두는 야콥슨은 그것을 음운적 배열뿐만 아니라 의미 단위의 배열에도 적용한다. 여기서 주목할 대목은 "유사성이 인접성 위에 중첩될 때, 시는 철두철미하게 상징적, 복합적, 다의적 본질을 표출"한다는 것이다. 유사성이 인접성 위에 중첩된다는 것은 유사성의 우위를 의미하기도 하지만, 유사성과 인접성이 혼합된다는 의미도 포함한다. 그래서 야콥슨은 계속해서 "인접성에 유사성이 중첩되는 시에서는 환유는 모두가 다소는 은유적

6 위의 글, 78면.

이며, 은유는 모두 환유적 색깔을 갖는다"와 같이 말하게 된다. 이런 시적 기능에 의해서 시는 상징적이고 복합적이고 다의적 본질, 즉 애매성의 특성을 띠게 된다. 또 한 가지 확인할 수 있는 것은, 야콥슨이 수사학의 용어를 빌려와 언어의 선택을 '은유'로, 언어의 배열을 '환유'로 기술한다는 점이다.

야콥슨은 언어 행위의 두 가지 근본적 배열 방식 중 어느 것이 손상되었느냐에 따라 실어증의 두 가지 유형을 분류한다.[7] 유사성 혼란을 겪는 실어증 환자들은 단어를 선택할 때 어려움을 겪는다. 이들은 언어의 은유적 기능에 장애가 온 것이다. 한편 인접성 혼란을 겪는 실어증 환자는 기본적인 언어 단위를 더 큰 언어 단위로 결합시키지 못한다. 이들은 언어의 환유적 기능에 장애가 온 것이다. 야콥슨은 이 임상학적 분석의 결과를 토대로 은유적 극과 환유적 극을 설정하고 양극 사이의 위상으로 문학과 예술의 존재 방식을 설명하기도 한다.[8] 야콥슨의 은유와 환유에 대한 설명 중 우리가 주목하는 것은 프로이트와 꿈의 구조를 언급하고 있는 다음 대목이다.

> 환유적인 것과 은유적인 것의 경쟁은 어떤 상징적 과정-그것이 개인적인 세계이건 사회적인 것이건-에서나 엿볼 수 있다. 그렇기 때문에 꿈의 구조를 검토함에 있어서도 결정적인 문제는 거기에 나타난 상징들과 시간적 연속이 인접성(프로이트의 환유적 '전치(displacement)'와 제유적 '응축

7 로만 야콥슨, 신문수 역, 「언어의 두 양상과 실어증의 두 유형」, 『문학 속의 언어학』, 문학과지성사, 1989, 92~116면.

8 야콥슨에 의하면, 낭만주의와 상징주의 시는 은유가 압도적이고, 사실주의 경향의 문학은 환유가 주도적이다. 사실주의 작가는 제유적인 디테일을 애호한다. 회화에서 입체파는 환유 지향성을 가지고, 초현실주의 화가는 은유 지향성을 가진다. D. W. 그리피스 이후의 영화는 제유적 클로즈업과 환유적인 배경을 활용한다(위의 글, 112~113면 참고).

(condensation)')에 바탕을 둔 것인가 유사성(프로이트의 '동일시와 상징주의(identification and symbolism)')[9]에 바탕을 둔 것인가의 여부이다.[10]

야콥슨은 프로이트가 말한 꿈 작업의 네 가지 요소 중에서 전위(전치)와 압축(응축)을 인접성에 바탕을 둔 것으로, 그 외에 동일시와 상징주의를 유사성에 바탕을 둔 것으로 간주한다. 프로이트의 전위를 '환유적'으로, 압축을 '제유적'으로 보고, 동일시와 상징주의를 '은유적'으로 본 것이다.

우선 논의의 초점을 제유에 맞춰보자. 야콥슨은 사실주의 작가의 제유적 경향에 대해 말하면서, 톨스토이의 『전쟁과 평화』에서 여성 등장인물의 특징을 '윗입술의 머릿결'이나 '벌거벗은 어깨'와 같이 표현한 것을 예로 든다. 그리고 D. W. 그리피스 등장 이후의 영화 예술이 촬영 각도, 시각 및 촬영 초점을 변화시키는 기술 개발에 힘입어 다양한 제유적 클로즈업과 환유적 배경을 활용하고 있다고 설명한다. 여기서 보듯, 제유는 부분으로 전체의 특징을 표현하는 수사법인데, 야콥슨은 전체적으로 제유를 환유의 영역 속에 포함시키면서 세부를 설명할 때 그 차이를 구별하여 서술하고 있다. 그런데 문제는 프로이트가 말한 압축을 제유라고 간주하는 야콥슨의 견해이다. 우리는 다음과 같은 질문을 해볼 수 있다. 이러한 정의는 프로이트의 사유와 부합하는 것일까? 그리고 프로이트 이론을 재해석한 라캉의 정신분석적 수사학과 어떤 차이점을 보여주는가? 프로이트와 라캉의 정신분석적 수사학을 살펴보면서 이 질문에 대답해 보기로 한다.

---

9 번역본에 '상징화'라고 되어 있으나, 'symbolism'을 정확히 번역하면 '상징주의'이므로 고쳐서 인용한다.

10 로만 야콥슨, 「언어의 두 양상과 실어증의 두 유형」, 앞의 책, 115면.

3. 프로이트—압축과 전위

프로이트(Sigmund Freud)는 잠재적 꿈 사고가 외현적 꿈 내용으로 드러나는 과정을 꿈 작업이라고 명명한다. 프로이트가 꿈 작업의 기능을 최초로 해명한 저서는 『꿈의 해석』(1900)이다. 여기서 그는 꿈 해석의 전통적 방법으로 '상징적인 꿈 해석'과 '암호 해독법'을 들고, 꿈 작업의 중요한 두 요소로 '압축'과 '전위'에 대해 서술한다.[11] 그리고 묘사 가능성을 고려하면서 '상징에 의한 묘사'에 대해 설명한다.[12] 이러한 꿈 작업에 대한 해명은 『정신분석 강의』(1917)에서 좀 더 정리된 형태로 서술되고 있다. 1915년에서 1917년 사이에 두 차례에 걸친 강의를 통해, 프로이트는 정신분석학의 기본적 특성을 일반인들에게 쉽게 정리하여 설명한다. 여기서 그는 꿈 해석에 있어서 상징적 의미에 대해 사례별로 서술하고, 꿈 작업의 네 가지 유형으로 '압축', '전위', '조형적 변환', '이차 가공' 등에 대해 서술한다.[13]

프로이트에 의하면, '압축'은 꿈 사고에 여러 번 나타나는 요소들을 선택하여 새로운 통합체를 형성하거나, 공통점을 가진 여러 잠재 요소가 하나의 단일 요소로 용해되어 형성되는 경우이고, '전위'는 꿈 사고의 여러 요소 중 어느 하나만이 부당하게 확대되어 발현되거나, 잠재적 요소가 고유의 구성 요소에 의해서가 아니라 관계없는 것 혹은 암시에

11 지그문트 프로이트, 김인순 역, 『꿈의 해석』 상(전집 5), 열린책들, 1997, 147~156 · 365~402면 참고.

12 지그문트 프로이트, 김인순 역, 『꿈의 해석』 하(전집 6), 열린책들, 1997, 448~513면 참고.

13 지그문트 프로이트, 임홍빈 · 홍혜경 역, 『정신분석 강의』 상(전집 1), 열린책들, 1997, 211~240 · 241~260면 참고.

의해 대체되는 것이다. '조형적 변환'은 꿈 사고를 시각적인 속성을 가진 감각적인 그림으로 변환시키는 것이며, '이차 가공'은 꿈 작업의 일차적인 성과에서 어떤 전체적인 것, 대략적으로 조리 있는 것을 만들어 내는 것이다. 또 하나 꿈 작업의 기능은 '전도'인데, 이것은 의미를 역전시키거나 반대어에 의해 대체되는 것이다.

그렇다면 야콥슨이 언급한 프로이트의 꿈의 구조 중에서 유사성에 바탕을 둔 은유라고 간주한 "동일시와 상징주의"는 무엇을 의미하는 것일까? 첫째, '상징주의'에 대해 살펴보자. 이것은 꿈 작업의 네 가지 기능과 별개로 프로이트가 꿈 해석의 전통적 방법으로 본 '상징적인 꿈 해석'과 묘사 가능성으로 고려한 '상징에 의한 묘사'를 포함하는 개념으로서, '상징 관계' 혹은 '상징 체계'를 지칭하는 것으로 보인다. 프로이트는 "꿈-요소와 그의 번역 사이의 이러한 항상적 관계를 '상징 관계'라고 부르고 또 꿈-요소 그 자체는 무의식적인 꿈-사고의 '상징'으로 부르기로 합시다"[14]라고 말하면서 상징의 예로 인간 육체, 부모, 자식, 형제 자매, 출생, 죽음, 나체, 집 등에 대해 상세히 서술한다. 그리고 "상징은 꿈-검열 작용 말고도 꿈-왜곡을 일으키는 두 번째의 독립적인 변수가 되는 것"[15]이라고 정의한다. 따라서 프로이트에게 '상징주의'는 그 위상이 완전히 정립된 개념으로 보기 어려우며, '압축', '전위', '조형적 변환', '이차 가공'이라는 구체적인 꿈 작업의 네 가지 기능을 포괄하면서 꿈의 형성 과정을 설명하는 기본 범주라고 생각할 수 있다. 그렇다면 야콥슨이 '상징주의'를 유사성에 바탕을 둔 은유라고 정의한 것은 틀린 것은 아닐지라도 일반론적인 정의이며, 함께 언급하고 있는 '전위'나 '압축'과는 동일 좌표에서 비교하기 어려운 것이라고 볼 수 있다. 다시 말해, '상징

14 위의 책, 213면.
15 위의 책, 239면.

주의'는 '전위'나 '압축'까지도 포괄하는 꿈 구조의 기본적인 특성이므로, 압축을 제유로, 전위를 환유로 보면서 상징주의를 은유로 보는 것은 포함 관계에 있어 엄밀성을 결여하고 있다. 왜냐하면 야콥슨은 그의 이론 전반에서 은유와 환유를 언어 행위의 두 가지 근본적인 배열 방식, 즉 이항 체계로 설정하고 있기 때문이다.

둘째, '동일시'에 대해 살펴보자.

> 꿈—작업의 압축 경향은 유사 관계의 묘사에 도움이 된다.
>
> 꿈은 '유사, 일치, 공통점'을 일반적으로 한데 모아, 이미 꿈—재료에 존재하거나 아니면 새롭게 형성되는 '통합(Einheit)'을 통해 묘사한다. 전자의 경우는 '동일시(Identifizierung)', 후자는 '혼합 형성(Mischbildung)'이라 부를 수 있다. 동일시는 인물들의 경우에만 사용하고, 혼합 형성은 사물들을 결합시킬 때 이용되지만 사람일 때도 가능하다. 장소는 종종 사람처럼 다루어진다.[16]

프로이트에 의하면, 유사, 일치, 공통점을 하나로 모아 이미 존재하는 재료에 통합하는 것이 '동일시'이고, 새로운 형상에 통합하는 것이 '혼합 형성'이다. 여기서 '동일시'는 프로이트가 말하는 꿈 작업인 '압축'의 한 종류라고 판단할 수 있다. 인용문은 '압축'의 두 유형을 '동일시'와 '혼합 형성'으로 설명하고 있는 것이다. 그러면 야콥슨이 '동일시'를 유사성에 바탕을 둔 은유라고 정의한 것은 틀린 것은 아닐지라도 복잡한 꿈 작업을 언어학적으로 단순화한 것이며, '압축'을 인접성에 근거를 둔 제유라고 간주한 것과 동일 좌표에서 비교하기 어려운 것이다. 다시 말

16 지그문트 프로이트, 『꿈의 해석』 상(전집 5), 414면.

해, '동일시'는 꿈 작업의 한 요소인 '압축'에 포함되는 하위 범주이므로, 압축을 제유로 보고 동일화를 은유로 보는 것은 포함 관계에 있어 엄밀성을 결여하고 있다.

이제 프로이트가 말한 꿈 작업의 중요 개념인 '압축'과 '전위'를 살펴보면서, 야콥슨의 정의에 대해 좀 더 구체적으로 점검하기로 한다. 먼저 '압축'에 대한 프로이트의 언급을 살펴보자.

> 압축은 다음의 과정을 거치면서 이루어지는데 ① 어떤 잠재적 요소는 아예 빠져 버리거나 ② 잠재적 꿈의 여러 가지 복합체 중에서 단지 어떤 조각만이 외현적 꿈으로 이행되거나 ③ 어떤 공통점을 갖고 있는 여러 개의 잠재 요소가 외현적 꿈에서는 통합되어 하나의 단일 요소로 용해되어 버리거나 하는 것입니다.
>
> 여러분이 원하신다면 '압축'이라는 명칭을 이 제일 마지막의 과정에만 사용하신다 해도 상관 없습니다.[17]

인용문의 세 가지 요소는 ① 생략, ② 부분 선택, ③ 통합 및 용해로 요약될 수 있다. 야콥슨이 압축을 인접성에 토대를 둔 제유라고 간주한 것은 ① 생략과 ② 부분 선택에 부합한다고 볼 수 있다. 전체의 복합체 중에서 어떤 부분만이 외현적 꿈에 나타나기 때문이다. 그러나 중요한 점은 프로이트가 이 세 가지 요소를 독립된 항으로 보지 않고 '과정'으로 보았다는 데 있다. 즉 생략과 부분 선택은 통합 및 용해로 가는 과정에 있는 것이다. 더 정확히 말한다면, 생략과 부분 선택은 표면적인 현상이고 통합 및 용해는 내면의 복합적인 실상이다. 그래서 프로이트는

---

17 지그문트 프로이트, 『정신분석 강의』 상(전집 1), 243면.

압축을 마지막 세 번째 과정에만 사용해도 상관없다고 말하는 것이다. 프로이트적 의미의 '압축'은 여러 개의 잠재 요소가 하나의 요소로 통합되고 용해되어 꿈에 나타나는 경우를 의미한다. 여기서 하나의 표면적인 요소가 여러 개의 잠재적인 요소들을 대체할 수 있는데, 이때 요소들의 의미가 항상 연관되어 있는 것은 아니다. 표면적인 꿈의 요소는 중층 결정되어 나타나는 것이다. 따라서 야콥슨이 프로이트의 압축을 인접성에 토대를 둔 제유라고 간주한 것은 무의식의 내면적 실상을 간과한 언어학적 정의라고 볼 수 있다.

다음으로 '전위'에 대한 프로이트의 언급을 살펴보자.

> 전위의 두 가지 현상은 첫째로, 잠재적 요소가 그것 고유의 구성 요소에 의해서가 아니라 그것과 관련이 없어 보이는 것, 그러니까 암시에 의해 대체되어 나타나는 경우이고, 또 둘째로 심리적인 강세(强勢)가 중요한 요소에서 중요하지 않은 다른 것으로 옮겨져서 꿈의 중심이 다른 곳으로 이동된 것처럼 보이고 생소하게 느껴지는 경우 등이 있습니다.[18]

프로이트가 말한 '전위'의 두 가지 현상은 ① 암시에 의한 대체, ② 심리적 강세의 전이로 요약될 수 있다. 이 중 첫째 현상은 소쉬르가 말한 통합적 관계나 야콥슨이 말한 인접성에 바탕을 둔 환유의 개념과 부합하는 듯이 보인다. 그러나 프로이트는 꿈의 전위적 암시는 의식적 언술과는 달리 환원되었을 때 이해하기 힘든 것으로 비춰지며, 따라서 암시에서 원래의 것으로 되돌아가는 길을 찾을 수 없을 때에만 꿈 검열이 성공한 것으로 판단할 수 있다고 부연한다. 이것은 야콥슨의 환유 개념만으로 포착할 수

18 위의 책, 247면.

없는 꿈 작업으로서의 전위의 특성을 제시하는 것으로 보인다.

꿈은 억압된 본능을 충족하려는 소망 성취이며, 동시에 검열에 의한 왜곡의 결과이다. '억압된 소망의 위장된 성취'라고 정의될 수 있는 꿈 작업의 특성은 인용문의 두 번째 전위 현상을 이해하는 데 도움을 준다. "심리적인 강세가 중요한 요소에서 중요하지 않은 다른 것으로 옮겨져서 꿈의 중심이 다른 곳으로 이동된 것처럼 보이"는 현상은 억압과 소망, 검열과 왜곡이 교직하는 꿈 작업의 복잡한 양상과 관련되는 것으로 보인다. 결국 프로이트의 '전위'를 인접성에 토대를 둔 환유라고 정의한 야콥슨의 견해는 '암시에 의한 대체'라는 언어학적 현상 속에 내재된 '심리적 강세의 전이'를 온전히 설명하지 못하고 있다. 프로이트가 설명하는 압축의 요소 중 '통합과 용해', 그리고 전위의 요소 중 '심리적 강세의 전이'는 프로이트 정신분석학의 핵심 개념 중 하나인 '중층 결정'과 밀접한 관련을 맺고 있는 듯이 보인다. 야콥슨의 언어학적 수사학은 바로 이 복합적인 무의식의 내면 법칙을 간과하고 있다. 결국 야콥슨은 프로이트가 말한 압축과 전위, 상징주의와 동일시에 대한 내밀한 이해가 부족한 상태에서 그것을 언어학적인 수사학의 관점에서 정의했다고 평가할 수 있을 것이다.

4. 라캉—은유와 환유

라캉(Jacques Lacan)은 프로이트가 설명한 '압축'과 '전위'를 '은유'와 '환유'라는 수사학적 용어로 번역한다.[19] 이로써 라캉은 꿈 작업이 심리적 논리학의 과정이 아니라 언어적 과정임을 말하려 했다. 즉 무의식적 언술이 상징계 속에서 이루어짐을 나타내려 했다. 라캉은 흔히 야콥슨의 언어학적 개념을 활용하여 프로이트 정신분석학을 구조주의적으로 재해석했다고 이해되고 있다. 그런데 라캉은 프로이트의 압축과 전위를 은유와 환유라는 수사학적 개념으로 번역하면서 야콥슨의 그것을 그대로 수용하지 않았다. 이 차이점에 주목하면서 라캉의 은유와 환유를 살펴보기로 한다.

먼저, 라캉이 '은유(f(S' / S)S≡S(+)s)'에 대해 언급한 구절을 살펴보자.

> 우리는 은유를 의미화 연쇄(signifying chain) 속에 다른 기표를 대체하는 것으로 정의해야 한다. 이때 대체된 기표는 기의의 차원으로 떨어져 그곳에서 잠재적인 기표가 된다. 이 기표는 다른 의미화 연쇄가 접목될 수 있는 간격을 영속적으로 만들어낸다.[20]

라캉은 일단 은유를 의미화 연쇄 속에서 기표가 대체되는 것으로 정의한다. 대체된 기표는 기의의 차원에서 잠재적인 기표가 된다. 은유는 한 기표가 다른 기표로 대체되는 과정에서 의미를 만들어내는 것이다. 이것은 '다른 단어를 위한 단어', 즉 '대체를 통한 의미 효과'로 이해될 수 있다. 억압된 기표와 그 대체물 사이의 긴장으로부터 은유의 불꽃이 튀어나오는 것이다.

---

19 라캉 정신분석의 은유와 환유에 대한 기존 연구 중 중요한 성과로서 김인환, 「언어와 욕망」, 『비평의 원리』, 나남, 1994, 255~302면; 김인환, 「문학과 정신분석」, 『문학의 새로운 이해』, 문학과지성사, 1996, 217~238면; 정과리, 「정신분석에서의 은유와 환유」, 『은유와 환유』(『기호학 연구』 제5집), 문학과지성사, 1999, 11~23면; 임진수, 「은유와 환유－라캉의 이론을 중심으로」, 『현대비평과 이론』, 1996년 봄・여름, 35~54면을 들 수 있다.

20 Jacques Lacan, trans. Bruce Fink, *Écrits*, New York : Norton, 2006, p.594.

프로이트의 압축을 은유와 연결시킨 라캉의 관점은 야콥슨의 언어학적 관점과 어떻게 차별되는가? 프로이트의 압축이 지닌 '생략-부분 선택-통합과 용해'의 과정은 라캉의 은유에서 '기표의 대체-기표와 기의의 자리바꿈-억압과 긴장-의미 효과' 등의 과정으로 변환되었다. 라캉은 프로이트의 중층 결정적인 '통합과 용해'의 과정을 '기표의 대체'와 '기표와 기의의 자리바꿈'이라는 구조 언어학의 개념으로 번역하는 동시에, 언어학적 논리로 포착하기 어려운 무의식의 작용을 드러내기 위해 '억압과 긴장' 및 '의미화 연쇄(signifying chain)'라는 개념을 사용하는 듯이 보인다. 언어학적 수사학에서 은유는 하나의 기표로 다른 기표를 대체하는 것이다. 그런데 인용문의 "이 기표는 다른 의미화 연쇄가 접목될 수 있는 간격을 영속적으로 만들어낸다"라는 문장은 기표의 대체에 의한 의미 효과가 고정되지 않고 영속되는 것임을 보여준다. 따라서 '의미화 연쇄'를 반드시 은유의 언어학적 개념인 공시적인 연합체의 의미로 한정시킬 필요는 없을 듯하다. 이것은 '억압과 긴장'이라는 정신분석적 힘의 작용이 영속적인 '기표의 대체'를 통해 중층적인 의미 효과를 발생시키는 끊임없는 과정을 암시한다고 볼 수 있을 것이다.[21]

한편 "라캉은 은유의 구조를 해명할 때에 '무의식 속의 의미'라는 개념을 강조하고 유사성에는 거의 관심을 보이지 않았다. 프로이트도 나타난 꿈의 세부와 숨겨진 꿈의 세부를 연관지을 수 있는 유사성은 존재하지 않는다고 말하였다"[22]라는 김인환의 지적은 이 문제에 대한 중요

21 라캉은 의미화 연쇄를 단선형 은유와 순환형 은유로 유형화하기도 한다. 단선형은 의미화 연쇄가 말의 흐름이 되며, 이 흐름 속에서 기표들이 문법규칙에 따라 결합되고 있음을 의미하고, 순환형은 의미화 연쇄가 자유 연상에 의해 연결된 일련의 기표들이며, 주체의 상징적 세계를 구성하는 기표들의 그물망으로 통하는 한 가지 경로를 의미한다. 사실상 라캉은 이 두 유형의 관계를 하나로 통합한다. 즉 통시적 차원에서는 통합적이고 환유적인데, 공시적 차원에서는 연합적이고 은유적이다(딜런 에반스, 김종주 외역, 『라캉 정신분석 사전』, 인간사랑, 1999, 310~312면 참고).

한 대답을 제공한다. 라캉이 은유를 설명할 때 유사성을 언급하지 않은 것은 무의식적 언술이 의식적인 이차 과정 속에서 만들어진 유추 관계에 그다지 의존하지 않기 때문이다. 그리고 무의식적 언술에서는 억압된 진리가 겉으로는 무의미해 보이는 것을 통해 표출되므로 '무의식 속의 의미'가 형성되는 것이다. 이것은 언어학적 수사학과 구별되는 정신분석적 수사학의 특성을 잘 보여준다.

무의식의 언술도 근본적으로 의식의 언술과 동일한 규칙에 의존하여 조직되어 있지만, 무의식의 언술은 의식의 언술과 같은 합리적 현상이 아니다. 무의식은 '내가 말한다'라고 할 수 없는 곳에서 말하며, 무의식의 의미 작용에서 기표와 기의의 거리는 의식적 주체가 헤아릴 수 없을 만큼 멀리 떨어져 있는 것이다. 따라서 무의식의 의미 작용에서 기표와 기의는 의미 작용에 저항하는 선으로 분리되어 있는 별개의 질서들이며, 이러한 저항선의 완강함 때문에 치료자와 환자는 긴 우회로를 거쳐 나아가지 않을 수 없다. 그러나 무의식의 언술에는 끊임없이 미끄러져 새어나가는 의미 작용을 멈추게 하는 어떤 신비로운 고정점이 있기 때문에, 기표와 기의를 부분적으로 연결시켜 주는 것이다.[23]

그러면 무의식의 의미 작용에서 은유는 어떤 역할을 하는가? 라캉에 의하면, "증상은 은유"이다. "증상은 주체의 의식에 의해 억압된 기의를 나타내는 기표이다. 육체의 모래 위에, 그리고 메이아(Maia)의 베일 위에 쓰인 상징이다. 이것은 그 구성에 있어 내가 이미 강조했던 의미론적 애매성에 의해 언어로 나타난다"[24]에서 보듯, 증상은 기관이나 기능의 차원에서 무의식의 기표를 상징한다. 증상과 억압된 생각의 관계는 항상

22 김인환, 「문학과 정신분석」, 『문학의 새로운 이해』, 문학과지성사, 1996, 218면.
23 김인환, 「언어와 욕망」, 『비평의 원리』, 나남, 1994, 267~268면 참고.
24 Jacques Lacan, op. cit., p.232.

언어의 차원으로 나타난다. 증상은 정신적 외상 체험과 신체 기관의 상호작용이다. 새로운 기표가 나타나서 원래의 기표를 억압한다는 점에서 증상은 하나의 은유이다. 증상에서 나타난 기표는 숨겨진 기표와의 관계 안에서만 분석될 수 있다. 그러한 관계가 밝혀지지 않는다면 증상은 언제나 신비로 남는다. 환자가 자유 연상을 통하여 나타난 기표와 숨겨진 기표의 관계를 확립하기만 하면, 증상은 쉽사리 소멸한다.[25] 분석을 통해 표면적인 기표와 잠재적인 기표 사이에 존재하는 대체 관계가 밝혀질 때, 즉 연상에 의해 '무의식 속의 의미'가 규명될 때 증상은 사라지는 것이다.

다음으로 라캉이 '환유(f(S···S')S≅S(−)s)'에 대해 언급한 구절을 살펴보자.

> 환유적 구조는 기표와 기표의 관계가 생략을 허용하는 것을 가리킨다. 이 생략에 의해서 기표는 존재의 결여를 대상 관계 속에 나타낸다. 이때 기표에 욕망을 부여하기 위해 기표들 사이에 존재하는 의미의 조회(referral)라는 가치를 사용한다. 욕망은 기표에 의해서 나타나는 결여를 채우고자 한다. ( ) 속의 −표시는 횡선이 계속 유지되는 것을 의미한다. 이것은 원래의 공식에서 기표와 기의의 관계가 대체됨으로써 생겨나는 의미의 저항을 뜻하는, 환원불가능을 나타낸다.[26]

라캉은 환유를 "생략"과 "결여"와 "욕망"을 중심으로 설명한다. 기표와 기표의 관계에 의해 가능해진 생략은 결여를 낳고 결여를 채우고자 하는 욕망의 이동을 가능케 한다. 그러나 대상 관계 속에서 이 욕망은 결여를 온전히 채우지 못하고 계속 옮겨 다닐 뿐이다. 라캉은 '환유'를

25 김인환, 앞의 글, 271~272면 참고.
26 Jacques Lacan, op. cit., p.428.

'단어에서 단어'로, 즉 새로운 의미를 산출하지 않으면서 이미 존재하는 것을 병렬하고 지시하는 구조로 이해하는 것이다. 환유는 한 기표에서 다른 기표로 미끄러지는 무의식의 특징을 나타내는 방식이다.

프로이트의 전위를 환유와 연결시킨 라캉의 관점은 야콥슨의 환유가 지닌 언어학적 개념과 어떻게 차별되는가? 언어학에서 환유는 인접성, 혹은 문맥상의 연관 관계를 지닌 기표들의 대체에 기초한다. 그런데 인용문이 보여주듯, 라캉의 환유 개념은 '생략—결여—욕망'으로 전이되는 무의식적 욕망의 변증법을 내포하고 있다. 생략은 프로이트의 꿈 이론에 의하면 오히려 압축의 한 특징이다. 그러나 프로이트가 설명하는 전위의 과정인 '암시에 의한 대체' 속에 생략이 포함된다고 볼 수 있다. 라캉이 환유에서 강조하는 것은 결여를 통한 욕망의 생성과 이동일 것이다. 결국 우리는 은유가 의미화 연쇄 속에서 '대체'로 이루어지는 '의미 효과'라면, 환유는 의미화 연쇄 속에서 '생략'으로 발생하는 '의미의 교란'이라고 말할 수 있다. 따라서 "낱말에서 낱말로 이동하면서 생략된 의미 작용을 찾아내는 환유의 심리 과정은 긴 탄도(彈道)를 지나"[27]가는 것이다.

그러면 무의식의 의미 작용에서 환유는 어떤 역할을 하는가? 라캉에 의하면, "욕망은 환유"이다. 한편으로 영원히 채울 수 없는 결여를 환기하면서, 다른 한편으로는 기호 연쇄를 따라 만족을 추구하는 욕망은 '결여의 환유'이다.[28] 기표를 통해 표현된 욕망은 결코 충족될 수 없다. 항상 상실한 대상을 채울 수 있는 더 나은 대상을 다른 곳에서 끊임없이 찾으려 하기 때문이다. 따라서 환유는 욕망의 소외 과정을 나타낸다.

---

27 김인환, 「언어와 욕망」, 앞의 책, 269면.
28 위의 글, 272면.

5. 은유와 환유의 관계

앞 장에서 라캉의 은유와 환유 개념에 대해 살폈는데, 라캉의 은유에 대한 언급 중에서 다음의 두 대목은 주목을 요한다.

> ① 은유의 창조적 섬광은 동등하게 현실화된 기표들인 두 이미지의 병치로부터 생겨나는 것이 아니다. 그것은 의미화 연쇄 속에서 다른 기표의 자리를 차지함으로써 대체된 하나의 기표와 그 연쇄의 나머지 부분과의 (환유적) 관계에 의해 드러나는 숨은 기표 사이에서 빛난다.[29]

> ② 은유는 무의미로부터 의미가 발생하는 바로 그 지점에 자리 잡고 있다.[30]

라캉은 은유를 한 기표가 다른 기표로 대체되는 과정에서 의미를 만들어내는 것으로 정의했다. 그런데 인용문 ①은 하나의 기표와 숨은 기표 사이의 관계가 환유적 관계임을 말하고 있다. 은유는 단지 한 기표를 다른 기표로 대체하는 것뿐만 아니라, 그와 동시에 대체된 기표, 혹은 숨은 기표가 나머지 기표들과 환유적으로 결합될 때 생겨난다. 이것은 은유와 환유가 모종의 관계를 맺고 있음을 암시한다. 은유와 환유의 관계를 어떻게 설정해야 할까?

라캉이 은유의 예로 인용한 따르디유(Tardieu)의 문장 "사랑은 햇빛 속에서 웃고 있는 조약돌이다"를 분석해 보기로 하자. "사랑"과 "조약돌"

29 Jacques Lacan, op. cit., p.422.
30 Ibid., p.423.

사이에 성립된 은유는 팔루스적 기표를 표현하는 서술어 "~이다"[31]가 두 극을 연결시키고 있다. "이다"를 통해 "사랑"은 "조약돌"로 정의되고 또한 동시에 분리된다. "사랑"이 "조약돌"로 대체되는 기호 연쇄의 과정에 "햇빛"이 연상의 고리로 작용한다. "햇빛"이 새로운 기표로 등장하자 "사랑"이라는 원래의 기표는 새로운 기표의 기의가 된다. 이어서 "조약돌"이라는 새로운 기표가 등장하자 "햇빛"이라는 원래의 기표는 새로운 기표의 기의가 되는 것이다. 그런데 엄밀히 말해 '사랑—햇빛—조약돌'로 이어지는 기호 연쇄에서 이 세 단어의 관계를 유사성에 근거한 은유라고 보기는 어렵다. 오히려 환유의 관계에 가깝다. 그래서 우리는 억압된 기표와 그 대체물 사이의 긴장 속에 환유가 자리 잡고 있으며, 이로부터 은유의 불꽃이 발생한다고 생각할 수 있다.

인용문 ② "은유는 무의미로부터 의미가 발생하는 바로 그 지점에 자리 잡고 있다"에서 라캉이 말하려 한 것은 바로 이런 의미가 아닐까. 은유가 의미의 발생이고 환유가 무의미 속에 미끄러지는 것이라면, 라캉의 이 말은 은유가 환유의 흐름 속에서 생성된다는 것을 의미한다고 볼 수 있을 것이다.[32] 이것은 은유와 환유가 완전히 독립된 요소가 아니며, 따라서 서로를 배제하지 않는다는 것을 보여준다. 새로운 기표가 나타나서 원래의 기표를 억압하고, 대체된 기표는 기의의 차원에서 잠재적인 기표가 된다. 이 대체의 연쇄 구조 속에서 은유끼리 하나의 환유적 관계를 맺게 된다. 환유적 연결은 은유에 토대를 제공하는 것이다.

---

31 라캉에 의하면, 팔루스(Phallus)는 주체의 결여를 채워준다고 가정되는 무엇에 대한 상징이다. 그러나 궁극적으로 팔루스는 결여를 채워주는 것의 상징이 아니라 결여 자체의 상징이다. 팔루스는 기의를 갖지 않은 기표를 의미하며, 주체에 대해 무엇인가 존재하도록 한다. 라캉은 팔루스가 문장의 계사(繫辭)와 밀접한 관계를 가진다고 말한다. '~이다'라는 연결어가 없이는 아무 것도 존재할 수 없기 때문이다. 계사는 상징계에서 팔루스를 대표한다(Ibid., pp.575~584 참고).

32 이에 대한 정확한 분석은 정과리, 앞의 글, 21~23면 참고.

무의미가 의미를 발생시키는 토대라면, 환유가 은유보다 우위에 있다고 말할 수 있을 것이다. 이런 관점은 페트 비트머(Peter Widmer)가 라캉에게서 환유의 우위를 주장한 것과 상통한다.[33] 비트머에 의하면, 모든 은유는 환유를 전제하지만 모든 환유가 은유를 전제하는 것은 아니다. 따라서 환유를 말할 때, 그것이 은유 이전의 환유인지 은유와 섞여 있는 환유인지 구별해야 한다고 언급한다. "증상은 은유이다"와 "욕망은 환유이다"라는 라캉의 정의도 두 개념의 배타성을 의미하는 것은 아닐 것이다. 이런 관점에서 김인환은 "모든 무의식의 의미 작용은 환유와 은유를 함께 포함하고 있다"[34]라고 지적한다. 여기서 라캉이 은유에 대해 진술한 "이 기표는 다른 의미화 연쇄가 접목될 수 있는 간격을 영속적으로 만들어낸다"라는 문장을 다시 음미해 보자. 이 역시 기표의 대체에 의한 의미 효과가 고정되지 않고 영속되는 것임을 보여주면서 은유와 환유의 관련성을 암시한다. 은유에서 기표의 대체는 일회적으로 끝나지 않는다. 은유의 작용은 의미고리에서 종결될 수 없는 과정으로 계속적인 수행을 요구한다. 이와 마찬가지로 환유의 작용은 은유를 통해 의미적 차원으로 분리되면서 불가능한 대상들의 연속적인 고리가 될 것을 요구한다. 은유와 환유의 교직적 과정으로 나타나는 무의식적 언술 속에서 기표는 영원히 도달할 수 없는 곳을 향해 항상 자신을 벗어나기 때문이다.

라캉이 '무의식의 법칙'이라고 말한 은유와 환유를 통해 궁극적으로

---

33 페터 비트머, 홍준기 · 이승미 역, 『욕망의 전복』, 한울아카데미, 1998, 103면. 반면 페미니즘 이론가인 뤼스 이리가레이(Luce Irigaray)는 라캉에게 환유에 대한 은유의 특권이 있다고 주장하고 이를 비판하며, 마단 사럽(Madan Sarup)도 라캉이 은유를 선호하여 이에 특권을 부여하는 경향이 있다고 주장한다(마단 사럽, 김해수 역, 『알기 쉬운 자크 라캉』, 백의, 1994, 86~87 · 141면 참고).

34 김인환, 앞의 글, 272면.

말하려고 한 바는 무엇일까? 우선 상식적으로 대답한다면, 은유와 환유는 무의식이 의식의 검열을 피해 그 욕망을 성취하기 위해서 사용한 수사학적 메커니즘일 것이다. 무의식은 의식적 언술의 틈새를 비집고 꿈, 말실수, 농담, 연상 작용 등을 통해 은유와 환유의 수사학으로 자신을 드러낸다. 한편 다른 측면에서 말한다면, 라캉은 은유를 통해 무의식적 주체의 발생을, 환유를 통해 그것의 결여를 기표의 사슬로 대체하는 욕망의 지속을 언어적 법칙으로 설명하려 했다고 볼 수 있을 것이다.

> ① 만약 내가 종교적 위선과 철학적 가식이 지속된 수 세기 동안 아무도 명백히 말하지 않았던, 이 사실을 말한다면 당신을 화나게 할 것이다. 그것은 은유가 존재에 대한 질문과 관련되며, 환유는 그것의 결여와 관련된다는 것이다. 화를 내는 사람들은 선동자이거나 희생자인데, 양자는 휴머니즘적인 사람과 자신의 의지에 반하여 그가 진 빚과 돌이킬 수 없는 싸움을 벌이는 사람이라는 점에서 상통한다.[35]

> ② 기표에 대한 나의 정의는 다음과 같다(다른 정의는 없다). 하나의 기표는 다른 기표에게 주체를 표상하는 것이다. 그러므로 이 나중의 기표는 주체를 표상하는 모든 다른 기표들에 대하여 기표가 된다. 만약 이 기표가 상실된다면, 주체는 모든 다른 기표들이 아무 것도 표상할 수 없다는 것을 의미한다.[36]

①에 의하면, 은유는 존재에 대한 질문과 연관되며, 환유는 그것의 결여를 기표 연쇄로 대체하는 것과 연관된다. ②에서 라캉은 기표의 대

35 Jacques Lacan, op. cit., p.439.
36 Ibid., pp.693~694.

체를 주체 표상과 관련시킨다. 이는 기표의 대체를 통한 의미 효과인 은유가 억압과 긴장의 관계 속에서 무의식적 주체를 표상한다는 의미로 해석될 수 있다. 라캉에게 주체는 기본적으로 언어의 물질적 질료이자 구조인 기표에 종속된 주체이다. 주체는 오이디푸스 과정을 거치면서 이미 존재하는 대타자 속에서 기표의 매개에 의해 탄생한다. 그러나 라캉의 은유 개념은 무의식적 주체의 상징적 탄생을 설명하는 개념 틀이기도 하다. 라캉은 주체가 기표로 대체되면서 상징계에서 탄생함을 설명하기 위해 은유의 개념을 활용하는 것이다.[37] 한편 환유는 수사학적 의미로 인접성에 근거한 단어들의 자리 이동을 의미하지만, 라캉은 이를 기표들의 연결을 가능케 하는 법칙으로 간주한다. 라캉의 환유 개념은 무의식적 주체의 결여에 기인한 욕망의 영속화를 설명하기 위한 개념 틀이기도 하다. 욕망은 존재의 결핍, 즉 결여를 기표의 연쇄 고리를 통해 환유적으로 채워나가는 것이다.

결국 라캉이 정신분석적 수사학인 은유와 환유를 통해 궁극적으로 보여주려 한 것은 기표에 대한 주체의 의존과 그것을 넘어 불가능한 '향유(jouissance)'[38]로 향하려는 욕망의 긴장 관계이다. 이것은 기표와의 결합 속에서 지워지면서도 소멸되지 않고 실재(réel)의 모습으로 자신을 드러내는 존재의 양상이다. 다시 말해, 욕망은 기표에 의해 거세되어 근원적 대상으로 나타나는 주체의 상실된 부분을 회복하려는 시도이기

---

37 페터 비트머의 다음과 같은 언급도 참고할 만 하다. "라캉에게서 진리는 단지 은유적 표현 방식(Metaphorbildungen)을 통해서만 존재한다. 왜냐하면 그것은 존재의 결핍을 제거함으로써 인간의 현실을 창조하기 때문이다"(페터 비트머, 앞의 책, 181면).

38 '향유'는 충동을 가진 인간이 육체에서 체험하는, 그러나 결코 말로 표현될 수 없는 느낌, 즉 정서적인 면을 강조하는 개념이다. 쾌락 원칙을 위반한 충동이 겪는 고통, 즉 죽음 충동에 접근하는 고통스러운 쾌락이 향유이다(딜런 에반스, 앞의 책, 430~433면 참고). 향락, 환락, 희열 등의 번역어가 사용되고 있지만, 성적인 의미를 포함하고 있는 심리 작용인 점에서 '향유'라고 번역한 김인환의 경우를 따른다(김인환, 「언어와 욕망」, 앞의 책, 278면 참고).

도 하다. 그리고 향유는 이처럼 존재를 지향하는 불가능한 욕망의 또 다른 이름이라고 볼 수 있다. 인간의 욕망은 타자의 욕망에 대한 주체적 응답인 무의식적 환상(fantasme)을 통해 형성된다. 이 환상을 가로지르며 돌파할 때 소외된 주체는 진정으로 욕망하는 주체와 향유의 주체로 다시 태어날 수 있다.

6. 맺음말

이 글은 정신분석 비평의 가능성을 검토하기 위해 언어학과 시학과 정신분석이 서로를 가로지르며 형성하는 공통점과 차이점을 살펴보고자 했다. 이를 위해 '은유'와 '환유'라는 수사학적 개념을 중심으로 야콥슨, 프로이트, 라캉의 관점을 비교 분석하고, 이 두 개념의 관련성을 고찰했다.

프로이트는 『꿈의 해석』(1900)에서 꿈 해석의 전통적 방법으로 '상징적인 꿈 해석'과 '암호 해독법'을 들고, 꿈 작업의 중요한 두 요소로 '압축'과 '전위'에 대해 서술한다. 그리고 묘사 가능성을 고려하면서 '상징에 의한 묘사'에 대해 설명한다. 또한 『정신분석 강의』(1917)에서 꿈 해석에 있어서 상징적 의미에 대해 사례별로 서술하고, 꿈 작업의 네 가지 유형으로 '압축', '전위', '조형적 변환', '이차 가공' 등에 대해 서술한다.

야콥슨은 프로이트가 말한 전위와 압축을 인접성에 바탕을 둔 것으로, 그 외에 동일시와 상징주의를 유사성에 바탕을 둔 것으로 간주한다. 프로이트의 전위를 '환유적'으로, 압축을 '제유적'으로 보고, 동일시와 상징주의를 '은유적'으로 본 것이다. 그러나 '상징주의'는 '전위'나 '압축'까지도 포괄하는 꿈 구조의 기본적인 특성이므로, 압축을 제유로, 전위를 환유로 보면서 상징주의를 은유로 보는 것은 포함 관계에 있어 엄밀성을 결여하고 있다. 또한 '동일시'는 꿈 작업의 한 요소인 '압축'에 포함되는 하위 범주이므로, 압축을 제유로 보고 동일시를 은유로 보는 것도 엄밀성을 결여하고 있다. 프로이트적 의미의 '압축'은 '생략-부분 선택-통합 및 용해'의 과정을 의미하는데, 여러 개의 잠재 요소가 하나의 요소로 통합되고 용해되어 중층 결정되는 경우를 말한다. 따라서 야콥슨이 프로이트의 압축을 인접성에 토대를 둔 제유라고 정의한 것은 표면적 현상만을 고려한 언어학적 정의라고 볼 수 있다. 프로이트적 의미의 '전위'는 '암시에 의한 대체'와 '심리적 강세의 전이'를 의미하는데, 두 번째 전위 현상은 '억압된 소망의 위장된 성취'라는 꿈 작업의 내면적 특성을 잘 보여준다. 따라서 야콥슨이 프로이트의 전위를 인접성에 토대를 둔 환유라고 정의한 것은 언어학적 현상 속에 내재된 '심리적 강세의 전이'를 온전히 설명하지 못한다.

프로이트의 압축이 지닌 '생략-부분 선택-통합과 용해'의 과정, 즉 중층 결정의 과정은 라캉의 은유에서 '기표의 대체-기표와 기의의 자리바꿈-억압과 긴장-의미 효과' 등의 과정으로 변환되었다. 라캉은 프로이트의 중층 결정적인 '통합과 용해'의 과정을 '기표의 대체'와 '기표와 기의의 자리바꿈'이라는 구조 언어학의 개념으로 번역하는 동시에, 언어학적 논리로 포착하기 어려운 무의식의 작용을 드러내기 위해 '억압과 긴장' 및 '의미화 연쇄'의 개념을 사용하는 듯이 보인다. '의미화 연쇄'의 개념은 '억압과 긴장'이라는 정신분석적 힘의 작용이 지속적인 '기표의 대체'를 통해 중층적인 의미 효과를 발생시키는 끊임없는 과정을 암시한다. 라캉은 환유를 '생략'과 '결여'와 '욕망'을 중심으로 설명한다. 환유 개념은 '생략－결여－욕망'으로 전이되는 무의식적 욕망의 변증법을 내포하고 있다. 라캉이 환유에서 강조하는 것은 결여를 통한 욕망의 생성과 이동이다. 결국 은유가 의미화 연쇄 속에서 '대체'로 이루어지는 '의미 효과'라면, 환유는 의미화 연쇄 속에서 '생략'으로 발생하는 '의미의 교란'이라고 말할 수 있다.

은유와 환유는 모종의 관계를 맺고 있다. 억압된 기표와 그 대체물 사이의 긴장 속에 환유가 자리 잡고 있으며, 이로부터 은유의 불꽃이 발생한다. 은유가 환유의 흐름 속에서 생성된다는 것은 환유가 은유보다 우위에 있음을 의미한다고 볼 수 있다. 라캉은 은유와 환유를 통해 무의식적 주체의 발생과 욕망의 지속을 언어적 법칙으로 설명하려 했다. 은유는 기표의 대체를 통한 의미 효과로서 억압과 긴장의 관계 속에서 무의식적 주체를 표상한다. 욕망은 존재의 결핍, 즉 결여를 기표의 연쇄 고리를 통해 환유적으로 채워나간다. 라캉이 정신분석적 수사학인 은유와 환유를 통해 궁극적으로 보여주려 한 것은 기표에 대한 주체의 의존과 그것을 넘어 불가능한 향유(jouissance)로 향하려는 욕망의 긴장 관계이다. 이것은 기표와의 결합 속에서 지워지면서도 소멸되지 않고 실재(rèel)의 모습으로 자신을 드러내는 존재의 양상이다. 라캉은 기표에 대한 주체의 의존성을 주장하면서도 기표에 완전히 동화될 수 없는 주체의 구성적 조건을 설명하고 있는 것이다. 결국 환유의 우위와 주체의 표상이라는 두 관점을 통해서도 라캉의 사유는 야콥슨의 사유와 차별성을 보여준다.

이러한 라캉의 정신분석적 수사학은 무의식의 의미 작용에 존재하는 기표와 기의 사이의 완강한 거리를 직시하고, 긴 우회로를 따라 증상에 나타난 기표와 숨겨진 기표의 관계를 분석한다는 점에서 문학비평, 혹은 시학에 중요한 지표를 제공한다. 문학작품은 의식적 언술과 무의식적 언술이 중층적으로 결합되어 표현되는 것이며, 따라서 작품은 작가의 욕망이 발현된 증상이라고 볼 수 있기 때문이다. 우리는 정신분석 비평이 지닌 수사학적 개념을 활용하여 작품에 드러난 기표와 숨겨진 기표 사이의 관계를 분석함으로써 끊임없이 미끄러지는 욕망의 환유 고리 속에서 신비로운 고정점을 발견할 수 있게 된다. 그리고 작품에 드러난 문체라는 증상, 혹은 무의식적 환상을 가로지르며 돌파할 때 소외된 주체를 넘어 욕망하는 주체의 향유를 발견하고 회복할 수 있게 되는 것이다.

제4장

분열분석 비평과 수사학

들뢰즈 · 가타리 이론의 문학비평적 가능성

1. 머리말

이 글은 현대문학 연구 및 비평을 더욱 심층적으로 진행할 수 있는 기초를 마련하기 위해 '분열분석'을 수사학적으로 탐구하여 이론적으로 체계화하려 한다. 이를 위해 들뢰즈(Gilles Deleuze)와 가타리(Félix Guattari)의 이론을 중심으로 분열분석을 수사학적으로 재구성하여 문학비평의 준거를 마련하고자 한다.

이러한 문제의식은 2000년대 한국문학에 등장한 새로운 문학적 징후에 대한 정확한 해석과 평가뿐만 아니라 기존의 한국 아방가르드 문학에 대한 해석과 평가를 위해서, '정신분석 비평'과 더불어 '분열분석 비평'이 하나의 유용한 방법론이 될 수 있다는 판단에 의거한다. 최근 한국 문학 연구 및 비평에서 분열분석을 활용하는 실제비평이 활발히 진행되어 상당한 성과를 얻고 있는데, 이와 함께 그 준거와 토대가 되는 이론적 체계화의 작업이 필수적으로 요청된다고 생각하기 때문이다.

2000년대 한국문학은 시와 소설 양편에서 정신병리학적 징후를 농후하게 드러내고 있다. 1990년대 문학의 전반적 양상을 '개인의 내면성'으로 간주한다면, 2000년대 문학의 전반적 양상은 '문학 자체의 증상화'라고 설명될 수 있을지도 모른다. 대타자가 실종된 후 가상화(virtualization)된 현실 속에서 상실된 주체, 혹은 왜소화되고 무력한 자아라는 곤경이 도래한다. 그리하여 2000년대 시와 소설은 가상현실 속에 숨어있는 실재(the real)를 도착적이고 망상적인 방식으로 드러내는 방법적 실험을 시도하게 되는 것으로 보인다. 예를 들어, 황병승 · 김민정 · 이민하 · 유형진 · 김이듬 · 진은영 · 김근 · 김언 등의 젊은 시인들은 공통적으로 환상 및 환각을 통한 이질 혼재성의 시적 어법을 보여주고, 백민석 · 백가흠 · 송홍규 · 편혜영 · 한유주 · 조하형 등의 젊은 작가들은 공통적으로 사디즘과 마조히즘적 증상, 망상과 편집증적 서사를 보여주고 있다. 문학 자체가 시대의 증상이라면, 문학비평은 이 증상에 대한 '징후적 독해(symptomatic reading)'를 시도함으로써 그 내재적 양상에 대한 심층적인 분석 및 해석에 도달할 필요가 있으며, 더 나아가 그것이 지닌 사회적 · 역사적 · 문학사적 위상에 대한 점검을 통해 엄밀한 가치 평가를 내릴 필요가 있다. 이러한 '문학적 증상'을 해석하고 평가하는 데 있어서 '정신분석 비평'과 더불어 '분열분석 비평'이 하나의 유효한 방법론으로 활용될 수 있을 것이다. 그런데 개별 텍스트에 대한 분열분석 비평이 특정 개념의 단순한 적용이나 자의적인 활용에 머무르는 경우가 많은 점을 극복하기 위해서는 그 이론적 체계화가 병행될 필요가 있다. 따라서 이 글은 분열분석 비평을 이론적으로 체계화하여 실제비평의 준거를 마련하는 작업을 시도하고자 한다. 이러한 준거가 마련된다면, 2000년대 한국문학뿐만 아니라 이전의 한국 아방가르드 문학에 대해서도 심층적 규명과 평가 작업을 시도할 수 있을 것이다. 예를 들면, 이상 · 김춘수 · 이승훈 · 김혜순 · 박상순 · 성기완 · 이원 등의 시와, 이상 · 손창섭 · 장용학 · 이인성 · 최수철 · 배수아 · 송경아 · 정영문 · 박성원 등의 소설이 그 대상이 될 수 있다.

이 글이 '분열분석'을 이론적으로 체계화하는 작업에서 중요한 방법론으로 설정하는 것은 '수사학적 관점'이다. 정신분석 비평 및 분열분석 비평이 보다 진전되기 위해서는 '작가의 무의식'이나 '등장인물의 무의식' 탐색에 초점을 맞추었던 전통적 방식에서 벗어나, '텍스트의 무의식'을 탐구하는 데 관심을 기울여야 한다. 다시 말해 '텍스트가 지닌 언어체계'의 '구조화 원리' 및 '형상화 기법'에 대한 분석 및 해명을 경유해야만 진정한 정신분석 비평 및 분열분석 비평에 도달할 수 있는 것이다. 심리 기제와 상응하는 텍스트의 형식적 기법을 수사학적 분석으로 탐구하는 것은, 텍스트의 무의식도 결국은 언어 분석을 통해 접근해야 한다는 것을 의미한다.

분열분석 비평에 대한 수사학적 탐구에 있어서 이 글이 추구하는 방식은 '통합적 수사학'의 관점이다. 20세기 중반 이후 서구의 현대 수사학은 크게 '문채의 수사학'과 '논증의 수사학'이라는 서로 분열된 수사학의 양상을 보여준다. 표현의 형식적이고 문체론적인 방식을 다루는 '문채의 수사학'과 논증하는 방식 혹은 설득하는 기술로 정의되는 '논증의 수사학'은 서로 소통하기 힘들어 보일 정도로 양분되어 왔다.[1] 따라서 분

1 제라르 주네트(G. Genette), 츠베탕 토도로프(T. Todorov), 쟝 코앙(J. Cohen), 그룹 뮈(Grupe μ) 등이 전자를 대표한다면, 카임 페렐만(Chaïm Perelman)과 루시 올브레

열된 수사학의 간격을 메우고 수사학의 전체성을 복원하는 것이 요청되며, 이러한 차원의 '통합적 수사학'의 관점을 문학 연구나 비평에 활용하는 것이 과제로 대두되고 있다. 문학비평과 관련된 기존의 수사학 연구는 주로 은유 · 환유 · 제유 등의 개념을 중심으로 한 '문채의 수사학'에 집중되어 왔다. 문체(文體, style), 문채(文彩, figure), 전의(轉義, trope)를 중심으로 한 이러한 연구가 중요한 성과를 얻고 있음을 확인할 때, 이를 더욱 강화하고 보충하기 위해서 우리는 전통 수사학의 오래된 지혜와 현대 수사학의 흐름 가운데 '논증의 수사학'이 보여주는 성과를 적극적으로 참고할 필요가 있다. 전통 수사학은 '착상(inventio)－배열(dispositio)－표현(elocutio)－암기(memoria)－발표(actio-pronuntiatio)'라는 유기적 연속체로서 수사학을 사유하고 실천했으며, 신수사학 중 '논증의 수사학'은 화용 언어학적 · 의사소통적 · 논증적 모델 등을 통해 수사학의 전체성을 회복하려는 시도를 포함하고 있기 때문이다.[2]

이러한 관점을 토대로 이 글은 '분열분석'과 '문학비평'이 서로를 가로지르며 형성하는 공유 지점을 '통합적 수사학'의 관점을 통해 탐색하려 한다. 그리하여 이 글은 들뢰즈 · 가타리의 이론을 중심으로 분열분석 비평을 수사학적으로 체계화하여 현대문학 연구 및 비평에 도움이 될 만한 하나의 참조 틀을 마련하려 한다. 구체적으로 이 글은 들뢰즈와 가타리의 공저인 『안티－오이디푸스』, 『천 개의 고원』, 『철학이란 무엇인가』와 문학에 대한 논의인 『프루스트와 기호들』, 『카프카－소수적인 문학을 위하여』, 그리고 들뢰즈의 저서인 『의미의 논리』, 『차이와 반

히츠－티테카(Lucie Olbrechts-Tyteca), 스티븐 툴민(Stephen Toulmin), 미셸 메이에르(Michel Meyer), 제임스 크로스화이트(James Crosswhite) 등이 후자를 대표한다고 볼 수 있다.

2 졸고, 「현대문학비평과 논증의 수사학」, 『어문논집』 제56집, 민족어문학회, 2007, 327~331면 참고.

복』, 『비평과 진단』, 『니체와 철학』, 대담서인 『디알로그』 등을 기본 텍스트로 삼고, 들뢰즈와 가타리에 대한 연구 성과들[3]과 관련 저서들을 참고하면서, 분열분석 비평을 수사학적 관점으로 체계화하려는 시도를 언어철학, 예술의 특성, 문학어의 특성, 소수문학, 분열분석 비평 등의 항목을 중심으로 진행하고자 한다.

2. 언어철학—언표, 배치, 내용과 표현, 기호 체제

들뢰즈 · 가타리는 『안티-오이디푸스』,[4] 『천 개의 고원』[5] 등에서 기존의 언어철학들을 비판하면서 자신들의 언어철학을 제시하고 있다.[6] 이들은 다음과 같은 기존 언어학의 네 가지 공준을 비판한다. 첫째, 언어는 정보적이고 소통적이다. 둘째, 어떤 외재적인 요인에도 호소하지 않는 언어의 추상기계가 존재한다. 셋째, 언어를 하나의 등질적 체계로 정의할 수 있게 하는 상수 혹은 보편성이 존재한다. 넷째, 표준적 혹은 다수적 언어의 조건하에서만 언어는 과학적으로 연구될 수 있다. 들뢰

3 들뢰즈 · 가타리에 대한 국내 · 외 연구 성과는 '참고문헌'을 참조할 수 있다. 아직 번역되지 않은 원서로는 Gary Genosko, *Deleuze and Guattari —Critical Assessments of Leading Philosophers* Volume Ⅰ · Ⅱ · Ⅲ, Routledge, 2001; Patton, Paul, *Deleuze —A Critical Reader*, Blackwell Publishers Ltd, 1996; Gary Genosko, *The Guattari Reader*, Blackwell Publishers Ltd, 1996; Olkowski, Dorothea, *Gilles Deleuze and the Ruin of Representation*, Berkely : University of California Press, 1999 등을 참고할 수 있다.

4 질 들뢰즈 · 펠릭스 가타리, 최명관 역, 『안티-오이디푸스』, 민음사, 1994.

5 질 들뢰즈 · 펠릭스 가타리, 김재인 역, 『천 개의 고원』, 새물결, 2001.

6 들뢰즈 · 가타리의 언어철학에 대한 논의는 졸고, 「시학과 수사학」, 『어문논집』 제49집, 민족어문학회, 2004, 44~47면 참고.

즈・가타리는 이러한 공준에 대한 비판을 전제로 언어 활동의 기초 단위를 '언표(énonciation)'로 보고, 언표의 기초 단위를 '명령어(impératif)'로 본다. 즉 기본적으로 언어를 타인으로 하여금 어떤 행동을 하도록 요구하는 것으로 보는 것이다. 그 자체가 행위와 언표의 잉여라고 할 수 있는 명령어는, 특정한 사회적 장 안에서 '발화 수반 행위'의 역할을 수행하기에 필연적으로 사회적 성격을 띤다. 표현된 명령어는 단어 자체를 언표 행위로 만드는 변수로서, 그것이 발화된 장에 즉각적으로 '비물체적인 변형들'을 수반하게 된다. 즉 언어는 세계에 대해 비물체적 변형을 유도하면서 작동하고, 발화 행위는 코드화되면서 사물・행동・사건의 상태 등을 변화시킨다. 그들은 언어를 '랑그'로 추상화하거나(signifiance, 기표화), 상호 주체성의 산물로서 보는 것(subjectivation, 주체화)을 거부한다. 이는 그들의 언어관이 언어를 기표(signifiant)로 보는 구조주의 언어학의 관점과 다르고, 주체들 사이의 소통을 통해서 화용(話用)을 설명하는 방식과도 다르다는 것을 의미한다. 들뢰즈・가타리에 의하면, 언어란 사물에 대한 '정보'를 얻거나 주체들 사이의 '소통'을 위한 것이 아니다. 왜냐하면 대부분의 언어는 간접 담론의 형태를 띠며, 주체는 명료한 동일성을 띤 존재가 아니라 무수한 목소리들의 혼합이기 때문이다. 결국 들뢰즈・가타리는 언어의 본질을 '정보'와 '기표화'에서 찾는 입장과, '소통'과 '주체화'에서 찾는 입장을 비판함으로써 화용론(話用論)으로 나아가는 길을 여는 것으로 보인다.

들뢰즈・가타리는 기호를 배치(agencement)와 관련시켜 이해하고자 한다. 배치는 층(strate)의 구조인데, 배치와 층은 체계・구조・장으로 변모되어온 구조주의 및 후기구조주의의 핵심 개념에 해당하는 들뢰즈・가타리의 용어이다. 들뢰즈・가타리는 층들이 항구적인 것이 아니라 늘 '층화 작용'을 겪는다고 보기 때문에, 우리는 여기서 다원적・역동적 구조주의의 면모를 발견할 수 있다. 언어나 행위를 추상화시키지 않고 그 전체에서 파악하면서 들뢰즈 · 가타리는 '잉여성(excédent)'이라는 개념을 도입한다. 어떤 부분을 자족적인 것으로 추상화할 때 항상 그 바깥에는 무엇인가가 남아 있으며, 더 중요하게는 그 남아 있는 것과 추상한 것 사이에는 내적 관계가 존재한다는 것이다. 잉여성은 '주파수(fréquence)'와 '공명(résonance)'이라는 두 형태를 갖는다. '주파수'는 '기표화'와 연관되고, '공명'은 '주체화'와 연관된다. 매끈하게 정리된 기표화와 정확히 합치하는 주체화는 그 아래에 먼저 존재하는 장(場), 즉 잉여성으로부터 걸러지고 틀 지워지며 성립한다. 정보가 걸러지고 틀 지워질 때 기표화가 성립하며, 소통이 걸러지고 틀 지워질 때 주체화가 성립한다.

들뢰즈는 문학적 장 속에서 드러나는 '기계적 배치'와 '언표 행위의 집단적 배치'를 각각 '내용(contenu)'과 '표현(expression)'이라고 부른다. '신체적 변형들의 집합'과 '비물체적 변형들의 집합'을 각각 '내용'과 '형식'이 아니라 '내용'과 '표현'이라고 부른 것은 내용 또한 나름의 형식을 갖고 있기 때문이다. 다시 말해, 내용에 상응하는 형식(사물의 형식)과 표현에 상응하는 형식(기호의 형식)이 존재한다는 것이다. 들뢰즈는 '내용의 형식'과 '표현의 형식'이 상호 독립적이고 이질적이라고 간주하면서 표현의 우위성을 주장한다. 그러나 한편으로 그는 비물체적 변형, 즉 표현은 바로 신체 자체, 즉 내용에 대해서만 말해지는 것이라고 언급한다. 비물체적 속성을 표현하면서, 동시에 그것을 신체에 귀속시킬 때 우리는 표상하거나 지칭하는 것이 아니라 모종의 개입을 하는 것이다. 이 개입은 바로 하나의 언어 행위이다. 표현된 것은 내용에 끼워 넣어지고 개입할 때, 기호들이 사물들 자체에 작용한다. 문학의 언표가 삶의 장과 관계한다면, 그것은 언어 표현이 가지는 이처럼 근본적으로 물질적이고 사회적인 속성 때문이다.

들뢰즈 · 가타리는 언어의 문제가 정치의 문제와 내적으로 연관되어 있다고 간주한다. 기표화와 주체화의 체계가 결정되어 있는 경우를 이들은 '기호 체제(régime de signes)' 혹은 '기호계(semiotique)'라고 부른다. 기호계에는 미개사회에서 전형적으로 나타나는 전(前)기표적 기호계, 고 · 중세 시대에 전형적으로 나타나는 군주적 기호계, 유목민에게서 전형적으로 나타나는 대항(對抗)기표적 기호계, 그리고 이 세 기표 체제와 구분되는 탈(脫)기표적 기호계가 있다. 전기표적 기호계는 전형적인 기호 체제인 군주적 기호계가 도래하기 이전의 기호계이다. 대항기표 기호계는 군주적 기호계에 대항하는 기호계이지만 탈기표 기호계는 아닌 기호계, 즉 유목민에게서 전형적으로 나타나는 기호계이다. 탈기표적 기호계는 자본주의 사회에서 특히 두드러지게 나타나며 기표화에 대립해 주체화를 형성한다. 그러나 들뢰즈 · 가타리가 특정한 기호계와 특정한 역사를 상응시키는 것은 아니다. 각 기호계는 역사의 도처에서 반복적으로 나타나며, 또 많은 경우 서로 섞이기도 한다. 따라서 이 기호계들은 사유 모델들이지 구체적 실제들은 아닌 것이다.

전기표적 기호계를 접어둔다 할 때, 인류 역사에서 나타나는 두 가지 유형의 기호계를 구분할 수 있다. 하나는 '군주적—기표적—편집증적 기호계'이고, 다른 하나는 '자작적(自作的)—탈기표적—주체적 / 체험적 기호계'이다. 우리는 들뢰즈 · 가타리의 작업 전체를 어떤 의미에서 이 두 기호계의 복잡한 착종을 그리는 것이라고 볼 수도 있다. 탈기표적 기호계는 특히 자본주의의 형성 이후에 두드러지게 나타나지만, 대항기표적 기호계에서도 나타난다. 들뢰즈 · 가타리는 그 예를 특히 유태 민족의 역사에서 찾는다. 유태 민족의 역사야말로 '과정 / 소송(procédure)'과 '수난 / 열정(passion)'의 역사를 잘 보여주기 때문이다. 즉 유태 민족의 역사는 전통 사회에서의 탈기표적 기호계의 좋은 예라고 보는 것이다.

3. 예술의 특성—리좀, 감응과 지각, 강도, 기호와 표현

들뢰즈 · 가타리는 『천 개의 고원』의 「서론」에서 '고원(plateau)'의 특성을 '리좀(rhizome)'과 관련하여 설명한다. 리좀[7]은 탈중심적이고 비계층적이며 수평적인 다양성 속에서 이질적 요소들의 공존과 결합을 통해 창조적인 가능성을 추구하는 개념이다. 리좀은 변이 · 확장 · 정복 · 포획 · 분기에 의해 작용한다. 리좀은 생산되고 구성되는 동시에, 언제나 분리되고 연결되며 수정될 수 있는, 다양한 입구들과 출구들과 탈주선을 가지는 지도와 유사하다. 리좀은 시작도 끝도 갖지 않고 언제나 중간을 통해 자라고 넘쳐난다. 이런 리좀의 특성들은 들뢰즈 · 가타리가 추구하는 글쓰기의 특성이기도 하다. 리좀적이고 생성적인 글쓰기는 흐름들의 접속과 변형을 실행하고, 언어 자체로부터 문법적 · 통사적 · 의미적 양식에 내재한 연속적인 변이를 활성화한다. 이런 글쓰기는 문장에 대해 접속 · 결합하여 창조적으로 변이하는 기미 · 효과 · 울림 · 공명이 있을 뿐이다. 들뢰즈 · 가타리의 리좀적 글쓰기 개념은 언어의 더듬거리는 형식, 되기의 과정, 이야기 꾸미기의 특징들을 함의한다.

들뢰즈 · 가타리는 『철학이란 무엇인가』[8]에서 예술의 특성을 '감응(affects)'과 '지각(percepts)'을 창조하는 것으로 본다. '감응'은 의미로 조직되거나 질서 잡히지 않는 감각 가능한 것(sensible)이나 감성(sensibilité)이다. 즉 사유나 개념보다 우선하는 전(前)인칭적 '지각'의 형식을 지칭한다. 예술은 카오스와 견해라는 양 극 사이를 왕래한다. 예술은 카오스로

---

7 리좀에 대한 설명은 사공일, 『들뢰즈와 창조성의 정치학』, 동문선, 2008, 65~90면 참고.

8 질 들뢰즈 · 펠릭스 가타리, 이정임 · 윤정임 역, 『철학이란 무엇인가』, 현대미학사, 1995.

부터 무한한 가변성의 무기를 취하여 견해와 투쟁하는 한편, 카오스에 대항하여 그것의 가변성을 '재편된 카오스'의 다양성으로 구성해낸다. 들뢰즈 · 가타리는 강도와 감응에 대한 문학적 접근법을 사유할 수 있는 방법들을 제안한다. 이들은 기호들이 재현적이고 표현적이기 이전에 '강도적(intensive)'이라고 말하고, 문체를 통해 비인칭적이고 지각-불가능한 강도의 투자를 발견할 수 있다고 본다. '강도(intensité)'는 스피노자의 '감응(affect)' 및 니체의 '역능에 대한 느낌(feeling of power)'에 대응되는 개념으로서, 외적인 힘이 아니라 내재적 흐름의 집중을 통해 형성되는 강렬도를 의미한다.

그런데 비이성적이고 전인칭적인 '감응'과 '지각'만을 가지고 철학이 몰두했던 문제들을 해결할 수 있을까? 들뢰즈는 『프루스트와 기호들』[9]과 『카프카-소수적인 문학을 위하여』[10]에서 '기호론'과 '표현론'을 통해 이 문제를 탐색한다.[11] 프루스트는 지각과 정서라는 비이성적이고 감성적인 것이 출현하는 방식 중 하나로 '징후' 혹은 '기호(signe)'를 탐구 대상으로 삼는다. 지성에 의해 매개되지 않는 정서의 도래는 기호와의 마주침을 통해 이루어진다. 기호와의 마주침의 대표적인 예 가운데 하나가 프루스트의 마들렌 체험이다. 마들렌 체험의 분석을 특징짓는 것은 공명 효과인데, 이것은 '비의존적인 이질적 항들 간의 조화'라고 정의될 수 있다. 들뢰즈는 공명을 가능케 하는 것을 즉자적으로 존재하는 과거, 혹은 순수 과거라고 부른다. 비자발적 기억을 통해 발견되는 순수 과거는 자발적으로 의식 가능한 경험적 차원 안에 있기보다 그것을 가능케

9 질 들뢰즈, 서동욱 · 이충민 역, 『프루스트와 기호들』, 민음사, 1997.

10 질 들뢰즈 · 펠릭스 가타리, 이진경 역, 『카프카-소수적인 문학을 위하여』, 동문선, 2001.

11 프루스트의 기호론과 카프카의 표현론에 대한 들뢰즈의 사유는 서동욱, 「들뢰즈의 문학론」, 『프랑스철학과 문학비평』, 2008, 209~233면 참고.

해주는 근거가 된다. 이러한 경험적 항들 사이의 짝짓기 · 공명 · 소통을 가능케 하는 요소를 들뢰즈는 '어두운 전조'라고 부른다. 자기 고유의 힘을 통해 차이 나는 항들을 매개 없이 관계 짓는 '어두운 전조'는 하나의 시간 지평 위에서 기능하는데, 그것이 '사후성'이다. 현재와 과거의 종합은 미리 주어지거나 순차적인 시간적 계기를 통해 형성되는 것이 아니라, '어두운 전조'의 사후적 개입을 통해 뒤늦게 이루어지는 것이다.

들뢰즈의 카프카론의 핵심은 스피노자적 원천을 지니는 '표현(expression)' 개념이다. 스피노자는 애매하고 불명확하며 다의적인 기호들의 영역을 부정적인 의미로 간주하고, 일의성을 절대적 규칙으로 삼는 표현들의 영역을 옹호한다. 그렇다면 들뢰즈 문학론의 중요한 두 축을 이루는 '프루스트의 기호론'과 '카프카의 표현론'은 상호 모순되는 것이 아닌가? 이 질문에 대한 들뢰즈의 대답은 '프루스트는 라이프니츠주의자'라는 것이다. 들뢰즈에 의하면, 라이프니츠에게서는 기호가 표현의 외연에 포함되는 반면, 스피노자에서는 표현이 기호와 대립한다. 라이프니츠에게서 기호가 표현의 일종인 까닭에 긍정적인 의미를 가지며, 스피노자에게 기호는 전적으로 부정적인 면모만 지니는 것이 아니다. 스피노자는 우리의 인식이 최초로 시작되는 지점을 부적합 관념의 영역으로 보고, 여기서 경험론이 출발한다고 본다. 기호 자체는 적합 관념이 아닐지라도 그 안에는 적극적인 것, 참된 것이 들어 있기 때문이다. 그리하여 기호로부터 진리 인식에 이르는 스피노자적 기호 해독이 존재한다. 결국 들뢰즈는 '기호' 해독을 통해 본질적인 것의 '배움'에 이르는 수련의 과정에 대한 소설이 바로 프루스트의 작품이라고 보는 것이다.

한편 들뢰즈는 '기호의 해석'과 '기호의 생산'이라는 두 측면에서 프루스트 읽기를 시도한다.[12] 프루스트의 기호는 상형문자로, 은폐된 내용을 접고 포개어 놓아서 해석을 통해 펼쳐져야만 하는 수수께끼와 같다. 프루스트의 『잃어버린 시간을 찾아서』는 마르셀의 기호 견습을 기록하는데, 그것을 통해 젊은이는 세계의 활기 없는 기호로부터 사랑의 기만적인 기호들과 비자발적인 기억의 감각적인 기호를 거쳐 심오한 예술적 기호들에 이르는 여정을 기록한다. 마르셀은 예술의 기호들이 본질을 표현하고 다른 기호들은 변형된다는 것을 파악하고 나서 예술가로서 자신의 소명을 발견한다. 하지만 예술적 기호의 진리는 객관적인 실재의 진리도 주관적 연상 작용의 진리도 아니다. 하나의 우주를 창조하고 생성하며 스스로 펼쳐지면서 변별화하는 차이의 진리이다. 예술가와 그 주변의 세계 그리고 예술 작품은 모두 초개인적인 기호들의 펼침이고, 완성된 예술 작품은 '카오스모스(chaosmos)', 즉 하나의 우주가 되는 카오스이다.

4. 문학어의 특성—문체, 자유 간접 화법, 부정사, 비전과 오디션

들뢰즈 · 가타리는 『프루스트와 기호들』, 『카프카—소수적인 문학을 위하여』 등에서 '생성'의 관점으로 언어의 특성을 논의한다. 이들은 언어를 등질성 · 보편성 · 항상성에서 사유하려는 과학적 입장을 비판하고 언어를 '다질성', '특이성(singularité)', '연속적 변이(variation continu)'의 측면에서 사유하고자 한다. 언표 행위의 고정된 집합적 배치는 간접 화법, 특히

12 들뢰즈의 프루스트 독해는 로널드 보그, 김승숙 역, 『들뢰즈와 문학』, 동문선, 2006, 14면 참고.

'자유 간접 화법'의 형태를 띤다. 이것은 글쓰기에서의 문체(style)와도 관련된다. 문체는 심리학적 창조물이 아니라 언표 행위의 배치인데, 왜냐하면 그것은 저자라는 중심에서 나오는 산물이기보다는 언표장에서 저자의 운동이 그려내는 흔적들과 기억들의 산물이기 때문이다. 그래서 들뢰즈·가타리는 끊임없이 새로운 잉여성의 형식들을 개발해 온 현대 문학의 문체들, 특히 카프카·베케트·루카·고다르 등의 작품에 흥미를 가진다. 이들은 'est(is)'와 'et(and)'를 대비시키는데, 이것은 실체와 그 귀속물들에서 연속적 변이로의 이행을 의미하고 있다. 전형을 벗어나는 표현은 탈영토화의 꼭지점을 구성하며 특이성의 운동을 내포하므로, 특이성은 다질성 및 창조성과 통하는 것으로 간주될 수 있다.[13] 문학의 언어는 언표 행위의 새로운 집단적 배치를 구성해 내기 위해 언어의 공통 요소들 위에 연속적 변주를 작동시킨다. 들뢰즈·가타리는 모든 언어적 요소들을 변주로 만드는 이러한 시도를 '문체'라고 정의하고, 언어를 문체로 만드는 실험을 행할 것을 주장한다.

들뢰즈·가타리는 문체를 형성하는 세 가지 방식을 제시한다. 첫째는 단 하나의 언어 안에서 2개 국어를 사용하는 것, 즉 한 언어에서 다른 언어로 이행하는 것이고, 둘째는 자신의 고유한 언어를 사용하면서 이방인이 되는 것이며, 셋째는 자신의 고유한 언어를 사용하면서 파롤만이 아니라 랑그 자체를 더듬거리게 하는 것이다. 들뢰즈·가타리는 이러한 문체의 세 가지 변이를 통해 언어를 보편성·항상성·불변성을 갖는 내적인 구조로 환원할 것이 아니라, 비언어적인 성분들을 포함하는 변이의 연속체로 다루어야 한다는 점을 강조한다. 문학의 언어는 기존의 언어에서 무엇인가를 제거한 언어, 즉 뺄셈의 언어이다. 진정한

13 졸고, 앞의 글, 47면 참고.

글쓰기는 언어에서 권력적 요소와 보편적 요소를 제거하여 기존의 시스템 · 규범 · 담론을 넘어선다. 언어의 상수, 즉 고정적 이중성이나 합리적으로 보이는 대립을 제거하여 언어의 '연속적 변이'를 추구하는 것이다. 비의미적 · 비정체적 · 비주체적인 언어의 변이는 말의 진동과 규칙의 움직임을 낳고 탈주선을 따라가며 새로운 소리와 이미지를 만든다. 따라서 언어는 말하거나 의미한다기보다는 소음에서 말로 이행하고, 소리에서 의미로 이행하는 흐름 · 목록 · 목소리가 되거나 감응의 계열들이 된다.

이런 관점에서 들뢰즈는 『비평과 진단』[14]에서 허먼 멜빌의 「서기 바틀비」에 반복되는 수학 공식 같은 언어들, 예를 들면 "그러지 않는 편이 좋겠다(I would prefer not to)"에서 'prefer'는 긍정과 부정, 능동과 수동 사이에서 결정적인 행위를 끊임없이 연기할 뿐이라고 설명한다. 단어와 사물, 단어와 행위 간의 모든 연결을 연기하고 끊어놓는 이 표현은 언어 속에 무한한 잠재성의 차원을 열고 어떤 실제적인 것도 의미하지 않으면서 모든 것을 의미한다. 멜빌이 모국어 속에서 비통사적인 구문을 창조함으로써 모국어 자체를 더듬거리게 만들었다면, 루이스 캐롤은 마치 말장난을 즐기는 것처럼 발음 · 용도 · 형태적 애매함으로 인해 의미 파악이 쉽지 않은 혼성어를 사용한다. 들뢰즈가 『의미의 논리』[15]에서 언급하는 혼성어는 다양한 의미를 축적하고 교차시키는 일종의 신조어이다. 루이스 캐롤의 전도된 난센스는 스토아학파의 비물질계 영역을 연상시키고, 표면과 사건의 세계를 드러낸다. 이 난센스는 의미의 부재와는 거리가 멀며, 좋은 의미가 일어나는 복수적인 방향의 의미의 장이다. 들뢰즈는 순수한 난센스가 광범위한 의미의 장이 유발하는 발

14 질 들뢰즈, 김현수 역, 『비평과 진단』, 인간사랑, 2000.
15 질 들뢰즈, 이정우 역, 『의미의 논리』, 한길사, 1999.

생적인 요소라고 주장한다. 또한 들뢰즈는 루이스 볼프슨의 비문법적 언어구조, 아르토의 순수한 잡음으로서의 언어, 베케트의 조합적 글쓰기, 즉 언어 이전의 언어와도 같은 중얼거림이나 주어진 상황에서 가능성을 실험하고 소모해버리는 언어를 주목한다. 아르토의 비명 언어와 음향적 분절은 격렬하게 파장을 일으키는 의식의 심연과 상호 침투되는 신체 영역을 열어준다. 아르토는 의미를 용해시키고 외침 단어와 호흡 단어들을 잔혹극으로 전환하면서 분절화가 불가능한 열정 단어와 행동 단어들을 음절화한다.

또한 들뢰즈・가타리는 문체의 중요한 요소로 '자유 간접 화법(discours indirect libre)'과 '부정사(infinitif)'를 주목한다. 문학에서 '자유 간접 화법'은 3인칭 화법을 사용하지만 기술된 등장인물들이 받아들일 만한 공통된 혹은 진부한 스타일로 발화된다. 그래서 발화하는 것은 저자도 등장인물도 아니게 된다. 작가와 등장인물 간의 경계가 결정되지 않으며, 따라서 누가 발화하고 있는지 확신할 수 없다. '부정사'도 화자와 언어 사이의 관계를 복잡하게 만든다. 부정사는 아무 것도 부족한 것이 없으며, 특히 한정이 충분하다. 부정사는 생성의 한정이고, 생성 그 자체의 힘이며, 보편성이 아니라 극도의 특수성인 어떤 비인칭사의 힘이다.[16] '자유 간접 화법'이 등장인물들에서 기원하지 않는 방식을 보여준다면, '부정사' 또한 주체 없이 발화하고 있다. '자유 간접 화법'과 '부정사'가 언어를 발화 주체로부터 해방시키면, 우리는 언어 그 자체의 흐름, 즉 언어의 의미와 무의미의 생산, 언어의 잠재적이고 창조적인 역량을 볼 수 있게 된다. 이처럼 명제들로부터 언어를 유동화하는 것이 들뢰즈・가타리에게 있어서 의미의 사건이다. 의미는 잠재적이고 동시에 비물

---

16 질 들뢰즈, 김현수 역, 『비평과 진단』, 인간사랑, 2000, 120면.

체적인 것이자, 물체들의 현실성을 넘어서는 역량이다. 결국 들뢰즈·가타리는 '자유 간접 화법'과 '부정사'를 통해 문학과 예술이 창조하는 '감응'과 '강도'를 진단하고, 의미의 긍정적인 차원이 존재함을 강조하는 것이다.

한편 들뢰즈는 『비평과 진단』에서 문학의 세 가지 양상으로서 '모국어의 해체 혹은 파괴', '통사 창조를 통한 언어 내의 새로운 언어 창조', '비전(visions)과 오디션(auditions)의 창조'를 언급한다. '비전'과 '오디션'은 언어만이 가능케 하는 것이면서도 그 자체로서 비언어적인 요소들인 광경과 소리를 형성한다. 언어의 외부적 표면을 형성하고 마치 단어들 위에 나타나는 색깔과 음향의 효과처럼 글쓰기에 적절한 그림과 음악을 구성하는 것이다. 작가들은 시각·음성·말 사이의 세포막인 언어의 외부를 형성하고, 언어 안에 비전과 오디션을 생산하면서 적절한 그림이나 음악을 만들어낸다. 들뢰즈는 T. E. 로렌스의 『지혜의 일곱 기둥』과 베케트의 텔레비전극에 대한 연구를 통해 '비전'과 '오디션'에 대한 개념을 정교하게 다듬고, 마침내 문학의 소명이 언어를 그 외부로 밀고 나가며 세계를 향해 낱말들을 열어두는 과정에 있음을 규명한다. '비전'과 '오디션'[17]은 마치 스토아학파의 렉타(lekta)처럼, 표면으로부터 퍼져 나가는 안개나 오로라와 같이 단어의 몸체에 나타나는 표면 효과이다. '비전'은 외부 세계에 투사된 내적인 이미지이다. 로렌스의 글쓰기는 풍경-이미지, 즉 현재적인 것과 잠재적인 것이 즉시 상호 침투되고, 서로 들어갔다 나가며, 주름이 잡히고 나누어지며 합해지는 풍경-결정체가 된다. '오디션'은 언어들을 낯설게 만드는 더듬거리는 문체에

17 이하 비전과 오디션에 대한 설명은 로널드 보그, 앞의 책, 260~279면과 윤화영, 「베르그송, 들뢰즈 그리고 베케트 문학의 잠재태 혹은 순수과거의 시간」, 『들뢰즈와 그 적들』, 우물이있는집, 2006, 203~205면 참고.

서 생기지만, 소리들을 '중계'하고 '반영'하며 '증명'하고 서로를 '확신'케 하는 동시에 '이중화'하는 분위기와 환경 속에서, 현재의 언어적 소리와 재현된 소리를 같이 끌어안는다. 궁극적으로 오디션은 역설적으로 침묵의 음악을 창조해낸다. 이것들이 발생하는 곳은 단어들을 통해, 단어들을 가로질러, 단어들을 횡단하는 단어들 사이에 있다. 공간의 가능성을 약화시키고 이미지의 힘을 소산시킴으로써 언어에 구멍을 뚫어 낱말들이 사라지면서 분명하게 보고 듣게 되는 것이 시각적 이미지인 비전과 청각적 이미지인 오디션이다. 잠재성의 문학은 낱말들 위로 솟아오르는 색채와 음향처럼 글쓰기의 고유한 회화와 음악의 상태에 도달하는 것이다.

5. 소수문학–생성(–되기), 아우토노미아, 비인칭적 자아, 문학–기계

들뢰즈 · 가타리는 『천 개의 고원』, 『카프카–소수적인 문학을 위하여』 등에서 다수어(다수문학)와 소수어(소수문학)의 문제를 논의한다. 언어 혹은 문학의 문제는 권력 혹은 정치의 문제와 연결된다. 다수어(다수문학)는 권력을 내포하고 있으며, 이로부터 탈주하려는 소수어(소수문학)는 역량을 내포하고 있다. 소수문학은 언어가 그 내부에 본래적으로 지니고 있던 특질들을 강도화하면서 언어를 탈영토화하는 하나의 방식이다. 언어의 소수적 사용은 언술 행위의 집단적 배치를 거쳐 진행되고, 정치적인 행동 양식으로 기능한다. 소수문학은 전통을 파열시키고 이탈시키며, 문학의 역량을 최대한 확장한다. 다수문학이 연속적 변이를 거슬러 고착화된 언어를 구성하려 하는 반면, 소수문학은 연속적 변이의 선을 따라 계속 생성한다. 그러나 소수어가 이른바 방언은 아니다. 방언은 소수어의 특수한 한 양태이며, 소수어는 보다 근본적인 개념으로서 제시된다. 한편 다수어와 소수어라는 두 종류의 언어가 있는 것이 아니라 동일한 언어를 다루는 두 가지 방식이 있다. 예를 들면, 오스트리아령 체코에서 체코어는 독일어에 대해 소수어이지만, 프라하의 독일어는 비엔나나 베를린의 그것에 대해 잠재적으로 소수어로서 이미 기능했다. 또 독일에서 활동한 체코 출신 유태인 카프카는 독일에서의 연속적 변이를 수행했다. 요컨대 다수어와 소수어는 두 언어가 아니라 언어적 운동의 두 양태인 것이다.

다수어와 소수어는 병치되는 것이 아니다. 연속적 변이를 겪는 실제 언어는 모두 소수어이다. 중요한 것은 다수어와 소수어의 구분이라기보다는 언어의 생성을 포착하는 것이다. 다수어와 소수어는 양적 차이에 따른 구분이 아니다. 다수성으로부터 지배와 권력이 나오는 것이 아니라, 지배와 권력으로부터 다수성이 나오기 때문이다. 소수어의 기준은 수나 양이 아니라 '생성'이다. 그것은 '－되기(devenir)'로 표현될 수 있는데, 여성－되기, 어린이－되기, 동물－되기, 소수자－되기 등의 '－되기'는 동일자를 무너뜨리는 타자성이다. 글쓰기의 최종 목표는 이러한 '－되기'들을 거쳐 '지각불가능－되기'에 도달하는 것이다. 들뢰즈·가타리는 소수자－되기를 또한 '아우토노미아(autonomia)'라고도 부른다. 소수어는 이질적이고 변이에 개방적이며, 동일성을 표현하기보다 동일성을 창조하는 수단으로 볼 수 있다. 문체가 언어가 되고 언어가 강렬하게 되는 것은 모국어 속에서 이방인이 되는 것, 언어를 더듬거리게 만드는 것이다. 소수문학의 목표는 언어를 진동시키는 것이고, 불균형을 유도해 내는 것이며, 언어 그 자체로부터 문법적·통사적·의미적 양식에 내재한 연속적인 변이선을 활성화시키는 것이다. 소수문학 작가는 단일한 강도적 질료 안에서 표현에 섞여 있는 순수한 내용을 해방시키기 위해 내용의 형식을 교란시키고, 그 자체의 형태를 파괴할 수 있는 표현-기계를 발전시켜야 한다.

들뢰즈는 『디알로그』[18]에서 '생성'에는 과거도 미래도 심지어는 현재도 없으며, 따라서 역사가 없다고 말한다. 생성에서 중요한 것은 오히려 함입(陷入), 즉 소용돌이 꼴로 둘둘 말리는 것(involution)이다. 이것은 퇴보하는 것도 진보하는 것도 아니다. 생성이란 점점 더 절제하는 것, 더 단순해지는 것, 더 사막이 되어가는 것, 그리하여 군(群)들로 가득 채워지는 것이다. 이것은 분명 진화(évoultion)의 반대이지만, 또한 어린 시절 혹은 원시적인 세계로의 퇴행(régression)이나 회귀(révolution)와도 반대되는 것이다. 한편 들뢰즈는 『비평과 진단』에서 '되기' 즉 '생성'을 모방·재현·미메시스 등의 형식에 이르는 것이 아니라 어떤 여성·동물·분자와 더 이상 구분할 수 없을 정도의 이웃 관계나 식별 불가능, 미분화(微分化)의 지대를 찾아내는 것이라고 말한다. 여기서 언어 혹은 문학의 주체는 '비인칭적 자아(moi impersonnel)'로서 개인화 혹은 주체화 이전의 자아라고 볼 수 있다. 다시 말해 비인칭적 자아는 모방이나 재현이 아닌 시뮬라크르의 영역에 속하고, 다른 주체로 환원될 수 없는 차이를 갖는다. 이런 차이는 내면성이라는 벽, 코기토의 감옥, 고독한 주체로부터의 탈주선을 그리는 개인화 이전의 자아, 주관화 이전의 자아이다. 비인칭적 자아는 주체와 객체, 주관성과 객관성, 존재와 행위의 이분법, 데카르트적 코기토(cogito)를 뛰어넘는 일종의 초월론적 경험주의(empirisme transcendantale)를 형성한다.

---

18 질 들뢰즈·클레르 파르네, 허희정·전승화 역, 『디알로그』, 동문선, 2005.

『카프카–소수적인 문학을 위하여』에서 들뢰즈 · 가타리는 '문학–기계(littérature-machine)'의 개념으로 카프카의 작품에 접근한다.[19] 그들은 카프카의 일기 · 편지 · 단편 · 미완성의 소설 모두가 글쓰기 기계의 부분이라고 주장한다. 그것들의 목표는 단지 종결을 피하면서 흐름을 계속 진행하게 하는 것이다. 카프카의 일기와 편지들이 직접적으로 그의 소설과 교통하며, 그의 단편과 장편 소설 속에서 실재 세계의 부분을 이루는 힘들을 수행한다는 점에서, 카프카는 삶과 예술을 구분하지 않는다. 카프카의 『심판』은 단순히 법이라는 사회적 기계의 재현이 아니라 그 자체가 실재적인 것에 대한 실험화이며, 기계인 동시에 사회적 비판의 수단이다. 카프카는 미래의 악마적인 권력을 진단하고, 그런 권력으로부터 탈주선을 처방한다는 점에서 문화 의사이다.

들뢰즈 · 가타리는 '욕망하는 생산'의 세 가지 기본 요소들을 '욕망하는 기계', '기관 없는 신체', '노마드적 주체'로 규정한다.[20] 각각은 욕망하는 생산의 특정한 단계, 즉 '생산의 생산', '등록의 생산', '소비 / 성취의 생산'과 연결된다. '욕망하는 기계'와 '기관 없는 신체' 사이의 상호작용에서 '편집증적 기계'와 '기적적인 기계'라고 부를 수 있는 두 가지의 복합적인 기계가 발생한다. '편집증적 기계'는 욕망하는 기계가 절박한 전체성으로, 또는 불연속적인 조각으로 부수어지거나, 망상증적으로 피하면서 기관 없는 신체를 격퇴할 때 생산된다. '기적적인 기계'는 욕망하는 신체가 마치 기적적인 표면의 발산인 것처럼 기관 없는 신체를 끌어당길 때 나타난다. '편집증적 기계'와 '기적적인 기계'의 인력과 척력을 화해시키는 새로운 기능화가 생겨나는데, 이것이 '독신 기계'이다. 다시 말해, 부분–대상들과 기관 없는 신체 사이의 인력과 척력의 이행

19 로널드 보그, 김승숙 역, 앞의 책, 15~16면 참고.
20 위의 책, 106~111면 참고.

운동들이 노마드적 주체를 생산하면서 조화를 이루게 될 때, 편집증적 기계와 기적적인 기계의 형성을 가능케 하는 제3의 혼합 기계인 '독신 기계'가 창조된다. '기관 없는 신체'는 제로－강도를 구성하고, '욕망하는 기계'는 작동하면서 변용태적 강도의 다양한 수준을 기록한다. 한편 '노마드적 주체'는 고정된 정체성 없이 기관 없는 신체를 떠돌아다니며 욕망하는 기계를 따라 하나의 '되기'를 도처에 모으면서 새로운 상태로 거듭난다.

기계들의 기능은 '기계화'하는 것, 즉 종합을 형성하고 이항적 연접・포함적 이접・노마드적 통접을 통해 흐름을 생산하는 것이다. 『안티－오이디푸스』에서 들뢰즈・가타리는 욕망의 이행 운동을 기술하고, 그 이행 운동이 봉쇄되는 방식, 그 흐름이 제한되어 규칙화되고 코드화되는 방식, 홈을 파면서 연접으로 제한되고 이접에 의해 배제되며 통접으로 고정되는 방식들에 대해 상세하게 언급한다. 그리하여 들뢰즈・가타리는 욕망하는 생산의 두 가지 축, 즉 흐름을 제한하고 격리시키는 '편집증적・파시스트적인 형태'와, 욕망의 탈주선을 따라 벽을 깨고 통과하며 흐름을 자극하는 '분열 혁명적 형태'를 규명하게 된다. 들뢰즈・가타리가 볼 때, 카프카의 문학은 욕망하는 생산의 흐름을 종합하고, 복수적인 연접・이접・통접을 통해 이행 운동을 생산하고 지속한다. 카프카의 문제는 기계의 기능화를 유지하고, 욕망하는 생산의 열린 결말의 회로를 형성함으로써 이행 운동을 창조하고 유지하는 것이다. 쓰기－기계 혹은 문학－기계는 사회 기계에 끼워져 있으며 사회 기계에 의해 횡단하게 된다. 그 기능은 보편적인 욕망하는 생산의 과정들에 의해 내부적으로 연결되어 있다. 이런 점에서 문학－기계는 직접적으로 정치적이며, 집단적 활동의 장 내부에서 일어난다.

6. 분열분석 비평—징후학, 탈주선, 환각, 시뮬라크르

들뢰즈는 작가란 문화를 진단하고 치유하는 니체적 의사 역할을 한다고 말한다. 이는 질병과 건강에 대한 문화의 기호를 읽어내는 징후 발견자인 동시에 삶의 가능성을 증진시키는 치료사를 일컫는다. 니체적 문화 의사는 가치의 평가에 관여하는데, 그것은 세계를 형성하는 힘과 그 관점에 대한 진단, 그리고 새로운 배치 내에서의 힘의 전개 양상을 진단하게 된다.[21] 들뢰즈는『니체와 철학』[22]에서 해석을 징후학(symptomatologie)이나 기호론의 형태로 취급한다. 니체는 비평을 통해 진리와 선을 포함한 모든 가치에 대한 재평가를 시도한다. 들뢰즈는 니체의 비평에서 두 가지의 기본적인 활동을 구분하는데, 이것은 '의미 해석'과 '가치 평가'이다. 해석은 평가라는 활동과 짝을 이룰 때 완전한 의미를 가지게 되며 권력에의 의지를 내포한다. 들뢰즈가 니체적 '힘의 의지'에서 발견한 것은 감응을 형성 · 창조 · 고양시키고 변형과 변용을 유도하며 겪는 의지, 즉 예술적 감성이다. 징후 발견자나 작가는 모두 기호를 명명할 때 언어적 · 기호학적인 활동을 수행한다. '비평'과 '진단'의 관계성에 주목하는 들뢰즈는 징후학이 예술가와 철학자, 의사와 환자들이 서로 만날 수 있는 영도(零度) 지점이라고 간주한다. 따라서 문학적 사유는 징후학의 영역에 의학적인 사고를 유도해야 하고, 문학작품에서 음절화되는 세계 형태는 허위의 신드롬으로부터 진실된 징후를 미분화 / 변별화(différenciation)할 수 있어야 한다.[23] 이 점에서 징후학에

21 위의 책, 2006, 12면.
22 질 들뢰즈, 이경신 역,『니체와 철학』, 민음사, 1998.
23 로널드 보그, 앞의 책, 22~44면 참고.

근거하는 들뢰즈의 분열분석 비평은 정신분석 비평과도 모종의 친연성을 가진다.[24]

들뢰즈는 문학이 새로운 삶의 가능성을 모색한다는 전제하에 그 수단으로서 '탈주선(ligne de fuite)'에 대해 언급한다. 글쓰기는 탈주하는 것이며, 탈주하기는 하나의 선, 여러 개의 선, 완전한 지도 작성법을 추적하는 것이다. 탈주선은 원근법적인 재현에서 소실점을 수렴하는 선이고, 지평선 너머의 것을 유도하는 선이다. 탈주선은 궁극적으로 타자-되기의 과정을 추적하는 궤도이며, 항상 사이를 지나가는 선의 행로이다. 탈주선은 언어의 내부에도, 외부에도 있다. 글쓰기는 탈주하는 것이고, 착란 상태가 되는 것이며, 궤도를 떠나는 것이고, 배신하는 것이고, '-되기'이며, 흐름과 결합하는 것이고, 배치를 형성하는 것이며, 탈영토화하는 것이다. 그러나 무엇보다도 탈주선은 추적하는 것이다. 왜냐하면 탈주선은 창조의 선이고 삶의 실험화이기 때문이다. '탈주선'은 끊임없이 그 자체를 초월하려는 언어적 경향 속에서 현현된다. 소수어 혹은 소수문학의 실천자들은 자신들의 언어 안에서 이방의 언어를 발견한다. 그들은 언어 자체를 더듬거리게 하고, 이를 통해 타자-되기의 언어적 과정을 부추긴다.

분열분석은 부분 대상들이나 전(前)인격적 차이들에서 시작하며, 가족 삼각형은 그로부터 형성된다. 부족적 접속은 신체에 낙인 찍기 혹은 기관들의 투여에서 발생하는데, 이것은 신체의 부분들 혹은 부분 대상들이 직접적으로 정치적임을 의미한다. 내재적 힘과 정치적 공포 사이에 이접이 생산되는 것은 전제군주가 이런 신체 부분들의 힘을 끌어모

24 정신분석 비평과 분열분석 비평의 친연성 및 차별성에 대한 고찰은 졸고, 「정신분석 비평과 분열분석 비평의 비교 고찰」, 『비평문학』 제29집, 비평문학회, 2008, 215~237면을 참고할 것.

을 때이다. 인칭과 친족의 구조가 생산되는 것은 금지를 통해서이다. 들뢰즈·가타리의 분열분석은 가족에 대한 초월론적 비판을 자임한다. 분열분석의 과제는 보편적 인간의 이미지를 취해 그것의 특수한 정치적이고 역사적인 형성 과정을 폭로하는 것이다. 성별들 간에 하나의 관계가 먼저 있어서 사회적 집단으로 조직화되는 것이 아니라, 결국에는 국가를 생산하는 부족적이고 사회적인 집단화가 있다. 국가는 탈영토화의 자리, 스스로가 모든 욕망의 법이 되도록 고양하는 욕망 내부의 한 지점이다. 자본주의에서 이런 초월성은 인간 일반의 추상적 본질에 다름 아니다. '인간주의' 혹은 '남성주의'는 욕망의 반동이 정점에 이른 결과인데, 모든 생성(-되기)이 '여성되기'로부터 시작하는 이유가 여기에 있다. 욕망은 능동적으로 생산하지만, 그 항들 중 하나는 되돌아와서 욕망을 그 내부로부터 지배한다. 반작용은 욕망의 작용을 욕망의 법으로 돌려놓는다. 그래서 분열분석은 가족의 장을 사회적·정치적·역사적 장으로 열어놓는다.[25]

분열분석이 주된 대상으로 삼는 '분열증'의 증상으로 간주되는 것은 '환각(hallucination)'이다.[26] 들뢰즈는 '시뮬라크르(simulacre)'와 관련하여 환각을 설명한다. 환각은 무의식적 욕망의 실현을 그리는 상상적 각본인데, 그것은 능동도 수동도 아니고, 내적이지도 외적이지도 않으며, 상상적인 것도 현실적인 것도 아니다. 환각·사건·이미지 등은 한편으로 물질적 운동의 표면 효과이지만, 다른 한편으로 의미를 담지하고 있는 것이기도 하다. 즉 환각-사건들의 발생은 곧 의미의 발생이기도 하다. 환각의 내재적인 전개는 문법적인 변형들의 놀이 안에서 표현된

25 클레어 콜브룩, 한정헌 역, 『들뢰즈 이해하기』, 그린비, 2007, 264~267면 참고.
26 환각 및 분열분석 비평에 대한 논의는 졸고, 「정신분석 비평과 분열분석 비평의 비교 고찰」, 앞의 책, 230면 참고.

다. 이것은 분열분석도 표현된 언어의 문법적 변형들을 분석함으로써 진행됨을 암시한다. 실제로 들뢰즈는 무한 소급의 역설로부터 다른 모든 역설들이 파생되어 나오는 계열화를 분석함으로써, 계열들 사이의 관계하에서만 의미가 발생한다는 사실을 강조한다.

분열분석적 환각의 개념은 극단적인 운동성, 즉 이행의 힘을 가진다. 표면의 시뮬라크르와 환각은 심층의 환상을 대체하며, 외피를 미끄러지는 발산의 형식으로 의식에서 무의식으로, 밤의 꿈에서 낮의 몽상으로, 내부에서 외부로 옮겨가며 심리적 체계들 사이를 쉽게 주파한다. 환각은 자리 옮김 · 펼쳐짐 · 전개를 동반하며, 이 전개 안에서 고유한 시원을 이끈다. 그런데 들뢰즈는 환각이 오이디푸스 콤플렉스와 더불어 발생한다고 간주한다. 표면이 형성되는 것이 오이디푸스 단계이기 때문에 환각 · 사건 · 의미 · 이미지가 발생하는 것도 오이디푸스 단계라는 것이다. 시뮬라크르와 환각에 대한 들뢰즈의 논의는 이 차원에서 환각에 대한 정신분석적 이론과 만난다. 환각에 대한 정신분석적 논의는 그것이 정신병의 전형적인 현상이라는 관점을 가지지만, 모든 주체에게 해당하는 욕망의 구조라는 점에서 인간의 보편적 존재 방식으로 이해될 수 있다. 라캉은 정신병적인 환각을 배척이 작동한 결과라고 주장한다. 배척은 주체의 상징적 세계에서 아버지의 이름이 부재하는 것을 가리킨다. 환각은 배척된 기의가 실재계의 차원으로 되돌아온 것이다.

이러한 분열분석적 환각의 개념을 참고하여 문학비평, 특히 문학적 증상이나 징후를 보여주는 작품을 분석하는 데 활용한다면, 다음과 같은 방식을 채택해 볼 수 있다. 첫째, 환각 및 시뮬라크르가 보여주는 물질적 운동의 표면 효과와 더불어 그것이 담지하고 있는 의미를 추적한다. 둘째, 작품에 표현된 언어의 문법적 변형들의 놀이를 분석하면서 계열화의 선을 규명한다. 셋째, 환각 및 시뮬라크르가 지닌 극단적인 운동성과 발산의 형식을 추적하여 그 자리 옮김 · 펼쳐짐 · 전개의 양상을 밝혀낸다.

7. 맺음말

이 글은 들뢰즈 · 가타리의 이론을 중심으로 분열분석 비평을 수사학적으로 체계화하려는 시도를 언어철학, 예술의 특성, 문학어의 특성, 소수문학, 분열분석 비평 등의 항목을 중심으로 진행했다.

들뢰즈 · 가타리는 언어 활동의 기초 단위를 '언표'로 보고, 언표의 기초 단위를 '명령어'로 본다. 이들은 언어의 본질을 '정보'와 '기표화'에서 찾는 입장과, '소통'과 '주체화'에서 찾는 입장을 비판함으로써 화용론(話用論)으로 나아가는 길을 연다. 들뢰즈 · 가타리는 기호를 '배치'와 관련시켜 이해하는데, 이를 위해 '주파수'와 '공명'이라는 두 형태를 갖는 '잉여성'의 개념을 도입한다. 이들은 문학적 장 속에서 드러나는 '기계적 배치'와 '언표 행위의 집단적 배치'를 '내용'과 '표현'이라고 부른다. 언어의 문제가 정치의 문제와 내적으로 연관되어 있다고 간주하는 들뢰즈 · 가타리는, 기표화와 주체화의 체계가 결정되어 있는 경우를 '기호 체제' 혹은 '기호계'라고 부른다.

들뢰즈 · 가타리는 '고원'의 특성을 '리좀'과 관련하여 설명한다. 리좀은 탈중심적이고 비계층적이며 수평적인 다양성 속에서 이질적 요소들의 공존과 결합을 통해 창조적인 무한한 가능성을 암시하는 개념이다. 이런 리좀의 특성들은 들뢰즈 · 가타리가 추구하는 글쓰기의 특성이기도 하다. 리좀적이고 생성적인 글쓰기는 흐름들의 접속과 변형을 실행하고, 언어 자체로부터 문법적 · 통사적 · 의미적 양식에 내재한 연속적인 변이를 활성화한다. 들뢰즈 · 가타리는 예술의 특성을 '감응'과 '지각'을 창조하는 것으로 보고, 기호들이 재현적이고 표현적이기 이전에 '강도적'이라고 말한다. 들뢰즈는 '프루스트의 기호론'과 '카프카의 표현론'을 통해 '감응'과 '지각'만을 가지고 철학이 몰두했던 문제들을 해결하는 방안을 모색한다.

들뢰즈 · 가타리는 언어를 등질성 · 보편성 · 항상성에서 사유하려는 '과학적' 입장을 비판하고 언어를 '다질성', '특이성', '연속적 변이'의 측면에서 사유하고자 한다. 언표 행위의 고정된 집합적 배치는 '자유 간접 화법'의 형태를 띤다. '자유 간접 화법'이 등장인물들에서 기원하지 않는 방식을 보여준다면, '부정사' 또한 주체 없이 발화하고 있다. '자유 간접 화법'과 '부정사'가 언어를 발화 주체로부터 해방시키면, 우리는 언어 그 자체의 흐름, 즉 언어의 의미와 무의미의 생산, 언어의 잠재적이고 창조적인 역량을 볼 수 있게 된다. 들뢰즈는 문학의 세 가지 양상으로서 '모국어의 해체 혹은 파괴', '통사 창조를 통한 언어 내의 새로운 언어 창조', '비전과 오디션의 창조'를 언급한다. '비전'과 '오디션'은 언어의 외부적 표면을 형성하고 마치 단어들 위에 나타나는 색깔과 음향의 효과처럼 글쓰기에 적절한 그림과 음악을 구성한다.

소수문학은 언어가 그 내부에 본래적으로 지니고 있던 특질들을 강도화하면서 언어를 탈영토화하는 하나의 방식이다. 언어의 소수적 사용은 언술 행위의 집단적 배치를 거쳐 진행되고, 정치적인 행동 양식으로 기능한다. 소수어의 기준은 수나 양이 아니라 '생성'이다. 그것은 '-되기'로 표현될 수 있는데, 들뢰즈는 '-되기'를 모방 · 재현 · 미메시스 등의 형식에 이르는 것이 아니라 어떤 여성 · 동물 · 분자와 더 이상 구분할 수 없을 정도의 이웃 관계나 식별 불가능, 미분화(微分化)의 지대를 찾아내는 것이라고 말한다. 여기서 언어 혹은 문학의 주체는 '비인칭적 자아'로서 개인화 혹은 주체화 이전의 자아라고 볼 수 있다. 들뢰즈 · 가타리는 '문학-기계'의 개념으로 카프카의 작품에 접근하며, '욕망하는 생산'의 세 가지 기본 요소들을 '욕망하는 기계', '기관 없는 신체', '노마드적 주체'로 규정한다.

들뢰즈는 해석을 징후학이나 기호론의 형태로 취급한다. '비평'과 '진단'의 관계성에 주목하는 들뢰즈는 징후학이 예술가와 철학자, 의사와 환자들이 서로 만날 수 있는 영도(零度) 지점이라고 간주한다. 징후학에 근거하는 들뢰즈의 분열분석 비평은 정신분석 비평과도 모종의 친연성을 가진다. 들뢰즈는 문학이 새로운 삶의 가능성을 모색한다는 전제하에 그 수단으로서 '탈주선'에 대해 언급한다. 글쓰기는 탈주하는 것이며, 탈주하기는 하나의 선, 여러 개의 선, 완전한 지도 작성법을 추적하는 것이다. 탈주선은 창조의 선이고 삶의 실험화이다. 분열분석이 주된 대상으로 삼는 '분열증'의 증상으로 간주되는 것은 '환각'이다. 들뢰즈는 '시뮬라크르'와 관련하여 환각을 설명한다. 분열분석적 환각의 개념은 극단적인 운동성, 즉 이행의 힘을 가진다. 환각은 심층의 환상을 대체하며, 외피를 미끄러지는 발산의 형식으로 의식에서 무의식으로, 밤의 꿈에서 낮의 몽상으로, 내부에서 외부로 옮겨가며 심리적 체계들 사이를 쉽게 주파한다.

이러한 분열분석 비평의 이론적 체계화를 통해 우리는 다음과 같은 학문적 · 사회적 기여를 기대할 수 있다.

첫째, 들뢰즈 · 가타리의 이론을 참조한 분열분석 비평의 수사학적 체계화는 문학이론의 정교화와 심층화에 기여할 수 있다. 이 이론은 문학작품을 실재와 충동, 환각과 시뮬라크르, 표면 효과와 의미 등의 관점에서 좀 더 심층적이고 복합적으로 규명하는 가능성을 열어줄 수 있다. 이 가능성은 '텍스트의 무의식'을 탐구하여 보다 진전된 분열분석 비평에 도달하려는 시도와도 관련되어 있다. 텍스트를 심리 기제와 상응하는 작품의 형식적 기법에 대한 고찰, 혹은 구조화 원리에 대한 규명이라는 측면에서 심층적인 비평 방식으로 탐색하는 것이다.

둘째, 분열분석 비평의 이론적 체계화를 근간으로 시나 소설 등의 문학작품 분석과 평가에 활용함으로써, 정교하고 섬세한 실제비평에 기여할 수 있다. 예를 들면, 2000년대 대두되고 있는 새로운 '문학적 징후', 혹은 '문학적 증상'에 대한 정확한 분석과 해석 및 가치 평가를 시도할 수 있으며, 그 이전의 현대 아방가르드 문학 및 고전문학의 분석에도 적절히 활용될 수 있을 것이다.

셋째, '정신분석'과 '분열분석'의 비교를 통해 그 유사성과 차이점을 선명히 드러냄으로써 상호 대결 및 침투의 가능성을 모색할 수 있다. 이를 통해 문학비평의 중요한 쟁점들인 주체와 탈주체, 구조와 실천, 욕망의 결여와 생산하는 욕망, 기관 없는 신체와 신체 없는 기관, 신경증과 정신병, 승화와 탈승화 등이 지닌 연관성과 차별성을 명확히 인식한다면, 좀 더 진전된 문학비평을 추구하는 데 기여할 수 있을 것이다.

넷째, '분열분석'과 '문학비평'을 매개하는 연구 방법론으로 '통합적 수사학'을 활용하는 학제 간(interdisciplinary) 연구를 통해 메타철학 및 메타비평이나 문화비평으로 나아가는 길을 열어준다. 그리하여 이 연구는 현대문학 연구 및 비평이 직면하고 있는 새로운 문제 영역, 즉 탈이데올로기 시대의 이데올로기, 현대성과 미적 현대성, 자기 동일성과 타자성, 탈식민주의, 페미니즘, 생태환경 문제, 다문화주의 등의 문제에 접근하는 데에도 중요한 시사점을 제공할 수 있다.

제5장

정신분석 비평과 분열분석 비평

1. 머리말

이 글은 현대문학 연구 및 비평을 더욱 심층적으로 진행할 수 있는 기초를 마련하기 위해, '정신분석'과 '분열분석'을 '수사학적'으로 탐구하여 비평적 이론화를 시도하고, 상호 비교를 통해 그 공통점과 차이점을 가시화하고자 한다. 이를 위해 라캉(Jacques Lacan)의 이론을 중심으로 정신분석을 수사학적으로 탐구하여 문학비평의 준거를 마련하고, 들뢰즈·가타리(Gilles Deleuze · Félis Guattari)의 이론을 중심으로 분열분석을 수사학적으로 탐구하여 문학비평의 준거를 마련한다. 그리고 이를 토대로 정신분석 비평과 분열분석 비평을 상호 비교하면서 문학비평의 가능성을 점검하려 한다.

최근 한국문학 연구 및 비평에서 정신분석이나 분열분석의 방식을 활용하여 개별 텍스트를 해석하는 실제비평의 작업이 활발히 진행되고 있는 듯하다. 그런데 우리는 이와 함께 그 준거와 토대가 되는 비평적 이론화의 작업이 병행될 필요가 있다고 생각한다. 왜냐하면 개별 텍스트에 대한 정신분석 비평 및 분열분석 비평의 상당수가 몇몇 특정 개념의 단순한 적용이나 자의적인 활용에 머무르는 경우가 많기 때문이다. 따라서 이 글은 정신분석 및 분열분석을 비평적으로 이론화하고 비교 고찰하여 실제비평의 준거를 마련하는 작업을 시도하고자 한다. 이 글은 이러한 작업을 진행하는 데 있어서 '수사학적 관점'을 중요한 방법론으로 활용하려 한다. 정신분석 비평 및 분열분석 비평은 수사학적 탐구와 밀접히 연관되어 있다. 정신분석 비평 및 분열분석 비평이 보다 진전되기 위해서는 작가나 등장인물의 무의식 탐색에 초점을 맞추었던 전통적 방식에서 벗어나, 텍스트의 무의식을 탐구하는 데 관심을 기울여야 하기 때문이다.

이러한 관점을 기초로 이 글은 '정신분석' 및 '분열분석'과 '문학비평'이 서로를 가로지르며 형성하는 공유 지점을 '수사학'이라는 관점을 통해 탐색하려 한다. 이러한 연구의 목적 및 방법론을 가지고 이 글은 다음과 같은 순서로 연구를 진행한다. 첫째, 정신분석 비평 및 분열분석 비평에 대한 예비적 고찰로서 기존 논의의 전개 양상을 정리한다. 둘째, 라캉의 이론을 중심으로 정신분석을 수사학적으로 탐구하여 문학비평의 준거를 마련한다. 셋째, 들뢰즈·가타리의 이론을 중심으로 분열분석을 수사학적으로 탐구하여 문학비평의 준거를 마련한다. 넷째, 정신분석 비평과 분열분석 비평을 상호 비교하여 그 공통점과 차이점을 살펴본다.

2. 예비적 고찰

문학적 증상에 대한 징후적 독법은 기본적으로 정신분석을 참고할 필요가 있다. 따라서 이전부터 정신분석 비평에 대한 관심이 지속되어 왔는데,[1] 최근의 문학비평은 프로이트의 고전적 정신분석뿐만 아니라 라캉을 중심으로 지젝・바디우 등 라캉주의자들의 정신분석을 상당수 참조하는 경향을 보이고 있다. 라캉의 이론을 참고한 이론서로는 『라캉과 문학』(맥락과비평 현대문학연구회, 예림기획, 1998), 『라캉–재현과 그 불만』(박찬부, 문학과지성사, 2006) 등의 연구서를 들 수 있으며, '한국 라캉과 현대정신분석학회'와 '정신분석과 인문사회학회' 등 정신분석 관련학회가 해당 학회지를 통해 프로이트・라캉・지젝 등의 정신분석에 대한 임상적, 메타철학적 논의와 문화비평을 제출하면서 문학에 대한 정신분석 비평도 성과물을 제출하고 있다.[2]

한편 문학에 대한 정신분석 비평은 실제비평에 치중하고 있는 듯이 보인다. 최근의 정신분석 비평은 작가나 등장인물의 무의식 분석이라는 전통적이고 초보적인 방식에서 벗어나, 텍스트 자체의 무의식을 언어를 통해 분석해 내는 방식으로 진전되고 있다. 그러나 일부 비평적

---

1 번역서로는 엘리자베스 라이트, 권택영 역, 『정신분석 비평』, 문예출판사, 1989; 엘리자베스 라이트, 김종주・김아영 역, 『무의식의 시학』, 인간사랑, 1999; 안느 끌랑시에, 이준오 역, 『정신분석학과 문학비평』, 숭실대 출판부, 1998; 장 벨맹–노엘, 최애영・심재중 역, 『문학 텍스트의 정신분석』, 동문선, 2001 등이 있으며, 국내 연구서로는 김열규 외, 『정신분석과 문학비평』, 고려원, 1992; 박찬부, 『현대 정신분석비평』, 민음사, 1996; 박찬부, 『기호, 주체, 욕망』, 창작과비평사, 2007; 허창운 외, 『프로이트의 문학예술이론』, 민음사, 1997 등의 성과물이 있다.

2 라캉과현대정신분석학회 편, 『우리시대의 욕망 읽기–정신분석과 문화』, 문예출판사, 1999에서 보듯, 최근의 정신분석 비평은 주로 메타철학적 논의와 문화비평에 치중하는 양상을 보여준다.

논의들은 은유와 환유·상상계/상징계/실재계·환상·대상 a·향유 등 몇몇 중요 개념들을 텍스트에 적용하거나, 문학비평과 정신분석의 상호 조명의 차원에 머무르는 경향을 보인다. 이는 지젝의 저서들이 대부분 번역되어 라캉을 이해하는 2차 자료로 활용되는 반면, 정작 라캉의 주저인 『에크리』와 『세미나』가 번역되지 못하고 있는 실정과도 관련되는 듯하다. 실제비평에서 정신분석이 자의적으로 적용되거나 활용되는 것을 극복하기 위해서는, 라캉의 원저나 영역본를 정독하면서 정신분석을 수사학적으로 탐구하여 비평적으로 이론화하는 작업을 병행해야 할 것이다.

문학적 증상에 대한 징후적 독법은 한편으로 분열분석을 참고할 필요가 있다. 따라서 최근의 문학비평은 들뢰즈와 가타리를 중심으로 한 분열분석을 상당수 참조하는 경향을 보이고 있다.[3] 들뢰즈와 가타리에 대한 철학적 논의들이 다양하고 심도 깊게 전개됨에 따라 분열분석 비평도 활발하게 진행되어 『들뢰즈와 문학-기계』(이진경 외, 소명출판, 2002), 『들뢰즈 철학과 영미문학 읽기』(정정호 편, 동인, 2003) 등의 성과를 얻고 있다. 그런데 일부 비평적 논의들은 욕망하는 기계·기관 없는 신체·탈영토화와 재영토화·탈주선·소수문학 등 몇몇 중요 개념들을 텍스트에 적용하거나, 문학비평과 분열분석의 상호 조명의 차원에 머무르는 경향을 보인다. 이것은 들뢰즈·가타리가 회화·음악 등을 포함한 예술 전반에 대한 미학을 전개하기 때문에, 문학비평의 분야에서 정교하게 분열분석을 체계화하기 어렵기 때문이기도 할 것이다. 실제비평에서 분열분석이 자의적으로 적용되거나 활용되는 것을 극복하기

3 들뢰즈의 저서가 대부분 번역되어 있으며, 들뢰즈와 가타리의 공저인 『안티-오이디푸스』, 『천 개의 고원』, 『철학이란 무엇인가』와, 문학에 대한 논의인 『프루스트와 기호들』, 『카프카-소수적인 문학을 위하여』 등도 번역되어, 분열분석을 참조할 수 있는 기본적인 토대가 마련되었다.

위해서는, 분열분석을 수사학적으로 탐구하여 비평적으로 이론화하는 작업을 병행해야 할 것이다.

들뢰즈는 가타리와 공저한 『안티-오이디푸스』에서 정신분석을 강력하게 비판한다. 욕망을 결여와 연관시키고 억압과 결부시킴으로써 자본주의의 억압 기제에 포획된다는 관점에서 오이디푸스 이론을 비판하는 것이다. 이런 언급을 토대로 국내의 철학적 논의와 문화비평 및 문학비평에서 정신분석을 보수적인 이론으로 부정하고 분열분석만을 진보적 이론으로 내세우는 경우가 나타나기도 한다. 이러한 견해들은 주로 오이디푸스 삼각형으로 환원되는 정신분석적 사고 유형을 비판하는데, 정신분석학을 오이디푸스 도식으로 한정해서 이해하는 것은 일종의 단순화된 사고라고 볼 수 있다. 적어도 라캉의 정신분석 이론은 반-오이디푸스의 과업을 선구적으로 수행하고 있으며, 이 점을 바로 들뢰즈・가타리가 『안티-오이디푸스』에서 명시적으로 밝히고 있는 점에 유의할 필요가 있다.[4] 또한 지젝은 『신체 없는 기관』[5]에서 이러한 들뢰즈의 정신분석 비판이 가타리와 공동 작업하기 이전의 자신의 이론과 분리된다고 지적한다. 이는 정신분석학 특히 라캉의 이론을 존중하고 그것을 흡수한 이전의 들뢰즈 이론과 정신분석을 부정하는 『안티-오이디푸스』 이후의 들뢰즈 이론 사이의 차별성도 신중히 고려해야 한다는 것을 의미한다.

---

4 서동욱은 들뢰즈의 의도를 라캉 정신분석학을 오이디푸스로부터 해방시키고, 라캉 개념들의 이면에서 분열증의 가능성을 발견하는 것이라고 간주한다. 그는 들뢰즈의 '욕망하는 기계' 개념에 상응하는 것으로 라캉의 '부분 충동'과 스피노자의 '속성' 개념을 들고, 들뢰즈의 욕망이론을 스피노자의 개념 틀을 통해 해석된 라캉의 실재계라고 본다. 그리고 『안티-오이디푸스』 이후 들뢰즈의 모든 문학과 담론 연구는 비인격적・집단적 발화의 가능성을 증명하려는 노력이라고 지적한다(서동욱, 『들뢰즈의 철학』, 민음사, 2002, 152~207면 참고).

5 슬라보예 지젝, 김지훈 외역, 『신체 없는 기관』, 도서출판b, 2006.

따라서 우리가 문학적 징후나 증상을 규명할 때 정신분석 비평을 폐기하고 분열분석 비평으로 이행하는 것보다, 양자를 함께 고려하면서 객관적으로 상호 비교하여 그 연관성과 차별성을 살피는 작업이 더 생산적이라고 생각한다. 정신분석 비평과 분열분석 비평을 상호 비교하는 데 있어서 중요한 핵심 항목은 환상과 환각, 신경증과 정신병, 주체와 탈주체, 구조와 실천, 욕망의 결여와 생산하는 욕망, 기관 없는 신체와 신체 없는 기관, 승화와 탈승화 등이 될 수 있다. 이런 핵심 항목들을 중심으로 라캉의 이론과 들뢰즈·가타리의 이론을 수사학적 관점에서 상호 비교하면서 정신분석 비평과 분열분석 비평의 연관성 및 차별성을 살펴보고자 한다.

3. 정신분석의 수사학적 고찰–라캉

라캉은 프로이트가 설명한 '압축'과 '전위'를 '은유'와 '환유'라는 수사학적 용어로 번역한다. 이로써 라캉은 꿈 작업이 심리적 논리학의 과정이 아니라 언어적 과정임을 말하려 했다.[6]

라캉은 '은유(f(S' / S)S≡S(+)s)'에 대해, "의미화 연쇄 속에 다른 기표를 대체하는 것으로 정의"한다. 그리고 "이때 대체된 기표는 기의의 차원으로 떨어져 그곳에서 잠재적인 기표가 된다. 이 기표는 다른 의미화 연쇄가 접목될 수 있는 간격을 영속적으로 만들어낸다"[7]고 말한다. 라

6 라캉의 은유와 환유에 대한 논의는 졸고, 「정신분석적 시학과 수사학」, 『어문논집』 제53집, 민족어문학회, 2006, 252~254면을 토대로 하였음.

캉은 프로이트의 중층 결정적인 '통합과 용해'의 과정을 '기표의 대체'와 '기표와 기의의 자리바꿈'이라는 구조 언어학의 개념으로 번역하는 동시에, 언어학적 논리로 포착하기 어려운 무의식의 작용을 드러내기 위해 '억압과 긴장' 및 '의미화 연쇄(signifying chain)'의 개념을 사용하는 듯이 보인다. 무의식의 의미 작용에서 은유는 증상을 표상한다. 라캉에 의하면 "증상은 은유"이다. 라캉이 "증상은 주체의 의식에 의해 억압된 기의를 나타내는 기표이다"[8]라고 말하듯, 증상은 기관이나 기능의 차원에서 무의식의 기표를 상징한다. 새로운 기표가 나타나서 원래의 기표를 억압한다는 점에서 증상은 하나의 은유이다. 따라서 증상에서 나타난 기표는 숨겨진 기표와의 관계 안에서만 분석될 수 있다.

다음으로 라캉은 '환유($f(S \cdots S')S \cong S(-)s$)'에 대해, "환유적 구조는 기표와 기표의 관계가 생략을 허용하는 것을 가리킨다. 이 생략에 의해서 기표는 존재의 결여를 대상관계 속에 나타낸다"[9]고 말한다. 라캉은 환유를 "생략"과 "결여"와 "욕망"을 중심으로 설명한다. 기표와 기표의 관계에 의해 가능해진 생략은 결여를 낳고 결여를 채우고자 하는 욕망의 이동을 가능케 한다. 라캉에 의하면 "욕망은 환유"이다. 라캉이 환유에서 강조하는 것은 결여를 통한 욕망의 생성과 이동이다. 환유적 차원은 주체로 하여금 자신의 동일성에 도달할 수 없게 하는 결핍을 반복적으로 도입한다. 기표를 통해 표현된 욕망은 결코 충족될 수 없다. 항상 상실한 대상을 채울 수 있는 더 나은 대상을 다른 곳에서 끊임없이 찾으려 하기 때문이다. 따라서 환유는 욕망의 소외 과정을 나타낸다.

라캉은 은유를 통해 무의식적 주체[10]의 발생을, 환유를 통해 그것의

---

7 Jacques Lacan, trans. Bruce Fink, *Écrits*, New York : Norton, 2006, p.594.

8 Ibid., p.232.

9 Ibid., p.428.

10 라캉은 자아와 주체를 구별되는데, 자아가 거울에 비친 영상에서 자신의 통일적 모

결여를 기표의 사슬로 대체하는 욕망의 지속을 언어적 법칙으로 설명하려 했다. 결국 라캉이 '정신분석적 수사학'인 '은유'와 '환유'를 통해 궁극적으로 보여주려 한 것은 기표에 대한 주체의 의존과 그것을 넘어 불가능한 '향유(jouissance)'[11]로 향하려는 욕망의 긴장 관계이다. 이것은 기표와의 결합 속에서 지워지면서도 소멸되지 않고 '실재(réel)'[12]의 모습으로 자신을 드러내는 존재의 양상이다. 인간의 욕망은 타자의 욕망에 대한 주체적 응답인 무의식적 환상(fantasme)을 통해 형성된다. 이 환상을 가로지르며 돌파할 때 소외된 주체는 진정으로 욕망하는 주체와 향유의 주체로 다시 태어날 수 있다.

라캉은 욕망을 욕구와 요구 사이의 격차에서 생겨난다고 본다. 이것은 최초 욕구를 언어로 상징화하면서 언어의 한계로서 자리 잡는 것이 욕망이라는 뜻이다. 따라서 언어가 없다면 욕망도 존재하지 않는다고 할 수 있다. 라캉적 욕망은 경험적 대상과 무관하며 언어와 연관된 순수 결여에서 비롯되는 것이다. 라캉에게는 충동 역시 언어로 구조화되

습을 재인식하는 허구적 심급이라면, 주체는 자신이 분열된 존재라는 것을 아는 본래적 주체이다(홍준기, 『라캉과 현대철학』, 문학과지성사, 1999, 159면 참고).

11 '향유'는 충동을 가진 인간이 육체에서 체험하는, 그러나 결코 말로 표현될 수 없는 느낌, 즉 정서적인 면을 강조하는 개념이다. 쾌락 원칙을 위반한 충동이 겪는 고통, 즉 죽음 충동에 접근하는 고통스러운 쾌락이 향유이다(딜런 에반스, 김종주 외역, 『라캉 정신분석 사전』, 인간사랑, 1999, 430~433면 참고). 향락, 환락, 희열 등의 번역어가 사용되고 있지만, 성적인 의미를 포함하고 있는 심리 작용인 점에서 '향유'로 번역한 김인환의 경우를 따른다(김인환, 「언어와 욕망」, 『비평의 원리』, 나남, 1994, 278면 참고).

12 '실재계'는 상상계(이미지)도 상징계(기호・언어)도 아닌 그 무엇이다. 실재계는 상징화 이전에 존재하는 불가분의 적나라한 물질성인 동시에, 대상이나 사물이 아니라 욕구의 형태로 상징적 현실에 침입하는 어떤 것이다. 억압되어 있고 무의식적으로 기능하면서 상징화에 절대적으로 저항하는 실재계는 외상(trauma) 개념과 연관되며, 조우가 불가능하다는 점에서 죽음 충동・대상a・향유 등과 연계된다(숀 호머, 김서영 역, 『라캉 읽기』, 은행나무, 2006, 151~157면 참고). 지젝은 라캉적 실재를 상징화에 저항하는 사물의 외상적 공허일 뿐만 아니라, 무의미한 상징적 일관성 및 자신의 원인으로 환원되지 않는 순수한 외관으로서 환영을 가리키기도 한다고 말한다(슬라보예 지젝, 박정수 역, 『그들은 자기가 하는 일을 알지 못하나이다』, 인간사랑, 2004, 114면 참고).

어 있다.[13] 프로이트가 본능과 충동의 구분을 강조했다면, 라캉은 여기에 시니피앙의 논리를 결합시킨다. 라캉에게 있어 욕망은 시니피앙에 의해 규정되면서도 그것을 벗어나는 능동성과 수동성의 복합적 작용이다. 언어의 심급인 대타자의 개입, 즉 상징계는 주체의 형성을 가능케 하는 동시에 주체의 성적 현실과 리비도를 죽음 충동으로 이끄는 원인이 된다.

라캉에게 주체란 구성되는 동시에 구성하는 힘이기에 구조적인 분열 속에서만 존재한다. 무의식적 주체는 시니피앙의 사슬 속에서 통합되지 않는 주변부의 자리를 유지하면서 사라짐과 나타남의 반복을 통해 자신의 존재를 결여로서만 드러낸다. 라캉은 시니피앙의 연쇄적 구성을 가능케 하는 결여를 존재로 명명하면서, 상상계·상징계·실재계의 세 범주[14]가 여기에 자리 잡고 있음을 강조한다. 주체와 시니피앙의 관계는 존재를 의미화에 저항하는 실재로 드러나게 하는 관계이기에, 존재는 상징계로 환원되지 않는다. 욕망이란 실재가 자신을 드러내는 생성의 과정이며, 이때 주체의 생성은 끊임없이 되풀이된다. 따라서 무의식적 주체는 초월적 실체나 동일성을 가진 고정된 주체 개념과는 다른 역동적 개념이다.[15]

프로이트는 충동이 항상 부분적 충동의 형태로만 작용하며 주체성은 물론 어떤 통일적 형상도 지향하지 않는다고 본다. 대부분의 부분 충동

---

13 Jacques Lacan, trans. Dennis Porter, *The Seminar of Jacques Lacan Book* Ⅶ, New York : Norton, 1997, p.252.

14 상상계·상징계·실재계 및 대타자와 무의식의 관계에 대한 상세한 설명은 김인환, 「실재계와 대타자의 몇 가지 오해에 대하여」, 『세계의 문학』, 2008년 봄, 304~315면을 참고할 것. 여기서 김인환은 영상계(상상계)와 미지계(실재계)라는 번역어를 함께 사용하고 있다.

15 김석, 「욕망하는 주체와 욕망하는 기계」, 『철학과 현상학연구』 제29집, 2006, 182~183면 참고.

들은 신체의 상이한 성감대에 자리를 잡는다.[16] 역동적 · 경제적 관점을 강조하는 프로이트와 달리 라캉은 충동 개념의 본질을 언어와의 관계에서 찾기에, 모든 충동은 죽음의 충동이며 주체성을 전제한다. 라캉은 충동이 성감대에 고착되지만 그것은 신체 부위의 만족이나 연관된 부분 대상 때문이 아니라, 성감대의 구조인 구멍의 가장자리를 순환하기 위함임을 강조한다.[17] 충동의 본성은 상징계를 넘어서 주체가 상실한 것을 되찾고자 하는 적극적인 거역의 작용이다. 따라서 충동의 진정한 대상은 부분 대상들이 아니라 본질적으로 결여를 환상적 방식으로 메우려는 기능에 결부된 '대상 a(object a)'[18]이다.

라캉의 이론 속에서 '오이디푸스'를 넘어가려는 시도는 '실재'에 대한 관심과 더불어 시작된다. 라캉은 대타자(Autre)와 남근(phallus)으로 이루어진 상징계의 이론이 제대로 작동하지 않는 순간 실재계와 만난다. 그는 분석 과정에서 '죽음 충동', '여성의 성욕', '부정적 치료 반응' 등과 같이 상징계로 완전히 환원되지 않고 잔여물로 남는 것으로부터 시작해, 상징계의 허구성을 역추적한다. 그리고 라캉은 실재로부터 분석의 새로운 윤리와 실천적 지침을 마련한다. 이때 분석은 더 이상 상상적인 동일시나 상징적인 내사(introjection)가 아니라 상징적인 것으로부터 실

---

16 지그문트 프로이트, 김정일 역, 「성욕에 관한 세 편의 에세이」, 『성욕에 관한 세 편의 에세이』, 열린책들, 2003, 60~62면 참고.

17 Jacques Lacan, trans. Alan Sheridani, *The Seminar of Jacques Lacan Book* XI, New York : Norton, 1978, p.154 · 163.

18 '대상 a'는 욕망이나 충동의 대상이자 원인으로서, 무와 존재를 매개하는 부재하는 원인이다. 상상계에 빠져있는 주체는 자신의 근원을 목격하는 불가능한 시선을 취하는데, 이 불가능한 시선을 대상 a 속에 체현함으로써 분열 없는 존재가 될 수 있을 것이라고 믿는다. 즉 대상 a는 주체의 분열을 봉합하는 환상적 시선이 지향하는 대상이다(홍준기, 앞의 책, 179~183면 참고). 대상 a는 주체가 상징계에 편입되기 위해 자신으로부터 분리한 대상이며, 따라서 자신의 결핍을 채워주리라 오인되는 욕망의 원인이다. 한편 대상 a는 타자를 통한 주체의 소외화 과정에서 상실한 존재 차원의 복원에 대한 가능성이며 전체성 회복에 대한 꿈이기도 하다.

재로 거슬러 올라가는 과정으로 구성된다. 상징계 혹은 시니피앙들의 질서의 자리 이동(은유)과 전이(환유)를 통해 존재하는 실재의 모습을 대변하는 것이 대상 a이다.[19]

대상 a는 무엇보다 충동의 대상이다. 언어는 충동이 대상에 도달하지 못하게 만드는 장애물이지만, 동시에 충동의 운명과 그 경로를 자리매김하는 조건이다. '환상'은 그렇게 빗겨가는 충동의 대상을 포획하기 위한 시나리오이다. 환상은 상상적인 이미지와 상징적인 시니피앙들의 조합을 통해 주체의 만족을 실현하는 무대이다. '환상'은 타자의 욕망 앞에서 그것을 파악하고자 하는 주체의 반응이며, 동시에 타자의 욕망에 대한 방어이다. 또한 환상은 상실한 근원을 되찾으려는 시도이기도 하다. 상실감과 결여를 막기 위해 주체를 대상에 고정시킴으로써 자신을 유지하려는[20] 노력인 것이다. 그런데 주체의 욕망이 타자의 욕망을 통해 만들어 진다는 사실로부터 '소외(aliénation)'가 발생한다. 환상에는 항상 소외가 개입되어 있다. 정신분석은 이 소외를 벗어나기 위해 타자의 욕망으로부터 '분리(séparation)'의 과정을 거쳐야 한다고 말한다. 이 과정이 바로 '환상 가로지르기'[21]이다. 환상을 돌파하여 소외를 극복할 때 비로소 욕망하는 주체와 향유의 주체로 다시 태어날 수 있다.

라캉에 의하면, '환상($\$\Diamond a$)'은 대타자에 의해 분열되고 소외된 주체($\$$)가 그 과정에서 생겨난 결핍을 보상해 줄 것으로 기대하는 욕망의 대상이자 원인인 대상 a와 맺는 관계이다. 이때 주체는 대상 a와 함입・접

---

19 맹정현, 「라캉 대『안티-오이디푸스』」, 『현대비평과이론』, 2004년 가을・겨울, 156~159면 참고.

20 박찬부, 『라캉-재현과 그 불만』, 문학과지성사, 2006, 266면 참고.

21 '환상 가로지르기'는 정신분석의 최종 단계로서, 상징적 대타자에 의해 소외되고 분열된 주체를 대타자에게서 분리, 혹은 탈소외화하여 주체의 주체성을 획득하게 하는 숙성과정을 의미한다. 지젝에 의하면, 이것은 향유를 구성하는 환상적 틀에서 일정한 거리를 확보하여 그것의 효율성을 정지시키는 것과 관련된다(위의 책, 287면 참고).

합 · 분열 등의 복잡한 관계를 맺으면서 상실한 낙원에 대한 복원 가능성을 꿈꾼다. 따라서 환상 속에 구조화되어 있는 대상 a와 향유의 양상을 살펴봐야 실재가 드러난다. '환상'은 수수께끼처럼 알 수 없는 대타자의 욕망을 채우는 상상적 각본으로서, 대타자의 결핍에 대한 보상으로 상징적 거세에 대한 은폐와 봉합으로 기능한다. 동시에 '환상'은 언어로 인해 빗겨가는 실재와 충동의 대상을 포획하기 위한 각본이다. 대타자의 욕망의 물음에 대한 대답으로 기능하면서 동시에 욕망의 구체적 실현과 관련된다는 점에서, 환상의 무대는 역설을 내포한다. 따라서 환상은 그 자체로 분열 및 소외의 차원과 해방의 차원을 동반하고 있다고 말할 수 있다.

4. 분열분석의 수사학적 고찰—들뢰즈 · 가타리

들뢰즈 · 가타리는 『천 개의 고원』[22]에서 기존의 언어철학들을 비판하면서 자신들의 언어철학을 제시하고 있다.[23] 들뢰즈 · 가타리는 언어활동의 기초 단위를 '언표'로 보고, 언표의 기초 단위를 '명령어'로 본다. 그들은 언어를 '랑그'로 추상화하거나(signifiance, 기표화), 상호 주체성의 산물로서 보는 것(subjectivation, 주체화)을 거부한다. 결국 들뢰즈 · 가타리는 언어의 본질을 '정보'와 '기표화'에서 찾는 입장과, '소통'과 '주체화'

22 질 들뢰즈 · 펠릭스 가타리, 김재인 역, 『천 개의 고원』, 새물결, 2001.

23 들뢰즈 · 가타리의 언어철학에 대한 논의는 졸고, 「시학과 수사학」, 『어문논집』 제49집, 민족어문학회, 2004, 44~47면 참고.

에서 찾는 입장을 비판함으로써 화용론(話用論)으로 나아가는 길을 여는 것으로 보인다.

들뢰즈・가타리는 언어를 자족적으로 다루려는 입장을 비판하고 기계적 배치와 언표적 배치를 함께 사유하고자 한다. 그리고 이들은 언어를 등질성・보편성・항상성에서 사유하려는 '과학적' 입장을 비판하고 다질성・특이성・연속적 변이의 측면에서 사유하고자 한다. 언표 행위의 고정된 집합적 배치는 간접 화법, 특히 자유 간접 화법의 형태를 띤다. 이것은 글쓰기에서의 문체(style)와도 관련된다. 전형을 벗어나는 표현은 탈영토화의 꼭짓점을 구성하며 특이성의 운동을 내포하므로, 이 점에서 특이성은 다질성 및 창조성과 통하는 것으로 간주될 수 있다.

들뢰즈・가타리는 예술의 특성을 감응(affects)과 지각(percepts)을 창조하는 것으로 본다. 예술은 카오스로부터 무한한 가변성의 무기를 취하여 견해와 투쟁하는 한편, 카오스에 대항하여 그것의 가변성을 '재편된 카오스'의 다양성으로 구성해낸다.[24] 들뢰즈・가타리는 강도와 감응에 대한 문학적 접근법을 사유할 수 있는 방법들을 제안한다. 이들은 기호들이 재현적이고 표현적이기 이전에 강도적(intensive)[25]이라고 말하고, 자유 간접 화법과 부정사를 통해 비인칭적이고 지각-불가능한 강도의 투자를 발견할 수 있다고 본다.[26] 자유 간접 화법이 등장인물들에서 기원하지 않는 방식을 보여준다면, 부정사 또한 주체 없이 발화하고 있다. 자유 간접 화법과 부정사가 언어를 발화 주체로부터 해방시키

24 질 들뢰즈・펠릭스 가타리, 이정임・윤정임 역, 『철학이란 무엇인가』, 현대미학사, 1995, 233~314면 참고.

25 들뢰즈・가타리의 강도(intensité)는 스피노자의 감응(affect) 및 니체의 역능에 대한 느낌(feling of power)에 대응되는 개념으로서, 외적인 힘이 아니라 내재적 흐름의 집중을 통해 형성되는 강렬도를 의미한다.

26 클레어 콜브룩, 백민정 역, 『질 들뢰즈』, 태학사, 2004, 176~185면 참고.

면, 우리는 언어 그 자체의 흐름, 즉 언어의 의미와 무의미의 생산, 언어의 잠재적이고 창조적인 역량을 볼 수 있게 된다.

들뢰즈 · 가타리는 『안티－오이디푸스』[27]에서 정신분석의 가능 조건을 밝혀 그 한계를 드러내고 비판하고자 한다. 이들은 푸코의 에피스테메(épistémè) 개념[28]을 원용하여, 프로이트의 욕망이론이 어떤 에피스테메 속에서 탄생했으며 그 탄생의 잠재력이 어떻게 인간학의 방향 속에서 억압되었는지를 해명한다. 1895년 프로이트는 「과학적 심리학 초고」에서 "심리학을 자연과학의 범주에 편입시키려는" 목표를 밝히는데, 이를 위해서는 "심리 과정을 양적으로 결정된, 구분 가능한 물질적 입자의 상태로 나타냄으로써, 그것을 명쾌하고 이론의 여지가 없도록"[29] 만들 필요가 있었다. 들뢰즈 · 가타리에 의하면, 프로이트의 '리비도 경제학'은 고전주의적 표상의 질서로부터 분리된 욕망의 양적 생산 원리를 밝히면서 탄생했다는 것이다. 들뢰즈 · 가타리의 '욕망하는 생산', '욕망 기계'[30]라는 개념은 프로이트의 욕망이론 속에 잠재되어 있던 개념을 정식화한 것이다. 그러나 프로이트의 정신분석 속에는 욕망의 내재적 생산 원리를 초월적으로 종합하는 계기까지 포함하고 있다. 이것은 프로이트가 '생물학적 원리'라고 부른 것으로, 욕망의 주체를 외부 환경과 분리된 '유기체'로 설정하게 했다. 따라서 들뢰즈 · 가타리는 자신들이 프로이트의 출발점 위에서 분자생물학과 마르크스의 정치경제

27 질 들뢰즈 · 펠릭스 가타리, 최명관 역, 『안티－오이디푸스』, 민음사, 1994.

28 푸코는 에피스테메 개념을 활용하여 18세기 말과 19세기 초반 서구의 지식 생산 체제(épistémè)는 표상의 분석에서 생산의 종합으로 전환된다고 주장한다(미셸 푸코, 이광래 역, 『말과 사물』, 민음사, 1980, 261~295면 참고).

29 지그문트 프로이트, 임진수 역, 「과학적 심리학 초고」, 『정신분석의 탄생』, 열린책들, 2005, 215면.

30 '기계'는 유기체에 대항하는 개념으로서, 다른 것과 접속하여 어떤 흐름을 절단하고 채취하는 방식으로 작동하는 모든 것을 지칭한다. 이런 이유로 욕망은 기계이고 기계들의 종합이며 기계적 배치이므로 '욕망하는 기계'라고 부를 수 있다.

학 지판이 열어놓은 길을 따라 다른 길을 개척한 것이라고 주장한다.

프로이트는 1920년에 출간한 『쾌락 원칙을 넘어서』[31]에서 죽음 본능에 대해 언급하면서, 이것을 유기체적 상태에서 무기체로 환원되려는 본능으로 해석하고 공격 본능이나 파괴 본능과도 관련시킨다. 들뢰즈·가타리는 프로이트의 말처럼 억압이나 예속에 대한 욕망은 집단의 죽음 본능에서 파생되었다고 보고, 죽음 본능은 개인의 신체가 아니라 집단적 신체, 즉 사회체가 느끼는 것이라고 간주한다. 이들은 프로이트의 죽음 본능을 사회체가 '기관 없는 신체'[32]로 진입하려는 힘의 의지라고 보고, 프로이트가 죽음 본능 혹은 파괴 본능을 발견한 자리에서 탈영토화되고 탈코드화[33]된 욕망의 흐름을 보는 것이다. 들뢰즈·가타리는 욕망이 현실에서 결여된 환상을 생산하는 것이 아니라 실재 자체를 생산하며, 욕망하는 생산은 총체적 구조를 형성하는 것이 아니라 기계들을 접속시켜 기계적으로 작동하며 기계들을 생산한다고 본다. 욕망하는 기계는 표상으로부터 이탈하는 물질적 흐름을 생산하며, 욕망의 흐름은 국가의 영토와 가족의 코드와 자본의 공리로부터 탈주하는 흐름[34]이다. 욕망 생산의 실재계에는 부분 대상의 접속과 집합적 신체의 구성과 다양한 효과의 발생만이 존재한다.

들뢰즈는 클레르 파르네(Claire Parnet)와 나눈 대담[35]에서도 정신분석

---

31 지그문트 프로이트, 박찬부 역, 『쾌락 원칙을 넘어서』, 열린책들, 1997.

32 '기관 없는 신체'는 특정한 기계가 다른 기계로, 특정한 욕망이 다른 욕망으로 변환되는 내재적 장을 의미한다. 이것은 지층화 이전에 존재하는 질료적 흐름이면서, 모든 지층 안에 항상 존재하는 것이며, 탈지층화를 통해 만들어가야 할 지향점이기도 하다.

33 '코드화(codage)'는 어떤 규칙을 통해 흐름의 양상을 규제하고 조절하는 것이고, '영토화(territorialistion)'는 영토에 매이거나 묶이는 것이다(들뢰즈·가타리, 김재인 역, 『천 개의 고원』, 새물결, 2001, 108~111면 참고).

34 들뢰즈·가타리는 세 가지 선을 구분하는데, 경직된 몰적 선분성의 선, 유연한 분자적 선분성의 선, 탈주선이 그것이다. 분열분석의 과제는 이 다양한 선들의 교차와 혼합, 연결과 끊어짐, 변환과 전변 등을 분석하는 것이다.

학을 강도 높게 비판한다. 들뢰즈의 핵심적인 사유는 "존재 이전에 정치가 있다"는 말로 집약되는데, 이는 실천과 생산 이전에는 아무 것도 없다는 것을 의미한다. 실천을 통해 기계적 배치물을 구성해야 하므로, 욕망에 대한 연구는 심리학이 아니라 정치학이 된다. 들뢰즈가 정신분석을 비판하는 까닭은 그것이 첫째, 욕망의 생산을 분쇄하기 때문이고, 둘째, 발화체의 형성을 분쇄하기 때문이다. 그리하여 정신분석은 배치의 두 측면인 욕망 기계의 배치와 발화 행위의 배치를 와해시킨다. 들뢰즈에 의하면, 정신분석학은 진짜 욕망과 거짓 욕망을 나누는 진부한 구별을 하기 위해 거기에 알맞은 완벽한 격자를 친다. 이 격자는 욕망의 진정한 내용은 부분 충동이나 부분 대상이고, 욕망의 진정한 표현은 전체를 구조화하기 위한 하나의 심급, 즉 오이디푸스 콤플렉스나 거세, 또는 죽음이라는 가설이라는 것이다.

들뢰즈는 정신분석학이 배치들을 덧코드화하여 기성 질서의 요청에 부응하는 작업으로서, 욕망들에 시니피앙의 연쇄들을 부과하고 발화체들에 주체의 심급들을 부과하는 제안을 한다고 본다. 들뢰즈에 의하면, 가족에서 인맥으로의 이행, 계약에서 법적 자격으로의 대치, 정신분석학 특유의 질서 발견, 언어학과의 결연이라는 4단계 변화는 욕망과 발화 행위의 배치를 제어하는 데 관여하고자 하는 야망을 보여준다. 이것은 구조적이고 발생론적인 판에서 일어난다. 이에 반해 분열분석은 병적인 긴장과 서두름의 연속, 일시 정지와 화살 표시들의 연속, 다양한 속도들의 공존, 생성의 블록, 공터들을 훌쩍 뛰어넘는 도약, 하나의 추상적인 선위에서 일어나는 무게 중심의 이동, 하나의 내재성의 판 위에서 생기는 접합 접속들, 입자들과 변용태들을 해방하는 아찔한 속도를

35 질 들뢰즈 · 클레르 파르네, 전승화 역, 『디알로그』, 동문선, 2005.

지닌 답보 상태의 과정 등이 나타난다고 본다. 이런 사건들이 일어나는 장소는 '일관성의 구도(plan de consistence)'이다.

5. 정신분석 비평과 분열분석 비평 비교

정신분석의 주요 대상은 신경증과 환상이다. 환상은 정신분석이 주된 대상으로 삼는 신경증의 증상으로 간주된다. 라캉은 환상을 의미화 구조 내에서 작용하는 이미지 세트라고 말한다. 그는 환상에 대해 욕망을 공연하는 시나리오라는 시각적 특징을 받아들이면서 방어기제의 기능을 강조한다. 따라서 신경증적 환상은 주체의 무의식적 욕망이 드러나는 동시에, 대타자의 결여에 대하여 자신을 방어하는 기제에 의해 왜곡된 형태로 욕망을 성취하는 각본이라고 정의할 수 있다. 인간의 욕망은 타자의 욕망에 대한 주체적 응답인 무의식적 환상을 통해 형성된다. 무의식적 환상 속에서 타자의 욕망에 응답하는 과정에서 주체는 자신의 진정한 욕망으로부터 소외된다. 이 소외로부터 해방되기 위해서는 환상을 가로질러 자신의 무의식과 욕망에 도달해야 한다. 이 환상 가로지르기를 통해 소외된 주체로 하여금 진정으로 욕망하는 주체와 향유의 주체로 거듭나게 하는 것이 정신분석의 목표이다.

이러한 정신분석적 환상의 개념을 참고하여 문학비평, 특히 문학적 증상이나 징후를 보여주는 작품을 분석하는 데 활용한다면, 다음과 같은 방식을 채택해 볼 수 있다. 첫째, 환상 체계 내의 상징과 이미지를 면밀히 분석하여 의미화 구조를 도출한다. 둘째, 주체의 무의식적 욕망을 밝히는 동시에 대타자의 욕망과 향유 앞에서 자기를 방어함으로써 왜곡되고 소외되는 양상을 밝힌다. 셋째, 환상 가로지르기를 통해 소외된 주체로 하여금 진정으로 욕망하는 주체와 향유의 주체로 거듭나게 한다.

분열분석의 주요 대상은 분열증과 환각이다. 들뢰즈는 시뮬라크르와 관련하여 환각을 설명한다. 환각은 무의식적 욕망의 실현을 그리는 상상적 각본이다. 환각 · 사건 · 이미지 등은 한편으로 물질적 운동의 표면 효과이지만, 다른 한편으로 의미를 담지하고 있는 것이기도 하다. 환각의 내재적인 전개는 문법적인 변형들의 놀이 안에서 표현된다. 이것은 분열분석도 표현된 언어의 문법적 변형들을 분석함으로써 진행됨을 암시한다. 실제로 들뢰즈는 무한 소급의 역설로부터 다른 모든 역설들이 파생되어 나오는 계열화를 분석함으로써, 계열들 사이의 관계하에서만 의미가 발생한다는 사실을 강조한다.

이러한 분열분석적 환각의 개념을 참고하여 문학비평, 특히 문학적 증상이나 징후를 보여주는 작품을 분석하는 데 활용한다면, 다음과 같은 방식을 채택해 볼 수 있다. 첫째, 환각이 보여주는 물질적 운동의 표면 효과와 더불어 그것이 담지하고 있는 의미를 추적한다. 둘째, 작품에 표현된 언어의 문법적 변형들의 놀이를 분석하면서 계열화의 선을 규명한다. 셋째, 환각이 지닌 극단적인 운동성과 발산의 형식을 추적하여 그 자리 옮김, 펼쳐짐, 전개의 양상을 밝혀낸다.

지금까지 살펴본 환상과 환각의 개념, 그리고 이를 토대로 설정해본 정신분석 비평과 분열분석 비평의 방식을 비교하면, 정신분석과 분열분석이 만나고 갈라지는 지점을 포착할 수 있다. 만나는 지점으로서 가장 중요한 것은 작품에 대한 내재적 탐색을 경유하여 '진단－탐색－평가'로 전개한다는 점이다. 환상 체계 내의 상징과 이미지를 분석하여 의미화 구조를 도출하는 방식과, 문법적 변형들의 놀이를 분석하면서 계열화의 선을 규명하는 방식은 상통하는 면이 있다. 한편 갈라지는 지점은 환상의 정신분석이 주체의 무의식적 욕망과 더불어 자기 방어를 통해 왜곡되고 소외되는 양상을 밝히는 방식인데 반해, 환각의 분열분석은 표면의 언어인 시뮬라크르를 따라 발산하고 탈주하는 이행의 힘을 중시한다는 점이다.[36] 이는 증상의 차이 및 분석 목표의 차이와도 직접 관련된다. 증상의 측면에서, 환상이 신경증적 증상으로서 아버지의 이름을 '억압'하는 메커니즘인데 비해, 환각은 분열증적 증상으로서 아버지의 이름을 '배척'하는 메커니즘이라는 점에서 차이가 있다(도착증의 메커니즘은 아버지 이름의 '부인'이다). 분석의 목표라는 측면에서, 정신분석이 환상 가로지르기를 통해 소외된 주체로 하여금 욕망하는 주체와 향유의 주체로 거듭나게 하는 것을 목표로 하는 데 반해, 분열분석은 욕망을 반욕망과 분리함으로써 근원적 욕망을 복원해 나가며, 환각이 지닌 극단적인 운동성과 발산의 형식을 그 자체로 중시한다는 차이가 있다. 이 점은 실천의 측면과도 연결되는 것으로서, 정신분석이 주체와 타자의 상호 주관적 관계 속에서 전이의 전략을 시도하는 데 비해, 분열분석은 생산하는 욕망의 본성을 되찾는 인식론적 작업을 비판적 실천으로 직접 연결시킨다.

이러한 차이는 정신분석 비평과 분열분석 비평의 차이로도 재해석될 수 있을지 모른다. 즉 정신분석 비평은 시인과 독자(비평가)의 상호 주관적 관계 속에서 전이를 통해 환상을 돌파함으로써 소외를 극복하는 욕망과 향유의 주체를 재탄생시키는 데 비해, 분열분석 비평은 계열화의 선을 따라 환각이 지닌 운동성과 발산의 형식을 추적하고, 더 나아가 증상들이 사회적으로 투자되는 방식들을 해명한다.

36 이하 정신분석과 분열분석의 차이점에 대해서는 맹정현, 앞의 글, 179~186면 참고.

6. 맺음말

지금까지 이 글은 정신분석과 분열분석을 수사학적으로 탐구하여 비평적 이론화를 추구하면서 상호 비교함으로써 그 공통점과 차이점을 가시화하려 했다. 정신분석과 분열분석을 함께 고려하면서 대면시키는 방식을 통해, 어쩌면 그 차별성뿐만 아니라 상호 침투의 가능성도 타진할 수 있을지 모른다. 이것이 가능하다면, 언어적 문법의 변형을 중심으로 계열선을 추적하여 환상과 환각의 체계를 밝히고, 탈주선을 따라 발산하는 환상과 환각을 가로지르며 그 소외의 역학 관계를 규명하여, 진정한 욕망과 향유의 무의식적 주체를 복원하는 비평의 방식을 시도해 볼 수도 있을 것이다. 물론 이러한 비평적 이론화의 시도는 문학 텍스트를 구체적으로 분석하고 해명하는 실제비평과의 상호 조명 및 왕복운동을 통해 지속적으로 보완해 나가야 하는 과제를 항상 염두에 두어야 할 것이다.

이 논의는 '정신분석' 및 '분열분석'과 '문학비평'의 영역을 '수사학적 관점'으로 연구함으로써 철학 · 언어학 · 문학이론 · 문학비평 · 문화비평 · 의사소통 이론 · 임상이론 등 제반 인문과학의 영역들과 공유점을 가진다. 따라서 이 연구는 세분화 · 전문화되고 있는 다양한 전공 영역 간의 연결 고리를 찾는 통합적 학문, 즉 학제 간(interdisciplinary) 연구의 특성을 가지고 있다. 그리하여 라캉의 정신분석을 참조한 정신분석 비평과 들뢰즈 · 가타리의 분열분석을 참조한 분열분석 비평의 이론적 체계화는 문학이론의 정교화와 심층화에 기여할 수 있을 것이다. 이 비평의 방식은 심리 기제와 상응하는 작품의 기법에 대한 형식적 고찰, 혹은 구조화 원리에 대한 규명이라는 심층적인 비평 방식을 통해 이루어진다. 따라서 이것은 문학작품을 실재와 충동, 소외와 분리, 억압과 향유 등의 관점에서 좀 더 심층적이고 복합적으로 규명하는 가능성을 열어줄 수 있다. 그리고 이를 토대로 시나 소설 등의 문학작품 분석과 평가에 활용함으로써, 정교하고 섬세한 실제비평에 기여할 수 있다. 더 나아가 정신분석과 분열분석의 비교를 통해 공유점과 대립 항을 선명히 드러냄으로써 상호 대결과 침투의 가능성을 모색할 수 있다. 이를 통해 문학비평의 중요한 쟁점들인 주체와 탈주체, 구조와 실천, 욕망의 결여와 생산하는 욕망, 기관 없는 신체와 신체 없는 기관, 신경증과 정신병, 승화와 탈승화 등이 지닌 연관성과 차별성을 명확히 인식한다면, 좀 더 진전된 문학비평을 추구하는 데 기여할 수 있을 것이다.

제6장

현대문학비평과 논증의 수사학

1. 머리말

이 글은 문학 연구 및 비평을 더욱 심층적으로 진행할 수 있는 기초를 마련하기 위해 '현대문학비평'과 '논증의 수사학'의 관련성을 고찰한다. 이를 위해 최근 새롭게 전개되고 있는 신수사학 중 '논증의 수사학'이 보여주는 성과를 검토하고, 이를 참조할 때 얻을 수 있는 문학비평의 새로운 가능성을 모색하고자 한다. 이러한 문제의식은 문학 연구 및 비평에 활용된 기존의 수사학적 관점이 수사학의 연구 영역 중 '문채의 수사학'에 편중되어온 사실에 대한 반성으로부터 동기를 부여받는다.

문학비평과 관련된 기존의 수사학 연구는 주로 은유 · 환유 · 제유 등의 개념을 중심으로 한 '문채의 수사학'에 집중되어 왔다. 최근 우리 학계나 비평계의 수사학적 관심 또한 은유·환유·제유 등을 중심으로 한 '문채의 수사학'에 초점을 맞추어 전개되고 있는 듯하다. 이러한 연구가 중요한 성과를 얻고 있음을 확인할 때, 이 성과를 더욱 강화하고 확대하기 위해서 필요한 작업은 무엇일까? 그 구체적인 방법으로 두 가지를 생각할 수 있다. 하나는 제라르 주네트(Gerard Genette)가 「줄어드는 수사학」을 마무리하면서 강조하고 있는 일반적 수사학, 혹은 옛날의 수사학으로 돌아가서,[1] '착상－배열－표현－암기－발표'의 유기적 연속체로서 수사학을 사유하는 오래된 지혜를 되살리는 것이다. 또 하나는 현대 수사학의 경향이 반드시 '표현'의 영역, 즉 문체·문채·전의를 중심으로 한 '문채의 수사학'의 영역에만 국한되는 것이 아니라는 사실을 확인하고, 그것과 양립하고 있는 '논증의 수사학'이 제시하는 새로운 지혜를 배우는 것이다. 그런데 이 오래된 지혜와 새로운 지혜는 어느 하나의 지점에서 만날 수 있다. 신수사학 중 '논증의 수사학'은 옛날의 수사학이 가졌던 통합적 관점을 언어학적, 의사소통적, 논증적 모델을 통해 재구성하려는 시도를 포함하고 있기 때문이다.

결국 이 글의 목적은 수사학의 역사적 전개 과정에서 '문채의 수사학'에 집중되어온 연구의 성과를 존중하면서, 이와 함께 '논증의 수사학'에 해당하는 현대 수사학의 성과를 검토함으로써, 현대문학 연구 및 비평에 기여할 수 있는 새로운 관점을 제공하는 데 있다. 이러한 연구가 요청되는 이유 중의 하나는 현대 수사학의 경향과 마찬가지로, 기존의 현대문학 연구 및 비평은 표현 위주의 비평과 내용 위주의 비평, 문채 비평과 의사소통적 맥락의 비평, 내재적 비평과 사회역사적 비평 등으로

1 제라르 주네트, 김경란 역, 「줄어드는 수사학」, 『수사학』(김현 편,), 문학과지성사, 1985, 142～143면 참고.

분열되어 전개되어온 경향이 있기 때문이다. 이 글은 이러한 목적에 접근하기 위한 기초 작업으로서, 우선 수사학의 역사적 전개 과정을 개괄하면서 문제를 제기한 후, '논증의 수사학'에 해당하는 현대 수사학의 성과 중 그 출발점에 있는 카임 페렐만(Chaïm Perelman)과 스티븐 툴민(Stephen E. Toulmin)의 논증 이론을 검토하고, 이들의 성과를 비판적으로 계승하고 종합적으로 재구성한 제임스 크로스화이트(James Crosswhite)의 메타철학적 논증 행위 이론을 고찰하고자 한다. 그리고 이런 논증의 수사학과 관련성을 가지는 현대문학비평의 구체적 성과를 검토하기 위해 김인환의 문학비평을 살펴보려 한다. 이 글은 이러한 작업을 통해 한국 현대문학 연구 및 비평이 전체성을 확보하는 데 하나의 참조 틀을 제공하고자 한다.

2. 수사학의 역사적 전개

수사학은 한편으로 '설득하는 기술'로 정의되어 왔고, 다른 한편으로 '잘 말하는 기술'로 정의되어 왔다. 전자는 장식성과 화려함과 유쾌함을 지양하고 효능 · 진실 · 유용성 등을 미덕으로 추구하는 반면, 후자는 표현의 형식적이고 문체론적인 기술을 중시하는 경향을 가진다. 이처럼 양분화된 수사학에 대한 관점은 전통 수사학이 지녔던 통합적 관점이 와해되거나 축소되어온 역사적 전개 과정과도 관련된다. 수사학의 분야는 '착상(inventio) – 배열(dispositio) – 표현(elocutio) – 암기(memoria) – 발표(actio-pronuntiatio)'라는 다섯 부분으로 이루어져 있다.[2] 이 수사학의 다섯 분야는 연설이 행해지기까지의 유기적인 과정이다. 여기서 수사학과 문학이 만나는 구심점이 되는 것은 주로 세 번째 분야인 '표현'이다. '표현'은 담론의 형식들을 다루는 분야인 문체론이나 시학과 밀접하게 연관되어 있다. 수사학이 문학비평의 첫 번째 도구가 될 수 있었던 것은 바로 '표현'을 구성하고 있는 주 개념인 '문체(文體, style)'와 '문채(文彩, figure)'를 통해서였다. 수사학은 '문체의 종류'로서 단순체・보통체・숭고체를 제시하고, '문체 원칙'으로 정확성(puritas), 명확성(perspicuitas), 적절성(aptum), 장식성(ornatus)을 제시해 왔다. '문채'는 비유적 의미로 사용되며, 말과 문장들의 외적 형태, 즉 우리가 어떤 표현을 지각할 수 있게 하는 외적 표지를 뜻한다. 문채는 '말의 문채'와 '사유의 문채'로 구분되고, 다시 말의 문채는 '형태상의 문채'와 '구문상의 문채'로 구분된다. 문채의 대상이 말의 의미일 때 '의미상의 문채' 혹은 '전의(轉義, trope)'라고 부른다. 전의는 한 단어에 정확히 그 단어의 고유한 의미가 아닌 의미를 취하게 하는 문채로서, 문채의 하위 개념이다.[3]

수사학의 다섯 과정 중 '표현'에 해당하는 '문체', '문채', '전의'는 시대에 따라 가변적이고 다양하게 분류되어 왔다. 이 중 전의의 대표적인 경우로서 은유・환유・제유가 가장 많은 주목을 받아왔다. 이는 '줄어드는 수사학'의 경향과 관련되는데, 주네트는 고대 수사학의 여러 범주가 현대에 들어오면서 은유와 환유로, 더 나아가서는 은유를 중심을 줄어들었다고 말한다. 은유가 점점 유추의 장 전체를 포함하려는 경향이 있다는 것이다. 주네트는 고대 수사학이 중세 초에 들어서 장르(정치적 장르, 재판적 장르, 첨언적 장르) 간의 균형이 해체되기 시작하고, 1730년 출

2 지금까지 이것은 주로 '논거발견술－논거배열술－표현술－기억술－연기술' 등으로 번역되어 왔다.

3 박성창, 「문채의 정의 및 특성」, 『수사학과 현대 프랑스 문화이론』, 서울대 출판부, 2002, 18~20면 참고.

간된 뒤마르세(Dumarsais)의 『비유론』과 19세기 초 퐁타니에(P. Fontanier)의 '문채론'의 작업을 통해 축소의 과정이 지속되었다고 본다. 비유라 이름붙일 만한 환유 · 제유 · 은유에다 환유와 제유 간의 뒤마르세식의 비교와 퐁타니에식의 반어법을 추가하면 문채의 모범적 쌍을 얻을 수 있다는 것이다. 이어서 20세기 초에 러시아 형식주의가 보급되고 1923년에 보리스 아이헨바움 및 안나 아크마토바의 책과 1935년에 야콥슨(R. Jakobson)의 논문이 나오면서, 은유와 환유의 쌍이 계열체와 통합체, 등가 관계와 연속 관계를 대표하는 관계망으로 등장했다고 파악한다.[4]

문채와 전의에 대한 연구는 구조주의와 언어학적 방법론의 세례를 받아 그 이론적 지위가 격상되었으며, 문학 연구 및 비평의 영역에서도 상당한 성과를 얻고 있다. 그러나 한편으로 주네트가 지적한 것처럼 은유 · 환유 · 제유에 대한 급증하는 관심은 수사학을 수사적 과정의 세 번째 단계인 '표현'으로 축소시켜 사고하는 관습을 낳고 있으며, 일반화의 오류를 포함하여 여러 문제점을 노출하는 것도 사실이다. 수사학을 '착상－배열－표현－암기－발표'의 유기적 연속체로 간주한 전통 수사학에서 '표현'은 결코 그 자체로서, 즉 다른 부분들과 독립된 개별적 실체로서 존재하지 않았음을 유념할 필요가 있을 것이다.

20세기 중반 이후 서구의 현대 수사학은 크게 '문채의 수사학'과 '논증의 수사학'이라는 서로 분열된 수사학의 양상을 보여준다. 표현의 형식적이고 문체론적인 방식을 다루는 '문채의 수사학'과 논증하는 방식 혹은 설득하는 기술로 정의되는 '논증의 수사학'은 서로 양립되기 힘들어 보이며, 따라서 각각의 진영에 속한 이론가들이 다른 진영에 속한 이론에 대한 논의를 애초부터 배제해버리는 문제점을 낳고 있다.[5] 제라르 주

4 제라르 주네트, 앞의 글, 117~143면 참고.
5 박성창, 『수사학』, 문학과지성사, 2000, 18면 참고.

네트, 츠베탕 토도로프(T. Todorov), 장 코앙(J. Cohen), 그룹 뮈(Grupe μ) 등이 전자를 대표한다면, 카임 페렐만과 루시 올브레히츠-티테카(Lucie Olbrechts-Tyteca), 스티븐 툴민, 미셸 메이에르(Michel Meyer), 제임스 크로스 화이트 등이 후자를 대표한다고 볼 수 있다. 따라서 분열된 수사학의 간격을 메우고 수사학의 전체성을 복원하는 것이 요청되며, 이러한 차원의 통합적 수사학의 관점을 문학 연구나 비평에 활용하는 것이 과제로 대두되고 있다.

3. 논증 이론의 부활-페렐만과 툴민

논증 이론의 변천 과정은 굴곡진 역사를 지녔다. 주지하듯이 수사학이 시작된 그리스·로마 시대 초기부터 논증 이론은 중요한 연구 대상이었으나, 오랜 잠복기를 거쳐 몇몇 눈에 띄는 도약 과정을 거친 후, 현대에 와서 중요한 부흥기를 맞이하고 있다. 논증 이론은 언제나 이성적 사고의 바탕 위에서, 그리고 특정한 사회적 틀 안에서 발전한다. 논증은 논리, 커뮤니케이션, 설득의 측면에서 이론적 관심의 대상이 된다. 논리 및 추론과의 관계 속에서 발전한 논증 이론은 커뮤니케이션이라는 보다 넓은 영역에서 고찰되면서, 화자와 청중 사이의 의사소통에 의한 설득과 합의에 대한 문제로 전개되고 있다. 우리는 수사학 안의 논증 이론을 '기초기-완숙기-쇠퇴기-부활기'라는 역사적 시기로 구분할 수 있다. '기초기'는 그리스 민주주의가 기초를 탄탄히 하던 시기로서 고소인과 변호인들을 위한 변론으로 수사학이 이용되었고, '완숙기'는 아리스토텔레스(Aristoteles)의 사상이 최고조에 이르던 시기로서 그의 『수사학』이 로마시대 공화정부터 제정 초기까지의 논증 문화에 영향을 미쳤다. 그 결과 키케로(Cicero)나 퀸틸리아누스(Quintilianus)와 같은 웅변가들이 설득적 말하기의 규범을 체계화하고 널리 보급하게 된다. '쇠퇴기'는 로마 제정 말기부터 20세기 중반까지 이어지는데, 수사학은 문채 이론이 되어 버리고 논증 부분은 실험적 과학의 증명이 중요성을 더해가는 것에 반하여 축소되어 간다. '부활기'는 '신수사학'이 떠오르는 시기로서, 정확히 말하자면, 벨기에의 법철학자인 카임 페렐만과 스티븐 툴민으로 대표되는 영어권 연구들이 나오기 시작하면서부터이다.[6]

현대 수사학에서 논증 이론에 대한 관심을 부활시키는 데 근간이 된 것은 카임 페렐만・루시 올브레히츠-티테카의 『신수사학-논증 행위 이론』(1958)과 스티븐 툴민의 『논증의 용도』(1958)라는 두 권의 책이다. 이 두 저서가 1958년에 동시에 출간된 것은 주목할 만한 사실이며, 이후 그 연장선에서 지속적인 논증 이론의 성과들을 낳는 중요한 계기가 된다. 페렐만과 툴민 이후의 현대적 논증 이론은 언어학, 기호학, 비형식논리학, 커뮤니케이션, 철학 등 다양한 학문 분야와 학제적(interdisciplinary) 관계를 맺으며 전개되고 있다.[7] 이 글에서는 『신수사학』과 『논

---

6 필립 브르통・질 고티에, 장혜영 역, 『논증의 역사』, 커뮤니케이션북스, 2006, 1~9면 참고.

7 불어권 연구는 페렐만의 신수사학과 연결되는 미셸 메이에르와 올리비에 르불(Olivier Reboul)의 연구, 인식론적 접근인 그리즈(J. B. Grize)의 자연논리 이론과 조르주 비뇨(Georges Vignaux)의 추론적 논리 이론, 사회-발화적 접근인 플랑탱(C. Plantin)의 언어학적 이론과 윈디쉬(U. Windisch)의 이론, 윤리적 접근인 필립 브르통(Philippe Breton)의 이론 등을 들 수 있다. 한편 영어권 연구는 오류 연구, 비형식논리, 비판적 사고, 커뮤니케이션 논증 등의 영역으로 분화 발전되었고, 1980년대 이후의 중요한 성과로서 고비어(T. Govier)의 실천적 이론, 월튼(D. Walton)의 대화적 이론, 윌라드(C. Willard)의 대립적 이론, 에메렌(F. Eemeren)과 그루텐도르스트(R. Grootendorst)의 화용-대화론적 이론 등을 들 수 있다(위의 책, 79~125면 참고).

증의 용도』를 중심으로 현대 수사학의 논증 이론을 검토하고자 한다. 페렐만과 툴민의 논증 이론은 둘 다 법과 관련하여 만들어졌다는 공통점을 가지지만, 페렐만이 데카르트적 합리주의와는 반대되는 개념으로서 필연성과 비교하여 개연성을 중시하고 사실과 비교하여 의견의 중요성을 강조한 반면, 툴민은 아리스토텔레스로부터 카르납에 이르는 논리실증주의와 반대되는 지점에 위치한다. 페렐만에게 있어 논증은 수학적 증명과는 구분되는 합리성에 속하며, 툴민에게 있어 논증은 삼단논법보다 복잡한 일반적 추론의 한 형태이다.

1) 카임 페렐만의 신수사학

수사학의 중요한 목표 중 하나였던 '논증' 또는 '설득'의 문제를 현대적으로 재해석하여 '논증의 수사학'을 부각시킨 것은 브뤼셀 대학의 법철학 교수인 카임 페렐만을 통해서였다. 페렐만은 모든 논의가 청중을 조건으로 전개되며, 그 심리적 조건들과 사회적 조건들을 고려해야 한다고 주장한다. 이를 무시한 채 모든 상황으로부터 독립된 자명한 진리를 추구하는 형식논리학을 비판하고, 형식논리학에 인간적 요소를 불어넣어 이른바 '수사적 논리학'을 지향한다. 그리고 논증의 보편성을 입증하기 위해 고대의 지적 유산, 특히 아리스토텔레스의 『수사학』에 주목하게 된다. 그는 담론에서 표출되는 자연적인 논증과 엄밀한 의미에서의 논리적인 판단을 대비시키면서 증명과 설득을 구분하고, 아리스토텔레스 수사학을 이루는 '에토스 / 로고스 / 파토스'의 체계를 재해석하면서 논거들을 구분한다. 또한 그는 문학 텍스트에서 판례집에 이르는 다양한 연구를 통해 논증의 보편성을 입증하려 하는데, 이른바 설득을 목표로 하는 담론 일체를 수사학의 대상으로 삼고자 한다. 따라서 페렐만의 신수사학은 과학적 증명과 구분되는 수사적 논증을 중심으로 다양한 성격의 청중을 지적이거나 정서적으로 설득하려는 담론을 분석 대상으로 삼으며, 철학 · 논리학 · 인식론 등의 여러 학문들과 겹쳐진다.[8]

1958년에 출간된 카임 페렐만과 루시 올브레히츠-티테카의 공저 『신수사학-논증 행위 이론』[9]은 현대 수사학 이론에서 형이상학에 대한 반응이자 대안으로서 하나의 중요한 사건으로 간주될 수 있다. 『신수사학』에서 페렐만과 티테카는 지난 3세기 동안 서구 철학에 흔적을 남겨온 데카르트에 기인하는 이성 및 추론의 개념과 단절을 이룰 것이라고 언급하고, 새로운 메타철학을 발전시키는 수단으로서 수사학이나 의사소통 이론을 전개한다. 신수사학은 데카르트식의 명증성이나 증명적 논리와는 거리가 있으며, 비형식 논증 논리라는 새로운 장을 열게 된다. 페렐만은 롤랑 바르트와 제라르 주네트에 의해 주도된 일반 수사학 연구가 고대 수사학이 아닌 17세기에 재해석된 고전주의 수사학의 연장선에 있는 것으로 간주한다. 고전주의 수사학이 이야기의 문체와 미학에 관심을 둔다면, 페렐만의 수사학은 이야기의 설득적 기능에 관심이 있는 것이다. 페렐만은 아리스토텔레스가 행했던 분석적 추론과 대화적 추론의 구분에서 논의를 시작한다. 분석적 추론은 진실 · 논리와 관계가 있으며, 대화적 추론은 진실임직해 보이거나 '일반적으로 받아들여진 의견들'을 전제로 다른 추론을 이끌거나 받아들이게 한다. 페렐만은 이런 대화론을 확장하고 새롭게 하여, 대화적 추론의 영역에서

---

8 박성창, 앞의 책, 181~185면 참고.

9 Chaïm Perelman · Lucie Olbrechts-Tyteca, trans. John Wilkinson · Purcell Weaver, *The New Rhetoric—A Treatise on Argumentation*, University of Notre Dame Press, 1969.

도 분석적 추론의 규칙들과 맞먹을 수 있는 규칙들을 찾아내려 한다.

신수사학의 중요한 요소는 '청중'이다. 페렐만은 청중을 "화자가 자신의 논증으로 영향을 끼치고자 하는 사람들의 총체"로 간주하며, 논증을 "제시하는 의견에 청중이 동의하도록 이끄는 추론 기술들"로 정의한다. 그는 신수사학을 모든 종류의 청중들에게 말을 거는 것으로 상정하는데, '보편 청중'에게 이야기할 때 논증은 가장 엄격해진다. 화자는 자신의 이야기가 청중에게 어떻게 받아들여질 것인가까지 예견해야 하는데, 이를 전제로 페렐만은 '논증적 기술'을 분석한다. 논증적 기술은 두 주요 축을 따라 펼쳐진다. 하나의 축은 이야기 자체, 특히 이야기를 작동시키는 논증적 구조들이며, 또 다른 축은 화자가 어떤 의도로 청자에게 이야기하여 어떤 효과를 미치는가와 관계되는 것이다. 첫 번째의 경우, 사람들은 논증과 그것의 유형을 연구하게 되고, 두 번째의 경우는 논증 행위를 구성하는 커뮤니케이션 상황을 연구하게 된다. 그리하여 페렐만은 4개의 논증 기술을 구분해 내는데, '준논리적 논증', '이미 연결되어 있는 것에 근거한 논증', '새 연결 관계를 만드는 논증', '개념의 분리'가 그것이다.

아리스토텔레스의 생략삼단논법과 유사한 '준논리적 논증'은 논리적 혹은 수학적 추론 모델 위에 세워진 것이지만, 논리적 추론에 비해 강제적이지 않으며 추이성(推移性)과 관련된다. 추이성이란 만일 A가 B를 내포하고, B가 C를 내포한다면, A는 C를 내포하는 것이다. 준논리적 논증의 요소로는 모순율과 비양립성, 동일성과 정의(定義), 정당성과 상호성, 추이성과 내포성, 비교 등이 있다. 사실 아리스토텔레스는 생략삼단논법의 형태를 빌려 준논리적 논증에 특권적 위치를 부여했다. '이미 연결되어 있는 것에 근거한 논증'은 기존의 논증 근거들의 유대 관계를 전제로 한다. 이 논증을 사용하면, 사람들이 방어하려는 것과 청자들이 이미

받아들이고 있는 요소 사이의 연관 관계가 명백해진다. 이 논증은 원인과 결과의 관계처럼 연속적 관계에 있는가, 아니면 권위에 기댄 주장처럼 동시적 관계에 있는가에 따라 둘로 구분된다. '새 연결 관계를 만드는 논증'은 수사적 표현과 유사한 것으로서, 논증 요소들의 관계가 명백하게 드러나지 않은 채 주어진다. 즉 그들의 관계는 미리 주어지지 않으며, 적절한 관계를 만들어내야 하는 것은 청중의 몫이라는 것이다. 이 논증은 '구체적 경우(예시, 예증, 모델)'와 '유사함에 의한 추론(유사, 비유)'으로 양분된다. '개념의 분리'는 앞의 세 가지 논증 기술과 달리 하나로 묶여 있는 것처럼 보였던 것, 하나의 용어나 하나의 진술문 안에 들어 있는 관계를 분리해 내는 기술이다. 이 논증은 대부분 양립 불능의 문제를 해결하는데 사용되는데, 페렐만은 모든 개념 분리의 전형이라 할 수 있는 '외양'과 '현실'의 분리에 관심을 가진다. 외양 / 현실이라는 전형적인 이분법은 수단 / 방법, 사건 / 근본, 우연성 / 필연성 등의 이분법들로 이어진다.[10]

미에치슬라브 마넬리(Mieczyslaw Maneli)는 페렐만의 신수사학을 아리스토텔레스 수사학을 헤겔 철학으로 지양(止揚, Aufhebung)한 것으로 평가한다. 그에 의하면, 페렐만 이론의 참신성은 주로 '청중'과 '다원주의'의 개념을 소개하고 정교하게 다듬은 데 있다. 페렐만은 변증법적 추론에 대한 아리스토텔레스의 이론을 일반화된 수사학 또는 논증의 일반 이론으로 확장시켰는데, 이 이론은 다소 무능한 청중뿐 아니라 모든 종류의 청중, 심지어 가장 전문적인 청중까지도 포괄하는 이론이다. 다원주의는 언제나 타협 · 동화 · 종합을 통한 개선을 모색하고, 불명확한 관념이 가진 방법론적 중요성에 근거를 두고 있다. 마넬리는 사실과 진

10 필립 브르통 · 질 고티에, 앞의 책, 40~61면 참고.

리에 대한 광범위한 개념을 갖는 논증 이론이 전적으로 변증법적이라고 정의하며, 신수사학과 변증법의 관련성을 강조한다.[11] 법철학자인 페렐만은 사회적 혹은 정치적 영역의 테마인 정의(正義) 및 권위에 대해 지속적인 관심을 기울인다. 자크 마리탱(Jacques Maritain)은 "권위가 없이 행사된 권력은 폭력배나 독재자의 손아귀에 들어 있는 힘"이라고 말한다. 그는 "정의에 의해 제어되지 않는 최고 권력은 강도(强盜)의 왕권과 다를 바 없다"는 성 아우구스티누스(Saint Augustinus)의 노선을 계승하고 있는 듯이 보인다. 페렐만은 성 아우구스티누스에서 토마스 아퀴나스(Thomas Aquinas)와 자크 마리탱으로 이어지는 철학적 전통을 이어받아, 권위가 없는 권력은 개인에게 '존경이 아닌 복종'을 강요한다고 기술한다. 따라서 페렐만은 신수사학을 조직화된 정치적 공동체에서 진보적이고 인간적인 것을 지향할 책무가 있는, 민주적으로 구성된 권력에 의해서만 행사될 수 있는 하나의 도구로 본다. 이러한 관심은 지배적 권력·권위·이데올로기에 대한 철학적 비판으로 진행되기도 하는데, 여기서 우리는 신수사학의 정치적 역할을 확인할 수 있다.[12]

페렐만은 전통적 수사학이 유형화한 토의적 장르, 과시적 장르, 재판적 장르 중에서 법정 언어 활동을 중시하는데, 이 법률적 원리들로부터 논증 원리를 추론하는 것은 페렐만의 작업 중 한 경향을 이룬다. 청중 이론에 있어서, 특정 청중과 보편 청중 사이의 차이는 어떤 특정 청중이 수용한 단지 설득적인 논거와, 보편 청중이 수용한 타당한 논거 사이의 차이를 나타낸다. 논증 연구는 성공한 대화의 철학과 사회적 합의의 철학을 끌어들인다. 페렐만은 모든 정치적·사회적 갈등을 하나의

11 미에치슬라브 마넬리, 손장권·김상희 역, 『페렐만의 신수사학—새로운 세기의 철학과 방법론』, 고려대 출판부, 2006, 64~82면 참고.

12 위의 책, 90~98면 참고.

중재 가능한 합의의 관점에서 보는 경향이 있다. 페렐만과 티테카의 공저 『신수사학-논증 행위 이론』은 체계성이 부족하고 몇 가지 예들이 애매하다고 비판 받기는 하지만, 논증 이론을 인식철학에 통합하고 모든 명백한 결정과 행동의 철학으로 통합했다는 점에서 독창성이 인정된다. 논증 분석의 관점에서 이 책은 단언과 주장들을 인정하기 위해 다양한 분야에서 사용된 많은 전략들을 밝혔으며, 이것은 토포스(topos: 말터) 분석의 귀중한 작업 도구가 된다.[13]

지금까지 논의한 카임 페렐만의 신수사학이 가진 중요한 특징을 논증 이론의 측면에서 요약하면 다음과 같다.

첫째, 논증의 척도는 영원히 현존하는 사물들의 본질, 혹은 시간을 초월하는 논리적인 기준이 아니며, 자명함은 이성 및 참된 지식의 주요한 특징이 아니다. 따라서 모든 논증 행위의 목표는 다른 사람의 지지를 얻는 것이기 때문에, 청중에 기초하여 전개된다. 논증의 장점은 그것에 동의할 수 있는 청중의 특성을 아는 것을 통해 결정되므로, 수사학은 합리성 수용 이론을 요구한다.

둘째, 청중의 지지는 언제나 정도의 문제이기 때문에, 논증 행위는 다양한 청중에 따라 다양한 정도로 성공하거나 실패하는 것으로 이해되어야 한다. 이것은 어떤 주장이나 담론을 평가할 때 참/거짓의 판단 기준을 포기한다는 것을 의미한다. 논증에는 더 나은 논증과 덜 나은 논증이 있을 뿐이며, 주장에는 더 설득력이 있는 논증과 설득력이 떨어지는 논증이 있을 뿐이다.

셋째, 이성은 본질적으로 윤리적인 동기를 갖는 하나의 실천이다. 논증 행위의 핵심적인 지침이 되는 원칙은 정의(正義)에 대한 사고인데,

13 크리스티앙 플랑탱, 장인봉 역, 『논증 연구』, 고려대 출판부, 2003, 2~13면 참고.

이것은 재화의 분배, 자유와 권리의 보호 등과 관련하여 다양한 주장이 어떻게 화해를 이룰 수 있는지를 결정하는 방법으로 간주된다. 논증 행위는 사회적으로 존재하는 다양한 주장들을 공정하고 정당한 방식으로 화해시키려는 시도인 것이다.[14]

2) 스티븐 툴민의 논증 모델

스티븐 툴민은 비트겐슈타인(L. Wittgenstein)의 영향을 받은 영국의 철학자로서, 도덕적 쟁점들 배후의 윤리를 평가하는데 효과적으로 사용할 수 있는 실천적 논증들을 발전시키려 했다. 논증을 분석하기 위해 사용되는 서로 관련된 6가지 구성 요소들을 포함하는 구조, 즉 소위 '툴민의 논증 모델'이 널리 알려져 있다. 1958년에 출간된 『논증의 용도』는 1940년대와 1950년대 영국 철학을 특징짓는 '언어학적 분석'의 방법론을 적용한 중요한 업적으로 평가된다. "용도(uses)"라는 단어는 "의미는 사용이다"라는 비트겐슈타인의 유명한 언급을 연상시키는데, 이를 통해 비트겐슈타인은 한 단어의 의미를 그 용례들에 귀결시키려 한 것으로 보인다. 툴민은 논증이 사용되는 구체적인 맥락에 주목함으로써 형식논리학의 불충분함을 비판하고자 한다. 그리고 좀 더 정치한 구분을 위해 논증이 실제로 작동하는 방식에 주목한다. 예를 들면, 일반적인 논증의 형식인 주장(C－claim)과 그 주장에 대한 근거(자료 : D－data)라는 공식은, 근거에 대한 정당한 이유(W－warrants) 및 정당한 이유에 대한 지지(B－backing)라는 세부적인 틀로 대치될 수 있다는 것이다.

『논증의 용도』[15]에서 스티븐 툴민은 논증의 영역과 양상들을 다루면

14 제임스 크로스화이트, 졸역, 『이성의 수사학』, 고려대 출판부, 2001, 31～33면 참고.

서 주장과 논증의 다양성에 대해 논의한다. 한 종류의 주장에서 다른 종류의 주장으로, 혹은 상이한 영역에 있는 논증들 사이에서 어떤 방식으로 논증의 형식과 구조가 변하는가의 문제가 논의된다. 여기서 주요한 주장은 논리적 평가에 사용되는 용어들의 '힘'과 이런 용어들을 사용하기 위한 '근거들' 혹은 '기준들' 간의 구분이다. 하나의 논증을 진행하는 국면에 따라 '불가능성'과 '부적절성'을 구별하고, 양태적 용어의 힘과 그 사용 기준을 논의한다. 그리고 논증들의 비판과 평가를 위한 규준들이 실제 영역에 의존적인 반면, 평가의 용어들이 가진 힘은 영역에 따라 불변적이라고 말한다. 툴민은 논증의 복합적인 성격을 고려하기 위해 '영역(field)' 개념을 도입하는 것으로 보인다. 논증의 기준은 영역 의존적이며, 하나의 영역에서 논증에 요구되는 가치는 다른 영역에서 전적으로 인정받지 못할 수도 있다는 것이다. 그리고 툴민은 양태적 용어 중 '개연성'에 대해 논의한다. 윌리엄 닐(William Kneale)의 『개연성과 귀납』, 루돌프 카르납(Rudolf Carnap)의 『개연성의 논리적 토대들』을 중심으로 철학자들이 개연성에 대해 말한 것들을 검토하고, 이런 논의들이 논증의 정식화와 비판에 있어서 '아마도', '개연적인', '있음직한', '가능한' 등의 용어가 갖는 실천적 기능들을 정당히 연구하지 못했다고 비판한다. 툴민의 의도는 양태적 용어들이 실천적 논증의 과정에서 수행하는 실질적 기능이 무엇인지 명백하게 제시하려는 데 있다.

이러한 전제하에 툴민은 '논증의 구조'를 규명한다. 평가의 논리적 분명성, 즉 논증 과정에서 발생하는 상이한 명제들의 기능을 밝히고, 그 논증에 대항하는 비판들에게 어떻게 적절한 논증을 제시하고 분석하는

---

15 스티븐 E. 툴민, 고현범 · 임건태 역, 『논증의 용도』, 고려대 출판부, 2006. 번역본의 제목은 '논변의 사용'이지만, 이 글의 용어상의 일관성을 위해 '논증의 용도'로 고쳐서 인용한다.

지를 살피는 것이다. 툴민은 수학적인 모델과 법률적인 모델이라는 두 경쟁적 모델을 설정하면서 형식논리, 수학적 논리를 비판하며 법에서 요구되는 것 못지않게 세련된 유형의 논증을 사용할 것을 요청한다. 그는 주장과 타당성 주장에 있어서 주장(C)과 자료(D)를 구분하며, 이것을 뒷받침하는 정당한 이유(W)에 대해 논의한다. 정당한 이유는 질문에 대해 자료와는 다른 종류의 명제들, 즉 추론 규칙을 제시하는 것을 의미한다. 툴민은 정당한 이유가 일반적으로 왜 권위를 가진 것으로 수용되어야 하는지 질문하고, 그것이 가변적이라는 점, 즉 영역에 의존한다는 사실을 규명하고 있다. 삼단논법에서의 모호성과 전칭 전제 및 형식적 타당성의 개념에 대해 논의한 후, 툴민은 '분석적 논증'과 '실질적 논증'을 구분한다. 분석적 논증은 주장하는 바가 근거 속에 이미 포함되어 있는 논증이고, 실제적 논증은 주장하는 바가 근거 속에 포함되지 않은 논증이다.

다음은 '분석적 논증'의 예이다.

> 앤은 잭의 여동생들 가운데 하나이다.
> 모든 잭의 여동생들은 붉은 머리카락을 갖고 있다.
> 그래서 앤은 붉은 머리카락을 갖고 있다.

분석적 논증에 있어 근거를 받아들이는 것은 주장하는 명제를 암암리에 받아들이는 것을 의미한다. 왜냐하면 주장하는 명제가 이미 그 근거 안에 포함되어 있기 때문이다. 따라서 분석적 논증은 동어반복의 형태로 표현될 수 있다.

다음은 '실제적 논증'의 예이다.

앤은 잭의 여동생들 가운데 하나이다.

모든 잭의 여동생들은 이전에 붉은 머리카락을 갖고 있는 것으로 관찰되었다.

그래서 추측건대 앤은 지금 붉은 머리카락을 갖고 있을 것이다.

이 예는 분석적 논증과 실제적 논증 사이의 차이가 논증하는 상황에 대해 우리가 알고 있는 지식 정도의 차이에 달려있다는 사실을 알려준다. 한 논증의 목적이 더 큰 확신을 갖고 있는 다른 정보와 다시 관련시킴으로써 확립되는 것이라면, 순수하고 실천적인 논증이 정확히 분석적일 수 있는지 의심스럽다. 수학적 논증이 보다 분석적 논증이지만, 이 논증이 다른 분야를 대표할 수는 없다는 것이다. 툴민은 '분석적 논증 / 실제적 논증'을 구분하는 차원과 별개로 논증을 '형식적으로 타당한 논증 / 비형식적으로 타당한 논증', '정당한 이유를 사용하는 논증 / 정당한 이유를 확립하는 논증', '논리적 용어를 포함하는 논증 / 논리적 용어를 포함하지 않는 논증', '필연적 논증 / 개연적 논증' 등으로 구분하고 그 차원을 혼동하지 않아야 한다고 지적한다.

이러한 작업이 논리적 실천의 영역을 형식논리학과 분리시키는 데 초점이 맞춰졌다면, 이후의 작업은 분리의 철학적 근원들과 그러한 분리가 갖는 논리학과 인식론에 대한 해명이다. 툴민은 형식논리학과의 분리의 원천을 기하학과 비교될 수 있는 형식적 학문으로서 논리학을 정립한 아리스토텔레스로 거슬러 올라가며, 법률학의 분야에서 논리적 이론 전체를 수학적 형식으로 던져 넣는 제안에 반대도 있다는 사실을 드러낸다. 그리고 그는 실제 논리학의 범주들과 철학자들의 범주에 대한 분석, 그리고 특히 인식론에 대한 이러한 분석 사이의 엇갈림이 지닌 결과들을 추적한다. 이를 통해 실제 논리학과 논리적 이론 사이의 어긋남의 근원을 탐색하고, 이 논리적 틈이 발생시키는 인식론적 문제들이 과학적 · 윤리적 · 미적 · 신학적 주장들 주변에서 똑같이 증가했음을 지적한다.

툴민에게 있어 논증은 역동적이다. 논증은 어떤 기능과 전개 방식을 따르는 하나의 과정이며, 하나의 배치도나 분석 패턴을 통해 표현하는 것이 가능한 배열체이다. 그가 제안하는 모델은 기하학적이기보다는 재판의 판례적 형태를 취하고 있다. 다음 모델이 가장 완성된 형태의 툴민의 논증 모델이다.

D　　　　　　　　　　그리하여　Q, C
　－이므로　　　　　　　－를 제외하고
　　W　　　　　　　　　　　　R
　　　－에 근거하여
　　　　B

툴민에게 있어 논증은 결론(C－claim, conclusion)을 지지하기 위해 끌어들인 주어진 자료들(D－data)의 배열체이다. 여기서 결론은 경우에 따라서 그것의 양식적 자격(Q－model qualifier)을 검증하게 된다. 주어진 자료들에서 결론으로 나아가는 것은 확실한 사실에 의해 보증(W－warrants)된다. 이 확실한 사실에는 반박(R－rebuttal or conditions of exception)이 가해질 수 있다. 그리고 이러한 확실한 사실들은 근거(B－backing) 위에 세워져 있다.[16]

툴민의 의도는 근본적으로 논리의 형식화에 대해 문제를 제기하려는

16 필립 브르통 · 질 고티에, 앞의 책, 74∼75면 참고.

데 있다. 논리를 변형시켜 형식적 학문에서 실질적 학문으로, 이상화된 논리에서 실제 작용하는 논리로 전환하려는 것이다. 그는 다양한 논증 영역 전체에 공통으로 적용할 수 있는 방식, 즉 논증 평가에 대한 보편적 기준이 되는 영역을 찾고자 한다. 그리고 비록 논증에 공통적으로 적용할 수 있는 체계화된 양식 모델을 제시하고 있지만, 형식논리가 모든 것을 독점하는 것에 반대한다. 다시 말해, 형식논리학의 완결성이나 불변성을 주장하려는 입장에 반대하여, 오히려 논증이 좀 더 정치한 구분이나 범주에 의해 보충될 필요가 있다는 것이다. 그래서 툴민은 많은 상이한 것들을 대전제 속에 포괄하고, 다양한 논증들을 연역 논증과 귀납 논증으로 단순히 분류해온 기존의 형식논리학에 대항하여, 논리의 혁신과 개선을 모색한다.

4. 논증 이론의 재구성–제임스 크로스화이트

제임스 크로스화이트는 미국 오리건 대학 영문과 교수이며, 캘리포니아 대학과 오리건 대학에서 철학 및 글쓰기 프로그램을 연구하고 지도해 왔다. 그는 『이성의 수사학–글쓰기와 논증의 매력』(1996)에서 전통적 형이상학 이후의 대안으로 메타철학으로서의 수사학의 위상을 정립하려 한다. 기존의 철학과 수사학의 위계질서를 허무는 철학적 수사학을 제안하는 그의 작업은 철학 및 수사학 전통에 대한 오래된 통찰을 되살리면서 이루어진다. 이 과정에서 그는 소크라테스(Socrates), 플라톤(Ploto), 아리스토텔레스 등의 희랍 철학자로부터 데카르트(R. Descartes), 베이컨

(F. Bacon), 칸트(Kant) 등의 근대 철학자와 니체(F. Nietzsche), 하이데거(M. Heidegger), 메를로－퐁티(M. Merleau-Ponty), 레비나스(E. Levinas), 데리다(J. Derrida), 하버마스(J. Habermas), 가다머(H. G. Gadamer), 리쾨르(P. Ricoeur) 등의 현대 철학자에 이르기까지 광범위한 영역에 걸쳐 철학적 사유들을 검토하고 평가한다. 그리고 비트겐슈타인, 오스틴(J. L. Austin)뿐만 아니라, 카임 페렐만과 루시 올브레히츠－티테카, 스티븐 툴민, 스탠리 카벨(Stanley Cavell) 등을 위시하여 현대적 언어철학자 및 수사학자들의 이론을 검토하고 평가하면서 수사학의 새로운 위상을 점검하고 있다. 크로스화이트는 페렐만과 티테카의 성과를 직접적으로 계승하고 고대에서 현대에 이르는 광범위한 영역의 철학, 언어학, 논리학, 윤리학, 정치학 등을 비판적으로 검토하면서 '신수사학'의 존재 방식과 근거를 제시한다.

크로스화이트의 주된 목적은 논증 행위의 이론을 재구성하여 이성을 긍정하는 것이다. 최근의 포스트모던적 비판에 맞서 이성과 논증적 합리성을 옹호하려는 이 시도는, 그러나 특이하게도 철학적 전통에 대한 포스트모던적 비판을 수용하면서 시작된다. 전통 철학이 지닌 '동일성의 사유'와 포스트모더니즘이 지닌 '차이의 사유'로부터 동시에 비판적 거리를 유지하면서 논리학이 아니라 수사학, 형이상학적 기준이 아니라 실용주의적 관점에서 논증 행위의 이론을 재구성하는 것이다. 이 책을 관통하고 있는 또 하나의 중요한 입장은 메타철학으로서의 수사학을 교육과 긴밀히 연결시키는 것이다. 크로스화이트는 이 책의 일차적인 독자로 글쓰기를 가르치는 교사들을 상정하고, 부차적인 독자로 철학자, 비판적 사고를 가르치는 교사, 의사소통 이론가, 교육 행정 책임자를 상정한다. 새로운 수사학의 의미와 근거를 검토하는 것은 그것이 지닌 학제적(interdisciplinary) 특성을 확인하여 전문화되고 파편화되어

가는 학문 분야들 사이에 연결 통로를 마련하는 동시에, 글쓰기 교육을 중심으로 한 문어적 추론 교육의 열악한 환경을 개선하고자 하는 교육적 의도와도 밀접히 관련되는 것이다.

『이성의 수사학』[17]에서 크로스화이트는 '철학의 종말과 수사학의 부활'이라는 테마로 이성의 수사학이 등장하게 된 철학적 상황을 기술한다. 하이데거와 데리다에 대한 철학적 논의를 통해 현대철학의 상황을 묘사하고, 수사학적 이론이 현대철학에 대한 일종의 응답이자 성취라는 것을 보여준다. 지식을 통해 주체와 객체 사이의 간극을 메우는 방식은 데카르트에 의해 '방법(method)'이라는 용어로 중요하게 취급되어 왔다. 데카르트의 사유에 근거한 근대적 방법에 대한 체계적인 대응은 하이데거의 『존재와 시간』에서 이루어진다. 그는 근대성의 주체 / 객체 존재론을 무력화하기 위해 철학 이전의 경험 속에서 자신을 드러내는 존재를 '세계－내－존재(In-der-Welt-Sein)'라 부른다. 하이데거가 '세계'라고 말할 때, 그것이 의미하는 것은 거미줄처럼 서로 얽혀있는 실체들의 전체적인 망(網)이다. 실체들 사이의 이런 연관을 하이데거는 '지시 연관' 혹은 '의미 작용'이라고 부르는데, 이러한 지시 연관 속에서 언어가 발생한다. 언어를 이렇게 이해할 때, 우리는 더 이상 언어를 '일치', '반영', '매개'로서가 아니라 세계－내－존재의 분명한 '발화'로 간주할 수 있다. 따라서 지식은 더 이상 독립적으로 이해 가능한 자기 충족적인 존재자들에 대한 것으로 이해될 수 없고, 언어는 더 이상 그러한 지식의 '전달'이나 '표현'으로 이해될 수 없다.

크로스화이트는 하이데거 이후의 사유로서 해체주의(deconstruction)를 주목하고 데리다의 이론과 대면함으로써, 논증의 수사학과 해체주

17 제임스 크로스화이트, 졸역, 『이성의 수사학』, 고려대 출판부, 2001.

의가 가진 공통점과 차이점을 규명한다. 크로스화이트에 의하면, 철학적 이성의 수사학과 해체주의가 공유하는 가장 중요한 공통점은 기표와 기의 사이의 절대적인 형이상학적 구분을 거부한다는 점이다. 해체주의도 철학적 수사학 이론도 이성 및 이해 가능성의 근거를 무한한 논리적 사고에 두지 않는다. 한편 이성의 수사학과 해체주의 사이의 차이점은 첫째, 수사학은 때때로 행위자(agent) 및 의도(intention)라는 개념에 의존하는데, 해체주의는 이런 개념들을 말소하려 한다. 둘째, 텍스트 허물기 혹은 기생적 실천으로서 해체가 하나의 의심의 실천인데 반해, 논증의 수사학은 차이를 존중하는 의사소통 행위를 통해 사회적 합의를 지향한다는 점이다. 좀 더 구체적인 맥락에서 크로스화이트는 데리다의 「징후, 사건, 맥락」을 텍스트 삼아 다음과 같은 두 가지 문제를 제기한다. 첫째, 그는 데리다가 주장한 글쓰기의 특징인 '반복 가능성(iterability)'에 대해 의문을 제기한다.[18] 둘째, 그는 해체주의의 근본적이고 집요한 회의주의에 대해 의문을 제기한다.[19]

---

18 '반복 가능성'은 글쓰기가 그 자신을 끊임없이 초월하며 어딘가 다른 곳에서 언젠가 다른 때에 의미가 있게 될 것을 암묵적으로 주장하고 있기 때문에, 의미는 끊임없이 지연된다는 개념이다. 크로스화이트는 데리다가 의식이나 현존의 의사소통적 지평과 단절해야 한다는 주장에 대해 비판한다. 수사학은 의사소통을 행위로 이해하며, 따라서 화행이론(speech-act theory)과 관련된다. 언어 행위나 논증 행위에서 주장을 한다는 것은 누군가에 대하여 행위를 취하는 것이며, 누군가로 하여금 특정한 방식으로 세계를 경험하도록 이끄는 것이다. 크로스화이트는 데리다가 언어 행위자의 부재에 대하여 과장하고 있다고 비판하는 것이다. 수사학 이론은 우리가 언어 행위를 하기 전에 상당히 많은 부분이 이미 결정되어 있다는 것을 인정하지만, 사물에 대한 수사학적 관점에서 인간의 행위가 없이는 글쓰기가 없다는 점을 또한 주장한다(위의 책, 17~19면 참고).

19 데리다는 「징후, 사건, 맥락」에서 『말과 행위』에서 보여준 오스틴의 이론이 의사소통의 성공에 지나친 관심을 갖는다고 비판한다. 오스틴의 초점은 담화 행위에서 부정적인 것에 대한 체계적인 배제, 즉 실패를 배제한다는 것이다. 데리다는 오히려 실패의 가능성이 언어 행위의 구조가 갖는 근본적인 특징이라고 주장한다. 이러한 회의주의적 입장은 오스틴의 '일상성(the ordinary)' 개념에 대한 부정에서 강하게 나타난다. 오스틴의 일상성 개념이야말로 의사소통이 대체로 성공적으로 경험되는 맥락

이러한 입장에 기초하여 크로스화이트는 '주장하기', '질문하기', '갈등'이라는 세 항목을 중심으로 논증 행위의 이론을 재구성한다. 이 이론은 크게 보아 대화적인 논증에 의존하며, 의사소통으로서의 이성에 대한 이론을 정교히 다듬는 것이라고 할 수 있다. 크로스화이트는 명제에 대한 전통적인 이론의 대체물로서 '주장하기'의 이론을 발전시킨다. 그는 하버마스,[20] 레비나스,[21] 스탠리 카벨[22] 등이 제시한 윤리적 현실성을 수용하여 이 이론을 정교화시킨다. 크로스화이트는 주장을 담화 행위와 그 동기에 연결되는 것으로 이해하고, 나아가 담화 행위를 이것들이 주장으로 드러나게 하는 윤리적 · 사회적 · 정치적 · 역사적인 맥락에

에 대한 개념이기 때문이다. 이에 대한 크로스화이트의 대답은 의사소통이 실패가 없는 완벽한 성공은 아니지만 그럼에도 불구하고 하나의 성공이라는 것이다. 의사소통 행위를 어느 정도 성공적인 것이라고 생각할 가능성은 바람직한 가능성일 뿐만 아니라, 이것이 없이는 의사소통 행위를 진행시키기가 매우 어려워질 가능성이라는 것이다(위의 책, 20~27면 참고).

20 하버마스의 '타당성 주장(validity claims)' – 위르겐 하버마스는 담화 행위가 함축적인 타당성 주장을 하는 것으로 이해되지 않는다면 본질적으로 이해될 수 없다고 믿는다. 그는 네 가지 다른 종류의 타당성 주장, 즉 성실성(sincerity), 진실성(truth), 정당성(rightness), 명료성(intelligibility)을 제시하며, 다양한 종류의 담화 행위, 즉 표현 · 진술 · 평가를 구별하는 하나의 방식으로서 그들의 구분을 강조한다(위의 책, 59~65면 참고).

21 레비나스의 '근접성', '말해진 것(the said)'에 의해 폐쇄된 '말하기(the saying)'의 회복– 레비나스의 사유는 존재론보다 윤리학에 우선권을 둔다. 그는 존재와 인식을 저도 모르게 영향을 받는 것, 즉 타인에 대한 '근접성'으로부터 유래하는 것으로 본다. 그리고 '근접성'을 타자에 대한 나의 책임감의 어떤 양식, 어떤 질문에도 선행하는 응답, '말해진 것' 이전의 '말하기'로 이해한다. 이는 질문하는 행위 그 자체에 질문하는 동기가 있다는 생각과 관련되며, '말하기'를 이웃에 대해 응답하는 책임감의 양식, 즉 자신과 연루된 사람들에 대하여 책임을 맡는 일이라고 생각하는 것이다(위의 책, 70~79면 참고).

22 스탠리 카벨의 '승인(acknowledgement)' – 스탠리 카벨의 '승인'으로서의 지식은 자신을 위한 책임감의 양식이고, 다른 사람과의 관계의 자백이며 인식이다. 그래서 지식은 실천적인 용어이며 윤리적인 용어이다. 카벨은 셰익스피어에 대한 비평에서 코딜리어를 '부인'한 리어왕의 광기(『리어왕』)와, 허마이오니와 아들을 '부인'한 레온테스의 의심(『겨울 이야기』)이 아이와 부인을 '승인'하는 데 실패하고, 그 결과 자신을 아버지나 남편으로 '승인'하는 것에 실패하는 데서 오는 회의주의의 경우를 보여준다고 설명한다(위의 책, 79~86면 참고).

연결되는 것으로 간주한다. 기존의 논리학 이론들이 명제를 주장하기로 인식하지 못하고, 주장이 응답과 비판에 대한 암묵적인 요청이라는 사실을 부정함으로써, 윤리적 · 사회적 · 철학적 맥락에서 논증 이론을 위치지우는 데 실패했다고 비판하는 것이다. 주장하는 행위의 윤리적 측면에 주목하는 크로스화이트의 문제의식은, 질문자의 역할 및 윤리적 측면을 조명하여 그것을 의사소통 행위로 이해하는 '질문하기' 이론으로 연결된다. '주장하기'와 '질문하기'는 다 같이 논증 행위를 요청 및 응답이라는 일반적 실행에 속하는 특별한 형태로 파악한다. 주장 · 질문 · 이유는 논리적 암호가 아니라, 복잡한 윤리적 특징을 가진 의사소통 행위로 이해된다. 크로스화이트는 미셸 메이에르(Michel Meyer)의 문제학(problematology)을 참고하면서 대답들, 즉 주장에 뒤따르는 어떤 질문에 대한 응답으로서 이유들에 대해 논의한다.[23] 주장과 질문은 서로 논리적인 관계를 가지며 서로 의지한다. 논증 과정에는 어떤 주장에 대해 제시될 수 있는 다양한 종류의 응답이 있는데, 이유에 대한 요구, 명료화에 대한 요구, 반대 요구가 가장 대표적인 것이다. '갈등'은 '주장하기'와 '질문하기'의 역할에 대한 결과로서, 논증이 일종의 사회적 갈등이라는 사실을 제시한다. 논증적 의사소통이 갈등이 되는 이유 중의 하나는 주장의 역할과 관련이 있다. 잠재된 갈등은 누군가가 상반된 반대 주장을 하거나 직접 주장에 도전할 때 현실화된다. 정당화를 위한 요구 또한 일종의 사회적 갈등이다. 이러한 전제하에서 크로스화이트는 논증

23 크로스화이트는 메이에르의 이론을 소개하면서, 한편으로 질문이 주장 및 주장하기라는 현상을 무시한다는 점에서 문제를 제기한다. 명제들은 언제나 질문에 대한 대답들이라는 의견에 동의하지만, 우리는 언제나 질문을 하기 전에 대답을 듣게 된다는 것이다. 메이에르가 명제에 대한 추론에 있어서 근본적인 질문이 이미 이루어졌으며 우리의 과제는 그것을 발견하는 데 있다고 믿는 것과 달리, 크로스화이트는 우리 자신이야말로 중요한 질문자, 즉 새롭게 나타나는 청중을 대표하는 질문자라고 믿는다(위의 책, 96~99면 참고).

적 추론에서 두드러지는 '갈등'을 그 당사자들, 초점, 강도, 수준, 수단, 목적 등의 다양한 차원으로 규명하면서, '갈등'이 이성과 논증의 정신이요 생명이라는 자신의 핵심적인 주장을 전개한다.[24] 논증 행위를 갈등의 관점으로 보는 것은 이성의 수사학의 목표 중 하나인, 사회적 갈등을 비폭력적으로 해결하고 다양한 차이들과 주장들을 합의로 이끄는 데 전제가 된다.

이어서 크로스화이트는 '청중', '오류', '이데올로기'의 문제를 중심으로 논증 행위의 타당성을 평가하는 수사학적 방법을 제시한다. 여기서 그는 "논증의 척도는 청중이다"라는 카임 페렐만의 주장을 받아들이고 이를 더 정교히 재구성한다. 특정 청중과 보편 청중, 모범 청중과 비확정적 보편 청중, 낯선 청중 등의 개념을 구분함으로써, 청중을 통한 논증의 평가로서 보편성과 합리성 이론의 수용에 나타나는 주된 특성을 서술하고, 실용주의적인 논증 행위의 수사학 이론이 오류 이론에 어떻게 기여하는지 보여준다.[25] 그리고 논증 행위 자체에 대한 평가로서, 논

24 크로스화이트는 논증의 배치에 대한 스티븐 툴민의 모델을 소개하면서, 그것이 사실은 논증에 대한 해석적 모델이기보다는, 논증에서 갈등을 추적하고 하나의 결론에 도달하는 정당화의 수준을 보여주는 것이라고 평가한다. 그리고 툴민이 마치 논증이 형식적으로 평가될 수 있는 것처럼, 즉 내적인 관계의 관점에서 평가되는 방법을 원하며, 이상화된 청중이 제도적으로 규정된 인물이라는 사실에 대해 의심하지 않는다고 비판한다. 크로스화이트는 툴민이 자신의 모델을 논증을 분석하고 평가하기 위한 중립적 도구로 간주하지만, 완전히 탈맥락화된 형식적이고 보편적인 모델은 있을 수 없으며, 따라서 여기에 청중에 대한 이론이 보충되어야 한다고 보는 것이다(위의 책, 150~153면 참고).

25 크로스화이트에 의하면, 단순히 효과적인 논증은 특정 청중에게만 성공을 거두는 논증인데 반해, 타당한 논증은 보편 청중의 동의를 얻는 논증을 의미한다. 오류 논증은 보편 청중을 설득하는 것처럼 보이면서도 실은 특정 청중만을 설득하는 논증이다. 크로스화이트는 수사학적 접근에서 보편성은 언제나 정도의 문제이며, 따라서 모범 청중, 혹은 비확정적 보편 청중에 의해 판단된다고 본다. 그리고 어떤 의미에서 근본적인 발견은 기존의 확립된 의견에 동의하지 않는 낯선 청중을 통해 이루어진다고 지적한다(위의 책, 167~238면 참고).

증 행위의 이론과 실천에 수반되는 이데올로기적 측면 및 성차(gender)의 쟁점에 대해 질문하고 대답한다. 논증 행위는 항상 이데올로기를 수반한다. 역사적 · 사회적 · 정치적 배경과 맥락으로부터 완전히 자유로운 논증은 있을 수 없기 때문이다. 이성의 수사학은 보편 청중 및 모범 청중의 개념을 합의에 대한 열망, 즉 갈등하는 집단을 평화로운 방식으로 화해시키려는 희망으로 해석한다. 따라서 논증 행위의 이데올로기적 한계를 이해하는 하나의 방법은 일치와 합의에 특권을 부여하는 논증 행위를 검토하는 것이다. 크로스화이트는 이렇게 재구성된 논증 행위의 이론을 역사적 맥락에서 자리매김하고, 일반적으로 탐구하고 조사하는 것과 논증 행위의 관계를 제시한다. 그리고 이것과 고등교육 특히 글쓰기 교육을 위한 이론과의 연계성을 발전시킨다.

이러한 방대한 작업을 통해 제임스 크로스화이트가 제안하는 이성의 수사학은 포스트모던 이론이 제시하는 차이에 의존하면서 그것을 현실주의적이고 윤리적인 틀 안에서 자리매김함으로써, 현대철학 및 글쓰기 교육이 봉착하고 있는 위기로부터 벗어나 희망을 발견하려는 시도를 보여준다. 갈등을 이용하여 학습과 탐구를 수행하고 변화와 새로움을 추구하는 논증 행위의 이론을 제안함으로써, 그는 우리 시대의 지적 · 문화적 · 교육적 환경에 개입하는 강력한 윤리적인 목소리를 들려준다.

5. 통합적 수사학, 혹은 대화적 맥락의 비평—김인환

이상에서 살펴본 카임 페렐만, 스티븐 툴민, 제임스 크로스화이트 등의 '논증의 수사학'과 '현대문학비평'의 관련성을 고찰하는 것이 이 글의 목적 중 하나이다. 우리는 한국 현대문학 연구 및 비평에서 이러한 관점과 관련된 중요한 업적들 중 하나로서 김인환의 문학비평을 들 수 있다. 김인환은 『주역』과 '동학'에서 『자본론』과 '정신분석학' 및 '구조주의 언어학'에 이르는 동서고금의 철학・역사・언어학・정치경제학・심리학・사회학 등을 아우르는 해박한 지식을 바탕으로, 문학의 원리론으로서 '문학이론'(『비평의 원리』)과 단계론으로서 '문학사'(『기억의 계단』)와 현상 분석으로서 '현장 비평'(『다른 미래를 위하여』)의 세 영역을 횡단하는 광범위하면서도 깊이 있는 비평 세계를 추구해 왔다. 따라서 그의 비평 세계에 접근하는 다양한 길과 방법이 있을 수 있지만, 이 글에서는 수사학적 측면에서 그의 비평 세계를 고찰하고자 한다. 김인환은 수사학과 관련된 의사소통 이론 및 화용론적 언어학을 문학 연구 및 비평에 접목시켜 독자적인 관점을 창안하는 중요한 성과를 보여준다. 이와 관련하여 우리는 그의 저서들 중 『언어학과 문학』(개정판, 2008)을 중심으로 몇 가지 특징적인 관점을 추출하여 살펴보기로 한다.

> 창작은 작가가 전형을 사용하여 독자와 의사를 소통하는 행위이다. 전형에는 시대와 독자에 대한 작가의 기대가 포함되어 있고, 사회와 문학에 대한 독자의 기대도 포함되어 있다. 운율과 비유, 구성과 문체 같은 문학 층위와 욕망과 언어, 노동과 실천 같은 정치 층위가 서로 전경이 되거나 배경이 되면서 기대의 내용을 규정하고 있다.[26]

김인환은 창작을 작가와 독자 사이의 의사소통 행위로 정의한다. 그리고 작가와 독자는 독립적인 위치가 아니라 시대와 사회, 그리고 그 상호 관계에 있어서 긴밀히 연루되어 있다고 본다. 이 관점은 화자와 청자 사이의 의사소통과 그 배경 및 맥락을 중시하는 '논증의 수사학'의 주요 관점과 일맥상통한다. 김인환은 의사소통과 그 맥락을 고찰함에 있어 문학 텍스트 자체의 매개 항을 중시하는데, 이것이 바로 '전형'이다. 전형을 통해 작가의 기대와 독자의 기대가 개입됨으로써, 문학작품은 텍스트의 층위와 사회역사적 층위를 함께 포함하게 되는 것이다. "문학 층위"를 이루는 "운율과 비유, 구성과 문체"는 넓은 의미로 '문채의 수사학'의 영역에 해당하지만, 중요한 것은 이 영역과 "정치 층위"를 이루는 "욕망과 언어, 노동과 실천"이 이분법적으로 구분되지 않고 상호 연관되어 있다는 점이다. "서로 전경이 되거나 배경이 되면서 기대의 내용을 규정하고 있다"라는 문장이 이를 나타낸다.

결국 김인환의 문학비평은 '문채의 수사학'과 '논증의 수사학'을 상호 결합하는 '통합적 수사학'의 관점을 확보하고 있다. 그리고 인용문을 통해 유추할 수 있는 또 하나의 중요한 요소는, 김인환의 관점이 텍스트 해석 및 평가라는 비평의 차원에만 국한되지 않고 창작과 비평 양쪽 모두에 적용되는 문학의 원리를 규명한다는 점이다. 이 관점은 김인환의 연구가 '화자(작가)' 중심의 수사학과 '청자(독자)' 중심의 수사학을 연결시키고 종합하는 '통합적 수사학'을 지향하고 있음을 확인시킨다.

> 문법 범주는 인류의 모든 언어에 두루 해당되는 언어 내재적 규칙이다. 문법 범주 가운데 중요한 항목들로서 우리는 인칭과 격과 시상과 서법을

---

26 김인환, 『언어학과 문학』(개정판), 작가, 2008, 20면.

들 수 있다. (…중략…) 1인칭 서술이란 용어에서 보듯이 인칭은 소설의 방법을 선택하는 척도들 가운데 하나이다. 소설을 쓰려고 할 때 작가는 1인칭 서술, 작가 주석 서술, 인물 시각 서술, 객관 중립 서술, 자유 간접 화법(작가 음성과 인물 음성의 혼합), 자유 직접 화법(발화되지 않은 의식류의 기록) 중에서 하나를 선택해야 한다.[27]

인용문에서 김인환은 언어 내재적 규칙인 문법 범주를 서술 관점과 연관시켜 소설의 방법을 탐구한다. 그는 문법 범주 가운데 중요한 항목으로 인칭・격・시상・서법을 들고, 그 각각에 있어서 소설의 서술 방식과 관련시킨다. 화자와 청자와 그 밖의 사람을 구별하는 범주인 '인칭'은, 소설에서 "1인칭 서술, 작가 주석 서술, 인물 시각 서술, 객관 중립 서술, 자유 간접 화법(작가 음성과 인물 음성의 혼합), 자유 직접 화법(발화되지 않은 의식류의 기록)"이라는 상이한 서술 관점으로 나타난다. 김인환에 의하면, 격은 낱말이 문장 중에서 차지하는 직능의 차이를 구별하는 범주인데, 작가 주석 서술이 주격 서술이고 객관 중립 서술이 대격 서술이라면, 대격 속의 주격 소설 또는 주격 속의 대격 서술이라고 할 수 있는 것이 인물 시각 서술이다. 시상은 '과거－현재－미래'의 세 시제와 '지속－완료'의 두 상(相)을 지칭한다. 작가 주석 서술에서 시간은 작가가 의식하는 시간이고, 인물 시각 서술에서 시간은 인물이 의식하는 시간이며, 객관 중립 서술에서 시간은 보이지 않는 화자가 의식하는 시간이다. 화자의 심적 태도를 구별하는 범주인 서법은 객관적 사실을 객관적으로 진술하는 서실법(敍實法)과, 주관적 생각을 주관적으로 표현하는 서상법(敍想法)으로 구분되는데, 사실의 서술이 아니고 상념의

27 위의 책, 36～38면.

서술이라는 점에서 서상법은 허구의 서술인 소설의 양식과 상통한다.

이처럼 언어학의 기본 범주인 인칭·격·시상·서법을 소설의 서술 관점과 연관시켜 문학 창작과 비평에 두루 해당되는 상수(常數)적 측면을 탐구한다는 점에서, 김인환의 관점은 기본적으로 '언어학적 수사학'의 방법을 활용한다고 볼 수 있다. 그런데 그 핵심 항목인 인칭·격·시상·서법 등은 다양한 층위에서 '화자', '청자', '그 밖의 사람', 혹은 '작가', '등장인물', '보이지 않는 화자' 사이에서 형성되는 '직능', '시간', '양상', '주관', '객관' 등의 상황적 맥락을 적극적으로 고려한다는 점에서, '화용론적 언어학' 및 '의사소통적 수사학'의 관점과 상통하는 측면을 가진다. 이런 차원에서 인용문은 '문채의 수사학'과 '논증의 수사학'을 상호 결합하는 '통합적 수사학'을 문학비평에 구체적으로 적용한 사례로 이해될 수 있을 것이다.

> 책의 세부를 수동적으로 경험하는 능력과 문화적 맥락을 종합하는 능력은 늘 함께 결합되어 있다.
>
> 한 권의 책을 정밀하게 읽어서 그것의 밑바닥에 있는 의미를 해석하는 방법은 책의 다양한 의미를 제한하게 된다. 의미는 책의 밑에 있는 것이 아니라 책들이 다른 책들과 맺는 무수한 관계 안에 있는 것이다. 책들과 책들의 사이에서 이루어지는 관계들의 결을 파악하려면 깊이의 비전 대신에 옆으로 보는 비전을 따라가야 한다. 측면의 독서만이 맥락을 구성할 수 있기 때문이다.[28]

김인환은 독서의 방법을 언급하면서 '세부의 독서'와 '맥락의 독서'를 강조한다. 세부를 중시하는 동시에 상호 텍스트성에 근거한 "관계들의

28 위의 책, 124면.

결”과 ‘측면의 비전’을 중시한다는 점에서, 김인환의 관점은 문학 텍스트의 내재적 탐구인 ‘문채의 수사학’뿐만 아니라 텍스트를 둘러싸고 있는 관계와 맥락을 중시하는 ‘논증의 수사학’과 연관성을 가진다고 볼 수 있다. 상호 텍스트성에 근거한 관계와 맥락에 대한 관심은 ‘의사소통 이론’과 ‘화용론적 언어학’ 및 ‘메타철학적 수사학’에서 중요한 탐구의 영역이기 때문이다.

이처럼 규칙의 체계로 환원할 수 없는 관계나 맥락을 탐색하는 관점은, 문학의 내재적 형식(운율과 비유, 구성과 문체)에 주목하면서 그 존재론을 심리 비평(정신분석학)과 사회 비평(정치경제학)으로까지 연결시키고, 문학성(문체, 장르)을 사회성 및 역사성과 함께 고려하여 계보학적 문학사를 엮어내는, 김인환 특유의 ‘대화적 맥락의 비평’ 방식과도 긴밀히 관련되는 듯이 보인다. 결국 카임 페렐만, 스티븐 툴민, 제임스 크로스화이트 등의 ‘논증의 수사학’과 비교할 때, 김인환의 문학비평적 관점은 ‘문채의 수사학’과 ‘논증의 수사학’을 결합하고, ‘화자 중심의 수사학’과 ‘청자 중심의 수사학’을 결합하며, 텍스트와 텍스트를 상호 침투시키는, ‘통합적 수사학’의 관점을 문학 연구 및 비평에 긴밀히 접목시킨다고 볼 수 있을 것이다.

6. 맺음말

페렐만과 티테카의 ‘논증의 수사학’이 지닌 의의는 전통적인 형이상학 이후의 대안으로 메타철학으로서의 수사학의 위상을 정립하는 데 있다. 특히 페렐만의 작업은 청중의 중요성, 논증적 상호작용에서의 전제와 일치점의 기본 특성, 논증에 표지를 세우는 공론과 같은 요소들을 강조한다는 점에서, 논증 이론 및 담화 분석에 핵심적인 틀을 제공한다. 청중을 고려하는 논증 행위를 통해 차이를 존중하면서 합의에 이르는 의사소통의 가능성을 열어놓음으로써, 현대철학과 수사학이 도외시하는 사회적 비평을 가능케 하는 것이다. 수사학의 측면에서 페렐만의 논증 이론은 '청자 중심의 의사소통 이론'이라고 볼 수 있다. 이 관점은 은유・환유・제유라는 '표현'의 측면으로 축소되어온 수사학의 관심을 '화자－표현－청자(청중)'이라는 의사소통의 관계망으로 확장하고, 그 복잡하고 다양한 맥락을 검토하면서 논증 행위의 윤리적 측면까지 고려한다는 점에서 주목을 요한다.

스티븐 툴민의 '논증의 수사학'이 지닌 의의는 현대 논리학의 형식적 발전에 의해 와해된 아리스토텔레스식 정의와 질문과 의도를 재생하여 합리적인 결론에 도달하는 절차를 분석하는 데 있다. 툴민은 논증이 사용되는 구체적인 맥락에 주목함으로써 형식논리학의 불충분함을 비판하고자 한다. 논증의 복합적인 성격을 고려하기 위해 '영역(field)' 개념을 도입하고, 양태적 용어들이 실천적 논증의 과정에서 수행하는 실질적 기능이 무엇인지 명백하게 제시하려는 것이다. 그리고 논증 과정에서 발생하는 명제들의 기능을 밝히고, 그 논증에 대항하는 비판들에게 어떻게 적절한 논증을 제시하고 분석하는지를 규명한다. 수사학의 측면에서 툴민의 논증 이론은 '화자 중심의 화용론적 언어학'이라고 볼 수 있다. 이는 화자가 주장했고, 상대방이 의심하는 단언에 화자가 정당화를 가져오는 기술을 특징짓는 것이다. 이 관점은 언술의 구체적인 맥락과 실제로 작동하는 방식에 주목함으로써, 주장과 근거, 근거에 대한 이유와 이유에 대한 지지, 자격과 반박 등의 정당화 절차에 대해 구체적으로 검증한다는 점에서 주목할 필요가 있다.

제임스 크로스화이트의 '메타철학적 수사학'은 페렐만 · 티테카의 '청자 중심의 의사소통 이론'과 비트겐슈타인 · 오스틴 · 스티븐 툴민 등의 '화자 중심의 화용론적 언어학'을 종합적으로 수용하면서 논증 행위 이론을 재구성하는 것으로 볼 수 있다. '주장하기'와 '질문하기', '갈등'과 '청중'을 중심으로 재구성한 논증 행위의 이론은 차이와 갈등을 이용하여 탐구를 수행하고 사회적 합의에 도달하려 한다. 그리하여 이성의 수사학은 차이로부터 발생하는 갈등을 비폭력적으로 해결하는 가능성을 강화하고, 공준이 무너지고 있는 사회적 · 문화적 현실 속에서 사회비평의 가능성을 옹호하며, 고등교육의 목적에 대한 신뢰할 만한 설명을 제시한다.

김인환은 수사학과 관련된 의사소통 이론 및 화용론적 언어학을 문학 연구 및 비평에 접목시켜 독자적인 관점을 창안하는 중요한 성과를 보여준다. 그의 문학비평은 '문채의 수사학'과 '논증의 수사학'을 상호 결합하는 '통합적 수사학'의 관점을 확보하고, 창작과 비평 양쪽 모두에 적용되는 문학의 원리를 규명한다 언어학의 기본 범주인 인칭 · 격 · 시상 · 서법을 소설의 서술 관점과 연관시켜 문학 창작과 비평의 상수(常數)적 측면을 탐구한다는 점에서, 김인환의 관점은 '언어학적 수사학'의 방법을 적극 활용한다. 여기서 인칭 · 격 · 시상 · 서법은 다양한 층위에서 '화자—청자—그 밖의 사람' 사이에서 형성되는 '기능', '시간', '상태', '주관', '객관' 등의 상황적 맥락을 고려한다는 점에서, '화용론적 언어학' 및 '의사소통적 수사학'의 맥락을 함축하고 있다. '세부의 독서'와 '맥락의 독서'를 강조하는 김인환의 독서의 방법은 상호 텍스트성에 근거한 관계와 맥락에 대한 관심이라는 측면에서 '의사소통 이론'과 '화용론적 언어학' 및 '메타철학적 수사학'과 내밀한 관련성을 보여준다. 결국 김인환의 문학비평적 관점은 '문채의 수사학'과 '논증의 수사학'을 결합하고, '화자 중심의 수사학'과 '청자 중심의 수사학'을 결합하며, 텍스트와 텍스트를 상호 침투시키는, '통합적 수사학'의 관점을 문학 연구 및 비평에 긴밀히 접목시킨다고 볼 수 있을 것이다.

이상에서 살펴본 카임 페렐만, 스티븐 툴민, 제임스 크로스화이트 등을 비롯한 '논증의 수사학'과 김인환의 '대화적 맥락의 비평'을 참고하여 '논증의 수사학'과 연관된 문학비평의 방법론을 지속적으로 모색한다면, 우리는 다음과 같은 학문적 · 비평적 기여를 예상할 수 있을 것이다.

첫째, '논증의 수사학'과 관련된 문학비평은 문체 · 문채 · 전의 등 '표현' 중심의 수사학, 즉 '문채의 수사학'과 관련된 문학비평과 상호 보완성을 추구할 수 있다. 문학작품 자체의 '표현의 영역'인 문채 및 기법을 중심으로 분석하는 내재적 접근 방식을 '작가-독자-사회' 혹은 '숨은 화자-표면 화자-내포 청자-표면 청자' 등의 '논증의 영역', 즉 의사소통의 관계망으로 확대된 접근 방식과 결부시킴으로써 비평의 전체성에 도달할 수 있다. 다시 말해, 주장하기 · 질문하기 · 청중 · 갈등 등을 중심으로 의사소통의 과정에 주목하는 '논증의 수사학'을 통해, 작품 자체에 대한 정밀한 분석을 수행하는 내재비평, 혹은 미시비평의 방식에 의사소통의 맥락과 관계망을 폭넓게 고려하는 맥락의 비평 혹은 횡단적 비평의 방식을 결부시킴으로써, 이분법적으로 양분된 현대문학비평의 문제점을 극복하는 데 기여할 수 있다.

둘째, 의사소통의 관계망에서 도출되는 다양한 맥락을 검토함으로써, 문학비평이 텍스트의 작품성뿐만 아니라 그것이 지닌 윤리성과 사회성을 깊이 사유하는 계기를 마련해 줄 수 있다. 즉 문학작품 자체 혹은 텍스트에 대한 내재적 분석 방법을 시도하는 문학비평이 윤리적 · 사회적 관점과도 상호 소통하는 지위를 획득하는 데 도움을 줄 수 있다.

셋째, 갈등을 이용하여 학습과 탐구를 수행하고, 오류 · 이데올로기 · 성차 등의 문제를 수사학적 방법으로 사유하는 '논증의 수사학'은 현대문학 연구 및 비평이 직면하고 있는 새로운 문제 영역, 즉 현대성과 미적 현대성, 자기 동일성과 타자성, 이데올로기, 탈식민주의, 페미니즘, 생태환경 문제, 다문화주의 등의 문제에 접근하는 데에도 중요한 시사점을 제공한다.

넷째, 이러한 연구의 결과는 교육적 측면에도 효율적으로 적용될 수 있다. 즉 '논증의 수사학'을 문학비평의 방법론뿐만 아니라 문학 교육의 방법론으로 적극 활용함으로써, 초등 · 중등 · 고등 교육에 있어서 논증 행위에 근거한 의사소통을 통해 문학 교육의 새로운 관점을 확보할 수 있다. 그리하여 '논증의 수사학'과 관련된 문학 교육은 차이로부터 발생하는 갈등을 비폭력적으로 해결하는 가능성을 강화하고, 공준이 무너지고 있는 사회적 · 문화적 현실 속에서 사회비평의 가능성을 옹호하며, 초등 · 중등 · 고등 교육의 목적에 대한 신뢰할 만한 근거를 제시할 수 있을 것이다.

제2부

문학비평과 수사학

제1장

발터 벤야민의 언어철학

미메시스를 중심으로

1. 머리말

이 글은 한국 현대문학 연구 및 비평을 심층적으로 진행할 수 있는 기초를 마련하기 위해, 발터 벤야민의 언어철학을 '미메시스' 개념을 중심으로 고찰하고자 한다.

발터 벤야민(Walter Benjamin, 1892~1940)의 사유는 철학 · 미학 · 문예학 · 역사학 · 정신분석학 등과 같은 인문학은 물론 정치학 · 사회학 · 매체학 등의 사회과학에까지 광범위한 영향을 끼쳐 왔으며, 한국의 학계와 문학계에서도 활발한 수용이 이루어져 왔다. 특히 벤야민의 언어철학과 문예이론은 꾸준히 관심의 대상이 되면서 한국 현대문학 연구 및 비평에 중요한 자양분을 제공해 왔다. 그동안 벤야민 연구의 중요한 성과들[1]이 축적되어 왔으며, 최근 전개되고 있는 벤야민에 대한 재조명 작업[2]은 그의 이론과 비평에 대한 전반적인 재인식의 계기를 마련해 주고 있다. 이 계기는 우리에게 난해하고 비의(秘義)적이며 때로 모호한 벤야민의 사유를 좀 더 세밀하고 심층적으로 규명하는 과제를 부여한다고 볼 수 있다.

벤야민의 사유가 난해하고 모호한 이유 중의 하나는 그의 사상에 일견 배타적으로 간주되는 '신학적 사유'와 '역사적 유물론'이 공존하는 데 있을 것이다. 그의 사상 초기에는 유대교의 신비주의적 전통, 즉 카발라와 메시아주의에 토대한 신학적・형이상학적 사유가 지배적이며, 후기에는 마르크스・엥겔스・루카치와 같은 사상가들의 영향을 받으며 현대성(modernity)의 문제를 사회정치적 관점으로 진단한 역사적・변증법적 유물론의 사유가 지배적인 것처럼 보인다. 그러나 '신학적 사유'와 '역사적 유물론'은 그의 사상 전반에서 긴밀히 얽혀 있으며, 이 둘 사이

1 벤야민의 사상에 대한 중요한 연구 성과로서 다음과 같은 글들을 들 수 있다. 반성완, 「발터 벤야민의 비평 개념과 예술 개념」, 『발터 벤야민의 문예이론』, 민음사, 1983, 357~388면; 최문규, 「역사성+심미성으로서의 '순간'」, 『(탈)현대성과 문학의 이해』, 민음사, 1996, 139~176면; 최성만, 「언어, 번역, 미메시스－W. 벤야민의 언어철학과 유사성론 고찰」, 『문예미학』 제2호, 문예미학회, 1996, 289~320면; 김영옥, 「벤야민의 역사철학과 미학이론」, 『뷔히너와 현대문학』 제15집, 한국뷔히너학회, 2000, 326~355면; 최문규, 「바로크와 알레고리」, 『뷔히너와 현대문학』 제16집, 한국뷔히너학회, 2001, 1~17면; 김항, 「댄디와 주권－벤야민의 문턱」, 『현대비평과 이론』, 2008년 봄・여름, 91~111면; 윤미애, 「정치와 신학 사이에서 본 벤야민의 매체이론」, 『카프카연구』 제19집, 한국카프카학회, 2008, 63~82면; 하선규, 「벤야민 사유의 몇몇 모티브와 영화에 대한 철학적 비평」, 『현대비평과 이론』, 2008년 봄・여름, 56~90면; 홍준기, 「변증법적 이미지, 알레고리적 이미지, 멜랑콜리 그리고 도시」, 『라캉과 현대정신분석』 제10권 2호, 한국라캉과현대정신분석학회, 2008년 겨울, 27~53면.

2 발터 벤야민, 조형준 역, 『아케이드 프로젝트』 Ⅰ・Ⅱ, 새물결, 2005・2006; 발터 벤야민, 김남시 역, 『모스크바 일기』, 그린비, 2005; 발터 벤야민, 김영옥・윤미애・최성만 역, 『발터 벤야민 선집』 1・2・3・5・6, 길, 2007・2008; 발터 벤야민, 조만영 역, 『독일 비애극의 원천』, 새물결, 2008.

의 매개가 어떻게 이루어지는가는 중요한 쟁점을 형성한다고 볼 수 있다. 벤야민은 그의 마지막 작품으로 알려진 「역사의 개념에 대하여」(1940)의 첫 대목에서 다음과 같이 서술한다.

> 한 자동기계가 있었다고 알려져 있는데, 이 기계는 사람과 장기를 둘 때 이 사람이 어떤 수를 두든 반대 수로 응수하여 언제나 그 판을 이기게끔 고안되었다. 터키 복장을 하고 입에는 수연통(水煙筒)을 문 한 인형이 넓은 책상 위에 놓인 장기판 앞에 앉아 있었다. 거울 장치를 통해 이 책상은 사방으로 훤히 들여다볼 수 있다는 환상을 불러 일으켰다. 실제로는 장기의 명수인 꼽추 난쟁이가 그 속에 들어앉아 그 인형의 손을 끈으로 조종하고 있었다. 사람들은 이 장치에 상응하는 짝을 철학에서 표상해 볼 수 있다. '역사적 유물론'으로 불리는 인형이 늘 이기도록 되어 있다. 그 인형은 오늘날 주지하다시피 왜소하고 흉측해졌으며 어차피 모습을 드러내어서는 안 되는 신학을 자기편으로 고용한다면 어떤 상대와도 겨뤄볼 수 있다.[3]

인용문에서 "인형"과 "꼽추 난쟁이"의 관계는 '역사적 유물론'과 '신학'의 관계를 상징적으로 대변한다. 이를 통해 벤야민이 '역사적 유물론'과 '신학적 사유'의 결합을 당대 현실 및 역사의 현장에서 승리하는 비결로 간주하는 것은 명백하지만, '역사적 유물론'과 '신학' 중 어디에 비중을 두는가는 논란의 여지가 있다. 표면적으로 자동기계가 항상 이기게끔 하는 주동자는 "인형의 손을 끈으로 조종하"는 "꼽추 난쟁이"인 듯하지만, "신학을 자기편으로 고용한다"는 문장은 그 주동자가 "인형"임을 드러내 준다.[4] 다시 말해, 벤야민은 '역사적 유물론'이 '신학'을 자기 것으

---

3 발터 벤야민, 최성만 역, 「역사의 개념에 대하여」, 『발터 벤야민 선집』 5, 길, 2008, 329~330면.

로 만듦으로서만, 즉 자기편으로 이용함으로써만 역사의 승리자가 될 수 있다는 생각을 펴고 있다. 그러나 인용문의 해석 여부를 떠나, 벤야민은 그의 사상 전반에서 '역사적 유물론'과 '신학적 사유'를 긴밀히 결합하려 했으며, 따라서 그 결합 방식과 매개에 대한 고찰이 벤야민의 사유를 이해하는 데 중요한 관건임은 분명한 듯하다.

이 문제에 접근하는 유효한 하나의 방법은 그의 초기와 후기 사상을 관철하는 중요한 모티프로서 '언어철학'에 초점을 맞추는 것이다. 벤야민 사상 전반에 대한 이론적 토대라고 볼 수 있는 그의 언어 이론은 「언어 일반과 인간의 언어에 대하여」(1916)에서 「번역자의 과제」(1923), 「유사성론」(1933), 「미메시스 능력에 대하여」(1933), 「언어사회학의 문제들」(1935)에 이르기까지 일종의 연속성을 가지고 종교적·신학적 모티프와 역사적·변증법적 유물론의 모티프를 아우르면서 전개되고 있다. 따라서 벤야민의 언어철학적 관점은 그의 역사철학·정치사회학뿐만 아니라 미학·예술학·매체학에 이르기까지 전체적인 사유에 영향을 미치고 있다고 판단된다. 또한 벤야민의 언어철학적 사유는 그의 문예이론이나 비평 이론의 주요 관점 중 하나인 '알레고리적 언어관'과도 긴밀히 결부되는 듯이 보인다. 벤야민이 교수 자격 논문으로 제출한 『독일 비애극의 원천』(1928)은 그의 언어관에 기초한 '알레고리적 이미지'로 바로크 비애극에서 몰락과 붕괴의 표식을 읽고 있다. 여기서 알레고리적 언어관은 19세기 프랑스 문학에서 시민 계급의 몰락뿐만 아니라 인류 역사 일반의 근원사를 읽는 '멜랑콜리적 역사관'과도 깊은 관련을 맺고 있다.

---

4 반성완이 「역사철학테제」라는 제목으로 번역한 텍스트에는 "신학을 자기의 것으로 이용한다면"(발터 벤야민, 반성완 역, 『발터 벤야민의 문예이론』, 민음사, 1983, 343면)으로 되어 있는데, 의미는 대동소이하다.

따라서 이 글은 기존의 중요한 연구 성과들을 토대로 벤야민의 언어철학을 면밀히 고찰하여 좀 더 진전된 이해에 도달하고자 한다. 이를 위해 예비적 고찰로서 '미메시스론'의 역사적 전개를 개괄적으로 검토하고, '미메시스' 개념을 비롯하여 '마법성', '아담의 언어', '번역', '순수 언어', '유사성' 등의 주요 개념들을 통해 벤야민의 언어철학을 살펴보고자 한다.

2. 미메시스론의 역사적 전개

일반적으로 '미메시스(mimesis)'는 문학이론으로서 오랜 역사를 가지고 있으며, 수차례 의미의 변천을 겪어온 개념이다. 그리스 문화의 여명기에 '미메시스'는 주로 춤에 적용되어 동작 · 소리 · 말 등을 통한 감정 및 경험의 표현이라는 의미를 가졌다. 이런 관점에서 '미메시스'는 본래 표현론적 측면을 가진다고 볼 수 있다.[5] 이후 '미메시스'는 흔히 모방(imitation)이나 재현(representation) 등의 의미로 정의되어 왔다. 서구 비평사에서 모방론[6]은 대체로 세 갈래 전통을 가지고 있다.

---

5 타타르키비츠(W. Tatarkiewicz)에 의하면, 시의 기원은 춤이 음악 및 시와 결합되어 하나의 전체를 이룬 '삼위일체의 코레이아'인데, 이것은 인간의 감정과 충동을 언어와 제스처, 멜로디와 리듬으로 표현해 낸다. 아리스티데스는 이런 초기의 표현적 예술을 가리켜 '미메시스'라고 불렀다. 타타르키비츠는 미메시스가 제의 집행자들의 흉내술과 제의 춤을 의미하는 디오니소스 숭배의식과 관련해서 처음 등장했을 것이라고 추정한다. W. 타타르키비츠, 손효주 역, 『타타르키비츠 미학사』 1(고대미학), 미술문화, 2005, 40~44면 참고.

6 '모방론'에 대한 설명은 주로 이상섭, 『문학비평용어사전』, 민음사, 1976, 64~68면; 이명섭, 『세계문학비평용어사전』, 을유문화사, 1985, 134~135면 참고.

첫째는 플라톤(Platon) 계열의 모방론이다. 플라톤은 『이상국론』 제10권에서, 문학과 미술이 실재를 발견하거나 전달하지 못하고 그 그림자에 불과한 가시적인 사물만을 복사한다고 본다. 플라톤의 형이상학에 의하면, 실재(이데아), 즉 진실은 눈에 보이지 않는 불변하는 순수 관념이다. 플라톤의 예술 반대론, 즉 '시인 추방론'은 이러한 사유의 결과로서 산출된다. 문학은 모방, 즉 가짜이고 따라서 나쁜 것(모조품)이라는 생각이다.

둘째는 아리스토텔레스(Aristoteles) 계열의 모방론이다. 아리스토텔레스는 음악과 무용까지를 포함하여 모든 예술을 모방이라 규정하고, 모방은 인간의 본능이며 본능의 만족은 즐거운 것이라고 주장한다. 그는 『시학(Poetics)』에서 "서사시와 비극, 희극과 디튀람보스, 그리고 대부분의 피리 취주와 키타라 탄주는 전체적으로 볼 때 모두 모방의 양식이다"[7]라고 언급한다. 이때 아리스토텔레스는 '모방'을 '재현'과 비슷한 뜻으로 사용한다. 즉 시는 인간 행위의 어떤 전형(典刑, type)을 가지고 그것을 하나의 새로운 매체, 즉 재료 속에 재현(再現) 또는 다시 제시(re-present)함으로써 모방한다는 것이다.

셋째로 모방은 문학적 전범에 대한 모방을 의미한다. 이것은 작가의 글 쓰는 훈련을 강조한 로마시대 이래 지속되는 개념이다. 로마의 대시인 베르길리우스는 호메로스 서사시의 방법을 잘 모방하여 『아에네아스』라는 대작을 남겼다고 하여 대표적인 모방의 예로 지목된다. 이른바 '고전'이 후배 작가의 모범이라는 생각은 동서양을 막론하고 통용되고 있다. 그러나 선배 작가에 대한 모방은 그대로 베끼는 것을 뜻하지 않고 그 창작 원리를 따르는 것을 뜻한다.

---

7 아리스토텔레스, 천병희 역, 『시학』, 문예출판사, 1996, 23~24면.

한편 시는 본질적으로 시인의 감정이나 상상력의 작용을 '표현'한다는 낭만주의 이론이 19세기 초에 대두되자, '모방'은 문학이론에서 차지해 왔던 핵심적인 위치에서 탈락하는 경향이 있다. 그러나 '모방론'과 '표현론'은 문학론의 양대 산맥을 형성해 왔다는 것이 더 타당할 것이다. '모방'이라는 말 대신에 사실의 '반영', 자연의 '재현', 객관적 '제시' 등의 말을 흔히 사용하는 19세기 이후의 사실주의도 모방의 이론과 상당히 관계가 깊다. 19세기에 확립된 사실주의가 20세기 리얼리즘으로 발전해 나갈 때, 모방론은 '반영'이라는 개념으로 전개되어 간다.

마르크스(K. Marx)와 레닌(V. I. Lenin)에 의해 제기된 리얼리즘론은 구체적인 형상화 방법으로 '전형'과 '반영'이라는 개념을 제시한다. 이 개념은 루카치(G. Lukacs)를 거치면서 문학을 현실성의 토대 위에서 그 관련성을 엄격히 규정하는 문학 이해와 창작의 기준으로 정착된다. 이들의 리얼리즘론은 소설을 주된 대상으로 하는데, 그 이유는 소설이 세부묘사의 진실성뿐만 아니라 환경 및 성격의 전형을 반영하는 데 객관성과 총체성을 확보하기 때문이다.[8] 변증법적 유물론의 기본적 인식론인 '반영론'은 우리의 인식이 객관적 실재의 모사물이라는 전제를 가지고 있다. 반영론은 주체와 객체의 이분법을 변증법적 지양을 통해 통일하는 것을 목표로 하는데, 여기서 '진리'의 개념이 생겨난다. '진리'란 의식이 객관적 실재를 정확히 반영할 때 그 일치점을 의미하는 것으로, 인식론적 범주에서 본질적인 역할을 담당한다.[9]

변증법의 원리는 진리가 처음부터 주어지는 것이 아니라 과정 속에서 발견된다는 데 있다. 이는 대립물의 통일과 변증법을 통해서 일면적

8 페터 뷔르거, 이춘길 역, 「문예학에 있어서의 반영 개념의 역할」, 『리얼리즘 미학의 기초 이론』, 한길사, 1985, 146~178면 참고.

9 토마스 메취, 이춘길 역, 「반영이론으로서의 미학」, 『리얼리즘 미학의 기초 이론』, 한길사, 1985, 81면 참고.

인 현실 파악의 불완전성・고정성・불모성이 극복될 수 있다는 것인데, 유물론적 변증법과 '실천'의 연관도 이로부터 파생된다. 객관적 현실과 주체, 내용과 형식 등의 대립 항은 '실천'을 통해 변증법적으로 지양되는 것이다. 따라서 의식을 통한 객관적 현실의 올바른 반영과, 전형적 상황과 전형적 인물을 통한 개별성과 보편성의 통일도 '실천'을 통해 매개된다.

루카치는 의식과 독립된 현실이 있다고 보았고 경제적 현실이 하나의 전체를 형성하고 있다고 생각했다. 그는 구체적 인물과 구체적 상황과 구체적 요인을 강조했지만 당파성을 포함한 현실을 개념화할 수 있다고 생각했고, 내용의 정확성은 시대의 문제와 연관된다고 주장했다.[10] 루카치 이후 미메시스 개념은 아도르노(Th. W. Adorno)에 의해 미학뿐만 아니라 인식론에서 중심적 영역으로 부각된다.[11] 한편 미메시스 개념은 주어진 대상을 단순히 '모방'한다는 뜻을 넘어 '표현' 혹은 '서술'의 의미까지도 가지는데, 따라서 합목적적 사고나 동일성의 원리에 의해 인도되는 이론적 경향에 대립하는 직관적 사유나 실천적 지식으로도 주목받고 있다. 이처럼 미메시스 개념은 양식・문예사조・인식적 관점에 따라 다양한 용법[12]으로 사용되고 있다.

---

10 김인환, 「현대문학 학제 연구의 현황」, 『의미의 위기』, 문학동네, 2007, 44~45면 참고.

11 아도르노・호르크하이머(M. Horkheimer)의 『계몽의 변증법』은 미메시스 개념을 철학적 토대 위에서 재구성한 중요한 성과이다. 아도르노・호르크하이머, 김유동 역, 『계몽의 변증법』, 문학과지성사, 2001 참고.

12 예를 들면, 아우어바하(E. Auerbach)는 미메시스 개념을 사람들에 의해 역사적으로 시대마다 다르게 파악된 현실의 서술이라는 의미로 사용하고 있다. 에리히 아우어바하, 김우창・유종호 역, 『미메시스—서구문학에 나타난 현실』, 민음사, 1987 참고.

3. 마법성과 아담의 언어

벤야민의 사상을 기초 짓는 언어철학의 핵심은 「언어 일반과 인간의 언어에 대하여」(1916)에서 드러난다. 언어 일반의 개념과 본질을 역사적으로 성찰하는 이 글에서, 벤야민은 언어의 특성을 신학적으로 규명하면서 '마법성', '이름 언어', '아담의 언어' 등의 개념을 제시한다.

벤야민은 "인간의 정신적 삶을 표출한 것은 모두 일종의 언어로 파악할 수 있다"[13]는 전제하에, "언어는 그 언어에 상응하는 정신적 본질을 전달"하며 "이 정신적 본질이 언어 속에서(in) 전달되는 것이지 언어를 통해(durch) 전달되는 것이 아니"[14]라고 강조한다. 이는 언어를 '수단'이 아니라 '본질'로 간주하는 것으로서, 언어는 사물의 언어적 본질을 전달하며, 모든 언어는 자기 자신을 전달한다는 의미를 가진다. 이러한 언어철학의 기본 전제를 벤야민은 '매체'라는 용어로 설명한다.

> 언어는 가장 순수한 의미에서 전달의 "매체(Medium)"이다. 이 매체적인 것, 이것이 모든 정신적 전달의 직접성(Unmittelbarkeit)이며 언어 이론의 근본문제이다. 그리고 이 직접성을 마법적이라고 부른다면, 언어의 근원적 문제는 바로 그것의 마법성(Magic)이다.[15]

벤야민은 언어가 전달의 수단이 아니라 매체, 즉 본질이라고 주장한다. 이와 함께 주목할 부분은 언어의 매체적 특성을 "정신적 전달의 직

---

13 발터 벤야민, 최성만 역, 「언어 일반과 인간의 언어에 대하여」, 『발터 벤야민 선집』 6, 길, 2008, 71면.
14 위의 글, 73면.
15 위의 글, 75면.

접성"과 관련시키고, 이를 다시 "마법성"과 연결시키는 대목이다. 무한성(Unendlichkeit)과도 유사한 의미를 가지는, 언어의 "직접성"과 "마법성"은 "인간이 사물을 명명한다는 점",[16] 즉 '이름 언어(Namensprache)'의 특성에서 기인한다. 인간의 정신적 본질로서 언어가 갖는 내포적 총체성의 개념이 '이름'이며, 이 점이 '인간의 언어'와 '사물의 언어'가 구별되는 근거이다. 인간의 '이름 언어'에서만 전달하는 자(명명하는 자)의 밀도와 전달 가능한 것(이름)의 밀도가 합치된다.

이 관점은 언어철학과 종교철학의 내밀한 결합을 이루어온 '계시(啓示)'의 개념과 연관되는데, 여기서 정신적 본질과 언어적 본질을 등치하는 가운데 둘 사이의 반비례 관계가 극복된다. 이처럼 벤야민이 말하는 '순수 언어'는 "언어적으로 가장 현존적인 표현, 즉 가장 명백하게 언명된 것이 동시에 가장 충만하고 확고한 것, 한 마디로 가장 명백하게 언명된 것이 동시에 순수하게 정신적인 것"[17]이 되는 차원이다. 벤야민의 기본적 언어사관은 바로 이러한 '순수 언어' 혹은 '이름 언어'의 원초적 순결성이 훼손되어 전개되는 타락의 역사관이다. 이를 설명하기 위해 벤야민은 구약의 『창세기』를 인용한다.

> 창조 행위는 언어의 창조적 전능을 가지고 시작하며, 종국에는 언어가 창조된 것을 동화하여 그것을 명명한다. 따라서 언어는 창조하는 무엇이고 완성하는 무엇이며, 언어는 말씀이고 이름이다. (…중략…) 신은 사물들을 이름으로 인식할 수 있게끔 만든다. 하지만 인간은 인식에 따라 그 사물들을 명명한다. (…중략…) 인간은 신이 창조주였던 언어를 인식하는 자가 된다. (…중략…) 인간의 정신적 본질은 창조를 담당한 언어이다. (…중략…)

16 위의 글, 76면.
17 위의 글, 80면.

> 자기 이름(Eigenname, 고유명)의 이론은 유한한 언어가 무한한 언어에 대해 갖는 경계에 관한 이론이다. (…중략…) 자기 이름은 인간이 신의 창조적 말씀과 함께 이루는 공동체이다. 말씀을 통해 인간은 사물의 언어와 결합한다. 인간의 언어는 사물의 이름이다.[18]

신의 창조 행위는 '말씀'을 통해 이루어진다. 신의 창조 행위는 언어의 창조적 전능을 가지고 시작하며, 종국에는 언어가 창조된 것을 동화하여 그것을 명명한다. 신은 말씀으로 세상을 창조하고, 인간은 이름 지음으로 신의 창조를 대신한다. 따라서 '인간의 언어'는 '사물의 언어'와는 달리 특별한 지위를 갖는다. '말'로 세상을 창조하신 신도 인간만큼은 직접 흙을 빚어 만드셨고, 그에게 이름을 붙이게 하셨기 때문이다. "아담이 어떻게 이름을 짓나 보시려고 그것들을 그에게로 이끌어 이르시니 아담이 각 생물을 일컫는 바가 곧 그 이름이라"(「창세기」 2장 19절). 이렇게 인간의 언어는 명명하는 '이름 언어(Namensprache)'이다. 이 점에서 그것은 사물의 언어와 구별된다. 그런데 인용문에서 보듯, 말씀을 통해 인간은 사물의 언어와 결합한다. 이럴 때 인간의 언어는 사물의 이름이 된다.

인간은 신이 창조하신 사물 속에서 '언어적 본질'을 발견해내어 그것에 '이름'을 부여한다. 벤야민은 이 인간의 언어를 '아담의 언어'라고 칭한다. '아담의 언어'는 사물의 언어를 인간의 언어로 옮기는 것이다. 여기서 사물의 본질이 인간의 음성으로 전이되기에 사물과 이름 사이에 보이지 않는 유사성이 생겨난다. 따라서 이름은 그 사물의 정신적 본질이 드러나는 직관적 인식을 가능케 한다. 이러한 언어관은 기표와 기의

18 위의 글, 83~85면.

의 자의적 결합에 근거하는 소쉬르(F. de Saussure) · 야콥슨(R. Jakobson) 등의 구조주의 언어관과 구별되는 동시에, 말 일반은 사태의 본질이라는, 즉 사물과 언어를 동일시하는 신비주의 언어관과도 구별되는 관점이다. 벤야민은 사물이 신의 말씀에 의해 만들어졌고, 인간의 말을 통해 그 이름 속에서 인식된다는 관점을 가지고 있는 것이다. 바로 이 점에서 벤야민의 '번역' 개념이 등장한다.

4. 번역과 순수 언어

벤야민은 「언어 일반과 인간의 언어에 대하여」(1916)에서 언어의 특성을 신학적으로 규명하면서 '마법성', '이름 언어', '아담의 언어' 등과 연관해서 '번역', '순수 언어'의 개념을 제시한다.

이름 없는 것을 이름 속에 수용하는 행위는 사물의 언어를 인간의 언어로 번역하는 일이다. 벤야민은 이런 번역의 개념을 언어 이론의 심층에서 근거 짓는 일이 필수적이라고 간주한다. 그의 번역 개념은 신의 말씀을 제외하고 모든 상위의 언어가 다른 모든 언어의 번역이라는 사실을 통찰할 때 그 온전한 의미를 획득할 수 있다.

> 각각의 언어들 사이의 관계는 여러 상이한 농도를 갖는 매체들 사이의 관계일 뿐이라는 점에서 언어의 상호 번역 가능성(Übersetzbarkeit)이 주어져 있다. 번역이란 한 언어를 변형의 연속체를 통해 다른 언어로 변환한다는 것을 뜻한다. 번역은 어떤 추상적인 동일성 혹은 유사성의 영역이 아니라

바로 이 변형의 연속체들을 횡단하는 것을 가리킨다.[19]

벤야민이 말하는 "한 언어를 변형의 연속체를 통해 다른 언어로 변환"하는 "상호 번역 가능성"은 번역의 객관성이 신 안에 보증되어 있음을 전제한다. 즉 번역의 근거는 인간의 이름 언어와 사물의 이름 없는 언어가 동일한 창조적 말씀에서 근친적(verwandt) 관계로 방출된 데 놓여 있는 것이다. 사물의 언어는 인식과 이름의 언어 속으로 오로지 번역을 통해 들어설 수 있다. 번역이 무수히 많은 만큼 언어도 무한히 많다. 이 사태는 원죄(Sündenfall)로 인한 인간의 낙원 추방 이후의 결과이다. 이때 인간의 말이 태어나고, 이 속에서 이름은 훼손된 채 유지된다. 이제 말은 자기 자신 이외에 무엇인가를 전달해야 한다. 이것은 '아담의 언어'가 가진 언어 정신의 타락이다. 인간이 주체가 되고 자연은 객체가 되어 대상으로 정립되는 것은 인간과 자연을 묶어주던 근원적 언어의 끈이 풀어진 이후의 일인 것이다.

인간의 타락 이후 근원적 언어는 단 하나의 언어가 아니라 수많은 개별 언어들 속에 제 흔적을 흩어놓는다. 언어 정신의 타락은 세 가지 결과를 낳는다. 첫째, 언어가 단순한 자의적 기호로, 즉 단순한 전달 수단으로 전락한다. 이것은 나중에 바벨탑의 언어, 즉 모어(母語)가 여러 언어로 분화되는 결과를 낳는다. 둘째, 손상된 이름의 직접성을 복구하는 행위로서 판단의 마법이 등장한다. 즉 직관적 인식 대신 간접적 판단의 방법이 발생하는 것이다. 셋째, '추상화(Abstraktion)'가 언어에 도입된다. 결국 창조적인 신의 말씀과 그 명명 행위를 전수받은 아담의 언어가 '직접성'과 '마법성'을 지닌다면, 타락 이후의 인간의 언어는 외적으로 전

19 위의 글, 87면.

달하는 말의 '간접성'과 '과다 명명'의 특성을 가지게 되는 것이다.

벤야민은 '번역 가능성'의 문제를 「번역자의 과제」(1923)[20]에서 '근친성'과 '순수 언어'라는 용어로 다시 규명하고자 한다.

> 번역에서 언어들의 근친성이 표출된다면 그것은 모사와 원작 사이의 모호한 동일성을 통해 표출되는 것이 아니라 그와는 다른 방식으로 표출된다. 그렇지 않아도 유사성이 반드시 근친성에서 나타나야 할 필요가 없다는 것은 명백하다.[21]

벤야민이 말하는 '근친성(Verwandtschaft)' 개념은 기원의 동일성을 통해 정의될 수 없는 것이다. 기원의 동일성이 '원작'과 '모사' 사이의 위계를 함축한다면, '근친성'의 관계에는 그런 위계가 없다.[22] 진리는 번역과 원문의 동일성 속에 있지 않다. 진리는 오히려 '번역 가능성(Bersetz-barkeit)', 즉 원작과 번역의 차이, 그 번역과 다른 번역들의 차이를 통해 전개된다. 실제로 벤야민은 "원문과 번역의 진정한 관계를 파악하기 위해서는 모사론의 불가능성을 증명하고 있는 인식론 비판의 논지 비슷한 것을 한번 생각해 볼 수 있을 것"이라며 재현적 인식론에 대한 비판을 전개하고 있다.

---

20 이 글은 벤야민이 보들레르의 시집 『악의 꽃』에 수록된 「파리의 풍경」을 독일어로 번역하여 출간하면서 서문으로 쓴 것이다.

21 발터 벤야민, 최성만 역, 「번역자의 과제」, 『발터 벤야민 선집』 6, 길, 2008, 129면.

22 최성만은 번역본의 각주에서, 벤야민의 '근친성' 개념이 '유사성'이나 '유비' 개념과 변별적으로 사용되는 경우가 많다고 지적한다. 그리고 근친성의 예로서 사람의 얼굴에 나타나는 특징, 특히 부모 자식 간보다 형제 간의 얼굴 모습에서 볼 수 있듯이, 보다 심오하고 내밀한 유사성 관계를 지칭한다고 말한다. 이는 '원작'과 '모사' 사이의 위계가 존재하지 않는 좋은 예라고 생각된다. 위의 글, 126~127면 참고.

> 언어들의 초역사적 근친성은 각각의 언어에서 전체 언어로서 그때그때 어떤 똑같은 것이, 그럼에도 그 언어들 가운데 어떤 개별 언어에서가 아니라 오로지 그 언어들이 서로 보충하는 의도의 총체성(Allheit)만이 도달할 수 있는 그러한 똑같은 것이 의도되어 있다는 점에 바탕을 둔다. 그것은 곧 순수 언어(die reine Sprache)이다.[23]

'순수 언어'는 언어들의 상호작용을 통한 총체성 속에서 비로소 모습을 드러낸다. 개별 언어가 아니라 그 언어들이 서로 보충하는 의도의 총체성, 즉 일종의 근원적 언어를 상정할 때 생겨나는 것이다. 예를 들면, 하나의 원작과 그것을 번역하는 다른 언어들 사이에서 불현듯 그 말의 근원적 의미가 떠오른다. 이때 번역은 원작을 어떤 보다 궁극적인 언어 영역으로 옮겨 심는 작업인데, 이것은 아이러니한 작업이다. 왜냐하면 번역은 원작을 그 영역으로부터 더 이상 어떤 번역을 통해서도 옮길 수 없고 오로지 그 영역 속에서 항상 새롭게 상승시킬 수 있기 때문이다. 이렇게 번역가의 작업에는 많은 언어를 하나의 진정한 언어로 통합하려는 위대한 모티브가 작용하고 있다. 결국 번역의 과제는 원작의 모사가 아니라 원작이 불충분한 언어로 지시하는 것, 상징적으로 형상화한 것을 표현하는 일이다. 즉 번역은 원작이 담고 있는 '순수 언어'를 번역자의 언어로 표현하는 과제를 떠맡는 것이다.

23 위의 글, 129면.

5. 비감각적 유사성과 미메시스

「언어 일반과 인간의 언어에 대하여」(1916)와 「번역자의 과제」(1923)에서 언어의 근원적 특성과 본질을 고찰한 벤야민은, 「유사성론」(1933)에서 '유사성'과 '미메시스' 능력에 대해 규명한다.

벤야민은 자연뿐만 아니라 인간에게도 유사성을 지각하는 능력은 '미메시스 능력'에서 연원한다고 본다. 자연이 유사한 것을 만들어 내는 좋은 예는 의태(擬態, Mimikry)로서, 보호색을 통해 자신의 몸을 환경과 유사하게 만드는 것이다. 유사한 것을 만들어내는 최고의 능력을 가진 자는 인간인데, 벤야민은 이 '미메시스 능력'을 개체 발생과 계통 발생의 관점에서 고찰한다.[24] 개체 발생적 의미에서는 어린아이들의 놀이(Spiel)가 미메시스 능력의 교본을 보여준다.

> 우선 어린아이들이 하는 놀이들을 살펴보면 그것이 미메시스적 태도로 특징지어짐을 알 수 있는데, 어린아이들의 놀이 영역은 어떤 한 사람이 다른 사람을 보고 모방하는 것에만 한정되어 있지 않다. 어린아이들은 상인이나 선생을 흉내 내는 것만이 아니라 물레방아나 기차도 흉내 내며 논다.[25]

벤야민은 어린아이들의 놀이를 통해 인간의 미메시스 능력이 단순한 모방 행위가 아니라고 주장한다. 그리고 미메시스적 태도의 훈련이 어린아이들에게 어떤 이득을 가져다주는지를 알기 위해서 그 계통 발생

24 이러한 관점은 프로이트가 인간의 무의식을 탐색하는 기본 관점과 유사하다. 벤야민의 사유에 미친 프로이트 정신분석학의 관점, 혹은 이 두 사유 사이의 연관성에 대한 고찰은 중요한 연구 테마가 될 수 있다.

25 발터 벤야민, 최성만 역, 「유사성론」, 『발터 벤야민 선집』 6, 길, 2008, 200면.

적 의미에 대한 인식이 필요하다고 본다. 미메시스 능력은 오늘날 우리가 유사성이라는 개념으로 파악하는 것만으로는 충분치 않은데, 왜냐하면 그것을 '무의식적'으로 지각하는 경우가 훨씬 더 많기 때문이다. 자연물들은 인간의 미메시스 능력과 조응하면서 일종의 마법적 상응 관계를 지니는데, 벤야민은 그 중요한 예로서 점성술(Astrologie)을 든다. 여기서 그는 미메시스의 중요한 특성으로 '비감각적 유사성'에 대해 언급한다.

> 점성술에 대한 이상의 언급에서 우리는 이미 비감각적 유사성(unsinnliche Ähnlichkeit)의 개념에 대한 이해를 충분히 얻어냈다고 볼 수 있다. 비감각적 유사성이라는 개념은 일종의 상대적 개념이다. 즉 그 개념은 언젠가 사람들로 하여금 어떤 별들의 상태와 한 사람 사이에 존재하는 유사성에 대해 말할 수 있게 한 그 무엇을 우리는 더 이상 우리의 지각세계에 지니고 있지 않다는 것을 뜻한다.[26]

벤야민이 말하는 '비감각적 유사성'은 지각 작용으로 확인되는 유사성이 아니라 일종의 마법적 상응 관계를 뜻한다. 유사성의 지각은 번득이며 지나가버리고 마는 순간에 묶여 있다. 유사성은 별들의 운행과 마찬가지로 눈앞에 순간적으로, 일시적으로 나타나는 현상이다. 이처럼 유사한 것을 지각하는 일은 시간적 요인에 묶여 있다. 그것은 순간적으로 파악되어야 할 두 별의 만남에 점성가라는 제3자가 끼어드는 양태와 같다. 벤야민은 비감각적 유사성의 개념이 갖는 모호성을 해소해줄 한 규준으로 '언어'를 든다.

---

26 위의 글, 203면.

오래전부터 사람들은 미메시스 능력이 언어에 미친 영향을 시인해 왔다. 언어 생성에서 모방적 태도는 의성어(擬聲語, Onomatopoesie)적 요소에서 출발한다. 그리고 문자, 즉 단어나 철자의 문자상(文字像)이 어떤 의미된 것 내지 명명하는 사람에 대해 갖는 관계에서 비감각적 유사성의 본질을 설명해 준다. 이에 대해 벤야민은 "소리로 말한 것과 의도된 것 사이의 결합뿐만 아니라 글로 씌어진 것과 의도된 것 사이의 결합, 그리고 글로 씌어진 것과 소리로 말한 것 사이의 결합도 이루어내는 것이 비감각적 유사성이다. 그리고 이때 결합은 각각의 경우 전혀 새롭고 독창적이며 도출 불가능한 방식으로 이루어진"[27]다고 말한다. 이 세 가지 결합 관계들 가운데 가장 중요한 것은 세 번째, 즉 글로 쓰인 것과 소리로 말한 것 사이의 결합인데, 그 이유는 이것이 상대적으로 가장 비감각적인 유사성이고 가장 뒤늦게 도달한 유사성이기 때문이다.

여기서 벤야민이 중요한 예로 언급하는 것은 '필적 감정학(Graphologie)'이다. 필적 감정학은 육필로 쓴 글에서 그 글을 쓴 사람의 무의식이 숨겨놓은 상들, 또는 수수께끼 상들을 알아내는 법을 가르쳐준다. 그리하여 문자는 언어와 더불어 비감각적 유사성, 비감각적 상응 관계들의 서고(書庫)가 된다. 그러나 벤야민은 언어와 문자의 이러한 마법적(magisch) 측면은 기호적(semiotisch) 측면과 무관하게 생겨나는 것이 아니라고 말한다. 즉 '범속한 의미의 읽기'와 '마법적 의미의 읽기'라는 두 차원이 중첩되는 것이다. 그는 태초의 인간들에게 별들, 동물의 내장, 우연한 사건들에서 읽기 행위가 이루어졌다면, 루네 문자(Runen)처럼 새로운 읽기 행위가 생겨나도록 한 매개체들이 존재한다고 가정하고 다음과 같이 언급한다.

27 위의 글, 204면.

> 예전에 투시력(透視力, Hellsicht)의 토대였던 미메시스 능력은 수천 년의 발전 과정을 거치면서 점차 언어와 문자 속으로 옮아갔고, 이 언어와 문자 속에서 비감각적 유사성의 완전한 서고를 만들게 되었다는 가정이 그것이다. 이처럼 언어는 미메시스 능력의 최고의 사용 단계를 나타내고, 그 안으로 이전에 유사성을 지각하는 능력들이 남김없이 들어간 매체가 되었을 것이다.[28]

벤야민이 강조하는 것은 언어가 비감각적 유사성, 즉 미메시스 능력의 최고 사용 단계를 보여준다는 것이다. 투시력이 스스로 예전에 가지고 있었던 힘들을 역사가 흘러가는 동안 점차 물려주게 되는 것이 문자와 언어라는 매체이다. 따라서 문자와 언어는 비감각적 유사성을 발견하는 투시력, 혹은 미메시스 능력을 그 내부에 간직하고 있다. 벤야민은 읽기나 쓰기에서 "빠른 속도는 유사한 것들이 사물들의 흐름 속에서 번개처럼 순간적으로 떠올랐다가 이내 가라앉아 잠겨버리는 템포에 정신을 참여케 하려는 노력 내지 능력과 같은 것"[29]이라고 지적한다. 이 문장은 일종의 동어반복적 특성을 가지는데, 왜냐하면 "빠른 속도"는 "템포"와 동일한 것이기 때문이다. 이것은 언어와 문자의 '기호적 측면' 속에 '마법적 측면'이 숨어있고, '범속한 읽기' 속에 '마법적 읽기'가 잠재되어 있다는 의미로 이해될 수 있을 것이다. 그가 강조하는 것은 문자나 언어에 대한 읽기 행위는 필수적인 템포, 달리 말하면 어떤 '위기의 순간'에 지배받는다는 점이다. 역사를 '위기의 순간'으로 읽어내는 능력을 가진 미메시스적 읽기는 유대교적 메시아주의와도 밀접한 연관을 가진다.

---

28 위의 글, 206면.
29 위의 글, 207면.

6. 씌어지지 않은 것 읽기와 강압의 잔재

벤야민은 「유사성론」(1933)을 다소 수정하고 압축하여 「미메시스 능력에 대하여」(1933)를 쓰게 된다. 전반적으로 전자에 비해 후자는 언어 신비적인 용어들이 눈에 띄게 절제되어 사용되고 있지만, 유사성과 미메시스 능력에 대한 기본 구상이나 논지 전개의 줄기에는 큰 변화가 없다.[30] 여기서는 두 편의 글이 보여주는 공통점 및 차이점을 중심으로 벤야민 사유의 일관성 및 변모의 양상을 좀 더 세밀히 살펴보고자 한다.

우선 벤야민은 「미메시스 능력에 대하여」에서 「유사성론」에 서술된 태초의 인간들의 읽기 행위를 요약하면서 "씌어지지 않은 것을 읽기"라는 문장을 삽입한다.

> "씌어지지 않은 것을 읽기." 이러한 읽기가 가장 오래된 읽기이다. 그것은 모든 언어 이전의 읽기, 동물의 내장, 별들 또는 춤에서 읽기이다. 나중에 루네 문자나 상형문자와 같은 새로운 읽기의 매개체들이 사용되기 시작했다.[31]

벤야민은 태초 인간들의 읽기 행위의 예로서 "동물의 내장, 별들 또는 춤"을 제시하는데, 이 중 "춤"은 「유사성론」에서 언급한 "우연한 사건들에서 읽어내기(Herauslesen)"를 대체한 것이다. 인용문에서 특히 주목할 부분은 "씌어지지 않은 것을 읽기"인데, 이는 역자 주에 의하면 호

30 최성만, 「해제」, 위의 책, 34면 참고.

31 발터 벤야민, 최성만 역, 「미메시스 능력에 대하여」, 『발터 벤야민 선집』 6, 길, 2008, 215면.

프만스탈(Hoffmannstahl)에서 유래한 말이다. 이것은 자연적 대상물에서 의미를 해석하는 미메시스 행위를 설명한 것으로서, '비감각적 유사성'을 보다 쉽고 명료하게 제시하고 있다. 그런데 한편으로 이 읽기 행위를 "모든 언어 이전의 읽기"로 한정하고 있는 점에서, "소리로 말한 것과 의도된 것 사이의 결합뿐만 아니라 글로 씌어진 것과 의도된 것 사이의 결합, 그리고 글로 씌어진 것과 소리로 말한 것 사이의 결합도 이루어내는 것"이라고 설명하는 「유사성론」에서의 '비감각적 유사성'과는 일정한 차별성을 두고 있다. 이 점은 벤야민이 「미메시스 능력에 대하여」에서 언어 신비적인 요소들을 태초의 읽기 행위로 한정하고, 현대의 언어에서 이러한 마법적 요소들의 해체를 발견하려는 의도와 관련된다고 볼 수 있다.

한편 벤야민은 현재 인간이 가진 미메시스 능력이 '과거의 엄청난 강압의 잔재'라고 간주한다. 「유사성론」 말미의 '추기(追記)'에 주목해 보자.

> 우리가 소유하고 있는 유사성을 파악하는 능력은 유사해지고 또 유사하게 행동하려는 예전의 엄청난 강압의 미약한 잔재에 불과하다. 지금은 사라져버린 유사해지는 이 능력은 우리가 유사성을 볼 수 있는 좁은 지각세계를 훨씬 넘어서 있었다. 수천 년 전 천체 상태가 인간 존재에게, 그가 태어나는 순간에 작용한 힘들이 나중에 유사성의 토대를 이루게 된 것이다.[32]

인용문의 첫 문장은 「미메시스 능력에 대하여」의 첫 단락에 "우리가"가 "인간이"로 바뀌고, "미약한"이 삭제된 이외에는 그대로 삽입되어 있다. 이 문장에 대해 두 가지 질문을 해 볼 수 있다. 첫째, "강압"이 의미하

32 발터 벤야민, 「유사성론」, 앞의 책, 207면.

는 바는 무엇일까? 둘째, 이 문장의 미세한 변모가 의미하는 바는 무엇일까?

첫째 질문에 대해서 살펴보자. "예전의 엄청난 강압"은 "수천 년 전 천체 상태가 인간 존재에게, 그가 태어나는 순간에 작용한 힘들"이라고 설명되고 있다. 벤야민은 인간이 태어나는 순간 수천 년 전의 우주가 그에게 어떤 힘들을 작용한다고 보고, 그 힘을 "유사해지고 또 유사하게 행동하려는" 능력이라고 간주한다. 여기서 "강압"이라는 단어는 프로이트의 정신분석학적 용어인 '억압'과 모종의 연관이 있다고 생각된다. 주지하듯이, 프로이트는 무의식의 발생이 의식의 억압에 기인한다고 간주했으며, 무의식을 '억압된 것의 회귀'라고 정의했다. 벤야민이 미메시스 능력은 비감각적 유사성을 무의식적으로 지각하는 경우라고 간주한다는 점에서, 우리는 미메시스 능력을 무의식적 작용이라고 볼 수 있다. 수천 년 전 천체 상태, 즉 우주가 인간 존재에게 작용한 힘들인 "강압"은 일종의 억압이며, 이 억압으로부터 해방되는 방법은 미메시스 능력을 발휘하는 것이다. 따라서 미메시스의 내재적인 목표는 미메시스의 주체를 미메시스에의 강압으로부터 해방하는 데 있다. 벤야민의 미메시스 이론이 '모방'과 '재현'의 차원을 넘어 '표현'의 차원까지 확보하는 이유가 여기에 있을 것이다.

둘째 질문에 대해서 살펴보자. 첫 문장에 이어지는 두 문장은 「미메시스 능력에 대하여」에서는 빠지고, 대신에 "어쩌면 인간이 지닌 상위의 기능들 가운데 미메시스 능력에 의해 결정적으로 규정되지 않는 기능은 없을 것이다"[33]라는 문장이 삽입되어 있다. 이를 참고할 때, 벤야민은 「유사성론」에서 비감각적 유사성, 혹은 미메시스 능력이 지닌 태

33 발터 벤야민, 「미메시스 능력에 대하여」, 앞의 책, 211면.

초의 마법성을 강조하고 있으며, 이 마법성이 현대의 기호적 언어에도 힘을 발휘하고 있다고 본 반면, 「미메시스 능력에 대하여」에서는 현재의 미메시스 능력이 과거의 잔재임을 인정하면서도 마법성과 현대의 기호적 언어를 어느 정도 구분하려는 태도를 보여준다. 이는 최성만의 지적대로 언어 신비적인 요소들을 어느 정도 절제하는 양상을 보여주며, 현대 언어의 기호성이 가진 유사성을 폄하하지 않고 긍정하려는 관점이 개입되는 것이다.

이러한 관점은 「미메시스 능력에 대하여」의 마지막 문단에서 「유사성론」의 문장이 결정적으로 수정되어 제시된 양상에서 두드러지게 나타난다.

> 이러한 것들이 한때 신비적 행위의 토대였던 미메시스적 재능이 문자와 언어로 진입하게 된 단계들이 되었으리라는 것은 충분히 가정해볼 수 있다. 이처럼 언어는 미메시스적 태도의 최고 단계가 되었고 비감감적 유사성의 완벽한 서고, 그 안으로 미메시스적으로 생산하고 파악하는 이전의 능력들이 남김없이 전이되어 들어가서 마법의 힘들을 해체할 정도에 이르게된 매체가 되었을 것이다.[34]

언어가 과거의 미메시스적 능력이 전이되어 들어가 비감감적 유사성의 완벽한 서고가 되었다는, 「유사성론」에서의 서술은 「미메시스 능력에 대하여」에서 그대로 유지된다. 반면 마지막 문장에서 "마법의 힘들을 해체할 정도에 이르게된"이라는 구절이 새롭게 삽입되는데, 이 구절은 벤야민 사유의 변모 양상을 짐작케 해준다. 즉 「유사성론」에서 벤야

---

34 위의 글, 215~216면.

민은 언어가 미메시스 능력의 최고 사용 단계를 보여주며, 따라서 비감각적 유사성을 발견하는 투시력과 마법성을 간직하고 있다고 본다. 이 관점을 언어의 기호적 측면 속에 마법적 측면이 숨어있다는 의미로 이해할 수 있다면, “마법의 힘들을 해체할 정도에 이르게된 매체”라는 표현은 현재의 언어에 과거의 미메시스적 능력이 전이되어 들어갔음에도 불구하고 그것이 가진 원초적인 마법의 힘들이 해체되었다는 의미로 파악된다. 즉 현재의 언어를 마법적 측면보다 기호적 측면에 더 비중을 두고 바라보는 관점이 개입되는 것이다.

그런데 한편으로 이 구절은 벤야민의 논지를 모순에 빠지게 하는 측면도 있다. 전체적으로 「미메시스 능력에 대하여」는 「유사성론」에 비해 언어 신비적인 용어들이 절제되어 사용되고 있지만, 미메시스 능력이 지닌 마법적 상응 관계나 비감감적 유사성에 대한 강조는 변함없이 유지된다. 인용문의 “언어는 미메시스적 태도의 최고 단계가 되었고 비감감적 유사성의 완벽한 서고, 그 안으로 미메시스적으로 생산하고 파악하는 이전의 힘들이 남김없이 전이되어 들어”간다는 구절도 이를 뒷받침한다. 따라서 “마법의 힘들을 해체할 정도에 이르게된”이라는 구절은 “비감감적 유사성의 완벽한 서고”라는 의미 부여와는 상호 모순되는 결과를 낳는다고 볼 수 있다. 여기서 우리는 언어가 가진 마법적 힘과 기호적 측면, 즉 신비주의적 · 신학적 언어관과 역사적 · 변증법적 유물론 사이에서 이 두 차원을 통합하며 균형을 찾으려 노력했던 벤야민의 딜레마를 발견할 수 있을지도 모른다.

7. 맺음말

이 글은 발터 벤야민의 사상을 이해하는 데 '역사적 유물론'과 '신학적 사유'의 결합 방식과 그 매개에 대한 고찰이 중요한 관건임을 전제로, 이 문제에 접근하는 유효한 하나의 방법으로 '언어철학'에 초점을 맞추었다. '미메시스론'의 역사적 전개를 개괄적으로 검토한 후, '미메시스' 개념을 비롯하여 '마법성', '아담의 언어', '번역', '순수 언어', '유사성' 등의 주요 개념들을 통해 벤야민의 언어철학을 세밀히 고찰했다.

그리스 문화의 여명기에 '미메시스'는 주로 춤에 적용되어 동작·소리·말 등을 통한 감정 및 경험의 표현이라는 의미를 가졌다. 이런 관점에서 '미메시스'는 본래 표현론적 측면을 가진다고 볼 수 있다. 이후 '미메시스'는 흔히 모방이나 재현 등의 의미로 정의되어 왔다. 서구 비평사에서 모방론은 대체로 플라톤 계열의 모방론, 아리스토텔레스 계열의 모방론, 문학적 전범에 대한 모방이라는 세 갈래로 전개되어 왔다. 19세기에 확립된 사실주의가 20세기 리얼리즘으로 발전해 나갈 때, 모방론은 '반영'이라는 개념으로 전개된다. 마르크스·레닌·루카치에 의해 제기된 리얼리즘론은 구체적인 형상화 방법으로 '전형'과 '반영'이라는 개념을 제시한다. 루카치 이후 미메시스 개념은 아도르노에 의해 미학뿐만 아니라 인식론에서 중심적 영역으로 부각된다. 미메시스 개념은 주어진 대상을 단순히 '모방'한다는 뜻을 넘어 '표현' 혹은 '서술'의 의미까지도 가지는데, 따라서 합목적적 사고나 동일성의 원리에 의해 인도되는 이론적 경향에 대립하는 직관적 사유나 실천적 지식으로도 주목받고 있다.

벤야민은 「언어 일반과 인간의 언어에 대하여」(1916)에서 언어의 특성을 신학적으로 규명하면서 '마법성', '이름 언어', '아담의 언어' 등의 개념을 제시한다. 그는 언어가 전달의 수단이 아니라 매체, 즉 본질이라고 주장하고, 이것을 '직접성' 및 '마법성'과 연결시킨다. 언어의 '직접성'과 '마법성'은 인간이 사물을 명명하는 '이름 언어'의 특성에서 기인한다. 벤야민의 기본적 언어사관은 '순수 언어' 혹은 '이름 언어'의 원초적 순결성이 훼손되어 전개되는 타락의 역사관이다. '아담의 언어'는 '사물의 언어'를 '인간의 언어'로 옮긴다. 이때 사물의 본질이 고스란히 인간의 음성으로 옮겨지기에 사물과 이름 사이에 보이지 않는 유사성이 있다.

벤야민은 「언어 일반과 인간의 언어에 대하여」(1916)에서 '번역', '순수 언어'의 개념을 제시한다. "한 언어를 변형의 연속체를 통해 다른 언어로 변환"하는 "상호 번역 가능성"은 번역의 객관성이 신 안에 보증되어 있음을 전제한다. 즉 번역의 근거는 인간의 '이름 언어'와 사물의 '이름 없는 언어'가 동일한 창조적 말씀에서 근친적 관계로 방출된 데 놓여 있는 것이다. 사물의 언어는 인식과 이름의 언어 속으로 오로지 번역을 통해 들어설 수 있다. 벤야민은 '번역 가능성'의 문제를 「번역자의 과제」(1923)에서 '근친성'과 '순수 언어'라는 용어로 다시 규명하고자 한다. '근친성' 개념은 기원의 동일성을 통해 정의될 수 없는 것이다. 번역의 과제는 원작의 모사가 아니라 원작이 불충분한 언어로 지시하는 것, 상징적으로 형상화한 것을 표현하는 일이다. 즉 번역은 원작이 담고 있는 '순수 언어'를 번역자의 언어로 표현하는 과제를 떠맡는다.

벤야민은 「유사성론」(1933)에서 '유사성'과 '미메시스' 능력에 대해 규명한다. 그는 '미메시스 능력'을 개체 발생과 계통 발생의 관점에서 고찰한다. 개체 발생적 의미에서는 어린아이들의 '놀이'가 미메시스 능력의 교본을 보여주고, 계통 발생적 의미에서는 '점성술'이 좋은 예가 된다. 자연물들은 인간의 미메시스 능력과 조응하면서 일종의 마법적 상응 관계를 지니는데, 그 중요한 특성은 '비감각적 유사성'이다. 언어 생성에서 모방적 태도는 의성어적 요소에서 출발하고, '필적 감정학'에서 그 특성이 잘 나타난다. 그리하여 문자는 언어와 더불어 비감각적 유사성, 비감각적 상응 관계들의 서고(書庫)가 된다. 그러나 언어와 문자의 이러한 마법적 측면은 기호적 측면과 무관하게 생겨나는 것이 아니다.

벤야민은 「미메시스 능력에 대하여」에서 「유사성론」에 서술된 태초의 인간들의 읽기 행위를 요약하면서 "씌어지지 않은 것을 읽기"라는 문장을 삽입한다. 이 읽기 행위를 "모든 언어 이전의 읽기"로 한정하고 있는 점에서, 「유사성론」에서의 '비감각적 유사성'과는 일정한 차별성을 두고 있다. 벤야민은 현재 인간이 가진 미메시스 능력이 '과거의 엄청난 강압의 잔재'라고 간주한다. 여기서 "강압"이라는 단어는 프로이트의 정신분석학적 용어인 '억압'과 모종의 연관이 있다. 우주가 인간 존재에게 작용한 힘들인 "강압"은 일종의 억압이며, 이 억압으로부터 해방되는 방법은 미메시스 능력을 발휘하는 것이다. 따라서 미메시스의 내재적인 목표는 미메시스의 주체를 미메시스에의 강압으로부터 해방하는 데 있다. 이 점에서 벤야민의 미메시스 이론은 '모방'과 '재현'의 차원을 넘어 '표현'의 차원까지 확보하게 된다. 벤야민은 「유사성론」에서 비감각적 유사성, 혹은 미메시스 능력이 지닌 태초의 마법성을 강조하고 있으며, 이 마법성이 현대의 기호적 언어에도 힘을 발휘하고 있다고 본 반면, 「미메시스 능력에 대하여」에서는 현재의 미메시스 능력이 과거의 잔재임을 인정하면서도 마법성과 현대의 기호적 언어를 어느 정도 구분하려는 태도를 보여준다. 이는 현대 언어의 기호성이 가진 유사성을 폄하하지 않고 긍정하려는 관점이 개입되는데, 여기에는 논지 전개의 모순도 노출된다. 이 지점에서 언어가 가진 마법적 힘과 기호적 측면, 즉 신비주의적 · 신학적 언어관과 역사적 · 변증법적 유물론을 통합하며 균형을 찾으려 노력했던 벤야민의 딜레마가 발견될 수 있다.

제2장

발터 벤야민의 문예이론

아이러니와 알레고리를 중심으로

1. 머리말

이 글은 한국 현대문학 연구 및 비평을 심층적으로 진행할 수 있는 기초를 마련하기 위해, 발터 벤야민의 문예이론을 그 기본 전제와 실제 양상의 관점에서 살펴보고자 한다.

발터 벤야민(Walter Benjamin, 1892~1940)의 사상은 언어철학 · 역사철학 · 문헌학 · 문예이론 · 정신분석학뿐만 아니라 정치학 · 사회학 · 매체학에 이르기까지 대단히 폭넓게 펼쳐져 있다. 따라서 벤야민의 사유는 각 분야에서 다층적인 영향을 끼쳐왔으며, 한국의 학계와 문학계에서도 꾸준히 수용되고 연구되어 왔다. 특히 벤야민의 문예이론은 한국 현대문학 연구 및 비평 분야에서 1970년대 이후 루카치의 리얼리즘론 및 아도르노 · 호르크하이머 등 프랑크푸르트학파의 사회학적 문화이론과 연관되면서 활발히 수용되었고, 사진과 영화를 비롯한 미디어 분야에서 매체이론의 선구적 이론으로도 주목받아 왔다. 따라서 그동안 벤야민 연구의 중요한 성과들[1]이 축적되어 왔는데, 최근 들어 그동안 소개되지 않았던 원전의 번역[2]과 데리다(Jacques Derrida) · 아감벤(Giorgio Agamben) 등이 이론적 전개 과정에서 벤야민을 전거를 삼는 점 등에 힘입어 벤야민에 대한 관심이 부활하고 있다. 최근의 벤야민 이론에 대한 재조명 작업은 주로 미완성작 『아카이드 프로젝트(파사젠베르크)』를 중심으로 한 도시문화 비평의 영역과, 데리다의 『법의 힘』[3]과 아감벤의 『호모 사케르』[4]에 영향을 준 「폭력 비판을 위하여」(1921)를 중심으로 한 법－신학－정치학의 영역에서 진행되고 있는 듯하다. 이처럼 2000년대 들어 전개되고 있는 벤야민에 대한 관심의 부활은 그의 난해하고 비

---

1 벤야민의 사상에 대한 중요한 연구 성과로서 다음과 같은 글들을 들 수 있다. 반성완, 「발터 벤야민의 비평 개념과 예술 개념」, 『발터 벤야민의 문예이론』, 민음사, 1983, 357～388면; 최문규, 「역사성+심미성으로서의 '순간'」, 『(탈)현대성과 문학의 이해』, 민음사, 1996, 139～176면; 최성만, 「언어, 번역, 미메시스－W. 벤야민의 언어철학과 유사성론 고찰」, 『문예미학』 제2호, 문예미학회, 1996, 289～320면; 김영옥, 「벤야민의 역사철학과 미학이론」, 『뷔히너와 현대문학』 제15집, 한국뷔히너학회, 2000, 326～355면; 최문규, 「바로크와 알레고리」, 『뷔히너와 현대문학』 제16집, 한국뷔히너학회, 2001, 1～17면; 김항, 「댄디와 주권－벤야민의 문턱」, 『현대비평과 이론』, 2008년 봄 · 여름, 91～111면; 윤미애, 「정치와 신학 사이에서 본 벤야민의 매체이론」, 『카프카연구』 제19집, 한국카프카학회, 2008, 63～82면; 하선규, 「벤야민 사유의 몇몇 모티브와 영화에 대한 철학적 비평」, 『현대비평과 이론』, 2008년 봄 · 여름, 56～90면; 홍준기, 「변증법적 이미지, 알레고리적 이미지, 멜랑콜리 그리고 도시」, 『라캉과 현대정신분석』 제10권 2호, 한국라캉과현대정신분석학회, 2008년 겨울, 27～53면.

2 발터 벤야민, 조형준 역, 『아케이드 프로젝트』 Ⅰ · Ⅱ, 새물결, 2005 · 2006; 발터 벤야민, 김남시 역, 『모스크바 일기』, 그린비, 2005; 발터 벤야민, 김영옥 · 윤미애 · 최성만 역, 『발터 벤야민 선집』 1 · 2 · 3 · 5 · 6, 길, 2007 · 2008; 발터 벤야민, 조만영 역, 『독일 비애극의 원천』, 새물결, 2008.

3 자크 데리다, 진태원 역, 『법의 힘』, 문학과지성사, 2004.

4 조르조 아감벤, 박진우 역, 『호모 사케르』, 새물결, 2008.

의적(秘義的)이며 때로 모호한 사유를 좀 더 세밀하고 심층적으로 이해하고 해석할 수 있는 계기를 마련해 준다.

벤야민의 사상이 난해하고 비의적이며 모호한 이유는 그의 사유를 추동하는 내재적 모티프들이 다층적이고 복합적으로 교섭하며 길항하고 있기 때문이다. 이 모티프들은 첫째, 유대교의 카발라적 전통에 토대를 둔 종교적 · 신학적 모티프, 둘째, 마르크스주의에 토대를 둔 변증법적 · 역사적 유물론, 셋째, 비의적이고 마법적인 근원에 토대를 두는 독특한 언어철학, 넷째, 근대적 시간관에 대항하여 순간의 기억을 통해 과거를 복원시키는 역사철학, 다섯째, 변증법적 이미지와 멜랑콜리를 근거로 알레고리의 방법론을 재평가하는 문예이론, 여섯째, 사진과 영화 등 새로운 미디어의 등장한 관련한 매체이론 등을 들 수 있을 것이다. 벤야민의 사상은 적어도 이 여섯 가지 이상의 모티프들이 교차하고 상호 침투하면서 난해하고 비의적인 사유의 성좌를 형성해 낸다. 우리는 이 모티프들 각각의 영역에 대한 심층적인 이해와 해석을 시도하는 한편, 이를 토대로 궁극적으로는 벤야민 사유의 성좌를 종합적으로 규명하여 그 전체성에 도달해야 할 것이다.

벤야민은 그의 사상 전반에서 일견 배타적으로 간주되는 '신학적 사유'와 '역사적 유물론'을 긴밀히 결합하려 했으며, 여기에 앞서 언급한 '언어철학', '역사철학', '문예이론', '매체이론' 등의 다양한 모티프와 관점을 교섭시킨다. 따라서 이 다양한 모티프와 관점들 사이의 결합 방식과 매개에 대한 고찰이 벤야민의 사유를 이해하는 데 중요한 관건이 된다고 볼 수 있다. 이 문제에 접근하는 유효한 하나의 방법은 벤야민 사상 전반의 이론적 토대라고 볼 수 있는 '언어철학'과 '문예이론'을 주목하는 것이다. 그의 언어 이론은 「언어 일반과 인간의 언어에 대하여」(1916)에서 「번역자의 과제」(1923), 「유사성론」(1933), 「미메시스 능력에 대하여」(1933), 「언어사회학의 문제들」(1935)[5]에 이르기까지 일종의 연속성을 가지고 종교적・신학적 모티프와 역사적・변증법적 유물론의 모티프를 아우르면서 전개되고 있다.[6] '마법성', '아담의 언어', '번역', '순수 언어', '유사성', '미메시스' 등의 개념들을 중심으로 진행되는 벤야민의 언어철학적 사유는, 더 나아가 그의 문예이론의 주요 관점 중 하나인 '알레고리적 언어관'과도 긴밀히 결부된다. 벤야민은 박사 학위논문인 「독일 낭만주의에서의 예술비평의 개념」(1919)에서 독일 초기 낭만주의자들이 직관적으로 파악하려 했던 '성찰'의 개념을 비롯하여 '형식' 및 '아이러니' 개념과 관련하여 예술비평을 체계화시키며, 교수 자격 논문으로 제출한 『독일 비애극의 원천』(1928)에서 그의 언어관에 기초한 '알레고리적 이미지'로 바로크의 비애극에서 몰락과 붕괴의 표식을 읽고 있다. 여기서 알레고리적 언어관은 19세기 프랑스 문학에서 시민 계급의 몰락뿐만 아니라 인류 역사 일반의 근원사를 읽는 '멜랑콜리적 역사관'과도 깊은 관련을 맺고 있다.

따라서 이 글은 다층적이고 복합적인 벤야민 사유의 성좌에 접근하는 하나의 방법으로서, 기존의 중요한 연구 성과들을 토대로 벤야민의 문예이론을 그 기본 전제와 실제 양상의 관점에서 '아이러니'와 '알레고리' 개념을 중심으로 세밀히 고찰하고자 한다. 문예이론적 전제의 관점으로는 「독일 낭만주의에서의 예술비평의 개념」과 『독일 비애극의 원천』의 서론인 「인식비판적 서설」을 텍스트로 삼아 '독일 낭만주의적 비

5 발터 벤야민, 최성만 역, 「언어 일반과 인간의 언어에 대하여」(1916)・「번역자의 과제」(1923)・「유사성론」(1933)・「미메시스 능력에 대하여」(1933)・「언어사회학의 문제들」(1935), 『발터 벤야민 선집』 6, 길, 2008.

6 이에 대한 세밀한 고찰은 최성만, 「언어, 번역, 미메시스—W. 벤야민의 언어철학과 유사성론 고찰」, 『문예미학』 제2호, 문예미학회, 1996, 289~320면; 졸고, 「발터 벤야민의 언어철학 고찰」, 『어문연구』 제61집, 어문연구학회, 2009, 479~505면 참고.

평'과 '예술비평'의 특성을 살펴보고, 문예이론적 실제의 관점으로는 『독일 비애극의 원천』의 본론인 제1부 「비애극과 비극」과 제2부 「우의와 비애극」을 텍스트로 삼아 '예술철학적 관점'과 '알레고리의 조건 및 기능'의 특성을 살펴보고자 한다.

2. 벤야민 문예이론의 기본 전제

1) **독일 낭만주의적 비평**—성찰, 형식, 아이러니

벤야민의 초기 문예이론은 칸트의 철학적 비판 개념과 함께 독일 낭만주의의 대표적 이론가인 슐레겔(Friedrich Schlegel)의 문학적 비평 개념과도 밀접한 관련을 맺고 있다. 벤야민은 박사 학위논문인 「독일 낭만주의에서의 예술비평의 개념」(1919)의 제1장에서 독일 초기 낭만주의자들이 직관적으로 파악하려 했던 '성찰'의 개념을 체계화하며, 이를 피히테의 인식 이론과 비교한다. 벤야민은 슐레겔과 노발리스의 '성찰' 개념의 중요한 특성으로 '직접성'과 '무한성'을 지적한다. 피히테는 자아가 지니는 두 종류의 행위를 '성찰'과 '정착'으로 가정하는데, 이와는 달리 슐레겔과 노발리스는 '성찰'이 무한히 이어진다고 간주한다. 성찰의 무한성으로 인해 슐레겔과 노발리스는 자기 인식의 바깥에 위치하는 인식을 인정하지 않았다. 슐레겔은 성찰을 직관이 아니라 절대적으로 조직화된 사고이며 하나의 깨달음으로 간주하는데, 벤야민은 슐레겔적 성찰의 무한성이 하나의 절대적 시스템으로 정리될 수 있다고 판단한다.

> 절대성이라는 슐레겔의 개념은—피히테에 의하면—앞에서 말한 내용에 의해서 충분하게 설명되고 있다. 우리는 이러한 가장 타당한 절대적인 것 그 자체를 '성찰의 매개체(Reflexionsmedium)'라고 일컬을 수 있을지도 모른다. 이 전문 용어로서 우리는 슐레겔의 이론적 철학을 요약해서 말할 수 있다. (…중략…) 성찰은 절대적인 것을 구성하며, 그것은 하나의 매개체로서 절대성을 구성한다. 슐레겔은 절대적인 것 내지는 시스템에 담긴 지속적인 같은 형태의 관련성에다 커다란 가치를 부여하였다.[7]

벤야민은 슐레겔이 중시한 "절대적인 것 내지는 시스템에 담긴 지속적인 같은 형태의 관련성"을 '성찰 매개체'라는 용어로 파악한다. 이 용어는 예술 작품과 그것을 인식하는 주체를 상호 연결시켜주는 매개적 역할을 하는 개념이다. 사물은 이 개념의 기능으로 인해 주체의 의식 속에 자연 그대로와는 다른 하나의 상(像)으로 비쳐질 수 있고, 주체 역시 사물에 대한 인식을 완벽하게 이행하지 못할 수도 있다. 벤야민은 '성찰 매개체'가 오직 예술 작품의 상대적 형식성에서 추출될 수 있으며, 그것의 기능을 예술 작품을 절대화시키고 그 속에서 예술의 이념 및 인간의 절대적 정신을 찾는 것으로 이해한다.

벤야민은 '예술비평'을 "성찰 매개체 속에 담겨 있는 대상을 인식하는 행위"[8]라고 간주한다. 독일 초기 낭만주의자들은 비평을 예술을 매개로 한 철학적 성찰로 간주했다. 이들에 의하면, 성찰의 구심점은 예술이지 자아가 아니다. 즉 이들에게 비평은 예술이라는 성찰 매개체 속에서의 인식이다. 이 인식은 인간이 예술에 관해 얻어낸 것이 아니라 예

---

7 발터 벤야민, 박설호 역, 「독일 낭만주의에서의 예술비평의 개념」, 『베를린의 유년 시절』, 솔, 1992, 171~172면.

8 위의 글, 203면.

술 속에서 스스로 이루어지는 예술의 자기 인식인 셈이다.

> 성찰의 주체는 근본적으로 예술 작품에 나타나는 하나의 구체적인 상이다. (…중략…) 비평이 예술 작품에 대한 인식인 한에서, 그것은 예술 작품의 자기 인식인 셈이다. 이러한 자기 인식이 예술 작품을 평가하는 한, 비평 행위는 예술 작품의 자기 평가를 통해서 발생한다. 비평은 이러한 뚜렷한 특성으로 인하여 관찰을 넘어서게 되며, 이로써 우리는 어떠한 평가도 허용하지 않는 자연의 대상과는 다른, 대상으로서의 예술 작품의 차이점을 볼 수 있게 된다.[9]

인용문에 의하면, 성찰의 주체는 비평가가 아니라 예술 작품 자체이다. 초기 낭만주의 이론가들에게 비평은 "한 작품에 대한 평가라기보다는, 그 작품을 완성해내는 방법"[10]이었다. 이처럼 비평 행위의 가장 기본적인 법칙은 예술 작품의 내재적인 규범에 입각한 예술 작품의 평가라고 볼 수 있다. 예술 작품들은 비평을 통해 진리를 보존하고, 그 진리는 작품의 내용이 아니라 그 형식 속에 침전된다. 따라서 벤야민은 "예술 작품에 대한 낭만주의의 이론은 한마디로 말해 그 형식의 이론"[11]이라고 말한다. 형식의 기능은 우연성을 하나의 필연적인 것으로 이해하고, 그것을 성찰의 엄밀한 자기 제한으로 받아들이는 것이다. 낭만주의자들은 형식과 결부된 성찰의 절대화를 통해 형식의 정확성과 다양성을 비판적으로 해결함으로써, 형식이 하나의 매개체 속에 담긴 관련 요소임을 밝히려 했다. 그래서 벤야민은 비평의 본질이 한편으로는 작품

9 위의 글, 208면.
10 위의 글, 212면.
11 위의 글, 216면.

의 완성, 보완 내지는 작품의 체계화에 있으며, 다른 한편으로는 작품을 절대성 속에서 해결하는 데 있다고 간주한다.

벤야민은 예술비평에 있어서 낭만주의의 세 가지 기본 법칙으로서 첫째, 평가가 직접성을 지닌다, 둘째, 긍정적인 가치를 매기는 등급이 불가능하다, 셋째, 나쁜 면에 대한 비판이 불가능하다는 점을 제시한다.[12] 특히 낭만주의자들은 셋째 원칙, 즉 나쁜 면에 대한 비판의 불가능성과 일치하는 기술적 용어로서 '무효화시키다(annihilieren)'라는 단어를 사용하는데, 슐레겔은 '아이러니'의 간접성을 무가치한 것에 대해 비평이 대응할 수 있는 유일한 방법이라고 생각했다. 벤야민은 슐레겔의 아이러니 개념을 상술하면서, 예술 형식의 아이러니화 작업은 소재의 아이러니화 작업과 전적으로 구분되어야 한다고 말한다. '소재의 아이러니'가 부정적이고 주관적이라면, '형식의 아이러니'는 긍정적이고 객관적이다. 그는 '형식의 아이러니'와 '비평'이 가진 근친성을 언급하면서 다음과 같이 말한다.

> 작품 자체의 보존을 위하여 예술의 이념에 대한 관련성을 완전히 조망할 수 있는 연구 방식은 (형식적인) 아이러니이다. 형식적인 아이러니는 작품을 공격하지만, 작품 자체를 파괴시키지는 아니하며, 예술 작품을 불멸(不滅)한 것으로 향하게 한다. 아이러니를 통하여 예술 작품의 특정한 표현 방식은 파괴되며, 이로써 개별적 작품의 상대적인 단일성은 깊은 심층부에서 우주적인 작품으로서의 상대적인 단일성과 부딪히게 된다. 그리하여 개별적 작품의 상대적인 단일성은 사라지지 않은 채 우주적인 그것과 관련을 맺게 된다.[13]

---

12 위의 글, 225면.
13 위의 글, 234면.

벤야민은 '형식적 아이러니'가 예술 작품의 특정한 표현 형식을 파괴하지만, 이로 인해 개별적 작품의 상대적 단일성은 우주적 작품으로서의 상대적 단일성과 부딪히며 관련을 맺게 된다고 본다. 이를 규명하기 위해 벤야민은 형식의 이중적 개념을 도입한다. 개별적 작품의 '특정한 형식'과 이념으로서의 '절대적 형식'이 그것이다. 개별적 작품의 특정한 형식은 아이러니의 해체 작업의 희생물이 되지만, 다른 차원의 아이러니는 영원한 형식, 즉 절대적인 형식이라고 명명할 수 있는 형식의 이념을 열어 젖힌다. 따라서 경험적인 형식이 아이러니에 의해 소모되고 난 뒤에, 형식의 이념, 즉 절대적인 형식은 그러한 범위에서 작품이 파괴될 수 없는 존속성을 낳게 되며, 이로써 예술 작품이 살아남게 된다.

벤야민에 의하면, 낭만주의 예술이론은 '예술의 이념'이라는 개념을 통해 그 정점을 이룬다. 예술에 대한 성찰의 기관이 형식이라면, 예술의 이념은 형식의 성찰 매개체로서 정의될 수 있다. 우리는 벤야민이 '형식의 아이러니'를 규명하면서 구별하는 '개별 작품의 특정 형식'과 '이념으로서의 절대적 형식', 그리고 다시 이 차원을 확장시켜 비평・예술 작품・아이러니 등의 '개별 요소'와 예술의 이념이라는 '절대적 성찰 매개체'의 구분으로 전개해 가는 방식 속에서 그의 문예미학적 사유의 원형질을 발견할 수 있다. 이러한 '부분과 전체의 변증법'은 이후 『독일 비애극의 원천』(1924)의 서론인 「인식비판적 서설」에서 '이념', '개념', '현상'의 관계를 통해 본격적인 문예이론의 방법론으로 정립된다. 또한 예술 작품의 특정한 표현 형식을 파괴하지만, 이로 인해 개별적 작품의 단일성은 우주적 작품으로서의 단일성과 부딪히며 관련을 맺게 된다는 '형식적 아이러니' 개념이 『독일 비애극의 원천』에서 중심 개념으로 등장하는 '알레고리'와 어떤 관련성을 가지는가도 중요한 연구 테마라고 볼 수 있다.

2) **예술비평**-이념, 개념, 현상, 원천

벤야민은 『독일 비애극의 원천』(1924)의 서론인 「인식비판적 서설」에서 '예술의 이념'을 더 구체화한다. 그는 우선 '인식'과 '진리'의 구별을 전제한다. '인식'은 그 자체에 대해 되물을 수 있지만, '진리'의 본질인 단일성은 즉각적인 규정이며 비매개적이다. '진리'가 인식 행위로부터 유리되어 있다는 점은 '이념'을 '존재'로서 정의하게 한다. 따라서 '진리'와 '이념'은 '존재'로서, 플라톤 체계가 부여하는 형이상학적 의미를 획득한다. 플라톤이 현실의 사물들은 이데아를 분유(分有)한다고 보았듯이, 벤야민은 '현상들'에 '이념'의 요소가 담겨 있다고 본다.

> 현상의 허위적인 단일성(통일성)을 탈피함으로써 현상은 분할되어서, 진리의 진정한 단일성에 참여한다. 이러한 분할로 현상은 개념에 배속된다. 사물에 관련해서 그것을 요소들로 해제하는 일을 수행하는 것이 바로 개념이다. 개념들로 구별한다는 것은, 현상을 이념으로 구해내는 것, 플라톤적인 '현상의 구출'(타 파이노메나 소제인)을 목표로 하는 한에서만, 그 파괴적인 현학의 혐의를 넘어서서 숭고하다.[14]

벤야민에 의하면, '현상'을 분할하여 '진리'의 진정한 단일성에 참여케 하는 매개가 '개념'이다. 매개자 역할을 통해서 '개념'은 '이념'들의 존재에서 '현상'이 차지할 몫을 그 현상에 지정해주는 것이다. 보편적인 것은 이념이고, 개념은 극단에서 시작된다. 극단들이 이념 주위에 모이는 곳에서 비로소 이념도 삶을 시작한다. '현상의 구제(구출)'와 '이념의

14 발터 벤야민, 조만영 역, 『독일 비애극의 원천』, 새물결, 2008, 20~21면.

제시'라는 이중의 과제는 벤야민이 추구하는 비평의 과제이기도 하다. 예술비평은 작품 속의 현상들을 그 전체적 연관에서 떼어내고 특정 관점에서 배열하여 이념이 드러나게 함으로써 작품의 진리 내용을 읽어내는 일이다. 벤야민은 이를 성좌(별자리)와 별의 관계로 비유하여 언급한다.

> 이념이 사물과 관계하는 것은 별자리의 형상이 별자리의 별들과 관계하는 것처럼 되어 있다. 이는 일단 이념들이 사물들의 개념도 아니며 사물들의 법칙도 아니라는 것을 말해준다. (…중략…) 현상들은 현존, 공통성, 차이를 통해서 이 현상들을 포괄하는 개념들의 범위와 내용을 규정한다. 반면 이념은 현상들—차라리 현상의 요소들—의 객관적인 해석으로서 비로소 현상들 간의 상호귀속성을 규정한다. 그런 한에서는 현상과 이념의 관계는 현상과 개념의 관계의 역이다. 이념은 영원한 성좌 형세, '콘스텔라치온'이다.[15]

'이념'은 '현상들'이 특정한 방식으로 배치되어 있는 성좌 형세를 취한다. 현상들이 성좌 형세의 점들로 포착된다는 점에서 현상들은 분할되는 동시에 구제된다. 여기서 매개적 존재인 '개념'은 '이념'의 부분이자 '현상'의 구성 요소이다. 즉 '현상'들은 '개념'을 매개로 유기적인 작품에서 분할되고, 다시 '개념'은 성좌를 이루듯 '현상'들을 배치하여 '이념'을 드러낸다. 결국 이념은 일회적이고 극단적인 것이 그 자신과 비슷한 것들과 맺는 연관의 형상화라고 말할 수 있다. 마찬가지로 비평가는 예술작품 속의 다양한 현상들 중 취사선택하여 특정 개념을 통해 분할하고

---

15 위의 책, 22면.

배치함으로써 이념을 만들어 낸다. '현상', '개념', '이념' 이외에 벤야민이 한 가지 더 규명하려는 것은 '원천'의 개념이다. "이념 세계의 기술을 수행하는 일은 '원천적인 것'으로서의 이념 각각에서 새롭게 시작된다"[16]고 보는 벤야민은 '원천' 개념에 대해 다음과 같이 언급한다.

> 원천은 전적으로 역사적인 범주이지만 성립과는 아무런 공통점도 없다. 원천은 '이미 발생된 어떤 것의 생성'을 가리키는 것이 아니라 '생성과 소멸에서 발생하고 솟아나는 것'을 가리킨다. (…중략…) 원천적인 것의 리듬은 오직 이중적인 통찰에만 열려 있다. 그 리듬은 한편으로 복구로서, 회복으로서 인식되고자 하며, 바로 이 점에서 그것은 다른 한편으로 미완(未完)으로서, 미결(未決)로서 인식되고자 한다.[17]

벤야민이 말하는 '원천'은 하나의 고정된 사실로서 기원의 개념이 아니라, 생성의 흐름 속에 소용돌이로서 자리 잡고 성립의 자료를 자신의 리듬 속으로 빨아들이는 유동적 개념이다. 원천적인 것의 리듬은 한편으로 복구나 회복으로서 인식되고 다른 한편으로 미완이나 미결로서 인식되는, 이중적인 통찰에만 열려 있다. 따라서 '원천'은 생성하고 사라지는 고유한 역사적 현상을 그 전사(前史) 및 후사(後史)와 함께 끊임없이 재인식하는 것을 의미한다. 이 개념은 과거의 이미지가 미래에 완성될 구원의 순간에 대한 은밀한 기다림을 내포하고 있다는 '희미한 메시아적 힘'과도 연관된다. 이처럼 생성의 소용돌이로서 과거와 미래를 자신의 리듬 속으로 빨아들이는 변증법적 역사의 시간관은, 그의 역사철학뿐만 아니라 언어철학 · 문예학 · 정신분석학 · 법－정치학 · 사회

16 위의 책, 34면.
17 위의 책, 38면.

학·매체학에 이르기까지 전 분야에 적용되고 있다. 이 변증법에서 모든 본성적인 것의 일회성과 반복은 상호 제약하는 것으로서 개입한다. 따라서 모든 원천 상태에서는 한 이념이 거듭해서 자기 역사의 총체성으로 완성되어 현존할 때까지 역사적인 세계와 담판을 벌이는 양상이 나타나는 것이다.

3. 벤야민 문예이론의 실제 양상

1) **예술철학적 비평**–주권 이론, 주석과 비평, 멜랑콜리

벤야민은 『독일 비애극의 원천』의 본론에서 '독일 비애극'의 '형식'을 통해 그 '이념'을 탐구한다. 그는 다양성의 입증이 과제가 되는 '문학사적'인 논문과 달리, 단일성을 전제하는 '예술철학적' 논문의 관점에서 '비애극'을 하나의 이념으로 간주한다. 예술철학적 논문은 예술 형식이라는 현상의 언어적 본질을 구제하여 그것을 이념으로 결정화(結晶化)해야 하기 때문이다.

벤야민은 『독일 비애극의 원천』의 제1부 「비애극과 비극」에서, 바로크 비애극은 그리스 비극과 다르다는 점을 강조한다. 그리스 비극은 전체적 구조가 중요하지만, 바로크 비애극의 양식적 독창성은 전체보다는 개별적인 세부에서 더 뚜렷하게 나타난다. 또한 그리스 비극에서 주인공의 비극적 지위는 역사 이전에 이미 결정된 것이지만, 독일 비애극의 극적 상황은 절대왕정이라는 역사적 시대에 의해 주어진다. 여기서는 신이나 운명과의 대결이 아니라, 군주의 덕목이나 패륜에 대한 묘사, 인간관계에 대한 통찰, 정치적 음모의 개입 등이 극의 중심을 이룬다. 이것들이 바로크 비애극의 소재라면, 그 이념은 반동 종교 개혁 당시의 신학적 상황이다. 이처럼 벤야민은 바로크 비애극이라는 예술 작품의 제재나 형식에 대한 탐구로부터 그것이 함축한 역사적 상황을 탐색하는 연구의 관점을 보여준다. "주권자로서의 군주는 역사를 대변한다"[18] 라는 문장이 이를 뒷받침하는데, '주권 이론'에 대해 서술하는 다음의 대목은 주목을 요한다.

> 근대적 주권 개념이 군주의 최고 집행권에 주력했다면 바로크적 주권 개념은 예외상태에 관한 논의에서 발전해 나온 것으로서 이 예외상태의 배제를 군주의 가장 중요한 기능으로 삼았다. 전쟁, 반역, 혹은 여타의 재난이 예외상태를 유발할 경우 통치하는 자는 바로 그 예외상태 속에 독재적인 폭력의 영유권자이도록 사전에 이미 규정되어 있다는 것이다.[19]

벤야민은 일종의 법-신학-정치학의 영역으로서 근대적 주권 개념과 바로크적 주권 개념을 비교한다. '예외상태'에 대한 논의는 벤야민이 칼 슈미트의 『정치신학-주권론 사제(四題)』(1922)를 참고한 것으로서, 두 사람은 법과 폭력을 중심으로 배치되는 정치신학적 차원에서 상호 공명하고 있다.[20] '주권자란 예외상태에 관해 결정하는 자'라는 슈미트의 관점은 "억압받는 자들의 전통은 우리가 그 속에서 살고 있는 '비상사태(Ausnahmezustand, 예외상태)'가 상례임을 가르쳐준다. 우리는 이에 상응하

18 위의 책, 67면.
19 위의 책, 68면.
20 정치신학적 입장에서 발터 벤야민과 칼 슈미트를 연관시켜 규명하는 차원은 김항, 「댄디와 주권-벤야민의 문턱」, 『현대비평과 이론』, 2005년 봄·여름, 91~101면 참고.

는 역사의 개념에 도달하지 않으면 안 된다. 그렇게 되면 진정한 비상사태를 도래시키는 것이 우리의 과제로 떠오를 것이다"[21]라는 벤야민의 선언으로 연결된다. 벤야민과 슈미트는 모두 자본주의와 자유민주주의, 즉 부르조아적 질서를 거부했다. 벤야민이 말한 '벌거벗은 삶'은 슈미트가 말한 '예외상태에 대한 결정'이 불가능한 삶이고, 슈미트가 말한 '주권자의 결정'은 벤야민이 말한 '주권적 형태의 신의 폭력'이다. 결국 벤야민은 예외상태와 보통상태가 구별되지 않는 현재의 벌거벗은 삶에 진정한 예외상태를 도래시키기 위해서는 주권적인 신의 폭력이 요청된다고 보는 것이다. 여기서 우리가 주목하는 것은 「역사의 개념에 대하여」(1940)에 제시된 이러한 정치신학적 선언의 모태가 이미 『독일 비애극의 원천』(1928)에 배태되어 있었다는 점이다.

바로크 비애극에서 군주는 '폭군'과 '순교자'라는 야누스적 두 얼굴을 가진다. 군주는 당시 유럽을 지배하던 절대주의의 화신이며, 예외사태에 독재권을 행사하는 '폭군'이지만, 결정을 내리는 순간에는 개인적으로 우유부단하고 무력한 모습을 보여준다. 이처럼 "통치자의 권력과 통치 능력 간의 반명제적인 대조(안티테시스)는 외견상 장르적인 요소라고까지 할 정도로 비애극의 고유한 특징"[22]을 이룬다. 잔혹하게 반역자를 박해하던 군주는 결국 자신이 그 잔혹함의 희생자, 즉 '순교자'가 된다. 따라서 바로크 비애극은 악인을 다룬 '폭군'의 드라마와 선인을 다룬 '순교자'의 드라마가 합쳐져서 마치 세속화된 중세 수난극처럼 된다. '음모가'는 '폭군'과 '순교자'에 이은 제3의 전형이다. 음모가로서 '신하'는 의미의 지배자이며 비애를 불러들이는 장본인이다. 마찬가지로 배경인 궁정

21 발터 벤야민, 최성만 역, 「역사의 개념에 대하여」, 『발터 벤야민 선집』 5, 길, 2008, 336~337면.

22 발터 벤야민, 조만영 역, 『독일 비애극의 원천』, 새물결, 2008, 75면.

은 계락의 장소이자 세속적 사교의 장소이며, 시간은 정점으로서의 파국인 동시에 전원적 낙원의 특성을 가진다. 인물 · 장소 · 시간의 이러한 이중성은 바로크 시대의 정신사적 성향을 우회적으로 보여준다.

벤야민은 폴켈트의 『비극적인 것의 미학』을 인용하여, 비극적 주인공의 운명이 어떤 초월적 힘의 불가사의한 개입에 의존한다면, 바로크 비애극의 주인공은 무거운 짐에 억눌려 있는 협소한 인간, 부자유한 인간의 성격을 지닌다고 말한다. 그리고 『비극의 탄생』을 쓴 니체에게서 비극적 신화는 심미적인 형상으로 간주되어 역사철학적 내지 종교철학적 개념들에 접근할 수 있는 통로가 차단되었다고 지적하며 다음과 같이 말한다.

> 비극 문학의 통합적인 진리 내포의 한 계기로서 파악해야 할 필연성, 즉 역사철학적으로 파악해야 할 필연성이 명백하게 된다. (…중략…) 전체의 진리 내포는, 도덕적인 명제는 물론이고 추상적으로 도출된 어떤 명제로 대면할 수 있는 것이 아니다. 진리 내포는 오직 작품 자체의 비판적이고 주석적인 전개에서만 대면할 수 있다. 진리 내포는 고도로 매개된 형태로만 도덕적인 조언을 함축할 뿐이다.[23]

벤야민은 비극을 진리 내용의 한 계기로서 파악해야 하는 필연성을 강조한다. 벤야민은 「괴테의 친화력」(1924)에서 비평의 방법론을 성찰하면서 "비평은 어떤 예술 작품의 진리 내용을 찾는 것이고 주석은 그것의 사실 내용을 찾는 것이다"라고 말하며, 비평가를 '양피지를 앞에 둔 고문서학자'로 비유한다. 글자가 마멸된 양피지의 본래적 텍스트가

23 위의 책, 125~126면.

'진리 내용'을 말해주는 것이라면, 전승의 과정을 겪는 동안 양피지를 둘러싸고 생겨나는 변화와 해석은 텍스트의 '사실 내용'을 말해주는 것이다.[24] '사실 내용'에 대한 엄밀한 '주석'을 통해서만 '진리 내용'에 대한 '비평'에 도달할 수 있다는 것이 벤야민 비평의 근본 관점이다. 작품의 진리에 다가서기 위해 비평가는 작품 속에 침잠함으로써 자신의 주관성과 예술 작품의 역사성을 지워야 하는 것이다.

벤야민에 의하면, 독일 바로크의 위대한 극작가들은 루터교도였는데, 루터교는 진작부터 일상 세계와 이율배반을 이루고 있었다. 루터주의는 현세에서 엄격한 도덕성과 의무에 대한 복종을 강조하면서 동시에 진정한 세계는 현세가 아니라 내세라고 설교했기 때문이다. 그 결과 루터주의의 신도들은 현세를 공허한 세상으로 파악했으며 침울한 수심, 즉 우울의 감정으로서 멜랑콜리를 경험한다. 이것이 바로 독일 비애극의 주제가 된다. 벤야민은 감정이 공허해진 세계를 가면으로 새롭게 되살려내고, 이를 바라보는 데에서 수수께끼 같은 만족을 갖게 되는 마음의 지향성을 비애(Trauer)라고 간주하고, 멜랑콜리(Melancholie)에 대해 다음과 같이 말한다.

> 불안의 전율로써 인간의 마음에 지배력을 행사하는 것이 우울(멜랑콜리)이다. 학자들은 이 우울의 고유한 현상으로서 폭군의 종말이 다가올 때 필수적으로 따라오는 현상들을 열거했다. 심각한 경우에 우울이 광란으로 이어진다는 사실은 의심할 나위도 없는 명백한 사실이라고 여겨졌다. 그리고 전제군주는 군주로서 활동하는 순간부터 멸망하게 되는 순간까지 우울의 모델로 간주되었다.[25]

---

24 반성완, 「발터 벤야민의 비평 개념과 예술 개념」, 『발터 벤야민의 문예이론』, 민음사, 1983, 372~373면 참고.

바로크의 군주는 우주적 질서에 합류하는 화해를 얻지 못하고, 위안 없는 세계 속에서 모든 아름다운 것들을 덧없는 것으로 느끼게 된다. 군주들의 몰락과 더불어 역사도 몰락하고, 죽음과 부패와 붕괴는 어떤 위안과 희망을 기대하지 못하는 허무로 귀결된다. 독일 비애극에서 인물 유형들은 반종교 개혁적인 특유의 태도로 중세 스콜라적인 도식의 멜랑콜리를 추구한다. 종교적으로 복종도 반대도 불가능해진 시대의 멜랑콜리는 바로크 비애극에서 군주의 멜랑콜리로 전이되는 것이다.

이처럼 등장인물의 내면과 시대의 정신사적 성향을 매개하는 개념이 바로 '멜랑콜리'이다. 몰락과 붕괴로서의 역사는 멜랑콜리의 시각에서 연유한다. 바로크 비애극에 등장하는 신원 불명의 시체들, 피가 든 술잔, 잘린 목, 해골과 뼈조각 등의 사물들도 파국에 내맡겨진 몰락으로서의 역사를 의미하는 '멜랑콜리'의 표상인 것이다. 결국 벤야민이 루터주의로부터 읽어내는 멜랑콜리는 '엄격한 도덕성 및 의무에 대한 복종'과 '공허한 세상에 대한 허무의식'이라는 이중적 성격을 가지는데, 이것은 바로크 비애극에 등장하는 인물・장소・시간의 모순적 성격과 상응하고, 동시에 허무주의와 구원에의 기대가 엇갈리는 당대의 정신사적 성향과도 상응하는 것이다.

2) **알레고리의 조건**–몰락, 이율배반, 간극, 파편화

벤야민은『독일 비애극의 원천』의 제2부「우의와 비애극」에서 '알레고리'를 바로크 비애극의 핵심적인 표현 형식으로 부각시킨다. 바로크 비애극의 무대 위에서 상연되는 군주의 몰락은, 그 자체가 아니라 해골

25 발터 벤야민, 조만영 역,『독일 비애극의 원천』, 새물결, 2008, 184면.

의 엠블렘(우의도, 寓意圖)을 통해 몰락하는 자연사를 표현하는 것이다. 이런 차원에서 벤야민은 전통적인 상징 우위의 이론을 비판하고 알레고리의 가치를 복권시킨다.

> 상징에서 몰락의 정화와 더불어 자연의 변용된 표정이 구원의 빛 속에서 순간적으로 드러난다면, 우의에서는 역사의 '죽은 표정'(파치에스 히포크라티카)이 응고된 원(源)풍경으로서 관조자의 눈앞에 펼쳐진다. (…중략…) 자연으로 극도로 쇠락한 형체 속에는 인간 현존재의 자연(육체)만이 아니라 개개인의 전기적인 역사성까지도 수수께끼 의문으로서 의미심장하게 발화된다. 이것이 우의적 고찰의 핵심, 역사를 세계의 수난사로 보는 바로크적 세계 해석의 핵심이다.[26]

상징이 몰락을 정화하여 구원의 가능성을 제시한다면, 알레고리는 죽음 속에 응고된 몰락을 그 자체로 제시한다. 따라서 알레고리에는 표현의 상징적인 자유, 형태의 고전적인 조화, 인간적인 것 등이 결여되어 있다. 또한 상징이 '형식과 내용의 유기적 결합'을 통해 '총체성'을 시도한다면, 알레고리는 '형상과 내용의 불연속'을 통해 무정형의 파편과 폐허로 나타난다. 바로크 시대에 유행하던 엠블렘 속에는 죽음과 퇴락과 붕괴에 대한 인식에서 연유되는 멜랑콜리가 반영되어 있다. 이처럼 "바로크적 세계 해석의 핵심"은 "역사를 세계의 수난사로 보는" 것이며, 이 자연의 알레고리화는 '시체'를 통해서만 형성될 수 있었던 것이다.

중세의 알레고리가 기독교적 · 교술적이라면, 바로크의 알레고리는 신비론적 · 자연사적 의미에서 고대로 돌아간다. 바로크의 알레고리는

---

26 위의 책, 217면.

감각적이고 아름다운 자연의 부자유·불완전성·훼손성 등을 감지한다. 알레고리적 관조의 장에서 형상은 파편 조각이고 루네 문자[27]이다. 여기서 총체성의 허위적 가상은 스러지고, '애매성'과 '다의성'이 알레고리의 근본 특성으로 대두된다. 하나의 사물이 '미덕'과 '악덕'을 동시에 표현할 수 있는 '양의성'은 알레고리의 '이율배반'으로 이어진다. 예를 들면, 바로크 비애극에서 '해골'은 몰락과 부활이라는 양극단을 지시한다. 이러한 이율배반성은 '환영'과 '가상'에 대해서도 적용된다.

> 바로크의 신성화(아포테오시스) 경향은 사물들에 대한 바로크 특유의 고찰 방식과 대극을 이룬다. (…중략…) 가상(假象)이란 작품에서 미적으로 정화하는 것이고, 사람들이 한때 바로 이 가상을 통해 예술적 형성의 본질을 규정하고자 하기도 했지만, 환영기법을 탁월한 솜씨로 펼치면서도 바로 이 가상을 작품으로부터 근본적으로 추방했던 문학은 바로크 이전에는 일찍이 없었다. 무가상성(無假象性)이야말로 모든 바로크 서정시의 가장 엄격한 특성 중의 하나라고 말할 수 있다.[28]

바로크 비애극의 사물들은 알레고리적인 의미 작용이라는 전권을 지니고 있다는 점에서 '지나치게 지상적인 것'의 거울상을 지니고 있다. 사물들은 결코 자체의 내부에서 자력으로 정화되지 않기 때문에, 신성화의 각광에 의해 조명을 받는다. 그러나 이로부터 얻어지는 가상(假象)은 바로크 특유의 고찰 방식과 대치된다. 따라서 바로크 비애극은 환영기법을 펼치면서도 가상을 추방하는 독특한 양상을 가지게 되는 것이

27 역자 주에 의하면, '루네(Rune)'는 고대 게르만 글자로서 '비밀', '속삭임'이라는 어의를 갖고 있다. '루네'는 잔해, 폐허를 의미하는 '루이네(Ruine)'와 발음상으로 유사하다.
28 발터 벤야민, 앞의 책, 235~236면.

다. 상징이 불변적이라면, 침잠에 맞서기 위해 알레고리는 다른 한편으로 끊임없이 새롭고 기상천외하게 전개된다. 벤야민은 알레고리의 특성인 '탈영혼화'를 설명하면서 '형상적 존재와 의미 사이의 심연'에 대해 다음과 같이 언급한다.

> 대상이 우울의 시선 아래에서 우의적이게 되고, 우울이 대상에서 생명이 빠져나가게 하고, 그래서 대상이 죽게 되지만 동시에 영원히 보증된 대상으로 남는다고 한다면, 행인지 불행인지 모르지만 대상의 생사는 전적으로 우의가(寓意家)에 내맡겨지게 된다. 이는 곧 이 순간부터는 대상이 결코 어떤 의미도, 어떤 의의도 스스로 발산하지 못한다는 것을 가리킨다. (…중략…) 이것은 심리학적 사태가 아니라 존재론적 사태이다. 우의가의 수중에서 사물은 무언가 다른 것이 되며, 이를 통해서 우의가도 무언가 다른 것을 말하게 된다. 사물은 숨어 있는 지식의 영역을 여는 열쇠가 되며, 우의가는 그것을 이 숨어 있는 지식의 우의도로서 숭배한다.[29]

알레고리를 구사하는 순간, 우의가(寓意家)는 대상 속에 의미를 투입하며 그 밑바닥까지 내려가게 되고, 대상은 우의가가 그 대상에 부여한 것만을 의미로서 지닌다. 우의가에 내맡겨진 대상은 어떤 의미도 스스로 발산하지 못하게 되지만, 동시에 영원히 보증된 대상으로 남는다. 표현된 대상이 우의가의 손을 거치면서 다른 어떤 것이 되며, 이를 통해 다른 의미를 발산하게 된다는 점은, 형상과 의미의 불일치, 혹은 기표와 기의의 불일치를 의미한다고 볼 수 있다.[30] 바로크 시대의 알레고

29 위의 책, 241~242면.
30 알레고리가 가진 '형상과 의미의 불일치'에 대한 설명은 최문규, 「바로크와 알레고리」, 『뷔히너와 현대문학』 제16집, 한국뷔히너학회, 2001, 11~14면 참고.

리는 엠블렘(우의도)과 간단한 텍스트로 구성되어 있는데, 이러한 형상은 특정한 의미를 단순히 재현하는 것이 아니라 다른 의미를 향하고 있다. 생명체의 자연적인 몰락 상태 같은 형상이 역사라는 다른 의미를 향하고 있기 때문이다. 결국 알레고리로 표현된 사물은 자신의 본래적 연관성이 파괴되고 다른 맥락으로 전이됨으로써 다른 의미를 획득하게 되는 것이다.

이러한 '형상과 의미의 불일치'는 바로크적 언어가 가진 '문자와 음향의 간극', '말과 글의 간극'으로도 변형되어 나타난다. 벤야민은 소리 언어가 피조물의 자유로운 원천적 발성의 영역인 반면, 알레고리적인 문자 형상이나 문자 이미지는 의미의 기이한 착종 속에서 사물들을 노예화한다고 본다. 이러한 특성은 비애극의 알레고리적 구조로서 '언어의 파편화' 현상과도 연관된다. 철자 바꾸기(아나그램), 의성어적 표현, 그 밖의 수많은 언어 기교에서 낱말 · 음절 · 발음 등은 모든 관습적인 의미 연관에서 벗어나 알레고리적으로 해석되어야 할 사물로서 활성화된다. 바로크의 언어는 언제나 언어 구성 요소들의 반란으로 요동친다. 이처럼 알레고리는 파편적 · 이질적 · 불연속적인 모든 현상들을 일정한 개념 틀에 따라 배열함으로써, 순간적으로 그 이념이 되살아나는 결과를 가져오는 것이다.

3) **알레고리의 기능**—마법, 변용, 반전

벤야민은 비애극이라는 알레고리적 형식은 오직 고도의 신학적 영역에 의해서만 해제될 수 있다고 본다. 그리고 바로크의 기독교적 특성과 중세의 기독교적 특성 사이에는 이교적인 신들과의 투쟁, 알레고리의 승리, 육체의 수난이라는 삼중의 내용적 친화성이 존재한다고 지적한다. 또한 그는 "덧없음과 영원함이 가장 밀착해서 만나는 곳에서 우의는 불후의 것으로 정착한다"고 언급하지만, "사물들의 덧없음에 대한 통찰과 이를 영원한 것으로 구출한다는 고려도 우의적인 것에서는 여러 가지 강력한 모티프들 중의 하나에 불과하다"[31]고 역설한다. 그렇다면 과연 어떤 요소가 알레고리의 강력한 모티프로 간주되는 것일까.

> 연금술과 장미십자단의 비술(秘術)이나 비애극에 나오는 마법 장면 등이 입증하듯이 르네상스에 못지않게 이 시대 역시 마법에 몰두했다. 마법의 미다스의 손은 그것이 무엇을 붙잡든 모든 것을 의미 작용을 하는 것으로 바꿔놓는다. 마법의 본령은 온갖 종류의 변용에 있었다. 그리고 이 변용의 도식이 우의였다. 이러한 변용의 열정은 단순히 바로크 시대에만 국한된 현상으로 그치는 것은 아니기 때문에, 후대에 들어서도 이러한 열정은 뚜렷하게 '바로크적' 특색을 보여주는 것이 된다.[32]

벤야민은 알레고리의 원천, 즉 존재론적 근거로서 중세 이후 고대가 남겨준 잔재들의 복원이라는 차원을 논의한다. 중세에 고대 만신전(萬神殿, 판테온)이 해체되고 르네상스에서 이를 되풀이하며 17세기 이후 기독교가 억압한다면, 고대적인 것이 다시 기독교를 위협적으로 압박한 것이 비의적(秘義的)인 조류로서 '점성술'과 '장미 십자단'과 '연금술'이다. 점성술은 동방의 이교를 지지해주는 서구 내부의 보루였고, 장미 십자단과 연금술도 여기에 합세했다. 벤야민에 의하면, 바로크 비애극의 알레고리는 점성술·장미 십자단·연금술과 유사한 계보적 맥락에

31 발터 벤야민, 앞의 책, 300면.
32 위의 책, 309면.

서 형성되었고, 따라서 괴사하여 사물과 같이 되어버린 고대의 신들에 상응하는 것이 알레고리이며, 알레고리 해석은 고대 신들의 진정한 마성적인 본성을 기독교적으로 확인하는 사명을 지녔다는 것이다. 이런 관점에서 벤야민은 호어스트의 말을 인용하여, 알레고리 해석을 발전시키는 데 중요한 요건은 신들과의 근접성이라고 지적한다.

따라서 알레고리의 중요한 특성으로 '고대적 잔재의 복원'과 '신들과의 근친성'을 들 수 있다. 여기서 우리가 주목할 만한 내재적 요소는 '마법적 본성'과 그것이 지닌 '변용의 도식'일 것이다. 그러면 '마법' 이 지닌 '변용'은 알레고리적 표현에서 어떤 작용을 하는 것일까. 벤야민은 언어철학을 서술하는 일련의 글에서, 인간의 '미메시스 능력'을 고찰하면서 개체 발생적 측면에서 어린아이들의 '놀이(Spiel)'를, 계통 발생적 측면에서 '점성술(Astrologie)'을 예로 든다. 자연물들은 인간의 미메시스 능력과 조응하면서 일종의 마법적 상응 관계를 지니는데, 벤야민은 이를 '비감각적 유사성'의 개념으로 설명한다. 벤야민은 또 하나의 중요한 예로 '필적 감정학'을 들고, 비감각적 유사성의 개념이 갖는 모호성을 해소해줄 한 규준으로 '언어'를 든다. 문자는 언어와 더불어 비감각적 유사성, 비감각적 상응 관계들의 서고(書庫)가 된다. 벤야민에 의하면, 감각적 지각 작용을 뛰어넘는 미메시스 능력의 대표적인 사례가 '놀이', '점성술', '필적 감정학', '언어'인 셈이다.

그렇다면 독일 비애극의 형식적 구조를 이루는 '알레고리'는 '점성술', '장미 십자단', '연금술'뿐만 아니라, '놀이', '필적 감정학' 등과도 상호 근친성을 가지면서 '비감각적 유사성'을 발견하는 미메시스 능력을 발휘한다고 볼 수 있다. 작품의 현상들을 개념에 따라 배열하여 이념이 드러나게 함으로써 역사적 · 정신사적 의미망을 읽어내는 벤야민의 알레고리적 방법론은, 이 '마법적 변용'의 특성을 통해서 그 가능성을 획득하게 된다. 알레고리의 특성인 '마법적 변용'은 기본적으로 사물과 조응하면서 일종의 마법적 상응 관계를 지니는 미메시스 능력을 의미하기도 하고, 지상적인 것에서 초자연적인 것으로 변환을 꾀하는 신비주의적 계시의 속성을 보여주기도 하지만, 더 나아가 허무와 쇠락과 몰락이 부활로 전환되는 '반전'의 기능을 암시하기도 한다.

> 특권화된 비밀스런 지식, 죽은 사물들의 영역에 대한 자의적인 지배, 헛된 희망의 주관적인 무한성이 사라지는 것이다. 이 모든 것이 바로 그 '단 한 번'의 비상으로 연기처럼 사라진다. (…중략…) 패덕이라고 완벽하게 확신해 마지않았던 그 궁극적인 대상들은 우의로 반전되며, 이 궁극적인 대상들은, 그것들이 제시되는 장(場)인 바로 그 허무를 충족시키면서 부인한다. 마찬가지로 우울의 지향성은 궁극적으로 해골을 바라보는 것을 충성스럽게 고집하지 않고 그러한 충성을 저버리고 부활을 향해 비약한다. 이것이 우울한 침잠의 본질이다.[33]

벤야민에 의하면, 바로크 동판화나 스케치에서 알레고리적 형상의 도식으로 읽을 수 있는 '해골'은 단순히 인간 실존의 황량함만을 보여주는 것이 아니다. 여기서 덧없음이 의미로서 지시되고 알레고리적으로 제시된다기보다는, 덧없음 자체가 의미 작용을 하면서 알레고리적으로 주어지게 된다. 이로써 덧없음은 부활의 알레고리로 나타나게 된다. 바로크적 죽음의 얼룩 속에서 뒤쪽으로 구부러진 활모양의 곡선을 그리면서 구원을 도모할 때, 알레고리적 고찰은 역으로 반전되는 것이다. 무상함을 영원성으로 끌어올리는 창작 방법이 알레고리이고, 그 재료

33 위의 책, 313면.

가 된 것이 폐허 속에 흩어진 파편들이다. 결국 벤야민이 탐구한 바로크 비애극의 알레고리론은 해골의 엠블렘을 통해 몰락하는 자연사를 새기고, 그 무상함을 영원성으로 비상시키는 반전의 역할을 규명한다.

'마법적 변용'이 가진 '반전'의 기능으로 인해 우리는 '알레고리'가 독일 초기 낭만주의 이론에서 벤야민이 탐구했던 '형식적 아이러니'와 모종의 관련성을 가진다고 생각할 수 있다. 폐허 속에 흩어진 파편 조각들을 통해 몰락하는 자연사를 새기고, 그 무상함을 영원함으로 비상시키는 방식이 '알레고리'라면, 이것은 예술 작품의 '특정한 표현 형식'을 파괴하지만, 이로 인해 개별적 작품의 단일성이 우주적 작품으로서의 단일성과 부딪히며 관련을 맺게 되는, 슐레겔의 '형식적 아이러니'가 바로크 시대의 역사적·정신사적 층위까지 함축시키며 확장된 표현 방식이라고 판단되기 때문이다.

4. 맺음말

지금까지 이 글은 다층적이고 복합적인 벤야민 사유의 성좌에 접근하는 하나의 방법으로서, 그의 '문예이론'을 그 기본 전제와 실제 양상의 관점에서 '아이러니'와 '알레고리' 개념을 중심으로 고찰했다. 문예이론적 전제의 관점으로는 '독일 낭만주의적 비평'과 '예술비평'의 특성을 살펴보고, 문예이론적 실제의 관점으로는 '예술철학적 비평'과 '알레고리의 조건 및 기능'의 특성을 살펴보았다.

벤야민의 '독일 낭만주의적 비평'의 특성은 '성찰', '형식', '아이러니'

개념을 중심으로 형성된다. 그는 슐레겔적 성찰의 무한성이 하나의 절대적 시스템으로 정리될 수 있다는 의미에서 '성찰 매개체'라는 용어를 사용한다. 벤야민에게 '예술비평'은 "성찰 매개체 속에 담겨 있는 대상을 인식하는 행위"이다. 여기서 성찰의 주체는 비평가가 아니라 예술 작품 자체이다. 초기 낭만주의 이론가들은 비평의 가장 기본적인 법칙을 예술 작품의 내재적인 규범에 입각한 평가라고 보았다. 그래서 벤야민은 "예술 작품에 대한 낭만주의의 이론은 한마디로 말해 그 형식의 이론"이라고 말한다. 벤야민은 슐레겔의 아이러니 개념을 상술하면서, 예술 형식의 아이러니화 작업은 소재의 아이러니화 작업과 전적으로 구분되어야 한다고 강조한다. 그리고 형식적 아이러니가 예술 작품의 특정한 표현 형식을 파괴하지만, 이로 인해 개별적 작품의 상대적 단일성은 우주적 작품으로서의 상대적 단일성과 부딪히며 관련을 맺게 된다고 본다.

벤야민은 '예술비평'의 특성을 '이념', '개념', '현상', '원천' 개념을 중심으로 서술한다. '현상'을 분할하여 '진리'의 진정한 단일성에 참여케 하는 매개는 '개념'이다. '이념'은 '현상들'이 특정한 방식으로 배치되어 있는 성좌 형세를 취한다. 여기서 매개적 존재인 '개념'은 '이념'의 부분이자 '현상'의 구성 요소이다. 즉 현상들은 개념을 매개로 유기적인 작품에서 분할되고, 다시 개념은 성좌를 이루듯 현상들을 배치하여 이념을 드러낸다. '원천'은 하나의 고정된 사실로서 기원의 개념이 아니라, 생성의 흐름 속에 소용돌이로서 자리 잡고 있으면서 성립의 자료를 자신의 리듬 속으로 빨아들이는 유동적 개념이다. 따라서 '원천'은 생성하고 사라지는 고유한 역사적 현상을 그 전사(前史) 및 후사(後史)와 함께 끊임없이 재인식하는 것을 의미한다

벤야민의 '예술철학적 비평'의 특성은 '주권 이론', '주석과 비평', '멜

랑콜리' 등의 개념을 중심으로 형성된다. 그는 바로크 비애극이라는 예술 작품의 제재나 형식에 대한 탐구로부터 그것이 함축한 역사적 상황을 탐색하는 연구의 태도를 보여준다. '주권 이론'에 대해 벤야민은 예외상태와 보통상태가 구별되지 않는 현재의 벌거벗은 삶에 진정한 예외상태를 도래시키기 위해서는 주권적인 신의 폭력이 요청된다고 본다. '사실 내용'에 대한 엄밀한 '주석'을 통해서만 '진리 내용'에 대한 '비평'에 도달할 수 있다는 것이 벤야민 비평의 근본 관점이다. 등장인물의 내면과 시대의 정신사적 성향을 매개하는 개념이 '멜랑콜리'이다. 벤야민이 루터주의로부터 읽어내는 멜랑콜리는 '엄격한 도덕성 및 의무에 대한 복종'과 '공허한 세상에 대한 허무의식'이라는 이중적 성격을 가지는데, 이것은 바로크 비애극에 등장하는 인물·장소·시간의 모순적 성격과 상응하고, 동시에 허무주의와 구원에의 기대가 엇갈리는 당대의 정신사적 성향과도 상응한다.

벤야민은 '알레고리의 조건'으로 '몰락', '이율배반', '간극', '파편화' 등에 대해 서술한다. 바로크 비애극에서 군주의 '몰락'은 해골의 엠블렘을 통해 몰락하는 자연사를 표현하며, 더 나아가 원죄 이후의 인간의 근원사를 표현한다. 총체성의 허위적 가상이 사라지고, 애매성·다의성·양의성을 지닌 알레고리는 '이율배반성'을 내포한다. 이율배반성은 '환영'과 '가상'에 대해서도 적용된다. 따라서 바로크 비애극은 환영 기법을 펼치면서도 가상을 추방하는 독특한 양상을 가지게 된다. '형상과 의미의 불일치'는 바로크적 언어가 가진 '문자와 음향의 간극', '말과 글의 간극'으로도 변형되어 나타나고, 비애극의 알레고리적 구조로서 '언어의 파편화' 현상과도 연관된다.

벤야민은 '알레고리의 기능'으로 '마법', '변용', '반전' 등에 대해 서술한다. 벤야민은 알레고리의 강력한 모티프로 '고대적 잔재의 복원'과

'신들과의 근친성'을 언급한다. 이것의 중요한 내재적 요소는 '마법적 본성'과 그것이 지닌 '변용의 도식'이다. 알레고리의 특성인 '마법적 변용'은 기본적으로 미메시스 능력을 의미하기도 하고, 신비주의적 계시의 속성을 보여주기도 하지만, 더 나아가 몰락이 부활로 전환되는 '반전'의 기능을 암시하기도 한다. 바로크 예술 작품에서 덧없음은 부활의 알레고리로 나타난다. '마법적 변용'이 가진 '반전'의 기능으로 인해 '알레고리'는 벤야민이 독일 초기 낭만주의 이론에서 탐구했던 슐레겔의 '형식적 아이러니'가 바로크 시대의 역사적・정신사적 층위까지 함축시키며 확장된 표현 방식이라고 볼 수 있다.

제3장

멜랑콜리의 문학비평적 가능성

정신분석 비평의 관점에서

1. 머리말

멜랑콜리(melancholie, 우울증)는 인간의 이성적 사유 능력과 대비되는 감정적 · 무의식적 차원에 속하는 대표적인 증상으로서 간주되어 왔다. 비이성적 영역인 멜랑콜리는 주로 심연의 고독, 병적인 광기, 퇴폐적인 충동 등과 관련되는 현상으로 이해되었으며, 체액 병리학, 심리학 등의 차원뿐만 아니라 철학과 문학에서도 오래 전부터 관심의 대상이 되어 왔다.

멜랑콜리에 대한 해석에는 부정적 관점과 긍정적 관점이 공존한다. 멜랑콜리에 대한 부정적 관점은 주로 고대의 체액 병리학, 근대의 풍토 심리학, 근대 계몽주의 등에서 제시된다. 고대의 체액 병리학으로서 히포크라테스(Hippokrates, BC. 460~377)는 인체가 공기, 물, 불, 흙이라는 네 원소에 상응하는 네 가지 체액인 혈액, 점액, 황담즙, 흑담즙으로 구성된다고 간주한다. 이 중 흑담즙이 과도하게 나타나서 생기는 병적 현상을 멜랑콜리라고 부른다. 그리스어인 '멜랑콜리아(melancholia)'가 '검은(melas)'과 '담즙(cholé)'이라는 두 단어가 결합되어 생겨난 것도 이 같은 이유 때문이다. 근대의 풍토 심리학으로서 헬파흐(W. Hellpach)는 멜랑콜리의 특징으로 걱정, 죄악감, 추적 망상, 연약함, 과묵함, 절망감 등을 들고, 불안과 발작 증세가 나타나기도 하며, 실제 불행이나 상상적 불행, 신 · 명예심 · 사랑 등에 대한 고정관념을 그 원인으로 지적한다. 근대 이후 멜랑콜리에 대한 대표적 저서인 로버트 버튼(R. Burtron)의 『멜랑콜리의 해부』[1]는 도시를 병든 육체로 파악하고 멜랑콜리를 치유되지 않는 감정으로 파악하여 도시와 사회적 삶과의 연관 속에서 멜랑콜리를 파악한 점에서 특기할 만하다. 근대 계몽주의로서 한스-유르겐 쉥스(H.-J. Schings)는 『멜랑콜리와 계몽주의』에서 17~18세기의 철학적 · 종교적 · 문학적 담론을 분석하면서 멜랑콜리가 당시 행복이나 이성에 위반되는 광신주의와 동일시되었음을 보여준다.

멜랑콜리에 대한 긍정적 관점은 주로 철학과 문학의 시각에서 제시된다. 키케로(M. T. Cicero)는 아리스토텔레스를 인용하면서 뛰어난 지성인은 멜랑콜리한 자이기 때문에 정신적으로 약간 느린 것에 대해 결코 슬퍼하지 않는다고 말하고, 괴테(J. W. Goethe)는 멜랑콜리의 요소가 시적 재능에 아늑함을 준다고 표현한다. 자연철학자 셸링(Schelling) 또한 멜랑콜리를 자연의 가장 심오한 특성으로 보고 모든 삶에는 멜랑콜리

1 로버트 버튼, 이창국 역, 『멜랑콜리의 해부』, 태학사, 2004. 번역본은 'melancholie'를 '우울증'으로 번역하는데, 이 글에서는 '멜랑콜리'로 번역하기로 한다.

가 연결되어 있다고 언급하며, 쇼펜하우어(A. Schopenhauer)는 지성과 멜랑콜리를 통해 비루한 자신의 상황을 인식할 수 있다고 지적한다. 이처럼 철학과 문학의 경우 멜랑콜리는 정신적 질병이 아니라 오히려 정신적 활동의 원천이자 예술을 위한 필수적 요인으로 간주되어 왔다. 20세기 들어 예술 분야에서 멜랑콜리에 대한 긍적적인 시각은 15세기 독일 화가 뒤러(A. Durer)가 남긴 동판화 「멜랑콜리아 I」에 대한 파노프스키(E. Panofsky)의 현대적 해석[2]에 의해 제시된다. 이 동판화에는 멜랑콜리가 온화함과 사색의 표상인 사투르누스(Saturnus)를 통해 암시되는데, 그는 동판화의 중앙에서 사색에 잠겨 있으며, 주변에는 양 · 돌 · 모래시계 · 종 · 저울 · 숫자 판 등 기하학적 · 천문학적 · 연금술적인 도구들이 놓여 있다. 그리고 박쥐가 저녁 무렵 '멜랑콜리'라는 글귀를 들고 날아온다. 파노프스키는 이 동판화에 대해 사투르누스와 멜랑콜리, 사색과 절망, 예술과 기하학 사이의 연관성을 강조하며, 이런 특성들이 상상하고 구성하고 사유하는 자, 즉 예술가의 멜랑콜리를 나타낸다고 지적한다. 이러한 해석은 사악하고 방탕한 인간의 절망적 특성으로 이해되던 박쥐를 심연 속의 사색과 예술 정신으로 해석함으로써 멜랑콜리의 창조적 특성을 강조한 점에서 동시대의 철학자와 문학인에게 많은 영향을 끼쳤다.[3]

멜랑콜리에 대한 20세기의 좀 더 본격적인 해석은 정신분석학을 개척한 프로이트(S. Fueud)에 의해 시도된다. 이 새로운 분석의 지평은 이후 정신분석학 · 철학 · 문예학 등에서 중요한 쟁점을 형성하면서 라캉, 지젝, 크리스테바, 주디스 버틀러, 조르조 아감벤 등에 의해 재해석된

2 에르빈 파노프스키, 임산 역, 『인문주의 예술가 뒤러 1』, 한길 아트, 2006.

3 최문규, 「근대성과 '심미적 현상'으로서의 멜랑콜리」, 『뷔히너와 현대문학』 제24집, 한국뷔히너학회, 2005, 200~207면 참고.

다. 멜랑콜리에 대한 정신분석적 해석은 이전에 시도되어온 체액 병리학, 풍토 심리학, 근대 계몽주의, 철학, 문학 등의 시각보다 심층적이고 체계적인 해명을 시도하는 것으로 평가될 수 있다. 따라서 이 글은 멜랑콜리에 대한 프로이트의 이론과 이를 계승·변형·비판하면서 재해석한 지젝, 크리스테바의 이론을 정신분석적 관점에서 비교 고찰함으로써 멜랑콜리의 문학비평적 가능성을 타진하고자 한다.

멜랑콜리에 대한 정신분석적 고찰은 정신분석학, 철학, 사회학뿐만 아니라[4] 현대문학 연구 및 비평을 더욱 심층적으로 진행하는 데에도 기여할 수 있을 것이다.[5] 이런 문제의식은 한국문학 연구 및 비평에 있어서 최근에 등장한 새로운 문학적 징후에 대한 정확한 해석과 평가뿐만 아니라 기존의 문학 텍스트에 대한 해석과 평가를 위해서 하나의 유용한 방법론으로 활용될 수 있으리라는 기대와 관련된다. 최근 한국문학 연구 및 비평에서도 멜랑콜리에 대한 정신분석적 관점을 활용하는 경우가 활발히 진행되어 중요한 성과를 얻고 있는데,[6] 이와 함께 그 준거

---

4 멜랑콜리에 대한 정신분석적, 철학적, 사회학적 고찰에 해당하는 논의로서 다음과 같은 글이 있다.
피에르 스크리아빈, 최혜륜·김종주 역, 「정신분석 임상에 있어서 우울증」, 『라캉과 현대정신분석』 제3권 1호, 한국라캉과현대정신분석학회, 2001.
최문규, 「근대성과 '심미적 현상'으로서의 멜랑콜리」, 위의 글.
맹정현, 「자본의 순교자―현대성의 우울증적 기원」, 『문학과 사회』, 2005년 여름.
김홍중, 「멜랑콜리와 모더니티―문화적 모더니티의 세계감 분석」, 『한국사회학』 제40집 3호, 한국사회학회, 2006.

5 서구문학 연구에서 멜랑콜리에 대한 정신분석적 관점을 활용한 논의로서 다음과 같은 글이 있다.
발터 벤야민, 조만영 역, 『독일 비애극의 원천』, 새물결, 2008.
발터 벤야민, 김영옥·황현산 역, 「보들레르의 작품에 나타난 제2제정기의 파리」, 『발터 벤야민 선집』 4, 길, 2010.
발터 벤야민 ,김영옥·황현산 역, 「보들레르의 몇 가지 모티프에 대하여」, 『발터 벤야민 선집』 4, 길, 2010.
줄리아 크리스테바, 김인환 역, 『검은 태양』, 동문선, 2004.
수전 손택, 홍한별 역, 『우울한 열정』, 시울, 2005.

와 토대가 되는 이론적 체계화의 작업도 필수적으로 요청된다. 결국 이 글은 프로이트, 지젝, 크리스테바를 중심으로 멜랑콜리에 대한 정신분석적 관점을 이론적으로 고찰하여 멜랑콜리 분석을 통한 문학비평의 가능성을 검토하고자 한다. 그리하여 현대문학 연구 및 비평에 도움이 될만한 하나의 참조 틀을 마련하려 한다.

2. 프로이트—동일시로의 퇴행, 애증 병존, 가학증

프로이트(Sigmund Freud)는 「애도와 멜랑콜리」(1917)[7]에서 애도(Trauer)와 멜랑콜리(Melancholie)를 구분하면서 그 공통점과 차이점을 규명한다. 프로이트가 양자의 공통점으로 지적하는 것은 "사랑하는 사람의 상실, 혹은 사랑하는 사람의 자리에 대신 들어선 어떤 추상적인 것, 즉 조국, 자유, 어떤 이상(理想) 등의 상실에 대한 반응"[8]이다. 이런 공통점에도

6 한국 현대문학 연구에서 멜랑콜리에 대한 정신분석적 관점을 활용한 논의로서 다음과 같은 글이 있다.
허윤진, 「춤추는 우울증의 윤리」, 『세계의 문학』, 2007년 봄.
이기성, 「탕아의 위장술과 멜랑콜리의 시학—오장환론」, 『민족문학사연구』 제33호, 민족문학사연구소, 2007.
이미순, 「김기림의 『태양의 풍속』에 나타난 '우울'의 양상」, 『한국시학연구』 제22호, 한국시학회, 2008,
김승희, 「전후 시의 언술 특성 : 애도의 언어와 우울증의 언어—박인환·고은의 초기 시를 중심으로」, 『한국시학연구』 제23호, 한국시학회, 2008.
김승희, 「이상 시에 나타난 '근대성의 파놉티콘'과 아이러니, 멜랑콜리」, 『비교한국학』 제18권 2호, 국제비교한국학회, 2010.

7 지그문트 프로이트, 윤희기 역, 「애도와 멜랑콜리」, 『프로이트 전집』(13—무의식에 대하여), 열린책들, 1997, 247~270면. 번역본은 'Trauer'을 '슬픔'으로, 'Melancholie'를 '우울증'으로 번역하는데, 이 글에서는 각각 '애도'와 '멜랑콜리'로 번역하기로 한다.

불구하고 양자 간의 중요한 차이점은 첫째, "멜랑콜리란 의식에서 떠난 (무의식의) 대상 상실과 어떤 식으로든 연관이 있지만, 반대로 애도의 경우는 상실에 관한 그 어떤 것도 무의식적인 것이 아니"[9]라는 것이다. 애도가 의식적이라면, 멜랑콜리는 무의식적 상태에서 발생한다. 즉 멜랑콜리의 경우 자신이 상실한 것이 무엇인지 의식적으로 인식하지 못하는 것이다.

둘째, "애도에서는 나타나지 않는 자애심(自愛心)의 추락"[10]이 멜랑콜리에 나타난다. 즉 "애도의 경우는 빈곤해지고 공허해지는 것이 세상이지만, 멜랑콜리의 경우는 바로 자아가 빈곤해지는 것"[11]이다. 애도는 궁극적으로 대상의 상실을 인정하고 자신감을 잃지 않으면서 새로운 대상을 찾아 나서는 반면, 멜랑콜리는 타자를 상실하면서 자신을 비난하고 궁극적으로 자아 빈곤의 상태에 이르게 된다. 멜랑콜리의 주체는 자신을 쓸모없고 무능력하고 도덕적으로 타락한 자아라고 비난하고, 이 사회에서 추방되고 처벌받기를 기대한다. 때로 도덕적 열등감의 망상은 불면증과 단식(斷食)으로 이어지고, 모든 살아 있는 것을 생명에 귀속시키려는 본능적 욕구마저도 억누르려는 지경에 이르게 된다.

여기서 '자신감의 장애' 혹은 '자아의 빈곤'이라는 병리적 증상의 원인이 상실한 대상과 자기 자신을 '동일시'하는 '나르시시즘'에 있다는 사실이 중요하다. 즉 멜랑콜리 주체의 자기 비난은 사랑의 대상에 대한 비난인데, 그것이 환자 자신의 자아로 돌려졌다는 사실이다.

정상적인 결과라면 그 대상에게 집중되었던 리비도가 철회되어 새로운

8 위의 글, 248면.
9 위의 글, 251면.
10 위의 글, 249면.
11 위의 글, 252면.

> 대상에게 전위(轉位)되는 것이 보통이겠지만 여러 가지 다른 조건들 때문에 다른 식의 결과가 초래된 것이다. 즉 저항할 힘을 지니지 못한 대상 카덱시스는 결국 사라지게 되고, 반면에 자유로운 리비도는 다른 대상을 찾는 대신 자아 속으로 들어가고 말았다. 그러나 자아 속에서도 그 리비도는 어떤 특별한 방식으로 이용되는 것이 아니라 오직 자아를 포기된 대상과 '동일시(Identifizierung)'하는 데만 기여할 뿐이다. 그래서 그 포기된 대상의 그림자가 자아에 드리워지게 되고, 그때부터 자아는 마치 그것이 떠나 버린 대상이라도 되는 듯 어떤 특수한 기관에 의해 대상처럼 취급될 수가 있는 것이다. 이런 식으로 대상 상실은 자아 상실로 전환되고, 자아와 사랑하는 사람 사이의 갈등은 자아의 비판적 활동과 동일시에 의해 변형된 자아 사이의 분열로 바뀌게 된다.[12]

특정한 사람, 혹은 어떤 추상적인 이상(理想)을 사랑하던 자아가 그 대상을 상실했음에도 불구하고 투여된 리비도가 철회되어 새로운 대상을 찾지 못한 채 자신의 내부로 향하게 된 결과, 멜랑콜리의 주체는 이전의 대상과 자기 자신을 동일시하게 된다. 결국 멜랑콜리의 주체는 분열에 시달리는데, 한편으로는 사랑했던 대상과 자신을 동일시하는 부분 자아가 존재하며, 다른 한편으로는 비판적인 자아가 존재하게 된다. 그래서 결국 "자아와 사랑하는 사람 사이의 갈등은 자아의 비판적 활동과 동일시에 의해 변형된 자아 사이의 분열로 바뀌게" 되는 것이다. '상실한 대상과 자기를 동일시'하는 것이 멜랑콜리의 핵심적 메커니즘이라면, 이것은 '나르시시즘적 퇴행'을 파생시키는 중요한 원인으로 작용한다.

12 위의 글, 256~257면.

이처럼 대상 사랑을 동일화로 대체하는 것이 나르시시즘적 질병에서는 중요한 메커니즘으로 자리잡게 되는 것이다. 칼 란다우어(Karl Landauer)도 최근에 정신분열증의 회복 과정에서 이런 메커니즘이 작용하고 있음을 지적한 바 있다. 물론 이런 메커니즘은 한 유형의 대상 선택에서 원초적인 나르시시즘으로 '퇴행'하는 것을 보여주는 것이다. 다른 곳에서도 우리는 이미 동일시가 대상 선택의 예비 단계, 즉 자아가 대상을 선택하는 최초의 방식—양가감정의 방식으로 표출되는 선택의 방식—임을 보여주었다. 자아는 이렇게 선택한 대상을 그 자체에 통합시키길 원하고, 이런 과정이 일어나는 리비도 발달 단계의 구강기에는 그 대상을 집어삼킴으로써 그 목적을 이루려고 하는 것이다.[13]

"대상 사랑을 동일화로 대체하는 것이 나르시시즘적 질병에서는 중요한 메커니즘"이라는 것은 "한 유형의 대상 선택에서 원초적인 나르시시즘으로 '퇴행'하는 것을 보여주는 것"이다. 이것은 대상 선택이 나르시시즘의 기반에서 이루어진 것이고, 따라서 대상 카덱시스가 어떤 장애물을 만나면 다시 나르시시즘으로 후퇴할 수 있다는 것을 의미한다. '동일시'가 대상 선택의 예비 단계, 즉 자아가 대상을 선택하는 최초의 방식이라는 사실은, 대상 카덱시스가 나르시시즘적 성향이 강한 리비도 발달 단계의 구순기[14]로 퇴행하는 것과 긴밀히 관련된다.

프로이트는 전이신경증, 특히 히스테리의 경우도 증상 형성의 주요

---

13 위의 글, 257~258면.

14 '구순기(oral stage)'는 프로이트가 이론화한 리비도 발달 단계에서 전(前)성기기(구순기－항문기－남근기)의 제1단계로서, 이 시기의 성적 쾌감은 주로 음식 섭취를 동반하는 구강과 입술의 흥분과 결부되어 있다. 영양 섭취 활동은 대상관계를 표현하고 조직하는 의미 작용을 선택적으로 제공한다. 예컨대 먹고 먹히는 의미 작용이 어머니와의 사랑의 관계를 표시하는 것이다. 장 라플랑슈 · 장 베르트랑 퐁탈리스, 임진수 역, 『정신분석 사전』, 열린책들, 2005, 73면 참고.

메커니즘이 '동일시'임을 상기시키고, '나르시시즘적 동일시'와 '히스테리적 동일시'를 비교한다. 그는 양자의 차이점으로 전자의 경우 대상 카텍시스가 포기되는 반면, 후자의 경우는 대상 카텍시스가 비록 개별적인 행동이나 신경 자극 전달에 한정되기는 해도 계속 유지되면서 영향력을 행사한다는 점을 지적한다. 그리고 이 두 유형의 동일시 가운데 더 근원적인 것은 나르시시즘적 동일시라고 언급한다. 이처럼 나르시시즘적 대상 선택이 나르시시즘으로 퇴행하는 과정은 '애도'와 구별되는 '멜랑콜리'의 주요한 특성으로 간주될 수 있다. 한편 '상실한 대상과 자기 자신을 동일시'하는 메커니즘은 '애증 병존'을 파생시키는 원인으로도 작용한다.

> 사랑 대상(Liebeobjekt)의 상실은 사랑 관계에서 애증(愛憎) 병존의 감정이 분명하게 제 모습을 드러낼 수 있는 절호의 기회가 된다. 강박신경증에 잘 걸리는 기질인 경우 애증 병존에 따른 갈등이 슬픔을 병리적인 증상으로 탈바꿈시키며, 그 병리적인 슬픔은 슬퍼하는 사람 자신이 사랑하는 대상의 상실에 책임이 있고 또 그렇게 원했다는 식으로 자신을 비하시키는 자기 비난의 형태로 표출된다. 사랑하는 사람이 죽었을 경우 그에 뒤따르는 그와 같은 우울증적 억압 상태는 리비도의 퇴행적 철회가 없는 경우라도 애증 병존에 따른 갈등의 결과가 어떻게 나타나는지를 잘 보여준다.[15]

'애증 병존'은 사랑 대상이 상실될 때 표면화되는데, 강박신경증의 경우 애증 병존에 따른 갈등이 슬픔을 병리적인 증상으로 탈바꿈시킨다. 즉 사랑 대상의 상실에 대한 책임을 자신에게 돌리고 자신을 비하하는

15 지그문트 프로이트, 「애도와 멜랑콜리」, 앞의 책, 259면.

자기 비난의 형태로 표출되는 것이다. 멜랑콜리에서는 대상에게서 리비도를 분리하고자 하는 미움과 그런 공격에 대항하여 리비도의 현 위치를 고수하고자 하는 사랑이 대립하게 된다. 하나의 대상을 두고 사랑과 증오가 서로 싸우는 수많은 투쟁이 일어나는 것이다. 이처럼 애증병존에 따른 갈등은 멜랑콜리의 중요한 전제 조건이 된다. 대상에 대한 사랑이 나르시시즘적인 동일시 속에 숨어버리면 그 동일시에 의한 대체 대상에 증오가 작용하게 되고, 결과적으로 '가학증'을 낳게 된다. 여기서 우리는 가학증이 보여주는 자기 학대의 이면에 사랑 대상에 대한 복수가 내재되어 있는 점에 주목해야 한다.

> 멜랑콜리에서 분명 환자 자신이 즐기는 듯 보이는 자기 고문은 강박신경증에서 나타나는 비슷한 증상과 마찬가지로 어떤 대상을 향한 가학증과 증오 속에서 만족을 느끼는 것과 다를 바 없다. 그런데 실은 그 가학증과 증오가 바로 우리가 지금까지 논의한 방식대로 이미 주체 자신의 자아에게로 환원(還元)된 가학증과 증오라 할 수 있다. 이 두 질병, 즉 강박신경증과 멜랑콜리에서 환자들은 보통 자기 징벌(Selbstbestrafung)이라는 우회로를 통해 원래의 대상에 대해 복수를 하는 것이고, 자신이 직접 그 대상에게 공개적으로 적대감을 표현하는 것을 피하기 위해 질병을 매개로 사랑하는 사람을 고문하는 것이다.[16]

멜랑콜리의 주체가 보여주는 자기 학대와 증오는 사랑했지만 상실된 원래의 대상에 대한 가학증과 증오가 자기 자신에게 환원된 것이다. 주체는 자기 학대와 고문이라는 우회로를 통해 원래의 대상에 대해 복수

---

16 위의 글, 260면.

를 한다. 이런 가학증의 메커니즘은 멜랑콜리적 주체의 자살 성향이 가진 비밀을 푸는 열쇠가 될 수 있다. 주체가 외부 세계에 대한 원초적 반응을 표현하면서 대상을 향해 발산했던 적개심이 자아에게로 되돌아오게 되면, 자신을 죽일 수도 있게 되는 것이다. 즉 나르시시즘적 대상 선택에서 퇴행하는 과정 속에 대상은 제거되지만 그럼에도 그 대상은 자아 자체보다도 더 큰 힘을 행사하게 되는 것이다.

결국 지금까지 논의한 멜랑콜리에 대한 프로이트의 정신분석적 규명은 '사랑 대상의 상실－나르시시즘적 퇴행－대상과 자아의 동일시－애증 병존－가학증－자기 학대를 통한 복수'로 요약될 수 있다. 이런 프로이트의 해명에 대해 지젝은 '정상적인 애도'와 '병적인 멜랑콜리'를 대립시키는 관점에 반대하면서 멜랑콜리의 개념적이고 윤리적인 우선권을 주장한다.[17] 최문규도 프로이트가 "애도와 멜랑콜리를 일종의 정상과 비정상의 상태로 분리"하면서 "멜랑콜리보다 애도를 삶의 긍정적인 추동력으로 해석"한다고 보고, "현실원칙에 순응하는 감정 상태로서 애도를 강조"하는 것은 "비판될 여지가 있다"[18]고 지적한다. 이런 타당한 비판에도 불구하고, 프로이트가 제시한 애도 및 멜랑콜리의 메커니즘에 대한 규명은 무의식의 심층적 구조를 객관적으로 밝히는 데 중요한 기여를 했다고 볼 수 있다. 프로이트의 분석이 남긴 중요한 쟁점으로는 멜랑콜리와 동일시의 연관성, 나르시시즘적 동일시와 히스테리적 동일시의 차이, 동일시와 리비도 발달 단계 중 구순기 혹은 식인기(食人期)의 연관성, 애증 병존의 메커니즘, 자기 학대를 통한 대상에 대한 복수라는 가학증의 이중적 구조, 우울증과 조증(躁症, Manie)의 연관성 등을 들 수 있다.

---

17 슬라보예 지젝, 한보희 역, 『전체주의가 어쨌다고?』, 새물결, 2008, 218면.
18 최문규, 「근대성과 '심미적 현상'으로서의 멜랑콜리」, 앞의 책, 209면 참고.

3. 지젝–기만적 역설, 왜곡된 실재, 이데올로기 비판

멜랑콜리에 대한 프로이트의 정신분석적 분석을 라캉(Jacques Lacan)의 정신분석적 언어로 번역하면 다음과 같은 해석을 유추할 수 있다. 멜랑콜리 주체의 자기 속으로의 침전과 세계에 대한 무관심은 사랑 대상의 상실과 관련된 리비도적 욕망이 출혈로 인해 에너지를 잃어버린 것으로 이해될 수 있다. 라캉은 근거 없는 상실감과 허망함의 근거를 사랑 대상의 상실 이전에 인간이 언어의 세계인 상징계에 진입하면서 겪는 근원적인 상실감으로부터 접근한다. 상징계가 제공하는 타자의 언어를 사용해야 한다는 사실로부터 주체는 존재 상실이라는 시련을 겪는다. 이 존재–결핍은 향유(jouissance)의 육체가 타자의 언어를 통해서만 만족에 도달할 수 있다는 데서부터 비롯된 상실이다. 이 근원적 멜랑콜리는 언어(타자의 욕망과 호명)에 의한 향유의 죽음을 전제하지만, 그것을 보상하는 잉여물을 욕망함으로써 새로운 삶을 기대할 수 있다. 주체는 자신의 원초적 결핍을 타자가 자신을 욕망하고 있음을 현재화하는 대상을 통해 치유받는 것이다. 이것이 라캉이 말하는 '대상 a'이다. 근원적 상실에서 비롯되는 소외된 주체($\not{S}$)가 그 상실을 보상받기 위해 잉여물인 대상 a를 추구하는 것은, 프로이트가 말한 '애도'의 특성과 상통한다. 상실에 대한 애도가 이루어지기 위해서 상실을 환유적 대상으로 치환하게 하는 대상 a가 생겨나야 하기 때문이다. 애도는 최초의 대상을 상실하는 대신 그것을 대체하는 새로운 대상이 출현한다는 조건에서 가능하다.

한편 애도가 불가능한 멜랑콜리는 이런 대체물이 생기지 않아 최초의 상실감에서 벗어날 수 없다는 데서 비롯된다. 멜랑콜리의 주체는 언어의 세계에 진입하여 자신의 향유를 타자에게 빼앗기지만, 타자의 욕망이 부재함으로써 자신의 욕망의 원인을 자리매김할 수 없다. 따라서 그에게는 보상되지 않는 리비도의 출혈, 향유의 소실이 남을 뿐이다. 이럴 때 세계는 욕망의 공식으로 들어오지 않는 공허로 남을 뿐인데, 이런 공허의 폐허감이 주체에게 드리워진다면 주체는 버림받은 것은 자신이며 그 원인도 자신에게 있다는 자기 비난에 휩싸이게 된다. 자기 비난과 학대는 욕망하지 않는 타자와 대면하여 타자의 결여에 대한 동일시를 선택할 수밖에 없게 된다. 즉 주체는 타자에게 결여된 결핍 그 자체와 자신을 동일시함으로써 자신을 바닥 없는 상실감과 허무로 몰아간다. 그리하여 결국 이 상실감과 허무는 죽음에 대한 집착으로 나아가게 된다.[19] 이처럼 라캉은 언어적 주체가 겪는 근원적 소외와 더불어 원초적 멜랑콜리를 상정하고, 자기 비난과 욕망하지 않는 타자 사이에서 타자의 결여 그 자체와 동일시함으로써 바닥 없는 상실감과 허무를 떠안는 것을 멜랑콜리의 메커니즘으로 도출해 낸다.

슬라보예 지젝(Slavoj Žižek)은 프로이트와 라캉의 관점을 수용하는 방식으로 멜랑콜리를 새롭게 해명한다. 지젝은 욕망의 대상과 그 대상을 욕망하게 하는 중개물 사이의 간격을 통해 멜랑콜리의 기본 특성을 설명한다.

> 언제나 욕망 자체의 대상과 이러한 대상을 탐나게 하는 중개 특징이나 요소 사이에는 간격이 존재한다. 멜랑콜리에서 나타나는 것은 우리들이 욕망의 대상으로 하여금 욕망의 원인을 빼앗게 하는 것이다. 멜랑콜리 환자에게 대상은 거기에 있지만 놓쳐버리고 있는 것은 대상을 탐하게 만든 특별

19 맹정현, 「자본의 순교자－현대성의 우울증적 기원」, 『문학과사회』, 2005년 여름, 312~317면 참고.

한 중개 특징이다. 그런 이유 때문에 적어도 언제나 모든 참된 사랑에는 멜랑콜리의 흔적이 존재한다. 사랑 안에서 대상은 그것의 원인을 박탈당하지 않는다. 오히려 대상과 원인 사이의 바로 그 간격이 붕괴된다는 것이다. 정확히 말해서 이 점이 사랑과 욕망을 구별하는 것이다.[20]

지젝은 인간의 욕망 구조가 항상 '욕망의 원인'을 경유하여 '욕망의 대상'으로 향한다는 점을 전제하고, 주체에게 '욕망의 대상'은 존재하지만 '욕망의 원인'이 상실될 때 멜랑콜리가 생겨난다고 분석한다. 즉 "대상을 탐하게 만든 특별한 중개 특징"인 욕망의 원인을 상실할 때, 주체는 대상에 대한 리비도적 충동을 걷어 들이게 되는 것이다. 여기서 지젝이 말하는 중개 특징은 라캉이 말하는 대상 a에 가깝다. 그런데 라캉이 대상 a를 언어에 의한 향유의 죽음을 전제하지만 그것을 보상함으로써 새로운 삶을 기대할 수 있는 잉여물로 설명한다는 점에서, 지젝의 견해는 라캉의 관점을 쉽게 설명하고 있지만 단순화시키는 측면도 보여준다.

한편 지젝은 이런 이유에서 "적어도 언제나 모든 참된 사랑에는 멜랑콜리의 흔적이 존재"한다고 주장한다. 지젝에 의하면, 사랑 안에서 대상은 그것의 원인을 박탈당하지 않으며, 오히려 대상과 원인 사이의 바로 그 간격이 붕괴된다는 것이다. 이 점이 중요한데, 왜냐하면 지젝은 대상과 원인 사이의 관계를 통해 '사랑'과 '욕망'의 메커니즘적 차별성을 설명하고 있기 때문이다. 욕망에 있어서 원인은 대상과 구별되는 반면, 사랑에 있어서 그 둘은 불가해하게 동시에 일어난다. 사랑의 경우 주체

---

20 슬라보예 지젝, 김재영 역, 『무너지기 쉬운 절대성』, 인간사랑, 2004, 38~39면. 번역본은 'melancholie'를 '우울증'으로 번역하는데, 이 글에서는 '멜랑콜리'로 번역하기로 한다.

는 사랑할 가치가 있는 점을 그것 안에서 발견하기 때문에, 사랑하는 사람을 그 자체를 위해 사랑하는 것이다. 그렇다면 원인과 대상이 불가해하게 동시에 일어나는 참된 사랑의 경우에, 대상과 원인 사이의 일치가 붕괴될 때 멜랑콜리가 발생한다고 볼 수 있을 것이다.

그런데 지젝은 마르크스의 잉여가치 개념, 프로이트의 초자아의 역설, 라캉의 잉여 향유로서의 타대상을 내재적으로 연결시키고, "구조 안에 비어 있는 장소는 본질적으로 그것의 장소를 결하여 잘못된 요소와 상호 관련되어 있다"[21]고 말하면서 대상과 공허 사이의 긴장을 해명한다. 그리고 대상과 공허 사이의 긴장에 접근하는 하나의 방법으로 상이한 양태들의 자살을 언급하는데, 멜랑콜리와 연관하여 이 부분을 주목할 필요가 있다.

> 자살 행위로의 이행은 주체와 대상의 직접적인 동일시이다. (…중략…) 이것은 주체가 더 이상 부정성의 순수 공허($), 무한한 욕망, 부재의 대상을 찾고 있는 공허가 아니라 직접 대상 속으로 '빠져들어가' 대상이 되는 것을 의미한다. 그리고 정반대로 대상(욕망의 원인)은 공허의 물질화, 즉 주체의 욕망을 유지시키는 결여에 단순히 형체를 부과하는 유령 존재가 아니라 직접적인 긍정적 존재와 존재론적 일관성을 얻고 있다. (…중략…) 사라지는 것은 바로 공허-장소이다. 발생한 것은 상징계 통로의 상실, 즉 실재계의 완전한 닫힘이므로 틀이 구성된 것은 바로 틀 때문이다. 자살 행위로의 이행은 그 자체로 죽음 욕동의 가장 고상한 표상이 아니라 죽음 욕동의 정반대이다.[22]

21 위의 책, 49면.
22 위의 책, 51~52면.

지젝은 실재계와 만나는 자살, 즉 격렬한 행위로의 이행이 대상과 주체의 완전하고 직접적인 동일시라고 간주한다. 라캉에게 있어서 소외된 주체($)와 그 욕망의 대상-원인은 엄밀히 상관적이다. 주체화에 저항하는 어떤 물질적 잉여, 즉 주체가 그 자체를 인식할 수 없는 잉여가 있는 한에서만 주체는 존재한다. 따라서 라캉에게 창조적 승화와 죽음 충동도 엄격히 상관적이다. 주체는 자신을 상징적 실체 속에 정착시키는 모든 연결을 끊어버리는 의미에서 죽음 충동인 상징적 자살과 대면하는 것이다. 이런 측면에서 지젝이 말하는 행위로의 이행으로서 자살은 라캉의 이론을 극단화시키고 급진화시키는 측면을 가지고 있다. 한편 지젝은 멜랑콜리의 궁극적 역설에 대해 새로운 해석을 시도하기도 한다.

> 아마도 이러한 역설은 또한 멜랑콜리의 궁극적인 역설을 설명하고 있다. 즉 멜랑콜리는 일차적으로 어떤 대파국 때문에 잃어버렸던 유기체의 균형 잡힌 온전성에 주위를 돌리는 것, 즉 이러한 상실로 야기된 슬픔이 아니다. 오히려 적절한 멜랑콜리는 여전히 낙원에 존재하고 있지만 이미 그곳에서 벗어나고자 하는 자들의 태도, 즉 비록 여전히 닫혀 있는 세계에 있지만, 그들이 단지 조금 일찍 세상에 나왔기 때문에 그들이 닿을 수 없는 또 다른 차원의 모호한 예고를 소유하고 있는 자들의 태도를 가리킨다.[23]

지젝은 멜랑콜리가 소유했던 대상의 상실에서 생기는 것이 아니라, 오히려 여전히 낙원에 존재하지만 이미 그곳에서 벗어나고자 하는 자들의 태도를 가리킨다고 해석한다. 여기서 주목할 대목은 "여전히"와

---

23 위의 책, 133면.

"이미"라는 시제를 표시하는 부사이다. "여전히"가 주체가 지속적으로 낙원, 즉 "유기체의 균형 잡힌 온전성"에 존재하고 있다는 현재 진행형의 부사라면, "이미"는 주체가 벌써 이 닫힌 세계를 벗어나 세상의 다른 차원에 진입했다는 과거 시제의 부사이다. 이것은 멜랑콜리의 역설적 측면인데, 이런 해석은 멜랑콜리가 소유했던 대상의 상실에서 생기는 것이 아니라 처음부터 그 대상을 결핍하고 있었다는 설명과 맥을 같이 한다. 즉 멜랑콜리는 대상이 처음부터 결핍되어 있다는 사실을 은폐하고 있으며, 따라서 대상의 출현은 그 대상의 결핍과 함께 한다는 사실, 그리고 그 대상은 공허 / 결핍을 긍정시하는 것 이외에 다름 아니라는 사실을 은폐한다는 것이다.

> 칸트의 용어를 쓰자면 멜랑콜리의 주체는 일종의 '순수욕망 능력의 오류추리'를 범하고 있는 셈인데, 이러한 과오는 상실과 결여를 혼동하는 데서 비롯된다. 욕망의 대상－원인이 원래부터, 어떤 구성적인 방식으로 결여되어 있는 것이라면, 멜랑콜리는 이 결여를 일종의 상실로 이해한다. 마치 이전에 갖고 있었는데 나중에 잃어버리기라도 한 것처럼 여기는 것이다. 요컨대, 멜랑콜리가 헷갈리게 만드는 것은 욕망의 대상이 처음부터 결여되어 있었다는 사실, 욕망의 대상의 출현은 그것의 결여와 포개어져 있다는 사실, 욕망의 대상이란 어떤 공허 / 결여의 실정화일 뿐 '그 자체로는' 실존하지 않는 순전한 왜상적(歪像的, anamorphic) 실체에 불과하다는 사실이다.[24]

지젝에 의하면, 멜랑콜리의 주체가 범하는 오류는 상실과 결여를 혼

24 슬라보예 지젝, 한보희 역, 앞의 책, 220~221면. 번역본은 'melancholie'를 '우울증'으로 번역하는데, 이 글에서는 '멜랑콜리'로 번역하고 '우울증자'를 '멜랑콜리의 주체'로 번역하기로 한다.

동하는 데서 비롯된다. 멜랑콜리는 마치 결여된 대상을 과거에 소유했었지만 나중에 잃어버리고 만 것처럼 간주하기 때문에 일종의 '기만'이 작용한다. 욕망의 대상-원인은 원래부터 결여되어 있는 것, 즉 그 자체로는 실존하지 않는 '왜상적(歪像的, anamorphic) 실체'에 불과한데, 멜랑콜리의 경우 결여가 상실처럼 기만되는 과정에서 주체가 마치 대상을 소유했던 것처럼 오인하는 데서 역설이 생겨난다는 것이다. 이 역설에서 한 걸음 더 나아가면, 애도의 작동에 저항하는 멜랑콜리의 주체는 정반대로 대상을 잃어버리기도 전에 그것에 대해 지나치게 과도하게 슬퍼하는 기만적인 스펙터클의 형식을 취한다. 지젝은 이런 기만적 역설과 관련하여 멜랑콜리의 주체가 추구하는 초감각적·비육체적인 형이상학적 추구에 대해 다음과 같이 설명한다.

> 멜랑콜리의 주체는 시간 속에서 부패하고 타락하기 마련인 우리의 일상적 현실을 넘어서는 또 다른 절대적 현실성에 대한 형이상학적 열망을 여전히 간직하고 있다. 이러한 곤경에서 벗어날 수 있는 유일한 방법은 보통의 감각적이고 물질적인 어떤 대상(가령 사랑하는 여자)을 절대적인 것으로 승격시키는 길뿐이다. 따라서 멜랑콜리의 주체는 그가 갈망하는 대상을 육체를 지닌 절대성이라는 모순적 혼합물로 승격시킨다. 하지만 이 대상도 육체를 지닌 이상 어쩔 수 없이 부패하기 마련이므로 그는 오직 그것이 상실되는 한에서, 즉 그것의 상실 속에서만 이 대상을 무조건적으로 소유할 수 있다.[25]

지젝은 결여를 상실로 옮기는 멜랑콜리의 기만적인 번역이 우리로

25 위의 책, 222면.

하여금 대상의 소유를 주장할 수 있게 해 주기도 한다고 지적한다. "애초부터 상실된 상태였던 어떤 대상을 소유하는 유일한 방법은 우리가 완전히 수중에 넣고 있는 어떤 대상을 마치 그것이 이미 상실된 것인 양 다루는 것"[26]이다. 즉 자신을 무조건적으로 상실한 대상에 고착시키고, 바로 그 상실의 포즈 속에서 그럭저럭 대상을 소유하게 된다는 것이다. 따라서 멜랑콜리의 주체는 애도에 대한 거부를 그 정반대의 방식으로, 즉 아직 대상이 상실되지 않았을 때조차 필요 이상의 과도한 애도를 표하는 거짓 장면을 연출함으로써 실행한다. 이것은 멜랑콜리가 애도 작업의 실패, 즉 대상이라는 실재에 고집스럽게 집착하는 것일 뿐만 아니라 그 정반대이기도 하다는 점을 지적하는 것이다. 이런 지젝의 분석은 그가 일관되게 추구하는 이데올르기 비판의 특성을 여실히 보여주는데, 멜랑콜리의 기만적 책략을 통해 그 역설적 특성을 규명하여 대상에 대한 욕망의 구조를 심층적이고 복합적으로 규명한다는 점에서 중요한 의미를 가진다. 이런 관점을 문학비평에 적용하면, 텍스트가 보여주는 멜랑콜리를 통해 대상과 욕망의 원인을 파악함으로써 이데올르기의 숭고한 대상을 추출할 수 있게 된다. 문학 텍스트에 내재된 멜랑콜리적 요소에서 욕망의 대상과 원인, 상실과 결여, 기만과 역설 등의 심층적이고 복합적인 특성을 추출한다면, 문학의 이데올르기 비판적 측면을 규명하는 데 도움이 될 수 있을 것이다.

26 위의 책, 224~225면.

4. 크리스테바—기표의 실패, 쇼즈의 양가성, 승화와 항문성

크리스테바(Julia Kristeva)는 러시아 형식주의와 바흐찐의 대화주의 이론을 공부하고, 바르트가 이끄는 후기구조주의 비평의 영향을 받는 동시에, 라캉의 정신분석 강의를 들으면서 정신분석의 과정을 밝게 된다. 이처럼 다양한 분야를 가로지르며 그녀는 기호학과 정신분석을 결합하는 기호분석(sémanalyse)이라는 분야를 개척한다. 크리스테바는 『시적 언어의 혁명』[27]에서 변증법적이고 유물론적인 관점에서 의미 작용의 양상을 중심으로 언어를 '생볼릭(symbolique)'과 '세미오틱(sémiotique)'으로 구분한다. 전자는 의식의 수준에서 언어 기호의 문법적 연결을 통한 정상적인 언어적 형성 작용을 가리키고, 후자는 시간적으로 생볼릭보다 앞서면서 무의식의 근원에서 비롯되는 언어 작용이다. 크리스테바는 프로이트와 라캉적 정신분석의 기본 틀을 유지하면서도 멜라니 클라인의 이론에 공감하면서 텍스트 및 언어에 대한 분석에서 여성적 관점을 부각시킨다. 그녀가 '세미오틱'과 결합시키는 '코라(chora)'는 남성과 여성의 생성 이전에 있었던 모태로서, 남성이나 여성이 모두 여성적인 것에서 비롯된다는 것을 의미한다.

크리스테바는 『검은 태양』에서 우울증(dépression)과 멜랑콜리(mélancolie)가 실제로 그 경계선이 불투명하여 '멜랑콜리적-우울증적'이라고 부를 수 있는 한 총체라고 간주하면서, 흥분 상태의 편집증 단계와 자주 번갈아 나타나는 억제와 기호 해독 불능증이라는 정신병 증후를 멜랑콜리라고 부르고, 낙담과 흥분 상태의 두 현상이 강렬하지도 빈번하

27 줄리아 크리스테바, 김인환 역, 『시적 언어의 혁명』, 동문선, 2000.

지도 않을 경우 신경증적 우울증이라고 부를 수 있다고 말한다.[28] 프로이트가 두 경우에 동일하게 그 원인을 모성적 대상에 대한 불가능한 애도에서 찾는다면, 크리스테바는 대상 상실과 의미 생성적 관계들의 수정이라는 공통된 경험을 밝혀낸다. 우울증과 멜랑콜리는 "대상 상실에 대한 불관용과 기표의 실패에 의거하여 퇴거 상태를 보상하는 해결책을 보장한다"는 것이다.

> 자기에 대한 불만은 따라서 타인에 대한 불만이 되고, 자기를 죽이는 것은 타인의 학살에 대한 처절한 위장이 된다. 우리가 상상할 수 있듯이 이러한 논리는 엄격한 초자아와 자기와 타자의 이상화 내지는 과소평가라는 복잡한 변증법을 상정하는데, 그러한 활동의 총체는 자기 동일화의 메커니즘에 근거를 두고 있다. 왜냐하면 통합－내투사－투사를 통하여 사랑하고 증오하는 타자와 자신을 동일시하면서 나는 내 자신 안에 폭군적이고 필요불가결한 나의 심판관이 된 그의 숭고한 부분과, 나를 깍아내리고, 내가 없애 버리고 싶어하는 그의 비열한 부분을 자리잡게 한다. 결과적으로 우울증의 분석이 밝혀내게 되는 것은 자기에 대한 불평은 타자에 대한 증오이고, 그 증오는 생각지도 않은 성적 욕망을 지닌 전파임이 틀림없다는 사실이다.[29]

크리스테바는 아브라함·프로이트·멜라니 클라인 등의 이론을 계승하면서 우울증이 애도와 마찬가지로 상실한 대상에 대한 공격성을 숨기고 있고, 따라서 애도의 대상에 대해 의기소침한 자의 양면 감정을 드러낸다고 본다. 자기 동일화의 메커니즘은 자기 불만과 자살을 통해

28 줄리아 크리스테바, 김인환 역, 『검은 태양－우울증과 멜랑콜리』, 동문선, 2004, 20면.
29 위의 책, 22~23면.

타인에 대한 불만과 학살을 위장하는데, 그 증오는 성적 욕망을 지닌 전파라는 설명은 프로이트의 이론에 근거하고 있다. 여기에 크리스테바가 보충하는 논리는 "엄격한 초자아와 자기와 타자의 이상화 내지는 과소평가라는 복잡한 변증법"이 작용한다는 점과, 동일화의 메커니즘을 "통합-내투사-투사"라고 설명하는 부분이다. 크리스테바는 프로이트가 제시한 '자기 학대를 통한 대상에 대한 복수'라는 '가학증의 이중적 구조'에 초자아에 의한 이상화 내지 과소평가라는 변증법이 개입되어 있음을 밝혀내는데, 이것은 라캉이 말한 초자아적 대상을 원용한 것이다. 한편 '투사'가 주체가 자기 속에 있는 특성 · 감정 · 욕망을 타인이나 사물 속에 위치시키는 작용[30]을 가리킨다면, '내투사'는 역으로 주체가 타인이나 사물의 특성을 자신 속에 위치시키는 작용을 가리킨다고 볼 수 있다. '통합'이 주체가 환몽을 통해 외부 대상을 자신의 내면 속으로 끌어들이는 절차이므로, '내투사'는 '통합'과 유사한 특성을 가진다고 볼 수 있다. 따라서 크리스테바는 멜랑콜리적-우울증적 동일시의 메커니즘을 '통합'과 '내투사'가 먼저 일어난 이후에 '투사'가 일어나는 과정으로 설명하는 것이다. 이것은 '나르시시즘적 동일시'가 '대상 선택'보다 근원적이라는 프로이트의 관점과 일맥상통한다.

크리스테바는 프로이트의 이론을 따라 멜랑콜리적 증세의 식인 행위를 주체가 없애 버리고 싶은 타자를 더 잘 소유하기 위해 입 안에 넣고자 하는 욕망으로 보고, 이 식인 행위적 상상계는 상실과 죽음의 현실에 대한 부인이라고 간주한다. 그런데 그녀는 나르시시즘적인 우울증 환자에게 슬픔은 타자가 없기 때문에 그가 집착하고 길들이고 애지중지하는 대상의 대용물이라는 논리를 보충한다. 이 경우 자살은 위장된

30 장 라플랑슈 · 장 베르트랑 퐁탈리스, 앞의 책, 428면 참고.

전투가 아니라 슬픔과의 만남이고, 또 슬픔을 넘어서 언제나 다른 곳에 있는 불가능한 사랑과의 결합이라고 설명한다. 이런 설명은 프로이트가 제시한 '죽음 충동', 라캉이 제시한 '실재계의 사물과의 만남'과 맞닿아 있는데, 크리스테바는 무(無)나 죽음과의 약속과도 같은 이 차원을 '쇼즈(Chose)'와 연관시킨다.

> 나르시스적인 우울증 환자는 '대상'을 잃은 슬픔이 아니라 '쇼즈'를 잃은 애도에 빠져 있다. 그러므로 우리는 의미 작용에 반항하는 현실을, 애착과 혐오의 두 극(極)을 욕망의 대상이 두드러지게 나타나는 성욕의 거처라고 부르기로 하자.
>
> (…중략…)
>
> 그래서 우울증 환자에게는 어떤 성적 대상도 리비도를 가두어 버리고, 욕망의 관계들을 단절하는 장소 혹은 전(前)－대상에 대한 대체 불가능한 지각을 대신할 수가 없다. 자기의 '쇼즈'를 박탈당했음을 알고 있는 우울증 환자는 언제나 실망을 안겨주는 모험과 사랑을 찾아 방황하고, 아니면 위로할 수 없고 실어증에 자신을 가둔 채, 명명할 수 없는 '쇼즈'와 단둘이 마주한다.[31]

크리스테바는 명명할 수 없는 최상의 행복과 표상할 수 없는 그 무엇을 '쇼즈(Chose)'라고 지칭한다. '쇼즈(Chose)'는 프로이트의 'das Ding'에 대한 프랑스어 번역어로서, 그 무엇 · 사물 · 근원적 대상 등의 의미를 가지고 있다. 라캉의 개념으로 말하면, 욕망으로부터 비롯되는 대타자, 즉 주체의 절대적 대타자인데, 라캉은 그것이 기표를 곤란에 처하게 하

31 줄리아 크리스테바, 김인환 역, 앞의 책, 24~25면.

는 실재계의 일부라고 설명한다. 크리스테바는 프로이트와 라캉의 개념을 변주하면서 '쇼즈'를 "어떤 성적 대상도 리비도를 가두어 버리고, 욕망의 관계들을 단절하는 장소 혹은 전(前)-대상에 대한 대체 불가능한 지각"[32]이라고 설명한다. 그녀에 의하면, 우울증 환자는 쇼즈에 대한 원초적 애착을 박탈당하는데, 오직 집어삼킴만이 그것을 형상화할 수 있고 호소만이 지시할 수 있지 그 어떤 언어도 그것을 의미할 수 없다.

여기서 "애착과 혐오의 두 극을 욕망의 대상이 두드러지게 나타나는 성욕의 거처"라고 설명하는 것은 프로이트가 말한 '애증 병존'과 '리비도 성욕설'을 계승하고 있으며, "실어증에 자신을 가둔 채, 명명할 수 없는 '쇼즈'와 단둘이 마주"하는 것은 "대상 상실에 대한 불관용과 기표의 실패에 의거하여 퇴거 상태를 보상하는 해결책을 보장"한다는 지적과 함께, 대상 상실과 의미 생성적 관계들에 대한 탐색이라는 점에서 라캉적인 관점을 계승하고 변형시킨다. 크리스테바는 상실한 '쇼즈'의 장소에 접근하는 방법으로 '승화'를 언급한다.

> 멜랑콜리 증세의 '쇼즈'는, 마치 그것이 상실의 정신 내적(intrapsychique) 작업에 반대하는 것처럼 욕망하는 환유를 중단시킨다. 어떻게 이 장소(lieu)에 다가갈 것인가? 승화는 다음과 같은 방향으로 시도한다. 즉 멜로디, 리듬, 의미론적인 다각성을 통하여 기호들을 해체하고 재구성하는, 소위 말하는 시적 형식만이 '쇼즈'에 대해 불확실하지만 적절한 영향력을 보장하는 것 같은 유일한 '그릇(contenant)'이라는 것이다.[33]

크리스테바가 표현하는 "욕망하는 환유"는 라캉의 관점을 이어받고

---

32 위의 책, 25면.

33 위의 책, 26~27면.

있다. 라캉은 '환유'를 '생략'과 '결여'와 '욕망'을 중심으로 설명한다. 환유 개념은 '생략－결여－욕망'으로 전이되는 무의식적 욕망의 변증법을 내포한다. 라캉이 환유에서 강조하는 것은 결여를 통한 욕망의 생성과 이동이다.[34] 크리스테바는 멜랑콜리가 욕망하는 환유를 중단시킴으로써 애도가 정신의 내면에서 생성되고 가공되는 것을 방해한다고 파악한다. 그리고 이처럼 상실된 '쇼즈'의 장소에 다가서는 방법으로서 '승화'는 "멜로디, 리듬, 의미론적인 다각성을 통하여 기호들을 해체하고 재구성하는" "시적 형식"이라고 지적한다. '시적 형식'은 '쇼즈'를 담을 수 있는 불확실하지만 적절하고 유일한 방법이라는 것이다. 이것은 크리스테바가 제시하는 하나의 독자적인 견해로서 주목할 만하다. 『시적 언어의 혁명』에서 '생볼릭(symbolique)'과 '세미오틱(sémiotique)'을 구분하고, '코라(chora)'를 '세미오틱'과 결합시키면서 로트레아몽의 시 「말도로르의 노래」, 「시」와 말라르메의 시 「이지튀르」를 분석하고, 『검은 태양』에서 네르발의 시 「상속받지 못한 자」를 분석하는 작업도 이런 관점의 비평적 적용이라고 간주할 수 있을 것이다.

한편 크리스테바는 언어의 작용을 믿지 않는 우울증의 주체는 의미와 가치를 박탈당하지만, 말로 표현할 수 없는 그 자신의 내용물을 묵묵히 집요하게 믿는 신봉자라고 지적한다. 그래서 우울증의 주체는 확실히 상처를 받았지만, 정동(情動, affect)[35]의 노예가 되어버린 다정다감

34 라캉은 은유와 환유를 통해 무의식적 주체의 발생과 욕망의 지속을 언어적 법칙으로 설명하려 한다. 은유는 기표의 대체를 통한 의미 효과로서 억압과 긴장의 관계 속에서 무의식적 주체를 표상하는 반면, 욕망은 존재의 결핍, 즉 결여를 기표의 연쇄 고리를 통해 환유적으로 채워나간다. 라캉이 정신분석적 수사학인 은유와 환유를 통해 궁극적으로 보여주려 한 것은 기표에 대한 주체의 의존과 그것을 넘어 불가능한 향유로 향하려는 욕망의 긴장 관계이다. 이것은 기표와의 결합 속에서 지워지면서도 소멸되지 않고 실재의 모습으로 자신을 드러내는 존재의 양상이다. 졸고, 「정신분석적 시학과 수사학」, 『어문논집』 제53집, 민족어문학회, 2006, 239~265면 참고.

35 '정동'은 정신분석이 독일 심리학에서 차용한 용어로서, 대량 방출의 형태로 나타나

한 사람이라고 본다. 즉 '정동'이야말로 그의 '쇼즈'라는 것이다. 그런데 이 '쇼즈'는 양가성을 가진다. '쇼즈'의 출현은 생성 중인 주체에게 생명의 도약을 불어 넣지만, 동시에 이 삶의 욕동은 철저하게 주체를 거부하고 고립시킨다. 주체에게 필요한 '쇼즈'는 역시 절대적으로 주체의 적수가 되어 주체가 배척하고 증오하는 감미로운 극단이 되는 것이다. 이런 '쇼즈의 양가성'은 프로이트가 말한 '애증 병존의 메커니즘'을 다른 각도에서 설명함으로써 멜랑콜리의 심리적 구조를 해명하고 있는 점에서 주목된다. 크리스테바는 이런 시각의 연장선에서 멜랑콜리의 특성을 '항문성'과 연관시킨다.

> 항문성은 우리에게 적절하지 않은 만큼이나 고유한 이 '쇼즈'의 자리 잡기에 동원된다. 자아가 모습을 드러내지만 평가절하로 붕괴되고 마는 이 한계를 기억하는 멜랑콜리 환자는 자신의 항문성을 동원시켜, 강박증 환자에게 정상적으로 혹은 특별히 작용하는 것처럼 그것이 분리와 경계를 구성하는 요인이 되게 만들지는 못한다. 반대로 우울증 환자의 자아 전체는 탈성애화되었지만, 그래도 쾌락을 주는 항문성의 심연에 빠진다. 왜냐하면 항문성은 의미 있는 대상으로서가 아니라 자아의 경계 요소로서 지각된 원초적 '쇼즈'와 융합하는 향락의 매개자가 되었기 때문이다.[36]

크리스테바에 의하면, '쇼즈'는 타자가 되기 이전에 하나의 원인인 동

든 보통의 강도로 나타나든 희미하든 명확하든 고통스럽거나 기분 좋은 모든 감정 상태를 말한다. 프로이트에 따르면 모든 욕동(慾動, instinct)은 정동(情動, affect)과 표상(表象, representation)이라는 두 영역으로 표현된다. 정동은 욕동 에너지의 양과 그 변이들의 질적인 표현이다. 장 라플랑슈 · 장 베르트랑 퐁탈리스, 앞의 책, 428면 참고.

36 줄리아 크리스테바, 김인환 역, 앞의 책, 28면.

시에 무(無), 즉 주체의 배설물과 추락에서 생기는 모든 것을 담고 있는 그릇이다. 즉 슬픔에서 나와 뒤범벅이 되는 폐기물이다. 따라서 크리스테바는 '쇼즈'를 항문성[37]과 연관시켜 설명한다. 멜랑콜리의 주체는 자아가 평가절하되어 붕괴될 때 자신의 항문성을 동원하여 그것이 분리와 경계의 작용을 하지 못하게 하는 반면, 우울증의 주체는 자아 전체가 탈성애되었음에도 불구하고 항문성이 주는 쾌락에 빠진다. 따라서 우울증의 주체에게 '쇼즈'와 자아는 볼 수 없는 것과 명명할 수 없는 것 속으로 몰고 가는 추락이다. 이것은 모든 것을 쓰레기나 시체로 간주하는 것이며, 그 결과로 죽음 충동에 대한 편향성에 이르게 된다. 이러한 크리스테바의 관점은 멜랑콜리의 나르시시즘적 동일시가 리비도 발달 단계 중 구순기 혹은 식인기와의 연관된다고 본 프로이트의 관점에 항문기의 특성을 보충한다는 점에서 특기할 만하다. 이와 함께 멜랑콜리의 나르시시즘적 동일시의 메커니즘을 '애증 병존—가학증—자기 학대를 통한 복수'로 설명하는 프로이트의 관점과는 다른 각도에서, 멜랑콜리적—우울증적 동일시의 메커니즘을 '쇼즈의 양가성—항문성—향유의 매개—죽음 충동'으로 설명함으로써 새로운 해석을 시도하는 점에서 주목할 수 있다.

---

37 '항문성'과 관련되는 '항문기(anal stage)'는 프로이트가 이론화한 리비도 발달 단계에서 전(前)성기기(구순기—항문기—남근기)의 제2단계로서, 이 시기의 성적 쾌감은 주로 항문을 조여서 억제한 후 대변을 배설할 때 동반되는 감각과 결부되어 있다. 이 시기에 배변 기능 및 대변의 상징적 가치와 연관된 의미가 대상관계에 스며들고, 가학—피학증의 근육 조절 능력의 발달과 관계를 맺으면서 뚜렷이 나타난다. 항문기에서 증여와 거절의 상징적 가치는 배변 활동과 관련되는데, 프로이트는 이런 관점에서 대변=선물=돈이라는 상징적 등식을 규명한다. 장 라플랑슈 · 장 베르트랑 퐁탈리스, 앞의 책, 27~28면 참고.

5. 맺음말

이 글은 멜랑콜리에 대한 정신분석적 관점을 이론적으로 고찰하여 멜랑콜리 분석을 통한 문학비평의 가능성을 검토하고자 했다.

이를 위해 멜랑콜리의 부정적 관점으로서 고대의 체액 병리학, 근대의 풍토 심리학, 근대 계몽주의 등을 정리하고, 긍정적 관점으로서 키케로, 괴테, 쇼펜하우어, 뒤러의 동판화 「멜랑콜리아 Ⅰ」에 대한 파노프스키의 현대적 해석 등 철학과 문학적 시각을 정리했다. 멜랑콜리에 대한 좀 더 본격적인 해석은 정신분석학의 영역을 개척한 프로이트에 의해 시도되는데, 이 새로운 분석의 지평은 이후 정신분석학・철학・문예학 등에서 중요한 쟁점을 형성하면서 라캉, 지젝, 크리스테바, 주디스 버틀러, 조르조 아감벤 등에 의해 계승・변형・비판되면서 전개된다. 따라서 이 글은 멜랑콜리에 대한 프로이트의 이론과 이를 계승・변형・비판하면서 재해석한 지젝, 크리스테바의 이론을 정신분석적 관점에서 비교 고찰함으로써 멜랑콜리의 문학비평적 가능성을 타진하고자 했다. 이를 통해 정신분석학, 철학, 사회학뿐만 아니라 현대문학 연구 및 비평에도 기여할 수 있는 하나의 이론적 참고 틀을 마련하려 했다.

프로이트는 「애도와 멜랑콜리」에서 애도(Trauer)와 멜랑콜리(Melancholie)를 구분하면서 그 공통점과 차이점을 규명한다. 공통점이 '사랑하는 사람이나 대상의 상실'이라면, 차이점은 첫째, 애도가 의식적이라면 멜랑콜리는 무의식적이라는 점, 둘째, 애도와는 달리 멜랑콜리에서는 '자애심의 추락'이 나타난다는 점이다. 여기서 '자신감의 장애' 혹은 '자아의 빈곤'이라는 병리적 증상의 원인이 상실한 대상과 자기 자신을 동일시하는 나르시시즘에 있다는 사실이 중요하다. '상실한 대상과 자기를 동일시'하는 메커니즘이 멜랑콜리의 핵심적 요소라면, 이것은 '나르시시즘적 퇴행'을 파생시키는 중요한 원인으로 작용한다. 또한 이것은 대상 카텍시스가 나르시시즘적 성향이 강한 리비도 발달 단계의 구순기로 퇴행하는 것을 의미한다. 이 '동일시'의 메커니즘은 '애증 병존'을 파생시키는 원인으로도 작용한다. 가학증이 보여주는 자기 학대의 이면에 사랑 대상에 대한 복수가 내재되어 있다. 이런 가학증의 메커니즘은 멜랑콜리적 주체의 자살 성향이 가진 비밀을 푸는 열쇠가 될 수 있다. 멜랑콜리에 대한 프로이트의 정신분석학적 규명은 '사랑 대상의 상실－나르시시즘적 퇴행－대상과 자아의 동일시－애증 병존－가학증－자기 학대를 통한 복수'로 요약될 수 있다. 프로이트가 제시한 애도 및 멜랑콜리의 근거와 메커니즘에 대한 규명은 무의식의 심층적 구조를 객관적으로 밝히는 데 중요한 기여를 했다고 볼 수 있다. 프로이트의 분석이 남긴 중요한 쟁점으로는 멜랑콜리와 동일시의 연관성, 나르시시즘적 동일시와 히스테리적 동일시의 차이, 동일시와 리비도 발달 단계 중 구순기 혹은 식인기의 연관성, 애증 병존의 메커니즘, 자기 학대를 통한 대상에 대한 복수라는 가학증의 이중적 구조, 우울증과 조증(躁症, Manie)의 연관성 등을 들 수 있다.

지젝은 프로이트와 라캉의 관점을 수용하는 방식으로 멜랑콜리를 새롭게 해명한다. 지젝은 주체에게 '욕망의 대상'은 존재하지만 '욕망의 원인'이 상실될 때 멜랑콜리가 생겨난다고 분석한다. 이런 지젝의 견해는 라캉의 이론을 쉽게 설명하고 있지만 단순화시키는 측면도 보여준다. 지젝은 대상과 원인 사이의 관계를 통해 사랑과 욕망의 메커니즘이 가진 차이를 설명하는데, 욕망에 있어서 원인은 대상과 구별되는 반면, 사랑에 있어서 그 둘은 불가해하게 동시에 일어난다. 지젝은 실재계와 만나는 자살, 즉 격렬한 행위로의 이행이 대상과 주체의 완전하고 직접적인 동일시라고 간주한다. 이런 측면에서 지젝의 행위로의 이행으로서 자살은 라캉의 이론을 극단화시키고 급진화시키는 측면도 가지고 있다. 한편 지젝은 멜랑콜리가 결여된 대상을 마치 과거에 소유했었지만 나중에 잃어버린 것처럼 간주하기 때문에 일종의 '기만'이라고 분석함으로써 멜랑콜리의 궁극적 역설을 지적한다. 이 역설에서 한 걸음 더 나아가면, 애도의 작동에 저항하는 멜랑콜리의 주체는 정반대로 대상을 잃어버리기도 전에 그것에 대해 지나치게 과도하게 슬퍼하는 기만적인 스펙터클의 형식을 취한다. 이런 지젝의 분석은 그가 일관되게 추구하는 이데올르기 비판의 특성을 여실히 보여주는데, 멜랑콜리의 기만적 책략을 통해 그 역설적 특성을 규명하여 대상에 대한 욕망의 구조를 심층적이고 복합적으로 규명한다는 점에서 의의가 있다. 이런 관점을 문학비평에 적용하면, 텍스트가 보여주는 멜랑콜리를 통해 욕망의 대상과 원인, 상실과 결여, 기만과 역설 등의 심층적이고 복합적인 특성을 추출한다면, 문학의 이데올르기적 비판의 측면을 규명하는 데 도움이 될 수 있을 것이다.

크리스테바는 『검은 태양』에서 우울증(dépression)과 멜랑콜리(mélancolie)가 경계선이 불투명하여 '멜랑콜리적－우울증적'이라고 부를 수 있는 한 총체라고 간주한다. 프로이트가 두 경우에 동일하게 그 원인을 모성적 대상에 대한 불가능한 애도에서 찾는다면, 크리스테바는 대상 상실과 의미 생성적 관계들의 수정이라는 공통된 경험을 밝혀낸다. 우울증과 멜랑콜리는 "대상 상실에 대한 불관용과 기표의 실패에 의거하여 퇴거 상태를 보상하는 해결책을 보장한다"는 것이다. 크리스테바는 프로이트의 '죽음 충동'과 라캉의 '실재계와의 만남'을 변주하면서 '쇼즈(Chose)'를 "욕망의 관계들을 단절하는 장소 혹은 전(前)－대상에 대한 대체 불가능한 지각"이라고 설명한다. 상실된 '쇼즈'의 장소에 다가서는 방법은 '승화'로서, "멜로디, 리듬, 의미론적인 다각성을 통하여 기호들을 해체하고 재구성하는" "시적 형식"인데, 이것은 크리스테바가 제시하는 하나의 독자적인 견해로서 주목할 만하다. 한편 크리스테바는 우울증적 주체의 정동(情動, affect)이야말로 그의 '쇼즈'라고 파악한다. 생성 중인 주체에게 생명의 도약을 불어 넣지만, 동시에 이 삶의 욕동은 철저하게 주체를 거부하고 고립시킨다는 점에서, '쇼즈'는 양가성을 가진다. 이런 '쇼즈'의 양가성은 프로이트가 말한 '애증 병존의 메커니즘'을 다른 각도에서 설명함으로써 멜랑콜리의 심리적 구조를 해명하고 있는 점에서 주목된다. 크리스테바는 이런 시각의 연장선에서 멜랑콜리의 특성을 '항문성'과 연관시키는데, 우울증의 주체에게 '쇼즈'와 자아는 볼 수 없는 것과 명명할 수 없는 것 속으로 몰고 가는 추락이다. 이것은 모든 것을 쓰레기나 시체로 간주하는 것이며, 그 결과로 죽음 충동에 대한 편향성에 이르게 된다. 크리스테바의 관점은 멜랑콜리의 나르시시즘적 동일시가 리비도 발달 단계 중 구순기 혹은 식인기와의 연관된다고 본 프로이트의 관점에 항문기의 특성을 보충한다는 점에서 특기할 만하다. 이와 함께 멜랑콜리의 나르시시즘적 동일시의 메커니즘을 '애증 병존—가학증—자기 학대를 통한 복수'로 설명하는 프로이트의 관점과는 다른 각도에서, 멜랑콜리적—우울증적 동일시의 메커니즘을 '쇼즈의 양가성—항문성—향유의 매개—죽음 충동'으로 설명함으로써 새로운 해석을 시도한 점에서 주목할 수 있다.

제4장

바울 담론의 문학비평적 가능성

바디우와 아감벤을 중심으로

1. 머리말

최근 서구 철학계를 중심으로 사도 바울에 대한 논의가 활발히 전개되고 있으며, 한국의 학계에서도 바울 담론을 소개하거나 탐구하는 움직임이 활성화되고 있다. 신학계에서 오래 전부터 중요한 관심의 대상이 되어온 바울의 신앙과 사유가 철학을 비롯한 학계 전반에까지 확대되는 이유는 무엇일까? 최근 전개되고 있는 바울 담론은 공통적으로 바울이 처했던 당시 상황과 오늘날 전 세계가 당면한 정치적·사회문화적 상황이 유사하다는 점을 전제하고 있는 듯이 보인다. 즉 포스트모더니즘의 다원주의에도 불구하고 오히려 공동체주의와 종교적 근본주의에 의해 비극적 상황이 조성되고 있는 현재의 세계적 상황에서, 율법을 뛰어넘어 메시아의 사랑과 은총을 충실히 실천한 바울의 소명 의식이 보편주의에 근거한 윤리적 실천을 강조하는 데 중요한 계기를 마련해 주는 것이다.

최근 서구 철학계에서 전개되는 바울 담론의 대표적인 경우로 바디우와 아감벤의 이론을 들 수 있다. 바디우(Alain Badiou)는 『사도 바울』(1997)[1]을 통해 '제국'에 맞서는 보편주의적 윤리를 모색함으로써 현대철학에 신학적 사유를 점화시키는 데 기여한다. 그는 상황 · 사건 · 진리 · 주체 등의 개념을 중심으로 전개되는 자신의 철학을 예증하는 핵심적 대상으로서 사도 바울을 선택하고, 그를 우리의 동시대인으로 재사유한다. 아감벤(Giorgio Agamben)은 『남겨진 시간－로마인들에게 보낸 편지에 대한 강의』(2000)[2]에서 사도 바울을 메시아의 도래에 대해 고지하는 인물로 설정하고, 그가 말하는 '지금 이때'를 메시아적 시간 구조로 해석함으로써 그를 유대교적 메시아니즘의 문맥 속으로 되돌려주려 한다.

이 두 이론가 이외에 바울 담론과 직 · 간접적으로 연관되는 이론가로서 데리다와 지젝을 언급할 수 있다. 해체주의를 대표하는 데리다(Jacques Derrida)는 1980년대 후반부터 법과 빚과 경제를 넘어서는 정의와 의무와 증여에 대해 발언하기 시작한다. 그는 특히 『법의 힘』(1994)[3]에서 무조건적인 환대라는 개념을 통해 해체를 윤리적 · 정치적 시각으로 재해석한다. 우리는 데리다가 주장하는, 법 · 빚 · 교환을 넘어서는 정의 · 의무 · 증여 등에서 율법을 넘어서 은혜 · 사랑 · 정의 · 믿음 등을 강조하는 바울의 흔적을 느낄 수 있다. 지젝(Slavoj Žižek)은 『믿음에 대하

---

1 알랭 바디우, 현성환 역, 『사도 바울』, 새물결, 2008.
2 조르조 아감벤, 강승윤 역, 『남겨진 시간－로마인들에게 보낸 편지에 대한 강의』, 코나투스, 2008,
3 자크 데리다, 진태원 역, 『법의 힘』, 문학과지성사, 2004.

여』(2000), 『무너지기 쉬운 절대성』(2000), 『난장이와 꼭두각시』(2003)[4] 등에서 바디우의 보편주의적 주체성과 아감벤의 메시아 정치를 비판적으로 고찰하면서 라캉의 정신분석학적 준거 틀과 헤겔의 변증법에 근거하여 보편성과 특수성의 관계와 관련된 법 / 욕망, 법 / 사랑의 문제를 천착한다.

여기서 한 가지 주목할 만한 사실은 바울 담론의 상당수가 벤야민(Walter Benjamin)의 역사철학을 중요한 이론적 토대로 삼고 있다는 점이다. 벤야민은 「폭력 비판을 위하여」(1921), 「역사의 개념에 대하여」(1940)[5] 등에서 진보의 역사관을 비판하면서 그 신화에 의해 억압되어온 과거 전체를 역사적으로 완전 복구하는 방식으로 현재를 불러내고자 한다. 즉 그는 역사주의와 진보의 시간관을 중지시키는 충만한 메시아적 시간을 복원하려 하는데, 이런 시도는 바울이 주장한 '지금 이때'라는 메시아적 시간 구조를 중요한 참조 사항으로 삼는다. 이와 관련하여 데리다는 『법의 힘』의 한 장 전체를 할애하여 벤야민의 「폭력 비판을 위하여」를 면밀히 주석하면서 자신의 사유를 펼치고 있으며, 아감벤은 유대-메시아적 직관과 벤야민이 「역사의 개념에 대하여」에서 말하는 예외상태가 상례가 된 상황에 상응하는 역사의 개념에 대해 탐구한다. 그리고 바디우와 지젝도 그들의 저서 곳곳에서 벤야민의 정치철학적 사유를 중요한 근거로 제시하고 있다.

이런 사실을 전제로, 이 글은 바울 담론의 대표적인 경우로서 바디우

---

4 슬라보예 지젝, 최생열 역, 『믿음에 대하여』, 동문선, 2003; 슬라보예 지젝, 김재영 역, 『무너지기 쉬운 절대성』, 인간사랑, 2004; 슬라보예 지젝, 김정아 역, 『죽은 신을 위하여』, 2007.

5 발터 벤야민, 최성만 역, 「폭력 비판을 위하여」, 『발터 벤야민 선집』 5, 길, 2008, 79~117면; 발터 벤야민, 최성만 역, 「역사의 개념에 대하여」, 『발터 벤야민 선집』 5, 길, 2008, 329~350면.

와 아감벤의 이론을 중심으로 그 특성을 고찰함으로써 바울 담론의 문학비평적 가능성을 타진하고자 한다. 바울 담론에 대한 고찰은 신학, 철학뿐만 아니라[6] 현대문학 연구 및 비평을 더욱 심층적으로 진행하는 데에도 기여할 수 있을 것이다. 이런 문제의식은 현대문학 연구 및 비평에 있어서 최근 새롭게 대두되고 있는 윤리적 주체와 사회적 실천의 문제를 새롭게 해명하는 작업뿐만 아니라, 기존의 한국문학 텍스트에 대한 해석과 평가를 위해서도 하나의 유용한 방법론으로 활용될 수 있으리라는 기대와 관련된다. 최근 한국 현대문학 비평에서도 문학과 윤리, 문학과 정치 등의 주제가 윤리적 주체의 실천을 둘러싸고 활발히 진행되어 중요한 성과를 얻고 있는데,[7] 이와 함께 그 준거와 토대가 되는 이론적 체계화의 작업도 필수적으로 요청된다. 따라서 이 글은 바디우와 아감벤을 중심으로 바울 담론을 이론적으로 고찰하여 윤리적 주체와 메시아적 시간 구조를 통한 문학비평의 가능성을 검토하고자 한

---

6 사도 바울에 대한 신학적, 철학적 고찰로서 중요한 성과에 해당하는 것은 다음과 같다.
황정아, 「보편주의와 공동체」, 『안과 밖』 제21호, 영미문학연구회, 2006, 460~493면.
김용규, 「주체와 윤리적 지평」, 『새한 영어영문학』 제51권 3호, 새한영어영문학회, 2009, 87~116면.
장왕식, 「유물론적 신학의 현대적 판본」, 『신학과 세계』 제65호, 감리교신학대, 2009, 201~235면.
김덕기, 「최근 철학계의 성 바울의 보편성 논의와 그 비판적 평가」, 『해석학연구』 제23집, 한국해석학회, 2009, 179~289면.

7 최근 한국 현대문학 비평에서 문학과 윤리, 문학과 정치 등의 주제를 윤리적 주체의 실천을 둘러싸고 전개된 중요한 성과로서 다음과 같은 글이 있다.
서영채, 「냉소주의, 죽음, 마조히즘—1990년대 소설에 대한 한 성찰」, 『문학의 윤리』, 문학동네, 2005, 104~150면.
황종연, 「비루한 것의 카니발—90년대 소설의 한 단면」, 『비루한 것의 카니발』, 문학동네, 2005, 13~32면.
김홍중, 「스노비즘과 윤리」, 『사회비평』 제39호, 나남, 2008(『마음의 사회학』, 문학동네, 2009, 79~103면).
진은영, 「감각적인 것의 분배」, 『창비』, 2008년 겨울, 67~84면.
이장욱, 「시, 정치, 그리고 성애학」, 『창비』, 2009년 봄, 294~314면.

다. 그리하여 현대문학 연구 및 비평에 도움이 될 만한 하나의 참조 틀을 마련하려 한다.

2. 바디우—진리 과정의 주체, 보편적 개별성, 죽음과 부활의 반변증법

바디우는 구조주의 이후 후기구조주의에 이르기까지 일관되게 선언된 '주체의 죽음' 이후 '주체의 회복'을 강력하게 주장하는 이론가이다. 그는 포스트모더니즘이 주장하는 '철학의 종말'에 맞서 전통 철학의 중심 범주인 '진리'와 '주체'를 회복하려 하지만, 포스트모더니즘의 비판을 받아들이는 동시에 그 비판에서 벗어나 진리와 주체의 범주를 새롭게 설정하려 한다. 바디우는 『존재와 사건』(1988)에서 칸토르(Cantor)에서 폴 코헨(Paul J. Cohen)으로 이어지는 현대 공리적 집합론을 근거로 독특한 존재론을 구성해 낸다. 그는 존재를 일자 없는 다자로 파악하고, 이 순수 다자인 존재의 갈라진 틈에서 나와 기존 질서와 법칙성을 파괴하는 것을 '사건'이라고 칭한다. 바디우에 의하면, '진리'는 이 '사건'을 통하여 지식 체계의 일각을 무너뜨리며 도래한다. 특정한 상황에서 돌발하는 사건은 개입의 실천을 통해 상황에 자리 잡고, 그 사건에 충실한 '주체'를 만들어낸다. 따라서 주체는 고정된 인격이나 실체가 아니라 진리의 작용인 주체화(subjectivation) 자체로서 사건과 진리에 의존적이고 식별 불가능한 것이다. 결국 사건이 만들어낸 진리에 충실한 주체는 그 실천을 통해 진리를 상황에 강제(forçage)해 낸다. 사건과 진리는 주체의 실천을 통해 상황을 변화시키는 것이다.

바디우에게 진리는 복수(複數)적인 것인데, 이 진리를 생산하는 장소는 철학 외부에 있다. 그는 진리가 발생하는 철학 외적인 영역을 정치, 과학, 예술, 사랑이라는 네 가지 영역으로 나누고, 이를 진리(생산)의 유적(類的) 절차라고 부른다. 철학은 이 네 가지 절차를 자신의 조건으로 삼으며, 이로부터 생산된 진리를 사유하는 일을 자신의 임무로 삼는다. 바디우에 의하면, 지금까지 철학은 네 가지 절차 중 어느 하나 또는 일부에만 진리(생산)의 특권을 부여하고 나머지 절차들을 축소시켰는데, 이런 철학의 양상을 봉합(suture)이라고 부른다. 바디우 사상의 목적은 이런 봉합에 대항하여 철학을 탈-봉합(dé-suture)시키는 일이다. 결국 그가 제안하는 정치, 과학, 예술, 사랑이라는 네 가지 진리(생산) 절차의 공존은 탈-봉합을 목적으로 하는 것이다. 바디우가 말한 네 가지 진리(생산) 절차는 진리의 현대적 지평인데, 여기에 누락된 것이 있다면 그것은 신학일 것이다. 이 절차는 중세까지 탁월한 진리 생산 절차로 기능했지만, 신을 상실한 현대에 더 이상 진리를 생산하지 못하고 있기 때문이다.[8] 여기서 우리는 바디우가 제안한 진리(생산) 절차의 현대적 지평인 정치, 과학, 예술, 사랑이라는 네 가지 범주 이외에 신학을 새롭게 주목할 필요가 있다. 왜냐 하면 최근 신학적 담론이 '진리'와 '주체'의 윤리적 실천을 중시하는 현대철학의 사유에 의해 재조명되고 있기 때문이다.

이것은 『사도 바울』(1997)을 통해 현대철학에 신학적 사유를 점화시키는 데 기여한 바디우 자신의 철학적 개입에 힘입은 것이기도 하다. 바디우는 사도 바울에 대한 사유의 목적을 "진리라는 주제를 희생시키지 않으면서 주체의 실존을 다중적 존재의 순수한 우연에 종속시키는

---

8 서용순, 「알랭 바디우-철학의 혁신과 새로운 정치적 실천」, 『현대비평과 이론』 제32호, 2009년 가을·겨울, 51~64면 참고.

동시에 사건의 우발적 차원에 종속시킬 수 있는 주체 이론을 재-정립하는 것"[9]이라고 밝힌다. 이를 위해 그는 바울의 사유를 '주체'와 관련된 명제와 '율법'과 관련된 질문 사이의 대립 관계 및 결합 관계에 초점을 맞춘다. 바디우의 관심은 보편성을 산출하는 조건들과 관련해 그것을 정립하는 주체의 행위에 있다. 그리하여 그는 우리 시대의 세계화된 자본의 논리에 맞서 진리들의 사건적 생성뿐만 아니라 실존의 무한성에 대해 관심을 가질 것을 촉구한다. 바디우에 의하면, 오늘날의 세계는 '문화—기술—경영—성(性)'이라는 체계가 진리 공정들을 유형적으로 식별하는 '예술—과학—정치—사랑'이라는 체계를 은폐하고 폐색(閉塞)시키는 상황에 놓여 있다. 그는 화폐적 동질성, 정체성 요구, 자본의 추상적 보편성, 부분 집합의 이익을 위한 특수성 등과 단절하면서 '보편적 개별성'의 조건을 탐색하고자 한다. 즉 바디우는 바울 당시에는 율법이었고 오늘날엔 경제인 지배적 추상들에 대항하는 동시에 공동체적, 즉 특수주의적 요구들에 반대하는 보편적 개별성을 추구하는 것이다. 그는 바울의 텍스트를 상황적 개입으로 간주하고, 바울의 문제 제기가 보편적 개별성으로서 진리에 대한 요구라고 파악하면서, 다음과 같은 네 가지 준칙을 제시한다.

(1) 그리스도교적 주체는 그가 선언하는 사건(그리스도의 부활)보다 먼저 존재하지 않는다. 따라서 그리스도교적 주체의 실존이나 정체성의 외재적 조건들을 논박해야 할 것이다. (…중략…)

(2) 진리는 전적으로 주체적이다(그것은 사건에 관한 확신을 증언하는 선언에 속한다). 따라서 진리의 생성을 법에 포섭시키려는 모든 것을 논박

9 알랭 바디우, 앞의 책, 15면.

할 것이다. (…중략…)

(3) 선언에 대한 충실성은 결정적으로 중요하다. 왜냐하면 진리는 하나의 과정이지 계시가 아니기 때문이다. (…중략…)

(4) 진리는 그 자체로는 예를 들어 로마 제국의 상태와 같은 정황적 상태와는 무관하다. 그것은 진리가 이러한 상태에 의해 규정되어 있는 부분 집합들의 조직으로부터 빠져나와 있음을 의미한다.[10]

(1)은 주체의 보편적 개별성에 대한 언급이다. 그리스도교적 주체에게는 할례받은 유대인이나 할례받지 않은 그리스인이나 구별 되지 않는다. 마찬가지로 그리스도교적 주체는 어떤 사회 계급에 속하거나 성차(gender)에 속할 필요도 없다.[11] (2)는 주체가 진리 과정 내에 존재하며, 진리는 주체가 사건에 대한 확신을 증언하는 선언에 속함을 지적한다. 따라서 진리의 생성은 법에 의해 포섭될 수 없다.[12] (3)은 주체에게 선언에 대한 충실성이 중요함을 언급하고, 진리를 과정으로서 설명한다. 주체는 인격이나 실체가 아니라 진리 과정을 견디며 진리를 실천에 옮기는 과정에 있으며, 진리에 대한 충실성 그 자체이다.[13] (4)는 진리가 정황적 상태와 무관함을 지적한다.[14] 바디우는 『사도 바울』에서 이

10 위의 책, 33~34면.

11 이런 관점에서 바디우는 "유대 사람도 없고 그리스 사람도 없고 종도 없고 자유인도 없고 남자도 없고 여자도 없습니다. 여러분 모두는 그리스도 예수 안에서 하나기 때문입니다"(바울, 「갈라디아서」 3장 28절, 『우리말성경』, 두란노서원, 2005, 신약 220면)라는 바울의 말을 상기시킨다.

12 이런 관점에서 바디우는 율법에 근거하는 유대 담론, 운명을 우주적 질서에 복속시키는 그리스 담론을 근본적으로 비판하고 새로운 담론을 주장한다.

13 이를 위해 바디우는 진리를 사유하는 세 가지 개념을 제시한다. 그것은 선언하는 순간에 주체를 명명하는 개념인 '믿음(피스티스)', 이 믿음을 투쟁적으로 말 건네는 순간에 주체를 명명하는 개념인 '사랑(아가페)', 진리 과정은 완성된 성격을 가진다는 가정에 의해 주체에게 부여되는 전위의 힘에 따라 주체를 명명하는 개념인 '소망(엘피스)'이다.

네 가지 준칙과 관련하여 '진리 과정의 주체'와 '보편적 개별성'이라는 핵심적 주제를 '율법과 진리', '담론들의 이론', '주체의 분열', '죽음과 부활의 반변증법' 등의 문제를 둘러싸고 상세하게 논의한다.

바울은 다마스커스로 가는 길에서 예수의 음성을 듣고 진리와 소명에 눈을 뜨고 새로운 주체가 된다. 이처럼 새로운 주체의 돌발적 출현은 모든 공식적 인준의 바깥에서 생겨난다. 여기서 하나의 논쟁이 벌어지는데, 바울이 안디옥에 체류하는 동안 율법을 엄수하는 유대인-그리스도인들은 신자들이 할례를 받을 것을 강력하게 요구한다. 이들은 그리스도라는 사건이 율법을 완성하는 것이지 폐지하는 것이 아니라고 주장하는 것이다. 이에 대해 바울은 유대인이든 이방인이든, 어떤 출신과 계급과 성차이든, 할례를 받았든 받지 않았든, 모든 개종자를 그리스도교를 온전히 수행하는 신자로 여긴다. 할례, 의례, 율법의 엄수 등으로 대표되는 공동체의 표징이 틀려서 그런 것이 아니라, 진리의 사건이 그런 표징들을 무관한 것으로 만들기 때문이다. 따라서 바울은 "할례를 받았든지 안 받았든지 그것은 문제가 아닙니다. 오직 하나님의 계명을 지키는 것이 중요합니다"[15]라고 말한다. 바디우는 이 논쟁의 쟁점을 다음과 같이 요약한다.

> 철학적으로 재구성된 논쟁은 세 가지 개념에 근거하고 있다. 중단(사건은 무엇을 중단시키고, 무엇을 보존하는가?). 충실성(사건의 중단에 충실하다는 것은 무엇인가?). 표징(충실성을 나타내는 표징이나 표시가 있는가?). 다음과 같은 근본적 질문이 이 세 가지 개념의 교차점에 결정화된다.

14 따라서 주체성은 정황적 상태나 조직, 예를 들면 국가 상태나 사고방식으로서 의견의 장치로부터 이탈하여 거리를 확보해야 한다. 바디우는 진리는 집중적이고 진지한 공정이기 때문에 결코 기존의 의견들과 경쟁해서는 안 된다고 주장한다.

15 바울, 「고린도전서」 8장 19절, 『우리말성경』, 신약 195면.

진리 과정의 주체는 누구인가?[16]

바디우는 논쟁의 핵심 쟁점을 중단, 충실성, 표징이라는 세 개념으로 정리하고, 이 개념들의 교차점에 '진리 과정의 주체'라는 질문이 결정화된다고 말한다. 첫째 개념인 '중단'은 변증법과 반변증법을 구분하는 지표이다. 변증법이 정-반-합의 과정으로서 보존과 상승을 동시에 추구하는 지양(aufhebung)을 근간으로 한다면, 반변증법은 지양과 대립되는 중단을 근간으로 한다. 둘째 개념인 '충실성'은 사건의 진리에 비추어 타협하거나 위선을 행하지 않고 사건의 중단에 충실해야 한다는 관점이고, 셋째 개념인 '표징'은 사건의 중단에 충실할 때 어떤 표징이나 표시가 나타나는가라는 관점이다. 바디우는 이 쟁점들과 관련하여 '안디옥 사건'과 '모금 문제'를 중요한 사례로 제시한다.

'안디옥 사건'은 베드로(게바)가 바울이 되돌아온 안디옥으로 찾아갔을 때, 유대인이 아닌 사람들과 함께 의례에 쓴 음식을 나누어 먹을 수 있는가라는 문제에서 발생한다.[17] 이 사건은 바울이 원칙에의 충실성이 문제될 때 어떤 타협도 거부하고 있음을 보여준다. 바울에게는 죽음의 원리인 율법과 생명의 원리인 사건의 선언 사이에 공평한 균형을 유지하는 것이 가능하지 않았던 것이다. '모금 문제'는 네로 황제 치하의 로마에서 바울이 당시 땅끝으로 대변되는 에스파냐까지 선교 여행을 가고자 할 때 불거진다.[18] 유대인-그리스도인들에게 모금은 유대인들

16 알랭 바디우, 앞의 책, 51면.

17 베드로는 처음에는 이방인들과 동석했으나, 야고보의 제자들이 들어오는 것을 보자 자리에서 일어난다. 바울은 이를 보자 매우 격분했는데, 베드로의 행동이 이전의 결정을 배신하는 위선적인 것이라고 여겼기 때문이다. 바울은 즉시 베드로를 책망하고, 베드로에 의해 잘못된 길에 들어서게 된 바나바와 관계를 끊는다. 위의 책, 55~57면 참고.

18 당시 그리스도교인이 된 모든 집단들은 예루살렘의 공동체에 보내는 자금을 모금하

의 공동체주의와 그리스도교의 팽창주의 사이의 연속성을 확인해 주는 것이지만, 바울은 유대 공동체라는 소속이나 표징이나 지역도 그리스도교의 영향권에 속하는지의 여부를 결정하는 적절한 기준이 될 수 없다고 주장한다.

유대인들과의 논쟁에서 '율법'과 '진리'의 문제가 관건이었다면, 그리스인들과의 논쟁에서는 철학적 '지혜'와 '성령'의 문제가 관건이 된다. 바울은 수사적 우월성을 도구로 삼는 그리스인들의 지혜(소피아)에 맞서 성령(프네우마, 숨결) 및 그 고유한 힘(뒤나미스)을 대립시킨다. 신의 권능은 인간의 지혜와 대립하므로, 중요한 것은 말의 지혜 없이 개입하는 것이다. 이 준칙은 철저한 반철학을 내포하고 있다. 이처럼 바디우는 진리의 주체가 어떤 담론적 지형 속에서 움직이면서 보편적 개별성을 확보하는가에 관심을 가진다. 그가 바울을 통해 제시하는 주체의 네 가지 담론적 위상학은 유대 담론, 그리스 담론, 그리스도교 담론, 신비주의 담론이다.

유대 담론이 주로 예언자의 형상과 신의 표징에 근거하여 신의 초월성을 증명한다면, 그리스 담론은 현인(賢人)의 형상에 근거하여 주체를 자연적 총체성의 이성 안에 위치시키는 우주적 질서와 관련되어 있다. 유대 담론이 표징의 담론이고 예외의 담론이라면, 그리스 담론은 로고스의 담론이고 전체의 담론인 셈이다. 이런 차이점에도 불구하고 바울은 유대 담론과 그리스 담론이 아버지의 담론이라는 점에서 상동성을 가진다고 인식했다. 이 점은 두 담론이 코스모스, 제국, 신, 율법 등을 통

고 있었다. 유대인-그리스도인들은 이 헌금을 베드로를 비롯한 역사적 사도들의 우월성을 인정하고, 예루살렘을 그리스도교 운동의 중심지로 선택했다는 의미로 간주했다. 그러나 바울은 정반대의 해석을 제시하는데, 헌금을 받음으로써 유대 중심지는 이교도-그리스도인 집단들의 정당성을 인준한다고 주장하는 것이다. 위의 책, 60~61면 참고.

해 공동체들을 복종 형태로 속박시킬 수 있는 이유가 된다. 바디우는 오직 아들의 담론만이 모든 특수주의에서 벗어나 보편주의가 될 수 있는 잠재력을 갖는다고 보고, 그 예로 바울의 그리스도교 담론을 제시한다.

바울에게 그리스도교 담론은 유대의 예언과 그리스의 로고스에 대해 동일한 거리를 유지하면서 제3의 형상을 드러냄으로써 아들에 대한 충실성을 유지하는 것이다. 따라서 바울이 제시하는 삼각형의 주체는 예언자, 철학자, 사도가 된다. 사도는 사실이나 기억에 대한 증인이 아니라 사건의 은총에 의지하여 복음의 가능성을 명명하는 사람이다. 그의 담론은 사건에 의해 열린 가능성에 대한 순수한 충실성이다. 예언자는 일어날 것의 확실한 의미를 알고, 철학자는 영원한 진리를 알지만, 사건의 은총에 의존한 채 전대미문의 가능성을 선언하는 사도는 엄밀히 말해 아무 것도 알고 있지 않다. 따라서 바울의 그리스도교 담론은 앎(그노시스)에 속하지 않는 반철학이다. 바디우는 사건을 명명될 수 없는 것으로 이해하고, 언어를 막다른 골목에 이르게 하는 실재(réel)의 지점과도 같다고 말한다. 그리스도교 담론은 이성·질서·힘을 어리석음·추문·약함으로 대체하며, 오직 비존재만이 존재를 유효하게 단언해줄 수 있는 새로운 언어를 창안한다. 이와 관련하여 바디우는 바울에게서 '매개'라는 테마가 부재한다고 지적하고, 우리에게 그리스도는 기존의 담론 체계들을 '중단'시키면서 즉자적인 동시에 대자적으로 도래한다고 말한다.

바디우에 의하면, 바울은 은연 중에 네 번째 담론으로 신비주의 담론을 제시하는데, 그는 이것을 찬양의 주체적 담론이라고 부른다. 이것은 말로 표현할 수 없는 신비주의적인 친밀성에 사로잡힌 주체, 즉 기적이 임재한 주체만이 체험할 수 있다는 점에서 기적의 담론이라고 말할 수 있다. 바디우는 신비주의 담론의 주체적 형상을 선언에 포함시켜서는 안 된다고 주장하는데, 왜냐하면 선언은 그와는 반대로 약함에 대한 비참한 증거에서 자양분을 얻기 때문이다. 바디우는 바울에게 네 번째 담론은 무언의 보충물로서 주체의 타자적 부분을 둘러싸는 것으로 머물 것이라고 말하고, 바울의 담론에서 윤리는 결코 그리스도교 담론을 신비주의 담론에 봉합하지 않는 데 있다고 주장한다.

바디우는 그리스도교 담론과 관련하여 실재와의 새로운 관계 속에서 '육체'와 '영'으로 분리되는 '주체의 분열'에 대해 언급한다.

> 하나의 주체란 실제로는 바울이 육체(사르크스)와 영(프네우마)이라고 명명한 주체의 두 갈래 길을 엮어놓은 것이기 때문이다. 그리고 다시 이 실재는 주체를 구성하는 두 갈래 길에 의해 어떤 식으로든 '포착되는' 한 두 가지 이름, 즉 죽음(타나토스) 또는 생명(조에)이라는 이름에 따라 굴절된다. (…중략…)
>
> 그리스도라는 사건에 충실함으로써 사유 속에서 모든 주체에 영향을 미치는 두 갈래 길로 분열되는 것이 그리스도교적 주체의 본질이다.
>
> 주체의 분열 이론은 다른 담론들이 대상으로 삼는 것들을 기각시킨다. 그것은 실재의 사건적 성격을 외피로 한 또 다른 대상의 출현이다.[19]

바디우는 "육신의 생각은 죽음이지만 성령의 생각은 생명과 평안입니다"[20]라는 바울의 말을 근거로, 주체를 구성하는 두 갈래 길로서 '육체－죽음'과 '성령－생명'을 언급한다. 영혼과 몸, 사유와 감성 등의 그리스적 사유에 의한 실체적인 구분은 주체의 구성을 설명하지 못하는데,[21] 바울이 말하는 육체와 성령, 죽음과 생명은 생물학적 개념이 아니

---

19 위의 책, 109～111면.
20 바울, 「로마서」 8장 6절, 『우리말성경』, 신약 179면.

라 영혼과 몸이 구별되지 않는 총괄적 주체가 얽혀 있는 사유의 차원이기 때문이다. 이 주체의 준칙은 항상 육체에 따라서냐 아니면 영에 따라서냐에 따라 두 가지 영역으로 구분된다. 바울에게 그리스도라는 사건은 율법과는 이질적이고, 모든 규정들 위로 넘쳐흐르는 순수한 범람이며, 개념도 적절한 의례도 없는 은총이다. 실재를 순수한 사건으로 받아들이는 것은 바울이 민족적·문화적 차이를 넘어서 보편주의적 확신을 가지게 되는 원동력이 된다. 이로써 부활한 아들은 모든 인류를 혈연관계로 만든다. 따라서 바디우는 예수가 우리에게 보편적으로 도래하는 것의 이름이라고 말한다. 바디우는 이런 '주체의 분열'을 경유하여 '죽음과 부활의 반변증법'이라는 문제로 진입한다.

> 사람들에게, 그들의 주체적 상황 안에서 부활(부활은 전혀 죽음으로부터 추론되지 않는다)을 운명짓는다는 점에서 죽음은 사건의 거점을 구성한다. 화해는 거점으로부터 주어지는 것으로서, 그리스도의 부활이 인간에 의한 새로운 삶의 발명이라는 것을 잠재적으로, 그리고 그 자체로서는 비활동적으로 가리킨다. 사건으로부터는 오직 부활만이 주어지는데, 이 사건은 거점을 활성화하며 그러한 사건의 작용이 바로 구원이다.[22]

바디우는 죽음의 작용인 화해와 부활의 사건적 작용인 구원을 연결시키는 매개를 거부한다. 전자는 후자의 조건들을 내재화하지만, 화해가 구원을 필연적이게 하는 것은 아니기 때문이다. 신은 그리스도의 죽음으로 사건이 아니라 사건의 거점이라고 부르는 것을 창조한다. 화해

21 바디우는 영(l'esprit)과 육체(chair) 사이의 대립이 영혼(l'âme)과 몸(le corps) 사이의 대립으로 플라톤적, 즉 그리스적인 수정을 거쳐 수 세기가 지나면서 양자 사이에 구분이 어려워졌다고 지적한다.

22 알랭 바디우, 앞의 책, 137면.

는 이 거점으로부터 주어지지만, 사건으로부터는 오직 부활만이 주어진다. 즉 죽음이 상황 속에서의 작용이고 사건의 거점을 내재화하는 작용인 반면, 부활은 사건 그 자체이다. 바디우는 그리스도의 죽음과 부활, 화해와 구원이라는 두 측면을 변증법적으로 연결시키지 않고 반변증법적으로 분리시킴으로써, 부활이 순수한 사건으로서의 구원의 영역임을 주장하는 것이다.[23] 결국 바디우는 바울의 사유를 죽음과 부정성의 지배에 맞서 생명에 대한 절대적 긍정을 사건적으로 도래시키는 것이라고 요약한다.

바디우는 '육체'라는 주체의 길과 그 실재인 '죽음'은 '율법'과 '행위'의 쌍을 조직하는 반면, '성령'이라는 주체의 길과 그 실재인 '생명'은 '은총'과 '믿음'의 쌍을 조직한다고 언급한다. 그리고 주체가 율법과 행위 아래 있지 않고 은총과 믿음 아래 있게 되는 원리를 일자, 보편자, 개별자의 개념으로 설명한다.

> 일자의 가능한 유일한 상관물은 보편자이다. 진리의 일반적 장치는 일자(바울의 우화 속에서는 신의 초월성, 유일신)와 보편자(할례받은 사람과 할례받지 않은 사람을 포함한 인류 전체), 개별자(그리스도라는 사건)를 포함하고 있다. 특수한 것은 이 장치에 기입될 수 없으며 의견, 관습, 율법에 속한다. (…중략…)
>
> 바울에게서는 보편주의와 카리스마가, 일자의 보편적인 말 건넴의 능력과 투사적 태도의 절대적인 무상성이 근본적으로 연결되어 있다. (…중략…)

23 이와 관련하여 바디우는 "하나님의 아들 예수 그리스도는 '예'가 '아니오'로 된 적이 없습니다. 그 안에는 오직 '예'만 있을 뿐입니다"(바울, 「고린도후서」 1장 19절, 『우리말성경』, 신약 207면)라고 말한 바울이, 부정에 대한 긍정의 승리, 죽음에 대한 생명의 승리를 염원했다고 언급한다.

> 여기서 심원한 존재론적 주장은, 보편주의는 다자를 전체의 부분으로서가 아니라 그 자신을 흘러넘치는 것, 장소 밖에 있는 것, 무상성의 노마디즘으로 사고할 수 있다고 전제하는 것이다.[24]

바디우는 진리가 일자와 보편자와 개별자를 포함하고 있는 반면, 의견・관습・율법에 속하는 특수한 것들은 제외된다고 언급한다. 율법은 항상 술어적이고 특수하며 부분적인데, 사건을 통해 돌발하려면 진리는 수(數) 밖에, 술어 밖에 있으며 제어 불가능해야 한다. 이것이 바로 바울이 말하는 은총인데, 은총은 무상으로 주어지는 선물, 즉 카리스마와 관련되어 있다. 은총은 부여할 만한 이유도 없이 모두에게 일어나는 것이고, 당연히 받아야 할 것이 아닌데도 도래한다는 점에서 율법과 대립된다. 이것이 바디우가 말하는 일자의 보편적인 말 건넴의 능력이다. 사건의 은총은 스스로를 초과하여 흘러넘침으로써 고정된 분배뿐만 아니라 다양성 자체를 지배한다. 따라서 바디우는 바울의 보편주의가 다자를 전체의 부분이 아니라 그 자신을 흘러넘치는 무상성의 노마디즘으로 이해할 수 있다고 지적하는 것이다. 그리하여 바디우는 주체의 분열된 형상이 행동의 힘으로 사유를 지탱할 때 구원이 존재한다고 말하고, 이것을 진리 공정이라고 부른다.

지금까지 논의한 바디우의 바울 담론은 '보편적 개별성'으로서의 '진리에 대한 요구'라고 요약될 수 있다. 바디우는 그리스도교적 주체는 그가 선언하는 사건인 그리스도의 부활보다 먼저 존재하지 않고, 진리는 전적으로 주체적이며, 선언에 대한 충실성은 결정적으로 중요하고, 진리는 그 자체로는 정황적 상태와는 무관하다라는 네 가지 준칙을 제시

24 알랭 바디우, 앞의 책, 147~151면.

한다. 그리고 이와 관련하여 '진리 과정의 주체'와 '보편적 개별성'이라는 핵심적 주제를 '율법과 진리', '담론들의 이론', '주체의 분열', '죽음과 부활의 반변증법' 등의 문제를 둘러싸고 고찰한다. 바디우는 유대 담론, 그리스 담론, 신비주의 담론 등과 대립하는 그리스도교 담론의 특성을 규명하기 위해 논쟁의 핵심적 쟁점을 중단, 충실성, 표징이라는 개념으로 정리하고, 이 세 가지 개념의 교차점에 진리 과정의 주체에 대한 질문이 결정화된다고 말한다. 그는 그리스도교 담론과 관련하여 실재와의 새로운 관계 속에서 '육체'와 '영'으로 분리되는 '주체의 분열'에 대해 언급하고, 이를 경유하여 '죽음과 부활의 반변증법'이라는 문제로 진입한다. 그리고 주체가 율법과 행위 아래 있지 않고 은총과 믿음 아래 있게 되는 원리를 일자, 보편자, 개별자의 개념으로 설명한다. 바디우의 바울 담론은 상황 · 사건 · 진리 · 주체를 중심을 전개되는 자신의 철학적 사유의 중심 주제와 긴밀히 결부되는 것으로서, 구조주의 이후 후기구조주의와 포스트모더니즘이 주장해온 '주체의 죽음'이나 '철학의 종말'과 맞서 사건을 통해 주체와 진리의 범주를 새롭게 정립하려 한다는 점에서 주목할 만하다. 특히 바울 담론을 통해 신학적 담론과 현대철학의 사유를 접목시켜 '진리'와 '주체'의 윤리적 실천을 강조한다는 점에서, 문학비평적 가능성을 풍부히 내포하고 있다고 볼 수 있다.

이 가능성을 구체적으로 검토하기 위해서는 몇 가지 전제가 필요하다고 생각된다. 첫째, 바디우가 설정한 진리 생산 절차의 현대적 지평인 정치, 과학, 예술, 사랑이라는 네 가지 범주 이외에 신학을 새롭게 정립할 필요가 있다. 문학과 종교의 문제는 오래 전부터 중요한 탐구의 대상이 되어 왔지만, 언어 이전과 이후의 세계를 대상으로 하는 신학적 사유를 언어적 예술인 문학과 연관시키기 위해서는 새로운 안목과 관점뿐만 아니라 정밀한 방법론이 요청되기 때문이다. 둘째, 바디우가 설정한 진리 생산 절차인 정치, 과학, 예술, 사랑이라는 범주 이외에 신학을 새롭게 포함하더라도, 이 다섯 범주 사이의 상호 연관성을 보다 세밀하게 고찰할 필요가 있다. 바디우는 네 가지 영역의 유적(類的) 절차로서 생산된 진리를 사유하는 일을 철학의 임무로 삼으며, 각각의 절차를 고유한 범주로 설정하고 봉합(suture)에 대항하는 탈-봉합(dé-suture)을 철학적 과제로 주장한다. 따라서 바울 담론의 문학비평적 가능성을 검토하는 이 글의 관점에 비추어 볼 때, 정치, 과학, 예술, 사랑이라는 네 가지 유적 절차 이외에 신학을 또 하나의 절차로 포함시키는 동시에, 이 다섯 범주 사이의 상호 연관성이나 소통 가능성을 고찰하는 작업이 새로운 과제로 대두된다고 볼 수 있다. 신학과 예술, 혹은 신학과 문학이라는 유적 절차 사이의 상호 연관성을 고찰하는 과정에서 바울 담론의 문학비평적 가능성도 좀 더 가시적인 성과를 얻을 수 있을 것이다.

3. 아감벤—무효화와 탈주체화, 절단과 잔여, 메시아적 시간 구조

아감벤은 이탈리아 출신의 철학자이자 미학자로서, 언어 활동을 중심으로 한 인간적 조건에 대한 미학적 고찰을 전개하다가 1989년부터 정치철학자로 변신한 이후 『도래하는 공동체』(1990), 『목적 없는 수단』(1995)을 비롯한 저서를 통해 정치철학을 펼치고 있다. 특히 『주권 권력과 벌거벗은 생명』(1995), 『예외상태』(2003), 『아우슈비츠에 남겨진 것』(1998) 등으로 이어지는 『호모 사케르』 3부작을 통해 슈미트의 정치 권력론과 푸코의 생-정치를 독자적으로 종합하여 정치의 존재론적 지위 회복을 주장하고 있다.

호모 사케르란 죽음의 위협에 노출되어 살아도 살아 있지 않은 자들, 정치-사법 영역에서 배제된 자들과 다름없으며, 아감벤은 자신의 저서에서 수용소의 수감자들, 생물학적으로만 살아있는 자들, 인간 모르모토, 국적을 상실한 난민들을 그 예로 다루고 있다. 조에(zoé, 생명체에 공통되는 살아있음 자체)가 비오스(bios, 개인이나 집단에 고유한 삶의 방식)의 영역인 폴리스에 도입된 것을 근대(18세기 말~19세기 초)의 결정적 사건으로 보는 푸코와는 달리, 아감벤은 조에를 폴리스의 영역에 도입하고 벌거벗은 생명을 정치화하는 것이 서양 정치의 원초적 구조라고 생각한다. 그는 생명 권력의 문제를 근대가 아니라 고대로 거슬러 올라가 발견하고 있으며, 죽음 대 생명이 아니라 생명의 분열과 그 안에서 조에가 비오스에 의해 배제되면서 포함되는 관계로 천착한다. 즉 주권 권력은 본래부터 생물학적 생명을 예외상태 속에서 배제하는 동시에 포함함으로써 벌거벗은 생명을 만들어낸다는 것이다.

아감벤은 언어론의 도식을 주권 권력이 행사되는 예외적 메커니즘에 적용한다. 언어 활동 속에서 취소되고 보존된, 즉 분절된 음성인 소리가 의미 과정을 거쳐 말이 되고, 또 말하는 주체를 만들어내는 것과 마찬가지로, 주권 권력의 포함적 배제에 의해 벌거벗은 생명이 분절되어 다양한 사회적 주체들이 만들어진다. 아감벤은 이 분절 메커니즘을 '장치'라고 부른다. 주체는 생명체들이 장치들과 대결한 결과 생겨나는데, 한편으로 장치들은 항상 주체화 과정을 함축하며 주체를 생산해 낸다. 아감벤에 의하면, 모든 비오스는 자체 안에 취소된 채 보존된 벌거벗은 생명을 포함하고 있다. 벌거벗은 생명은 조에에서 비오스 사이의 심연, 즉 벌거벗은 생명을 분절하고 주체를 생산하는 메커니즘에 균열이 있음을 증언할 수 있는 위치에 있다. 그리고 그것의 발견은 언제나 탈주

체화, 침묵, 사유의 경험 등을 통해서만 가능하다.[25]

한편 아감벤은 유대―메시아적 직관과 벤야민이 「역사철학테제」에서 말하는 예외상태가 상례가 된 상황에 상응하는 역사의 개념에 대해 탐구한다. '항상 이미'와 '아직 아님'의 이율배반을 깨뜨리는 메시아적 '지금―시간'에 대한 사유는 『남겨진 시간―로마인들에게 보낸 편지에 대한 강의』(2000)의 중심 주제를 이룬다. 이 책의 목적은 「로마서」의 첫 문장인 "그리스도 예수의 종 바울은 사도로 부르심을 받아 하나님의 복음을 위해 따로 세움을 받았습니다"[26]에서, 10개의 단어에 대한 철저한 문헌학적 고찰을 통해 바울의 서신을 서구 전통에서 메시아 신앙의 기초가 되는 위치로 회복하는 데 있다. 이를 위해 아감벤은 메시아적 시간 구조에 주목한다.

> 그것이 어떤 경우이든 문제가 되는 것은, 메시아적 시간 구조가 내포하고 있는 기억과 희망, 과거와 현재, 충만과 결여, 기원과 종말 등과 같이 특수한 결합 방식으로 관계하는 '아포리아'이다. 바울의 메시지를 이해할 수 있는 가능성이 있다면, 그것은 바로 이러한 시간의 경험과 전면적으로 일치해야 하며, 이러한 경험이 없다면 결국 그것은 사문(死文)에 그치고 말 것이다. 따라서 바울에게 이러한 메시아적 컨텍스트를 되돌려 주는 작업은 그가 규정하는 '지금 이 시간(카이로스)'이라는 시간의 의미와 내적 형식을 우리가 우선적으로 이해하려는 시도라고 할 수 있다.[27]

아감벤은 벤야민과 타우베스(Jacob Taubes)의 논의를 이어받아 바울의

25 양창렬, 「조르조 아감벤―K」, 『현대 정치철학의 모험』, 난장, 2010, 223~228면 참고.
26 바울, 「로마서」 1장 1절, 『우리말성경』, 신약 172면.
27 조르조 아감벤, 앞의 책, 12면.

서신을 메시아적인 것으로 해석하고, 메시아적 시간 구조가 내포하는 특수한 아포리아에 관심을 가진다. 따라서 그는 기억과 희망, 과거와 현재, 충만과 결여, 기원과 종말 등과 같이 특수한 결합 방식과 관계하는 메시아적 시간 구조와, '지금 이때(카이로스)'가 가지는 내적 형식에 논의를 집중시킨다. 이와 관련하여 아감벤은 "때가 얼마 남지 않았으니 이제부터 아내 있는 사람들은 없는 사람처럼 하고 슬픈 사람들은 슬프지 않은 사람처럼 하고 기뻐하는 사람들은 기쁘지 않은 사람처럼 하고 물건을 사는 사람들은 그것을 가지지 않은 사람처럼 하고 세상의 것을 사용하는 사람들은 다 사용하지 못하는 것처럼 하십시오. 이 세상의 모습은 사라져 가도 있기 때문입니다"[28]에 나타난 시간의 단축, 즉 남아 있는 시간이 바울에게 특히 메시아적 상황이며 유일하게 현실적인 시간이라고 간주한다. 그리고 '없는 것처럼(~이 아닌 것처럼)'을 바울의 서신에서 매우 중요한 핵심 용어로 간주하며 다음과 같이 말한다.

> '없는 것처럼(~이 아닌 것처럼)'은 메시아적 생의 공식이며, 크레시스(소명)의 최종적인 의미이다. 소명은 어떠한 것이나 어떠한 장소를 향해서도 요청하지 않는다. 그렇기 때문에 소명은 각자가 부르심을 받았을 때의 사실적 상태와 합치될 수 있다. 하지만 바로 그 때문에 그것은 그 사실적 상태를 철두철미하게 기각하는 것이다. 즉 메시아적 소명은 일체의 소명의 기각인 것이다.[29]

아감벤은 바울의 문장에서 '없는 것처럼(~이 아닌 것처럼)'을 메시아적 생의 공식이며 소명의 최종적인 의미라고 정의한다. 소명은 각자가 부

---

28 바울, 「고린도전서」 7장 29~31절, 『우리말성경』, 신약 195면.
29 조르조 아감벤, 앞의 책, 47면.

르심을 받았을 때의 사실적 상태와 합치될 수 있지만, 일체의 구체적이고 사실적인 상태를 철저히 기각하는 것이다. 이것은 소명이 소명 그 자체를 호출하는 것이고 내부로부터 그것을 향해 촉발되는 절박한 것이기 때문에, 사람이 자신이 거처하고 양육하는 현실적 행위를 무화시켜 버리는 것을 의미한다. 또한 현세적 상태의 기각은 현세적 상태를 그 자체로부터 해방시켜 그것의 사용을 허용한다. 따라서 바울의 '~이 아닌 것처럼'은 어떤 관념을 다른 관념으로 전환시키는 것이 아니라, 그것을 자기 자신과의 긴장 속에 위치시키는 것이다. 메시아적인 것은 모든 것들을 '~이 아닌 것처럼'의 형식을 통해 소명 받은 자가 계속 자신에게 향하게 하고, 세상이 사라져가는 모습을 단순히 제거하는 것이 아니라 그것을 통과하여 종말을 준비한다. 아감벤은 이런 메시아적 소명을 하나의 내재적인 운동 또는 내재를 초월하여 이 세상과 도래할 세상의 식별이 절대적으로 불가능한 지대라고 이해한다. 아감벤은 이런 관점을 더 밀고 나가 '~이 아닌 것처럼'라는 용어를 주체의 인위적 구별을 중지시키고 무효화시키는 것으로 해석한다.

> 메시아의 도래는 모든 사건들이, 그리고 그것들과 함께 그것들을 보는 주체가 '~이 아닌 것처럼' 속에서 포획되고 부르심을 받는 동시에 기각되는 것을 의미하고 있다. 거기에는 이미 바라보는 주체가 존재하지 않는다. 그리고 어느 시점에 달하여 '마치~처럼' 행위로 옮길 것을 결의할 수 있는 주체도 존재하지 않는다. 메시아적 소명은 우선 무엇보다도 주체를 전위시키고 무화시킨다.[30]

---

30 위의 책, 75면.

아감벤은 메시아적 소명 속에 존재하며 자기 자신과의 관계 속에 놓인 사실적 소명은 다른 것으로 치환되는 것이 아니라 무효가 된다고 설명하고, 바울이 이 용어를 불활성화와 무효화를 의미하는 용어로 사용했다고 본다. 이에 대해 그가 증거로 드는 대목은 "그러므로 이제 더 이상 내가 사는 것이 아니라 내 안에 그리스도께서 사시는 것입니다"[31]이다. 바울의 소명은 메시아적인 것과 주체 사이의 관계의 이론으로서, 주체를 둘러싼 자기동일성적인 주장이나 그 본래성에 대한 논의 전체를 청산해 버린다. 아감벤은 바울의 담론을 '무효화'와 '탈주체화'의 전략을 통해 현실의 법을 중지시키고 진정한 예외상태를 도래케 하는 메시아적 힘으로 해석하는 것이다. 여기서 우리가 주목할 부분은 바디우의 '중단'이 율법과의 단절이라면, 아감벤의 '무효화'는 이전 주체와의 단절이라는 점이다. 또 한 가지 주목할 부분은 바디우의 '중단'이 진리 과정의 '주체'와 관련되는 반면, 아감벤의 '무효화'는 '탈주체화'의 수동성을 견인한다는 점이다. 결국 바디우가 법과의 단절과 주체의 능동적 개입을 강조한다면, 아감벤은 주체・언어・법의 작용들이 무효화됨으로써 그 폭력적 작용이 중지되고 잠재성과 잔여가 메시아적 공동체를 도래케 하는 것을 강조한다고 볼 수 있다.

한편 아감벤은 바울의 율법과의 대결은 모두 일련의 분할에 의해 전개된다고 언급하고, 율법적 분할과 메시아적 분할을 비교한다. 기본적인 율법의 분할은 '유대인 / 비유대인'의 분할이고, 이것은 '할례 / 무할례'와 같이 인간의 총체를 잔여 없는 두 부류로 분할한다. 아감벤은 바울이 이 분할을 새로운 분할, 즉 육체와 영이라는 분할로 절단한다고 지적한다. 율법을 무효화시키고 영원한 유예상태에 두는 새로운 분할,

31 바울, 「갈라디아서」 2장 20절, 『우리말성경』, 신약 219면.

즉 아펠레스의 절단(the cut of Apelles)이라는 개념을 도입하여, 기존 율법의 분할을 영과 육체라는 새로운 분할로 한 번 더 절단하는 것이다. 이 메시아적 분할은 모든 백성들에 대한 율법상의 분할에 유대인과 비유대인이 그 구성상 '전부가 아니다'라는 하나의 잔여를 도입한다. 이 절단의 효과로 인해 '유대인 / 비유대인'이라는 율법상의 구분은 더 이상 명확한 것이 아니게 되는데, 왜냐하면 유대인 아닌 유대인과 비유대인 아닌 비유대인이 존재하게 되기 때문이다. 이런 관점은 바디우의 바울론에 대한 반론이기도 하다. 아감벤은 바디우가 주장한 바울의 보편주의가 다양성(유대인, 그리스인, 여자, 남자, 노예, 자유인 등)을 포괄하는 보편의 사상으로서, 동일한 것과 평등한 것을 창출하는 동시에, 많은 차별들을 무차별적으로 인정하면서 관용적으로 수용한다고 진단한다. 이에 반해 아감벤은 관용과 선의는 결코 메시아적 관념이 아니며, 메시아적 절단은 결코 보편자에 도달하지 않는다고 주장하며 다음과 같이 말한다.

> 여러분들은 바울에 관하여 보편주의를 이야기하는 것이 왜 의미 없는 것인지 이해할 수 있을 것이다. 적어도 보편적인 것이 각각의 절단이나 분할을 초월한 곳에 있는 원리이며, 개별적인 것이 모든 분할의 최종적인 한계라고 생각되어지는 한에서 그러하다. 이러한 의미에서 바울에게는 원리도 목적도 존재하지 않는다. 오직 아펠레스의 절단과 분할의 분할이 존재할 뿐이다. 그리고 그 이후에는 잔여가 존재할 뿐이다.[32]

아감벤은 원래 유대인이나 그리스인들에게 원리나 목적으로서 보편

32 조르조 아감벤, 앞의 책, 94면.

적 인간 또는 그리스도교는 존재하지 않는다고 보고, 바울에 대해 보편주의를 주장하는 바디우의 견해를 비판한다. 메시아적 소명은 모든 소명을 자신으로부터 분리하고 그것들에게 자기동일성을 제공하지 않으면서 자신과의 긴장 속에 놓아두는 것이므로, 분할의 분할로서 절단과 그 이후에 남는 잔여가 있을 뿐이라고 주장한다. 요약하면, 바디우가 바울에게서 보편적 개별성을 발견하는 반면, 아감벤은 절단과 잔여를 발견한다. 아감벤은 이 절단과 잔여 개념의 연장선에서 '남겨진 자들'과 '남겨진 시간'이라는 주제로 이동한다.

아감벤에 의하면, 신의 행위로서 메시아적 구제는 '남겨진 자들'을 그 주제로 삼는다. 그러나 한편으로 택함과 부르심 역시 남겨진 자들을 형성하고 있다. '남겨진 자들'이란 이스라엘이 메시아적 선택 또는 사건과의 관계에서 받아들이는 내용이나 형상이다. 즉 그것은 전체도 부분도 아니며 전체적인 것과 부분적인 것 사이의 일치 불가능성을 의미한다. 결정적인 순간에 선택된 백성들은 필연적으로 남겨진 자들로서, 전체가 아닌 것으로 스스로를 위치시킨다는 것이다. 아감벤은 이 메시아적인 '남겨진 자들'이라는 개념이야말로 바울이 회복시키고 전개한 것이며, 그가 주장한 '분리'의 최종적 의미라고 지적한다. 그리고 아감벤은 예언자와 사도를 구분하며, 종말론적 시간과 메시아적 시간을 구분한다. 예언자는 본질적으로 미래와의 관계를 통해 정의되는 반면, 사도는 메시아의 도래를 시점으로 말한다. 이 시점에서 예언은 침묵할 수밖에 없는데, 왜냐하면 언어가 사도나 메시아의 사자에게 이행되는 시간은 미래가 아닌 현재이기 때문이다. 따라서 바울에게 메시아적 사건을 위한 시간은 '지금 이때(카이로스)'인 것이다. 아감벤이 바울의 메시아적 시간 구조로서 '남겨진 시간'을 어떻게 묘사하고 있는지 더 자세히 살펴보기로 하자.

(1) 메시아적 시간, 사도가 살고 있는 시간, 사도가 유일한 관심을 가지고 있는 시간이란 오람 하제나 오람 하바도 아니며, 연대기적 시간도 묵시론적 시간도 아니다. 그것은 바로 남겨진 것이다. 만일 메시아적 구분, 또는 아펠레스의 절단으로 인해 시간의 분할 그 자체가 분할된다고 하면, 이들 두 시간의 사이에 남아 있는 시간인 것이다.

(2) 바울은 메시아적 사건을 두 시간으로 나누고 있다. 부활과 파루시아, 즉 시간의 끝에서의 예수의 임재이다. 바로 여기에서 바울의 구제의 관념을 정의하는 '이미'와 '아직' 사이의 역설적인 긴장이 발생한다. 메시아적 사건은 이미 일어나고 있다. 신도들에게 구제는 이미 성취되어 있다. 하지만 구제가 정말로 성취되기 위해서는 일정한 시간을 필요로 한다. 메시아적인 것 속에 구성상의 유예를 도입하는 것처럼 보이는 이 특이한 분리를 어떻게 해석해야 하는가?

(3) 바울이 그 용어(파루시아, 임재－필자 주)를 사용한 것은 메시아적 사건의 내부에 감추어져 있는 이분합일적 구조, 그것이 카이로스와 크로노스, 조작 시간과 표상된 시간이라는, 연접하고 있지만 가산할 수 없는 두 이질적인 시간으로 구성된다는 것을 묘사하기 위해서이다.[33]

(1)에서 '오람 하제'와 '오람 하바'는 유대교의 묵시 문서나 랍비의 전통에서 구별하는 두 가지 시간 또는 세계이다. 전자가 창조에서 종말까지 이어지는 세계의 지속적 시간을 지칭한다면, 후자는 도래하는 시간, 즉 세계의 종말 이후에 계속되는 무시간적인 영속성이다. 그런데 아감

33 위의 책, 108면, 118~119면, 120~121면.

벤은 바울의 메시아적 시간이 전자도 후자도 아니고, 연대기적 시간도 묵시론적 시간도 아니며, 절단으로 인해 이 두 시간 사이에 '남아 있는 시간'이라고 말한다. (2)에서 아감벤은 이 메시아적 시간을 다시 '부활'과 '임재(파루시아)'라는 두 가지 시간으로 나누어 설명한다. 메시아적 사건은 이미 일어났고 구원도 성취되었지만, 진정한 구원이 성취되기 위해서는 예수의 재림까지 일정한 시간의 유예가 필요하다. 따라서 바울이 구원의 개념을 정의하는 '이미'와 '아직' 사이에는 역설적 긴장이 발생한다.

(3)에서 아감벤은 바울이 사용한 '임재(파루시아)'라는 용어가 메시아적 사건에 내포된 이분합일적 구조를 드러낸다고 보고, 그것을 카이로스와 크로노스, 조작 시간과 표상된 시간이라는 두 이질적인 시간으로 파악한다. 크로노스(chronos)가 창조에서 메시아적 사건에 이르는 세속적인 시간으로서 연대기적 시간이라면, 카이로스(kairos)는 기회의 시간으로서 한 순간에 모든 것이 응축되는 시간이다. 일반적으로 카이로스와 크로노스는 질적으로 서로 상이한 것으로 이해되지만, 아감벤은 크로노스 속에 카이로스가 존재하는 것으로, 즉 한 쪽이 다른 쪽의 내부에 포함되어 있는 함축 관계로 파악한다. 한편 표상된 시간이 크로노스와 연관된다면, 조작 시간은 우리가 시간 표상을 종료 또는 완수하기 위해 도입하는 시간으로서, 연대기적 시간 속에서 나와서 작동하는 동시에 그것을 내부에서 변용시키는 시간이다. 이처럼 두 이질적인 시간의 결합으로 이루어지는 것이 메시아적 시간이다. 아감벤은 이것이 바로 '임재'라는 바울의 용어 속에 내포된 메시아적 사건의 이분합일적 구조라고 말한다.

바울이 말하는 메시아적 시간은 세속적이고 연대기적인 크로노스 속에 존재하면서 거기서 나와서 그것을 변용시키는 수축된 시간이다. 그러나 바울이 '지금 이때'라고 표현하는, 이 수축된 시간은 파루시아, 즉 메시아의 완전한 임재에 이르기까지 지속된다. 이 임재는 심판의 날 및 시간의 종말과 일치하므로, 여기서 시간은 폭발, 또는 또 하나의 시간 속으로 그리고 영원 속으로 내파된다. 이처럼 수축된 시간이 완전한 임재에 이르기까지 지속되는 것이 메시아적 시간 구조라고 볼 수 있다. 따라서 메시아적 시간은 카이로스와 크로노스, 조작 시간과 표상된 시간이라는, 두 이질적인 시간으로 구성되는 이분합일적 구조를 가지는 것이다. 결국 아감벤은 두 가지 시간 사이의 분할 자체를 분할함으로써, 그 안에서 분할을 초월한 하나의 '남겨진 시간'을 도입한다.

지금까지 논의한 아감벤의 바울 담론은 '무효화와 탈주체화', '절단과 잔여'에 근거한 '메시아적 시간 구조'에 대한 탐구라고 요약될 수 있다. 아감벤은 바울의 서신을 무효화와 탈주체화의 전략을 통해 현실의 법을 중지시키고 유예시키는 메시아적 힘으로 해석하고, 메시아적 시간 구조가 내포하는 특수한 아포리아에 관심을 가진다. 아감벤은 바울의 문장에서 '없는 것처럼(~이 아닌 것처럼)'을 주체의 인위적 구별을 중지시키고 무효화시키는 것으로 해석하고, 바울이 기존 율법의 분할을 영과 육체라는 새로운 분할로 한 번 더 절단함으로써 잔여 개념을 도입한다고 본다. 또한 그는 바울의 메시아적 시간 구조로서 '남겨진 시간'을 카이로스와 크로노스, 조작 시간과 표상된 시간이라는, 두 이질적인 시간으로 구성되는 이분합일적 구조로 설명한다. 아감벤의 바울 담론은 '무효화(작동 중지)'와 '잔여(남겨진 자)'를 중심을 전개되는 자신의 철학적 사유의 중심 주제와 긴밀히 결부되는 것으로서, 구원의 문제와 관련된 신학적 개념인 동시에 정치철학적 개념이라는 점에서 주목할 만하다. 특히 잔여 개념은 『남겨진 시간』에서 '남겨진 자'뿐만 아니라 '남겨진 시간'에 대한 사유로 펼쳐져 메시아적 시간 구조를 규명함으로써, 그동안 문학이론이나 비평이 참고해온 진보적 시간관, 회귀적 시간관, 종말론적 시간관, 순간적 시간관 등과 차별성을 가진 구원적 시간관에 대해 사유할 수 있는 중요한 가능성을 제시하고 있다고 볼 수 있다. 메시아적 시간 구조가 내포하고 있는 기억과 희망, 과거와 현재, 충만과 결여, 기원과 종말 등과 같이 특수한 결합 방식으로 관계하는 '아포리아'는 문학작품에 내재된 시간 구조를 해명하는 데 새로운 시야를 제공해 줄 수 있을 것이다.

4. 맺음말

이 글은 바디우와 아감벤을 중심으로 바울 담론을 이론적으로 고찰함으로써, 윤리적 주체와 메시아적 시간 구조를 통한 문학비평의 가능성을 검토하고자 했다. 그리하여 현대문학 연구 및 비평에 도움이 될 만한 하나의 참조 틀을 마련하려 했다.

바디우의 바울 담론은 '보편적 개별성'으로서의 '진리에 대한 요구'라고 요약될 수 있다. 바디우는 '진리 과정의 주체'와 '보편적 개별성'이라는 핵심적 주제를 '율법과 진리', '담론들의 이론', '주체의 분열', '죽음과 부활의 반변증법' 등의 문제를 둘러싸고 고찰한다. 바디우는 유대 담론, 그리스 담론, 신비주의 담론과 대립하는 그리스도교 담론의 특성을 규명하기 위해 논쟁의 핵심적 쟁점을 중단, 충실성, 표징이라는 개념으로 정리하고, 이 세 가지 개념의 교차점에 진리 과정의 주체에 대한 질문이 결정화된다고 말한다. 그는 그리스도교 담론과 관련하여 실재와의 새로운 관계 속에서 '육체'와 '영'으로 분리되는 '주체의 분열'에 대해 언급하고, 이를 경유하여 '죽음과 부활의 반변증법'이라는 문제로 진입한다. 그리고 주체가 율법과 행위 아래 있지 않고 은총과 믿음 아래 있게 되는 원리를 일자, 보편자, 개별자의 개념으로 설명한다. 바디우의 바울 담론은 상황·사건·진리·주체를 중심을 전개되는 자신의 철학적 사유의 중심 주제와 긴밀히 결부되는 것으로서, 구조주의 이후 후기구조주의와 포스트모더니즘이 주장해온 '주체의 죽음'이나 '철학의 종말'과 맞서 사건을 통해 주체와 진리의 범주를 새롭게 정립하려 한다는 점에서 주목할 만하다. 특히 바울 담론을 통해 신학적 담론과 현대철학의 사유를 접목시켜 '진리'와 '주체'의 윤리적 실천을 강조한다는 점에서, 문학비평적 가능성을 풍부히 내포한다고 볼 수 있다. 이 가능성을 구체적으로 검토하기 위해서는 몇 가지 전제가 필요하다고 생각된다. 첫째, 바디우가 설정한 진리 생산 절차의 현대적 지평인 정치, 과학, 예술, 사랑이라는 네 가지 범주 이외에 신학을 새롭게 정립할 필요가 있다. 둘째, 바디우가 설정한 진리 생산 절차인 정치, 과학, 예술, 사랑이라는 범주 이외에 신학을 새롭게 포함하더라도, 이 다섯 범주 사이의 상호 연관성을 보다 세밀하게 고찰할 필요가 있다. 신학과 예술, 혹은 신학과 문학이라는 유적 절차 사이의 상호 연관성을 고찰하는 과정에서 바울 담론의 문학비평적 가능성도 좀 더 가시적인 성과를 얻을 수 있을 것이다.

아감벤의 바울 담론은 '무효화와 탈주체화', '절단과 잔여'에 근거한 '메시아적 시간 구조'에 대한 탐구라고 요약될 수 있다. 아감벤은 바울의 서신을 무효화와 탈주체화의 전략을 통해 현실의 법을 중지시키고 유예시키는 메시아적 힘으로 해석하고, 메시아적 시간 구조가 내포하는 특수한 아포리아에 관심을 가진다. 아감벤은 바울의 문장에서 '없는 것처럼(~이 아닌 것처럼)'을 주체의 인위적 구별을 중지시키고 무효화시키는 것으로 해석하고, 바울이 기존 율법의 분할을 영과 육체라는 새로운 분할로 한 번 더 절단함으로써 잔여 개념을 도입한다고 본다. 또한 그는 바울의 메시아적 시간 구조로서 '남겨진 시간'을 카이로스와 크로노스, 조작 시간과 표상된 시간이라는, 두 이질적인 시간으로 구성되는 이분합일적 구조로 설명한다. 아감벤의 바울 담론은 '무효화(작동 중지)'와 '잔여(남겨진 자)'를 중심을 전개되는 자신의 철학적 사유의 중심 주제와 긴밀히 결부되는 것으로서, 구원의 문제와 관련된 신학적 개념인 동시에 정치철학적 개념이라는 점에서 주목할 만하다. 특히 잔여 개념은 『남겨진 시간』에서 '남겨진 자'뿐만 아니라 '남겨진 시간'에 대한 사유로 펼쳐져 메시아적 시간 구조를 규명함으로써, 그동안 문학이론이나 비평이 참고해온 진보적 시간관, 회귀적 시간관, 종말론적 시간관, 순간적 시간관 등과 차별성을 가진 구원적 시간관에 대해 사유할 수 있는 중요한 가능성을 제시한다고 볼 수 있다. 메시아적 시간 구조가 내포하는 기억과 희망, 과거와 현재, 충만과 결여, 기원과 종말 등과 같이 특수한 결합 방식으로 관계하는 '아포리아'는 문학작품에 내재된 시간 구조를 해명하는 데 새로운 시야를 제공해 줄 수 있을 것이다.

바디우와 아감벤의 바울 담론이 가지는 차별성을 요약하면 다음과 같다. 첫째, 바디우의 '중단'이 율법과의 단절이라면, 아감벤의 '무효화'는 이전 주체와의 단절이다. 둘째, 바디우의 '중단'이 진리 과정의 '주체'와 관련되는 반면, 아감벤의 '무효화'는 '탈주체화'의 수동성을 견인한다. 셋째, 바디우가 바울에게서 보편적 개별성을 발견하는 반면, 아감벤은 절단과 잔여를 발견한다. 즉 바디우가 모든 공동체적 정체성, 추상적 보편성, 특수주의적 요구 등과 대결하면서 '보편적 개별성'을 추구한다면, 아감벤은 이를 비판하면서 기존 율법을 무효화시키고 영원한 유예상태에 두는 아펠레스의 절단(the cut of Apelles)을 도입하여 '남겨진 자'와 '남겨진 시간'이라는 잔여 개념을 주장한다. 결국 바디우가 법과의 단절과 주체의 능동적 개입을 통한 보편주의를 강조한다면, 아감벤은 주체·언어·법의 작용들이 무효화됨으로써 그 폭력적 작용이 중지되고 잠재성과 잔여가 메시아적 공동체를 도래케 하는 것을 강조한다고 볼 수 있다.

제5장

가라타니 고진 비평의 비판적 검토

1. 머리말

이 글은 현대문학 연구 및 비평을 더욱 심층적으로 진행할 수 있는 기초를 마련하기 위해, 가라타니 고진의 비평을 통합적 수사학의 관점으로 고찰하여 그 특성을 밝히는 동시에 문제점을 비판적으로 검토하고자 한다. 이를 위해 가라타니 고진의 철학적 사유를 중심으로 방법론의 핵심인 트랜스크리틱(Transcritique : 초월론적 비평)의 원리를 고찰하고, 이를 토대로 그의 문학론을 중심으로 근대문학의 기원과 종언의 문제를 비판적으로 검토하는 과정으로 진행한다.

가라타니 고진의 비평이 한국에 본격적으로 알려지게 된 것은 『일본 근대문학의 기원』[1]을 통해서였다. 언문일치, 풍경 · 내면 · 아동의 발견, 고백이라는 제도 등의 테마를 일본 근대문학의 기원 및 그 전도의 관점에서 성찰한 이 저서는, 근대성 및 미적 근대성의 테마를 탐색하고 있던 한국의 학계와 비평계에 참신한 충격을 준다. 니체와 푸코의 계보학적 탐색을 연상시키는 후기구조주의적 방법론을 일본 근대문학의 제도 · 장르 · 문체에 적용시킨 독특하고 과감한 방법론은 주목을 끌기에 충분했다. 번역서가 출간된 직후에 중요한 서평[2]이 제기되고, 이후 한국의 국문학계는 이러한 방법론과 관련하여 한국문학의 근대성에 대한 계보학적 탐색을 광범위하게 진행시킨다.[3]

이후 『은유로서의 건축』(한나래, 1998.11), 『탐구』 1 · 2(새물결, 1998.12), 『마르크스 그 가능성의 중심』(이산, 1999.5), 『윤리 21』(사회평론, 2001.11), 『유머로서의 유물론』(문화과학사, 2002.12), 『일본정신의 기원』(이매지, 2003.8), 『언어와 비극』(도서출판b, 2004.8) 등이 지속적으로 번역되었고, 이에 대한 중요한 비평적 성과들[4]도 제출되었다. 그리고 『문학동네』 41호(2004년 겨울)에 가라타니 고진의 「근대문학의 종말」이 번역 게재되

---

1 가라타니 고진, 박유하 역, 『일본 근대문학의 기원』, 민음사, 1997.6.

2 백지연, 「주체의 기원, 문학의 기원」, 『무애』 1호, 1998.5, 296~299면; 신철하, 「한 비평 의식의 궤적에 대하여」, 『무애』 1호, 1998.5, 300~303면; 김춘식, 「전도된 제도로서의 근대문학의 기원」, 『무애』 1호, 1998.5, 304~310면.

3 한국문학의 근대성에 대한 계보학적 탐색은 풍속 · 문화론적 연구 및 아날학파의 방법론 등과도 연계되어 전개된다. 중요한 성과로서 김동식, 「한국의 근대적 문학개념 형성 과정 연구」, 서울대 박사논문, 1999; 권보드래, 『한국 근대소설의 기원』, 소명출판, 2000; 권보드래, 『연애의 시대』, 현실문화연구, 2003; 이경훈, 『오빠의 탄생』, 문학과지성사, 2003; 천정환, 『근대의 책읽기』, 푸른 역사, 2003; 김행숙, 『문학이란 무엇이었는가』, 소명출판, 2005 등이 있다.

4 김상환, 「해체론 이후의 선택」, 『예술가를 위한 형이상학』, 민음사, 1999.9, 413~446면; 신명아, 「라캉의 실재와 가라타니의 '초월비평'」, 『라캉과 현대정신분석』 제8권 1호, 한국라캉과현대정신분석학회, 2006년 여름, 7~33면; 오길영, 「윤리와 문학-가라타니 고진을 중심으로」, 『인문학 연구』 제34권 1호, 충남대 인문학 연구소, 2007, 81~104면.

고,[5] 번역서인 『근대문학의 종언』[6]을 통해 '근대문학 종언론'의 구체적 내용이 소개되었다. 이 논의에서 가라타니 고진은 『일본 근대문학의 기원』의 계보학적 탐색을 탈피하는 태도의 변화를 보여주었고, 특히 1990년대 이후의 한국문학을 사례로 삼아 근대문학의 종언을 확신하는 관점과, 무라카미 하루키의 소설을 종언의 기점으로 삼은 점에서 한국 문학계에 적지 않은 반향을 일으키며 쟁점으로 부각되었다. 이에 대한 기존의 논의들[7]은 상당한 수준에서 가라타니 고진의 관점을 분석하고 평가하여 그 정체를 밝히는데 기여하고 있다.

가라타니 고진의 비평이 비판적 검토의 대상이 되는 이유는 그의 사유가 한국의 학계와 문학계에 던져준 참신한 충격과 당혹감 사이의 큰 격차에서도 연유된다. 그가 『일본 근대문학의 기원』을 통해서 우리에게 준 참신한 충격은 한국문학의 근대성에 대한 계보학적 탐색을 진전시키는 데 동력의 일부를 제공했지만, 『근대문학의 종언』을 중심으로 한 '근대문학 종언론'이 소개되면서 한국 문학계에 당혹감을 주며 적지 않은 반향을 일으킨다. 가라타니 고진의 '근대문학 종언론'은 현 단계 한국문학의 새로운 문학적 징후뿐만 아니라 근대문학 전반에 대한 근본적인 성찰과 탐구의 필요성을 가중시킨다. 따라서 우리는 참신한 충격과 당혹감 사이의 간극을 뛰어넘어 이 두 저서 사이에서 펼쳐지는 가라타니 고진 사유의 정체를 객관적으로 규명할 필요를 느낀다. 이 규명

---

5 가라타니 고진, 구인모 역, 「근대문학의 종말」, 『문학동네』 41호, 2004년 겨울, 432~459면.

6 가라타니 고진, 조영일 역, 『근대문학의 종언』, 도서출판b, 2006.4.

7 황종연, 「문학의 묵시록 이후-가라타니 고진의 「근대문학의 종언」을 읽고」, 『현대문학』, 2006.8, 193~215면; 조영일, 「비평의 운명」, 『작가세계』 72호, 2007년 봄, 331~351면; 허병식, 「기원의 신화, 종언의 윤리학」, 『너머』, 2007년 여름, 16~33면; 도정일, 「비평의 위기와 비평의 활력」, 『오늘의 문예비평』, 2007년 겨울, 28~48면; 조정환, 「삶 정치적 비평의 시간」, 『오늘의 문예비평』, 2007년 겨울, 49~72면; 서영채, 「역설의 생산-문학성에 대한 성찰, 2009」, 『문학동네』, 2009년 봄, 294~318면.

은 필수적으로 『일본 근대문학의 기원』을 관류하고 있는 푸코식의 '계보학적 방법론'과 『근대문학의 종언』을 관류하고 있는 헤겔식의 '역사철학적 방법론' 사이의 간극을 가로질러 가야 할 것이다. 이를 위해서는 두 문학적 저서를 문학론 자체로서 고찰하기보다 정치경제학 · 철학 · 정신분석학 · 수학 · 화행론적 언어학 등을 가로지르는 그의 사상적 궤적과 관련시켜 종합적으로 규명하는 것이 필요하다. 즉 '근대문학 종언론'을 좀 더 심층적으로 규명하기 위해서는, 우선 가라타니 고진의 문학적 논의와 사상적 논의가 상호 구분되지 않고 긴밀히 연결되어 있다는 사실을 확인할 필요가 있다.[8] 다음으로 그동안 간헐적으로 번역되어온 가라타니 고진의 저서로 인해 그의 철학적 사유나 문학적 논의가 부분적으로 인식되어 온 한계를 넘어서 전체적으로 고찰할 필요가 있다.

따라서 이 글은 선행 연구의 중요한 성과를 토대로 가라타니 고진의 '근대문학 종언론'을 비롯한 문학론을 정치경제학 · 철학 · 정신분석학 · 수학 · 화행론적 언어학 등을 가로지르는 사상적 궤적과 관련시켜 심층적으로 규명해 보고자 한다. 여기서 우리는 가라타니 고진 비평의 변모와 전환을 포함하여 그 전체성에 접근하기 위해서, 그리고 그의 철학적 사유와 문학적 논의를 연관시키기 위해서, 그 방법론적 중핵을 이루는 '트랜스크리틱(Transcritique: 초월론적 비평)'의 원리를 고찰하는 것이 선행되어야 한다고 생각한다. 이런 관점에서 『근대문학의 종언』이 번

8 실제로 『근대문학의 종언』에서 가라타니 고진은 번역가 시메이와 작가 나쓰메 소세키를 중심으로 시도하는 문학적 논의를 반복으로서의 역사, 교환과 폭력과 어소시에이션, 네이션과 국가, 인터넷의 가능성과 함정 등에 이르는 정치 · 경제 · 사회 · 문화의 제반 문제와 관련시켜 표명하고 있다. 그리고 이후에 번역된 『세계공화국으로』(도서출판b, 2007.6)와 『역사와 반복』(도서출판b, 2008.5) 에서도, 문학보다는 자본과 화폐와 교환, 공동체와 국가와 네이션, 세계 제국과 세계 경제와 어소시에이션 등 역사와 민족과 국가를 중심으로 펼쳐지는 정치경제학적 관점에 치중하지만, 일본 근대문학의 기원 및 종언에 대한 논의를 지속적으로 병행하고 있다.

역되기 직전에 번역된 『트랜스크리틱–칸트와 마르크스 넘어서기』[9]는 가라타니 고진이 자신의 비평적 방법론을 내세우며 '칸트'와 '마르크스'의 사상을 재조명한다는 점에서 주목을 요한다. 또 한 가지 유의할 점은 『트랜스크리틱』 이전에 이미 이러한 방법론을 '언어'와 '수'와 '화폐'의 영역에 적용하여 분석을 시도한 저서로 『은유로서의 건축–언어, 수, 화폐』[10]을 주목할 필요가 있다는 것이다. 『은유로서의 건축』은 『트랜스크리틱』에서 가시화된 비평 방법론인 '트랜스크리틱'의 방식을 이미 적용한 저서로서, 그것이 이전부터 지속되어온 가라타니 고진 특유의 비평 방법론임을 선명히 보여준다.

그리하여 이 글은 가라타니 고진의 『트랜스크리틱』과 『은유로서의 건축』을 중심으로 비평적 방법론의 중핵을 이루고 있는 '트랜스크리틱(초월론적 비평)'의 원리를 고찰하고, 이를 토대로 『일본 근대문학의 기원』과 『근대문학의 종언』을 중심으로 가라타니 고진의 문학론이 제기하는 문제들을 살펴보고자 한다. 이를 통해 이 글은 현 단계 한국문학의 새로운 문학적 징후에 대한 정확한 해석과 엄밀한 평가를 위해서, 또한 한국 근대문학의 기원과 종언을 둘러싼 쟁점에 대한 근본적인 성찰과 탐구를 위해서, 가라타니 고진 비평의 특성을 밝히는 동시에 문제점 및 이론적 균열의 지점까지 검토하고자 한다.

이 글이 가라타니 고진의 비평을 비판적으로 검토하는 데 있어서 중요한 방법론으로 설정하는 것은 '통합적 수사학'의 관점이다. 가라타니 고진의 비평은 크게 칸트를 중심으로 한 초월론적 철학의 관점, 마르크스를 중심으로 한 정치경제학적 관점, 프로이트와 라캉을 중심으로 한 정신분석학적 관점, 괴델을 중심으로 한 수학의 관점, 비트겐슈타인을

---

9 가라타니 고진, 송태욱 역, 『트랜스크리틱』, 한길사, 2005.12.
10 가라타니 고진, 김재희 역, 『은유로서의 건축』, 한나래, 1998.11.

중심으로 한 화행론적 언어학의 관점 등을 가로지르며 그 구조적 상동성을 확인하면서 공유점을 연결하는 방식으로 전개된다. 이 방법론의 핵심을 이루는 것이 바로 '트랜스크리틱'이다. 이 방법론은 일단 '초월론적 비판'을 통해 끊임없는 '이동'을 반복함으로써, 다른 언어 체계 사이의 이동이 야기하는 강한 '시차(視差, parallax)'를 확보하는 방식을 의미한다. 또한 이것은 칸트로부터 마르크스를 읽고 마르크스로부터 칸트를 읽는 방식, 즉 윤리학과 정치경제학 사이, 칸트적 비판과 마르크스적 비판 사이의 '코드 변환'을 지칭한다. 그런데 이처럼 '초월론적 비판'을 통해 다른 언어 체계 사이의 이동이 야기하는 '시차'를 확보하는 방식과 상호 횡단적 '코드 변환'의 방식을 객관적으로 검토하기 위해 이 연구가 방법론으로 삼은 것이 '통합적 수사학'의 관점이다.

20세기 중반 이후 서구의 현대 수사학은 크게 '문채의 수사학'과 '논증의 수사학'이라는 서로 분열된 수사학의 양상을 보여준다. 표현의 형식적이고 문체론적인 방식을 다루는 '문채의 수사학'과 논증하는 방식 혹은 설득하는 기술로 정의되는 '논증의 수사학'은 서로 양립되기 힘들어 보일 정도로 분화되어 왔다. 따라서 각각의 진영에 속한 이론가들이 다른 진영에 속한 이론에 대한 논의를 애초부터 배제해버리는 문제점을 낳고 있다.[11] 따라서 분열된 수사학의 간격을 메우고 수사학의 전체성을 복원하기 위해 '통합적 수사학'의 지향이 요청되며, 이 '통합적 수사학'의 관점을 문학 연구나 비평에 활용하는 것이 새로운 과제로 대두되고 있다. 그리하여 가라타니 고진의 '트랜스크리틱'의 방법론을 '문채

11 박성창, 『수사학』, 문학과지성사, 2000, 18면 참고. 제라르 주네트(G. Genette), 츠베탕 토도로프(T. Todorov), 장 코앙(J. Cohen), 그룹 뮈(Grupe μ) 등이 '문채의 수사학'을 대표한다면, 카임 페렐만(Chaïm Perelman)과 루시 올브레히츠-티테카(Lucie Olbrechts-Tyteca), 스티븐 툴민(Stephen Toulmin), 미셸 메이에르(Michel Meyer), 제임스 크로스화이트(James Crosswhite) 등이 '논증의 수사학'을 대표한다고 볼 수 있다.

의 수사학'뿐만 아니라 카임 페렐만(Chaïm Perelman)과 루시 올브레히츠－티테카(Lucie Olbrechts-Tyteca), 스티븐 툴민(Stephen Toulmin), 제임스 크로스화이트(James Crosswhite) 등의 '논증의 수사학'이 지향하는 방법론으로 고찰하는 것이 이 글의 중요한 부분을 이룬다. 이 두 방법론은 일정한 유사성과 차별성을 가지는데, '문채의 수사학'과 '논증의 수사학'을 종합하여 '통합적 수사학'에 도달하려는 이 글의 방법론은 다른 언어 체계 사이의 이동이 야기하는 강한 시차를 확보하는 가라타니 고진 비평의 특성과 문제점을 고찰하는 데 유효한 관점을 제공해 줄 것으로 기대된다.

2. 트랜스크리티크(Transcritique)의 의미

가라타니 고진은 『트랜스크리티크』에서 이전부터 적용해 오던 자신의 비평 방법론의 핵심을 정립하고자 한다. 그는 이 방법론을 다음과 같이 정의한다.

> 초월론적 비판은 횡단적(transversal) 또는 전위적(transpositional)인 이동 없이는 존재할 수 없다. 그래서 나는 칸트나 마르크스의 초월론적(transdendental) 또는 전위적인 비판을 '트랜스크리티크(Transcritique)'이라 부르기로 한 것이다.[12]

12 가라타니 고진, 송태욱 역, 『트랜스크리티크』, 한길사, 2005.12, 30～31면.

가라타니 고진은 일단 칸트의 철학과 마르크스의 정치경제학 각각을 "초월론적(transdendental) 또는 전위적인 비판"으로 간주한다. 칸트의 철학적 사유로부터 유래한 '초월론적 비판'이라는 개념은, 존재의 경험을 가능케 하는 구조를 객관적으로 파악하는 것을 뜻한다. 즉 경험에 선행하는 가능 조건을 탐구하는 것인데, 이 질문을 통해 우리는 개체의 내재적 사유와 감각에서 벗어나서 객관적으로 사태를 파악하는 관점을 획득할 수 있게 된다.[13] 칸트 특유의 반성 방법인 '초월론적 비판'은 한 개체의 내재적 형식을 이탈하여 그 가능 조건을 탐색함으로써 내부와 외부 사이에서 강한 '시차(視差, parallax)'를 형성한다.

> 그 두 고찰에 대한 비교는 확실히 강한 시차(視差)를 낳기는 한다. 하지만 그 비교는 광학적 기만을 피하고 여러 개념들을, 그것들이 인간성의 인식 능력에 관하여 서 있는 진정한 위치에 두기 위한 유일한 수단이다.[14]

가라타니 고진은 "인간성의 인식 능력"을 "진정한 위치에 두기 위한 유일한 수단"으로 "비교"를 통한 "강한 시차"를 강조한다. 이 '시차'는 어떤 객관성(타자성)의 도입을 통해서만 성립할 수 있다. 가라타니 고진은 기존 철학의 대부분이 내성(거울)에 의해 시종일관한다고 보고, 이 내성으로부터 "광학적 기만"이 발생한다고 간주한다. 이로부터 벗어나는 방법은 외부, 즉 타자성을 도입하여 강한 시차를 만들어내는 방법밖에 없다는 것이다. "칸트나 마르크스는 끊임없이 '이동'을 반복한다. 그리고

---

13 이 시각을 통해 칸트는 인간의 오성과 감성의 형식을 고찰한 『순수이성 비판』(백종현 역, 아카넷, 2006), 도덕적 윤리의 객관적 조건을 규명한 『실천이성 비판』(백종현 역, 아카넷, 2002), 취미 판단의 가능 조건을 규명한 『판단력 비판』(백종현 역, 아카넷, 2009)을 집필한 것이다.

14 가라타니 고진, 송태욱 역, 앞의 책, 27면.

다른 언어 체계로의 이동이야말로 '강한 시차'를 가져온다"[15]에서 보듯, 가라타니 고진의 비평 방법론의 핵심은 외부에서 타자의 시선을 확보하는 것이라고 볼 수 있다.[16]

그런데 트랜스크리티크은 여기서 멈추지 않는다. 가라타니 고진은 『트랜스크리틱』의 작업을 "마르크스를 칸트적 '비판'에서 다시 생각해 보는 일"[17]이라고 말하고, 더 나아가 다음과 같이 언급한다.

> 내가 트랜스크리틱(Transcritique)이라 부르는 것은 윤리학과 정치경제학 사이, 칸트적 비판과 마르크스적 비판 사이의 코드 변환(Transcoding), 즉 칸트로부터 마르크스를 읽어내고 마르크스로부터 칸트를 읽어내는 시도이다.[18]

트랜스크리틱은 각각 그 자체로 초월론적 비판인 칸트적 비판과 마르크스적 비판을 상호 '코드 변환'시키는 이차적 작업까지 포함한다. 이것은 "칸트로부터 마르크스를 읽어내고 마르크스로부터 칸트를 읽어내는 시도", 즉 상호 횡단적 '코드 변환' 작업을 지칭한다. 이 이차적 단계의 트랜스크리틱으로부터 "마르크스에게 코뮤니즘은 칸트적 지상명령, 즉 실천적이고 도덕적인 문제"라는 의미 부여가 가능해진다. 그리고 가라타니 고진에게 있어 트랜스크리틱은 일본과 서양의 여러 나

---

15 위의 책, 30면.

16 이런 차원에서 가라타니 고진은 칸트의 철학과 마르크스의 정치경제학뿐만 아니라 프로이트의 정신분석학과 니체의 계보학까지도 초월론적 비판, 즉 트랜스크리틱으로 간주한다. 그의 비평적 궤적은 초월론적 비판을 시도하는 제반 철학・정치경제학・정신분석학・수학・언어학 등을 가로지르며 그 구조적 상동성을 확인하고 공유점을 연결시키는 작업이라고 요약될 수 있다.

17 가라타니 고진, 송태욱 역, 앞의 책, 12면.

18 위의 책, 15면.

라, 또는 아시아 여러 나라 사이의 '차이'와 '횡단적 이동'의 체험 없이는 성립하지 않는다. 가라타니 고진은 『트랜스크리틱』의 제1부에서 이러한 '횡단적 코드 변환 작업'의 관점으로 칸트를 다시 읽고, 제2부에서는 마르크스를 다시 읽는다.

가라타니 고진은 칸트가 보편성을 추구했을 때 불가피하게 '타자'를 도입해야 했다고 본다. 그 타자는 공동 주관성이나 공통 감각에서 나와 동일시될 수 있는 상대가 아니며, 초월적(transcendent) 타자인 신이 아니라 초월론적(transdendental) 타자이다. 나의 시점과 타인의 시점 사이의 '강한 시차'에서 비롯되는 칸트의 초월론적 태도는 철두철미하게 '타자'로 관통한다. 그리하여 칸트의 『순수이성 비판』은 이론적 입장에서 자기・주체・자유 등을 증명하는 논의를 형이상학이라고 논박하는 것을 목표로 하고, 『실천이성 비판』은 자연 필연성이 괄호에 넣어진 위상에서 자기・주체・자유 등이 어떻게 존재하는지 드러내는 것을 목표로 한다. 칸트는 이론적 태도와 실천적 태도를 동시에 가져야 하며, 그 사이의 교체가 중요하다고 본 것이다.

가라타니 고진은 마르크스의 유물론은 관념론과 경험론의 시차에서만 존재하며, 이 시차를 잃어버리면 유물론은 또 하나의 광학적 기만으로 전락하게 될 것이라고 말한다. 가라타니 고진에 의하면, 마르크스의 사상은 독일 철학과 프랑스 사회주의와 영국 경제학의 종합으로서, 그 사이의 이동을 동반한 비판으로 정의될 수 있다. 또한 마르크스는 아키즘(archism : 국가주의)과 아나키즘(anarchism : 무정부주의) 사이에 서서 양쪽을 공격했는데, 이것은 자유와 권위의 이율배반성을 해결하는 것을 의미한다. 마르크스의 중요한 이동 가운데 하나는 가치형태론에서 사용가치 혹은 유통과정을 중시한 데 있다. 자본이란 화폐가 생산 시설, 원료, 노동력, 생산물, 다시 화폐로 변태해 가는 과정을 의미한다. 그래서 자본・국가・네이션・종교는 모두 교환이라는 관점, 즉 경제의 관점에서 보아야 한다.

3. 은유로서의 건축 넘어서기

가라타니 고진은 『은유로서의 건축—언어, 수, 화폐』에서 건축을 하나의 은유로, 즉 무엇을 구축하려는 의지로 간주하고, 다양한 형식화가 생겨나는 하나의 체계로 다룬다. 이것은 서구 사상의 토대가 되는 형이상학을 불가피하게 존재하게 했던 메커니즘의 다른 이름이다. 그리하여 그는 "철학・문학・도시계획・언어학・문화인류학・정치경제학・정신분석학・수학 등 다양한 영역에서 우리 사유를 지배하는 방식을 철저히 분석함으로써, '은유로서의 건축'이라는 형태의 완강한 구속력을 파고들고자 한다."[19] 가라타니 고진은 수많은 학문 분야에서 형식주의가 출현했음을 지적하고, 은유로서의 건축을 해체한 전범으로서 '결정 불가능성'을 수학에 도입한 괴델(Kurt Gödel)과, '언어 게임'이라는 실천적 윤리의 관점으로 형식주의・구조주의적 언어 이론을 넘어서는 비트겐슈타인(Ludwig Wittgenstein)을 주목한다.

고트롭 프레게(Gottlob Frege)와 버트란트 러셀(Bertrand Russell)은 수학을 논리학에 종속적으로 다루었는데, 그것이 수학의 기초에 관한 연구에서

19 사부 고오소, 「역자의 말」(영어판), 『은유로서의 건축』, 한나래, 1998.11, 23면.

는 전통적인 것이 되었다. 이러한 전통을 다시 칸트의 이율배반—결정 불가능성—에 호소함으로써 비판했던 것이 괴델이고, 실천적 윤리의 방향에서 그것을 비판했던 것이 비트겐슈타인이다.[20]

괴델의 '불완전성 정리'는 자연수 이론을 형식화함으로써 얻어진 공리 체계가 무모순적인 한, 무모순성은 그 체계와 관련해서 증명될 수 있는 것으로도 증명될 수 없는 것으로도 이해될 수 없다는 것이다. 따라서 결정 불가능한 식이 항상 존재한다. 한편 가라타니 고진에 의하면, 음운론의 주목할 만한 성공은 수학적 구조를 활용했다는 점이다. 랑그의 언어학도 말하는 주체의 의식에서 출발하는 현상학적 환원에 의해 구성되며, 따라서 랑그의 언어학은 자신의 전제로서 주체를 요구한다. 구조는 초월적 자아를 상정하고 이것과 하나가 된다. 따라서 인위적인 것을 넘어서는 초가 분을 하나로 묶어 구조 속에 집어넣을 수 있는 장치, 즉 제로(zero)를 발견한다.[21]

괴델은 자연수를 자기 지시적인 수로 소개한다. 이와 마찬가지로 우리는 자연 언어를 형식화하는 과정에서 형식화하는 시도 그 자체가 자연 언어에 의해 가능하다는 것을 알게 된다. 가라타니 고진은 이것을 다음과 같이 서술한다.

언어는 본질적으로 언어에 대한 언어다. 이것은 단순히 어떤 차이의 (형

20 가라타니 고진, 김재희 역, 『은유로서의 건축』, 한나래, 1998.11, 53면.

21 야콥슨은 제로를 그의 음소 체계를 완성하기 위해 도입하는데, 구조주의는 정확히 제로 기호의 도입과 함께 출현한다. 제로는 구조의 유지를 위해 필수 불가결한 것이며, 바로 여기에 현상학적 코키토가 거주한다. 구조주의적 전략을 통해서 현상학적 주체나 초월적 자아를 넘어가는 것이 환상임을 예견했던 이는 데리다이다. 이는 데리다가 현상학을 비판함으로써 구조주의를 편든다는 의미가 아니라, 오히려 현상학의 우월성을 인정한 후 그것을 해체시켜 버린다는 것을 의미한다.

식)체계가 아니라 자기 지시적인 체계, 자기 자신과 관계하는 체계, 즉 자기 자신과 차이를 만드는 어떤 체계다. 자기 지시적인 형식 체계, 또는 자기 자신과 차이를 만드는 차이의 체계(self-differential differential system)에는 토대도 중심도 없다. 그것은 여러 중심들을 갖고 있으며 초과적이다. 그러므로 소쉬르의 랑그라는 개념적 틀은 그러한 자기 지시성을 금지하는 데 기반하지만 여전히 자기 지시성으로부터 거리를 두는 것에 성공하지 못한다.[22]

가라타니 고진은 서구 사상과 학문을 지배해온 '은유로서의 건축'인 '형식주의'에 집요한 질문을 제기한다. 이 질문은 랑그적 언어가 본질적으로 지닌 "자기 지시적인 체계"에 집중되는데, 이 형식 체계는 "자기 자신과 차이를 만드는 차이의 체계"로서 "토대도 중심도 없다." 예를 들면, 형식화 자체는 수학 자체로부터 파생되어 나온 것이 아니라 수학이 짊어진 건축에의 의지로부터 나온 것이다.

가라타니 고진은 마르크스의 『자본론』을 형식주의의 관점에서 다시 읽을 수 있다고 본다. 마르크스는 이전의 고전 경제학을 상품들의 거대한 집합, 즉 개개의 상품들을 원소로 모아 놓은 하나의 집합으로 환원했다고 말할 수 있다. 상품들 간에 가지는 관계의 형식은 따라서 '가치의 형태'로 파악할 수 있는 것이다. '상대적인 형태의 가치' 단계에서는 모든 상품(기호)이 메타 차원을 차지할 수 있는 잠재력이 있는 반면, 체계를 통합하는 초월적 중심은 어디에도 없다. 그럼에도 논리적 유형화는 '화폐 형태'의 단계에서조차 완결될 수 없다.

가라타니 고진은 이러한 '형식주의'의 '자기 지시적인 체계'를 문제삼으며, 정적인 구조에 힘의 움직임(dynamism)을 도입하려는 비판적 운

22 가라타니 고진, 김재희 역, 앞의 책, 129면.

동으로서 언어학에서 랑그(langue)에 대립하는 파롤(parole)을 도입한다든지, 보다 일반적인 맥락에서 체계의 바깥을 도입하는 경우를 거론한다. 그러나 이런 경우에 "하나의 체계와 그 바깥 간의 변증법적 상호작용"이 생겨난다는 소쉬르식의 사고방식은 형식화에 대한 무지를 드러낸다고 비판한다. 언어는 자기 지시적이기 때문에 원래 역동적이며, 따라서 언어를 역동적으로 만들기 위해 바깥을 도입할 필요가 없다는 것이다. 가라타니 고진은 더 나아가 언어의 바깥은 없다고 본다. 그런데 이것은 텍스트를 자기 지시적인 형식 체계로 보는 한에서만 참이라고 볼 수 있다.

가라타니 고진은 철학의 형식화에 대해서도 이러한 '초월론적 비판'을 수행한다. 그는 대표적 논증 이론의 수사학자인 카임 페렐만(Chaïm Perelman)을 인용하며 다음과 같이 지적한다.

> 『수사학의 제국(*The Realm of Rhetoric*)』에서 카임 페렐만(Chaïm Perelman)은 '개념의 분할'을 전통적인 수사학에서는 거의 언급하지 않는 일종의 논증 기술이라고 본다. 그는 현상 / 실재, 우연 / 본질, 상대적 / 절대적, 개별적 / 보편적, 추상적 / 구체적, 작용 / 실체, 이론 / 실천 등의 쌍들을 예로 제시한다. 그는 그 쌍을 '제1항 / 제2항'으로 부르면서 이렇게 결합된 것이 서로 완전한 반대를 이루는 것은 아니라고 설명한다.[23]

가라타니 고진에 의하면, 철학이란 궁극적인 규정과 완결이 불가능한 일종의 자기 지시적 체계이다. 이원적 대립의 위계를 뒤집는 일이나 대립 그 자체를 던져버리는 일은 의미와는 아무런 상관이 없는 형식적

23 위의 책, 174~175면.

인 문제일 뿐이다. 그는 이 방식으로는 유아론(唯我論)의 그물에서 빠져 나오기 어렵다고 본다. 철학 안에서 철학의 의미를 결정하는 것은 불가능한데, 그것은 오직 철학 바깥에서 그리고 형식 바깥에서 결정될 수 있기 때문이라는 것이다. 가라타니 고진이 괴델에 대한 비트겐슈타인의 대응을 주목하는 이유가 여기에 있다.

> 비트겐슈타인의 의도는 '증명' 자체를 그 뿌리에서부터 의심하는 것이었으며, 그것은 괴델을 사로잡고 있던 결정 가능성 / 결정 불가능성의 구분을 비껴가기 위한 하나의 절차였다. 수학은 그것이 공리들로부터 연역되는 한에서는 '견고하다'고 여겨진다. 그러나 이러한 연역은 과연 이루어질 수 있는가? 비트겐슈타인은 증명이란 내놓기만 하면 그냥 자동으로 받아들여지는 그런 것이 아니라 오히려 그 규칙에 복종하겠다고 나선 사람들에 의해서만 받아들여질 수 있는 것이라고 강조한다.[24]

괴델의 방법이 해체와 관계가 있다면, 비트겐슈타인은 그와 유사하면서도 미묘하게 근본적으로 다른 방법을 가리키고 있다. 언어의 형식주의적 틀로부터 벗어나 바깥에서 그것을 바라보고 판단하는 시각을 발휘하는 것이 비트겐슈타인의 방법이다. 따라서 이를 강조하는 가라타니 고진의 관점은 니체의 계보학, 푸코의 고고학, 데리다의 해체주의 등의 방법론을 넘어서 형식의 틀 바깥에서 그것을 승인하는 주체의 차원을 재확인하는 작업과 관련된다. 이것은 가라타니 고진에게 있어 일종의 사상적 전회로 이해될 수 있을 것이다. 즉 그는 철학・문학・도시계획・언어학・문화인류학・정치경제학・정신분석학・수학 등 다양

---

24 위의 책, 183면.

한 영역에서 우리의 사유를 지배하는 '은유로서의 건축'인 '형식주의'의 바깥에서 그것을 바라보는 시각을 발휘하는 것이다. 가라타니 고진이 '은유로서의 건축'－'형식주의'－'유아론'을 동열에 놓고, 이를 넘어서는 방법으로 '타자성의 시선'을 요청하는 것도 이러한 이유 때문이다. 비트겐슈타인의 『철학적 탐구』(1937)에서 이 타자에 해당하는 것은 언어를 배우는 외국인이나 아이들이다.

> 외국인이나 아이들과 의사소통한다는 것은 곧 공통의 어떤 규칙들을 공유하지 않는 사람들을 가르치는 것이다. 이러한 상황에서는, 공통의 약호를 공유할 수 없다는 것이 타자에게도 똑같이 의미 있는 것이다. 즉 타자－어떤 공통의 규칙들을 공유하지 않는－와의 의사소통은 항상 가르침－배움의 관계를 형성한다고 말할 수 있는 것이다.[25]

비트겐슈타인이 '타자'를 도입했다는 것은 '비대칭 관계'를 도입했다는 것을 의미한다. 비트겐슈타인은 내적 확실성을 갉아먹는 타자를 결코 신으로, 즉 절대적 타자로 그리지 않는다. 그에게 타자는 언제나 아이나 외국인, 즉 상대적 타자이다. 가라타니 고진은 '언어 게임'으로 대변되는 비트겐슈타인의 타자와의 비대칭 관계를 '공동체 / 사회'라는 개념으로 전이시킨다. '공동체'가 규칙들의 체계 안에 갇혀 있는 공간이라면, '사회'는 공동체와 공동체 사이에 형성되는 관계를 의미한다. 사회적 교환은 그 과정에서 규칙들이 변경되게 되어있다는 점에서, 놀이를 해 나가면서 규칙을 만들어나가는 비트겐슈타인의 '언어 게임'과 유사하다.

---

25 위의 책, 190면.

이처럼 비트겐슈타인의 사유를 나름대로 전유한 가라타니 고진의 '트랜스크리틱'의 방법론은 현대 수사학의 영역에서 카임 페렐만과 루시 올브레히츠-티테카,[26] 스티븐 툴민,[27] 제임스 크로스화이트[28] 등이 보여주는 '논증의 수사학'의 방법론과 일정한 유사성과 차별성을 가진

---

26 페렐만과 티테카의 공저 『신수사학』(1958)이 지닌 의의는 전통적인 형이상학 이후의 대안으로 메타철학으로서의 수사학의 위상을 정립하는 데 있다. 특히 페렐만의 작업은 청중의 중요성, 논증적 상호작용에서의 전제와 일치점의 기본 특성, 논증에 표지를 세우는 공론과 같은 요소들을 강조한다는 점에서, 논증 이론 및 담화 분석에 핵심적인 틀을 제공한다. 청중을 고려하는 논증 행위를 통해 차이를 존중하면서 합의에 이르는 의사소통의 가능성을 열어놓음으로써, 현대철학과 수사학이 도외시하는 사회적 비평을 가능케 하는 것이다. 수사학의 측면에서 페렐만의 논증 이론은 '청자 중심의 의사소통 이론'이라고 볼 수 있다. 이 관점은 문채의 수사학, 즉 은유・환유・제유라는 '표현'의 측면으로 축소되어온 수사학의 관심을 '화자-표현-청자(청중)'이라는 의사소통의 관계망으로 확장하고, 그 복잡하고 다양한 맥락을 검토하면서 논증 행위의 윤리적 측면까지 고려한다는 점에서 주목을 요한다(졸고, 「현대문학비평과 논증의 수사학」, 『어문논집』 제56집, 2007.10, 333~338면 참고).

27 스티븐 툴민의 『논증의 용도』(1958)가 지닌 의의는 현대 논리학의 형식적 발전에 의해 와해된 아리스토텔레스식 정의와 질문과 의도를 재생하여 합리적인 결론에 도달하는 절차를 분석하는 데 있다. 툴민은 논증이 사용되는 구체적인 맥락에 주목함으로써 형식논리학의 불충분함을 비판하고자 한다. 논증의 복합적인 성격을 고려하기 위해 '영역(field)' 개념을 도입하고, 양태적 용어들이 실천적 논증의 과정에서 수행하는 실질적 기능이 무엇인지 명백하게 제시하려는 것이다. 그리고 논증 과정에서 발생하는 명제들의 기능을 밝히고, 그 논증에 대항하는 비판들에게 어떻게 적절한 논증을 제시하고 분석하는지를 규명한다. 수사학의 측면에서 툴민의 논증 이론은 '화자 중심의 화용론적 언어학'이라고 볼 수 있다. 이는 화자가 주장했고, 상대방이 의심하는 단언에 화자가 정당화를 가져오는 기술을 특징짓는 것이다. 이 관점은 언술의 구체적인 맥락과 실제로 작동하는 방식에 주목함으로써, 주장과 근거, 근거에 대한 이유와 이유에 대한 지지, 자격과 반박 등의 정당화 절차에 대해 구체적으로 검증한다는 점에서 주목할 필요가 있다(위의 글, 338~342면 참고).

28 제임스 크로스화이트의 『이성의 수사학』(1996)은 페렐만과 티테카의 '청자 중심의 의사소통 이론'과 비트겐슈타인・오스틴・스티븐 툴민 등의 '화자 중심의 화용론적 언어학'을 종합적으로 수용하면서 논증 행위 이론을 재구성한다. '주장하기', '질문하기', '갈등', '청중' 등을 중심으로 재구성한 논증 행위의 이론은 차이와 갈등을 이용하여 탐구를 수행하고 사회적 합의에 도달하려 한다. 그리하여 이성의 수사학은 차이로부터 발생하는 갈등을 비폭력적으로 해결하는 가능성을 강화하고, 공준이 무너지고 있는 사회적・문화적 현실 속에서 사회비평의 가능성을 옹호하며, 고등교육의 목적에 대한 신뢰할 만한 설명을 제시한다(위의 글, 343~349면 참고).

다. 우리는 한 가지 중요한 차별성으로 '논증의 수사학'이 화자와 청자 사이의 의사소통을 중시함으로써 텍스트를 포함하여 컨텍스트의 맥락을 함께 고려하는 반면, 가라타니 고진의 '트랜스크리틱'은 이와 유사한 특성을 가지지만 경우에 따라서 텍스트의 내부성을 부정하고 텍스트 바깥의 타자성을 강조함으로써 보다 과감한 이동을 시도하는 것을 지적할 수 있을 것이다.

4. 근대문학의 기원과 종언

가라타니 고진은 『일본 근대문학의 기원』에서 언문일치, 풍경·내면·아동의 발견, 고백이라는 제도 등이 네이션—스테이트(nation-state)의 제도적 장치로부터 발생했다고 본다. 그가 '기원'으로 거슬러 올라가 비판하려 했던 것은 '문학', '내면', '근대' 등이다. 가라타니 고진은 나쓰메 소세키가 『문학론』에서 제기한 질문이 서구의 자기 정체성(identity)에 대한 거부라고 본다. 거기에는 교환 가능한, 즉 재구축이 가능한 구조가 존재하는데, 우연히 선택된 구조가 '보편적인 것'으로 간주될 때, 역사는 필연적이고 선적(線的, linear)인 것이 될 수밖에 없다는 것이다.

여기서 우리는 니체나 푸코식의 계보학이 적용됨을 알 수 있지만, 가라타니 고진 특유의 비평 방법인 '초월론적 비판'이 발휘되고 있음도 확인한다. 또한 그는 구니키다 돗포의 『소라치 강가』(1902)를 분석하며 풍경이 외부 세계에 관심을 갖지 않는 '내면적 인간'에 의해 도착적으로 발견되었다는 것을 지적한다. '풍경'의 발견은 역사와 타자의 배제를 통해 이루어졌다는 것이다. 즉 '풍경의 발견'은 과거에서 오늘에 이르는 선적(線的)인 역사 위에 존재하는 것이 아니라 일종의 왜곡되고 전도된 시간성 위에 존재한다. 가라타니 고진이 기원을 추적하는 초월론적 비판을 수행하면서 시도하는 중요한 관점은 '전도'이다.

> 풍경이 일단 성립하면 그 기원은 잊혀져 버린다. 그것은 처음부터 외부에 존재하는 객관물(object)처럼 보인다. 그러나 객관물이라고 불리는 존재는 거꾸로 풍경 안에서 성립한 것이다. 주관 또는 자기 자신 역시 마찬가지이다. 주관(주체) / 객관(객체)이라는 인식론적 공간은 풍경에 의해 성립한 것이다. 즉 처음부터 존재한 것이 아니라 풍경 안에서 파생한 것이다.[29]

가라타니 고진이 주장하는 것은 오늘날의 철학이나 문학이 풍경 내부에 머물면서 거기에서 나오려고 한다면 결코 성공할 수 없으며, 여기서 필요한 것은 풍경 자체의 기원(역사성)을 밝히는 일이라는 것이다. 이런 관점에서 가라타니 고진은 '언문일치'라는 제도의 확립에서 '내면의 발견'을 보고자 하는 '전도'를 시도한다. 그리고 이러한 방법론으로 근대문학의 주류인 소설의 원리를 규명하려 한다.

> 우리가 '깊이'를 느끼는 것은 현실·지각·의식에 의해서가 아니라 근대문학의 원근법적 배치에 의한 것이다. (…중략…) 깊이감, 측정 가능한 균질 공간 또는 주관－객관이라는 인식론적 원근법은 기독교 플라토니즘적 형이상학에 대립하는 것이 아니라 그것에 근거하고 있는 것이다. (…중략…) 일본에서 '사소설적인 것'은 현상학적 방법과 가깝고 그것은 근대 원

29 가라타니 고진, 박유하 역, 『일본 근대문학의 기원』, 민음사, 1997.6, 48면.

근법과는 다른 '지각 공간'을 포착하고 있기 때문이다.[30]

> 아마도 이 '~ㅆ다'는 프랑스 근대소설을 지배한 단순과거에 대응할 것이다. (…중략…) 이런 의미에서 '다'는 근대소설 화법(narration)의 근간과 관련되어 있다. 삼인칭 서술이 등장할 수 있는 것도 '다'에 의한 화자의 중성화에 의해서이다.[31]

가라타니 고진은 근대문학이 성립하는 가능 조건으로 '원근법'에 의한 '깊이'와 '심층'을 지적한다. 그리고 서구 근대소설의 화법과 관련하여 '과거시제 종결어(~ㅆ다)'를 든다. 그는 이 연장선에서 일본의 사소설이 근대소설의 원리에서 벗어나 다른 지각 공간을 포착하고 있다는 평가를 도출한다. 따라서 가라타니 고진은 "모노가타리는 스토리(소설)도 아니고 픽션(소설)도 아니다. 모노가타리를 쓰는 것은 '구성적 의지'와는 이질적인 것이다"라고 말하고, 더 나아가 "사생문이 과거시제 '~ㅆ다'를 거부하는 것은 근대소설이 소거시키려 했던 화자를 보존시키는 일과 이어져 있다"고 지적한다.

가라타니 고진은 1980년대 들어 일본의 근대문학이 이러한 가능 조건을 상실한 것으로 판단한다. 그가 다음과 같은 맥락에서 '근대문학의 종언론'을 주장하게 된다.

> 1980년대에 일본의 '근대문학'은 결정적으로 끝나고 말았다. 그것은 그때까지 지배적이었던 '내면', '의미', '작가 주체', '깊이' 같은 관념들이 부정되고, 그들에 종속되어 있던 '언어'가 해방되었음을 뜻한다. 말을 바꾸면, 근

30 위의 책, 181~186면.
31 위의 책, 99~100면.

대문학이 배척했던 장르들, 즉 '언어 유희', '패스티시', '로망스'(SF를 포함한다) '새타이어'가 복권되었다는 것이다.[32]

가라타니 고진이 주장하는 근대문학의 종언은 포스트모더니즘 소설의 대두에 기인하는 듯이 보이지만, 사실 그는 『근대문학의 종언』에서 포스모더니즘을 포함하여 일본 근대문학이 종언을 고했다는 과감한 발언을 하고 있다. 이 부분이 중요한 쟁점 중의 하나인데, 가라타니 고진은 근대소설의 특성이 일단 리얼리즘에 있다고 보고, 그 가능 조건으로 화자가 있음에도 마치 그것이 없는 것처럼 보이게 하는 화법의 고안에 있으며, 그것의 완성된 형태가 '3인칭 객관 묘사'라고 지적한다. 가라타니의 주장을 종합하면, 소설로 대표되는 근대문학의 근본 특성은 리얼리즘에 있는데, 그 가능 조건은 '기하학적 원근법'이라는 상징 형식과 '3인칭 객관 묘사'라는 화법의 고안이라는 것이다.

근대소설의 특징은 누가 뭐래도 리얼리즘에 있습니다. (…중략…) 그러나 '3인칭 객관'이 부여하는 리얼리즘의 가치를 제거하면, 근대소설이 가진 획기적인 가치도 없어지게 되는 것입니다. 그저 이야기로 돌아가 버립니다.[33]

문학이 근대에 특별한 의미를 부여받았고, 그 때문에 특별한 중요성, 특별한 가치가 있었지만, 그런 것이 이젠 사라졌다는 것입니다. (…중략…) 근대문학이 끝났다는 것은 소설 또는 소설가가 중요했던 시대가 끝났다는 것입니다. (…중략…) 문학의 지위가 높아지는 것과 문학이 도덕적 과제를 짊어지는 것은 같은 것이기 때문입니다. 그 과제로부터 해방되어 자유롭게

32 위의 책, 244면.
33 가라타니 고진, 조영일 역, 『근대문학의 종언』, 도서출판b, 2006.4, 59~61면.

된다면, 문학은 그저 오락이 되는 것입니다.[34]

가라타니 고진은 '3인칭 객관'이 부여하는 리얼리즘에 "획기적인 가치"가 있는 것으로 간주하는데, 이 "특별한 의미"는 "소설 또는 소설가"의 "도덕적 과제"로 요약될 수 있다. 그는 이러한 가치와 의미가 제거되는 양상을 '근대문학의 종언'으로 간주하는 것이다.

최근 번역 출간된 『역사와 반복』에는 '근대문학 종언론'의 구체적 사례에 해당하는 문학평론으로서 「오에 겐자부로의 알레고리」와 「무라카미 하루키의 풍경」이 나란히 수록되어 있어 주목을 요한다.[35] 가라타니 고진에 의하면, 오에 겐자부로의 『만엔원년의 풋볼』은 우의적이지만 고유한 시점을 고집한다는 점에서 리얼리즘적이다. 이런 양의성은 오에 겐자부로가 진정으로 고유명에 집착하기 때문에 고유명을 거부하는 데서 오기 때문에, 그를 알레고리 작가라고 부를 수 있다. 반면, 무라카미 하루키의 『1973년의 핀볼』이 보여주는 정보론적 세계 인식 또는 '역사의 종언'이라는 인식은 현실성으로부터의 도망이고 낭만파적인 거부이며, 바꿔 말하면 고유명의 거부이다. 이 작품은 『만엔원년의 풋볼』의 패러디가 아니라 오히려 패스티시라고 불러야 한다. 프레드릭 제임슨식으로 말하면, 패스티시란 무표정한 패러디 즉 유머의 센스를 잃은 패러디이며, 무표정한 아이러니의 현대적 실천이라는 것이다.

---

34 위의 책, 43~53면.

35 가라타니 고진, 조영일 역, 『역사와 반복』, 도서출판b, 2008.5, 105~179면 참고.

5. 비판적 검토

가라타니 고진의 주장은 경청할 만한 가치가 있으며, 우리는 이를 회피하지 않고 교훈 삼아 한국문학에서 근대문학의 기원과 종언을 둘러싼 제반 문제들에 적극적이고 능동적으로 대응해야 할 것이다. 그런데 한편으로 가라타니 고진의 주장이 내포하고 있는 문제점, 즉 논리적 비약이나 균열에 대해서도 주목할 필요가 있다. 가라타니 고진의 비평이 내포한 논리적 비약이나 균열을 정리하면 다음과 같다.

첫째, 문학적 영역 내부에서 동일한 사실에 대해 모순된 논법을 구사하고 있다. 예를 들면, 가라타니 고진은 '기하학적 원근법'과 '3인칭 객관 묘사'라는 근대소설의 가능 조건이 허구에 지나지 않는다는 것을 지적하면서, 동시에 그것이 제거되면 그 획기적인 의의도 상실되고 만다고 주장한다. 가라타니 고진의 주장대로 근대문학이 획기적인 가치와 의의를 가진 것이라면, 『일본 근대문학의 기원』 이후 줄곧 그것이 허구임을 증언해 온 이가 바로 자신이라는 점은 아이러니하다. 근대문학의 제도가 전도시킨 가치와 의의, 즉 허구가 획기적인 가치로 변화되는 것은 모순된 논법이다.[36]

둘째, 근대 리얼리즘 소설의 가능 조건을 포스트모더니즘을 포함한 근대소설 전체로, 더 나아가 근대문학 전체로 확장하는 데서 오는 '부분

---

36 또 하나의 예로, 근대문학의 가능 조건에서 벗어나는 형식적 특성에 대해서 "사생문이 과거시제 '~ㅆ다'를 거부하는 것은 근대소설이 소거시키려 했던 화자를 보존시키는 일과 이어져 있다"(가라타니 고진, 박유하 역, 앞의 책, 232면)라는 근대소설에 대한 부정적 평가와, "'3인칭 객관'이 부여하는 리얼리즘의 가치를 제거하면, 근대소설이 가진 획기적인 가치도 없어지게 되는 것입니다. 그저 이야기로 돌아가 버립니다"(가라타니 고진, 조영일 역, 『근대문학의 종언』, 도서출판b, 2006.4, 61면)라는 근대소설에 대한 긍정적 평가 사이에는 상당한 간극과 논리적 비약이 존재한다.

의 전체화'라는 문제점이 노출된다. 이것은 사실 범주들 사이의 '직선적 코드 변환'이 야기하는 '영역 간 혼동'이라고 볼 수 있다.

셋째, 문학적 영역과 사회 정치적 영역 사이의 입장 변화, 혹은 균형 감각의 상실을 보여준다. 이러한 균열은 사실 범주들 사이의 '직선적 코드 변환'이 야기하는 '영역 간 혼동'뿐만 아니라, 사실 범주와 가치 범주 사이의 '영역 간 혼동'에서도 기인하는 것으로 보인다. 가라타니 고진이 주장하는 "근대소설이 가진 획기적인 가치"는 정치나 역사나 사회에 대한 "도덕적 과제"인데, 모든 문학이 이런 가치를 최우선적으로 지향해야 하는 것만은 아니며, 만약 그렇다 하더라도 근대 리얼리즘 소설만이 이런 가치를 확보하는 것은 아니기 때문이다. 가라타니 고진이 역사철학적 근대성의 관점으로 미적 근대성을 억압하고 폄하하는 경우가 종종 발생하는 이유도 여기에 있다.

넷째, 이처럼 과감한 논리적 비약은 가라타니 고진이 '트랜스크리틱'의 방법론을 실천하는 과정에서, 텍스트의 내부성을 부정하고 텍스트 바깥의 타자성을 강조함으로써 보다 과감한 이동을 시도하는 경우에 두드러지게 나타난다. 학문 · 문학 · 예술 · 사회 · 정치 등을 비롯한 다양한 범주들은 상호 차별되는 고유한 내부성을 가지면서 동시에 외부와 관계를 맺는데,[37] 구조적 상동성만을 고려하여 외부적 타자성의 관점으로 차이를 관통하는 방식은 사실 범주들 사이의, 그리고 사실 범주

---

37 이 점은 '논증의 수사학'뿐만 아니라 '진리의 생산'과 '주체의 형성'을 주장하는 알랭 바디우(Alain Badiou)의 사유에 의해서도 뒷받침될 수 있다. 바디우에 의하면, 진리는 다양한 영역에서 생산된다. 과학, 예술, 정치, 사랑이라는 네 가지 '진리의 유적 절차들'은 각각의 고유한 실천으로 구성되는 독립적인 절차들이다. 이질적인 고유의 영역에서 '사건'과 '진리'에 의해 존재 아닌 작용으로서의 '주체(성)'이 형성되는 것이다. 바디우는 이 절차들에 독립적인 지위를 부여하지 않고 특정한 절차에 다른 절차를 종속시키는 것을 '봉합(suture)'이라고 부른다. 알랭 바디우, 이종영 역, 『조건들』, 새물결, 2006, 73~117면 참고.

와 가치 범주 사이의 '영역 간 혼동'으로 인한 논리적 비약을 가져올 수 있다.

다섯째, 이 논리적 비약은 텍스트의 내부를 무시하고 외부로 이동하는 시도가 여러 단계로 중첩될 때, 어떤 초월적 차원을 설정하여 현실성이 부족한 이상론을 펼치는 경우가 발생한다. 예를 들면, 가라타니 고진이 시도한 신연합주의 운동(New Associationist Movement, 약칭 NAM)이 현실에서 원활히 작용하지 못하고 실패한 경우를 들 수 있다. 물론 이러한 평가는 가라타니 고진이 "솔직히 말하면 어소시에이셔니즘에 의한 자본제=네이션=스테이트의 지양은 가까운 시일 안에 실현되기는커녕 몇 세기에 걸리는 운동이다. 이상적인 사회를 실현하려고 하면 사람들은 국가권력에 호소하게 된다. 그것은 국가를 강화하는 것밖에 되지 않는다. 그러므로 이상적인 사회는 결코 성급하게 실현되어서는 안된다. 점진적으로 실현될 수밖에 없다"[38]라는 언급과 관련하여 논란의 여지도 있을 수 있다. 여기서 이 글은 트랜스크리틱이 내재적 초월론이 아니라 외재적 초월론으로 전개되는 경향을 다분히 가진다는 점을 지적하는 것이다.

여섯째, 텍스트의 내부와 결별하는 텍스트의 외부를 상정하는 것은 형식논리적 이분법에 의해 구성된 오류에 해당한다.[39] 트랜스크리틱이 중시하는 외부의 타자가 오히려 전능한 주체로 작용함으로써 역으로 내부의 주체를 억압할 수 있다. 다시 말해, 외부의 타자가 처음에 올 수

---

38 가라타니 고진, 송태욱 역, 『일본정신의 기원』, 이매지, 2003, 181~182면.

39 우리가 발견하는 바깥은 언제나 텍스트 안으로 기입되어 있는 바깥이다. 따라서 텍스트의 바깥은 텍스트에 대한 심층적이고 미시적인 독해를 통해서 간접적으로만 발견될 수 있다. 그러나 가라타니 고진의 비평은 『은유로서의 건축』 이후 타자를 텍스트의 바깥에서, 보다 직접적인 방식으로 체험하고 구축하고 있다. 김상환, 「해체론 이후의 선택」, 『예술가를 위한 형이상학』, 민음사, 1999.9, 416~417면 참고.

있고 직접 체험될 수 있다고 간주하는 것은 그것에 특권을 부여하는 것이며, 이 사유의 방식은 새로운 억압을 야기할 수 있다. 철학적 · 문학적 · 정치적 · 사회적 텍스트 외부의 전능한 주체는 없다고 보아야 할 것이다. 왜냐하면 이 외부의 타자도 텍스트 내부와 긴밀히 연결되어 있기 때문이다.

6. 맺음말

이 글은 가라타니 고진의 비평을 통합적 수사학의 관점으로 고찰하여 그 특성을 밝히는 동시에 문제점을 비판적으로 검토했다. 이를 위해 그의 철학적 사유를 중심으로 방법론의 핵심인 트랜스크리틱(Trans-critique : 초월론적 비평)의 원리를 고찰하고, 이를 토대로 그의 문학론을 중심으로 근대문학의 기원과 종언의 문제를 비판적으로 검토했다. '문채의 수사학'과 '논증의 수사학'을 종합하는 '통합적 수사학'의 방법론을 통해, 가라타니 고진의 『트랜스크리틱』과 『은유로서의 건축』을 중심으로 비평적 방법론의 중핵을 이루는 '트랜스크리틱'의 원리를 고찰하고, 이를 토대로 『일본 근대문학의 기원』과 『근대문학의 종언』을 중심으로 가라타니 고진의 문학론이 제기하는 문제들을 살펴보았다.

가라타니 고진은 『트랜스크리틱』에서 일단 칸트의 철학과 마르크스의 정치경제학 각각을 "초월론적(transdendental) 또는 전위적인 비판"으로 간주한다. 칸트 특유의 반성 방법인 '초월론적 비판'은 한 개체의 내재적 형식을 이탈하여 그 가능 조건을 탐색함으로써 내부와 외부 사이에서 강한 '시차'를 형성하게 된다. 이 비평 방법론의 핵심은 외부에서 타자의 시선을 확보하는 것이라고 볼 수 있다. 트랜스크리틱은 각각 그 자체로 초월론적 비판인 칸트적 비판과 마르크스적 비판을 상호 '코드 변환'시키는 이차적 작업까지 포함한다. 이것은 칸트로부터 마르크스를 읽고 마르크스로부터 칸트를 읽는 방식, 즉 윤리학과 정치경제학 사이, 칸트적 비판과 마르크스적 비판 사이의 '코드 변환'을 지칭한다.

가라타니 고진은 『은유로서의 건축–언어, 수, 화폐』에서 건축을 하나의 은유로, 즉 무엇을 구축하려는 의지로 간주하고, 다양한 형식화가 생겨나는 하나의 체계로 다룬다. 이것은 서구 사상의 토대가 되는 형이상학을 불가피하게 존재하게 했던 메커니즘의 다른 이름이다. 가라타니 고진은 수많은 학문 분야에서 형식주의가 출현했음을 지적하고, 은유로서의 건축을 해체한 전범으로서 '결정 불가능성'을 수학에 도입한 괴델과, '언어 게임'이라는 실천적 윤리의 관점으로 형식주의・구조주의적 언어 이론을 넘어서는 비트겐슈타인을 주목한다. 그는 서구 사상과 학문을 지배해온 '은유로서의 건축'인 '형식주의'에 집요한 질문을 제기하는데, 이 질문은 랑그적 언어가 본질적으로 지닌 "자기 지시적인 체계"에 집중된다. 가라타니 고진은 '은유로서의 건축'–'형식주의'–'유아론'을 동열에 놓고, 이를 넘어서는 방법으로 '타자성의 시선'을 요청한다. 비트겐슈타인이 '타자'를 도입했다는 것은 '비대칭 관계'를 도입했다는 것을 의미한다. 이러한 비트겐슈타인의 사유를 나름대로 전유한 가라타니 고진의 '트랜스크리틱'은 현대 수사학의 영역에서 카임 페렐만과 루시 올브레히츠–티테카, 스티븐 툴민, 제임스 크로스화이트 등이 보여주는 '논증의 수사학'의 방법론과 일정한 유사성과 차별성을 가진다. '논증의 수사학'이 화자와 청자 사이의 의사소통을 중시함으로써 텍스트를 포함하여 컨텍스트의 맥락을 함께 고려하는 반면, 가라타니의 '트랜스크리틱'은 이와 유사한 특성을 가지지만 경우에 따라서는 텍스트의 내부성을 부정하고 텍스트 바깥의 타자성을 강조함으로써 보다 과감한 이동을 시도한다.

가라타니 고진은 『일본 근대문학의 기원』에서 언문일치, 풍경·내면·아동의 발견, 고백이라는 제도 등이 네이션-스테이트(nation-state)의 제도적 장치로부터 발생했다고 본다. 그가 '기원'으로 거슬러 올라가 비판하려 했던 것은 '문학', '내면', '근대' 등이다. 여기서 우리는 니체나 푸코식의 계보학이 적용됨을 알 수 있지만, 가라타니 고진 특유의 비평 방법인 '초월론적 비판'이 발휘되고 있음도 확인한다. 가라타니 고진이 기원을 추적하는 초월론적 비판을 수행하면서 시도하는 중요한 관점은 '전도'이다. 그는 근대문학이 성립하는 가능 조건으로 '원근법'에 의한 '깊이'와 '심층'을 지적하고, 서구 근대소설의 화법과 관련하여 '과거시제 종결어(~ㅆ다)'를 든다. 가라타니 고진은 1980년대 들어 일본의 근대문학이 이러한 가능 조건을 상실한 것으로 판단한다. 그의 주장을 종합하면, 소설로 대표되는 근대문학의 근본 특성은 리얼리즘에 있는데, 그 가능 조건은 '기하학적 원근법'이라는 상징 형식과 '3인칭 객관 묘사'라는 화법의 고안이라는 것이다. 가라타니 고진은 '3인칭 객관'이 부여하는 리얼리즘에 "획기적인 가치"가 있는 것으로 간주하는데, 이 "특별한 의미"는 "소설 또는 소설가"의 "도덕적 과제"로 요약될 수 있다. 그는 이러한 가치와 의미가 제거되는 양상을 '근대문학의 종언'으로 간주하는 것이다.

가라타니 고진의 비평이 내포한 논리적 비약이나 균열을 정리하면 다음과 같다. 첫째, 문학적 영역 내부에서 동일한 사실에 대해 모순된 논법을 구사하고 있다. 근대문학의 제도가 전도시킨 가치와 의의, 즉 허구가 획기적인 가치로 변화되는 것은 모순된 논법이다. 둘째, 근대 리얼리즘 소설의 가능 조건을 포스트모더니즘을 포함한 근대소설 전체로, 더 나아가 근대문학 전체로 확장하는 데서 오는 '부분의 전체화'라는 문제점이 노출된다. 이것은 사실 범주들 사이의 '직선적 코드 변환'이 야기하는 '영역 간 혼동'이라고 볼 수 있다. 셋째, 문학적 영역과 사회 정치적 영역 사이의 입장 변화, 혹은 균형 감각의 상실을 보여준다. 이러한 균열은 사실 범주들 사이의 '직선적 코드 변환'이 야기하는 '영역 간 혼동' 뿐만 아니라, 사실 범주와 가치 범주 사이의 '영역 간 혼동'에서도 기인하는 것으로 보인다. 가라타니 고진이 역사철학적 근대성의 관점으로 미적 근대성을 억압하고 폄하하는 경우가 종종 발생하는 이유도 여기에 있다. 넷째, 이처럼 과감한 논리적 비약은 가라타니 고진이 '트랜스크리틱'의 방법론을 실천하는 과정에서, 텍스트의 내부성을 부정하고 텍스트 바깥의 타자성을 강조함으로써 보다 과감한 이동을 시도하는 경우에 두드러지게 나타난다. 다섯째, 이 논리적 비약은 텍스트의 내부를 무시하고 외부로 이동하는 시도가 여러 단계로 중첩될 때, 어떤 초월적 차원을 설정하여 현실성이 부족한 이상론을 펼치는 경우가 발생한다. 여섯째, 텍스트의 내부와 결별하는 텍스트의 외부를 상정하는 것은 형식논리적 이분법에 의해 구성된 오류에 해당한다.

제3부

은유론과 수사학

제1장

고전적 은유론과 해석학적 은유론

아리스토텔레스와 리쾨르를 중심으로

1. 머리말

이 글은 현대문학 연구 및 비평을 심층적으로 진행할 수 있는 기초를 마련하기 위해, 아리스토텔레스(Aristoteles)를 중심으로 한 고전적 은유론과 리쾨르(Paul Ricoeur)를 중심으로 한 해석학적 은유론을 수사학적으로 비교 고찰하고자 한다.

'은유(隱喩, metaphor)'는 고대 수사학에서 아리스토텔레스가 『시학』과 『수사학』에서 논의한 이후 고전주의 수사학을 거쳐 현대 수사학에 이르기까지 줄곧 문채론과 전의론의 중심 영역을 차지해 왔다. 은유에 대한 논의는 시대에 따라 심한 굴곡을 겪어 왔는데, 수사학의 역사적 흐름은 이 굴곡을 통해 그 운명을 함께 해 왔다고 해도 과언이 아니다. 또한 은유는 오랫동안 수사학뿐만 아니라 철학·시학·언어학·해석학·정신분석학 등과 같은 여러 학문들의 공통된 관심사였다. 따라서 이 글은 수사학의 역사적 흐름 및 여타 학문과의 관련성을 염두에 두면서 고전적 은유론과 해석학적 은유론을 수사학적 관점에서 살펴보고자 한다.

전통 수사학은 '착상(inventio)-배열(dispositio)-표현(elocutio)-암기(memoria)-발표(actio-pronuntiatio)'라는 다섯 부분의 유기적 연결로 이루어져 있다. 이 수사학의 다섯 분야는 연설이 행해지기까지의 과정이다. 수사학이 여러 학문의 내용이나 방법을 포함하고 있다는 사실은, 이 분야들에서도 나타난다. 이 다섯 분야 중에서 수사학과 문학이 만나는 구심점이 되는 것은 세 번째 분야인 '표현'이다. '표현'은 담론의 형식들을 다루는 분야인 문체론이나 시학과 밀접하게 연관되어 있다. 수사학이 문학 연구 및 비평의 중요한 도구가 될 수 있었던 것은 '표현'을 구성하고 있는 주 개념인 '문체(文體, style)'와 '문채(文彩, figure)'와 '전의(轉義, trope)'를 통해서였다. '문체', '문채', '전의'는 시대에 따라 가변적이고 다양하게 분류되어 왔다. 은유·환유·제유가 가장 대표적인 사례에 해당하는데, 이는 주네트(G. Genette)가 말한 '줄어드는 수사학'의 경향과 관련된다.[1]

1 제라르 주네트는 고대 수사학이 중세 초에 들어서 장르(정치적·재판적·첨언적 장르) 간의 균형이 해체되기 시작하고, 1730년 출간된 뒤마르세(Dumarsais)의 『비유론』과 19세기 초 퐁타니에(P. Fontanier)의 '문채론'의 작업을 통해 축소의 과정이 지속되었다고 본다. 비유라 이름붙일 만한 환유·제유·은유에다 환유와 제유 간의 뒤마르세식의 비교와 퐁타니에식의 반어법을 추가하면 문채의 모범적 쌍을 얻을 수 있다는 것이다. 이어서 20세기 초에 러시아 형식주의가 보급되고 1923년에 보리스 아이헨바움과 안나 아크마토바의 책과 1935년에 야콥슨(R. Jakobson)의 논문이 나오면서, 은유와 환유의 쌍이 계열체와 통합체, 등가 관계와 연속 관계를 대표하는 관계망으로 등장했다고 파악한다. 제라르 주네트, 김경란 역, 「줄어드는 수사학」, 『수사학』(김현 편), 문학과지성사, 1985, 117~143면 참고.

이와 관련하여 20세기 중반 이후 서구의 현대 수사학은 크게 '문채의 수사학'과 '논증의 수사학'이라는 서로 분열된 수사학의 양상을 보여준다. 표현의 형식적이고 문체론적인 방식을 다루는 '문채의 수사학'과 논증하는 방식 혹은 설득하는 기술로 정의되는 '논증의 수사학'은 서로 양립되기 힘들어 보이며, 따라서 각각의 진영에 속한 이론가들이 다른 진영에 속한 이론에 대한 논의를 애초부터 배제해버리는 문제점을 낳고 있다.[2] 제라르 주네트(Gerard Genette), 츠베탕 토도로프(T. Todorov), 장 코앙(J. Cohen), 그룹 뮈(Grupe μ) 등이 전자를 대표한다면, 카임 페렐만(Chaïm Perelman)과 루시 올브레히츠-티테카(Lucie Olbrechts-Tyteca), 스티븐 툴민(Stephen Toulmin), 미셸 메이에르(Michel Meyer), 제임스 크로스화이트(James Crosswhite) 등이 후자를 대표한다고 볼 수 있다. 따라서 분열된 수사학의 간격을 메우고 수사학의 전체성을 복원하는 것이 요청되며, 이러한 차원의 '통합적 수사학'의 관점을 문학 연구나 비평에 활용하는 것이 과제로 대두되고 있다.[3]

이 글은 이러한 문제의식을 기초로 아리스토텔레스를 중심으로 고대 수사학의 은유 이론과 현대 수사학의 은유 이론들 중에서 리쾨르의 해석학적 은유론을 비교 고찰하여 수사학적 문학비평의 가능성을 점검하는 차원에서 진행된다. 현대 수사학에서 은유론은 형식·구조주의 시학을 개척한 야콥슨(R. Jakobson)의 은유/환유론과 이를 정신분석학의

2 박성창, 『수사학』, 문학과지성사, 2000, 18면 참고.
3 졸고, 「현대문학비평과 논증의 수사학」, 『어문논집』 제56집, 민족어문학회, 2007, 331면 참고. 이러한 문제의식은 텍스트와 컨텍스트를 가로지르며 형식·구조 시학과 역사·사회 시학을 탄력적으로 종합하려는 우찬제의 '열린 텍스트의 수사학'과도 맥락을 같이 한다. "수사학적 맥락 안에서 서사학, 텍스트 언어학, 문체론, 커뮤니케이션학, 사회학, 정신분석학, 변증법. 실용론 등과 교류하면서 텍스트에 있어서 의사소통의 수사학적 축을 새롭게 정립하려는 경향을 보인다. 그것은 닫힌 체계 이론에서 탈피하려는 현대적 움직임과 동행한다." 우찬제, 『텍스트의 수사학』, 서강대 출판부, 2005, 18면.

개념으로 활용한 라캉(J. Lacan)의 은유 / 환유론을 가장 대표적인 사례로 언급할 수 있다.[4] 이와 더불어 현대 수사학에서 은유의 지평은 리쾨르의 해석학적 은유론, 니체(F. W. Nietzsche) — 하이데거(M. Heidegger) — 데리다(J. Derrida)로 이어지는 해체론적 은유론, 조지 레이코프(George Lakoff)와 마크 존슨(Mark Johnson)의 인지 언어학적 은유론, 리차드 로티(Richard Rorty)로 대표되는 신실용주의적 은유론 등으로 복잡하고 다양하게 전개되고 있다. 이 글은 은유론의 역사적 전개를 개괄한 후, 다양한 현대 수사학의 은유론들 중 해석학적 논의를 전개하는 리쾨르의 은유론을 아리스토텔레스의 고전적 은유론과 비교 고찰하고 통합적 수사학의 관점에서 평가하는 데 초점을 맞추고자 한다. 다양한 현대 수사학의 은유론들 중 특히 리쾨르의 은유론을 선택한 이유는, 리쾨르의 은유론이 아리스토텔레스의 고전적 은유론을 기본 전제로 삼아 은유가 발생하는 장소로서 단어 · 문장의 의미 · 텍스트의 해석이라는 세 영역에서 그 확장의 경로를 해명하기 때문이다. 이 세 영역은 리쾨르가 은유에 대한 접근 방법을 크게 수사학적 관점 · 의미론적 관점 · 해석학적 관점[5]으로 구분한 것과도 관련된다.

4 이에 대한 상세한 논의는 김인환, 「언어와 욕망」, 『비평의 원리』, 나남, 1994, 255~302면; 김인환, 「문학과 정신분석」, 『문학의 새로운 이해』, 문학과지성사, 1996, 217~238면; 정과리, 「정신분석에서의 은유와 환유」, 『은유와 환유』(『기호학 연구』 제5집), 문학과지성사, 1999, 11~23면; 임진수, 「은유와 환유 — 라캉의 이론을 중심으로」, 『현대비평과 이론』, 1996년 봄 · 여름, 35~54면; 졸고, 「정신분석적 시학과 수사학」, 『어문논집』 제53집, 민족어문학회, 2006, 239~265면 참고.

5 은유는 수사학에서 장식적 효과를 내는 여러 비유법 중의 하나로 취급되었고, 의미론에서는 의미의 창출과 확장에 기여하는 언어로 논의되었으며, 해석학에서는 텍스트 전체의 범위 안에서 새로운 의미의 탄생에 대해 다룬다.

2. 은유론의 역사적 전개

은유는 아리스토텔레스가 『시학(Poetics)』 제20~22장과 『수사학(Rhetoric)』 제3권에서 체계적으로 거론한 이후 수많은 분석의 대상이 되어 왔다. 아리스토텔레스는 『시학』에서 은유를 '이름' 혹은 '단어'의 차원에서 정의했고, 그 단어의 은유적 의미가 '유사성'과 '대체'를 통해 이루어진다고 보았다. 그는 『수사학』에서 은유의 적절성과 비적절성, 은유에 있어서의 문체의 결핍 등을 서술하면서, 전반적으로 『시학』의 정의를 자명한 것으로 간주하고 그 사용에 있어서 산문이 가져야 할 명료성의 원칙에 주안점을 두어 서술한다.

아리스토텔레스 이후 '은유'는 고전주의 수사학의 키케로와 롱기누스와 퀸틸리아누스, 16세기의 라무스, 18세기 말의 문법학자 뒤마르세, 19세기 초의 수사학자 퐁타니에 등을 거쳐 다양한 논의의 대상이 되어 왔다. 아리스토텔레스 이후의 고전적 저술들은 주로 그의 견해를 보강하고, 은유 요소들 사이에 필요한 조화와 일치를 주장하는 소재의 '전아성(典雅性)'의 원칙을 강조한다.

키케로(Cicero)는 은유를 비교의 종속된 형식으로서 언어의 전아한 효과를 주는 하나의 방편으로 보고, 아리스토텔레스와 마찬가지로 주요한 유개념으로 간주한다. 롱기누스(Longinus)는 은유를 적절한 경우에만 사용해야 하며, 같은 구절에 둘이나 셋 이상을 함께 가져와서는 안 된다고 말한다. 퀸틸리아누스(Quintilianus)는 은유를 직유의 간결한 형식으로 생각하고, 은유적인 전의(轉義)를 무생물에서 생물로, 생물에서 무생물로, 무생물에서 무생물로, 생물에서 생물로 등 네 종류로 나누어 아리스토텔레스와는 약간 다른 방식을 보여준다. 16세기의 라무스

(Ramus)는 은유를 사고를 질서 정연하게 배열하는 변론의 관점에서 논리 및 사고의 법칙으로 간주한다.[6]

뒤마르세(Dumarsais)는 은유를 "한 단어의 고유한 의미를 머릿속에 들어 있는 비교에 의해서만 적합한 또 다른 의미로 전이시키는 것"이라고 정의하고, '은유의 나쁜 사용'이라는 항목을 설정하여 어떤 경우에 은유가 불완전한 결합을 갖게 되는가를 설명한다. 아리스토텔레스의 은유론과 비교할 때, 뒤마르세의 은유론은 '유사성'을 '비교'라는 개념으로 바꾸었을 뿐 '단어'의 관점에서 이루어지는 '전이'의 효과라는 관점을 유지하고 있다. 한편 퐁타니에(P. Fontanier)는 은유에 대해 명사, 혹은 단어 중심의 정의를 비판하면서 모든 단어를, 심지어 감탄사까지 은유의 범주에 포함시킨다. 그러나 그도 한 단어의 수사만이 고유하게 명명된다고 주장함으로써 아리스토텔레스 은유론의 자장 안에서 논의하고 있다. 또한 그는 퀸틸리아누스와 마찬가지로 은유가 실행되는 사물의 차원을 생물 / 생물, 무생물 / 무생물, 무생물 / 생물, 생물 / 무생물의 네 가지로 나누고, 의도한 수사적 효과를 거둘 수 있는 필요조건으로 진실 · 정확성 · 예지 · 고상함 · 자연스러움 · 일관성 등을 들고 있다.[7]

뒤마르세와 퐁타니에 이후의 은유론은 19세기 콜리지의 낭만주의 시학을 거쳐 20세기 I. A. 리처즈와 윌리엄 엠프슨을 비롯한 신비평 등에서 문학이론의 관점에서 논의된다. 19세기 낭만주의 시인이자 비평가인 콜리지(Coleridge)는 은유를 작용 중의 상상력으로 보고, 공상의 은유와 상상력의 은유를 구분한다. 아리스토텔레스와 그 추종자들이 은유를 그 요소들의 상호 관계를 중심으로 사고한 데 반해, 콜리지는 듣는

6 테렌스 혹스, 심명호 역, 『은유』, 서울대 출판부, 1986, 9~35면 참고.

7 박성창, 「시들지 않는 수사학의 꽃, 은유와 환유」, 『수사학과 현대 프랑스 문화이론』, 서울대 출판부, 2002, 23~40면 참고.

사람의 상상인 반응의 정도가 그 은유의 궁극적 효과에 기여한다는 측면에서 은유와 청중 사이의 관계를 고려한다. 20세기의 리처즈(I. A. Richards)는 언어의 사회적 기능에 대한 설명에 은유가 중요한 역할을 한다는 점을 밝혀내고, 그의 제자 윌리엄 엠프슨(William Empson)은 모호함이 은유의 과정에서 유익하게 운영되는 언어상의 양태라고 생각한다.[8]

한편 I. A. 리처즈 · 막스 블랙 · 먼로 비어즐리 · 콜린 터베인 · 필립 휠라이트 등의 현대 의미론은 고전적 은유론의 전제인 '단어' 중심의 '명명', '대체', '유사성' 등에 의문을 제기하는 새로운 관점을 전개한다. 이와 더불어 현대 수사학에서 은유의 지평은 야콥슨의 구조 시학적 은유 / 환유론, 라캉의 정신분석적 은유 / 환유론, 리쾨르의 해석학적 은유론, 니체－하이데거－데리다로 이어지는 해체론적 은유론, 조지 레이코프 · 마크 존슨의 인지 언어학적 은유론, 로티로 대표되는 신실용주의적 은유론 등으로 복잡하고 다양하게 전개되고 있다. 은유에 대한 접근 방식을 크게 수사학적 관점 · 의미론적 관점 · 해석학적 관점으로 나누는 리쾨르의 구분을 따르면, 고대 수사학의 은유론은 수사학적 관점, 영미권의 언어철학 및 현대 의미론과 레이코프 · 존슨의 인지 언어학적 은유론은 의미론적 관점, 리쾨르와 니체－하이데거－데리다의 은유론은 해석학적 관점이라고 간주할 수 있을 것이다.

8 테렌스 혹스, 앞의 책, 60~91면 참고.

3. 고전적 은유론—아리스토텔레스

아리스토텔레스의 『시학』[9]의 가장 큰 특징은 서사시나 희극보다 비극을 압도적으로 중시한다는 점인데, 이것은 당시 희랍 문학에서 비극의 비중이 절대적이었다는 사실을 반증한다. '은유'에 대한 논의가 등장하는 제20~22장의 내용이 '비극의 조사(措辭)'[10]인 까닭도 이와 관련될 것이다. 아리스토텔레스는 "조사는 전체적으로 볼 때 문자와 음절과 접속사와 관사와 명사와 동사와 격(格)과 문(文)으로 구성된다"[11]고 정의하고 그 각각을 차례로 설명하는데, '명사'에 대해 서술하는 가운데 제21장에서 '은유'를 다음과 같이 정의한다.

> 은유란 유(類)에서 종(種)으로, 혹은 종(種)에서 유(類)로, 혹은 종(種)에서 종(種)으로, 혹은 유추(類推)에 의하여 어떤 사물에다 다른 사물에 속하는 이름을 전용(轉用)하는 것이다.[12]

우리는 이 정의에서 두 가지 관점을 확인할 수 있다. 첫째, 은유의 상위 범주인 '명사(onoma)'는 고대 희랍어에서 명사뿐만 아니라 형용사와 대명사를 포함하며 심지어 동사까지 포함한다. 그래서 이 용어는 사물

9 『시학』은 모방의 주요 형식으로서 비극과 서사시와 희극에 대한 예비적 고찰, 비극과 희극의 유래, 비극의 정의와 그 구성 법칙으로서 플롯(plot)과 성격(character), 서사시의 구성 법칙 등을 주요 내용으로 삼고 있다. 아리스토텔레스, 천병희 역, 『시학』, 문예출판사, 1996 참고.

10 'lexis'의 번역어인 '조사(措辭)'는 시나 노래를 지을 때 말을 다루어 쓰는 일을 뜻하는 단어로서, 『시학』에서는 '비극의 대사'라고 볼 수 있다.

11 아리스토텔레스, 앞의 책, 111면.

12 위의 책, 116면.

과 행위와 상태 등의 '이름'이라고 넓게 이해되어야 한다. 둘째, 아리스토텔레스가 사용하는 '은유' 개념은 오늘날의 수사학에서 직유, 환유, 알레고리 등과 구별되는 은유 개념이라기보다는 비유적 언어 전체를 포괄하는 개념이라고 할 수 있다. 실제로 아리스토텔레스가 든 예들은 부분을 지칭하여 전체를 나타내는 제유(synecdoche)나, 병치 가능한 이미지를 나타내는 환유(metonymy)에 해당되는 것들이다.

이어지는 제22장에서 아리스토텔레스가 언급하는 조사법(措辭法)의 두 가지 덕목인 '명료함'과 '고상함'은 "일상어"와 "생소한 말" 사이의 이율배반성을 조화롭게 화해시킬 때 얻어진다. 여기서 우리의 관심은 "생소한 말"의 하나로 언급하는 "은유"가 "은유로만 되었다면 수수께끼가 될 것"[13] 에서 보듯, 일상어의 규범에서 벗어난 '일탈'의 양상으로 간주된다는 점이다. 양극 사이의 균형은 "중용(中庸)은 시어(詩語)를 구성하는 모든 요소에 다 적용되는 원칙"[14]에서도 강조되지만, 한편으로 아리스토텔레스는 '은유'의 능력을 특별히 강조한다.

> 위에서 말한 여러 가지 시어체(詩語體)와 복합어와 방언을 적절하게 사용하는 것도 중요한 일이긴 하나, 그보다 훨씬 더 중요한 것은 은유에 능한 것이다. 이것만은 남에게서 배울 수 없는 것이며, 천재의 표징이다. 왜냐하면 은유에 능하다는 것은 서로 다른 사물들의 유사성을 재빨리 간파할 수 있다는 것을 뜻하기 때문이다.[15]

여기서 주목할 사실은 '은유의 능력'을 "천재의 표징"으로 간주한 점과,

---

13 위의 책, 121면.
14 위의 책, 122면.
15 위의 책, 125~126면.

그 본질을 서로 다른 사물들 사이의 "유사성" 간파로 이해한다는 점이다. 결국 아리스토텔레스는 『시학』에서 은유를 '이름' 혹은 '단어'의 차원에서 정의했고, 그 단어의 은유적 의미가 '유사성(la ressemblance)'과 '대체(la substitution)'를 통해 이루어진다고 보았다. '유사성'이 다른 대상들 사이의 닮음을 발견하는 것이라면, '대체'는 의미의 이동, 즉 '전의(epiphora, 轉義)'를 뜻한다. 이 정의는 은유(metaphor)의 어원인 'metaphora'에서도 확인된다.[16] 이처럼 아리스토텔레스에게 은유는 비유(trope : 변전, 전환)로 분류된다. 즉 은유는 단어들을 사용할 때, 정확히 말해 명명(denomination) 과정에서 나타나는 의미의 다양한 변종들을 분류하는 비유(figure)의 일종이다.

아리스토텔레스의 『시학』이 시적 · 비유적 표현을 구성하는 언어의 개별 요소(lexis)인 단어의 차원을 다룬다면, 『수사학』[17]은 언어를 사고력의 산문적 표현(diction)을 위한 일상적인 방식으로 간주하여 포괄적으로 다룬다. 『시학』에서 비유적 언어는 비극의 완성도를 높이는 문학적 표현을 목적으로 하지만, 『수사학』의 언어는 이야기가 청중에게 전달되고 설득을 구하는 적절한 방식으로 기능한다. 아리스토텔레스는

16 은유(隱喩, metaphor)는 meta(over, 너머로)+phora(carrying, 가져가다), 즉 의미의 이동과 전환을 의미한다. '~같다', '~듯하다'와 같이 비교를 나타내는 말을 숨기고 압축된 직유의 형태를 취하기 때문에 은유(隱喩)라고 한다. 한국문학평론가협회 편, 「은유」, 『문학비평용어사전』 하, 국학자료원, 2006, 614면 참고.

17 『수사학』은 총3권으로 이루어졌으며, 제1권은 변론가와 관련해 담론의 공인된 세 장르(정치적 · 재판적 · 첨언적 장르)에 있어서의 논증의 사고 과정을 제시하고, 제2권은 메시지의 수신자인 청중과 관련시켜 정념을 고려하는 논증의 사고 과정을 다루며, 제3권은 메시지 그 자체와 관련된 문체에 대해 언급하고, 담론을 구성하는 부분들의 순서를 기술한다. 다시 말해, 『수사학』 제1권이 생략삼단논법을 중심으로 변론과 토론의 기술을 제시하고, 제2권이 청자에 영향을 줄 수 있는 것과 공론들에 대한 설득의 묘를 이야기한다면, 제3권은 읽기 · 말하기 · 글쓰기에 대한 구체적인 방법을 제시한다. 특히 은유를 비롯하여 표현법에 있어서 올바른 사용에 관해 많은 예문을 들어 설명하고 있다. 아리스토텔레스, 이종오 역, 『수사학』 I · II, 리젬, 2007; 아리스토텔레스, 이종오 · 김용석 역, 『수사학』 III, 리젬, 2008 참고.

『수사학』 제3권의 2장에서 '문체의 자질'로서 명료성 · 적합성 · 색다른 특성을 들고, '명료성'과 '색다른 특성' 사이의 이율배반성을 고려하면서 '산문'에 주안점을 두어 "일상어와 고유어, 은유들은 산문에 사용되는 언어로 유용할 뿐이다"라는 관점을 견지한다. 그래서 은유에 대해 다음과 같이 서술한다.

> 산문은 시보다 가용할 수 있는 은유의 수가 더 적기 때문에 산문은 은유에 더욱 세심한 공을 들여야만 한다. 특히 명료성, 장식성, 희소성 등은 은유의 자질들이다. 따라서 은유의 재능은 타인에게서 빌어올 수 없는 것이다.[18]

여기서 아리스토텔레스는 은유를 산문보다는 운문의 특성으로 간주하는 듯하다. 『수사학』 제3권의 1장에서, 그는 문체의 역사를 개관하면서 문체가 무엇보다도 시적인 것에서 발생했지만, 산문의 문체는 그것과 구별된다는 점을 전제한다.[19] 이런 차이는 세련된 비유적 표현의 작위적 성격을 일상적 언어의 자연스러움으로 감추어야 한다는 주장으로 이어진다. 그리하여 『수사학』 제3권은 은유의 적절성과 비적절성, 은유에 있어서의 문체의 결핍 등을 서술하면서,[20] 전반적으로 산문에 적합한 은유의 특성들을 새롭게 제시하기보다는 『시학』의 정의를 자명한 것으로 간주하고, 그 사용에 있어서 산문이 가져야 할 명료성의 원칙에 주안점을 두어 서술하고 있다. 다만 4장에서 비교(comparaison)[21]의 사용

---

18 아리스토텔레스, 이종오 · 김용석 역, 『수사학』 III, 리잼, 2008, 25면.

19 위의 책, 17~19면.

20 위의 책, 26~41면.

21 이것은 우리가 흔히 말하는 '직유(simile)'를 지칭한다. 은유가 함축적 비교를 한다면, 직유는 명백한 비교를 한다. 아리스토텔레스가 특별히 '비교'를 언급하는 것도 산문을 중시하는 『수사학』의 특성과 관련되는 듯하다. 은유가 의미 창조와 관계한다면, 직유는 단순한 예증과 관계하기 때문이다.

에 대해 보충하는데, '~와 같다'라는 비교사를 사용하는 은유의 특수한 형태인 비교[22]는 산문에서도 유용하지만, 그 시적인 특성 때문에 빈번히 사용해서는 안 된다고 지적한다. 그리고 유추에 의한 은유에서는 항상 동일한 유형에 속하는 두 항들의 상호적 관계를 관찰해야만 한다고 언급한다.

4. 해석학적 은유론—리쾨르

리쾨르는 후설 현상학과 가브리엘 마르셀의 실존철학의 영향을 받아 현상학의 방법론에 해석학의 문제를 접목시킴으로써 현대철학에 새로운 길을 제시한다. 그는 엠마누엘 레비나스와 대화하면서 서구 존재론이 비껴가는 윤리성과 책임성의 문제를 고려하여, 랑그보다는 파롤에, 단어보다는 문장에, 소쉬르의 기호론보다는 벤베니스트의 의미론에 비중을 두고 언어철학을 제시한다.[23] 즉 리쾨르의 해석학은 의미 이론을 통해 주체 철학을 수정하려는 시도로서, 현상학에 접붙여지면서 동시에 현상학을 바꾼다. 해석학이 구체적 반성을 하는 언어철학이 되면서, 반성 철학과 의식 철학은 길을 달리 가는 것이다.[24] 그리하여 리쾨르는 반성 철학을 해석학적 철학의 방향으로 확장시켜 종교현상학·언어학·정신분석학·성서해석학·역사학·사회학·의학 등과의 대화를

22 이후에 키케로와 퀸틸리아누스는 이 모델을 전도시켜, 은유란 단순히 축약된 비교일 뿐이라고 말한다.
23 폴 리쾨르, 양명수 역, 『악의 상징』, 문학과지성사, 1994, v~xi면 참고.
24 폴 리쾨르, 양명수 역, 『해석의 갈등』, 아카넷, 2001, 560면 참고.

시도한다. 그는 자신의 철학적 체계화를 포기하고 여러 학문들의 특징을 분석하고 해석하면서 해석들의 정합성을 발견하고자 한 해석학적 편력의 철학자라고 할 수 있다. 이 편력의 과정에서 그는 분열된 개념이나 이론을 봉합시키고 순환시킨다. 해석학적 탐험은 이 봉합과 순환을 통해 전통적인 철학의 자세를 넘어서 시적 상상·신화·상징의 영역으로 이동한다.[25] 결국 리쾨르는 문헌 해석 과정의 철학적 규명에서 시작하여, 이를 언어학·문학·역사학·인류학·민속학 등 인문학의 중심 영역에 적용할 수 있는 해석학 이론을 수립하고, 나아가 인간 행위의 사회적 국면에 대한 설명에 적용하여 해석학의 범위를 사회학·정치학·윤리학에까지 확장시키려 한다.

리쾨르는 고대 수사학에서 현대 수사학에 이르는 은유에 대한 다양한 접근 방식들을 크게 수사학적 관점·의미론적 관점·해석학적 관점의 세 가지 갈래로 나누고, 이 관점들 간의 상호 관계 및 위계질서를 정립하고자 한다. 이러한 일련의 작업들을 통해 리쾨르가 염두에 두고 있는 것은 은유의 해석학적 기능의 회복이다. 즉 일상 언어의 직접적이고

---

25 리쾨르는 『의지의 철학』에서 의지의 한계를 인정하고 희망이라는 시적 영역, 고백이라는 언어학적 영역, 신화의 상징 영역으로 진입하면서 해석학의 기획에 참여하고, 『해석에 대하여』에서 프로이트의 정신분석학적 주체의 원형을 종교현상학 및 헤겔적인 정신현상학의 목적론과 대립시키고 화해시키면서 철학적 신앙으로 개방시킨다. 이어서 그는 『해석의 갈등』에서 이 방법론을 응용하여 1960년대에 주류를 이루었던 언어학적 구조주의, 정신분석학, 후설 현상학과 경쟁하고 화해하면서 해석학의 첫 번째 모델의 적합성을 밝힌다. 그리고 『살아 있는 은유』와 『시간과 이야기』 전3권에서 상징의 해석학을 텍스트의 해석학과 접목시키면서, 수사학과 시학, 은유와 의미론, 은유와 지시, 은유와 철학적 담론, 이야기성과 시간성, 이야기적 설명과 역사적 설명, 픽션과 경험, 역사와 픽션 등을 연결시킨다. 또한 해석학 두 번째 시론(試論)인 『텍스트에서 행동으로』에서 텍스트의 언어적 영역으로부터 인간의 행동으로 나아가는 과정을 통해 모든 인간학적 관심사들을 포괄하고 종합하려 한다. Jean Greisch, "Paul Ricoeur", *Dictionnaire des Philosopher*(Denis Huisman ed.), Paris : PUF, pp.2,425~2,458(폴 리쾨르, 김윤성·조현범 역, 『해석 이론』, 서광사, 1996, 159~168면)과 폴 리쾨르, 박병수·남기영 역, 『텍스트에서 행동으로』, 아카넷, 2002, 429~451면 참고.

묘사적이며 지시적인 기능과는 구별되는, 현실의 숨겨진 양상과 특성과 가치를 전달할 수 있는 창조적 은유의 힘을 해석학적 접근으로 찾으려 하는 것이다. 리쾨르의 은유론이 지니는 미덕은 해석학적 관점이라는 은유의 새로운 분석틀을 제시하는 것에 그치지 않고, 기존의 관점인 수사학적 관점과 의미론적 관점 각각의 특성 및 한계를 밝혀내고 이것들을 해석학적 관점 속에 통합시켜 재위치시키는 데 있다.[26] 리쾨르는 특히 『살아 있는 은유』[27]에서 아리스토텔레스로부터 현대에 이르는 은유 이론을 고찰한다. 리쾨르에 의하면, 은유는 일상 언어에 의해 드러나는 것과 다른 현실의 장을 발견하고 열어주는데 기여한다. 그리고 은유의 언어는 존재를 이해하는 데 가장 근본적인 요소이다. 이런 전제하에 그는 은유가 발생하는 장소로서 단어 · 문장의 의미 · 텍스트의 해석이라는 세 영역에서 그 경로를 해명한다. 이 세 영역은 리쾨르가 은유에 대한 접근 방법을 크게 수사학적 관점 · 의미론적 관점 · 해석학적 관점으로 구분한 것과도 관련된다. 이 세 영역을 중심으로 리쾨르의 은유론을 고찰하기로 한다.

1) 단어의 영역

첫째, 단어의 영역에 대해 살펴보자. 2장에서 살폈듯, 아리스토텔레스는 은유를 '단어'의 차원에서 정의했고, 그 단어의 은유적 의미가 '유사성'과 '대체'를 통해 이루어진다고 보았다. 이에 대해 리쾨르는 고대

---

26 박성창, 「수사학과 해석학」, 『수사학과 현대 프랑스 문화이론』, 서울대 출판부, 2002, 153~154면 참고.

27 Paul Ricoeur, *La Métaphore vive*, Paris : Seuil, 1975(tr. by R. Czerny · K. McLaughlin · J. Costello, sj, *The Rule of Metaphor*, University of Toronto Press, 1977).

수사학의 은유론에서 단어들은 고립되어 있고, 각각 하나의 의미 작용을 갖는다는 전제가 숨어있다고 말한다. 그리고 특정 집단에 공통된 현행(current)의 의미를 벗어나는 변이들, 즉 일탈들(deviation)을 설명하기 위해 비유들이 나타난다고 본다. 즉 은유는 수사학적 비유의 일종으로서, 상실되었거나 부재하는 문자적 단어를 비유적 단어로 '대체'할 수 있는 근거로서 '유사성'의 원리가 작용한다는 것이다. 따라서 고대 수사학의 은유론은 '유사성 이론'과 '대체 이론'으로 요약될 수 있다.

리쾨르는 은유를 다루는 현대 의미론이 이러한 고대 수사학의 전제들에 의문을 제기한다고 본다. 이 새로운 의미론은 I. A. 리처즈(I. A. Richards) · 막스 블랙(Max Black) · 먼로 비어즐리(Monroe Beardsley) · 콜린 터베인(Colin Turbayne) · 필립 휠라이트(Philip Ellis Wheelwright) 등이 쓴 저작에 잘 나타나 있다. 리쾨르는 이 중 특히 리처즈의 저서를 전통적인 문제틀을 완전히 뒤집은 선구적인 것으로 높이 평가하는데, 이유는 고대 수사학적 은유론의 전제인 '명명의 사건'과 단어들의 의미 작용에서 일어나는 '대체 현상'이라는 주장을 거부했기 때문이다. 리처즈에게 있어 은유는 언어의 기능이고 언어는 은유적 구조를 갖는다. 언어가 이미 존재하는 현실에 대하여 지식을 전달하는 매체가 아니라 현실을 존재하게 하는 원인이 된다.[28] 그는 은유에서 취의(tenor)와 매개(vehicle)의 공존이 결국 의미로 끝나서 취의와는 뚜렷이 구별되는데, 이것은 그것들의 상호작용 없이는 달성될 수 없다고 본다.[29] 즉 언어의 의미는 인간이 사용하는 언어와 경험 사이에서 생기는 상호작용에서 기인한다는 것이다.

막스 블랙은 리처즈의 관점을 수용하여 은유의 의미는 개념들 간의

---

28 I. A. Richards, *The Philosophy of Rhetoric*, Oxford University Press, 1936(I. A. 리처즈, 박우수 역, 『수사학의 철학』, 고려대 출판부, 2001, 3~19면 참고).

29 위의 책, 100면 참고.

상호작용에 의해 발생한다는 '상호작용론'을 발전시킨다. 그는 은유적 문장을 틀(frame), 은유적으로 사용된 단어들을 초점(focus)이라고 부르며, 틀이 초점이 되는 단어의 의미를 확장시킨다고 주장한다. 의미의 확장과 변화는 단어에 깃든 사회적 규준을 받아들이며, 상식적 관념들의 패턴에 의해 새로운 의미가 결정되는 과정으로 나타난다.[30] 리처즈와 막스 블랙의 '상호작용론'은 완전한 발화 혹은 문장의 수준에서 의미의 생산이 일어나고, 이것이 단어에 영향을 주어서 그 실제적 결과로 의미의 효과가 산출된다는 것을 주목하는 것이다. 이로부터 은유에 대한 의미론적 접근이 시작된다.

2) 문장의 의미 영역

둘째, 문장의 의미 영역에 대해 살펴보자. 고전적 은유론이 수사학적 관점, 즉 단어의 차원에서 은유를 논의했다면, 의미론은 문장을 기본 단위로 한다. 고전적 은유론이 은유를 전의(epiphora)라고 했을 때, 전의의 장소는 어디인가라는 물음은 의미론적 은유론에서 외연(denotation)과 내포(connotation)의 구별 문제와 동일하다. 리쾨르에 따르면, 은유의 장소는 단어만도 아니고 문장만도 아니다. 언어에서 은유의 장소는 단어들과 문장들 사이에 있다. 외연과 내포의 구별은 과학적 객관 언어만이 외연을 지시한다고 보는 실증주의적 전제와 연결되어 있다. 리쾨르는 이를 고전적 은유론에서의 대체 이론과 일치한다고 보고, 비어즐리의 영향을 받아 외연과 내포를 구별하지 않고 상호작용한다고 파악

30 Max Black, *Models and Metaphors*, Ithaca and New York : Cornell University Press, 1962, pp.25~47 참고.

한다.

비어즐리는 은유의 긴장이 문자적 의미와 변화된 의미 사이의 긴장과, 독자가 기대하는 표현과 그것과 다른 말이 사용되는 데서 오는 긴장을 환기시킨다고 본다.[31] 비어즐리의 '상호작용론'은 의미론적 혁신에 의해 술어가 말하는 새로운 세계의 의미를 해석해 냄으로써, 대체에 의해 전의가 창출한 의미가 문장의 차원에서 다른 의미를 파생시킨다는 것이다. 상호작용론은 은유 이론이 술어와 술어가 말하는 세계 사이의 관계를 고찰해야 한다는 것을 밝힌다. 따라서 언어에 의한 의미의 새로운 창조는 '유사성'의 개념을 더 이상 단어의 차원이 아닌 문장의 차원에서 논의해야 한다는 관점에 의해 뒷받침된다.

결국 리쾨르는 은유가 단어의 의미론과 관계하기 전에 문장의 의미론과 관련을 가져야 한다고 보는데, 이는 은유가 발화 과정에서만 의미를 산출하기 때문에 술어 현상이지 명명 현상이 아니라는 견해와 상통한다. 리처즈에 따르면, 시인이 "푸른 안젤루스"나 "슬픔의 망토"를 이야기할 때, 그는 취의와 매개라는 두 개념 사이의 긴장 속에서 사용하고 있는 것이다. 그 전체만이 은유를 구성하며, 따라서 실제로는 은유의 사용이 아니라 은유적 발화에 대해 말해야 하는 것이다. 은유는 은유적 발화에서 일으키는 두 개념 간의 긴장이 낳은 산물이다. 이를 토대로 고대 수사학의 은유론의 전제인 '유사성'의 역할도 재검토할 수 있다. 이것은 종종 시적 담화에서 이미지가 하는 역할로 이해되어 왔지만, 은유가 관념에 이미지의 옷을 입히는 것이 아니라 양립할 수 없는 두 개념들이 낳는 충격으로 환원할 수 있다면, 유사성의 원리는 바로 이런 간격이나 차이로의 환원 속에서 작동한다.

---

31 Monroe Beardsley, "Metaphor", *Encyclopedia of Philosophy* vol.5(Paul Edwards ed.), New York : Macmillan, 1967, pp.284~289 참고.

여기서 은유의 기능은 길버트 라일(Gilbert Ryle)이 '범주 오류(category mistake)'라고 부른 것과 밀접히 관련된다. 이것은 계산된 실수로서, 외관상의 오해를 사용하여 한데 어울릴 수 없는 사물들을 함께 모이게 하여, 이전의 분류 체계가 무시하거나 허용하지 않았던 개념들 사이에서 여태껏 주목받지 못했던 새로운 의미 관계가 생겨나도록 해 준다.[32] 이것은 아리스토텔레스의 은유론에서, '무엇과 무엇이 닮았다'라고 할 때, '그 각각의 범주를 잘못 적용하면 문제가 생길 수 있다'라는 의미의 보편적 범주화 개념을 와해시키는 작업과도 연관된다. 따라서 리쾨르는 이전의 범주화를 깨고 새로운 타당한 범주를 찾아내는 것이 '은유의 힘'이라고 보는 것이다.

3) 텍스트의 해석 영역

셋째, 텍스트의 해석 영역에 대해 살펴보자. 문장에서의 의미 창조는 은유의 발견적 능력에 의해 수행된다. 그러나 결국은 텍스트 속에서 말하고 있는 은유의 세계, 즉 은유의 '지시(reference)'로 넘어가야 한다. 은유의 지시 문제는 은유가 말하고 있는 세계와 관계하는데, 이 세계는 은유적 '진리 문제'를 달리 표현한 것이다. 은유가 발견하고 열어주는 세계, 즉 '은유를 통한 현실의 재서술'이 은유의 진리 문제의 핵심이 된다.

은유에서 지시는 의미론과 해석학에서 일어난다. 해석학에서 지시는 시적 언어에 의한 지시를 뜻한다. 일반적으로 시에서의 지시와 의미의 관계는 지금까지 의문시되어 왔다. 그러나 리쾨르는 지시가 없는 의미를 반대하면서 모든 의미는 지시를 요구한다고 말한다. 그의 지시론

32 폴 리쾨르, 김윤성 · 조현범 역, 『해석 이론』, 서광사, 1996, 93~95면 참고.

에 의하면, 문학작품은 기술적 담론의 지시가 의문시되는 조건하에서만 가능하다. 즉 일차적·기술적 지시가 의문시되는 지점에서 이차적·시적 지시를 가지는 것이 은유이며, 은유의 지시는 해석 안에서만 존재한다. 이때 지시란 '현실'을 지칭하는 것이다. 그래서 은유는 현실에 대해 무언가 새로운 것을 말하는 것이다.

리쾨르는 이러한 지시론을 근거로 상징적·은유적 언어와 관련된 진리 개념을 말한다. 인간의 행위는 상징의 행위이며, 인간의 현실도 상징과 은유의 현실이다. 여기서 그는 필립 휠라이트, 콜린 터베인, 베르그렌(Douglas Berggren) 등의 긴장 이론을 참조한다. 휠라이트에 의하면, 은유적 언어는 긴장과 삶의 표출이고 양면적 충돌을 부각시킨다. 양면적 충돌은 은유의 치환(epiphor)과 병치(diaphor)의 대조적 긴장을 드러내고, 치환과 병치 사이의 긴장은 의미론적 개념으로 진리 자체의 긴장성을 드러낸다. 그러나 여기서 긴장의 논리보다 생명 자체에 강조점이 있으므로, 시의 언어는 비전을 넘어 과잉을 환기한다. 은유는 인간뿐만 아니라 현실, 심지어 신에게 나아갈 수 있는 길이다. 이때 현실이란 '은유로 서술된 현실'로서 상징적 간접성을 통해 부분적으로 애매하게 드러난다.[33]

리쾨르는 이러한 휠라이트의 '은유의 존재론'을 개념적 존재론을 무시한 시적 존재론이라는 이유로 소박한 존재론이라고 간주한다. 한편 터베인은 은유의 남용을 비판하면서 은유의 가치 있는 사용을 분별하고자 한다. 인식론적 의미에서 신화는 사실보다 신념에 가까운 은유이다. 터베인은 시적 은유보다 과학적 모델을 더 중시하는데, 이것은 은유적 언어를 폐기하기 위해서가 아니라 그것을 확인하기 위해서다. 그

33 Philip Ellis Wheelwright, *Metaphor and Reality*, Bloomington : Indiana University Press, 1962(필립 휠라이트, 김태옥 역, 『은유와 실재』, 문학과지성사, 1982 참고).

는 진리의 적법성은 신화적 은유, 즉 우리가 허구라는 '마치～처럼'과 '그것이 우리에게 마치～처럼 보인다'는 사실 사이에서 작용한다고 주장한다.[34] 리쾨르는 터베인의 '진리의 적법성 개념'을 시적 존재론을 발견하기 어렵다는 이유로 역시 일면적이라고 간주한다.

그리하여 리쾨르는 휠라이트의 '시적 존재론'과 터베인의 '개념적 존재론'를 참고하면서, 이들보다는 베르그렌의 '긴장 이론'이 은유의 진리 개념을 더 타당하게 설명해 줄 수 있다고 판단한다. 신화의 남용과 소박한 존재론 사이를 언술 내적 의미의 긴장 이론으로 중재하는 것이다. 베르그렌의 긴장 이론은 무엇보다 존재론과 시학 사이, 즉 개념의 적법성과 신화 사이의 긴장이다. 은유의 긴장이란 리처즈가 말한 취의와 매개 사이, 문자적 해석과 은유적 해석 사이, 은유적 진술과 현실 사이에서 발생하는 긴장이고 대립이다.[35] 이 둘 사이의 긴장을 리쾨르는 '변증법적 과정'이라고 칭하고, 이해 작용 속에 함께 하는 주관과 객관, 주어와 술어, 문자적 해석과 은유적 해석 사이의 상호작용과 종합을 추구하는 것이라고 설명한다.

지금까지 논의한 은유의 진리 문제를 결정하는 세 가지 긴장 이론을 요약하면 다음과 같다. 첫째, 은유는 취의(tenor)와 매개(vehicle)의 상호작용이고, 중심의 초점(focus)과 구성으로서의 틀(frame) 사이의 상호작용이다. 둘째, 두 해석들 사이에서 발생하는 긴장은 문법적 해석과 은유적 해석 사이의 갈등이다. 셋째, 동사의 관계 기능 사이의 긴장은 닮음의 영역 속에서 같음과 다름의 긴장을 말한다.[36] 리쾨르는 이러한 은유의 지시론과 진리의 문제를 통해 은유가 궁극적으로 텍스트 바깥의

---

34 Colin Turbayne, *The Myth of Metaphor*, Yale University Press, 1962 참고.

35 Douglas Berggern, "The Use and Abuse of Metaphor", *Review of Metaphysics* 16-1, 1962, pp.237～258 참고.

36 Paul Ricoeur, op. cit., pp.247～256면 참고.

실재를 재기술하고 재사유하는 가능성을 가진다는 점을 강조한다. 그 연장선에서 그는 존재의 은폐와 드러냄을 은유가 담당하고 있다는 하이데거의 주장에 근거해 '은유의 존재론'을 고찰하고, 철학적·신학적 담론의 근본 요소로서 '신학적 은유론'에까지 나아간다.[37]

한편 환유나 제유에 대한 리쾨르의 논의를 살펴보자. 리쾨르에 의하면, 은유가 모든 종류의 단어들에 작용하는 반면, 환유와 제유는 명사들의 변화에만 관련된다. 은유적인 등가 작용이 일어나기 위해서는 환유나 제유를 통해서는 일어나지 않는 서술 작용을 작동시킬 필요가 있다. 또한 환유적 관계가 외부의 실재 세계에 의해 주어지는 데 반해 은유적 등가 작용은 상상력에 의해 창조된다. 따라서 환유가 현실 속에 기입된 관계들을 존중하는 데 반해 은유는 현실에 보다 많은 수정을 가한다.[38] 이처럼 리쾨르는 은유를 환유나 제유와 대립적으로 구분하여 논의하고 있다.

5. 맺음말

아리스토텔레스는 『시학』에서 은유를 '이름' 혹은 '단어'의 차원에서 정의했고, 그 단어의 은유적 의미가 '유사성'과 '대체'를 통해 이루어진다고 보았다. 그는 『수사학』에서 은유의 적절성과 비적절성, 은유에 있어서의 문체의 결핍 등을 서술하면서, 전반적으로 『시학』의 정의를 자

37 은유의 존재론과 철학적 담론에 대해서는 Ibid., pp.257~313을 참고할 것.
38 Ibid., pp.200~206 참고.

명한 것으로 간주하고 그 사용에 있어서 산문이 가져야 할 명료성의 원칙에 주안점을 두어 서술한다.

리쾨르는 은유에 대한 다양한 접근 방식들을 크게 수사학적 관점 · 의미론적 관점 · 해석학적 관점으로 나누고, 은유가 발생하는 장소로서 단어 · 문장의 의미 · 텍스트의 해석의 영역에서 그 확장의 경로를 해명한다. 리쾨르의 논의를 요약하면 다음과 같다.

첫째, 단어의 차원에서, 리쾨르는 은유를 다루는 현대 의미론이 고대 수사학의 전제들에 의문을 제기한다고 보고, I. A. 리처즈 · 막스 블랙 · 먼로 비어즐리 · 콜린 터베인 · 필립 휠라이트 등의 논의를 참고하여 고전적 은유론의 전제인 '명명의 사건'과 단어들의 의미 작용에서 일어나는 '대체 현상'이라는 주장을 거부한다. 리처즈와 막스 블랙의 '상호작용론'은 완전한 발화 혹은 문장의 수준에서 의미의 생산이 일어나고, 이것이 단어에 영향을 주어서 그 실제적 결과로 의미의 효과가 산출된다는 것을 주목하는 것이다.

둘째, 문장의 의미 차원에서, 리쾨르는 은유의 장소를 단어만도 아니고 문장만도 아니며, 단어들과 문장들 사이에 있다고 본다. 비어즐리의 '상호작용론'을 참고하여 외연과 내포, 문자적 의미와 변화된 의미, 독자가 기대하는 표현과 그것과 다른 말이 사용되는 데서 오는 긴장이 서로를 환기시킨다고 본다. 비어즐리의 '상호작용론'은 의미론적 혁신에 의해 술어가 말하는 새로운 세계의 의미를 해석해 냄으로써, 대체에 의해 전의가 창출한 의미가 문장의 차원에서 다른 의미를 파생시킨다는 것이다. 상호작용론은 은유 이론이 술어와 술어가 말하는 세계 사이의 관계를 고찰해야 한다는 것을 밝힌다. 결국 리쾨르는 은유가 단어의 의미론과 관계하기 전에 문장의 의미론과 관련을 가져야 한다고 보는데, 이는 은유가 발화 과정에서만 의미를 산출하기 때문에 술어 현상이지 명명 현상이 아니라는 견해와 상통한다.

셋째, 텍스트의 해석 차원에서, 리쾨르는 은유의 발견적 능력이 의미 창조로서 '지시'의 차원을 가지며, 은유를 통한 현실의 재서술, 즉 진리를 드러낸다고 주장한다. 그리고 휠라이트의 '시적 존재론'과 터베인의 '개념적 존재론'를 참고하면서, 이들보다는 베르그렌의 '긴장 이론'이 은유의 진리 개념을 더 타당하게 설명해 줄 수 있다고 판단한다. 신화의 남용과 소박한 존재론 사이를 언술 내적 의미의 긴장 이론으로 중재하는 것이다. 베르그렌의 긴장 이론은 무엇보다 존재론과 시학 사이, 즉 개념의 적법성과 신화 사이의 긴장이다. 은유의 긴장이란 리처즈가 말한 취의와 매개 사이, 문자적 해석과 은유적 해석 사이, 은유적 진술과 현실 사이에서 발생하는 긴장이고 대립이다. 이 둘 사이의 긴장을 리쾨르는 '변증법적 과정'이라고 칭하고, 이해 작용 속에 함께 하는 주관과 객관, 주어와 술어, 문자적 해석과 은유적 해석 사이의 상호작용과 종합을 추구하는 것이라고 설명한다. 리쾨르는 이러한 은유의 지시론과 진리의 문제를 통해 은유가 궁극적으로 텍스트 바깥의 실재를 재기술하고 재사유하는 가능성을 가진다는 점을 강조한다.

리쾨르의 은유론은 은유에 대한 기존의 논의들을 수사학적 관점과 의미론적 관점으로 나누고 그 각각의 특성 및 한계를 밝혀 낸 다음, 이것들을 자신의 해석학적 관점 속에 재통합시키려 한다. 이 통합과 종합의 특성으로 인해 리쾨르는 여러 학문들의 가로지르는 해석학적 편력을 통해 분열된 개념이나 이론을 봉합시키고 순환시킨다. 아리스토텔레스의 은유론과 비교할 때, 리쾨르의 은유론은 그것을 비판적으로 분석하면서 그 분열된 개념들을 해석학적 관점으로 봉합하고 순환하며 통합하여 시적 상상·신화·상징의 영역으로 이동하는 확장의 방향으로 나아간다. 이것은 은유론이 단순히 문체·문채·전의를 중심으로 고찰하는 '문채의 수사학'의 차원을 넘어 '문장의 의미론적 관점'과 '텍스트의 해석학적 관점'으로 확장되어 가는 것을 의미한다. 수사학적 관점에서 본다면, 리쾨르는 여러 학문들의 특징을 분석하고 해석하는 해석학적 편력을 통해 분열된 개념이나 이론을 봉합시키고 순환시킨다는 점에서, 그리고 이 과정에서 은유가 발현되는 언어의 층위가 단어에서 문장을 거쳐 텍스트의 층위로 확장됨으로써 역동적인 의미화 작업과 더불어 현실의 재범주화 작업을 수행한다는 점에서, '통합적 수사학'의 중요한 하나의 방향을 보여준다. 리쾨르는 이러한 은유의 지시론과 진리의 문제를 통해 은유가 궁극적으로 텍스트 바깥의 실재를 재기술하고 재사유하는 가능성을 가진다는 점을 강조한다. 한편 은유가 환유 및 제유와 맺는 관계성의 측면에서, 리쾨르의 논의는 본질적으로 은유의 기능 작용에 기초하면서 은유를 환유나 제유와 대립시키는 관점을 보여준다.

제2장

인지 언어학적 은유론과 수사학

레이코프와 존슨을 중심으로

1. 머리말

이 글은 현대문학 연구 및 비평을 심층적으로 진행할 수 있는 기초를 마련하기 위해, 현대 수사학에서 전개되고 있는 은유론들 중 조지 레이코프(George Lakoff)와 마크 존슨(Mark Johnson)을 중심으로 한 인지 언어학적 은유론을 수사학적으로 고찰하고자 한다.

은유(隱喩, metaphor)는 본래 하나의 사물을 다른 사물을 향해 너머로(meta) 이동시킨다(pherein)는 뜻을 가진 희랍어에서 연유된다. 즉 은유는 두 사물 사이에서 벌어지는 의미의 이동과 전환을 의미한다.[1] 주지하듯

1 한국문학평론가협회 편, 「은유」, 『문학비평용어사전』 하, 국학자료원, 2006, 614면 참고.

이, I. A. 리처즈(I. A. Richards)를 비롯한 20세기 신비평 이론가들은 문학적 은유를 원관념을 숨기고 보조관념을 드러냄으로써 사물의 숨은 특성을 표현하는 비유법의 차원으로 이해했다. 은유적 표현은 의도된 의미(tenor)에 도달하기 위한 수단이나 매개(vehicle)이며, 이 둘 사이의 관계는 '유사성'으로 설명되어 왔다. 그리고 대개의 경우에 은유는 '단어' 혹은 '어휘'의 차원에서 논의되어 온 것처럼 보인다. 이러한 관점은 고대 수사학을 대표하는 아리스토텔레스(Aristoteles)가 『시학』 제21장에서 '은유'를 "유(類)에서 종(種)으로, 혹은 종(種)에서 유(類)로, 혹은 종(種)에서 종(種)으로, 혹은 유추(類推)에 의하여 어떤 사물에다 다른 사물에 속하는 이름을 전용(轉用)하는 것이다"[2]라고 정의한 데서 그 기원을 찾을 수 있다. 여기서 아리스토텔레스는 은유를 '이름' 혹은 '단어'의 차원에서 정의했고, 그 단어의 은유적 의미가 '유사성(la ressemblance)'과 '대체(la substitution)'를 통해 이루어진다고 보았다.

그런데 한편으로 20세기 신비평 이론가들, 특히 I. A. 리처즈가 은유가 언어의 사회적 기능에 대한 설명에 중요한 역할을 한다고 주장한 점은 흔히 간과되어 왔다. 은유를 다루는 현대 의미론자들 중 하나인 I. A. 리처즈는 『수사학의 철학』에서 고대 수사학적 은유론의 전제인 '명명의 사건'과 단어들의 의미 작용에서 일어나는 '대체 현상'이라는 주장을 거부한다. 리처즈에게 있어 은유는 언어의 기능이고 언어는 은유적 구조를 갖는다. 이것은 언어가 이미 존재하는 현실에 대하여 지식을 전달하는 매체가 아니라 현실을 존재하게 하는 원인이 된다는 의미를 가진다.[3] 그는 은유에서 취의(tenor)와 매개(vehicle)의 공존이 결국 의미로 끝나서 취의와는 뚜렷이 구별되는데, 이것은 그것들의 상호작용 없이는

2 아리스토텔레스, 천병희 역, 『시학』, 문예출판사, 1996, 116면.
3 I. A. 리처즈, 박우수 역, 『수사학의 철학』, 고려대 출판부, 2001, 3~19면 참고.

달성될 수 없다고 본다.[4] 즉 언어의 의미는 인간이 사용하는 언어와 경험 사이에서 생기는 상호작용에서 기인한다는 것이다.

이러한 예에서 알 수 있듯, 현대 수사학의 은유론들은 아리스토텔레스로 대표되는 고전적 은유론을 수용하는 한편 그것에 대해 저항하고 반발하면서 은유론의 새로운 지평을 개척하고 있다. 예를 들어, 형식·구조주의 시학을 개척한 야콥슨(R. Jakobson)은 수사학의 용어를 빌려와 계열체적으로 작동하는 언어의 선택을 '은유'로, 통합체적으로 작동하는 언어의 배열을 '환유(換喩, metonymy)'로 기술한다. 야콥슨은 은유와 더불어 환유를 언어학적 작동의 일반적인 원리로 이해하고, 문학·예술·문화 나아가서는 기호 일반에 이르기까지 확대 적용함으로써, 현대 언어학과 시학과 문체론의 전개에 중요한 역할을 담당한다. 하지만 야콥슨은 은유를 유사성에 근거를 둔 시의 원리로, 환유를 인접성에 근거를 둔 소설의 원리로 규정함으로써, 은유와 환유를 이분법적 사고의 틀에 고정시키는 측면도 보여준다.[5] 물론 여기에는 은유의 본질을 유사성에서 찾는 아리스토텔레스의 관점이 유지되고 있다.

한편 야콥슨의 실어증 연구를 참조한 라캉(J. Lacan)은 프로이트(G. Freud)가 설명한 '압축'과 '전위'를 '은유'와 '환유'라는 수사학적 용어로 번역한다. 은유는 억압된 기표와 그 대체물 사이의 긴장으로부터 생겨나며, 환유는 부분으로 전체를 대신하거나 결과로 원인을 설명하는 것을 포함하여, 한 기표에서 다른 기표로 미끄러지는 무의식의 특징을 나

4 위의 책, 100면 참고.

5 한편 우리는 은유와 환유를 이분법적으로 구분하고 이를 담화 구성과 세계 구성의 일반적인 원리로 이해한 야콥슨이 다음과 같이 은유와 환유의 상호 관련성을 지적한 사실도 기억할 필요가 있다. "인접성과 유사성이 중첩되는 시에서는 환유는 모두가 다소는 은유적이며, 은유는 모두 환유적 색깔을 갖는다"(로만 야콥슨, 신문수 역, 「언어학과 시학」, 『문학 속의 언어학』, 문학과지성사, 1989, 61면).

타내는 방식이다. 라캉에 의하면, '증상은 은유'이고 '욕망은 환유'이다.[6] 새로운 기호 표현이 나타나서 원래의 기호 표현을 억압한다는 점에서 증상은 하나의 은유이다. 한편으로 영원히 채울 수 없는 결여를 환기하면서, 다른 한편으로는 기호 연쇄를 따라 만족을 추구하는 욕망은 결여의 환유이다. 기표의 대체를 통한 의미 효과인 은유는 억압과 긴장의 관계 속에서 무의식적 주체를 표상한다는 의미로 해석될 수 있다. 즉 라캉의 은유 개념은 무의식적 주체의 상징적 탄생을 설명하는 개념 틀이며, 환유 개념은 무의식적 주체의 결여에 기인한 욕망의 영속화를 설명하기 위한 개념 틀이다.[7]

현대 수사학에서 '은유'에 대한 인식론적 변화를 가져온 중요한 계기들 중 하나는 '인지 언어학' 분야, 즉 '인지 의미론'이라는 언어학 분야의 발전이다. 조지 레이코프(George Lakoff)와 마크 존슨(Mark Johnson)의 '개념적 은유' 이론은 기존의 전통적 은유론을 크게 바꾸어 놓는다. '개념적 은유'의 관점은 은유를 아리스토텔레스 이후의 전통적 은유의 범주, 즉 '단어'나 '문학적 비유'의 영역이 아니라 세계에 대한 사고와 개념을 가능케 하는 '인식 틀'의 차원으로 이해하게 한다. 현대 수사학에서 '은유'에 대한 인식론적 변화를 가져온 중요한 계기들은 레이코프·존슨의 인지 언어학적 은유론뿐만 아니라, 리쾨르(P. Ricoeur)의 해석학적 은유론, 니체(F. W. Nietzsche)—하이데거(M. Heidegger)—데리다(J. Derrida)로 이어지

---

6 라캉도 야콥슨처럼 은유와 환유를 이분법적으로 구분하는 듯하지만, 은유와 환유의 관계에 대해 다음과 같이 말하고 있다. "그것은(은유의 창조적 섬광은) 의미화 연쇄 속에서 다른 기표의 자리를 차지함으로써 대체된 하나의 기표와 그 연쇄의 나머지 부분과의 (환유적) 관계에 의해 드러나는 숨은 기표 사이에서 빛난다. (…중략…) 은유는 무의미로부터 의미가 발생하는 바로 그 지점에 자리 잡고 있다"(Jacques Lacan, trans. Bruce Fink, *Écrits*, New York : Norton, 2006, pp.422~423). 이 말은 은유가 환유의 흐름 속에서 생겨난다는 의미로 해석될 수 있다.

7 졸고, 「정신분석적 시학과 수사학」, 『어문논집』 제53집, 민족어문학회, 2006, 250~254면 참고.

는 해체론적 은유론, 리처즈 로티(R. Rorty)로 대표되는 신실용주의적 은유론 등을 들 수 있다. 이 다양한 은유론의 지평을 각각 고찰하고 상호 비교하는 작업은 차후의 과제로 남겨두고, 이 글에서는 인지 언어학적 은유론을 개척하고 있는 레이코프와 존슨의 논의를 중심으로 그 이론과 적용의 양상을 수사학적 관점으로 정리하고 이에 대한 해석 및 평가를 시도하고자 한다.

2. 이론―은유적 투사와 영상 도식

조지 레이코프와 마크 존슨은 인지과학적 성과들을 기반으로 새로운 은유론을 구성하고, 사유가 은유적으로 확장하는 방식에 대한 해명을 통해 전통적인 은유론의 오류를 지적한다. 인지과학에서 인지적(cognitive)이라는 용어는 정밀한 방법으로 연구될 수 있는 어떤 종류의 정신적 작용이나 구조에 대해 사용된다. 청각적 처리 과정처럼 시각적 처리 과정도 인지적인 것에 속하고, 기억 · 주의 · 사고 · 언어 등의 양상도 인지적인 것이다. 이 구조와 작용의 대부분은 무의식적이라고 밝혀졌다. 따라서 이를 '인지적 무의식(cognitive unconscious)'이라고 부른다.[8] 레이코프와 존슨은 이를 통해 객관주의적 전통의 철학을 비판할 뿐만 아니라 은유를 중심으로 하는 새로운 철학 개념을 제안하기에 이른다. 이들은 은유적 사유가 철학적 통찰력을 가능케 하고 철학의 형태

8 조지 레이코프 · 마크 존슨, 임지룡 외역, 『몸의 철학』, 박이정, 2002, 38면 참고.

를 제약하는 주요 도구라는 점을 강조하며, 철학적 사유가 본성적으로 은유적이라고 주장한다.[9]

인지 언어학은 일반적인 언어 내적 원리를 추상(抽象)하려고 하는 생성 언어학과 달리, 철학·심리학·신경 과학 등 여타의 인지과학 분야를 논의를 적극 수용하려고 한다. 언어의 처리 과정이 다른 정신적 처리 과정과 크게 다르지 않다고 보기 때문이다. 인지 언어학적 가정과 가설의 일환으로 '인지 의미론'이 등장하게 되는데, 인지 의미론은 의미의 문제를 인지와의 관계 속에서 파악하려 하면서, 개념적 구조와 조직 연구에 초점을 맞추고 있다.[10] 레이코프와 존슨은 자신들의 입장을 '체험주의(experientialism)'라고 부르는데, 이것은 우선 전통적인 '객관주의(objectivism)'에 대립하는 입장으로 이해될 수 있다. 객관주의는 이 세계에 대한 하나의 정확한 기술이 가능하다는 믿음을 바탕으로 진리 탐구에 있어 항구적이고 객관적인 기준이 있으며, 또 있어야 한다고 주장한다. 특히 언어학과 의미 이론에서 객관주의는 언어가 그 자체로 고정된 문자적·객관적 의미를 갖는다고 가정한다. 그러나 레이코프와 존슨은 이러한 객관주의가 우리의 실제 언어와 사고의 많은 부분을 간과할 때만 가능한 견해라고 주장하며, '은유'에 주목한다. 따라서 이들은 객관주의적 철학 전통에서 배제되어온 은유가 철학적 사유에서 어떤 역할을 하는지 규명하려 하며, 신체 경험적 탐구를 통해 은유적 확장의

9 이 점에서 레이코프와 존슨의 '인지과학적 은유론'의 접근 방법은 데리다의 '해체론적 은유론'과 유사한데, 경험과학적 탐구의 성장과 함께 철학적 이론들이 상보적으로 전개되어야 한다고 주장함으로써 급진적인 해체론과 차별성을 드러낸다. 데리다의 '해체론적 은유론'에 대해서는 자크 데리다, 김보현 역, 「백색 신화」, 『해체』, 문예출판사, 1996, 163~249면과 이를 고찰한 김상환, 「해체론과 은유」, 『해체론 시대의 철학』, 문학과지성사, 1996, 237~291면; 김상환, 「해체론적 은유론의 계보」, 『해체론 시대의 철학』, 문학과지성사, 1996, 292~314면을 참고할 것.

10 임지룡, 「인지 의미론 연구의 현황과 전망」, 『우리말연구』 제21집, 우리말학회, 2007, 51~60면 참고.

구조를 해명함으로써 은유론의 보편적 기반을 제시하고자 한다.

'인지 의미론'이 주장하는 가장 중요한 사항 중 하나인 '개념적 은유'는 기표와 기의 사이의 관계를 연결시키는 발화자의 사고나 의식, 혹은 인지적 작용에 관심을 둔다. 즉 기표와 기의를 연결시키는 과정에서 작용하는 의식이 은유적 본성을 띠고 있다고 간주한다. 인간이 수많은 사상(事象)을 받아들이는 방식과 복잡한 사고를 표현하는 방식은 근본적으로 은유적 수단에 의존하며, 은유적 기제 없이는 온전한 사고와 표현이 불가능하다는 것이다.[11] 따라서 개념적 은유가 유사성에 기초하여 형성된다기보다는 은유가 유사성을 창조해낸다고 간주하는 입장을 취한다. '개념적 은유'는 한 정신 영역을 다른 정신 영역에 의해 개념화하는 방식이라 할 수 있다. 즉 '개념적 은유'는 두 가지 개념적 영역을 전제하는데, 우리가 인지하고자 하는 개념적 영역을 '목표 영역(target domain)'이라 하고, 이 목적을 달성하기 위해 사용하는 개념적 영역을 '근원 영역(source domain)'이라 한다. 근원 영역은 익숙하고 구체적이며 경험 가능한 영역인 반면, 목표 영역은 낯설고 추상적이며 경험 불가능한 영역으로 본다.[12] 여기서 개념적 은유는 근원 영역과 목표 영역 사이의 '사상(寫像, mapping)'[13]으로 정의될 수 있다.

레이코프와 존슨의 인지 언어학적 은유론이 주장하는 기본 개념을 요약하면 다음과 같다.

---

11 임지룡, 「개념적 은유에 대하여」, 『한국어 의미학』 제20집, 한국어의미학회, 2006, 30면.
12 위의 글, 33~34면.
13 '사상(寫像, mapping)'이란 용어는 신경 과학에서 온 것이다. 두뇌의 시각 체계 안에서 뉴런들은 망막으로부터 일차적인 시각 피질(VI)로 투사, 즉 확장되는데, 이때 망막 안에서 인접하거나 가까운 뉴런들이 VI 안에서 인접하거나 가까운 뉴런들에 투사된다. VI 안에서 활동적인 뉴런들은 망막 영상의 VI 안에 하나의 지도를 형성하는 것으로 알려져 있다. 여기서 은유는 망막이 지역으로 간주되고 VI이 지도로 간주된다는 점에서 지형학적이다. 조지 레이코프・마크 존슨, 노양진・나익주 역, 『삶으로서의 은유』(수정판), 박이정, 2006, 392면.

- 근본적으로 은유는 그 본성이 개념적이며, 은유적 언어는 이차적이다.
- 개념적 은유는 일상적 경험에 토대를 두고 있다.
- 추상적 사고는 전부는 아니지만, 대부분 은유적이다.
- 은유적 사고는 불가피하고, 편재하며, 대부분 무의식적이다.
- 추상적 개념은 문자적 핵심을 가지고 있지만 은유들에 의해, 흔히 다수의 상호 모순적인 은유들에 의해 확장된다.
- 추상적 개념은 은유 없이는 완전하지 않다. 예를 들어 사랑은 마법, 매력, 미침, 결합, 양육 등에 대한 은유가 없이는 사랑이 아니다.
- 개념에 대한 사유에서 사용되는 은유들이 모순적일 수 있기 때문에 우리의 개념 체계는 완전히 일관성이 있는 것이 아니다.
- 우리는 은유를 통해 도출하는 추론에 근거해서 삶을 살아간다.[14]

이들은 '개념적 은유'와 '은유적 언어' 표현을 구별한다. '개념적 은유'는 사고하는 방식이며, '은유적 언어' 표현은 실제적인 언어 표현에 해당하는데, 이들은 이것을 이차적이라고 간주한다. 따라서 '은유적 언어' 표현은 기존의 전통적 은유보다 훨씬 폭넓은 적용이 가능하다. 예를 들면, "인기가 오르다"와 같은 표현은 전통적 은유에서 은유로 파악하지 않지만, 개념적 은유의 관점에서 볼 때는 "오르다"라는 표현이 '위/아래'라는 방향 개념으로 사고되는 '개념적 은유'가 작용된 '은유적 언어' 표현으로 볼 수 있다는 것이다. 또한 개념적 은유는 일상적 경험에 토대를 두고 있으며, 은유적 사고는 불가피하고, 편재하며, 대부분 무의식적이다. 추상적 개념은 흔히 다수의 상호 모순적인 은유들에 의해 확장되기 때문에, 우리의 개념 체계는 완전히 일관성이 있는 것이 아니다.

14 위의 책, 414면.

레이코프와 존슨은 『삶으로서의 은유』에서 은유를 지향적 은유 · 존재론적 은유 · 구조적 은유로 구분하여 논의를 전개한다. 예를 들어, "물가가 오르다", "봉급이 내려가다"는 지향적 은유, "시간이 있다", "시간이 흐른다"는 존재론적 은유, '논쟁－전쟁', '스포츠－군사'는 구조적 은유의 예에 해당한다.[15] 이들은 은유가 자연스러운 현상으로서 언어 속에 넓게 확산되어 있으며, 이러한 관습적 언어들은 우리의 사고와 경험 속의 보다 근본적인 은유적 구조에 의해 형성된다고 본다. 즉 개념적 은유의 체계들이 우리의 경험을 정합적으로 구조화하는 방식에 근거한다는 것이다. 따라서 내적 자아 · 관습 · 인간관계 · 일 · 사회생활 · 도덕적 경험 등 우리의 가장 기본적인 실재는 객관적으로 주어지는 것이 아니라 문화의 은유들에 의해 정의된다. 그리고 체험적 은유들은 문화에 따라 다르기 때문에 그 은유들이 정의하는 문화적인 실재도 문화에 따라 다르다. 따라서 진리는 절대적인 것이 아니라 언제나 인간의 이해에 근거하며,[16] 인간의 이해는 은유적으로 구조화되어 있다.

레이코프와 존슨은 '개념적 은유'가 일상적인 활동을 구조화한다는 것이 무엇을 의미하는지 설명하기 위해, "논쟁은 전쟁이다"라는 표현을

---

15 1981년 초판이 나온 지 20여 년이 지난 2003년 수정판 후기에서, 이들은 몇 가지 수정과 해명을 시도하면서 이 세 가지 유형 구분이 인위적인 것이었다고 지적한다. 구조를 사상(寫像, mapping)한다는 점에서는 모든 은유가 구조적이고, 표적 영역 개체를 창조한다는 점에서 모든 은유가 존재론적이며, 지향적 영상 도식을 사상한다는 점에서는 모든 은유가 지향적이라는 것이다. 위의 책, 403면 참고.

16 이러한 기본 관점은 데카르트적인 객관적 진리 개념과 결별하고 화자와 청자 사이의 다양한 의사소통적 맥락을 주목하는 카임 페렐만 · 스티븐 툴민 · 미셸 메이에르 · 제임스 크로스화이트 등의 신수사학적 논증 이론과도 일맥상통한다. 그런데 레이코프와 존슨의 이론은 신체화된 마음의 관점으로 인지과학적 증거들을 제시하고 있다는 점, 은유를 근간으로 하는 언어학적 접근법으로 일관한다는 점에서 차별성을 가진다. 카임 페렐만 · 스티븐 툴민 · 제임스 크로스화이트 등의 신수사학적 논증 이론에 대해서는 졸고, 「현대문학비평과 논증의 수사학」, 『어문논집』 제56집, 민족어문학회, 2007, 325～362면을 참고할 것.

고찰하며 다음과 같이 언급한다.

> 은유의 본질은 한 종류의 사물을 다른 종류의 사물의 관점에서 이해하고 경험하는 것이다. 이 말은 논쟁이 전쟁의 하위 종(種)이라는 말이 아니다. 논쟁과 전쟁은 다른 종류의 사물, 즉 언어 담화와 무장 분쟁이며, 거기에서 수행되는 행위도 다른 종류의 행위이다. 그러나 '논쟁'은 '전쟁'의 관점에서 부분적으로 구조화되고, 이해되고, 수행되고, 말해진다. 개념이 은유적으로 구조화되고, 행위가 은유적으로 구조화되고, 따라서 언어가 은유적으로 구조화된다.[17]

개념이 은유적이라는 주장은 언어의 사실적 증거를 바탕으로 형성된다. 예를 들면, '논쟁은 전쟁'이라는 은유는 '논쟁'이 '전쟁'의 관점에서 부분적으로 구조화되고 이해되며 수행된다는 것이다. 레이코프와 존슨은 은유를 "한 종류의 사물을 다른 종류의 사물의 관점에서 이해하고 경험하는 것"이라고 정의한다. 이해와 경험은 물리적 · 신체적 차원과 추상적 · 정신적 차원으로 구분되는데, '은유적 투사(metaphorical projection)'에 의해 기초적 차원의 인식은 추상적 차원의 인식으로 확장되어 간다. 은유적 투사의 가장 밑바닥에는 '영상 도식(image schema)'이라는 추론 패턴이 있어서 인식의 근거로 작용하는 동시에 인식을 제약하는 역할을 한다. 영상 도식은 신체적 경험을 통해 직접적으로 발생하는 것으로서, 지각이나 개념이 은유적으로 확장되어 가는 토대이다. 따라서 은유적 사유는 직접적인 경험 패턴을 보다 덜 직접적인 경험 패턴으로 투사함으로써 확장된다. 은유적 투사의 확장 방식은 산술적으로 확정할 수 있는 규칙적

17 조지 레이코프 · 마크 존슨, 임지룡 외역, 앞의 책, 24면.

인 방식은 아니지만 그 근거를 확인할 수 있으므로 자의적인 것도 아니다. 그러므로 우리의 많은 사유 작용은 은유적이라고 할 수 있으며, 은유적 사유는 신체적 활동을 통해 직접 발생하기 때문에 신체적 경험에 근거한다.[18]

레이코프와 존슨은 『몸의 철학』[19]에서 이러한 체험주의적 접근 방식으로 서양철학의 중심 개념인 시간・원인・사건・마음・자아・도덕성 등을 분석하고, 소크라테스 이전의 그리스 자연철학자들의 철학적 문제들에서 최근의 합리주의적 행위 이론에 이르기까지 서구 지성사의 핵심적 이론들을 전반적으로 재검토한다. 이들은 인간의 철학적 혹은 형이상학적 질문과 이론이 다수의 통속 이론・이상화된 인지 모형・은유적으로 정의된 개념들을 가정하지 않고서는 구성할 수 없다고 말한다. 철학적 질문과 이론들은 한 문화가 공유하는 일상적인 은유들과 통속 이론들을 세련시키고 확장하고 명료화한 것이라고 볼 수 있다는 것이다. 하나의 사례로 아리스토텔레스를 살펴보자.

> 아리스토텔레스는 플라톤과 소크라테스 이전 철학자들이 사용했던 것과 동일한 통속 이론, 즉 '이해 가능성', '일반 종', '본질' 그리고 '최고 범주'의 통속 이론을 공유한다. (…중략…) 그러나 아리스토텔레스는 기본적인 방식에서 플라톤과 다르다. 플라톤이 '관념(이데아)으로서의 본질' 은유를 갖는 반면, 아리스토텔레스는 반대의 은유, 즉 '관념은 본질' 은유를 갖는다. (…중략…) 플라톤에게 있어서 최고의 실재는 관념들로 구성되며, 그것이 사물의 본질이다. (…중략…) 대조적으로 아리스토텔레스는 실재를 궁극적으로 세계 안에서 찾으며, 따라서 그는 우리의 사고가 세계의 본성에 의존하고 있다고 본다.[20]

18 국순아, 「은유와 철학적 사유」, 『범한철학』 제47집, 2007년 겨울, 363~364면 참고.
19 조지 레이코프・마크 존슨, 임지룡 외역, 앞의 책.

레이코프와 존슨은 아리스토텔레스가 플라톤과 소크라테스 이전 철학자들이 사용했던 것과 동일한 통속 이론('이해 가능성', '일반 종', '본질', '최고 범주')을 공유하지만, 플라톤이 '관념(이데아)으로서의 본질' 은유를 갖는 반면, 아리스토텔레스는 반대의 은유, 즉 '관념은 본질' 은유를 갖는다고 본다. 이러한 대립적 은유는 플라톤을 관념론자로 만드는 데 반해 아리스토텔레스를 실재론자로 만든다. '관념은 본질' 은유는 세계의 이해 가능성을 설명하는 아리스토텔레스의 방식이다. 관념이 본질이라면 마음은 세계 안의 물리적 대상들의 본질 자체를 이해하고 파악할 수 있다. 아리스토텔레스는 만약 '관념이 본질'이라면 본질은 실체일 수 없다는 것을 알았고, 따라서 '본질은 형상' 은유를 받아들였다. 그에게 있어 '관념은 본질'이며 '본질은 형상'이기 때문에, 인간의 마음은 세계 안의 형상들, 즉 그 사물들을 현재 종류의 사물로 만들어 주는 형상들을 파악할 수 있다. 어떤 것을 지각하는 것은 우리의 마음에 그것의 형상을 짜 넣는 것, 즉 그 형상을 마음 안에 실현하는 것이다. 아리스토텔레스는 이외에도 '마음은 그릇', '이해는 쥐는 것', '관념은 물리적 대상' 등의 은유를 사용한다. 그는 나아가 지각하는 것은 마음 밖의 세계로부터 대상을 수용하는 것이라는 은유와, 대상들은 그 본성이 그 대상의 구조에 의존하고 있는 '감각적 인상'을 남긴다는 은유를 사용한다.

레이코프와 존슨은 이처럼 철학적 개념에 대한 은유적 분석을 통해 탈레스에서 헤라클레이토스까지, 플라톤에서 아리스토텔레스까지, 데카르트에서 칸트까지, 콰인(W. V. O. Quine)과 리처드 로티 등의 분석철학에서 촘스키(N. Chomsky)의 철학과 언어학에 이르기까지 그 형이상학을 규정하는 것은 각 철학자의 사유 중심에 자리 잡고 있는 핵심적 은유

20 위의 책, 547~549면.

들이라고 결론짓는다. 그리고 그 각각의 분석에서 대상이 된 사상은 관련된 '목표 영역'이 존재론을 형성하기 위해 주어진 '근원 영역'의 존재론을 투사한다고 본다. 아리스토텔레스의 경우를 살펴보자.

> 여기에서 우리는 다수의 평범한 은유들을 한데 묶고, 그것들의 관점에서 사유하는 데서 생겨나는 은유적 존재론과 은유적 논리를 갖게 된다. 아리스토텔레스 사유의 논리적 구조는 은유적이다. 그의 존재론적 믿음은 그 은유들로부터 나온다. 그 한 보기는 사물들의 관념들은 사물들 자체의 구조들이라는 믿음이다. 이 은유로부터 마음 안의 지식과 세계 안의 사물 사이에 틈(gap)이 없다는 생각이 따라 나온다. 즉 우리는 대상 자체의 구조를 파악할 수 있다.[21]

레이코프와 존슨에 의하면, 아리스토텔레스 철학의 특징은 네 가지 통속 이론('이해 가능성', '일반 종', '본질', '최고 범주')과 '관념은 본질', '본질은 형상' 은유로부터 나온다. 이러한 은유적 사유들이 결합하여 "은유적 존재론"과 "은유적 논리"를 형성한다. 은유로부터 "존재론적 믿음"이 생겨나는 것이다. 그리하여 아리스토텔레스는 "사물들의 관념들은 사물들 자체의 구조들이라는 믿음"을 갖게 된다. 그에게 지식의 가능성을 보장해 주고 회의주의를 배제하게 하는 것은 바로 세계 안의 사물들의 형상을 직접적으로 파악할 수 있는 이 능력이다.

한편, 레이코프와 존슨의 환유에 대한 논의를 살펴보자. 레이코프 · 존슨은 "환유적 개념은 은유와 마찬가지로 우리의 언어뿐만 아니라 우리의 사고와 태도, 행동을 구조화한다"[22]고 전제하고, "은유는 원칙적으

---

21 위의 책, 551~552면.

22 조지 레이코프 · 마크 존슨, 노양진 · 나익주 역, 앞의 책, 84면.

로 한 사물을 다른 사물의 관점에서 생각하는 방식이기 때문에 은유의 중요한 기능은 이해이다. 반면에 환유는 일차적으로 지시의 기능을 갖는다"[23]는 점에서 은유와 환유를 다른 종류의 과정으로 파악하지만, "상징적 환유는 일상생활은 물론 종교와 문화를 특징짓는 정합적인 은유적 체계들 사이의 결정적인 연결 기제"[24]라며 그 상호 관련성을 지적한다.

3. 적용—시적 은유와 정치적 은유

이 장에서는 지금까지 고찰한 인지 언어학적 은유론이 어떻게 구체적인 시적 인식의 차원과 정치적 인식의 차원에 적용되는지 살펴보고자 한다.

조지 레이코프는 마크 터너(Mark Turner)와 함께 저술한 『시와 인지』[25]에서 '개념적 은유' 이론을 발전시킨 '심층 분석'의 차원을 복합적인 시적·문학적 텍스트에 적용하여 그 상상력의 구조를 드러내려 한다. '심층 분석'이란 시간·사건·인과관계·도덕성·자아 등의 기본적 관념들이 거의 전적으로 개념적 은유의 정교한 체계에 의해 구조화된다는 새로운 차원의 은유 분석이다.[26] 이들은 경험을 조직화하고 이해하는

23 위의 책, 77면.

24 위의 책, 85면.

25 George Lakoff · Mark Turner, *More than Cool Reason — A Field Guide to Poetic Metaphor*, Chicago : University of Chicago Press, 1989(조지 레이코프 · 마크 터너, 이기우 · 양병호 역, 『시와 인지』, 한국문화사, 1996).

26 조지 레이코프 · 마크 존슨, 노양진 · 나익주 역, 『삶으로서의 은유』(수정판), 박이정, 2006, 384면 참고.

방식인 이 새로운 은유적 개념이 단순한 개념적 은유들을 조합해서 복합적 은유를 형성함으로서 발생한다는 것을 보여준다. 레이코프와 터너는 은유가 단순한 말의 차원을 넘어서는 인지의 문제이며, 감정・인격・언어・삶과 죽음 등에 관한 모든 종류의 사고와 관련이 있다고 본다. 이들은 은유가 상상력뿐만 아니라 이성에 있어서도 마찬가지로 불가결한 것이라고 전제하고, 시 작품에 나타난 구체적인 은유적 표현을 중심으로 그 인지 방식과 과정을 고찰한다. 우선 이들은 세익스피어 시를 비롯한 다양한 시 작품들에 나타난 은유를 삶・죽음・시간의 관점에서 분석하는데, 시인들이 이 개념들을 어떻게 관념화하며 그것을 시적 은유로 드러내는지를 고찰한다. 한 가지 예를 들면, "나는 우두커니 서서 죽음을 기다릴 수 없었기에"라는 시구와 더불어 프로스트(Robert Frost)의 시 「가지 않은 길」을 인용하고 다음과 같이 설명한다.

위 시에서 우리는, 그가 삶을 어떻게 살아야 하는냐 라는 선택의 문제와, 대부분의 사람들이 사는 방식과는 다르게 삶을 살아야 한다는 것에 관해서 말하고 있음을 전형적으로 읽어낼 수 있다.

이와 같은 독해는 '인생은 여행이다'라는 은유 구조에 관한 우리의 함축적 지식을 통해 이루어진다. 이 은유 구조를 알고 있다는 것은 인생과 여행이라는 두 개념 영역 사이에 성립하는 많은 대응 관계에 대한 지식이 있음을 의미한다. 이 지식에는 다음과 같은 것이 있다.

- 인생을 영위하는 사람은 나그네이다.
- 인생의 목적은 종착점이다.
- 목적을 달성하기 위한 수단은 경로이다.
- 인생에 있어 어려운 점은 여행상의 장애이다.

— 조언자는 안내인이다.

— 진전은 여행한 거리이다.

— 진전을 헤아리는 것은 도표를 통해서이다.

— 인생의 선택은 교차점이다.

— 자산과 재능은 여행의 준비물이다.[27]

레이코프와 터너는 "인생"과 "여행"을 비롯한 일련의 대응 관계를 두 개념 영역 사이의 '사상(寫像, mapping)'이라고 부르고, 은유를 근원 영역을 목표 영역에 사상하는 것으로 파악한다. 예를 들면, 종착점은 인생의 목적에 사상되는 것이다. 이들은 우리가 이 사상 관계를 무의식적이고 자동적으로 사용함으로써 기본적 은유를 사용하고 있다고 본다. 그리하여 이들은 이러한 은유적 개념을 토대로 시적 은유의 대부분이 일상적 사고와 언어에서 사용되는 개념적 은유의 확장인 동시에 특별한 경우라는 것을 보여준다. 시인의 은유적 혁신이 은유적 사고의 완전히 새로운 창조에 있는 것이 아니라, 오래된 은유적 사상을 새롭게 확장하고 조합하기 위해 은유적 사고의 기존 형식을 정렬하는 데 있다는 것이다.

더 나아가 레이코프와 터너는 기본적인 개념적 은유가 시적 은유로 확장 변용됨으로써 갖는 힘들에 대해 탐구한다. 이들은 이 탐구의 과정에서 '축어적 의미설'에서 파생된 기존의 전통적인 은유관이 잘못되었다는 전제를 여러 논증을 통해 밝히고 있다. 이를 토대로 이들이 주장하는 은유의 힘들을 요약하면 다음과 같다.

— 구조에 대한 힘 : 은유적 사상(寫像)은 우리로 하여금 은유 없이는 존

27 조지 레이코프 · 마크 터너, 이기우 · 양병호 역, 앞의 책, 5면.

재할 수 없는 구조를 개념에 들여오게 한다.

— 선택의 힘 : 도식들은 일반적인 것이며, 그것들은 가능한 예시의 범위를 커버하지 않으면 안 된다. 어떤 세부로 도식을 채우느냐에 대한 선택은 상위 · 하위 어느 레벨에서나 일어난다. 가장 일반적인 레벨의 도식에서도 선택적인 구성 요소가 있다.

— 추론의 힘 : 은유는 우리로 하여금 추론의 패턴을 근원 영역으로부터 빌어다가 어떤 목표 영역에 관하여 추론하는 데 사용하게 한다.

— 평가의 힘 : 우리가 근원 영역에서 목표 영역으로 들여오는 것은 실체와 구조뿐만 아니라 근원 영역의 실체에 관해 평가하는 방식도 옮겨 온다.

— 편재성의 힘 : 관습화된 개념적 은유는 그 편재성에 의해서 강력한 개념적 · 표현적인 도구가 된다.[28]

은유적 사상은 이처럼 은유적 개념에 구조를 가져오고, 어떤 레벨의 도식에서도 선택적인 구성 요소를 발생시키며, 추론의 패턴을 가지는 동시에, 근원 영역의 실체에 대해 평가하게 한다. 그리고 이러한 개념적 은유는 편재적(遍在的)이어서, 우리가 무엇에 관해 생각하든지간에 모든 사고에 가득 차 있다. 이어서 레이코프와 터너는 여러 다양한 개념적 은유들이 한 편의 작품에서 복잡한 의미론적 효과를 발생시키는 방식을 세밀하고 정교하게 분석한다. 이러한 분석은 문장의 구조와 의미 구조 혹은 이미지 사이의 사상 관계에 대한 분석에까지 나아간다. 그리하여 이와 같은 도상적인 사상(寫像)은 시 작품 전체의 형식을 그 전체의 의미와 결부시키는 동시에 은유적인 구조를 중층적으로 한다. 이러한 분석은 한 편의 시를 이해함에 있어 은유가 갖는 역할의 언어적 ·

28 위의 책, 91~92면.

수사적 분석의 한 사례를 보여주고 있다.

한편 조지 레이코프는 1980년대 이후 개념적 은유의 차원을 정치 논쟁이나 정치 담론에 적용하여 그 정략적 구조를 드러내려 한다. 그는 『도덕의 정치』, 『코끼리는 생각하지 마』, 『프레임 전쟁』 등의 일련의 저서를 통해 미국 정치 상황 속에서 작동하는 은유의 차원을 분석한다. 레이코프는 『도덕의 정치』[29]에서 미국의 보수주의자와 진보주의자의 정치적 세계관을 분석한다. 그는 낙태・총기 규제・사형 제도・과세・사회 보호 정책・환경・예술 등 제반 분야에서 보수주의자의 견해와 진보주의자의 견해가 왜 일관성 있는 두 개의 대립적인 틀과 합치되는가라는 질문을 제기한다. 이 물음에 대한 대답은 두 세계관이 가족에 대한 이상화된 인지 모형에 의해 구조화되는 도덕성 은유에 의해 통합된다는 것이다. 즉 레이코프는 미국인들이 무의식적으로 '가족'이라는 은유를 통해 정치 이데올로기를 인식한다고 주장한다. 미국의 보수주의 정치는 가족들에게 강한 도덕적 질서를 부과하는 '엄격한 아버지' 모델을 통해, 진보주의 정치는 자식들을 돌보고 자식들로 하여금 남을 돌보도록 가르치는 '자상한 부모' 모델을 통해 이해될 수 있다는 것이다. 그는 미국의 유권자 대부분이 두뇌 안에 두 가지 프레임을 다 지니고 있으며, 정치인들이 어떤 프레임에 의거한 언어를 사용하느냐에 따라 이 중 어떤 모델이 작동하는지 결정된다고 본다.

『코끼리는 생각하지 마』[30]는 이런 관점을 더 구체적인 미국 정치 현안에 적용하여 미국인들이 어떤 은유를 통해, 즉 어떤 프레임에 의거한 언어를 사용하느냐에 따라, 다른 정치 이념적 모델이 작동하게 된다는 점을 규명한다. 여기서 레이코프가 사용하는 '프레임(frame)'이란 용어

29 조지 레이코프, 손대호 역, 『도덕의 정치』, 생각하는백성, 2004.
30 조지 레이코프, 유나영 역, 『코끼리는 생각하지 마』, 삼인, 2006.

는 우리가 세상을 바라보는 방식을 형성하는 정신적 구조물이다. 프레임은 우리가 추구하는 목적, 우리가 짜는 계획, 우리가 행동하는 방식, 그리고 우리 행동의 좋고 나쁜 결과를 결정한다. 정치에서 프레임은 사회 정책과 그 정책을 수행하고자 수립하는 제도를 형성한다.[31] 프레임은 인지과학자들이 말하는 '인지적 무의식'의 일부인데, 레이코프는 프레임을 바꾸거나 재구성함으로써 사회적 변화를 일으킬 수 있다고 생각한다.

> 프레임을 재구성하는 것은 대중이 세상을 보는 방식을 바꾸는 것이다. 그것은 상식으로 통용되는 것을 바꾸는 것이다. 프레임은 언어로 작동되기 때문에, 새로운 프레임을 위해서는 새로운 언어가 요구된다. 다르게 생각하려면 우선 다르게 말해야 한다.[32]

레이코프는 프레임을 구성하는 것이 자신의 세계관에 부합하는 것이고, 그 배후에는 일련의 은유가 연결되어 있다고 본다. 시민들은 유통되는 상식적인 언어를 사용하며, 프레임의 선점은 유통 언어의 선점을 의미한다. 이것이 우리의 사고 틀을 결정하고 자신의 도덕적 가치관과 다른 결정을 내리게 한다는 것이다. 따라서 레이코프는 정치적으로 반대자에게 맞서려면 상대편의 언어를 상대하지 말라는 프레임의 원칙을 내세운다. 상대편의 언어는 그들의 프레임을 끌어 오기 때문이다. 이 책은 다양한 미국의 정치적 현안들을 통해 이러한 프레임의 사례들을 제시하는데, 여기서는 9 · 11 테러의 경우를 인용해 보자.

---

31 위의 책, 17면.
32 위의 책, 18면.

정부가 프레임을 짜고 그것을 고치고 은유를 찾아 헤매는 과정은 주목해야 할 현상이다. 그 주된 프레임은 희생자에 대한 범죄로서, 그 범죄자들은 "재판에 회부(brought to justice)"되고 "처벌되어야" 한다는 것이다. '범죄' 프레임은 법, 법정, 변호사, 재판, 선고, 항소 등의 개념을 수반한다. 그 '범죄(crime)'가 '전쟁(war)'으로 바뀌고, 여기서 '사상자(casualties)', '적(enemies)', '군사 행동(military action)', '전력(war power)' 같은 개념들이 따라오는 데는 불과 수 시간이면 충분했다.[33]

레이코프의 주장은 정치 언어나 슬로건이 인지적 무의식의 측면을 가지고 있으므로, 그 프레임이 내포하는 은유적 사고를 우리가 인지하기 어렵다는 점을 깨달아야 한다는 것이다. 이러한 프레임을 구성하는 것은 일상적으로 일어나며, 종종 조작될 수도 있다. 따라서 레이코프는 프레임의 재구성을 통해 여론 조작이나 프로파간다가 아니라 자신의 신념을 자신의 프레임으로 전달하는 법을 배워야 한다고 말한다. 자신의 도덕적 관점을 진실 되게 표현하는 프레임을 만들어내야 한다는 것이다. 은유로 구성되는 정략적 프레임에 대항하여 그에 기반한 질문에 대답하지 말고, 자신이 믿는 가치와 자신의 프레임에 맞도록 질문의 프레임을 재구성하라는 것이 레이코프의 주장이다.

33 위의 책, 114면.

4. 해석 및 평가

레이코프와 존슨의 인지 언어학에 의하면, 인간의 인지는 대부분 무의식적(unconscious)이며, 인간의 의미와 개념화 사유 작용은 신체적 경험, 특히 감각 운동 경험에 근거한다. 그리고 이성의 이러한 신체화된 양식이 개념적 은유의 상상적 기제를 통해 추상적 사고에까지 이른다. 따라서 이들은 마음과 사고에 대한 경험적 탐구를 통해 기존의 철학적 전통으로부터 물려받은 마음과 언어에 대한 주된 철학적 가정들에 대해 의문을 제기한다. 언어의 중심적 기능이 "세계에 관한 문자적인 진리들을 표현하고 전달하는 기능"[34]을 수행한다고 주장함으로써, 은유를 진리의 영역에서 추방하여 수사법 이론으로 간주한 아리스토텔레스의 은유론을 비판하는 것이다. 그리고 마음과 관련된 의미・개념・이성・자아・지식・사고・의지・도덕뿐만 아니라 시간・원인・사건 등이 어떻게 신체화되어 있으며 상상적인지 보여주기 위해 다양하고 치밀한 경험과학적 증거들을 제시하고 검토한다.

레이코프와 존슨의 핵심적 주장은 우리의 모든 사고와 이해의 뿌리가 우리의 신체적 활동에 있으며, 보다 복잡하고 추상적인 사고는 신체적 활동을 토대로 하는 은유적 확장을 통해서 이루어진다는 것이다. 레이코프・존슨의 은유론은 기본적으로 '일반화된 은유'로부터 '비유성'의 이론을 정립한다. 즉 철학적 물음 속에 이미 은유에 토대를 두고 있는 철학적 가정이 전제되어 있음을 규명한다. 이것은 은유론이 단순히 문체・문채・전의를 중심으로 고찰하는 '문채의 수사학'의 차원을 넘

34 조지 레이코프・마크 존슨, 노양진・나익주 역, 앞의 책, 185면.

어 '개념적 사유의 가능 조건'을 탐색하는 차원으로 확장되어 감을 의미한다. 레이코프·존슨은 무의식적으로 인지화된 개념적 은유라는 관점으로 전통적인 은유론의 오류를 지적하면서, 신체적 경험, 특히 감각 운동 경험에 근거하여 개념화 작용을 탐구하는 인지 언어학적 탐구의 성장과 함께 철학적 이론들이 상보적으로 전개되어야 한다고 주장한다. 수사학적 관점에서 본다면, 레이코프·존슨의 은유론은 철학적 사유가 본성적으로 은유적이라고 주장하며 그 개념적 토대를 의문시하지만, 신체의 경험적 탐구를 통해 은유적 확장의 구조를 해명함으로써 은유론의 보편적 지반의 가능성을 제시한다는 점에서, 해체적 측면과 구성적 측면을 동시에 견지한다. 그런데 이 논의는 은유의 의미론적 차원에 국한되어 해석학적 차원으로 확장되지 못하고, 화자와 청자 사이의 의사소통의 맥락 혹은 사회적·역사적 맥락을 고려하지 않는다는 점에서, 닫힌 텍스트의 관점에 머무는 것은 아닌지 질문해 볼 수 있다.

조지 레이코프는 마크 터너와 함께 '개념적 은유' 이론을 발전시킨 '심층 분석'의 차원을 복합적인 시적·문학적 텍스트에 적용하여 그 상상력의 구조를 드러내려 한다. 이들은 은유가 단순한 말의 차원을 넘어서는 인지의 문제이며, 감정·인격·언어·삶과 죽음 등에 관한 모든 종류의 사고와 관련이 있다고 본다. 그리고 은유가 상상력뿐만 아니라 이성에 있어서도 마찬가지로 불가결한 것이라고 전제하고, 시 작품에 나타난 구체적인 은유적 표현을 중심으로 그 인지 방식과 과정을 고찰한다. 더 나아가 레이코프와 터너는 기본적인 개념적 은유가 시적 은유로 확장 변용됨으로써 갖는 힘들에 대해 탐구하고, 여러 다양한 개념적 은유들이 한 편의 작품에서 복잡한 의미론적 효과를 발생시키는 방식을 세밀하고 정교하게 분석한다. 이러한 분석은 문장의 구조와 의미 구조 혹은 이미지 사이의 사상 관계에 대한 분석에까지 나아간다.

도상적인 사상(寫像)은 시 작품 전체의 형식을 그 전체의 의미와 결부시키는 동시에 은유적인 구조를 중층적으로 한다. 이러한 분석은 한 편의 시를 이해함에 있어 은유가 갖는 역할의 언어적・수사적 분석의 한 사례를 보여주고 있다. 이처럼 레이코프와 터너의 시적 은유에 대한 분석은 문장의 구조와 의미 구조 혹은 이미지 사이의 사상 관계, 시 작품 전체의 형식을 그 전체의 의미와 결부시키는 작용 등을 분석함으로써 은유적 구조를 중층적으로 밝혀줄 수는 있지만, 미묘하고 복합적인 시적・문학적 텍스트가 가진 상상력의 구조를 온전히 밝혀내는 데에는 부족함이 있는 듯하다. 여러 가지 이유가 있겠지만, 무엇보다도 이들이 의지하는 개념적 은유가 주로 관습적 은유나 원형적 은유의 토대 위에서 사유되므로, 시인들이 직관에 의해 발휘하는 개인적 은유나 창조적인 은유들을 온전히 이해하고 해명하는 데에는 어느 정도 무리가 따르기 때문일 것이다.

한편 조지 레이코프는 1980년대 이후 개념적 은유의 차원을 정치 논쟁이나 정치 담론에 적용하여 그 정략적 구조를 드러내려 한다. 일련의 저서를 통해 미국 정치 상황 속에서 작동하는 은유의 차원을 분석하는 레이코프는 정치・경제・사회・문화 등 제반 분야에서 미국의 보수주의자와 진보주의자의 정치적 세계관을 분석한다. 이 두 세계관이 가족에 대한 이상화된 인지 모형에 의해 구조화되는 도덕성 은유에 의해 통합된다는 것이 그의 주장이다. 레이코프는 이런 관점을 더 구체적인 미국 정치 현안에 적용하여 미국인들이 어떤 은유를 통해, 즉 어떤 프레임에 의거한 언어를 사용하느냐에 따라, 다른 정치 이념적 모델이 작동하게 된다는 점을 규명한다. 레이코프의 주장은 정치 언어나 슬로건이 인지적 무의식의 측면을 가지고 있으므로, 그 프레임이 내포하는 은유적 사고를 우리가 인지하기 어렵다는 점을 깨달아야 한다는 것이다. 이러한 프레임을 구성하는 것은 일상적으로 일어나며, 종종 조작될 수도 있다. 따라서 레이코프는 프레임의 재구성을 통해 여론 조작이나 프로파간다가 아니라 자신의 신념을 자신의 프레임으로 전달하는 법을 배워야 한다고 말한다. 자신의 도덕적 관점을 진실 되게 표현하는 프레임을 만들어내야 한다는 것이다.

은유로 구성되는 정략적 프레임에 대항하여 그에 기반한 질문에 대답하지 말고, 자신이 믿는 가치와 자신의 프레임에 맞도록 질문의 프레임을 재구성하라는 레이코프의 주장은 일면 타당하고 설득력을 가진다. 그러나 한편으로 이러한 주장은 정치적 구도를 '보수주의' 대 '진보주의'라는 양대 세력의 경쟁과 투쟁으로 보는 관점을 내포하고 있는 점에서, 개념적 은유의 미비점으로 지적한 의사소통의 맥락을 고려하지 않는 닫힌 텍스트의 관점과, 창조적 은유의 가능성을 온전히 이해하고 해명하는 데 불충분한 점을 재확인시켜 준다. 구체적인 예로서, 『프레임 전쟁』[35]은 프레임 구성의 정치적 중요성을 설명하고 진보 세력이 유권자를 설득할 수 있는 효과적인 방안을 구체적으로 제시하지만, 제목 및 '보수에 맞서는 진보의 성공 전략'이라는 부제가 암시하듯 '보수' 대 '진보'의 이분법에 근거한 경쟁과 투쟁의 관점을 내포하는 듯이 보인다. 사회적 갈등을 상호 간의 차이를 존중하면서 합의에 이르고자 하는 '논증의 수사학'의 관점[36]에서 볼 때, 이러한 '프레임 전쟁'의 관점은 주목할 만한 장

---

35 조지 레이코프 · 로크리지연구소, 나익주 역, 『프레임 전쟁』, 창비, 2007.

36 현대 수사학에서 논증의 수사학은 카임 페렐만(Chaïm Perelman)과 루시 올브레히츠-티테카(Lucie Olbrechts-Tyteca), 스티븐 툴민(Stephen Toulmin), 미셸 메이에르(Michel Meyer), 제임스 크로스화이트(James Crosswhite) 등이 전개하고 있다. 이 중 제임스 크로스화이트의 '이성의 수사학'은 페렐만 · 티테카의 '청자 중심의 의사소통 이론'과 비트겐슈타인 · 오스틴 · 스티븐 툴민 등의 '화자 중심의 화용론적 언어학'을 종합적으로 수용하면서 논증 행위 이론을 재구성한다. '주장하기'와 '질문하기', '갈등'과 '청중'을 중심으로 재구성한 논증 행위의 이론은 차이와 갈등을 이용하여 탐구를 수행하고 사회적 합의에 도달하려 한다. 그리하여 이성의 수사학은 차이로부터 발생

점뿐만 아니라 문제점도 수반한다고 볼 수 있다. '보수' 대 '진보'의 이분법에 근거한 경쟁과 투쟁의 관점은 차이를 이용하여 탐구를 수행하고 사회적 갈등을 비폭력적으로 해결하여 합의에 도달하려는 노력과 상반되는 일종의 경직성으로 작용할 수 있기 때문이다. 이것은 정략적 정치 프레임에 맞서는 도덕적이고 자기 신념적인 언어의 프레임이 또 하나의 정략적 측면과 이데올로기로 전환될 가능성을 내포하고 있다는 사실과도 관련될 수 있다.

5. 맺음말

아리스토텔레스는 『시학』에서 은유를 '이름' 혹은 '단어'의 차원에서 정의했고, 그 단어의 은유적 의미가 '유사성'과 '대체'를 통해 이루어진다고 보았다. 아리스토텔레스 이후 '은유'는 고전주의 수사학의 키케로와 롱기누스와 퀸틸리아누스, 16세기의 라무스, 18세기 말의 문법학자 뒤마르세, 19세기 초의 수사학자 퐁타니에 등을 거쳐 다양한 논의의 대상이 되어 왔다. 이후의 은유론은 19세기 콜리지의 낭만주의 시학을 거쳐 20세기 I. A. 리처즈와 윌리엄 엠프슨(William Empson)을 비롯한 신비평 등에서 문학이론의 관점에서 논의된다.[37]

하는 갈등을 비폭력적으로 해결하는 가능성을 강화하고, 공준이 무너지고 있는 사회적·문화적 현실 속에서 사회비평의 가능성을 옹호하며, 고등교육의 목적에 대한 신뢰할 만한 설명을 제시한다. 제임스 크로스화이트, 졸역, 『이성의 수사학』, 고려대 출판부, 2001과 졸고, 「현대문학비평과 논증의 수사학」, 『어문논집』 제56집, 민족어문학회, 2007, 325~362면 참고.

한편 I. A. 리처즈 · 막스 블랙 · 먼로 비어즐리 · 콜린 터베인 · 필립 휠라이트 등의 현대 의미론은 고전적 은유론의 전제인 '단어' 중심의 '명명', '대체', '유사성' 등에 의문을 제기하는 새로운 관점을 전개한다. 이와 더불어 현대 수사학에서 은유의 지평은 야콥슨의 구조 시학적 은유 / 환유론, 라캉의 정신분석적 은유 / 환유론, 리쾨르의 해석학적 은유론, 니체-하이데거-데리다로 이어지는 해체론적 은유론, 조지 레이코프 · 마크 존슨의 인지 언어학적 은유론, 로티로 대표되는 신실용주의적 은유론 등으로 복잡하고 다양하게 전개되고 있다. 은유에 대한 접근 방식을 크게 수사학적 관점 · 의미론적 관점 · 해석학적 관점으로 나누는 리쾨르의 구분[38]을 따르면, 고대 수사학의 은유론은 수사학적 관점, 영미권의 언어철학 및 현대 의미론과 레이코프 · 존슨의 인지 언어학적 은유론은 의미론적 관점, 리쾨르와 니체-하이데거-데리다의 은유론은 해석학적 관점이라고 간주할 수 있을 것이다. 여기서는 본문에서 주로 논의한 레이코프 · 존슨의 인지 언어학적 은유론에 대한 수사학적 정리 및 평가를 압축적으로 서술하고자 한다.

레이코프와 존슨은 은유적 사유가 철학적 통찰력을 가능케 하고 철학의 형태를 제약하는 주요 도구라는 점을 강조하며, 철학적 사유가 본성적으로 은유적이라고 주장한다. 신체적 경험, 특히 감각 운동 경험에 근거하는 개념화 작용은 은유라는 상상적 기제를 통해 추상적 사고에까지 이른다. 인지 의미론의 핵심적 주장인 개념적 은유는 '근원 영역'과 '목표 영역' 사이의 사상(寫像, mapping)으로 정의될 수 있다. 레이코프와 존슨은 이해와 경험을 물리적 · 신체적 차원과 추상적 · 정신적 차원

37 테렌스 혹스, 심명호 역, 『은유』, 서울대 출판부, 1986, 60~91면 참고.
38 박성창, 「수사학과 해석학」, 『수사학과 현대 프랑스 문화이론』, 서울대 출판부, 2002, 153~154면 참고.

으로 구분하는데, '은유적 투사'에 의해 물리적 차원의 인식은 추상적 차원의 인식으로 확장되어 간다. 은유적 투사의 가장 밑바닥에는 '영상 도식'이라는 추론 패턴이 있어서 인식의 근거로 작용하는 동시에 인식을 제약하는 역할을 한다. 이들은 이러한 체험주의적 접근 방식으로 서양철학의 중심 개념인 시간·원인·사건·마음·자아·도덕성 등을 전반적으로 재검토하여, 이 개념들이 다수의 통속 이론·이상화된 인지 모형·은유적으로 정의된 개념들을 가정하지 않고서는 구성될 수 없다고 말한다. 그리고 그 각각의 분석에서 대상이 된 사상은 관련된 '목표 영역'이 존재론을 형성하기 위해 주어진 '근원 영역'의 존재론을 투사한다고 본다.

레이코프·존슨의 은유론은 기본적으로 '일반화된 은유'로부터 '비유성'의 이론을 정립한다. 즉 철학적 물음 속에 이미 은유에 토대를 두고 있는 철학적 가정이 전제되어 있음을 규명한다. 이것은 은유론이 단순히 문체·문채·전의를 중심으로 고찰하는 '문채의 수사학'의 차원을 넘어 '개념적 사유의 가능 조건'을 탐색하는 차원으로 확장되어감을 의미한다. 레이코프·존슨은 무의식적으로 인지화된 개념적 은유라는 관점으로 전통적인 은유론의 오류를 지적하면서, 신체적 경험, 특히 감각 운동 경험에 근거하여 개념화 작용을 탐구하는 인지 언어학적 탐구의 성장과 함께 철학적 이론들이 상보적으로 전개되어야 한다고 주장한다. 수사학적 관점에서 본다면, 레이코프·존슨의 은유론은 철학적 사유가 본성적으로 은유적이라고 주장하며 그 개념적 토대를 의문시하지만, 신체의 경험적 탐구를 통해 은유적 확장의 구조를 해명함으로써 은유론의 보편적 지반의 가능성을 제시한다는 점에서, 해체적 측면과 구성적 측면을 동시에 견지한다. 그런데 이 논의는 은유의 의미론적 차원에 국한되어 해석학적 차원으로 확장되지 못하고, 화자와 청자 사이의 의사소통의 맥락 혹은 사회적·역사적 맥락을 고려하지 않는다는 점에서, 닫힌 텍스트의 관점에 머무는 것은 아닌지 질문해 볼 수 있다.

조지 레이코프와 마크 터너는 개념적 은유의 차원을 복합적인 시적·문학적 텍스트에 적용하여 그 상상력의 구조를 드러내려 한다. 이들은 시 작품에 나타난 구체적인 은유적 표현을 중심으로 그 인지 방식과 과정을 고찰하고, 기본적 개념적 은유가 시적 은유로 확장 변용됨으로써 갖는 힘들에 대해 탐구한다. 이들은 이러한 은유적 개념을 토대로 시적 은유의 대부분이 일상적 사고와 언어에서 사용되는 개념적 은유의 확장인 동시에 특별한 경우라는 것을 보여준다. 시인의 은유적 혁신이 은유적 사고의 완전히 새로운 창조에 있는 것이 아니라, 오래된 은유적 사상을 새롭게 확장하고 조합하기 위해 은유적 사고의 기존 형식을 정렬하는 데 있다는 것이다. 레이코프와 터너의 시적 은유에 대한 분석은 문장의 구조와 의미 구조 혹은 이미지 사이의 사상 관계, 시 작품 전체의 형식을 그 전체의 의미와 결부시키는 작용 등을 분석함으로써 은유적 구조를 중층적으로 밝혀줄 수는 있지만, 미묘하고 복합적인 시적·문학적 텍스트가 가진 상상력의 구조를 온전히 밝혀내는 데에는 부족함이 있는 듯하다. 여러 가지 이유가 있겠지만, 무엇보다도 이들이 의지하는 개념적 은유가 주로 관습적 은유나 원형적 은유의 토대 위에서 사유되므로, 시인들이 보여주는 개인적 은유나 창조적인 은유들을 온전히 이해하고 해명하는 데에는 어느 정도 무리가 따르기 때문일 것이다.

조지 레이코프는 1980년대 이후 개념적 은유의 차원을 정치 논쟁이나 정치 담론에 적용하여 그 정략적 구조를 드러내려 한다. 그는 일련의 저서를 통해 미국 정치 상황 속에서 작동하는 은유의 작용을 분석한다. 레이코프는 미국인들이 무의식적으로 '가족'이라는 은유를 통해 정치 이데올로기를 인식한다고 주장하고, 이런 관점을 더 구체적인 미국 정치 현안에 적용하여 미국인들이 어떤 은유를 통해, 즉 어떤 프레임에 의거한 언어를 사용하느냐에 따라, 다른 정치 이념적 모델이 작동하게 된다는 점을 규명한다. 은유로 구성되는 정략적 프레임에 대해 그에 기반한 질문에 대답하지 말고, 자신이 믿는 가치와 자신의 프레임에 맞도록 질문의 프레임을 재구성하라는 레이코프의 주장은 일면 타당하고 설득력을 가진다. 그러나 한편으로 이러한 주장은 정치적 구도를 '진보' 대 '보수'라는 양대 세력의 경쟁과 투쟁으로 보는 관점을 내포하고 있는 점에서, 개념적 은유의 미비점으로 지적한 의사소통의 맥락을 고려하지 않는 닫힌 텍스트의 관점과, 창조적 은유의 가능성을 온전히 이해하고 해명하는 데 불충분한 점을 재확인시켜 준다. 사회적 갈등을 상호간의 차이를 존중하면서 합의에 이르고자 하는 '논증의 수사학'의 관점에서 볼 때, 이러한 '프레임 전쟁'의 관점은 주목할 만한 장점뿐만 아니라 문제점도 수반한다고 볼 수 있다. '보수' 대 '진보'의 이분법에 근거한 경쟁과 투쟁의 관점은 차이를 이용하여 탐구를 수행하고 사회적 갈등을 비폭력적으로 해결하여 합의에 도달하려는 노력과 상반되는 일종의 경직성으로 작용할 수 있기 때문이다. 이것은 정략적 정치 프레임에 맞서는 도덕적이고 자기 신념적인 언어의 프레임이 또 하나의 정략적 측면과 이데올로기로 전환될 가능성을 내포하고 있다는 사실과도 관련될 수 있다.

제1부 제1장

구모룡, 『제유의 시학』, 좋은날, 2000.
권혁웅, 『한국 현대시의 시작방법 연구』, 깊은샘, 2001.
김상환, 『해체론 시대의 철학』, 문학과지성사, 1996.
김인환, 「언어와 욕망」, 『비평의 원리』, 나남, 1994.
_____, 「문학과 정신분석」, 『문학의 새로운 이해』, 문학과지성사, 1996.
김현 편, 『수사학』, 문학과지성사, 1985.
박성창, 『수사학』, 문학과지성사, 2000.
_____, 「문채의 정의 및 특성」, 『수사학과 현대 프랑스 문화이론』, 서울대 출판부, 2002.
박우수, 『수사적 인간』, 민, 1995.
양태종, 『수사학 이야기』, 동아대 출판부, 2000.
Adams, Hazard, *The Interests of Criticism*, New York : Harcourt, 1969.
Aristoteles, 천병희 역, 『시학』, 문예출판사, 1976.
Bakhtin, Mikhail M., 이득재 역, 『문예학의 형식적 방법』, 문예출판사, 1992.
Barthes, Roland, 김성택 역, 「옛날의 수사학」, 『수사학』(김현 편), 문학과지성사, 1985.
Bender, John · Wellberry, Dabid E., *The End of Rhetoric*, Stanford University Press, 1990.
Colebrook, Claire, 백민정 역, 『질 들뢰즈』, 태학사, 2004.
Crosswhite, James, 오형엽 역, 『이성의 수사학』, 고려대 출판부, 2001.
Deleuze, Gilles · Guattari, Félis, 김재인 역, 『천 개의 고원』, 새물결, 2001.
____________________, 이정임 · 윤정임 역, 『철학이란 무엇인가』, 현대미학사, 1995.
Genette, Gerard, 김경란 역, 「줄어드는 수사학」, 『수사학』(김현 편), 문학과지성사, 1985.
Guerrero, Hernandez 외, 강필운 역, 『수사학의 역사』, 문학과지성사, 1985.
Hernadi, Paul, *Beyond Genre*, Ithaca and London : Cornell University Press, 1972.
Jakobson, Roman, 신문수 역, 「언어학과 시학」, 『문학 속의 언어학』, 문학과지성사, 1989.

______________, 신문수 역, 「언어의 두 양상과 실어증의 두 유형」, 『문학 속의 언어학』, 문학과지성사, 1989.
Lacan, Jacques, 권택영 역, 『욕망이론』, 문예출판사, 1994.
Lemaire, Anika, 이미선 역, 『자크 라캉』, 문예출판사, 1994.
Lodge, Dabid, *The Modes of Modern Writing*, Edward Arnord Ltd., 1977.
Man, Paul de, *Allegories of Reading*, Yale University Press, 1979.
____________, *Blindness & Insight*, Methuen & Co., Ltd., 1983.
Pitcher, George, 박영식 역, 『비트겐슈타인의 철학』, 서광사, 1987.
Richards, I. A., 박우수 역, 『수사학의 철학』, 고려대 출판부, 2001.
Reboul, Olivier, 박인철 역, 『수사학』, 한길사, 1989.
Saussure, F. de, 최승언 역, 『일반 언어학 강의』, 민음사, 1997.
Schleifer, R., *Rhetoric and Death*, University of Illinois, 1990.
Steiner, Emil, 이유영 · 오현일 역, 『시학의 근본개념』, 삼중당, 1978.
Steiner, P., *Russian Formalism*, Cornell University Press, 1984.
Todorov, Tzvetan, 곽광수 역, 『구조 시학』, 문학과지성사, 1977.

제1부 **제2장**

김인환, 『비평의 원리』, 나남, 1994.
______, 『언어학과 문학』(개정판), 작가, 2008.
김인환 편, 『언어교육론』, 을유문화사, 1989.
김치수 편, 『구조주의와 문학비평』, 기린원, 1989.
김현, 『프랑스 비평사』(『김현문학전집』 8), 문학과지성사, 1992.
김현 편, 『수사학』, 문학과지성사, 1985.
박성창, 『수사학』, 문학과지성사, 2000.
______, 『수사학과 현대 프랑스 문화이론』, 서울대 출판부, 2002.
박우수, 『수사학과 문학』, 동인, 1999.
양태종, 『수사학 이야기』, 동아대 출판부, 1999.
이승훈, 『모더니즘 시론』, 문예출판사, 1995.
Barthes, Roland, 김성택 역, 「옛날의 수사학」, 『수사학』(김현 편), 문학과지성사, 1985.
______________, 김희영, 역, 『텍스트의 즐거움』, 동문선, 1997.
______________, 이화여대 기호학연구소 역, 『신화론(현대의 신화)』, 동문선, 1997.

__________, 이화여대 기호학연구소 역, 『모드의 체계』, 동문선, 1998.
__________, 남수인 역, 『라신에 대하여』, 동문선, 1998.
Barthes, Roland 외, 김현 역, 『현대비평의 혁명』, 기린원, 1989.
Bender, John · Wellberry, Dabid E., *The End of Rhetoric*, Stanford University Press, 1990.
Cattell, N. R., 김인환 역, 『언어학의 이해』, 홍성사, 1978.
Culler Jonathan, 이은경 · 임옥희 역, 『문학이론』, 동문선, 1999.
Erlich, Victor, 박거용 역, 『러시아 형식주의』, 문학과지성사, 1983.
Genette, Gerard, 김경란 역, 「줄어드는 수사학」, 『수사학』(김현 편), 문학과지성사, 1985.
Hawkes, Terence, 오원교 역, 『구조주의와 기호학』, 신아사, 1982.
Jakobson, Roman, 권재일 역, 『일반 언어학 이론』, 민음사, 1989.
__________, 신문수 역, 『문학 속의 언어학』, 문학과지성사, 1989.
Nelson, J. S. 외, 박우수 · 양태종 외역, 『인문과학의 수사학』, 고려대 출판부, 2003.
Reboul, Olivier, 박인철 역, 『수사학』, 한길사, 1989.
Scholes, Robert, 위미숙 역, 『문학과 구조주의』, 새문사, 1987.
Stanzel, F. K., 김정신 역, 『소설의 이론』, 문학과비평사, 1988.
Tadie, Jean-Yves, 김정란 · 이재형 · 윤학로 역, 『20세기 문학비평』, 문예출판사, 1995.
Todorov, Tzvetan, 곽광수 역, 『구조 시학』, 문학과지성사, 1977.
__________, 신동욱 역, 『산문의 시학』, 문예출판사, 1992.
__________, 송덕호 · 조명원 역, 『담론의 장르』, 예림기획, 2004.
Todorov, Tzvetan 편, 김치수 역, 『문학의 이론—러시아 형식주의』, 이화여대 출판부, 1981.

제1부 제3장

김상환 · 홍준기 편, 『라캉의 재탄생』, 창작과비평사, 2002.
김인환, 「언어와 욕망」, 『비평의 원리』, 나남, 1994.
_____, 「문학과 정신분석」, 『문학의 새로운 이해』, 문학과지성사, 1996.
김형효, 『구조주의의 사유체계와 사상』, 인간사랑, 1989.
임진수, 「은유와 환유—라캉의 이론을 중심으로」, 『현대비평과 이론』, 1996년 봄 · 여름.
정과리, 「정신분석에서의 은유와 환유」, 『은유와 환유』(『기호학 연구』 제5집), 문학과지성사, 1999.
홍준기, 『라캉과 현대철학』, 문학과지성사, 1999.
Evans, Dylan, 김종주 외역, 『라캉 정신분석 사전』, 인간사랑, 1999.
Fink, Bruce, *The Lacanian Subject-Between Language and Jouissance*, Princeton University Press, 1995.
Freud, Sigmund, 임홍빈 · 홍혜경 역, 『정신분석 강의』 상(전집 1), 열린책들, 1997.
____________, 임홍빈 · 홍혜경 역, 『정신분석 강의』 하(전집 2), 열린책들, 1997.
____________, 김인순 역, 『꿈의 해석』 상(전집 5), 열린책들, 1997.
____________, 김인순 역, 『꿈의 해석』 하(전집 6), 열린책들, 1997.
Jakobson, Roman, 신문수 역, 「언어학과 시학」, 『문학 속의 언어학』, 문학과지성사, 1989.
____________, 신문수 역, 「언어의 두 양상과 실어증의 두 유형」, 『문학 속의 언어학』, 문학과지성사, 1989.
____________, 권재일 역, 『일반 언어학 이론』, 민음사, 1989.
Lacan, Jacques, 권택영 역, 『욕망이론』, 문예출판사, 1994.
____________, trans. Bruce Fink, *Écrits*, New York : Norton, 2006.
____________, trans. John Forrester, *The Seminar of Jacques Lacan Book* Ⅰ, New York : Norton, 1991.
____________, trans. Sylvana Tomaselli, *The Seminar of Jacques Lacan Book* Ⅱ, New York : Norton, 1991.
Laplanche, J. · Pontalis, J. B., 임진수 역, 『정신분석 사전』, 열린책들, 2005.
Lemaire, Anika, 이미선 역, 『자크 라캉』, 문예출판사, 1994.
Sarup, Madan, 김해수 역, 『알기 쉬운 자크 라캉』, 백의, 1994.
Saussure, F. de, 최승언 역, 『일반 언어학 강의』, 민음사, 1997.
Schöpf, Alfred, 김광명 · 김정현 · 홍기수 역, 『프로이트와 현대철학』, 열린책들, 2001.
Widmer, Peter, 홍준기 · 이승미 역, 『욕망의 전복』, 한울아카데미, 1998.

제1부 제4장

김상환, 『해체론 시대의 철학』, 문학과지성사, 1996.
______, 「보드리야르와 들뢰즈」, 『현대비평과 이론』, 2005년 가을・겨울.
김인환, 『언어학과 문학』(개정판), 작가, 2008.
______, 『비평의 원리』, 나남, 1994.
박성창, 『수사학』, 문학과지성사, 2000.
박은주, 「카프카와 탈영토화하는 글쓰기」, 『현대비평과 이론』, 2004년 가을・겨울.
사공일, 『들뢰즈와 창조성의 정치학』, 동문선, 2008.
서동욱, 『들뢰즈의 철학』, 민음사, 2002.
______, 「들뢰즈의 문학론」, 『프랑스철학과 문학비평』, 문학과지성사, 2008.
오생근, 「들뢰즈의 해석적 문학비평」, 『현대비평과 이론』, 2004년 가을・겨울.
오형엽, 「시학과 수사학」, 『어문논집』 제49집, 민족어문학회, 2004.
______, 「현대문학비평과 논증의 수사학」, 『어문논집』 제56집, 민족어문학회, 2007.
______, 「정신분석 비평과 분열분석 비평의 비교 고찰」, 『비평문학』 제29집, 비평문학회, 2008.
우찬제, 『텍스트의 수사학』, 서강대 출판부, 2005.
윤화영, 「베르그송, 들뢰즈 그리고 베케트 문학의 잠재태 혹은 순수과거의 시간」, 『들뢰즈와 그 적들』, 우물이있는집, 2006.
정정호, 「다양체 또는 리좀적 배치의 문학」, 『현대비평과 이론』, 2004년 가을・겨울.
정정호 편, 『들뢰즈 철학과 영미문학 읽기』, 동인, 2003.
고이즈미 요시유키, 이정우 역, 『들뢰즈의 생명철학』, 동녘, 2003.
Badiou, Alain, 박정태 역, 『들뢰즈－존재의 함성』, 이학사, 2001.
Bogue, Ronald, 김승숙 역, 『들뢰즈와 문학』, 동문선, 2006.
Buydens, Mireille, 안구・조현진 역, 『사하라－들뢰즈의 미학』, 동문선, 2001.
Colebrook, Claire, 백민정 역, 『질 들뢰즈』, 태학사, 2004.
______________, 한정헌 역, 『들뢰즈 이해하기』, 그린비, 2007.
Crosswhite, James, 오형엽 역, 『이성의 수사학』, 고려대 출판부, 2001.
Deleuze, Gilles, 이정우 역, 『의미의 논리』, 한길사, 1999.
_____________, 김상환 역, 『차이와 반복』, 민음사, 2004.

__________, 김현수 역, 『비평과 진단』, 인간사랑, 2000.
__________, 서동욱 · 이충민 역, 『프루스트와 기호들』, 민음사, 1997.
__________, 이경신 역, 『니체와 철학』, 민음사, 1998.
Deleuze, Gilles · Guattari, Félis, 김재인 역, 『천 개의 고원』, 새물결, 2001.
______________________, 최명관 역, 『안티-오이디푸스』, 민음사, 1994.
______________________, 이정임 · 윤정임 역, 『철학이란 무엇인가』, 현대미학사, 1995.
______________________, 이진경 역, 『카프카-소수적인 문학을 위하여』, 동문선, 2001.
Deleuze, Gilles · Parnet, Claire, 허희정 · 전승화 역, 『디알로그』, 동문선, 2005.
Gary Genosko, *Deleuze and Guattari-Critical Assessments of Leading Philosophers* Volume Ⅰ · Ⅱ · Ⅲ, Routledge, 2001.
__________, *The Guattari Reader*, Blackwell Publishers Ltd, 1996.
Hardt, Michael, 김상운 · 양창렬 역, 『들뢰즈 사상의 진화』, 갈무리, 2004.
Hardt, Michael · Negri, Antonio, 윤수종 역, 『제국』, 이학사, 2001.
Laplanche, J. · Pontalis, J. B., 임진수 역, 『정신분석 사전』, 열린책들, 2005.
Olkowski, Dorothea, *Gilles Deleuze and the Ruin of Representation*, Berkely : University of California Press, 1999.
Patton, Paul, 백민정 역, 『들뢰즈와 정치』, 태학사, 2005.
________, *Deleuze -A Critical Reader*, Blackwell Publishers Ltd, 1996.
Pearson, Keith Ansell, 이정우 역, 『싹트는 생명』, 산해, 2005.
Rajchman, John, 김재인 역, 『들뢰즈 커넥션』, 현실문화연구, 2005.
Sloane, Thomas O., *Encyclopaedia of RHETORIC*, Oxford University Press, 2001.
Thoburn, Nicholas, 조정환 역, 『들뢰즈 맑스주의』, 갈무리, 2005.
Žižek, Slavoj, 김지훈 외역, 『신체 없는 기관』, 도서출판b, 2006.

제1부 **제5장**

김상환, 『해체론 시대의 철학』, 문학과지성사, 1996.
김상환 · 홍준기 편, 『라캉의 재탄생』, 창작과비평사, 2002.
김석, 「욕망하는 주체와 욕망하는 기계」, 『철학과 현상학연구』 제29집, 2006.
김인환, 「언어와 욕망」, 『비평의 원리』, 나남, 1994.
_____, 「문학과 정신분석」, 『문학의 새로운 이해』, 문학과지성사, 1996.

_____, 「실재계와 대타자의 몇 가지 오해에 대하여」, 『세계의 문학』, 2008년 봄.
라캉과현대정신분석학회 편, 『우리시대의 욕망 읽기』, 문예출판사, 1999.
맥락과비평 현대문학연구회 편, 『라캉과 문학』, 예림기획, 1998.
맹정현, 「라캉 대 『안티－오이디푸스』」, 『현대비평과이론』, 2004년 가을 · 겨울.
박찬부, 『현대 정신분석 비평』, 민음사, 1996.
_____, 『라캉－재현과 그 불만』, 문학과지성사, 2006.
_____, 『기호, 주체, 욕망』, 창비, 2007.
서동욱, 『들뢰즈의 철학』, 민음사, 2002.
신명아, 「라캉의 주체 개념과 정신분석의 윤리학」, 『라캉과 현대정신분석』 제2권 1호, 라캉과현대정신분석학회, 2000.
오형엽, 「시학과 수사학」, 『어문논집』 제49집, 민족어문학회, 2004.
_____, 「정신분석적 시학과 수사학」, 『어문논집』 제53집, 민족어문학회, 2006.
이진경 외, 『들뢰즈와 문학－기계』, 소명출판, 2002.
정정호 편, 『들뢰즈 철학과 영미문학 읽기』, 동인, 2003.
홍준기, 『라캉과 현대철학』, 문학과지성사, 1999.
_____, 「라캉의 성적 주체 개념」, 『라캉과 현대정신분석』 제1권 1호, 한국라캉과현대정신분석학회, 1999.
허창운 외, 『프로이트의 문학예술이론』, 민음사, 1997.
Badiou, Alain, 박정태 역, 『들뢰즈－존재의 함성』, 이학사, 2001.
__________, 이종영 역, 『조건들』, 새물결, 2006.
Bellemin-Noël, Jean, 최애영 · 심재중 역, 『문학텍스트의 정신분석』, 동문선, 2001.
Colebrook, Claire, 백민정 역, 『질 들뢰즈』, 태학사, 2004.
Deleuze, Gilles, 이정우 역, 『의미의 논리』, 한길사, 1999.
__________, 김상환 역, 『차이와 반복』, 민음사, 2004.
__________, 서동욱 · 이충민 역, 『프루스트와 기호들』, 민음사, 1997.
Deleuze, Gilles · Guattari, Félis, 김재인 역, 『천 개의 고원』, 새물결, 2001.
______________________, 최명관 역, 『안티－오이디푸스』, 민음사, 1994.
______________________, 이정임 · 윤정임 역, 『철학이란 무엇인가』, 현대미학사, 1995.
______________________, 이진경 역, 『카프카』, 동문선, 2001.
Deleuze, Gilles · Parnet, Claire, 전승화 역, 『디알로그』, 동문선, 2005.

Evans, Dylan, 김종주 외역, 『라캉 정신분석 사전』, 인간사랑, 1999.
Fink, Bruce, 맹정현 역, 『라캉과 정신의학』, 민음사, 2002.
_________, 김서영 역, 『에크리 읽기』, 도서출판b, 2007.
_________, *The Lacanian Subjrct—Between Language and Jouissance*, Princeton University Press, 1995.
Foucault, Michel, 이정우 역, 『지식의 고고학』, 민음사, 1992.
____________, 이광래 역, 『말과 사물』, 민음사, 1980.
Freud, Sigmund, 박찬부 역, 『쾌락 원칙을 넘어서』, 열린책들, 1997.
____________, 김정일 역, 「정신분석의 근본 개념」, 『성욕에 관한 세 편의 에세이』, 열린책들, 2003.
____________, 임진수 역, 「과학적 심리학 초고」, 『정신분석의 탄생』, 열린책들, 2005.
Homer, Sean, 김서영 역, 『라캉 읽기』, 은행나무, 2006.
Jakobson, Roman, 신문수 역, 『문학 속의 언어학』, 문학과지성사, 1989.
Lacan, Jacques, trans. Bruce Fink, *Écrits*, New York : Norton, 2006.
____________, trans. Dennis Porter, *The Seminar of Jacques Lacan Book* Ⅶ, New York : Norton, 1997.
____________, trans. Alan Sheridan, *The Seminar of Jacques Lacan Book* Ⅺ, New York : Norton, 1978.
Laplanche, J. · Pontalis, J. B., 임진수 역, 『정신분석 사전』, 열린책들, 2005.
Lemaire, Anika, 이미선 역, 『자크 라캉』, 문예출판사, 1994.
Schöpf, Alfred, 김광명 · 김정현 · 홍기수 역, 『프로이트와 현대철학』, 열린책들, 2001.
Stavrakakis, Yannis, 이병주 역, 『라캉과 정치』, 은행나무, 2006.
Widmer, Peter, 홍준기 · 이승미 역, 『욕망의 전복』, 한울아카데미, 1998.
Wright, Elizabeth, 권택영 역, 『정신분석 비평』, 문예출판사, 1989.
____________, 김종주 · 김아영 역, 『무의식의 시학』, 인간사랑, 2002.
Žižek, Slavoj, 김지훈 외역, 『신체 없는 기관』, 도서출판b, 2006.
_________, 박정수 역, 『그들은 자기가 하는 일을 알지 못하나이다』, 인간사랑, 2004.

김인환, 『비평의 원리』, 나남, 1994.
______, 『기억의 계단』, 민음사, 2001.
______, 『다른 미래를 위하여』, 문학과지성사, 2003.
______, 『언어학과 문학』(개정판), 작가, 2008.
김인환 편, 『언어 교육론』, 을유문화사, 1989.
김치수 외, 『현대기호학의 발전』, 서울대 출판부, 1998.
김현 편, 『수사학』, 문학과지성사, 1985.
박성창, 『수사학』, 문학과지성사, 2000.
______, 「문채의 정의 및 특성」, 『수사학과 현대 프랑스 문화이론』, 서울대 출판부, 2002.
양태종, 『수사학 이야기』, 동아대 출판부, 2000.
우찬제, 『텍스트의 수사학』, 서강대 출판부, 2005.
장인봉, 「오늘날 서구의 논증 연구」, 『수사학』 제4집, 한국수사학회, 2006.
전성기, 『인문학의 수사학적 탐구』, 고려대 출판부, 2007.
하병학, 「학제적 학문 탐구를 위한 비판적 사고와 논증론(논변론)」, 『철학연구』 제58집, 2002.
Amossy, Ruth, 장인봉 역, 『담화 속의 논증－정치 담화, 사상 문학, 허구』, 동문선, 2003.
Aristoteles, 천병희 역, 『시학』, 문예출판사, 1976.
Austin, John L., 김영진 역, 『말과 행위』, 서광사, 1992.
Bakhtin, Mikhail M., 이득재 역, 『문예학의 형식적 방법』, 문예출판사, 1992.
Barthes, Roland, 김성택 역, 「옛날의 수사학」, 『수사학』(김현 편), 문학과지성사, 1985.
____________, 이화여대 기호학연구소, 『모드의 체계』, 동문선, 1998.
Bender, John · Wellberry, Dabid E., *The End of Rhetoric*, Stanford University Press, 1990.
Breton, Philippe · Gauthier, Gilles, 장혜영 역, 『논증의 역사』, 커뮤니케이션북스, 2006.
Crosswhite, James, 오형엽 역, 『이성의 수사학』, 고려대 출판부, 2001.
Derrida, Jacques, *Limited Inc*, Evanston : Northwestern University Press, 1988.
____________, trans. Samuel Weber · Jeffrey Mehlman, "Signature Event Context",

Glyph 1, 1977.
Feyreabend, Paul, 정병훈 역, 『방법에의 도전』, 한겨레, 1987.
Genette, Gerard, 김경란 역, 「줄어드는 수사학」, 『수사학』(김현 편), 문학과지성사, 1985.
Guerrero, Hernandez 외, 강필운 역, 『수사학의 역사』, 문학과지성사, 1985.
Habermas, Jürgen, 서규환 역, 『소통 행위 이론』 1, 의암출판문화사, 1995.
______________, 황태연 역, 『도덕의식과 소통적 행위』, 나남, 1997.
Heidegger, Martin, 소광희 역, 『존재와 시간』, 경문사, 1995.
Jakobson, Roman, 신문수 역, 「언어학과 시학」, 『문학 속의 언어학』, 문학과지성사, 1989.
Levinas, Emmanuel, 강영안 역, 『시간과 타자』, 문예출판사, 1996.
______________, trans. Alphonso Lingis, *Otherwise than Being or Beyond Essence*, The Hague : Martinus Nijhoff, 1981.
Maneli, Mieczyslaw, 손장권 · 김상희 역, 『페렐만의 신수사학』, 고려대 출판부, 2006.
Nelson, J. S. 외, 박우수 · 양태종 외역, 『인문과학의 수사학』, 고려대 출판부, 2003.
Perelman, Chaïm · Olbrechts-Tyteca, L., trans. John Wilkinson · Purcell Weaver, *The New Rhetoric—A Treatise on Argumentation*, University of Notre Dame Press, 1969.
Perelman, Chaïm, "The New Rhetoric—A Theory of Practical Reasoning", *The Great Ideas of Today 1970*, Chicago : Encyclopaedia Britannica, 1970.
Pernot, Laurent, 김헌 역, 「수사학의 시대」, 『수사학』 제1집, 한국수사학회, 2004.
Pitcher, George, 박영식 역, 『비트겐슈타인의 철학』, 서광사, 1987.
Plantin, Christian, 장인봉 역, 『논증 연구—논증 발언 연구의 언어학적 입문』, 고려대 출판부, 2003.
Plett, Heinrick F., 양태종 역, 『수사학과 텍스트 분석』, 동인, 2002.
Sloane, Thomas O., *Encyclopaedia of RHETORIC*, Oxford University Press, 2001.
Todorov, Tzvetan, 곽광수 역, 『구조 시학』, 문학과지성사, 1977.
Toulmin, Stephen E., 고현범 · 임건태 역, 『논증의 용도(논변의 사용)』, 고려대 출판부, 2006.
Vignaux Georges, 임기대 역, 『논증—담화에서 사고까지』, 동문선, 2001.

제2부 제1장

김영옥, 「벤야민의 역사철학과 미학이론」, 『뷔히너와 현대문학』 제15집, 한국뷔히너학회, 2000.
김인환, 「현대문학 학제 연구의 현황」, 『의미의 위기』, 문학동네, 2007.
______, 『비평의 원리』, 나남, 1994.
김항, 「댄디와 주권—벤야민의 문턱」, 『현대비평과 이론』, 2008년 봄·여름.
반성완, 「발터 벤야민의 비평 개념과 예술 개념」, 『발터 벤야민의 문예이론』, 민음사, 1983.
윤미애, 「정치와 신학 사이에서 본 벤야민의 매체이론」, 『카프카연구』 제19집, 한국카프카학회, 2008.
이명섭, 『세계문학비평용어사전』, 을유문화사, 1985.
이상섭, 『문학비평용어사전』, 민음사, 1976.
최문규, 「역사성+심미성으로서의 '순간'」, 『(탈)현대성과 문학의 이해』, 민음사, 1996.
______, 「바로크와 알레고리」, 『뷔히너와 현대문학』 제16집, 한국뷔히너학회, 2001.
최성만, 「언어, 번역, 미메시스」, 『문예미학』 제2호, 문예미학회, 1996.
______, 「해제」, 『발터 벤야민 선집』 6, 길, 2008.
하선규, 「벤야민 사유의 몇몇 모티브와 영화에 대한 철학적 비평」, 『현대비평과 이론』, 2008년 봄·여름.
홍준기, 「변증법적 이미지, 알레고리적 이미지, 멜랑콜리 그리고 도시」, 『라캉과 현대정신분석』 제10권 2호, 한국라캉과현대정신분석학회, 2008년 겨울.
Adorno, Th. W.·Horkheimer, M., 김유동 역, 『계몽의 변증법』, 문학과지성사, 2001.
Aristoteles, 천병희 역, 『시학』, 문예출판사, 1996.
Auerbach, E., 김우창·유종호 역, 『미메시스—서구문학에 나타난 현실』, 민음사, 1987.
Benjamin, Walter, 조형준 역, 『아케이드 프로젝트』 Ⅰ·Ⅱ, 새물결, 2005·2006.
____________, 김남시 역, 『모스크바 일기』, 그린비, 2005.
____________, 김영옥·윤미애·최성만 역, 『발터 벤야민 선집』 1·2·3·5·6, 길, 2007·2008.
____________, 조만영 역, 『독일 비애극의 원천』, 새물결, 2008.

_____________, 최성만 역, 「역사의 개념에 대하여」, 『발터 벤야민 선집』 5, 길, 2008.
_____________, 최성만 역, 「언어 일반과 인간의 언어에 대하여」, 『발터 벤야민 선집』 6, 길, 2008.
_____________, 최성만 역, 「번역자의 과제」, 『발터 벤야민 선집』 6, 길, 2008.
_____________, 최성만 역, 「유사성론」, 『발터 벤야민 선집』 6, 길, 2008.
_____________, 최성만 역, 「미메시스 능력에 대하여」, 『발터 벤야민 선집』 6, 길, 2008.
Bürger, Peter, 이춘길 역, 「문예학에 있어서의 반영 개념의 역할」, 『리얼리즘 미학의 기초 이론』, 한길사, 1985.
Metscher, Thomas, 이춘길 역, 「반영이론으로서의 미학」, 『리얼리즘 미학의 기초 이론』, 한길사, 1985.
Tatarkiewicz. W., 손효주 역, 『타타르키비츠 미학사』 1(고대미학), 미술문화, 2005.

제2부 **제2장**

김영옥, 「벤야민의 역사철학과 미학이론」, 『뷔히너와 현대문학』 제15집, 한국뷔히너학회, 2000.
김인환, 「현대문학 학제 연구의 현황」, 『의미의 위기』, 문학동네, 2007.
______, 『기억의 계단』, 민음사, 2001.
김항, 「댄디와 주권－벤야민의 문턱」, 『현대비평과 이론』, 2008년 봄・여름.
반성완, 「발터 벤야민의 비평 개념과 예술 개념」, 『발터 벤야민의 문예이론』, 민음사, 1983.
오형엽, 「발터 벤야민의 언어철학 고찰」, 『어문연구』 제61집, 어문연구학회, 2009.
윤미애, 「정치와 신학 사이에서 본 벤야민의 매체이론」, 『카프카연구』 제19집, 한국카프카학회, 2008.
최문규, 「역사성+심미성으로서의 '순간'」, 『(탈)현대성과 문학의 이해』, 민음사, 1996.
______, 「바로크와 알레고리」, 『뷔히너와 현대문학』 제16집, 한국뷔히너학회, 2001.
최성만, 「언어, 번역, 미메시스」, 『문예미학』 제2호, 문예미학회, 1996.
하선규, 「벤야민 사유의 몇몇 모티브와 영화에 대한 철학적 비평」, 『현대비평과 이론』, 2008년 봄・여름.

홍준기, 「변증법적 이미지, 알레고리적 이미지, 멜랑콜리 그리고 도시」, 『라캉과 현대정신분석』 제10권 2호, 한국라캉과현대정신분석학회, 2008년 겨울.
Agamben, Giorgio, 박진우 역, 『호모 사케르』, 새물결, 2008.
Benjamin, Walter, 박설호 역, 「독일 낭만주의에서의 예술비평의 개념」, 『베를린의 유년 시절』, 솔, 1992.
_____________, 조만영 역, 『독일 비애극의 원천』, 새물결, 2008.
_____________, 조형준 역, 『아케이드 프로젝트』 Ⅰ·Ⅱ, 새물결, 2005·2006.
_____________, 최성만 역, 「역사의 개념에 대하여」, 『발터 벤야민 선집』 5, 길, 2008.
_____________, 김남시 역, 『모스크바 일기』, 그린비, 2005.
_____________, 김영옥·윤미애·최성만 역, 『발터 벤야민 선집』 1·2·3·5·6, 길, 2007·2008.
_____________, 최성만 역, 「역사의 개념에 대하여」, 『발터 벤야민 선집』 5, 길, 2008.
_____________, 최성만 역, 「언어 일반과 인간의 언어에 대하여」, 『발터 벤야민 선집』 6, 길, 2008.
_____________, 최성만 역, 「번역자의 과제」, 『발터 벤야민 선집』 6, 길, 2008.
_____________, 최성만 역, 「유사성론」, 『발터 벤야민 선집』 6, 길, 2008.
_____________, 최성만 역, 「미메시스 능력에 대하여」, 『발터 벤야민 선집』 6, 길, 2008.
Bürger, Peter, 김경연 역, 「벤야민의 구제비평」, 『미학 이론과 문예학 방법론』, 문학과지성사, 1987.
Derrida, Jacques, 진태원 역, 『법의 힘』, 문학과지성사, 2004.

제2부 제3장

김승희, 「전후 시의 언술 특성 : 애도의 언어와 우울증의 언어－박인환·고은의 초기시를 중심으로」, 『한국시학연구』 제23호, 한국시학회, 2008.
______, 「이상 시에 나타난 '근대성의 파놉티콘'과 아이러니, 멜랑콜리」, 『비교한국학』 제18권 2호, 국제비교한국학회, 2010.
김홍중, 「멜랑콜리의 모더니티－문화적 모더니티의 세계감 분석」, 『한국사회학』 제40집 3호, 한국사회학회, 2006.
맹정현, 「자본의 순교자－현대성의 우울증적 기원」, 『문학과 사회』, 2005년 여름.

오형엽, 「정신분석적 시학과 수사학」, 『어문논집』 제53집, 민족어문학회, 2006.
이미순, 「김기림의 『태양의 풍속』에 나타난 '우울'의 양상」, 『한국시학연구』 제22호, 한국시학회, 2008.
이기성, 「탕아의 위장술과 멜랑콜리의 시학－오장환론」, 『민족문학사연구』 제33호, 민족문학사연구소, 2007.
최문규, 「근대성과 '심미적 현상'으로서의 멜랑콜리」, 『뷔히너와 현대문학』 제24집, 한국뷔히너학회, 2005.
허윤진, 「춤추는 우울증의 윤리」, 『세계의 문학』, 2007년 봄.
Benjamin, Walter, 조만영 역, 『독일 비애극의 원천』, 새물결, 2008.
______________, 김영옥 · 황현산 역, 「보들레르의 작품에 나타난 제2제정기의 파리」, 『발터 벤야민 선집』4, 길, 2010.
______________, 김영옥 · 황현산 역, 「보들레르의 몇 가지 모티프에 대하여」, 『발터 벤야민 선집 』4, 길, 2010.
Burtron, Robert, 이창국 역, 『멜랑콜리의 해부』, 태학사, 2004.
Evans, Dylan, 김종주 외 역, 『라캉 정신분석 사전』, 인간사랑, 1999.
Freud, Sigmund, 윤희기 역, 「애도와 멜랑콜리」, 『무의식에 대하여』(전집 13), 열린책들, 1997.
Kristeva, Julia, 김인환 역, 『시적 언어의 혁명』, 동문선, 2000.
___________, 김인환 역, 『검은 태양－우울증과 멜랑콜리』, 동문선, 2004.
Laplanche, J. · Pontalis, J. B., 임진수 역, 『정신분석 사전』, 열린책들, 2005.
Panofsky, E., 임산 역, 『인문주의 예술가 뒤러 1』, 한길 아트, 2006.
Skriabine, Pierre, 최혜륜 · 김종주 역, 「정신분석 임상에 있어서 우울증」, 『라캉과 현대정신분석』 제3권 1호, 한국라캉과현대정신분석학회, 2001.
Sontag, Susan, 홍한별 역, 『우울한 열정』, 시울, 2005.
Žižek, Slavoj, 김재영 역, 『무너지기 쉬운 절대성』, 인간사랑, 2004.
__________, 한보희 역, 『전체주의가 어쨌다고?』, 새물결, 2008.

제2부 **제4장**

김덕기, 「최근 철학계의 성 바울의 보편성 논의와 그 비판적 평가」, 『해석학연구』 제23집, 한국해석학회, 2009.
김용규, 「주체와 윤리적 지평」, 『새한 영어영문학』 제51권 3호, 새한영어영문학회, 2009.

김홍중, 「스노비즘과 윤리」, 『사회비평』 제39호, 나남, 2008(『마음의 사회학』, 문학동네, 2009).
서영채, 「냉소주의, 죽음, 마조히즘—1990년대 소설에 대한 한 성찰」, 『문학의 윤리』, 문학동네, 2005.
서용순, 「알랭 바디우—철학의 혁신과 새로운 정치적 실천」, 『현대비평과 이론』, 2009년 가을・겨울.
양창렬, 「조르조 아감벤—K」, 『현대 정치철학의 모험』, 난장, 2010.
이장욱, 「시, 정치, 그리고 성애학」, 『창비』, 2009년 봄.
장왕식, 「유물론적 신학의 현대적 판본」, 『신학과 세계』 제65호, 감리교신학대, 2009.
진은영, 「감각적인 것의 분배」, 『창비』, 2008년 겨울.
황정아, 「보편주의와 공동체」, 『안과 밖』 제21호, 영미문학연구회, 2006.
황종연, 「비루한 것의 카니발—90년대 소설의 한 단면」, 『비루한 것의 카니발』, 문학동네, 2005.
Agamben, Giorgio, 강승윤 역, 『남겨진 시간—로마인들에게 보낸 편지에 대한 강의』, 코나투스, 2008.
Badiou, Alain, 현성환 역, 『사도 바울』, 새물결, 2008.
Benjamin, Walter, 최성만 역, 「폭력 비판을 위하여」, 『발터 벤야민 선집』 5, 길, 2008.
__________, 최성만 역, 「역사의 개념에 대하여」, 『발터 벤야민 선집』 5, 길, 2008.
Derrida, Jacques, 진태원 역, 『법의 힘』, 문학과지성사, 2004.
Paul, 「로마서」, 「고린도전서」, 「고린도후서」, 「갈라디아서」, 『우리말성경』, 두란노서원, 2005.
Žižek, Slavoj, 최생열 역, 『믿음에 대하여』, 동문선, 2003.
__________, 김재영 역, 『무너지기 쉬운 절대성』, 인간사랑, 2004.
__________, 김정아 역, 『죽은 신을 위하여』, 길, 2007.

제2부 제5장

권보드래, 『한국 근대소설의 기원』, 소명출판, 2000.
__________, 『연애의 시대』, 현실문화연구, 2003.
김동식, 「한국의 근대적 문학개념 형성 과정 연구」, 서울대 박사논문, 1999.

김상환, 「해체론 이후의 선택」, 『예술가를 위한 형이상학』, 민음사, 1999.9.
김춘식, 「전도된 제도로서의 근대문학의 기원」, 『무애』 1호, 1998.5.
김행숙, 『문학이란 무엇이었는가』, 소명출판, 2005.
도정일, 「비평의 위기와 비평의 활력」, 『오늘의 문예비평』, 2007년 겨울.
박성창, 『수사학』, 문학과지성사, 2000.
백지연, 「주체의 기원, 문학의 기원」, 『무애』 1호, 1998.5.
서영채, 「역설의 생산－문학성에 대한 성찰, 2009」, 『문학동네』, 2009년 봄.
신명아, 「라캉의 실재와 가라타니의 '초월비평'」, 『라캉과 현대정신분석』 제8권 1호, 한국라캉과현대정신분석학회, 2006년 여름.
신철하, 「한 비평 의식의 궤적에 대하여」, 『무애』 1호, 1998.5.
오길영, 「윤리와 문학－가라타니 고진을 중심으로」, 『인문학 연구』 제34권 1호, 충남대 인문학연구소, 2007.
오형엽, 「현대문학비평과 논증의 수사학」, 『어문논집』 제56집, 2007.10.
우찬제, 『텍스트의 수사학』, 서강대 출판부, 2005.
이경훈, 『오빠의 탄생』, 문학과지성사, 2003.
정승원, 「가라타니 고진, 그 가능성의 중심」, 『문예미학』 제12호, 문예미학회, 2006.
조영일, 「비평의 운명」, 『작가세계』 72호, 2007년 봄.
조정환, 「삶정치적 비평의 시간」, 『오늘의 문예비평』, 2007년 겨울.
천정환, 『근대의 책읽기』, 푸른역사, 2003.
하병학, 「학제적 학문탐구를 위한 비판적 사고와 논증론(논변론)」, 『철학연구』 제58집, 2002.
황종연, 「문학의 묵시록 이후－가라타니 고진의 「근대문학의 종언」을 읽고」, 『현대문학』, 2006.8.
허병식, 「기원의 신화, 종언의 윤리학」, 『너머』, 2007년 여름.
가라타니 고진, 송태욱 역, 『트랜스크리틱』, 한길사, 2005.
____________, 김재희 역, 『은유로서의 건축－언어, 수, 화폐』, 한나래, 1998.
____________, 박유하 역, 『일본 근대문학의 기원』, 민음사, 1997.6.
____________, 구인모 역, 「근대문학의 종말」, 『문학동네』 41호, 2004년 겨울.
____________, 조영일 역, 『근대문학의 종언』, 도서출판b, 2006.4.
____________, 송태욱 역, 『탐구』 1, 새물결, 1998.12.
____________, 송태욱 역, 『탐구』 2, 새물결, 1998.12.

__________, 김경원 역, 『마르크스 그 가능성의 중심』, 이산, 1999.5.
__________, 송태욱 역, 『윤리 21』, 사회평론, 2001.11.
__________, 이경훈 역, 『유머로서의 유물론』, 문화과학사, 2002.12.
__________, 송태욱 역, 『일본정신의 기원』, 이매지, 2003.8.
__________, 조영일 역, 『언어와 비극』, 도서출판b, 2004.8.
__________, 조영일 역, 『세계공화국으로』, 도서출판b, 2007.6.
__________, 조영일 역, 『역사와 반복』, 도서출판b, 2008.5.
사부 고오소, 「역자의 말」(영어판), 『은유로서의 건축』, 한나래, 1998.
Badiou, Alain, 이종영 역, 『조건들』, 새물결, 2006.
Bakhtin, Mikhail M., 이득재 역, 『문예학의 형식적 방법』, 문예출판사, 1992.
Crosswhite, James, 오형엽 역, 『이성의 수사학』, 고려대 출판부, 2001.
Foucault, Michel, 이정우 역, 『지식의 고고학』, 민음사, 1992.
Gerard Genette, 김경란 역, 「줄어드는 수사학」, 『수사학』(김현 편), 문학과지성사, 1985.
Guerrero, Hernandez 외, 강필운 역, 『수사학의 역사』, 문학과지성사, 1985.
Kant, I., 백종현 역, 『순수이성 비판』, 아카넷, 2006.
______, 백종현 역, 『실천이성 비판』, 아카넷, 2002.
______, 백종현 역, 『판단력 비판』, 아카넷, 2009.
Nelson, J. S. 외, 박우수 · 양태종 외역, 『인문과학의 수사학』, 고려대 출판부, 2003.
Perelman, Chaïm · Olbrechts-Tyteca, L., trans. John Wilkinson · Purcell Weaver, *The New Rhetoric—A Treatise on Argumentation*, University of Notre ame Press, 1969.
Pernot, Laurent, 「수사학의 시대」, 『수사학』 제1집, 한국수사학회, 2004.
Plett, Heinrick F., 양태종 역, 『수사학과 텍스트 분석』, 동인, 2002.
Reboul, Olivier, 박인철 역, 『수사학』, 한길사, 1989.
Richards, I. A., 박우수 역, 『수사학의 철학』, 고려대 출판부, 2001.
Sloane, Thomas O., *Encyclopaedia of RHETORIC*, Oxford University Press, 2001.
Toulmin, Stephen E., 고현범 · 임건태 역, 『논증의 용도(논변의 사용)』, 고려대 출판부, 2006.
Wittgenstein, L., 이영철 역, 『논리-철학 논고』, 책세상, 2006.5.
__________, 이영철 역, 『철학적 탐구』, 책세상, 2006.5.

제3부 제1장

김영한, 『하이데거에서 리쾨르까지』, 박영사, 1987.
김인환, 「언어와 욕망」, 『비평의 원리』, 나남, 1994.
______, 「문학과 정신분석」, 『문학의 새로운 이해』, 문학과지성사, 1996.
______, 『언어학과 문학』(개정판), 작가, 2008.
김현 편, 『수사학』, 문학과지성사, 1985.
박성창, 『수사학』, 문학과지성사, 2000.
______, 「수사학과 해석학」, 『수사학과 현대 프랑스 문화이론』, 서울대 출판부, 2002.
______, 「시들지 않는 수사학의 꽃, 은유와 환유」, 『수사학과 현대 프랑스 문화이론』, 서울대 출판부, 2002.
양태종, 『수사학 이야기』, 동아대 출판부, 2000.
오형엽, 「정신분석적 시학과 수사학」, 『어문논집』 제53집, 민족어문학회, 2006.
______, 「현대문학비평과 논증의 수사학」, 『어문논집』 제56집, 민족어문학회, 2007.
우찬제, 『텍스트의 수사학』, 서강대 출판부, 2005.
임진수, 「은유와 환유-라캉의 이론을 중심으로」, 『현대비평과 이론』, 1996년 봄・여름.
정과리, 「정신분석에서의 은유와 환유」, 『은유와 환유』(『기호학 연구』 제5집), 문학과지성사, 1999.
한국문학평론가협회 편, 『문학비평용어사전』 하, 국학자료원, 2006.
Aristoteles, 천병희 역, 『시학』, 문예출판사, 1996.
________, 이종오 역, 『수사학』 Ⅰ, 리젬, 2007.
________, 이종오 역, 『수사학』 Ⅱ, 리젬, 2007.
________, 이종오・김용석 역, 『수사학』 Ⅲ, 2008.
Austin, John L., 김영진 역, 『말과 행위』, 서광사, 1992.
Beardsley, Monroe, "Metaphor", *Encyclopedia of Philosophy* vol.5(Paul Edwards ed.), New York : Macmillan, 1967.
Berggern, Douglas, "The Use and Abuse of Metaphor", *Review of Metaphysics* 16-1, 1962.
Black, Max, *Models and Metaphors*, Ithaca and New York : Cornell University Press, 1962.

Crosswhite, James, 오형엽 역, 『이성의 수사학』, 고려대 출판부, 2001.
Genette, Gerard, 김경란 역, 「줄어드는 수사학」, 『수사학』(김현 편), 문학과지성사, 1985.
Hawkes, Terence, 심명호 역, 『은유』, 서울대 출판부, 1986.
Richards, I. A., *The Philosophy of Rhetoric*, Oxford University Press, 1936(I. A. 리처즈, 박우수 역, 『수사학의 철학』, 고려대 출판부, 2001.)
Paul Ricoeur, *La Métaphore vive*, Paris : Seuil, 1975(tr. by R. Czerny · K. McLaughlin · J. Costello, sj, *The Rule of Metaphor*, University of Toronto Press, 1977).
Ricoeur, Paul, 양명수 역, 『악의 상징』, 문학과지성사, 1994.
__________, 양명수 역, 『해석의 갈등』, 아카넷, 2001,
__________, 김한식 · 이경래 역, 『시간과 이야기』 1 · 2 · 3, 문학과지성사, 1999 · 2000 · 2004.
__________, 박병수 · 남기영 역, 『텍스트에서 행동으로』, 아카넷, 2002.
__________, 김윤성 · 조현범 역, 『해석 이론』, 서광사, 1977.
Sloane, Thomas O., *Encyclopaedia of RHETORIC*, Oxford University Press, 2001.
Turbayne, Colin, *The Myth of Metaphor*, Yale University Press, 1962.
Wheelwright, Philip Ellis, *The Burning Fountain*, Bloomington : Indiana University Press, 1968.
Wheelwright, Philip Ellis, *Metaphor and Reality*, Bloomington : Indiana University Press, 1962(필립 휠라이트, 김태옥 역, 『은유와 실재』, 문학과지성사, 1982).

제3부 제2장

국순아, 「은유와 철학적 사유」, 『범한철학』 제47집, 2007년 겨울.
김상환, 「해체론과 은유」, 『해체론 시대의 철학』, 문학과지성사, 1996.
_____, 「해체론적 은유론의 계보」, 『해체론 시대의 철학』, 문학과지성사, 1996.
김인환, 『비평의 원리』, 나남, 1994.
_____, 『언어학과 문학』(개정판), 작가, 2008.
박성창, 「수사학과 해석학」, 『수사학과 현대 프랑스 문화이론』, 서울대 출판부, 2002.
박현수, 「수사학의 3분법적 범주－은유, 환유, 제유」, 『한국근대문학 연구』 제17호, 한국근대문학회, 2008.
오형엽, 「정신분석적 시학과 수사학」, 『어문논집』 제53집, 민족어문학회, 2006.

______, 「현대문학비평과 논증의 수사학」, 『어문논집』 제56집, 민족어문학회, 2007.
우찬제, 『텍스트의 수사학』, 서강대 출판부, 2005.
임지룡, 「인지 의미론 연구의 현황과 전망」, 『우리말연구』 제21집, 우리말학회, 2007.
______, 「개념적 은유에 대하여」, 『한국어 의미학』 제20집, 한국어의미학회, 2006.
한국문학평론가협회 편, 『문학비평용어사전』 하, 국학자료원, 2006.
Aristoteles, 천병희 역, 『시학』, 문예출판사, 1996.
Crosswhite, James, 오형엽 역, 『이성의 수사학』, 고려대 출판부, 2001.
Hawkes, Terence, 심명호 역, 『은유』, 서울대 출판부, 1986.
Jakobson, Roman, 신문수 역, 「언어학과 시학」, 『문학 속의 언어학』, 문학과지성사, 1989.
Johnson, Mark, 노양진 역, 『마음 속의 몸』, 철학과 현실사, 2000.
Lacan, Jacques, trans. Bruce Fink, *Écrits*, New York : Norton, 2006.
Lakoff, George · Johnson, Mark, 노양진 · 나익주 역, 『삶으로서의 은유』(수정판), 박이정, 2006.
______________________________, 임지룡 외역, 『몸의 철학』, 박이정, 2002.
Lakoff, George · Turner, Mark, *More than Cool Reason — A Field Guide to Poetic Metaphor*, Chicago : University of Chicago Press, 1989(조지 레이코프 · 마크 터너, 이기우 · 양병호 역, 『시와 인지』, 한국문화사, 1996).
Lakoff, George, 손대호 역, 『도덕의 정치』, 생각하는백성, 2004.
______________, 유나영 역, 『코끼리는 생각하지 마』, 삼인, 2006.
Lakoff, George · The Rockridge Institute, 나익주 역, 『프레임 전쟁』, 창비, 2007.
Richards, I. A., *The Philosophy of Rhetoric*, Oxford University Press, 1936(I. A. 리처즈, 박우수 역, 『수사학의 철학』, 고려대 출판부, 2001).
Sloane, Thomas O., *Encyclopaedia of RHETORIC*, Oxford University Press, 2001.